ullstein

Das Buch

1514 in Süddeutschland: Das Leben ist hart. Am schlechtesten geht es den Bauern. Sie leiden unsäglich unter all ihren Frondiensten, der Abgabe des Zehnten, den eiskalten Wintern und ihrem Hunger. Als sich der junge, schwäbische Bauer Jerg dem Geheimbund *Armer Konrad* anschließt, um gegen die Willkür des vergnügungssüchtigen Herzogs Ulrich zu kämpfen, ahnt er jedoch nicht, daß der Herzog alles daransetzen wird, diesen Geheimbund zu zerstören und seine Anführer zu enthaupten. Jerg wird zum Verfolgten. Sogar das Leben seiner Familie steht auf dem Spiel.

Die Autorin

Petra Durst-Benning, 1965 in Baden-Württemberg geboren, ist Autorin, Übersetzerin und Dolmetscherin. Sie lebt südlich von Stuttgart auf dem Land. Die Gesamtauflage ihrer Bücher liegt inzwischen bei zwei Millionen. Mehr über Petra Durst-Benning und ihre Romane erfahren Sie unter www.durst-benning.de oder auf ihrem Fanforum unter www.fanforum-durst.benning.de.

Von Petra Durst-Benning sind in unserem Hause bereits erschienen:

Die Glasbläserin (Bd. 1)
Die Amerikanerin (Bd. 2)
Das gläserne Paradies (Bd. 3)
Antonias Wille
Das Blumenorakel (HC-Ausgabe)
Die Liebe des Kartographen
Die Salzbaronin
Die Samenhändlerin
Die Zuckerbäckerin

Petra Durst-Benning

Die Silberdistel

Roman

Ullstein

Besuchen Sie uns im Internet:
www.ullstein-taschenbuch.de

Umwelthinweis:
Dieses Buch wurde auf chlor- und säurefreiem Papier gedruckt.

Neuausgabe im Ullstein Taschenbuch
1. Auflage Oktober 2008

Umschlaggestaltung: HildenDesign, München
Titelabbildung: Frau: © A Young Woman Sewing,
Nicolaes Maes/Harold Samuel Collection, London/
The Bridgeman Art Library; Landschaft: © Hugo Hullék
Gesetzt aus der Galliard
Druck und Bindearbeiten: CPI – Ebner & Spiegel, Ulm
Printed in Germany
ISBN 978-3-548-28022-6

Herzlich bedanken möchte ich mich bei allen, die mich beim Schreiben dieses Buches mit Rat und Tat unterstützt haben: Bei Charly, die unermüdlich Korrektur las und sich nie scheute, konstruktive Kritik anzubringen; bei meinen Freundinnen Petra, Ursel, Gela und Beate, die mich in unzähligen Telefongesprächen aufmunterten, wenn ich unter Bergen von Recherche- und Manuskriptmaterial zu versinken drohte; bei Frau Ellenrieder, die mir großzügig ihre reichhaltige Bibliothek zur Verfügung stellte – ohne so manches Buch daraus wäre der vorliegende Roman um einiges farbloser geblieben –; bei »meinem« Buchhändler Herrn Muckenfuß sowie dem Ehepaar Löffler vom Antiquariat im Lenninger Tal, die mit mir auf »Schatz«- bzw. Quellensuche gegangen sind; und nicht zuletzt bei meiner Familie, die mir während der ganzen Zeit den Rücken freigehalten und sich meiner Hunde erbarmt hat, wenn Frauchen wieder einmal gar zu lange an dieser seltsamen Klapper-Maschine saß, ohne dabei Gassi-Zeiten zu beachten – unerhört!
Vielen Dank auch an meine Lektorin - die Zusamenarbeit mit ihr war für mich in höchstem Maße produktiv und angenehm!
Last, but not least, möchte ich mich bei Bertram bedanken, dessen Vertrauen in mich unerschütterlich ist und das ich hoffentlich niemals enttäuschen werde!

Vorwort

Die Silberdistel war mein erster historischer Roman. Und noch immer bin ich stolz auf mein Erstlingswerk, halte ihn vom Aufbau, von den Personen und der Thematik her für spannungsreich und gelungen. *Die Silberdistel* ist ein richtiger Schmöker für lange Lesestunden. Wenn man am Ende ein wenig über den Bauernkrieg erfahren hat – um so besser!

Ich weiß, es klingt seltsam, wenn eine Autorin so »verliebt« über ihr eigenes Werk redet! Aber *Die Silberdistel* stellt für mich den Anfang eines wundervollen und erfüllten Autorendaseins dar; dieses erste Buch hat mir den Weg frei gemacht für viele weitere historische Romane. Seit der *Silberdistel* darf ich tun, wofür mein Herz am meisten schlägt: **Ich darf Geschichte in Geschichten erzählen!** Vielleicht verzeihen Sie mir meine Begeisterung, wenn ich Ihnen sage, daß ich vor dem Schreiben von historischen Romanen gar keine sonderliche Begeisterung für Geschichte hegte. Die Zahlen, Daten und Fakten, die uns im Geschichtsunterricht eingebleut worden waren, ödeten mich geradezu an! Was mich vielmehr interessierte, waren spannend erzählte Geschichten, die von Glück und Unglück, von Hunger und Elend, von Auf- und Abstieg handelten. Persönliche Schicksale – die interessierten mich viel mehr als irgendwelche Eckdaten historischer Ereignisse.

Zugegeben, ich hatte das große Glück, im Kreise einiger guter Geschichtenerzähler aufwachsen zu dürfen: Da waren die Kunden im Antiquitätengeschäft meiner Eltern, die zu jedem Stück, das sie meinem Vater zum Verkauf anboten, auch etwas über seinen historischen Hintergrund zu erzählen hatten. Da war mein Vater selbst, der mir Jugendstilkünstler wie René Lalique und Emile Gallé nahebrachte, bis ich das Gefühl hatte, wir redeten von irgendwelchen entfernten Verwandten! Nach der Schule suchten wir Kinder tagtäglich den Antiquitätenladen auf, wir spielten in der Werkstatt, machten dort unsere Hausaufgaben und linsten neugierig in den Verkaufsraum, wenn Kundschaft kam. Diese Zeit hat sicher maßgeblich zu meiner Leidenschaft für den Blick zurück beigetragen!

Auch später, als das Familiengeschäft für mich nicht mehr Dreh- und Angelpunkt war wie in Kinderjahren, durfte ich die Gesellschaft begnadeter Geschichtenerzähler genießen: Da war die ältere Dame mit ihrer umfangreichen Bibliothek antiker Bücher – was hatte sie über die Dichter und ihre Werke nicht alles zu erzählen! Sie war es auch, die in mir die Liebe zu antiken Büchern geweckt hat. Welche Wonne, eine signierte Erstausgabe in den Händen halten zu dürfen! Und da war der alte Herr, der allmorgendlich mit mir und meinen Hunden spazierenging – wenn er anfing, von seinen Kriegserfahrungen zu erzählen, hörte ich gebannt zu.

Ich war schon eine junge Frau, längst der Schule entwachsen, als mir klarwurde: Geschichte kann (und muß) man zwar in Zahlen, Daten und Fakten in Geschichtsbüchern festhalten, aber im Grunde geht es immer um persönliche Schicksale, um das, was Menschen im Umgang mit anderen Menschen erleben. Es geht um Liebe und Angst, um Leidenschaften und Überzeugungen. Es geht um Mut und Feigheit, um Verrat und vieles mehr. Aber nicht nur wir Menschen haben unsere Geschichten, dasselbe gilt für Gebäude, Landschaften, Orte! Auch sie können uns von vergangenen Zeiten erzählen, auch sie speichern Erlebtes und Geschichten – im Guten wie im Bösen! – für die Nachwelt ab. Und manchmal, wenn wir uns die Zeit nehmen, wenn wir offen sind, wenn unsere Sinne nicht überflutet werden von MP3-Playern und Großstadtlärm, dann wird das Flüstern der Vergangenheit auch heute noch für uns wahrnehmbar.

Was all dies mit meinem Erstlingswerk zu tun hat?

Nun, es war ein ganz besonderer Ort, der mich zu meinem ersten historischen Roman inspirierte …

Viele Jahre spazierte ich in der Nähe von Kirchheim/Teck mit meinen Hunden immer wieder an einer landschaftlichen Erhebung vorbei. »Die Stelle« wird dieser Ort von den Einheimischen genannt, eigentlich ist es nicht mehr als ein Hügel. Einmal im Jahr zur Sommersonnenwende findet dort eine große Feier statt, auch hat man einen recht guten Blick ins Umland, aber alles in allem ist es nur ein Hügel, auf dem ein paar große Bäume stehen, mehr nicht.

Und trotzdem überfiel mich stets eine Art Schauer, wenn ich über »Die Stelle« marschierte. Irgend etwas an diesem Ort war besonders, das spürte ich tief drinnen. Hatte es hier einen Sühnemord gegeben? Kein Sühnekreuz, nirgendwo, erzählte von einer Geschichte dieser Art. Auch von Marienerscheinungen oder anderen Phänomenen wußte niemand etwas zu berichten. Was hatte dieser Hügel also besonderes erlebt?

Ich fragte weiter, hörte mich um, und schließlich bekam ich – eher durch Zufall – eine Antwort auf die Frage, was »Die Stelle« zu einem besonderen Ort macht: Hier sammelten sich in den Jahren 1524/25 aufständische, württembergische Bauern aus dem ganzen Umland, um danach gemeinsam nach Stuttgart zu marschieren, wo sie Herzog Ulrich ihren Unmut über ihre lebensunwürdigen Umstände kundtun wollten. Hier also verabschiedeten die mutigen Männer sich von ihren Frauen, nicht wissend, ob sie gesund und lebend von ihrer Mission zurückkommen würden. Hier überwanden sie ihre Ängste, ihre Zweifel, ob das, was sie vorhatten, das Richtige war. Hier genossen sie die Bruderschaft, den Zusammenhalt der Gruppe. »Die Stelle« war ihr Ausgangspunkt – keiner wußte, wohin die Reise führen würde.

Damit war meine Neugier geweckt! Nun wollte ich mehr erfahren über die Bauern, die sich »meine Stelle« vor Jahrhunderten als Treffpunkt ausgesucht hatten, ich wollte herausfinden, wohin ihre Reise ging und ob sie erfolgreich war! Viel wußte ich zu diesem Zeitpunkt nicht über den württembergischen Bauernkrieg – im schulischen Geschichtsunterricht war er übergangen worden –, doch das sollte sich bald ändern. Je mehr ich las, desto größer wurde mein Staunen: Dieser Krieg war die erste und größte deutsche Revolution, die es je gegeben hat! Die aufständischen Bauern waren mutige Männer, die ihr Leben riskierten, um menschenwürdigere Bedingungen für ihren Stand durchzusetzen. Warum hat niemand diesen Männern Denkmäler gesetzt? Warum gibt es in jeder Stadt zwar Straßen, die nach deutschen Dichtern benannt wurden, aber nirgendwo eine »Arme-Konrad«-Gasse oder einen Bundschuhplatz? Sicher, etliche Bauernkriegsmuseen dokumentieren die historischen Ereignisse, aber im großen und ganzen ist es um das Wissen bezüglich des Bauernkriegs eher bescheiden bestellt. Noch immer werden die aufständischen Bauern gern als brandschatzende Horde dargestellt, die sich gewalttätig gegen die Obrigkeit zur Wehr setzte. Nach dem Warum wird dabei eher selten gefragt. Aber genau dieses Warum war mir wichtig. Was trieb einstmals brave, folgsame Bürger dazu, ihr Leben aufs Spiel zu setzen? Wer organisierte diese Aufstände? Und welchen Ausgang hatten sie? Wurden die Träume der Menschen nach einem besseren Leben wahr? Oder war der Aufbruch auf der »Stelle« der Anfang vom Ende?

Mit der *Silberdistel* bin ich also auf Spurensuche gegangen. In Bibliotheken, im Gespräch mit Historikern, aber auch auf vielen weiteren Spaziergängen und Wanderungen. Denn nicht nur »die Stelle« erzählt vom Bauernkrieg, sondern viele andere Orte ebenso: Plätze, an denen Galgen aufgestellt wurden, an denen junge und alte Männer jämmerlich gehängt worden waren. Plätze, an denen Bauern wie Vieh zusammengetrieben und zu Tode geprügelt worden waren. Kirchen, in denen sie Unterschlupf fanden. Und Schlösser und Burgen, die sie angezündet haben. Von manch einer stehen nur noch ein paar Grundmauern und Ruinenreste …

Übrigens: Die Silberdistel – dieser wunderschöne, silbrig glänzende, stachelige Stern – ist nicht nur eine typische Pflanze der kargen Wacholderheiden der schwäbischen Alb (und steht heuer unter Naturschutz!), sie gilt außerdem als eines der Symbole des bäuerlichen Widerstands um 1525! So ist es kein Wunder, daß ich gerade diesen Titel für meinen Roman ausgewählt habe. In einer meiner Lieblingsstellen des Buches – Jerg und Marga genießen darin einen seltenen Moment der Zweisamkeit am Trauf der Schwäbischen Alb – sagt Jerg: *»Schau, ist sie nicht wunderschön?« Zärtlich hielt er die Silberdistel gegen das Sonnenlicht, in dem die stachelige Hülle wie zarteste Spitze wirkte. »So wehrhaft wie diese Pflanze, so widerstandsfähig, daß sie sich trotz aller Kargheit hier droben in ihrer ganzen Schönheit entfalten kann – so soll auch unser Kampf sein!«*

Geschichte ist spannend. Es geht um das genaue Hinschauen, das Hinterfragen, das Wachsamsein, das sich wundern und staunen können! Wenn es mir gelingt, Ihnen ein bißchen davon in meinen Büchern nahezubringen, bin ich ein glücklicher Mensch.

In diesem Sinne wünsche in Ihnen viele schöne Lesestunden,

Ihre Petra Durst-Benning

Petra Durst-Benning

BUCH I

1514
JERG

1.

Es war eine dieser kalten Märznächte, die daran erinnerten, daß der Winter noch geduldig in einer Ecke lauerte, ohne Abschied nehmen zu wollen. Bodenfrost verformte die ersten zarten Triebe zu eisigen Stacheln, die unter den Tritten der Männer zermalmt wurden. Tsch, tsch, tsch – bei jedem Schritt knirschte es verräterisch laut. Und doch war gerade diese klare Märznacht für das Vorhaben der Männer gewählt worden. Denn sie spendete blauweißes Mondlicht, teilte die Landschaft in Licht und Schatten und zeigte den Männern auch ohne Fackeln den sicheren Weg zu ihrem Treffpunkt, der ein gutes Stück außerhalb des Dorfes lag: der alte Friedhof.

Während der letzten Schritte war Jergs Atem immer flacher und schneller geworden. Bei jedem noch so leisen Geräusch hielt er unwillkürlich die Luft an. Sein Kopf schwirrte, und er hatte das Gefühl, daß seine Brust in der beißenden Kälte zerbersten würde. Dabei war er sich nicht sicher, was ihm mehr Angst machte: die Tatsache, bei Vollmond diesen Ort der Toten aufzusuchen, oder der Grund für sein Hiersein. Langsam nahm er einen tiefen Zug kalte Winterluft.

Zwischen den Gräbern konnte er eine Gruppe von Männern erkennen, die sich in einem Kreis versammelt hatten. Vermummte Gestalten, von denen teilweise nur ein tiefliegendes Augenpaar zu sehen war. Die meisten trugen tief in die Stirn gezogene Mützen, und um den Hals hatten sie schwere Tücher geschlungen, in denen Kinn und Mundpartie verschwanden. Ob sie sich nur vor der Kälte schützen oder vielmehr nicht erkannt werden wollten, konnte in dieser Nacht keiner mit Gewißheit sagen.

Gesprochen wurde nicht viel, während die Männer darauf warteten, daß ihre Runde vollzählig wurde. Das Eintreffen der Neuankömmlinge wurde von einigen lediglich mit einem Kopfnicken zur Kenntnis genommen, die meisten blickten jedoch angestrengt auf ihre Fußspitzen oder scharrten Muster in den frostig-weißen Boden.

Verstohlen schaute Jerg sich um. Er versuchte, unter den Anwesenden ein bekanntes Gesicht auszumachen, ohne dabei wie ein neugieriges Waschweib auszusehen. Der eine da, war das nicht der Hufschmied aus dem Nachbarort, mit dem er schon des öfteren getrunken hatte? Als er versuchte, Blickkontakt aufzunehmen, wich ihm sein Gegenüber aus. Wenn er es wäre, tät' er sich doch wahrscheinlich zu erkennen geben, oder? Mit diesem Gedanken gab Jerg seinen Versuch schließlich auf. Obwohl Stefan, sein Nachbar, ihm auf dem Hinmarsch das ungeschriebene Gesetz der Gruppe erklärt hatte, das besagte, daß jedes Mitglied nur ein paar Kontaktleute kennen durfte und man ansonsten auch untereinander unerkannt blieb, wollte Jerg der Sinn dieser Regelung nicht so ganz einleuchten. Sicher, im Falle eines Verrates aus den eigenen Reihen konnte der Verräter nicht viel Schaden anrichten, wenn er keine Namen kannte. Aber wer dachte denn schon an so was! Jerg hatte nachgezählt. Zwölf waren sie an der Zahl. Ein glattes Dutzend, das sich heute an dieser gespenstischen Stätte eingefunden hatte. Ob das ein gutes Zeichen war?

Der alte Friedhof war nicht gerade der Ort, den Jerg von sich aus in einer kalten, mondhellen Nacht aufgesucht hätte. Doch genau das war der Grund, weshalb dieser Ort als Treffpunkt gewählt worden war: Hier war man vor zufällig vorbeikommenden Wanderern sicher, jemand mußte schon einen besonderen Grund haben, um hierher zu kommen.

Blickte man angestrengt genug in die Dunkelheit, gaben sich schemenhafte Konturen zu erkennen. Viele Geister tanzten hier ihren schaurigen Totentanz. Jergs Gedanken wurden jäh unterbrochen, denn wie aus dem Nichts war auf einmal ein großer, hagerer Mann erschienen. Plötzlich war die Stimmung wie aufgeheizt, die Stumpfheit, die noch Minuten vorher alle bestimmt hatte, wie weggezaubert. Aus dem Haufen gebückter Gestalten, die wie geprügelte Hunde zitternd in der Kälte gestanden hatten, waren plötzlich Männer geworden, denen man ansah, daß sie Rückgrat besaßen, und denen Mut und Tatkraft ins Gesicht geschrieben standen.

Um Jergs Mund spielte ein zufriedenes Lächeln. *So* hatte er sich die Geheimbundler vorgestellt! Insgeheim war er beim Anblick der zerlumpten Truppe etwas ernüchtert gewesen. Er hatte sich die Mitglieder des *Armen Konrad* als breitschultrige, heldenhafte Mannsbilder vorgestellt, die Gestalten auf dem alten Friedhof hatten jedoch keinen Deut anders als Hinz und Kunz ausgesehen: abgemagert, krank und müde. Doch jetzt wich seine anfängliche Enttäuschung einer erwartungsvollen Spannung.

»Tut mir leid, daß ihr warten mußtet. Aber ich konnt' nicht früher weg«, erklärte der Anführer, der sein Gesicht genauso hinter Lumpen verbarg wie der Rest der Gruppe. Während er sprach, wanderten seine Augen über die Anwesenden. Für einen kurzen Moment verweilten sie auf Jerg, der mit einem unbeholfenen Kopfnicken antwortete. Er hatte das Gefühl, noch niemals einem so wachen, prüfenden Blick begegnet zu sein.

»Ich hab' auch schon gedacht, heut' wird's nichts. Der Jost und seine Mannen von Burg Taben sind nämlich auf ihren Rappen durchs Dorf stolziert, als ob sie auf der Suche nach Ärger wär'n«, erwiderte darauf Jergs Nebenmann, dessen gedrungene Statur unter den unzähligen Lumpenschichten noch massiver wirkte. Neugierig schaute Jerg zu ihm hinüber. Ob unter dieser Verhüllung wohl ein ihm bekanntes Gesicht steckte?

»Was sagst du da? Die Burg-Tabener sind unterwegs? Hast

dich hoffentlich nicht verfolgen lassen, sonst sind wir erledigt!« antwortete der Hagere mit einem drohenden Unterton in die Stimme. Jerg fiel auf, daß den Worten des Anführers die grobschlächtige Aussprache der Bauern fehlte, seine Art zu sprechen war irgendwie anders – feiner? Dennoch hatte Jerg das Gefühl, als bemühe sich der Mann, es den Bauern beim Reden gleichzutun.

»Nein, nein. Keine Sorge, ich hab' gewartet, bis sie in das Wirtshaus eingekehrt sind.«

»Nun, dann laßt uns anfangen, wir haben schon genug Zeit verloren.«

Die Männer scharten sich um ihren Anführer, der Jerg nun mit einem scharfen Blick fixierte. »So, das ist also unser Neuer. Wie ich gehört habe, willst du bei unserer Sache mitmachen?«

»Ja, das will ich!« Jerg erwiderte den festen Blick.

»Weißt du eigentlich, worauf du dich da einläßt? Unsere Sache ist eine heilige Sache, der man entweder ganz und gar oder überhaupt nicht verschrieben ist. Bei uns kann man nicht ein bißchen mitmachen. Sonst ist man schnell ein bißchen tot.« Bei diesen Worten ging ein rauhes Lachen durch die Runde. Die Männer kannten ihren Anführer und wußten, daß dieser mit seinen ruppigen Worten nur prüfen wollte, wie weit die Bereitschaft des Neuen ging. Jeder, der heute hier stand, hatte beim Eintritt in die Gruppe nicht nur einen Treueeid schwören, sondern auch den Fragen des Anführers Rede und Antwort stehen müssen. Und es gab kaum einen, der unter dessen scharfem Blick nicht zu schwitzen begonnen hätte.

»Glaubst du etwa, ich bin nicht Mann genug, so wie ihr hier mitzumachen, oder was soll die Fragerei?« Über Jergs linkem Auge war ein Zucken zu sehen, ein untrügliches Zeichen dafür, wie aufgebracht und verärgert er innerlich war. »Ich denke, ihr braucht jeden Mann für eure heilige Sache?«

»Nun, du vorwitziger Grünschnabel, da bist du im Irrtum.

Jeden Mann brauchen wir weiß Gott nicht«, meinte der Anführer, wobei er das Wort ›jeden‹ ironisch betonte. »Was wir zum Beispiel nicht brauchen, sind Hitzköpfe, die bei der geringsten Kleinigkeit aufbrausen und sich und uns dadurch verraten könnten.« Fragend zog er die Augenbrauen in die Höhe und sah Jerg herausfordend an.

Dieser blickte als erster weg. ›Verflixt, schon wieder hat mich mein loses Mundwerk in Verlegenheit gebracht! Ich könnt' mich dafür ohrfeigen!‹ Jerg wußte, daß er sich jetzt keine weitere forsche Bemerkung erlauben durfte, denn sonst wäre seine Aufnahme in den Geheimbund wirklich gefährdet. Er zwang sich, so demütig wie möglich zu antworten: »Da könnt ihr sicher sein, das wird nicht passieren! Das schwör' ich!«

Stefan, der bisher noch nichts gesagt hatte, wandte sich nun an den Anführer: »Hans, das kannst du ihm glauben. Wenn unser Neuer was verspricht, dann hält er sich auch daran. Sonst hätt' ich ihn doch nicht mitgebracht!«

Hans schien noch einen Augenblick zu zögern, als ob er von irgendwelchen inneren Zweifeln geplagt wurde, gab sich dann jedoch einen sichtbaren Ruck: »Daß du heute Nacht hierher gekommen bist, beweist Mut. Und mutige Männer kann der *Arme Konrad* immer gebrauchen. Doch bevor du richtig zu uns gehörst, mußt du noch einen Treueschwur ablegen. Bist du dazu bereit?«

Jergs Antwort war ein krächzendes »Ja«.

Ein paar Meter weiter links von ihm war plötzlich ein Rascheln im Gebüsch zu hören. Sämtliche Köpfe schossen herum, Jergs Gegenüber griff reflexartig zu seinem Messer, das griffbereit in einem ledernen Futteral an seinem Gürtel hing. Plötzlich schoß am Boden ein armlanger dunkler Schatten vorbei, stieß dabei ein schrilles Pfeifen aus und verschwand wieder. Obwohl sicher jeder der anwesenden Männer in seinem Leben schon manche Ratte erschlagen oder zumindest gesehen hatte, dauerte es noch eine Weile, bis sich die Anspannung wieder löste.

Hans fuhr fort, als ob nichts gewesen wäre: »Alle, die heute hier stehen und zum *Armen Konrad* gehören, haben einen Treueeid geschworen, auf daß unsere Sache nicht verraten werde, und sei's im Turm oder auf der Streckbank!« Bei diesen Worten nahm seine Stimme einen bedrohlichen Ton an, und er ließ Jerg nicht aus den Augen. »Jetzt fragen wir auch dich, Jerg aus Taben: Schwörst du, im Namen der Dreifaltigkeit, unsere Sache nicht zu verraten, vor dem eigenen Weibe geheimzuhalten, ja, selbst im Angesicht des Todes stille zu sein, dann antworte mit einem lauten Ja!«

Diesmal kam Jergs Antwort ohne Zögern.

»Ja, ich schwöre!«

Gebannt schaute er zu, wie Hans mit einem abgebrochenen Zweig mühselig einen Kreis in den gefrorenen Erdboden kratzte.

»Dann steig in diesen Kreis und bete drei Vaterunser, auf daß dein Schwur von Gott erhört werde.«

Jerg trat in den kaum sichtbaren Kreis. Hans reichte jedem der Männer eine Fackel, die diese anzündeten. In ihrem Schein war Jergs Gesicht hell erleuchtet. Seine nachtblauen Augen, die in einem seltsamen Kontrast zu seinen schwarzen, wilden Locken standen, waren auf Hans gerichtet. Gebannt beobachtete er, wie dieser einen großen Fetzen Stoff auswickelte, den er unter seiner Jacke bei sich getragen haben mußte. Vorsichtig breitete Hans das viereckige Stück aus weißem Leinen aus, das Jerg bei näherem Hinsehen als Fahne erkannte. Ein ehrfürchtiges Raunen ging durch die Runde, und die Männer starrten auf das Sinnbild ihres Strebens, ohne ihren Blick abwenden zu können. Benommen starrte auch Jerg auf die symbolträchtigen Darstellungen: In der Mitte war ein aus goldenen Fäden gewirktes, großes Kreuz zu sehen, das die Fahne in zwei Hälften teilte. Die linke Ecke wurde von einem Bundschuh ausgefüllt, dessen lange Schnürbänder wie im Wind flatterten. Rechts davon erkannte Jerg einen Vogel, der einen Schlüssel im Schnabel trug.

›Es sieht aus, als ob der Vogel im nächsten Moment davonfliegen will! Wer das geschaffen hat, muß ein wahrhaftiger Künstler sein!‹ Jerg konnte sich nicht sattsehen an dieser von mutigen Händen unter Lebensgefahr geschaffenen Handarbeit. Denn was einem Künstler während einer solchen Arbeit drohte, wenn er dabei entdeckt wurde, konnte sich jeder an fünf Fingern ausrechnen.

»Dies ist die Fahne der Freiheit, die eines Tages im Schein der Sonne erstrahlen wird.« Zärtlich strich Hans die groben Falten des schweren Leinenstoffes glatt. »Siehst du das Kreuz in der Mitte? Das ist das Symbol für unsere heilige Sache, die gottgefällig ist und bei der *Er* uns seine Hilfe schicken wird.«

»Das Kreuz weiß ich zu deuten, aber was besagt der Bundschuh?« fragte Jerg.

»Das ist der Schuh, den wir alle gemeinsam tragen, den jeder Bauer im ganzen Land am Fuße trägt. Er ist das Zeichen der Vereinigung. Der Vogel ist das dritte Zeichen. Er steht für die Freiheit, die unsere heilige Sache verspricht. Doch der Schlüssel zur Freiheit – das sind wir selbst! Nur wenn wir selbst nach Freiheit streben, wird sie sich uns erschließen! Hast du das verstanden?«

Jerg nickte stumm. Sein Herz klopfte bis zum Hals.

»Knie nun nieder und bete im Angesicht des Kreuzes drei Vaterunser.«

Schwerfällig ging Jerg in die Knie, schwankte dabei ein wenig nach vorne, bis er seinen großen, kräftigen Leib ausbalanciert hatte. Dann sprach er die geforderten Vaterunser mit einer so melodischen Stimme, daß die Männer erstaunt aufhorchten. Keiner hätte diesem kräftigen Burschen mit dem breiten Rücken eines Ochsen die Stimme eines Engels zugetraut! Sein Gesicht, von dem sich die unbeschwerten Züge der Jugend noch nicht zugunsten der Weisheit des Älteren verabschiedet hatten, war für einen kurzen, seltenen Augenblick vollkommen gesammelt.

»... in Ewigkeit Amen.«

»In Ewigkeit Amen«, tönte es gleichzeitig aus zwölf Kehlen.

Hans legte seine Hand auf Jergs Schulter. »Hiermit heißen wir dich feierlich in unserem Bund willkommen! Du gehörst jetzt zu uns, komme was wolle. Die Ziele des *Armen Konrad* sind nun auch deine Ziele. Die Wiederherstellung des alten Rechtes und die Abschaffung von Knechtschaft und Pein – das ist unser ganzes Sinnen und Trachten.« Von den umstehenden Männern war zustimmendes Murmeln zu hören. Hans nickte jedem einzelnen kurz zu, wandte sich dann jedoch wieder an Jerg. »Jetzt will ich dir noch unsere Losung verraten. Wann immer du irgendwo jemanden folgenden Satz sprechen hörst, weißt du, das ist einer von den unsrigen, dem du vertrauen kannst:

›Ein armer Narr bin ich und bleib' ich, bis ich auf dem Hungersberg zu Grabe getragen werde‹.

Hast du mich verstanden? Wer so spricht, will dir eine Nachricht zukommen lassen. Oder dich vielleicht zu einem Treffen beordern.« Eindringlich blickte Hans dem neuen Mitglied in die Augen.

Jerg, der immer noch in seiner knienden Stellung verharrte, nickte.

Er war von der ganzen Zeremonie mehr als beeindruckt: zuerst das Auftreten des hageren Hauptmanns, dann die Fahne und nun noch diese Losung!

Zum ersten Mal in seinem Leben hatte Jerg das Gefühl, etwas wirklich Bedeutungsvolles vollbracht zu haben.

2.

Ehe er sich versah, hatte sich die Gruppe der Männer wieder in nichts aufgelöst, ging jeder seiner Wege. Jerg war innerlich so aufgewühlt wie schon lange nicht mehr, woran selbst der zügige Marsch in der kalten Nacht nichts ändern konnte. Unvermittelt schlug er dem verdutzten Stefan auf die Schulter.

»Ich habe es getan! Ich kann's immer noch nicht ganz glauben! Wie lange habe ich mit dem Gedanken gespielt, mich dem Armen Konrad anzuschließen. Und dabei ist es dann auch geblieben ... Aber ab heute gehöre ich dazu!« Zufrieden mit sich und seinem Entschluß atmete er tief durch.

Mit einem spöttischen Seitenblick erwiderte Stefan: »Es wurde auch langsam Zeit, daß du etwas tust! ›Große-Töne-Spucken‹ alleine hat schließlich noch niemals etwas zum besseren gewendet.«

»Hast ja recht! Im nachhinein ärgere ich mich selbst über mein früheres Zögern. Aber du kennst doch das Sprichwort: Besser spät als gar nicht! Und auf der anderen Seite seid ihr Geheimbundler ja verschwiegen wie ein Grab! Es hat ja eine halbe Ewigkeit gedauert, bis ich erfahren habe, worum es bei eurer Sache überhaupt geht!«

»Ja, mit der Geheimniskrämerei nehmen's die Brüder vom *Armen Konrad* schon sehr genau! Mitglied darf nur jemand werden, dem sie wirklich vertrauen. Alle anderen sollen nicht einmal erahnen, daß es uns gibt!«

»So ganz will euch das dennoch nicht gelingen!« konterte Jerg. »Mir war nämlich schon seit Jahren bekannt, daß es einen geheimen Bund von Bauern gibt, der sich der *Arme Konrad* nennt. Ich wußte nur nichts Genaues. Aber wenn ich's mir recht überlege, habe ich das erste Mal davon gehört, nachdem Kaiser Maximilian diesen jungen Flegel Ulrich zum Herzog ernannt hatte.«

»Dieser Blutegel! Saugt das Land aus wie beim Aderlaß!« Angewidert spuckte Stefan vor sich auf den Boden. »Kein Wunder, daß die Rufe des *Armen Konrad* nach mehr Rechten immer lauter werden! Kann man's unseren Leuten etwa verdenken, daß sie ihrem Ärger hin und wieder Luft machen?

Solange es dabei bleibt und weder der Büttel noch der Aufseher von Burg Taben oder gar des Herzogs Mannen davon Wind bekommen, wen kümmert's ...«

Jerg mußte daran denken, wie er sich selbst aus einzelnen Gesprächsfetzen mühselig einige Dinge über den *Armen Konrad* zusammengereimt hatte. Mehr als ein paar Worte war von den meisten Männern nicht herauszukriegen. Und doch – wer das Vertrauen eines Wandersmannes oder Reisenden bei einem Krug Bier gewinnen konnte, dem kam schon das eine oder andere zu Ohren. Eine geschickte Frage hier, eine arglose Anspielung da, und schon erzählten die Leute bereitwillig mehr, als sie eigentlich vorhatten.

»Aber eines ist mir immer noch nicht ganz klar ... Wie kommt es wohl, daß der *Arme Konrad* seinen Ursprung gerade im nahen Remstal hat? Gibt es dort vielleicht besonders viele mutige Männer?«

Stefan lachte leise. »Glaubst wohl, der Wein macht nicht nur selig, sondern auch mutig, was? Nein, ich denke, irgendwann wußten sich die Winzer wohl ›koan Rat‹ mehr und begannen, eine geheime Verbrüderung zu bilden, die nach einer Verbesserung ihrer Umstände strebte. Scheinbar hat es früher schon ähnliche Verbindungen gegeben, die jedoch von der Obrigkeit entdeckt und zerschlagen worden waren.« Für einen kurzen Augenblick hielt er inne. »Ein Durchreisender hat mir einmal von einer Gruppe aufständischer Bauern aus dem Breisgau erzählt, die sich den einfachen Namen Bundschuh gegeben hatten. Leider konnte der Mann, ein fahrender Händler, nicht mehr darüber sagen, als daß er vor einigen Jahren aufgeflogen und somit gescheitert war.«

»Was soll's! Nun haben wir unseren eigenen Geheimbund! Und der wird nicht so schnell scheitern. Im ganzen Land schwelt es doch schon an allen Ecken und Enden«, erwiderte Jerg unwirsch. Er hatte keine Lust, sich Geschichten von gescheiterten Aufständen anzuhören.

»Du hast recht, Jerg. Lange kann es nicht mehr dauern,

bis aus den vielen kleinen Schwelbränden ein großer Flächenbrand wird«, antwortete Stefan zufrieden. »Mittlerweile sind schon im ganzen Land Mitglieder des *Armen Konrad* bemüht, weitere Männer für unsere Sache zu werben, da bin ich weiß Gott nicht der einzige! Aber ich möchte noch einmal auf deine Frage zurückkommen: Daß die Anfänge gerade im Remstal ihre Wurzeln haben, muß uns eigentlich nicht wundern, denn die Weinbauern hatten schon immer ein noch schwereres Los als wir. Schau nicht so ungläubig, so ist es in der Tat! Ist es für uns schon schwierig, einem Acker auch nur eine klägliche Getreideernte abzutrotzen, so ist es für die Winzer fast unmöglich, den Rebensaft sprudeln zu lassen! Denn auch sie müssen unzählige Fronarbeiten verrichten, die kostbare Zeit in Anspruch nehmen. Zeit, die bei der Pflege der Weinstöcke fehlt.«

Mit einem Seitenblick vergewisserte er sich Jergs Aufmerksamkeit, um sogleich fortzufahren: »Aber das ist noch nicht alles! Denn dazu kommt noch eine andere Plage, gegen die die Weinbauern vollkommen machtlos sind: Jeden Herbst haben sie unter riesigen Vogelschwärmen zu leiden, die sich die mühsam angebauten und gepflegten Trauben schmecken lassen, und wehe dem, der es wagt, einen dieser gefiederten Diebe zu fangen! Der muß damit rechnen, selbst von des Herzogs Mannen gefangen und übel zugerichtet zu werden. Und wehe dem Winzer oder Bauern, der sich traut, sich gegen schädliches Wild zur Wehr zu setzen! Darauf warten die Forstmeister und Waldschützen nur! Für die meisten dieser Gesellen ist die Jagd nach Weinbauern ein noch viel größerer Spaß als die Jagd nach Wildschweinen oder anderen Tieren.«

Aufgebracht schüttelte Jerg den Kopf. »Und das soll Gottes Gerechtigkeit sein? Eine Schweinerei ist das, wenn du mich fragst! Aber sag, woher weißt du das alles so genau?«

»Mein Weib, Gott hab' sie selig, die kam doch aus Beutelsbach. Und ihren Bruder, den Michel, den treff' ich ab und an heute noch. Der ist übrigens auch dabei ... beim *Armen Konrad*, meine ich. Letztes Jahr, so hat er mir erzählt, hätten sie wegen der Vögel fast gar keine Ernte gehabt. Doch das ist den Verwaltern des Feudalherren egal, die stehen pünktlich jedes Jahr bei Fuß, um ein Drittel der Ernte für ihren Herrn einzufordern. Dazu kommen noch dreißig Schilling Weinbergzins, die ein Winzer durch den Verkauf seines restlichen Weines auf dem Markt und in den Weinschenken erzielen muß. Und die Kirche fordert ihren Zehnten. Am Ende bleibt für Michel und seine Familie gerade so viel übrig, daß es zum Leben zuwenig, zum Sterben zuviel ist! Und so geht das Jahr für Jahr.« Hilflos ballte Stefan die Hände zu Fäusten.

Jerg bebte vor Wut, zu viele Geschichten dieser Art hatte er schon hören müssen. »Von jetzt an werden wir uns alle zur Wehr setzen! Lange genug haben wir zusehen müssen, wie die adligen Herren ihre fetten Wänste immer fetter mästeten, während sich das einfache Volk um Hunde- und Katzenfleisch schlug, um nicht zu verhungern. Denk doch nur an die herzögliche Hochzeit vor drei Jahren! Mir kommt heute noch die Galle hoch, wenn ich mich daran erinnere. So eine sinnlose Prasserei wie Herzog Ulrichs Hochzeit mit Sabina, dieser Bayernfurie, hatte unser armes Land doch bis dahin noch nicht gesehen!«

»Sprich bloß nicht davon.« Stefan konnte, wie alle anderen auch, ein Liedchen singen von den Hochzeitsvorbereitungen, in die das ganze Land eingespannt gewesen war.

Wochen vorher schon hatte es für die Bauern nichts anderes als Frondienste verschiedenster Art gegeben: Das Schlagen von Holz, um daraus Sitzgelegenheiten für die 7000 Gäste zu zimmern, Vieh mästen und schlachten, Hühner füttern, Eier sammeln und in Essig legen, Schnecken sammeln und Obst pflücken. Natürlich war dabei die eigentliche Arbeit auf dem Felde zu kurz gekommen, und der darauffolgende Hungerswinter war ebenfalls schon im Sommer jenes Jahres abzusehen gewesen, denn statt die Weizen- und Dinkelernte trocken einbringen zu können, hatten die Bauern sämtliche Teiche und Seen im Land leerfischen müssen, so daß am Tage der Hochzeit schließlich 11 Tonnen Salme, 90 Tonnen Heringe, dazu noch Unmengen Aale und Karpfen zubereitet werden konnten. Knechte und Mägde aus der herzoglichen Hofküche zu Stuttgart erzählten später von sage und schreibe 136 Ochsen und mehr als 1800 Kälbern, die von der Hochzeitsgesellschaft verspeist worden waren. Sicher, auch die Stuttgarter Bürger hatten an diesem freudigen Ereignis teilgehabt, denn während der ganzen Zeit war aus den acht Röhren des Stuttgarter Marktbrunnens statt Wasser Wein geflossen. Man stelle sich das einmal vor: ein ganzer Brunnen, aus dem Wein fließt! Auf dem Lande dagegen war nur eines geflossen, dafür aber bächeweise: Tränen, vergossen für die Schwächsten der Schwachen, die Ärmsten der Armen, die als erste der winterlichen Hungersnot zum Opfer gefallen waren. Kinder, Frauen, alte Menschen – es hatte kaum ein Dorf gegeben, das nicht vom Hunger und Elend gekennzeichnet worden war. Dabei hatte das Leid viele Gesichter gehabt: Mütter, die ihren Kindern ein Stück Birkenrinde zwischen die Zähne schoben, um deren Hungergeschrei zu stillen, Männer im besten Alter, die der Hunger an manchen Tagen so schwächte, daß sie die Arbeit auf dem Feld nicht mehr verrichten konnten, Frauen, die ihr Neugeborenes lieber himmelten, als es aufwachsen zu sehen, weil ein kleiner Engel im Himmel nicht nach Milch schreit, obwohl es keine gibt.

Überall hatte die Fratze des Todes gelauert.

Die beiden Männer schwiegen. Jerg mußte an Marga, sein junges Weib, denken. ›Dem Herrgott sei gedankt, daß es keinen von uns erwischt hat ...‹ Mit einem Seitenblick streifte er Stefan, der ebenfalls tief in Gedanken versunken schien. Der arme Kerl war keine zwei Jahre verheiratet gewesen, als sein Weib den schwarzen Tod starb. Und gleich danach, während der Erntezeit seine Eltern. Bisher waren die Brauns vom Schlimmsten verschont geblieben... Aber wenn ihnen dieses Jahr keine bessere Ernte beschert war, dann konnte auch der Allmächtige nicht mehr helfen!

In der Zwischenzeit waren sie in Sichtweite des kleinen Dörfchens gekommen, in dem Jerg mit Marga auf dem Hof seines älteren Bruders Cornelius zusammen mit dessen Frau Lene und deren drei Kindern wohnte. Das Mondlicht zeichnete von jedem Häuserdach eine scharfumrissene Linie gegen den Horizont, und der weiße Frost umgab das ganze Dorf mit einem gnädigen, silbernen Schein, unter dem die zerfallenen Hütten, die löchrigen Dächer, die fensterlosen Verschläge wie aus einer anderen, einer schöneren Welt zu stammen schienen. Beim Anblick der heimatlichen Vertrautheit wurden Jergs Schritte unwillkürlich schneller. Nun hatte er es eilig, Stefan loszuwerden. Dieser marschierte in Richtung Dorfschenke, während Jerg, wie von einer inneren Kraft gesteuert, zielstrebig auf eines der kleinen Häuser zulief, das am oberen Ortsrand von Taben lag. Jerg war noch immer innerlich aufgewühlt. Es lag nicht in seinem Wesen, sich mit stundenlangen Gedankenspielen zu beschäftigen, einzelne Gedanken immer wieder hin und her zu schütteln, wie es ein Spieler mit seinen Würfeln zu tun pflegt, und mit Spannung darauf zu warten, was wohl herauskommen mochte. Ihm war durch das viele Grübeln ganz schwindlig geworden.

Mittlerweile war er bei dem kleinen Haus angelangt, welches, aus der Nähe betrachtet, einen erbärmlichen Eindruck machte: Statt Fensterscheiben waren alte Lumpen, Stroh, Holz und vieles mehr in die Öffnungen gestopft, die Tür war schon unzählige Male geflickt worden, so daß mittlerweile kein Brett mehr dem anderen glich, und neben dem Haus befand sich ein Haufen mit Unrat, Müll und Kot von Menschen und Tieren, von dem selbst in dieser klirrend kalten Märznacht ein übler Geruch ausging. Was dem aufmerksamen Beobachter jedoch am meisten ins Auge fallen oder besser gesagt in die Nase steigen mußte, war der beißende

Geruch eines offenen Feuers, das im Haus brannte. Denn in ganz Taben gab es kaum mehr einen Haushalt, der es sich leisten konnte, sich durch ein wärmendes Feuer gegen die Kälte zu schützen, geschweige denn, die Feuerstelle die ganze Nacht hindurch zu schüren! Was an kärglichen Brennvorräten vorhanden gewesen war, war während der letzten Wintermonate verheizt worden. Für die meisten hieß es: durchhalten und auf das Frühjahr mit seinen wärmeren Temperaturen hoffen.

Doch Jergs Bedarf an scharfsinnigen Beobachtungen war für diese Nacht gestillt. Mit einem fahrigen Handgriff kämmte er sich die feuchten, eisigen Stirnlocken aus dem Gesicht. Gleichzeitig stemmte er sich mit seinem ganzen Gewicht gegen die geflickte Tür, die unter dieser Kraft sofort nachgab.

»Anklopfen lernst du wohl auch nie!« Als ob sie ihn schon erwartet hätte, stand eine mittelgroße Frau, nur mit einem dünnen, ärmellosen Hemd bekleidet, vor Jerg. Ihr dunkelbraunes Haar hing lang und strähnig in ihr Gesicht und über ihre Schulter bis zur Hüfte hinunter. Es hätte schönes Haar sein können, eine Haarpracht, sogar einer Königin würdig, wenn die Besitzerin ihm wenigstens hin und wieder ein bißchen Pflege hätte angedeihen lassen. Doch so hing das schwere, dichte Haar in verfilzten Strähnen herunter, ein Teil davon war geflochten und sah aus, als ob man es gar nicht mehr entwirren könnte. Hinter diesem dunklen Vorhang wirkte die fahle Gesichtshaut noch heller, die Augen schienen wie dunkle, tiefliegende Seen, deren Ufer durch langes, dichtes Schilfgras geschützt war. Denn das Auffallendste waren die überlangen, dichten Wimpern, die dem Gesicht einen bizarren Ausdruck verliehen, eine Wildheit hervorriefen, die man viel eher bei einem ungezähmten Tier als bei einer Frau vermutet hätte.

Wortlos griff Jerg nach ihr, umschlang ihren jungen Körper mit eisernem Griff und küßte sie direkt auf den Mund, während er ihren Kopf nach hinten bog. Willig kam die Frau

Jerg entgegen. Mit ein paar Handgriffen hatte sie seinen Gürtel gelöst und machte sich an der Schnürung seiner Hose zu schaffen, ohne jemals den Kontakt zwischen ihren beiden Mündern zu unterbrechen. Währenddessen rieb sie sich wie eine Katze an Jergs kräftigem Oberschenkel und gab keuchende, kurzatmige Laute von sich. Der beißende Geruch des feuchten Feuerholzes ließ Jerg Tränen in die Augen steigen, doch schenkte er dem keine Beachtung. Genausowenig schien ihn zu stören, daß in einer Ecke des Raumes zwei kleine Gestalten unter einem Berg von Lumpen dicht aneinander gedrängt lagen, dem Treiben kurz teilnahmslos zusahen, dann aber wieder einschliefen. Die Kinder waren männliche Besucher gewöhnt, außerdem hatten frühere Erfahrungen sie gelehrt, daß es am besten war, wenn sie sich ruhig verhielten, denn sonst konnte es im Eifer des Gefechts von ihrer Mutter ein paar Ohrfeigen setzen. Doch die beiden Erwachsenen nahmen von den Kindern genausowenig Notiz wie umgekehrt. Eilig durchquerten sie den Raum und ließen sich auf die Schlafstelle auf der anderen Seite des Feuers fallen. Im rauchigen Licht der Glut schimmerten ihre nackten Leiber wie Bronze, während sie gegenseitig ihre wilde Lust stillten.

Danach blieben sie mit ineinander verschlungenen Beinen liegen. Die Frau drehte sich schließlich zur Seite, stützte sich auf einen Ellenbogen, begann mit einer Haarsträhne zu spielen und fragte: »Wann verläßt du dein Weib und kommst zu mir?«

»Sureya, was soll das Gerede? Das wird nicht geschehen, und das weißt du ganz genau!« entgegnete Jerg unwirsch und rückte ein Stück von ihr ab. Ihm stand der Sinn ganz und gar nicht nach langen Reden. Im Gegenteil: Nachdem er seine innere Spannung auf diese Weise entladen hatte, wurde er von einer lähmenden Müdigkeit erfaßt, und es graute ihm bei dem Gedanken, sich wieder ankleiden und in die Kälte hinaus zu müssen.

»Das weiß ich eben *nicht* ganz genau«, erwiderte die Frau mit einem trotzigen Unterton. »Was ich jedoch weiß, ist, daß du eine richtige Frau brauchst, eine, die deine Kinder bekommen kann und mit der du deinen Spaß hast. So wie mit mir. Und nicht so eine vertrocknete Jungfer wie deine Marga!« Hatten ihre Worte zu Beginn noch einen verführerischen, lockenden Klang gehabt, so spuckte sie ihm die letzten Worte förmlich ins Gesicht.

»Red nicht von Marga und von Dingen, die du nicht verstehst! Das mit uns ist eine Sache. Doch Marga ist mein angetrautes Weib, und daran kannst auch du mit deinen verlockenden Schätzen nichts ändern.« Bei diesen Worten hatte er wieder angefangen, ihre Brüste zu liebkosen, um so seinen Worten die Schärfe zu nehmen. Er wußte, daß Sureya auf ihre Pracht stolz war wie andere Frauen auf kostbares Geschmeide. Zur Freude aller Männer im Dorf stellte sie diese auch gerne offenherzig geschnürt zur Schau und ließ dabei wie zufällig eine Brustwarze hervorblitzen. Jerg wußte, daß Sureya nachts auf vielen Schlafstätten zu Hause war, wenn auch nur in den Gedanken der Männer, die sich beim Besteigen ihrer Weiber Sureyas animalische Weiblichkeit ins Gedächtnis riefen. So manche Frau mochte sich in solchen Momenten über die Manneskraft ihres sonst so schwerfälligen Gatten wundern, über den unerhofften und seltenen Genuß. Aber war es denn ein Wunder, wenn in eiskalten Winternächten, in zugigen Räumen und mit leerem Magen die Manneskraft hin und wieder auf der Strecke blieb? Warum also Fragen stellen, wenn einem die Nacht wohlgesonnen war ...?

Nachdem Jerg Sureya wieder versöhnlicher gestimmt und versprochen hatte, so bald wie möglich wiederzukommen, raffte er sich schließlich widerwillig zum Gehen auf.

Sureya reckte und streckte sich, als wäre sie gerade aus einem langen, erholsamen Schlaf erwacht. Dann erhob sie sich noch einmal, um Holzscheite nachzulegen. Sie wußte, daß sie zu den wenigen Glücklichen gehörte, denen noch Brennholz zur Verfügung stand. Doch dies hätte Sureya niemals dazu veranlaßt, ihren Vorrat mit anderen, besonders Bedürftigen, zu teilen. Ganz im Gegenteil: In der Gewißheit, daß ihre Quelle für Brennholz nicht so schnell versiegen würde, verfeuerte sie schamlos und geradezu verschwenderisch einen Scheit nach dem anderen. Daß die Dorfbewohner für Sureya keine Sympathien übrighatten, mußte sie daher nicht wundern. Aber das störte sie nicht im geringsten. Sie war es gewohnt, daß man ihr Ablehnung entgegenbrachte, sie zumindest mit Argwohn beobachtete, und war zufrieden, wenn man sie in Ruhe ließ.

Gedankenverloren setzte sich Sureya neben das lichterloh brennende Feuer und begann, Wanzen von den Lumpen ihrer Schlafstatt abzusammeln. In der warmen Hütte vermehrten sich die gepanzerten Tiere zuhauf, wovon Sureyas zerbissene Oberarme und Beine ein Zeugnis ablegten. Als sie eine Handvoll der kleinen, schwarzen Viecher zusammen hatte, warf sie sie schwungvoll ins Feuer. Die kleinen Körper knisterten und lösten sich zu Staub auf. Plötzlich wurde Sureya übel. Der Geruch der verbrannten Panzer erinnerte sie an einen anderen, schon längst vergessen geglaubten Geruch: den Gestank verbrannter Tierleiber. Auf einmal hielt sie es in der kleinen Hütte nicht mehr aus und trat hastig hinaus in die klare, kalte Winterluft.

Später versuchte sie einzuschlafen, doch ihre Gedanken wanden sich einer Schlange gleich durch das Dickicht ihrer Vergangenheit. Frühere durchwachte Nächte hatten sie gelehrt, daß sich diese Schlange nicht aufhalten ließ. Aber sie konnte sie zwingen, bestimmte Wege zu nehmen und andere zu umgehen. Um keinen Preis wollte sie dabei erneut dem Geruch von Tierkadavern begegnen, den die Schlange nach Monaten des Stillhaltens heute wieder hervorgerufen hatte. Statt dessen zwang sie das Untier in ihrem Kopf zurück in ihre Kindheit ...

Von klein auf hatte sie gelernt, auf niemanden angewiesen zu sein, schon gar nicht auf Mitglieder des eigenen Geschlechts. Wie so viele andere schöne Frauen vor ihr wurde auch sie von Kindesbeinen an von ihren Geschlechtsgenossinnen, allen voran von ihrer eigenen Mutter, argwöhnisch beäugt: War es denn möglich, daß ihre Beine noch länger wurden? Konnte es sein, daß ihr Mund noch voller zu werden schien? Die Brüste, so jung und frisch! Und diese Haare – schienen die nicht von geradezu überirdischer Schönheit zu sein? Bei soviel prachtvoller Weiblichkeit zogen sich die anderen voller Neid zurück. Selbstverständlich blieb dieser Reichtum auch den Männern nicht verborgen. Allen voran waren da die »Freunde« ihrer Mutter, mit der Sureya in einem alten, bunt angestrichenen Pferdewagen durch die Lande zog. Nerva verdiente sich ihren Lebensunterhalt, indem sie jedem ihre Dienste anbot, der mit Naturalien oder ein paar Hellern in der Hand daherkam. Auf diese Weise konnten sie zwar kein üppiges Leben führen, aber zusammen mit kleineren Diebstählen war es Nerva möglich, sich, ihre Tochter und den alten Gaul durchzubringen. Und da sie Jahr für Jahr die gleiche Route wanderte, dabei immer wieder durch dieselben Dörfer und Städte kam, hatte sie mittlerweile überall einen Stamm von Kunden, die sie regelmäßig und gerne aufsuchten.

Sureya dachte nicht ungern an diese ersten Jahre ihres Lebens zurück. Sie kannte nichts anderes als den ewigen Rhythmus von Rast und Wanderschaft, war mit dem gleichmäßigen Schaukeln des Pferdewagens aufgewachsen und wäre unglücklich gewesen, wenn ihre Mutter beschlossen hätte, irgendwo seßhaft zu werden und Wurzeln zu schlagen. Denn obwohl sie manche Städte lieber mochte als andere, so wollte sie doch in keiner für immer bleiben. In jeder Stadt gab es Kinder, die mit Steinen nach ihr warfen, an ihren Haaren zogen oder sie mit Schimpfwörtern zu ärgern suchten, sobald sie es wagte, sich zu weit von ihrem fahrenden

Zuhause zu entfernen. So war Sureya jedesmal froh, wenn ihre Mutter das Zeichen für den Aufbruch gab und sich der Wagen in Bewegung setzte. Und keiner der Beteiligten wäre unglücklich gewesen, wenn das für alle Ewigkeit so geblieben wäre, Nerva am allerwenigsten.

Doch das Unglück braute sich unter ihrem eigenen Dach zusammen: Sureya war noch keine acht Jahre alt, als Nervas Kunden die überirdische Schönheit der Hurentochter bemerkten. Danach dauerte es nicht lange, bis die ersten nach Sureya fragten und gerne bereit gewesen wären, für deren junges Fleisch gut zu bezahlen. Doch davon wollte Nerva nichts hören. Nicht, weil sie ihre Tochter vor den brutalen Wünschen und Vorlieben der Männer, mit denen sie tagtäglich zu tun hatte, bewahren wollte. Auch hätte sie keine Skrupel gehabt, die Unschuld ihrer erst achtjährigen Tocher zu verkaufen, denn Sureya wußte in diesem Alter bereits alles, was es über Männer und deren Wünsche zu wissen gab – was bei einem Leben auf so engem Raum mit einer Hure wie Nerva nicht weiter verwundern mußte. Was Nerva letztlich davon abhielt, ihre junge Tochter auf die gleiche Art ihr Brot verdienen zu lassen, war nicht Mutterliebe, sondern einzig und allein die Tatsache, daß sie sich keine Konkurrentin im eigenen ›Hause‹ heranziehen wollte. Ihre erfahrenen Augen erkannten schon jetzt in Sureya deren spätere animalische Weiblichkeit, die Männer zu willenlosen Geschöpfen machen konnte. Und sie erkannte noch etwas anderes in ihrer Tochter: den gleichen starken Willen zu überleben, wie sie ihn selbst besaß. Und die gleiche Skrupellosigkeit, die damit einhergehen mußte. Denn in einer Welt, in der Frauen nicht viel anders als ein Stück Vieh behandelt wurden, in der Frauen nicht einmal als angetrautes Weib eines Mannes so etwas wie Sicherheit erlebten, konnte sich keine alleinstehende Frau, noch dazu eine Fahrende, Gefühle wie Rücksichtnahme, Mitgefühl oder Güte leisten. Daher konnte sich Nerva leicht an einer Hand ausrechnen, daß Sureya, ohne einen Gedanken an ihre Mutter zu verschwenden, die erste Gelegenheit nutzen würde, um dem ärmlichen Leben zu entfliehen und ihre Mutter zurückzulassen. Doch so weit wollte es Nerva nicht kommen lassen. Ihre Pläne für Sureya sahen anders aus ... Und so schlug sie jedes noch so gute Angebot, das ihre Tochter betraf, aus. Es fiel ihr nicht immer leicht, aber schließlich mußte sie an später denken. Wer würde noch mit Nervas verbrauchtem Leib vorlieb nehmen, nachdem er erst einmal vom süßen Honig ihrer Tochter gekostet hatte?

In der Zwischenzeit tat sie alles, um die erwachende Schönheit ihrer Tochter vor allzu neugierigen Augen zu verbergen. Sie kleidete sie in unförmige Lumpen. Sie verbot ihr, sich öfter als alle paar Wochen zu waschen, so daß sie nach kurzer Zeit am ganzen Körper fleckige, teilweise auch offene Stellen hatte, von denen ein fauliger Gestank ausging. Allerdings konnte sie Sureyas Haarpracht nicht völlig abschneiden, denn diese würde notwendig sein, wenn erst einmal der richtige Zeitpunkt gekommen war. Statt dessen zurrte sie die Haare des Mädchens mit alten Bändern dicht an seinem Kopf fest. Derart zugerichtet, wurde das Kind von den Besuchern des Wagens in Ruhe gelassen, und Nerva konnte die nächsten Jahre weiterhin ungestört ihrem Tagwerk nachgehen. Sureya selbst kam es nicht in den Sinn, die Befehle ihrer Mutter in Frage zu stellen, denn sie kannte nichts anderes.

Als ihre Tochter das dreizehnte Lebensjahr erreicht hatte, befand es Nerva an der Zeit, ihre langgehegten Pläne in die Tat umzusetzen. Für diesen Zweck wich sie sogar von ihrer gewohnten Route ab, denn sie hatte ein ganz spezielles Ziel vor Augen: Maulbronn, ein kleines Dorf wie etliche andere. Auch dort hatte sie viele Stammkunden, die jedes Jahr mit Spannung auf Nervas bunten Wagen warteten und die überrascht registrierten, daß er in diesem Jahr drei Monate früher als sonst an der Dorfgrenze Rast machte. Statt ihrer bisherigen Gewohnheit nachzugehen und sich auf die oberste Stufe des Wagens zu setzen, um auf Kunden zu warten, wurde

Nerva diesmal von einer ungewohnten Geschäftigkeit getrieben: Beim ersten Morgengrauen weckte sie ihre Tochter mit einem groben Stoß in die Seite und wies sie an, ihr an das kleine Bächlein zu folgen, das sich in sanften Bögen durch das Tal wand. Dort befahl sie ihrer Tochter, sich auszuziehen. Als Sureya sich sträubte, versetzte Nerva ihr mit der offenen Hand einen kräftigen Schlag auf den Kopf, darauf bedacht, keine roten Striemen im Gesicht zu hinterlassen. Da folgte Sureya wortlos den Weisungen ihrer Mutter. Nachdem sie völlig nackt war, mußte sie bis zum Kinn in das kalte Wasser der Lauter steigen. Nerva reichte ihrer Tochter ein Stück Seife, etwas, das diese noch nie in ihrem Leben gesehen hatte. Sie wußte nicht, was sie damit anfangen sollte. So stieg Nerva gezwungenermaßen zu ihr ins Wasser und machte sich daran, den Mädchenkörper eigenhändig von oben bis unten einzuseifen und danach mit einem groben Tuch abzuschrubben. Erst als Sureya durch die ungewohnte und rauhe Reinigung am ganzen Körper beinahe wund war, ihre Haare gespült hatte, bis diese in einer schweren Masse bis zu ihrem Hinterteil hinabhingen, durfte sie das eisigkalte Wasser verlassen. Nachdem sich beide Frauen abgetrocknet hatten, griff Nerva nach ihrem Lederbeutel, in dem sie die Seife, Tücher und andere Dinge mitgebracht hatte, und zog ein kleines tönernes Gefäß heraus. Sie öffnete es, hielt es sich kurz unter ihre Nase, um sich an dem aufsteigenden Duft zu ergötzen, und reichte es schließlich ihrer Tochter. In dem Töpfchen befand sich eine honiggelbe Salbe, von der ein starker moschusartiger Geruch ausging. Mit dieser Salbe mußte sich Sureya am ganzen Körper einreiben, wobei Nerva darauf achtete, daß sie dabei auch ihr Hinterteil und die Stelle zwischen ihren Beinen nicht vergaß. Währenddessen beschäftigte sie selbst sich damit, die langen Haare ihrer Tochter zu entwirren, eine langwierige und schmerzhafte Prozedur, die von lauten Flüchen begleitet wurde. Doch schließlich war Nerva mit dem Ergebnis zufrieden. Wieder griff sie in ihren großen Lederbeutel, zog ein rotes, ärmelloses Kleid heraus, das sie jahrelang wie einen Schatz für diesen Augenblick gehütet hatte und das mehr zeigte, als es verbarg: Sureyas junge Brüste spannten sich unter dem dünnen Gewand, und die für ein Mädchen ihres Alters viel zu großen Brustwarzen zeichneten sich als dunkle Kreise ab. Sureya hielt beide Arme vor ihren Körper, so nackt fühlte sie sich in diesem Kleid, nachdem sie jahrelang nichts anderes als die schweren Kutten gekannt und getragen hatte. Doch Nerva war mit dem Ergebnis mehr als zufrieden. Rasch packte sie alles zusammen und ging mit ihrer Tochter zum Wagen zurück. Mittlerweile war das naheliegende Dorf erwacht. Nerva befahl Sureya, im Wagen zu bleiben und zu warten, bis sie wieder zurückkam. Sie versprach, eine Überraschung mitzubringen, was Sureya in höchstes Erstaunen und Aufregung versetzte. Eine Überraschung hatte sie noch nie in ihrem Leben bekommen. Sie schob sich eine Decke in den Rücken, machte es sich auf ihrer Schlafstätte im Wagen bequem und begann, auf die Rückkehr ihrer Mutter zu warten ...

Was danach kam, konnte Sureya später nur als die schlimmsten Stunden ihres Lebens bezeichnen, denen drei nicht minder schlimme Jahre folgten. Noch heute wurde sie von einem unendlichen Grauen erfaßt, wenn die Schlange in ihrem Kopf dorthin zurückwanderte. Und doch zwang sie sich von Zeit zu Zeit dazu, diese widerwärtigen Stunden im Geiste noch einmal durchzuleben. Sie wollte die Erinnerung daran nicht sterben lassen, wollte den abgrundtiefen Haß, den sie damals zum ersten Mal verspürte, immer wieder fühlen. Damals hatte sie sich geschworen, niemals mehr einem anderen Menschen auf Gedeih und Verderb ausgeliefert, sondern selbst diejenige zu sein, die ihr Leben bestimmte.

Und daran hatte sie sich gehalten, sobald es ihr gelungen war, den grauenvollen Teil ihres Lebens zu beenden, der damals imWagen ihrer Mutter begonnen hatte. Sie erkannte bald, daß kaum ein Mann ihren weiblichen Reizen widerstehen konnte, ob Edelmann oder einfacher Bauer. Sureya, von ihrer Mutter für einfältig und dumm gehalten, begann ihren scharfen, kalten Verstand dazu zu nutzen, ihre Anziehungskraft in bare Münze umzuwandeln. Dazu gehörte unter anderem, daß kaum einer ihrer vielen Verehrer wußte, wie viele Männer es in Sureyas Leben außer ihm noch gab. Sicher, manche vermuteten schon den einen oder anderen Nebenbuhler, aber Sureya war viel zu schlau, als daß sie mit der Zahl ihrer Verehrer hausieren gegangen wäre. Und so fühlte sich ein jeder wie der einzige Nutznießer ihrer Dienste, was der männlichen Eitelkeit entgegenkam. Für die Befriedigung dieser Eitelkeit mußten allerdings nicht nur die Männer selbst bezahlen, sondern auch deren Familien: Denn das Stück Brot, der Korb mit Rüben, die Schwarte Speck oder auch die Heller oder gar Taler, die die Männer nach einem Besuch bei Sureya zurückließen, fehlten schließlich im eigenen Heim, wo es mehr als genug Mäuler zu stopfen gab. Dabei forderte Sureya nichts, sondern nahm, was ihr angeboten wurde, registrierte aber wie ein Buchhalter in einer Ecke ihres Gehirns genau Menge und Qualität der mitgebrachten Gaben. Und danach verteilte sie ihre Gunst. Die einzige Ausnahme war dabei Jerg. Ihm schenkte sie sich gerne und ohne eine Gegenleistung zu erwarten. Jerg wäre es auch gar nicht in den Sinn gekommen, für den Körper einer Frau zu zahlen. Nicht einmal bei Sureya, von der er wohl wußte, wie sie ihren Lebensunterhalt verdiente. Jerg war der einzige Genuß, den Sureya sich leistete. Neben all den Schlappschwänzen, die Sureya auf ihren Decken bedienen mußte, genoß sie es, von Zeit zu Zeit selbst von einem rechten Mannsbild bedient zu werden. Doch niemals lief sie dabei Gefahr, zugunsten dieser Schwärmerei ihren Verstand auszuschalten.

Mit einer fahrigen Bewegung setzte sie sich nun erneut auf. Seit Jerg gegangen war, wurde sie von etwas geplagt, das unaufhörlich an ihr nagte und fraß. Etwas, wofür sie anfangs keinen Namen finden konnte. Doch nun fiel es ihr wie Schuppen von den Augen: Die zu Eis erstarrten Haare, die vor Kälte blau angelaufenen Wangen und die steifen Hände – all das konnte er sich doch unmöglich auf dem kurzen Weg von seinem zu ihrem Haus zugezogen haben! Wo war der Bursche gewesen, bevor er zu ihr kam? Doch sooft sich Sureya diese Frage auch stellen mochte, sie fand keine Antwort.

Endlich fiel sie in einen unruhigen Schlaf. Bevor sie die Augen schloß, nahm sie sich jedoch vor, Jerg in der nächsten Zeit etwas genauer zu beobachten ...

3.

Am nächsten Morgen wurde Jerg durch die keifende Stimme seiner Schwägerin Lene geweckt. In der Nacht zuvor war es ihm gelungen, unbemerkt ins Haus und auf seine Schlafstätte zu schleichen. In solchen Momenten dankte er Gott für Margas tiefen Schlaf, den für gewöhnlich nicht einmal das schlimmste Unwetter oder eine Herde vorbeitrampelnder Rinder unterbrechen konnte.

»Und wenn du es dann übers Herz gebracht hast, deinen nichtsnutzigen Herumtreiber von Mann zu wecken, könnten wir vielleicht mit der Morgenmahlzeit beginnen, oder wartet die gnädige Dame vielleicht auf besseres Wetter?« Schon am frühen Morgen trachtete Lene mit beißendem Spott danach, Marga zu verletzen! Sein schlechtes Gewissen trieb Jerg aus dem Bett. Mit einem Schwung war er auf den Beinen und durchquerte mit flinken Schritten den Raum, in dem vier Erwachsene, drei Kinder und das Vieh miteinander hausten. Von hinten legte er seine Arme um Marga, die am Feuer stand und in einem großen Topf Haferbrei rührte. Während sie sich zu ihm umdrehte, begannen ihre Augen zu strahlen, als hätte sie einen wertvollen Schatz entdeckt. Jerg strich ihr zärtlich eine Haarsträhne aus der Stirn und herzte sie.

»Na, Schönste aller Schönen, werden deine Ohren schon am frühen Morgen vom Grollen einer dunklen Gewitterwolke gestört?« Marga mußte an sich halten, um nicht lauthals zu lachen, gestattete sich aber wenigstens ein breites Grinsen. Gewitterwolke! Wenn Lene einmal loslegte, glich das viel eher einem nicht enden wollenden Unwetter!

»Dir werden deine Sprüche noch vergehen, lieber Jerg!« Mit diesen Worten drängte Lene sich mit ihrem verschwitzten Leib, der schon am frühen Morgen nach gebratenen Zwiebeln roch, zwischen die beiden. »Spätestens dann, wenn der Jost noch ein weiteres Mal auftaucht und wir wieder nicht wissen, wo du dich zu so später Stunde herumtreibst.«

Mit Genugtuung beobachtete sie, wie Jerg augenblicklich von Marga abließ: »Der Jost war hier?« Der Verwalter von Burg Taben konnte unmöglich von seinem gestrigen Vorhaben Wind bekommen haben – oder vielleicht doch? »Was hat er denn gewollt?« Mittlerweile war Cornelius dazugekommen, der draußen hinterm Haus seine Notdurft verrichtet hatte. »Wollte uns sagen, daß wir uns heute früh vor dem Burgtor einfinden sollen. Jagdfronen sind angesagt, weil der Herzog ganz überraschend mit einer Jagdgesellschaft angereist ist. Keiner hat's gewußt, auch die Burgbediensteten waren nicht vorbereitet, aber unser hochwohlgeborener Herr liebt nun einmal Überraschungen.«

Erleichtert atmete Jerg auf. »Jagdfronen, sagst du? Überraschender Besuch von Herzog Ulrich?«

»Sag mal, hörst du schlecht? Oder hast du gestern abend soviel gesoffen, daß du am hellichten Morgen immer noch nicht ganz klar im Kopf bist?« fuhr Cornelius seinen jüngeren Bruder verärgert an.

Kein Außenstehender hätte die beiden für Brüder gehalten. Körperlich waren sie zwar von gleicher Statur: Beide hatten lange, kräftige Beine und einen so breiten Oberkörper, daß sich zwei Weibsbilder dahinter verstecken konnten. Doch damit hörten die Gemeinsamkeiten auch schon auf. Im Gegensatz zu Jergs schwarzen Locken waren Cornelius' Haare von einer fahlgelben, rotstichigen Farbe, die sich in seinem Bart und seinen buschigen Augenbrauen noch stärker wiederholte. Seine Haut, hell wie die der meisten Rothaarigen, war durch die tägliche Arbeit auf dem Feld gegerbt wie altes Rindsleder. Rötliche Flecken sprenkelten sein Gesicht von der Stirn über die Nase bis hinab zum Kinn, welches sich resolut nach vorne streckte. Seine Augen waren vom gleichen tiefgründigen Dunkelblau wie die von Jerg, doch während dessen Gesicht durch den Kontrast zwischen den dunklen Haaren und den blauen Augen fesselte, wirkte Cornelius' Erscheinung auf den ersten Blick gewöhnlich und alltäglich. Wer sich jedoch die Mühe machte, ein zweites Mal hinzusehen, konnte darin ein fast unendliches Maß an Geduld, Liebe und Verständnis entdecken. Im Augenblick fehlte es ihm aber an allen drei Dingen gleichermaßen.

»Wo warst du eigentlich? Als der Jost das wissen wollte, habe ich ihm geantwortet, du wärst im Wirtshaus, aber er sagte, dort seien sie schon gewesen, hätten dich aber nicht gesehen. Dann müßtest du wohl gerade auf dem Heimweg sein, habe ich zu ihm gesagt.« Umständlich band er sich seine Hose zu. »Das hat dem nicht gepaßt, daß du nicht zu Hause warst, das kann ich dir sagen ...« Mit zusammengekniffenen Augen beobachtete Cornelius Jergs Reaktion, die nicht auf sich warten ließ.

»Das wird ja immer schöner! Was geht's den Hanswurst an, womit ich mir die Zeit vertreibe? Natürlich war ich im Wirtshaus! Den Jost habe ich auch gesehen, aber erst, als er mit seinen Männern wieder davonritt, weil ich gerade draußen war, um mein Bier loszuwerden. Wo soll ich sonst schon gewesen sein?«

Obwohl Jerg im Brustton der Überzeugung geantwortet hatte, blickte Cornelius seinen Bruder eigentümlich an, sagte aber nichts mehr. Was er zu sagen hatte, war weder für Lenes noch für Margas Ohren gedacht, und so sparte er es sich für später auf, wenn er mit Jerg allein war.

Während sich alle über den dicken, heißen Haferbrei hermachten, den Marga in einem großen Topf in die Tischmitte gestellt hatte, verteilte Cornelius die Arbeit für den kommenden Tag. Jetzt, da beide Männer wieder einmal für Burg Taben eingespannt waren, mußten die Frauen ihr Tagwerk, so gut es eben ging, mit verrichten. Cornelius bemühte sich, jeder der Frauen eigene Aufgaben zuzuweisen, so daß sie nicht den ganzen Tag miteinander verbringen mußten. Vieles hätte zwar nach der Kraft von vier Händen verlangt oder wäre zu zweit in der halben Zeit erledigt gewesen, doch Cornelius kannte die Spannungen zwischen Lene und Marga und wollte auf seine Art dazu beitragen, diese zu entschärfen.

»Lene, du gehst mit dem Handwagen zur Sämerei. Der Karl weiß Bescheid. Dem habe ich gestern schon gesagt, daß ich heute vorbeikomme und unsere Hafer- und Gerstensaat abhole. Bezahlt ist's schon.« An Jerg gewandt fügte er knurrend hinzu: »Wird auch von Jahr zu Jahr teurer, das Saatgut. Aber du weißt ja, was Vater immer gesagt hat: ›Guter Samen ist schon ein halbes Amen‹.« Marga wies er an, die Kühe und Ziegen auf das Gewandn Asang zu treiben. Ihr unglücklicher Blick entging ihm nicht, er wußte, daß sie auch nach Jahren auf dem Hof ihre Angst vor den Kühen noch nicht überwunden hatte, doch darauf konnte er keine Rücksicht nehmen. Würde er Marga zu Karl schicken, würde dieser ihre Unerfahrenheit nur ausnutzen und ihr minderwertiges Saatgut mitgeben, welches er, Cornelius, dann wieder zurückbringen müßte. Während er aufstand, um sich seine dicke Schaffelljacke vom Haken zu holen, fuhr er fort: »Alles andere muß wohl warten. Hoffentlich brauchen sie uns morgen nicht auch noch. Alle anderen haben ihre Äcker schon gelüftet und gelockert, nur unser Stück liegt noch brach! Wenn wir die Gerste und den Hafer nicht bis Sankt Benedicti ausgesät haben, werden wir das bei der Ernte büßen müssen.« Abermals solch eine schlechte Ernte wie im Vorjahr würde die Familie nicht überstehen. Allein Cornelius' weiser Voraussicht war es zu verdanken, daß alle unbeschadet durch den Winter gekommen waren. Schon im Herbst, als von allem noch reichlich da war, hatte er damit angefangen, die Vorräte zu rationieren. Mochten ihre Mägen anfangs auch noch so knurren, er war nicht zu erweichen gewesen, einen Topf Rüben oder ein Brot mehr auf den Tisch bringen zu lassen. Und obwohl jeder Haushalt ähnlich verfuhr, war es dennoch den allerwenigsten gelungen, die kalte Jahreszeit ohne Hunger und Kälte zu überstehen. Irgendwo fehlte es immer: Bei den einen ging schon im Dezember das Brennholz aus und wurde gegen kostbare Nahrung eingetauscht. Bei anderen wiederum war es gerade umgekehrt. Seit es den Bauern von Gesetzes wegen verboten war, im Wald herumliegendes Holz für ihre eigenen Öfen einzusammeln, war es besonders schlimm geworden.

Jerg stand schon abmarschbereit vor der Tür, froh, der räumlichen Enge und den fragenden Blicken zu entkommen.

Cornelius gab sich einen Ruck. Was nützte es, wenn er sich jetzt darüber Sorgen machte? War es im Augenblick nicht wichtiger, daß sie nicht zu spät zum Burgtor kamen? Den Jost oder gar den Herzog zu verärgern, würde schließlich auch niemandem weiterhelfen.

4.

Herzog Ulrich liebte in der Tat Überraschungen über alles. Und es war unter seiner Gefolgschaft allseits bekannt, daß er immer bereit war, demjenigen ein fürstliches Gehalt zu zahlen oder ihn mit Geschenken zu überhäufen, dem es gelang, den Herzog auf amüsante Art und Weise zu unterhalten. Doch genausogern war er derjenige, der seine Ritter, seine engsten Freunde, manchmal gar den ganzen Hofstaat mit plötzlichen Entschlüssen überraschte. So konnte es ohne weiteres passieren, daß er aus einer Laune heraus abends beschloß, am nächsten Tag ein Turnier abzuhalten, zu dessen Teilnahme nicht nur die Recken des eigenen Hofes geladen waren, sondern auch die Grafen und Ritter aus der näheren und weiteren Umgebung von Stuttgart. Dabei verschwendete er nicht einen Gedanken daran, wie seine plötzlichen Entschlüsse in die Tat umgesetzt werden konnten. Dafür hatte er schließlich einen riesigen Hofstaat! Und so war es auch nicht weiter verwunderlich, wenn sich am darauffolgenden Tag wirklich zwanzig oder noch mehr Ritter zur Teilnahme an dem Turnier meldeten. Für ihre Unterkunft sowie die Unterbringung ihrer Pferde war bestens gesorgt. Darüber hinaus standen Speis und Trank im Überfluß zur Verfügung, Preisgelder und Prämien für die Sieger des Wettkampfes lagen parat, außerdem war die Unterhaltung am Rande des Turniers gewährleistet: Wie von langer Hand vorbereitet erschienen rechtzeitig zu Beginn Tänzerinnen, Tanzbären, Musikanten, gab es Hunde- und Hahnenkämpfe, auf die man Wetten abschließen konnte, und vieles mehr. Wie den meisten selbstsüchtigen Menschen kam es dem Herzog dabei niemals in den Sinn, daß nicht alles rechtzeitig gelingen würde, daß seine Pläne vielleicht die Pläne anderer durchkreuzen könnten. Er ging einfach davon aus, daß alle kamen, wenn er pfiff. Und derjenige mußte noch kommen, um diesen Grundsatz eine Lüge zu strafen!

Bei allem, was er tat, hätte Herzog Ulrich niemals weniger als absolute Perfektion erwartet. Und seine Gefolgschaft hätte sich niemals erlaubt, weniger zu bieten! Denn fast jeder war schon einmal Augen-, zumindest aber Ohrenzeuge gewesen, wenn der Herzog wegen einer eigentlich unwichtigen

Kleinigkeit in Rage geriet. Ein Krug Wein, der für des Herzogs verwöhnte Zunge nicht süß genug, für sein übersättigtes Auge nicht rot genug war, konnte zur Folge haben, daß nicht nur der Krug samt Inhalt durch den Speisesaal flog, sondern der Kellermeister gleich hinterher! Besonders ungnädig konnte der Herzog auch sein, wenn es um die Musik ging: Da er selbst ein talentierter Sänger und begabter Komponist war, konnten ihm Mißklänge einer Laute oder Flöte beim abendlichen Spiel die Zornesröte ins Gesicht treiben. Waren Musikanten andernorts beneidete und als Künstler verehrte Mitglieder des Hofstaates, so hatte man am Stuttgarter Hof nur Bedauern für sie übrig. Denn der Herzog hatte schon mehr als einem Harfinisten die Hand abschlagen lassen, auf daß diese niemals mehr die Saiten seines Instrumentes ›quälen‹ konnte. Es wurde außerdem von einem Trommler erzählt, dem der Herzog eigenhändig die Trommelstöcke tief in den Rachen geschoben haben sollte, auf daß er ›an seiner Taktlosigkeit ersticke‹. Solche und ähnliche Geschichten trugen natürlich im Laufe der Jahre dazu bei, daß die Räder des Hofes vollendet ineinander griffen und der herzögliche Alltag bis ins letzte Detail perfekt vorbereitet war, so daß dem Herzog Ulrich möglichst selten ein Grund zur Klage einfallen konnte.

Auch an diesem Morgen gab es für Ulrich keinen Grund zur Beschwerde: Nachdem er am Vorabend mit einer Handvoll Jagdkameraden, darunter auch Hans von Hutten, seinem engsten Vertrauten und Freund, auf Burg Taben eingetroffen war und nach einem fürstlichen Abendessen früh die Nachtruhe angetreten hatte, fühlte er sich heute morgen so gut wie schon lange nicht mehr. Genüßlich ließ er seinen Blick über die morgendliche Alblandschaft schweifen. Wie ein dunkler Streifen erhob sich die Schwäbische Alb über die kahle Winterwelt. Zu seinen Füßen lag das kleine Dorf Taben, etwas weiter links Dettingen. Die Straße nach Kirchheim, der nächsten Stadt, war um diese Zeit noch menschenleer. Später würde auf allen Zufahrtswegen nach Kirchheim reges

Treiben herrschen, denn die Stadt war der einzige Ort, an dem die Bauern ihre kümmerlichen Erzeugnisse feilbieten konnten.

Ulrich war zufrieden. Obwohl er an das Treiben in der Stadt gewöhnt war und es niemals gegen einen Regierungssitz auf dem Lande eintauschen wollte, weckte ein Besuch auf der Burg seine Lebensgeister immer wieder aufs neue. Warum dies so war, konnte er sich beim besten Willen nicht erklären. Denn eigentlich war sie nicht viel mehr als ein großer, viereckiger, dunkler Kasten. Ursprünglich als Festung gegen herannahende Feinde aus dem Süden gedacht, war Burg Taben heute nur noch Ausgangspunkt für Jagdgesellschaften. Mittlerweile hatte die weiter westlich liegende Burg Hohenneuffen ihre ursprünglichen Aufgaben übernommen, wozu sie durch die strategisch bessere Lage direkt am Albtrauf auch eher geeignet war als die kleinere Burg Taben, die nur auf einer Anhöhe am Fuße der Alb lag. Und so hatte sich Burg Taben im Laufe der Jahre zu einer Art Landdomizil entwickelt, dem der Herzog oft und gerne einen Besuch abstattete und das er ansonsten unter der Obhut seines Verwalters Markus Jost in den besten Händen wußte. Dieser hatte auch heute wieder seine Aufgabe zur größten Zufriedenheit des Herzogs gemeistert: Die Pferde standen gestriegelt und aufgezäumt parat, im Wald wartete eine Meute von Treibern auf das Halali, und es versprach ein klarer, sonniger Tag zu werden.

Es war doch eigenartig, welch völlig anderer Mensch der Herzog war, sobald er der stickigen Umgebung des Stuttgarter Hofes entkam, ging es Hans von Hutten – Ulrichs engstem Vertrauten, Freund und Stallmeister in einer Person – durch den Kopf. Wenn er ihn so anschaute, sah er fast wieder aus wie der Ulrich von früher ...

Doch hier wurde Herzog Ulrich mit den wohlwollenden Augen eines Freundes betrachtet. Denn in der Tat erinnerte nicht mehr viel an den draufgängerischen Abenteurer von damals, dessen wacher Blick mit dem eines Falken verglichen und dessen Mut in vielen Liedern besungen wurde. Statt dessen bot heutzutage Ulrichs Fettleibigkeit den Höflingen einen willkommenen Anlaß zum Spott hinter vorgehaltener Hand. Doch Ulrich hatte sich nicht nur äußerlich verändert. Die Jahre der Regentschaft, eine freudlose, aus politischen Motiven geschlossene Ehe und das Leben am Hofe, umgeben von einer Meute Schmarotzern, hatten aus dem jungen Mann einen ungerechten, rücksichtslosen Tyrannen gemacht, der nicht mehr viel mit dem jugendlichen Draufgänger von einst gemein hatte. Dabei machte seine Selbstgerechtheit oft auch vor seinen besten Freunden und Vertrauten nicht halt, und es bedurfte einer so weiten, großherzigen Seele wie der Hans' von Hutten, um im freudlosen Schatten dieses rücksichtslosen Tyrannen leben zu können. Hans war sich seiner unkritischen Liebe zu Ulrich wohl bewußt. Vielleicht sah er Ulrichs Fehler sogar mit schärferem Auge als alle anderen. Trotzdem hätte er sein Leben für den Herzog gegeben. Das mochte daran liegen, daß er und der Herzog große Teile ihrer Kindheit gemeinsam damit verbracht hatten, die letzten Schlupfwinkel der Stuttgarter Residenz zu erkunden, zwei einsame Bubenseelen, die im höfischen Tagesablauf oftmals vergessen worden waren. Vielleicht gehörte es auch einfach nicht zu Hans' Wesen, eine bedingungslose Liebe zu hinterfragen. Und so war es immer wieder er, der dem Herzog sein Ohr lieh, wenn sich dieser den Ärger mit seiner Gattin Sabina von der Seele reden wollte. Ulrich wußte, daß Hans verschwiegen war wie ein Grab und private Dinge nicht wie die anderen Ritter weitererzählte und ausschmückte.

Doch angesichts der bevorstehenden Jagd waren zumindest für heute der Klatsch, die Intrigen, Streitereien und Eifersüchteleien des Stuttgarter Hofes vergessen.

»Es war eine gute Idee von Euch, hierherzukommen. Die Aussicht auf die heutige Jagd hat es mir sogar erleichtert, meinen Rausch von gestern schneller als sonst auszuschlafen!«

rief Hans dem Herzog zu, der sich mit seinem Roß an die Spitze der Gruppe gesetzt hatte. Als Stallmeister hatte Hans nicht nur einen Blick für die besten und vielversprechendsten Pferde, er verstand es auch, aus weniger guten Tieren das Beste herauszuholen. Sehr zum Leidwesen seines Vaters Ulrich von Hutten, der den Sohn lieber im Schoß der Wissenschaften oder der Philosophie als im Sattel eines Vollblüters gesehen hätte.

Ulrich blickte über seine Schulter zurück und erwiderte Huttens Scherz: »Hast ja gestern auch schneller gesoffen als sonst, oder? Aber ehrlich gesagt könnt' ich schon wieder einen herzhaften Trunk vertragen.« Daraufhin brachen die Männer in allgemeines Gelächter aus, und unter lockerem Geplänkel setzte sich die Truppe in Richtung Wald in Bewegung. Nach einem zügigen Trab von ungefähr zehn Minuten kamen sie an eine kleine, sonnenhelle Lichtung, auf der einige Holzbänke rund um einen Tisch plaziert waren. Dort wurden sie schon von zwei hübschen Schankmädchen erwartet: Markus Jost wußte, wie er seinen Herzog zufriedenstellen konnte, und tat dies nach bestem Können. Denn solange während der herzöglichen Gastbesuche alles nach Ulrichs Wünschen geschah, ließ dieser seinen Verwalter in der restlichen Zeit schalten und walten, wie es diesem paßte ...

Nachdem der dritte oder vierte Krug Wein geleert war, versuchte Hutten die Sprache wieder auf den eigentlichen Plan des Tages zu bringen. »Wenn wir jetzt noch weiter saufen, bedarf es bald keiner Armbrust mehr, um das Wild zu erlegen. Die fallen dann schon um, wenn sie uns riechen.«

»Hohoho, das könnten wir doch einmal ausprobieren, vielleicht haben wir eine völlig neue Jagdmethode entdeckt«, brachte Augustin von Brabant zwischen zwei Schlucken Wein heraus. Der rote Saft lief ihm am Kinn herunter, ein paar Tropfen waren auf seinem grünseidenen Jagdrock gelandet, und er hatte sichtliche Mühe, sich auf seinem Rappen zu halten, dem die Warterei schon viel zu lange dauerte und dem der

Sinn viel eher nach einem ausgiebigen Galopp gestanden hätte!

Hutten wußte, wenn es ihm jetzt nicht gelänge, der Sauferei ein Ende zu machen, würde der Herzog später keinen einzigen Treffer landen und verstimmt wie ein trotziges Kind heimkehren.

»Das würde Euch so passen, mein lieber Augustin! Wir haben jedoch tatsächlich unsere neue Jagdmethode dabei, da werdet Ihr Augen machen!« Mit diesen Worten enthüllte er zwei Eisenrohre, die an einem Ende in eine Art Holzschaft mündeten. Aus dem gleichen Sack, in dem die Handbüchsen verstaut waren, zog er eine Blechdose hervor. Neugierig linste Brabant in die Dose, um den Inhalt auszumachen. Als er außer einem grauschwarzen Pulver und kleinen Kugeln nichts weiter entdeckte, konnte er nicht mehr an sich halten.

»Was ist denn das? Wollt Ihr dem Wild zuerst Pulver in die Augen streuen und es dann mit diesen Rohren totschlagen?« Brabant schüttelte sich vor Lachen, als er Huttens neue Waffen sah.

Ulrich, der für die beiden Handbüchsen, Spezialanfertigungen des besten Turiner Waffenschmiedes, ein kleines Vermögen gezahlt hatte, konnte es nun kaum mehr abwarten, seine Schießkünste unter Beweis zu stellen.

»Hutten, lade die Büchsen, daß wir den Brüdern einmal zeigen, was ein Meisterschütze ist.« Listig blickte er zu Brabant, der sich immer noch vor Lachen bog. »Euch wird das Lachen bald vergehen, wenn Ihr seht, wie aus diesen Büchsen geschossen wird. Werden diese erst einmal auf Feldzügen eingesetzt, nützen Euch Rittern die besten Rüstungen nichts mehr! Pfff – so ein Schuß geht durch jede Rüstung direkt in das Herz des Getroffenen! In Turin wurde uns vorgeführt, wie ein Schuß ein ganzes Kettenhemd in tausend Teile zerfetzte!«

Mit unverhohlener Freude beobachtete er, wie Brabant die Büchsen jetzt argwöhnisch, fast schon ängstlich beäugte.

Wie einem Kind, das ein neues Spielzeug entdeckt hat, konnte dem Herzog plötzlich alles nicht schnell genug gehen.

Während Ulrich und seine drei Jagdkameraden schon frühmorgens dem Wein zusprachen, standen sich Jerg, Cornelius und ungefähr zwanzig andere Bauern die Beine in den Bauch. Nachdem sie sich am Burgtor gemeldet hatten, bekamen sie von einem der Jagdhelfer Rätschen, blecherne Töpfe und Löffel ausgeteilt. Dann marschierten sie gemeinsam in den Wald, wo jeder seinen Platz zugewiesen bekam, so daß am Ende alle in einer Reihe mit ungefähr fünf Metern Abstand voneinander standen. Und das für die nächsten zwei Stunden.

»Verflucht noch mal«, zischte Jerg seinem Bruder zu, der als nächster neben ihm stand. »Wenn die jetzt nicht bald anfangen, ist wieder ein ganzer Tag für uns verloren!«

»Schrei noch lauter, dann hast du bald auch deinen Kopf verloren«, flüsterte Cornelius zurück.

»Soll ich mich etwa beim Herzog für die gestohlene Zeit noch bedanken?« entgegnete Jerg herausfordernd.

»Du und deine wilden Reden! Ich kann's schon nicht mehr hören! Anstatt dich um dein Weib zu kümmern, spuckst du große Worte und rennst dabei noch hinter jedem Weiberrock her, den du finden kannst. Ja, glotz du nur! Glaubst du denn, ich weiß nicht, wo du gestern nacht warst?« Mit Genugtuung bemerkte Cornelius, wie Jerg bei diesen Worten leichenblaß wurde. Genüßlich fuhr er fort: »Das weiß doch schon das halbe Dorf, daß du bei der Hure ein und aus gehst. Es ist nur eine Frage der Zeit, bis dein Weib davon erfährt, laß dir das als Warnung gesagt sein!«

Jerg atmete auf. Einen Augenblick lang hatte er schon gedacht, Cornelius wüßte ...

»Und was soll's? Willst du etwa behaupten, daß mein Weib zu kurz kommt? Ich bin eben Manns genug für zwei Röcke.« Herausfordernd blickte er Cornelius an. Dieser schüttelte den Kopf.

»Jerg, Jerg, du willst immer so schlau sein ... Und merkst dabei nicht, daß du dir das falsche Weib zur Gespielin ausgesucht hast. Ist dir denn wirklich entgangen, daß der Jost es auf Sureya abgesehen hat wie der Teufel auf die armen Seelen?«

Bevor Jerg darauf antworten konnte, war endlich das Halali der Bläser zu hören. Erleichtert, daß die Warterei nun ein Ende hatte, setzte sich die Kette von Männern in Bewegung. Hier und da war ein Stöhnen zu hören, als steifgefrorene Glieder und schmerzende Knochen wieder in Bewegung kamen. Bald beherrschte anstelle von spärlichem Vogelgezwitscher nun Töpfeklappern, das Scheppern der Rätschen und lautes Schreien und Rufen den Wald. Aus der morgendlichen Idylle war ein Tollhaus geworden, dem die Bewohner des Waldes zu entkommen suchten, indem sie die Flucht nach vorne antraten, nicht ahnend, daß sie dort eine noch viel größere, tödliche Gefahr erwartete: Aufgeschreckte Kaninchen, Fasane und Enten suchten das weite, etwas weiter links erhob sich ein ganzer Schwarm Rebhühner in die Luft. Alles, was Beine oder Flügel hatte, wurde von den Treibern auf die Waldlichtung zugetrieben.

Dort hatten in der Zwischenzeit Ulrich und seine Begleiter Stellung bezogen, wobei der Herzog selbstverständlich den besten Platz in der Mitte der Lichtung für sich einnahm. Die Pferde waren schon vorher von Stallburschen weggeführt worden, so daß keines der heißblütigen Rösser durch den unerwarteten Lärm aufgeschreckt davonpreschen und sich dabei verletzen konnte.

Die Weinlaune vom frühen Morgen hatte mittlerweile einer unruhigen Spannung Platz gemacht. Skeptisch blickte Hans zum Herzog hinüber, dessen morgendliche Frische nach dem Alkoholgenuß wie weggeblasen schien. Auch die anderen beiden Jagdkumpane schienen nicht gerade auf dem Höhepunkt ihrer Konzentration zu sein: Augustin von Brabant hatte seine Armbrust noch nicht einmal geschultert, und auch der Ritter von Hoheneck gab kein besonders waidmännisches Bild ab, wie er so ausgiebig gähnend dastand. Plötzlich war ein Rascheln und Knacken zu vernehmen.

»Hört Ihr, was ich höre? Ich glaube, die Treiber sind nicht mehr weit! Wird Zeit, daß die Bläser ihnen ein Zeichen geben!« Kaum hatte Hans zu Ende gesprochen, da erschien auch schon das erste Reh mit weitaufgerissenen Augen auf der Lichtung und verharrte dort reglos vor Angst, als es die Witterung der Menschen aufnahm. Ulrich hob seine Handbüchse, setzte an, zog ab – und verfehlte! Das Reh stob davon.

»Verflucht noch mal, muß mich erst an das neue Ding gewöhnen.« Der Herzog spuckte auf den Boden, lud umständlich etwas Pulver in den Lauf und schob dann ein kleines Bleigeschoß nach. Er mußte nicht lange auf die nächste Möglichkeit warten, denn durch den Lärm der Treiber war eine Menge Wild im winterlich-kalten Wald aufgescheucht worden.

Nacheinander rannten ein Hase, ein riesiger, dunkelbrauner Eber und ein weiteres Reh auf die Lichtung, orientierten sich kurz im gleißenden Sonnenlicht und setzten ihre Flucht in Richtung des schützenden Waldes fort.

Ulrich verfehlte jedesmal. Seine Begleiter wurden von Mal zu Mal unruhiger.

Konnte er sein Verfehlen zu Beginn noch auf die ungewohnte, neue Waffe schieben, so wurde im Laufe der Jagd klar, daß es auch an seinem Unvermögen liegen mußte. In der Regel zählte Ulrich durchaus zu den besseren, wenn nicht sogar zu den besten Jägern des Landes! Doch der heutige Tag war wohl die berühmte Ausnahme dieser Regel. Der schwere Wein hatte offensichtlich seine Sinne so vernebelt, daß er jedesmal viel zu spät reagierte und danebenschoß. Seine Miene war verbissen, als er sich zwang, sein Versagen auf die leichte Schulter zu nehmen: »Das kommt vom Saufen am frühen Morgen. Den nächsten Schuß gebe ich weiter! Also, wer will und kann?«

Die Männer versuchten, dem scharfen Blick des Herzogs auszuweichen, jeder murmelte etwas wie » ... heute nicht mein Tag ...« und » ... wohl auch ein bißchen zuviel getrunken ...« in seinen Bart. Sie waren doch nicht lebensmüde! Wenn der Herzog zum wiederholten Male danebenschoß, tat jeder gut daran, ebenfalls zu verfehlen oder die Herausforderung erst gar nicht anzunehmen.

Auf einmal wurde es totenstill. Das weinselige Geplänkel der Männer verstummte. Auf der Lichtung war wie aus dem Nichts ein riesiger Vierzehnender erschienen. An ihm war keine Spur jener Panik zu erkennen, die die anderen Tiere zu ihrer kopflosen Flucht getrieben hatte. Gemächlich kam er aus dem Dunkel der Bäume, im sicheren Bewußtsein, daß er, der König des Waldes, jedem Feind durch seine Schnelligkeit und Schläue haushoch überlegen war. Obwohl er im Laufe seines Daseins schon mehr als einmal Jägern gegenübergestanden hatte, war es dem Tier bisher immer gelungen, seine Haut zu retten. Genaugenommen waren er und der Herzog alte Bekannte.

›Der Schuß ist frei. Aber soll ich gerade diesen Hirsch aufs Korn nehmen? Ist es nicht unwaidmännisch, während einer Treibjagd Rotwild zu jagen? Soll ich oder lass' ich's bleiben?‹ In Huttens Kopf herrschte ein wildes Durcheinander. Sein Verstand riet ihm davon ab, auf den Hirsch zu zielen und ihn womöglich noch zu treffen. Dieses Tier war eine Kreatur des Herzogs! Doch bevor sein Verstand die Oberhand gewinnen konnte, griff der Jäger in ihm zur geladenen Büchse, setzte an, zielte – und traf. Der Hirsch stieß einen leisen, heiseren Schrei aus, machte einen Satz in die Höhe und sank dann mit einem gewaltigen Schlag zu Boden. In seinem Hals klaffte ein riesiges Loch, aus dem fontänenartig dunkler, rotbrauner Schweiß schoß und sich über sein dichtes, struppiges Winterfell ergoß. Seine Beine zuckten noch ein paarmal, als ob er davonlaufen wolle – doch dazu war es zu spät. Heute hatte er seinen Bezwinger gefunden. Hutten hatte das Gefühl, als würde in seinem Kopf das Blut nicht minder heftig pochen. Reglos standen die Männer da, waren für einen Augenblick wie gelähmt. Der Anblick des toten Hirsches rief Demut in einem jeden hervor, während sie ihre kurze Totenwacht zu Ehren des gestreckten Wildes hielten. Doch kurz darauf wurde die Stille vom Klang der Jagdhörner unterbrochen, deren ›Hirsch tot‹ von dem großen Ereignis verkündete. In Hans jubilierten ebenfalls ganze Fanfarenchöre: Sein Schuß hatte sein Ziel getroffen! Ein Ziel, von dem jeder Jäger ein Leben lang träumte! Jeder Jäger ...?

Plötzlich war der Zauber des Triumphs wie weggewischt. Vorsichtig linste er zu dem weniger erfolgreichen Jagdherrn hinüber. Doch Ulrich schien es gelassen hinzunehmen, daß sein Freund mehr Glück gehabt hatte. Von einem Helfer ließ er sich einen Fichtenzweig reichen, ging mit kräftigen Schritten auf den mittlerweile reglos daliegenden Hirsch zu, benetzte diesen Schützenbruch mit dem Schweiß des Hirsches und überreichte ihn dann dem erfolgreichen Jäger: »Waidmannsheil, Hans von Hutten! Wenigstens einer von uns hat heute sein Ziel getroffen!«

Die anderen Männer klopften Hutten auf die Schulter, und so fiel es ihm nicht weiter auf, daß der Herzog mit versteinerter Miene seinen Burschen anwies, die Pferde zu holen. Eh' man sich versah, saßen alle vier wieder auf ihren Pferden, um den Heimritt anzutreten. Keiner von ihnen würdigte den Hirsch eines weiteren Blickes, dessen Beine gerade von ein paar jungen Burschen aus dem Dorf für den Transport zusammengebunden wurden.

Plötzlich war vor ihnen im Gebüsch das Scheppern einer Rätsche zu hören, worauf Ulrichs Rappe wie von einer Tarantel gestochen hochfuhr. Das Tier war kriegserprobt und eigentlich nicht so leicht zu erschrecken, doch war es seit Tagen nicht ausgelastet und wollte nun endlich seiner Langeweile ein Ende machen. Es war sein Pech, daß seinem Reiter dieses Benehmen ebenfalls recht kam – endlich konnte er seine abgestaute Wut loswerden! Wie wild prügelte Ulrich mit der Reitgerte auf das nun vor Angst tänzelnde Roß ein. Angewidert wandte Hans von Hutten seinen Blick vor so viel Unbeherrschtheit ab.

Erst jetzt bemerkten sie ein paar der Bauern, die vorher als Treiber eingesetzt worden waren. Grob riß Ulrich den Kopf seines Pferdes herum, so daß er die Bauern voll im Visier hatte.

»Wer von euch Tölpeln hat mit der Rätsche geklappert?« Sein Gesicht war feuerrot geworden, er zitterte am ganzen Leib. Keiner der Bauern rührte sich. »Habt ihr keine Ohren oder seid ihr taub, ihr Mistgabeln!« Bedrohlich ritt Ulrich näher auf die Bauern zu.

Jerg, der etwas am Rande der Gruppe stand, konnte die rot angelaufenen, geblähten Nüstern des Rappen erkennen und glaubte sogar, dessen heißen Atem zu spüren. Neben ihm meldete sich Heinrich, ebenfalls ein Bauer aus Taben, mit dünner Stimme und gesenktem Blick zu Wort: »Ich war's, hoher Herr.«

Mit einer weitgreifenden Handbewegung holte Ulrich aus und zog dem Bauern die Reitpeitsche quer über den Kopf, wie er es Minuten vorher bei seinem Roß getan hatte. »Das war für deine Dummheit.« Die Gewalt des Peitschenschlages war so groß, daß Heinrich sofort zu Boden fiel. Er hielt sich beide Hände vors Gesicht, dessen ledrige Haut aufgeplatzt war. Aus einem tiefen Riß schoß dickliches, rotes Blut, lief ihm über die Augen, die Nase, den Mund. Noch einmal ließ Ulrich die Peitsche auf ihn niederknallen. Und noch mal. Und immer wieder. Mittlerweile hing Heinrichs Hemd in Fetzen herunter. Zusammengekauert versuchte er, sich vor den Peitschenhieben zu schützen. Fassungslos waren die anderen Bauern einen Schritt zurückgewichen, der Schreck über die rohe, vollkommen ungerechte Bestrafung lähmte die Männer. Die Ritter hingegen, dankbar für eine Abwechslung nach der Anspannung der letzten Stunden, johlten beifällig.

Lediglich Hans von Hutten preßte die Lippen zusammen. Wenn er jetzt nicht aufhört, schlägt er den armen Mann tot, ging es ihm in höchster Unruhe durch den Kopf. Doch gerade als er eingreifen und etwas sagen wollte, trat einer der umstehenden Bauern vor.

»Wenn das die herzögliche Art und Weise ist, eine Lektion zu erteilen, dann könnt Ihr jetzt damit aufhören! Wir haben sie alle verstanden. Und dieser blutige Haufen Fleisch am allermeisten!« Breitbeinig stellte sich Jerg vor den Herzog. Beim Anblick von soviel Mut – oder sollte man es eher Dummheit nennen? – hielten alle Anwesenden gebannt die Luft an. Der Herzog verharrte mitten in seiner Bewegung.

»Sieh einmal an, eine Mistgabel, die es wagt, ihren Herzog anzusprechen!« Auf seinem Gesicht war Verblüffung zu registrieren. Und noch etwas: eine Art von Bewunderung? Unmöglich, dachte Hans und wartete darauf, daß des Herzogs Peitsche im nächsten Moment wieder auf den Todeskandidaten hinunterging.

Jerg verharrte reglos in seiner breitbeinigen Position und hielt dem kalten Blick des Herzogs stand. Überrascht registrierte er, daß ihm jegliche Furcht abhanden gekommen war. Der Anblick seines geschundenen Kameraden hatte dafür gesorgt, daß er nur noch eine eisige Kälte verspürte, die jedes andere Gefühl unmöglich machte. Einzig und allein das Zucken über seinem linken Auge verriet etwas über seinen Gemütszustand. Langsam ließ Ulrich die Peitsche sinken.

»Wer hätte das geglaubt, eine Mistgabel mit etwas Mumm in den Knochen!« Verblüfft drehte er sich zu seinen Begleitern um, die zustimmend nickten, ohne damit etwas Bestimmtes auszudrücken. In einem unerwartet sanften Ton wandte er sich wieder an Jerg. »Du weißt, daß ich dich dafür töten könnte, aber dein Mut hat mir gefallen. Doch eins sage ich dir, du Hurensohn: Noch einmal wirst du mich nicht so mildtätig vorfinden. Deshalb hüte in Zukunft deine Zunge, wenn du deinem Herzog gegenüberstehst! Und jetzt aus dem Weg, ihr Ratten!« Mit diesen Worten wendete er sein Pferd und ritt davon, als ob nichts vorgefallen wäre.

Hätte Ulrich oder einer seiner Begleiter sich die Mühe gemacht, sich umzudrehen und zurückzublicken, hätte er eine Gruppe wie zu Salzsäulen erstarrter Bauern erblickt. Für einen kurzen Augenblick waren die Männer unfähig, auch nur eine Hand zu heben, geschweige denn einen Fuß vor den anderen zu setzen. Erst durch das immer leiser werdende Stöhnen des halbtoten Mannes am Boden wurden die Männer aus ihrer Lähmung geholt. Mit hastig gerissenen Stoffstreifen verbanden sie Heinrichs geschundenen Leib. Als sie versuchten, ihn hochzuheben, wurde er ohnmächtig. Doch für den Fall, daß er dennoch etwas mitbekommen sollte, versuchte Jerg, das eigene Entsetzen über den lebensbedrohlichen Zustand des Verletzten zu verbergen und begann, sanft auf ihn einzusprechen, beruhigende, alltägliche Worte, wie man sie auch einem verletzten Kind zum Trost gesagt hätte. Instinktiv orientierten sich die anderen an seinem Verhalten. Plötzlich aber begann Georg, der dreizehnjährige Sohn von Oskar Klein, lauthals zu heulen: »Ich kann das nicht mehr ertragen! Dieses Schwein! Wie kann ein Mensch nur so böse und niederträchtig sein!« Er schluchzte und bebte am ganzen Körper, bevor er selbst zu Boden ging und wie ein Säugling zusammengekauert liegenblieb. Wieder war es Jerg, der sich um den Hilfebedürftigen kümmerte, auf ihn einredete, bis sich der Junge wieder aufrichtete, sich mit dem Jackenärmel übers Gesicht fuhr und mit versteinerter Miene anpackte, als die Männer Heinrich hochhoben. Schweigend setzte sich die Gruppe in Bewegung.

Der Heimweg war durch den Transport des schwerverletzten Mannes zu einer beschwerlichen, langsamen Angelegenheit geworden. Doch endlich war Burg Taben in Sicht. Schon weit vor dem Burgtor kam den Männern ein aufgebrachter Markus Jost entgegen. Obwohl die Bläser ihm in allen Einzelheiten von dem Vorfall berichtet hatten, kam es ihm nicht in den Sinn, den Männern in irgendeiner Form zu helfen, ihnen womöglich einen Wagen anzubieten, auf dem sie Heinrich den restlichen Weg hätten fahren können. Stattdessen baute er sich in seiner vollen Größe vor ihnen auf. »Was ihr euch heute geleistet habt, haut dem Faß ja wohl den Boden aus!« brach es haßerfüllt aus ihm hervor. Im Geiste sah er immer noch Herzog Ulrichs verärgerte Miene vor sich, der sofort nach der Jagd die Heimreise nach Stuttgart angetreten hatte.

Die Arme vor der Brust verschränkt, fuhr er mit seiner Maßregelung fort, als ob es zu diesem Zeitpunkt nichts Wichtigeres gegeben hätte. »Da kommt unser Herzog den weiten Weg von Stuttgart bis hierher gereist, um sich von seinen anstrengenden Amtsgeschäften zu erholen, und was erwartet ihn da: ein Haufen Bauerntölpel, die ihm die Jagd versauen.« Und wie vom Teufel besessen schrie er plötzlich los: »Das hätte nicht nur euren Kopf kosten können, sondern den meinen dazu!« Sein Gesicht war zu einer boshaften Grimasse verzogen, als er an Jerg gewandt fortfuhr: »Und du, Herr Ach-wie-bin-ich-mutig, wagst es, dem Herzog zu widersprechen, das muß man sich mal vorstellen!« Mittlerweile drohten seine Augen aus ihren Höhlen zu quellen, so weit hatte er sie aufgerissen.

Wäre die Situation nicht so ernst gewesen, hätte Jerg über Josts entstellte Fratze lachen können. Doch nun stand ihm der Sinn viel eher danach, diesem fetten, feigen Schwein, das nur Sorge hatte, ob wohl durch den Vorfall ein Schatten auf seine eigene Position fallen könnte, eins auf sein fettes, feistes Maul zu geben. Plötzlich fielen ihm Cornelius' Worte wieder ein: »Der Jost hat selbst ein Auge auf die Hure geworfen.« Mit einem Ruck wollte er auf den Burgverwalter zu springen. »Du dreck ...!«

»Herr Jost«, Cornelius schnitt Jerg das Wort ab, gleichzeitig packte er ihn von hinten am Kragen, bevor er noch mehr

Unheil anrichten konnte. »Wir bitten Euch im Namen dieses Verletzten hier, laßt uns jetzt weiterziehen. Was geschehen ist, bedauern wir, doch läßt es sich nicht wieder gutmachen, indem wir den Mann hier verbluten lassen.« Dabei hielt er seinen Blick gesenkt und versuchte, seiner Stimme einen reumütigen Ton zu verleihen.

Voller Abscheu blickte der Verwalter auf die blutverklumpte Gestalt Heinrichs. »Nun, gut, ich sehe, daß dieser Tölpel hier Hilfe braucht, und dem will ich nicht im Wege stehen. Wenn er stirbt, ist er schließlich niemandem mehr von Nutzen.« Mit diesen Worten machte er einen Schritt zur Seite, konnte sich aber eine letzte Bemerkung nicht verkneifen. »Obwohl er seinen Zustand selbst verschuldet hat! Nun, was steht ihr hier noch herum, als hättet ihr eure Zeit gestohlen? Macht, daß ihr nach Hause und auf eure Felder kommt!« Eilig hoben die Männer den Verletzten wieder hoch und wandten sich zum Gehen. Da spürte Jerg eine Hand auf seiner Schulter. Er drehte sich um und blickte in das haßerfüllte Gesicht des Verwalters. So leise, daß es außer Jerg und Cornelius niemand hören konnte, spie dieser ihm entgegen: »Wir sprechen uns noch, das verspreche ich dir, Bürschchen!«

5.

In den nächsten Wochen gingen die Männer ihrer täglichen Arbeit auf dem Feld nach, die im Frühjahr darin bestand, den Acker für die kommende Aussaat vorzubereiten. In den meisten Häusern und Hütten waren die Frauen mit dem Frühjahrsputz beschäftigt, welcher nach den langen Wintermonaten dringend nötig war! Auch Lene und Marga taten alles, um den alten Mief und Dreck aus ihren vier Wänden zu bekommen, was sich allerdings jedes Jahr aufs neue als ein beinahe unmögliches Unterfangen herausstellte. In einem Raum, in dem vier Erwachsene und drei Kinder Tag für Tag zusammen mit dem Vieh hausten, wo gekocht und geschlafen wurde, das gesamte Hab und Gut untergebracht war und unterm Dach seit dem Herbst das Getreide und Heu, teilweise noch feucht, eingelagert war, wie konnte da etwas Ähnliches wie Ordnung und Sauberkeit herrschen!

Gekocht wurde, wie in den meisten Haushalten, über dem offenen Feuer. Einen Kamin oder Rauchabzug gab es nur in den Küchen der Herrenhäuser, nicht jedoch bei einfachen Leuten. Wie jedes Frühjahr mühten sich Lene und Marga zuerst damit ab, die schwarze, dicke Rußschicht von den Wänden zu bekommen. Lene konnte schon nicht mehr mitzählen, wie viele Male sie mit den zwei leeren Eimern zum Brunnen gegangen und mit zwei vollen zurückgekommen war. Obwohl die Arbeit mühselig und langwierig war, hatte sie Lene bisher nie sehr viel ausgemacht, im Gegenteil, insgeheim freute sie sich schon Wochen vorher darauf, bedeutete sie doch, daß nach den düsteren Wintermonaten endlich wieder Tür und Fenster geöffnet werden durften.

Doch dieses Jahr fiel es ihr schwer, etwas Erfreuliches im Frühjahrsputz, geschweige denn irgendwo anders zu entdecken! Jerg! Jerg hier und Jerg da! Immer nur Jerg! Sie konnte den Namen schon nicht mehr hören! Ihre Wut verlieh ihr dabei auch nach Stunden noch die Kraft, die Wurzelbürste mit kräftigen Zügen über die letzte Steinmauer zu scheuern. Mit jedem Bürstenstrich schien ihre Verbitterung noch an Heftigkeit zuzunehmen.

Seit der Jagd vor zwei Wochen schien es kein anderes Thema mehr zu geben als Jergs ›Heldentat‹. Heldentat, pah! Lene konnte darin nichts Heldenhaftes entdecken! Dummheit war's! Dummheit und Wichtigtuerei, jawohl! Alle hätte der Herzog erschießen können. Alle! Durch Jergs Torheit hätte sie heute schon Witwe sein können! Und wer wäre schuld daran gewesen? Nur Jerg. Von wegen dem Heinrich helfen! Was mußte der auch noch an der Rätsche herumdrehen, wo doch die Jagd schon lange vorbei war? Mit Schaudern dachte sie an Heinrich, der mit peitschenzerfetztem Rücken in seiner Hütte lag – überall offenes Fleisch, Eiterbeulen, und der Gestank – grauenhaft! Und trotzdem, der war doch selber schuld an seinem Unglück! Des Herzogs Roß zu erschrecken!

Sie hielt einen Augenblick lang inne und starrte ins Leere. War es nicht immer so? Jerg stellte etwas an, und alle anderen mußten es ausbaden. Wenn es Cornelius nicht gelungen wäre, den Jost zu beruhigen, wer weiß, was dann noch alles geschehen wäre ... Sie stieß einen lauten Schnaufer aus, der Marga, die dabei war, den alten, stinkenden, festgetretenen Erdboden der Hütte mit einem Spaten abzutragen, aufschauen ließ. Später würde man neuen, frischen Torf auffüllen und so wenigstens die erste Zeit Ruhe vor allerlei Kroppzeug wie Flöhen, Schaben und Läusen haben. Ohne Marga zu beachten, gab Lene sich wieder ihren Gedanken hin. Den Burgverwalter gegen sich aufzubringen, das war doch fast genauso schlimm, wie den Herzog zu verärgern! Martin Jost war für seine Hartherzigkeit und Kaltschnäuzigkeit bekannt. Dabei machte es keinen Unterschied, ob er es auf ein besonders gutes Werkzeug, auf ein Stück Ackerland oder auf die Jungfräulichkeit eines jungen Dings abgesehen hatte. Das herzögliche Recht auf die erste Nacht? Pah! Bei ihnen hier war es das Recht des Burgverwalters. Und wer wollte es ihm absprechen? Der Herzog im fernen Stuttgart bekam doch gar nicht mit, was sein Verwalter so alles trieb. Für die waren sie doch nur die Kraut- und Rübenfresser, dachte Lene verbittert, während sie sich anschickte, erneut einen Eimer Wasser zu holen.

Draußen war es bereits angenehm warm, und eigentlich wäre es ein Tag so recht nach Lenes Geschmack gewesen. Aber es gab ja immer jemandem, der es schaffte, ihr den Tag zu versauen! Wehe, sie wagte es, jemandem ihr Leid zu klagen! Die Nachbarn, die Dorfbewohner – für die war Jerg doch jetzt ein Held. Auch wenn es kaum einer offen aussprach, man sah es an den anerkennenden Blicken, dem Schulterklopfen und in deren ganzer Art ihrem Schwager gegenüber. Und wie die Weiber ihm nachblickten ... Als wäre er der einzige Hengst weit und breit! Und für jede von ihnen hatte Jerg einen Scherz auf den Lippen. Nur für sie, Lene, nicht. Verbittert kniff sie den Mund zusammen. Für ihn war sie nur Lene, das Arbeitstier, das seinem Bruder fünf Kinder geboren hatte und für jede Drecksarbeit gut genug war. Lene verdrängte den Gedanken, daß auch Marga keinesfalls bei der täglichen Arbeit geschont wurde und mindestens genauso hart ran mußte wie sie selbst ...

Allmählich ließ ihre Kraft doch etwas nach, und sie fuhr mit gemäßigteren Bewegungen fort, den letzten Rest der Rußschicht abzubürsten. Doch was wahrscheinlich niemals nachlassen würde, war das beißende Gefühl in ihrem Inneren, wenn sie an die Ungerechtigkeiten in ihrem Leben dachte. Sie brauchte nur an sich hinunterzuschauen und sah alle ihre düsteren Gedanken bestätigt: Nach fünf Kindern, von denen zwei schon kurz nach der Geburt gestorben waren, hingen ihre Brüste schlaff hinunter, das Tal dazwischen war faltig. Hatte sich Cornelius damals nicht in ihren schlanken Rockbund verguckt, der im Kontrast zu ihren weiblichen Hüften stand? Auch der war nur noch ein Stück Vergangenheit. Kein Wunder, daß Jerg keinen Blick für sie übrig hatte! Sie war alt. Alt und verbraucht. Was hätte sie für Margas rosige Haut gegeben, für deren pralle, weibliche Form! Wen wunderte es da, ging es ihr mürrisch durch den Sinn, daß Nacht für Nacht von deren Schlafstatt lautes, aufgeregtes Stöhnen zu hören war. Sie dagegen mußte froh sein, wenn Cornelius sie wenigstens einmal in der Woche bestieg! Tja, wenn sie noch so drall und frisch wie Marga wäre, aber fünf Schwangerschaften hinterließen nun einmal Spuren ... Sie atmete tief durch, und ihr

Gesicht entspannte sich zum ersten Mal seit Stunden. Da nutzten ihre ganzen weiblichen Reize nichts: Zum Kinderkriegen taugte Marga nicht, und damit aus! Eine schöne Hülle hat der Jerg sich da ins Haus geholt, aber ein richtiges Weib, das hat er nicht bekommen! Sie verzog den Mund zu einem belustigten Lächeln. Wunderte es da, wenn der Mann jedem Rockschurz nachblickte?

Nachdem sie mit ihrer Arbeit fertig war, nahm sie Waschei-mer, Bürste und Lumpen und trug alles an den Brunnen, um es dort gründlich auszuspülen. Fertig! Die getane Arbeit und die Sonne schafften es sogar, daß sich ihre Laune ein wenig hob. Plötzlich freute sie sich auch wieder auf den bevorstehenden Märzenmarkt, der wie jedes Jahr in Kirchheim stattfinden sollte. Kommenden Montag war es soweit. Für die Dorfbewohner bedeutete dieser Tag ein großes Ereignis. Genüßlich streckte Lene ihre schmerzenden Arme von sich. Einmal etwas anderes, als immer nur die eigenen vier Wände sehen und ackern! Bekannte treffen, den Musikanten zuhören – so ein Markttag war eigentlich immer viel zu kurz, ging es ihr bedauernd durch den Kopf. Aber dafür würden sie wohl wenigstens in Kirchheim von den ewigen Lobrufen auf Jerg verschont bleiben. Pah!

Indessen war Jerg hinterm Haus damit beschäftigt, die restlichen Holzvorräte in handliche Scheite zu schlagen, welche die Frauen dann sauber in der Wohnstube aufschichten konnten. Während andere Bauern ihr Brennholz für den täglichen Bedarf draußen stapelten, hatte es sich bei ihnen schon seit Jahren so eingespielt, daß sie das ihre drinnen aufbewahrten. Die Stube war groß genug dafür, und so war frühmorgens immer trockenes Brennholz vorhanden und mußte nicht mühselig von draußen hereingebracht und womöglich erneut getrocknet werden.

Auch Jerg hatte damit zu tun, die Ereignisse der letzten zwei Wochen erneut zu bedenken. Zuviel war plötzlich auf einmal geschehen: der Beitritt zum *Armen Konrad*, dann der

Vorfall auf der Jagd und jetzt die Bewunderung seiner Kameraden. Kopfschüttelnd nahm er sich einen weiteren Holzscheit vor, legte ihn auf den Block und trennte ihn mit einem sauberen Beilschlag genau in der Mitte. Nachdem sein Leben bisher in einem eintönigen Einerlei abgelaufen war, war das ein bißchen viel auf einmal! Ganz schwindlig wurde ihm manchmal. Oft hatte er das Gefühl, ein völlig anderer Mensch geworden zu sein. Aber – da war er sich ganz sicher, mit ›früher‹ wollte er nicht mehr tauschen. Endlich war er jemand, zu dem die anderen bewundernd aufschauten! Das tat gut. Ein Leben lang war er immer nur der kleine Bruder vom Cornelius gewesen, auf den niemand zählen wollte, wenn's drauf ankam. Auf den die älteren Schwestern und der Bruder immer ein Auge haben mußten. Der später für jeden Schabernack zu haben war und der immer dabei war, wenn es darum ging, einen über den Durst zu trinken oder Weiberröcken hinterherzupfeifen. Nun, alles hatte sich wohl doch nicht geändert, mußte er sich mit einem breiten Grinsen eingestehen. Wenn er nur an seinen letzten Besuch bei Sureya dachte ... Kurz nach der Jagd war er bei ihr gewesen, wenn auch nicht für lange, weil sie ›Besuch erwartete‹, wie sie ihm von oben herab mitteilte. Aber lang genug, um zu erhalten, wofür er gekommen war. Er runzelte die Stirn. ›Und ich könnte immer noch schwören‹, ging es ihm zum wiederholten Male durch den Kopf, ›daß ich da beim Fortgehen den Jost gesehen habe, wie er sich von hinten an Sureyas Hütte anschlich.‹ Plötzlich kamen ihm Cornelius' Worte wieder in den Sinn, der während der Jagd auch etwas in dieser Art gesagt hatte. Doch erschien ihm dieser Gedanke so unwahrscheinlich, daß er ihn letztlich abschüttelte wie eine nasse Katze einen Regenschauer. Der Jost konnte doch auf der Burg alle Weiber haben, die er wollte: Stubenmädchen, Köchinnen, Schankmädchen und Dreckweiber, da würde er sich doch nicht gerade Sureya aussuchen, oder? Obwohl man schon weit laufen mußte, um einem Weib wie ihr zu begegnen ...

»Ach, hier bist du. Ich hab' dich schon überall gesucht!« Vorwurfsvoll trat Cornelius auf ihn zu. An seinen Schuhen klebte der schwere, lehmige Ackerboden, wie er nur im Gewann Rot zu finden war. Dort gehörten ihnen mehrere Flecken Erde, die schon seit Generationen von einem Braun zum anderen als Erblehen weitergegeben worden waren. Als ihre Eltern und Schwestern vor fünf Jahren der Pest zum Opfer gefallen waren, hatte Cornelius als ältester Sohn die kleinen Ländereien samt Pachtrecht übernommen. Noch heute wurde ihm ganz schwarz vor Augen, wenn er an diese Zeit dachte. Als ob der Tod beider Elternteile nicht schon schmerzhaft genug gewesen wäre, wurden sie zudem durch Sterbegeld, Wechselgeld und andere Abgaben, die in einem solchen Fall an den Lehnsherren zu zahlen waren, für den Rest des Lebens bestraft! Obwohl die Tabener keinen Lehnsherren im ursprünglichen Sinne hatten, wie das beispielsweise im benachbarten Dettingen der Fall war, wo das Adelsgeschlecht vom Schloßberg der Gemeinde vorstand, hieß das noch lange nicht, daß sie von Fron- und Naturalabgaben verschont geblieben wären! Hier hatte die Burg Taben die Stelle eines Feudalherren eingenommen, und so kamen auch die Tabener um die verhaßten Abgaben nicht herum. Deren Höhe richtete sich nach der Größe der bewirtschafteten Fläche. Cornelius mußte pro Jahr von jedem Feld, jedem Baum und von jedem Acker ein Drittel an die Burg abgeben. Dazu kamen weitere Abgaben wie vier Hühner, vier Gänse, fünfzig Eier, dreißig Liter Milch sowie drei Tiegel Schmalz. Außerdem mußte er jährlich einen Wiesenzins von zwanzig Schilling für seine Feldereien entlohnen, die er dadurch zusammenbekam, daß er einen Teil seiner Ernte auf dem Markt verkaufte. An das naheliegende Kloster Weil mußte der Zehnte entrichtet werden, und so blieb am Ende meist gerade so viel übrig, daß bisher kein Familienmitglied hatte Hunger leiden müssen. Vielmehr ging es ihnen um ein Mehrfaches besser als den Leibeigenen, die ihrem Herrn ein Leben lang auf Gnade und

Ungnade ausgeliefert waren. Ein solcher konnte nicht den kleinsten Besitz sein eigen nennen, seien es die Lumpen an seinem Leib oder die auf seiner nächtlichen Schlafstatt – er gehörte mit Haut und Haaren seinem Feudalherren. Statt die armen Kreaturen zu bemitleiden, blickten die ›freien‹ Dorfbewohner in dem selbstzufriedenen Wissen, daß es anderen noch schlechter erging als ihnen, hochmütig auf sie herab.

Jerg war es zur Zeit immer ein wenig unwohl in der Gegenwart seines Bruders. Das erwartete Donnerwetter nach seinem Zusammentreffen mit Herzog Ulrich war zwar bisher ausgeblieben, doch deshalb hatte Jerg noch lange nicht vor, Cornelius jemals die Möglichkeit zu geben, dies nachzuholen. In so etwas hatte er jahrelange Erfahrung.

»Wenn ich mit dem Holz fertig bin, könnte ich mich doch gleich ans Torfstechen machen, oder? Wir können das aber auch morgen gemeinsam tun. Nur, das Wetter ist halt heut besonders ...«

»Jerg, jetzt halt doch mal für einen Moment die Luft an!« unterbrach Cornelius ihn unwirsch. »Du bist ja schlimmer als jedes Waschweib!« Schwerfällig setzte er sich auf den Spaltbock, so daß Jerg nichts anderes übrig blieb, als seine Arbeit zu unterbrechen.

Obwohl er zu seiner Tat stand und nicht im geringsten das Gefühl hatte, etwas falsch gemacht zu haben, hatte er vor seinem Bruder genügend Respekt, um eine Strafpredigt von ihm zu fürchten. Trotzdem! Er würde alles wieder so machen, ging es ihm trotzig durch den Sinn, während er sich innerlich auf eine Standpauke einstellte.

»Äh, also, ich weiß eigentlich gar nicht, wieso ich so lange gewartet habe mit dem, was ich dir sagen will.« Verlegen blickte Cornelius zur Seite. Große Worte waren zwischen den Brüdern nie üblich gewesen. Doch daß es dem Cornelius bisher schon einmal die Sprache verschlagen hatte, daran konnte sich Jerg nun auch nicht erinnern. Unruhig trat er von einem Bein aufs andere.

Nach einer Ewigkeit fuhr Cornelius endlich fort: »Also, was ich dir sagen wollte, ist ...«, er gab sich einen sichtbaren Ruck, »nun, ich bin stolz auf meinen kleinen Bruder!«

Jetzt war's raus!

Ungläubig blickte Jerg ihn an.

»Was du da auf der Jagd getan hast, erforderte einen ganzen Mann. Wir andern sollten uns alle schämen, daß wir nicht genauso mutig für den Heinrich eingetreten sind.« Cornelius legte seine große Hand auf Jergs Schulter und sagte nochmals, diesmal etwas leiser: »Stolz bin ich auf dich, jawohl!«

Fassungslos stand Jerg da. Sein Bruder, der immer dreimal überlegte, bevor er etwas unternahm, der Vorsicht über allem walten ließ und der sich niemals zu einem unbedachten Wort, geschweige denn zu einer unbedachten Tat hinreißen ließ – dieser Bruder war stolz auf ihn! Während er die herumliegenden Holzscheite in einen Korb sammelte, dachte er krampfhaft nach. War das nicht der richtige Augenblick, ihm vom *Armen Konrad* zu erzählen? Wer weiß, vielleicht wäre Cornelius dann noch stolzer auf ihn? Obwohl, außer zwei geheimen Treffen, bei denen neue Mitglieder eingeschworen wurden, war ja noch nichts Heldenhaftes geschehen, mußte er sich wohl oder übel eingestehen. Nun, an ihm lag es nicht, wenn die Burschen bisher nichts als laue Reden im Sinn hatten! Aber bald würde schon noch mehr geschehen, vertröstete er sich für den Augenblick. Er holte Luft, um mit seiner Beichte zu beginnen.

»Aber tu das trotzdem nie wieder, hörst du? Nie wieder! Ich bin fast gestorben vor Angst. Erschlagen hätt' der Herzog dich können, das weißt du so gut wie ich.« Cornelius fixierte ihn mit einem so scharfen Blick, als ahnte er, was Jerg durch den Kopf ging. »Ich weiß, daß es für einen Hitzkopf wie dich sehr verlockend ist, mit heldenhaften Taten gegen die Herren aufbegehren zu wollen. Ich weiß auch, daß es geheime Treffen von Männern gibt, denen es genauso geht wie dir. Was sie vorhaben, weiß ich allerdings nicht. Und ich will es auch gar nicht wissen«, fügte er etwas trotzig hinzu.

Jerg lief es plötzlich kalt über den Rücken. Die warme Märzensonne war hinter einer dicken Wolke verschwunden.

»Doch dafür weiß ich eines ganz genau, und zwar, daß noch niemals etwas von uns Bauern verändert worden ist. Und das wird auch in alle Ewigkeit so bleiben. Jeder hat seinen von Gott zugewiesenen Platz, an dem er seine Pflicht tun muß. Das mögen wir zwar oft nicht verstehen, aber sich dagegen auflehnen heißt auch, sich gegen Gott aufzulehnen. Das willst du doch nicht, oder?« Cornelius' Stimme hatte mittlerweile einen bedrohlichen Ton angenommen.

Eilig versuchte Jerg, seinen Bruder zu beschwichtigen. Seine Stimme klang dabei selbst in seinen Ohren falsch.

Der Himmel hatte sich nun völlig verdunkelt und drohte mit einem kalten Regenguß. Schweigend standen die Männer für einen Augenblick beieinander, während die letzten Worte bedeutungsvoll zwischen ihnen hingen.

Wütend starrte Jerg vor sich auf den Boden. Ein schöner Held war er! Bei der kleinsten Einschüchterung durch seinen Bruder verriet er alles, was ihm heilig war. Er hätte sich hinstellen sollen und dem Cornelius ins Gesicht sagen, was er von seiner Rede hielt. Jeder hat einen von Gott zugewiesenen Platz – und wenn der einem nicht gefiel? Das hätte er seinen Bruder fragen sollen, statt dessen hatte er klein beigegeben wie eine feige Ratte!

6.

Während sich auf dem Lande das erste Gewitter des Jahres zusammenbraute, war es in Stuttgart schon voll im Gange: In der herzöglichen Kanzlei zu Stuttgart, in einem Seitenflügel des Schlosses gelegen, herrschte regelrechte Weltuntergangsstimmung. Die Schreiberlinge in den äußeren Räumen beugten sich tief über ihre Bücher, die Lakaien schlichen durch die Gänge wie Hunde mit eingekniffenem Schwanz, jeder sprach mit jedem nur das Nötigste, und auch dies nur im Flüsterton. Im Inneren der herzöglichen Kanzlei hörte man dagegen schon seit Stunden Herzog Ulrich schreien und toben, daß manche um dessen Gesundheit – und um die ihre – bangten.

»Ihr elenden Hurensöhne! Wenn kein Geld da ist, dann stellt neues her! Kein Geld, kein Geld! Ich kann's nicht mehr hören!« Wie ein Tiger im Käfig rannte der Herzog zwischen seinem Schreibtisch, der eher einem Thron als einem Arbeitsplatz glich, und der gegenüberliegenden Wand hin und her. Wie er diesen düsteren, quadratischen Raum haßte! Den Regierungsgeschäften nachgehen! Manchmal fragte er sich wirklich, wozu er einen ganzen Troß von Beratern bezahlte, wenn er sich doch immer selbst um alles kümmern mußte! Blindwütig griff er nach dem erstbesten Gegenstand auf dem Schreibtisch, einem Briefbeschwerer aus Kristall, und warf diesen mit aller Gewalt an die Wand. Dort zerschellte der schwere Stein mitten im kaiserlichen Antlitz Maximilians, der auf einem riesigen Ölgemälde verewigt war. Wieviel lieber würde er jetzt den neuen Falken fliegen lassen, den sein Falknermeister für einen stolzen Preis direkt in den Alpen für ihn erstanden hatte. Ein wahrhaft prächtiges Tier!

Die drei engsten herzöglichen Berater, Erzmarschall Thumb, der Kanzler Lamparter und Landschreiber Lorcher, drängten sich schweigend in einer Ecke des Raumes zusammen. Gleichgültig, wer nun etwas sagte, es böte dem Herzog bestimmt einen Anlaß zu einem neuen Wutausbruch. Schon begann er wieder zu toben: »Da fällt den Herrschaften nichts anderes ein, als bei mir hereinzuspazieren und zu verkünden, es sei kein Geld mehr in den Kassen! Kein Geld! Ja, muß ich mich denn um alles kümmern?« Sein Kopf war hochrot angelaufen, seine Augen schienen aus ihren Höhlen hervorzuquellen, und unter seinen Achseln hatten sich riesige, dunkle Schweißränder auf seinem viel zu engen Seidenwams gebildet.

›Wenn der Herzog nicht in der nächsten Minute vor Zorn platzt, können wir nur von Glück reden‹, schoß es Lamparter durch den Kopf. Der Kanzler beschloß, in die Offensive zu gehen. Zu verlieren hatten sie schließlich alle drei nichts mehr.

»Verehrter Herzog, es tut mir leid, dies sagen zu müssen, aber schon vor Monaten haben wir Euch von Eurer prekären finanziellen Lage in Kenntnis gesetzt.« Er hob beide Arme und ließ sie mit einer bedauernden Geste wieder fallen.

Mit schriller Stimme äffte der Herzog seinen Kanzler nach, um dann erneut loszubrüllen: »Und wieso habt ihr dann nicht schon vor Monaten damit begonnen, neues Geld aufzutreiben?«

Lamparter blickte zu Thumb, der ihm die Antwort abnahm.

»Was hätten wir denn tun sollen, verehrter Herzog! Ihr erhaltet nirgendwo mehr im Lande Kredit, Eure Schulden in Höhe von 910 000 Gulden haben sich herumgesprochen bei den Geldverleihern. Selbst Fugger hat Euch ein weiteres Darlehen abgeschlagen. Die Keller, die Kassen, ja selbst die Fruchtkästen im Land sind leer. Alles leer!« In jedem Wort klang blanke Verzweiflung mit. »Diejenigen, die gerade erst die schrecklichen Zeiten der Pest überlebt haben, sind nach diesem harten Winter vom Hungertod bedroht!«

»Hunger und Pest! Schluß damit, ich will nichts mehr davon hören!« Der Herzog stampfte mit seinem linken Bein auf den Boden wie ein trotziges Kind. »Habt Ihr meine Ohren nicht schon genug gequält? Erhöht doch einfach die Abgaben der Landschaft! Laßt die Mistgabeln schaffen, bis sie umfallen, das treibt ihnen die Frechheit aus, wie ich sie in Taben noch vor zwei Wochen erleben mußte! Die dortigen Bauern schienen mir nicht gerade vor dem Hungertod zu stehen!« Er rückte so nah an Thumb heran, daß dessen Gesicht nur noch eine Nasenlänge von dem seinen entfernt war. Thumb konnte den schlechten Atem des Herzogs riechen, und als er es wagte aufzublicken, sah er in dessen gebleckten Zähnen Reste der Morgenspeise hängen. Plötzlich wurde ihm ganz übel, und mit einem schnellen Griff in die Tasche zog er ein Fläschchen Riechsalz hervor, an dessen Öffnung er tief einatmete, sobald sich der Herzog wieder einen Schritt entfernt hatte.

Lorcher, der Landschreiber, der bisher von allen dreien am wenigsten gesprochen hatte, sah, daß der Kanzler mit seinen Kräften am Ende war, und so übernahm er, wohl oder übel, das Wort: »Gnädiger Herr, erlaubt auch mir ein paar Worte. Denn es gäbe es da noch eine Möglichkeit, schnell an Geld zu kommen ...« Er ließ den letzten Satz verlockend wie einen Köder in der Luft hängen.

Der Herzog schnappte danach wie ein Fisch nach einem fetten Wurm. Entgeistert starrten die beiden anderen Berater nun auf Lorcher. Was in aller Welt redete er da? Hatten sie sich nicht tagelang vergebens den Kopf zerbrochen?

»Nun, egal wie ausgeblutet und verarmt die Landschaft auch sein mag, essen müssen die Leute doch schließlich weiterhin, oder?« Mit einem listigen Lächeln blickte der Landschreiber in die Runde.

»Ja, ja, aber sagt doch endlich: Worauf wollt Ihr hinaus?« Dem Herzog, ein Ende des unerfreulichen Gespräches witternd, konnte es nicht schnell genug gehen.

Hurtig spann Lorcher den Faden weiter. »Es ist doch ganz einfach. Es gibt der Möglichkeiten drei: Erstens«, hier nahm seine Stimme einen autoritären Ton an, den man von dem kleinen, gedrungenen Mann, der die meiste Zeit hinter seinen Büchern verbrachte, nicht gewöhnt war, »... wir legen eine Steuer auf Nahrungsmittel wie Fleisch, Mehl und Wein fest. Das sind die Dinge, die am meisten verspeist werden und so die meisten Steuern einbrächten.« Wieder blickte er in die

Runde. »Zweitens, wir verringern im ganzen Lande Maße und Gewichte, behalten aber die jetzigen, festgelegten Preise bei. Der Mehrgewinn wird sofort an die herzöglichen Kassen weitergeleitet.« Der kleine Mann war nun so von seiner Vision gefangen, daß er fortfuhr, ohne auf mögliche Einwände zu warten: »Und drittens, wir lassen leichtere Münzen prägen. So sparen wir zum einen kostbares Edelmetall ein, dessen Vorräte eh zu einem Nichts zusammengeschmolzen sind, und zum anderen bringen wir dadurch wieder Geld unter die Leute!« Zufrieden mit seiner Geistesleistung blickte er lobheischend um sich und bemerkte dabei nicht, daß sich der Erzmarschall und der Kanzler schockiert anblickten.

›Jetzt ist es passiert‹, schoß es dem Kanzler durch den Kopf. ›Jetzt ist der Lorcher vollkommen übergeschnappt. Mit diesem Schwabenstreich bringt er uns alle um unseren Kopf!‹ Fassungslos über soviel Dummheit schüttelte er den Kopf und wartete darauf, daß der Herzog ihr Todesurteil spräche. Derweil zog der Erzmarschall in größter Seelennot erneut sein Riechfläschchen aus der Tasche, doch konnte der aufsteigende, beißende Geruch diesmal nicht dazu beitragen, seine Pein zu stillen. Am ganzen Körper zitternd war so aus der Fassung gebracht, daß er schließlich die ersten Worte des Herzogs versäumte.

»... einfach genial.«

Oje, was war genial? Hatte sich Ulrich in dieser kurzen Zeit schon eine Art zu sterben für die drei ausgedacht? Während Thumb heftig zu schwitzen begann, klatschte sich der Herzog jedoch mit beiden Händen auf die Oberschenkel. Er strahlte übers ganze Gesicht.

»Euer Plan ist wahrhaft genial!« wiederholte er seine ersten Worte. »Wer hätte das gedacht! In unserem Bücherwurm steckt ein Genie! Steuern auf die wichtigsten Lebensmittel!« Hier schlug er sich auf die Stirn. »Ich frage mich, wieso wir erst jetzt darauf kommen?« Verzückt blickte er in die Runde.

»Die Maße und die Gewichte verringern, die Preise aber gleichlassen. Das merken die Kraut- und Rübenfresser doch gar nicht! Und ich bin endlich meine Geldsorgen los!«

Erst jetzt dämmerte den anderen, daß der Herzog Lorchers Vorschlag nicht nur für bare Münze nahm, sondern von diesem regelrecht begeistert war! Nun beeilten sie sich, ebenfalls einen Beitrag zur Lösung des Problems beizusteuern. Sonst sähe es am Ende noch so aus, als hätte Lorcher allein den Karren aus dem Mist gezogen! Der Kanzler schlug vor, die neuen Erlasse auf den bevorstehenden Frühjahrsmärkten zu verkünden. Und Thumb fügte hinzu, daß die Reiter schon bereitstünden, um den Willen des Herzogs im ganzen Land zu verkünden. Dabei blickten alle drei angestrengt ins Leere. Keiner konnte dem anderen ins Auge schauen, zu wahnwitzig war die Situation!

7.

Der liebe Gott war gnädig: Am Montag des Märzenmarktes strahlte die Sonne schon frühmorgens vom Himmel herab, und dieser Segen sollte auch den ganzen Tag anhalten. Nicht, daß Regenwetter auch nur eine einzige Menschenseele davon abgehalten hätte, zu kommen! Denn der Märzenmarkt bedeutete nach dem langen Winter die erste Möglichkeit, Dinge, die im Laufe der letzten Monate ausgegangen oder kaputtgegangen waren, zu ersetzen. Und da nur die Städte das verbriefte Marktrecht innehatten und die Dörfer selbst keine Märkte abhalten durften, war der Märzenmarkt für die Bauern auch eine Möglichkeit, selbst etwas zu verkaufen. So sah man auf allen Zufahrtsstraßen zur Stadt ganze Trauben von Menschen, die in Richtung Markt pilgerten. Manche zogen hölzerne Handwagen hinter sich her, andere hatten eine

Kiepe mit ihren Habseligkeiten auf dem Rücken, wiederum andere waren mit Ochsenkarren unterwegs. Auch fahrendes Volk, das von einem so großen Markt magnetisch angezogen wurde, näherte sich mit Pferden und Wagen. Schließlich bot sich auf einem Markt immer die Möglichkeit, ein paar Groschen mit Kunststückchen, Handlesen, Kartenlegen oder auch Diebereien zu verdienen.

Auch Cornelius' kleiner Haushalt war nach Kirchheim aufgebrochen. Zuvor hatten die Erwachsenen tagelang zusammengesessen und überlegt, welche Anschaffung noch warten könnte und welche keinen Aufschub mehr erlaubte. Letztendlich blieben nur noch fünf Sachen übrig: ein gußeiserner Topf, ein Topf Honig für die Kinder und für die beiden Frauen Nähnadeln und Zwirn. Denn was nutzten ihnen während der Wintermonate gewebte Stoffbahnen, wenn sie daraus keine Kleidung nähen konnten? Und obwohl es sich keine der beiden erklären konnte, war das alte Säcklein mit Nähzeug irgendwann spurlos verschwunden und ward danach nie mehr gesehen. »Eine Nähnadel zu verlieren – das bringt Unglück!« hatte Lene während des tagelangen Suchens immer wieder vor sich hin gesagt. »Wer weiß, vielleicht näht schon ein böser Geist an unserem Leichenhemd!« Cornelius, der die angstgeweiteten Augen der Kinder bei diesen Reden sah, hatte Lene schließlich jedes weitere Wort über diese Sache verboten.

Cornelius bestand auf einer neuen Axt und ein paar unterschiedlich groben Raspeln. Das Werkzeug benötigte er zur Herstellung eines eigenen Pfluges, der den Männern die Arbeit auf dem Feld wesentlich erleichtern würde. Hier im Dorf besaßen nur die allerwenigsten Bauern einen eigenen Pflug, denn schon dessen Herstellung bereitete einige Schwierigkeiten und war mit viel Arbeit verbunden. Bisher hatten sie sich dieses Gerät samt Ochsen immer von ihrem Nachbarn Stefan Schäufele ausgeliehen, allerdings konnten sie es immer erst dann haben, wenn Stefan es nicht mehr benötigte. Dieses Jahr wollte Cornelius unabhängig sein. Und ein schön gewachsener Baumstamm, der für diesen Zweck bestens geeignet war, lag schon daheim hinterm Haus und wartete nur darauf, bearbeitet zu werden.

Doch die Brauns erhofften sich vom Märzenmarkt außerdem eine bescheidene Einnahmequelle: Irgendwann im letzten Herbst hatte Marga damit begonnen, für ihre Neffen und Nichten Puppen und Tiere aus Stroh herzustellen, mit richtigen Augen und Mündern, die sie aus getrockneten Eicheln und Tannenzapfen fertigte. Und was ganz wichtig war: Die Figuren waren so fest verknüpft, daß sie auch bei gröberer Behandlung nicht gleich kaputtgingen. Doch im allgemeinen hüteten die Kleinen sie wie einen Schatz, waren sie doch das einzige Spielzeug, das sie besaßen. Die anderen staunten nicht schlecht, als sie feststellten, daß Marga dafür eine wirkliche Begabung besaß. Selbst Lene waren angesichts solcher Fingerfertigkeit ihre abfälligen Worte im Hals stecken geblieben. Jerg war es, der die Idee gehabt hatte, Marga könne doch mehr von diesen hübschen Dingern herstellen und sie dann für ein paar Heller im Frühjahr verkaufen. Mit Feuereifer hatte Marga diesen Gedanken aufgegriffen und sich an die Arbeit gemacht. Abend für Abend hatte sie das goldene Stroh verarbeitet, bis ihre Finger zerkratzt und blutig waren. Aber selbst wenn das Blut dabei in Strömen geflossen wäre – sie hätte es nicht gemerkt, so froh war sie, endlich auch etwas zum Lebensunterhalt beitragen zu können. Einmal nicht das Gefühl zu haben, auf Lenes Wohltätigkeit angewiesen zu sein, war in ihren Augen jede Qual wert. So waren an die vierzig Stücke entstanden, die sie am Vorabend mit gemischten Gefühlen sorgfältig in den Leiterwagen gestapelt hatte. Jetzt, wo der Märzenmarkt vor der Tür stand, bekam sie es mit der Angst zu tun. Ob sich auch nur ein einziger Käufer finden würde?

Lene hatte sich im stillen vorgenommen, für heute einen Waffenstillstand einzuhalten, allerdings weniger Marga zuliebe, als um sich selbst die Freude an dem Tag nicht zu verderben. Doch Lenes gute Laune übertrug sich letztlich auf alle, so daß die kleine Gruppe unter Lachen und Geplänkel in Richtung Kirchheim marschierte. Bald darauf stimmte Jerg ein Lied an:

»Bin i net a Bürschle auf der Welt?
Spring' i net wie a Hirschle auf dem Feld?
Auf dem Feld, im grünen Holz,
begegnet mir a Jungfer stolz ...«

Marga unterbrach ihn lachend: »Jerg, das ist doch ein Tanzlied! Verwechselst du jetzt schon die Straße mit dem Tanzboden?« Doch daran schien sich niemand zu stören, die anderen summten fröhlich mit.

»Die Straße ist unser Tanzboden. Mit dir könnte ich bis ans Ende der Welt tanzen!« Bei diesen Worten begann er, Marga im Kreis herumzuwirbeln, die gerade noch den Leiterwagen an ihre Nichte abgeben konnte. Ihr Rock bauschte sich im warmen Frühlingswind. Aus ihrer geflochtenen Haarkrone hatten sich ein paar goldene Strähnen gelöst und strichen sanft um ihre geröteten Wangen. Jerg sang weiter, während er Marga tief in die Augen blickte:

»Guta Morga, Jungfer, komm se gschwend!
Will se mit mir tanza, geb se mir d'Händ!
S'Stüble auf und ab geschwenkt
und a Gläsle eingeschenkt.

Schöne Musikante, spielet auf!
Spielt mir a Tänzle obadrauf!
Aufgeputzt, eingeschnürt,
lustig dann zum Tanz geführt!«

Nach der dritten und letzten Strophe begann Jerg wieder von vorne. Während sie so vorwärts tanzten, wurden sie von mehreren Wagen mit fahrendem Volk überholt. Bald wurde ihr Tanz vom Gefiedel einer Geige begleitet, die ein schwarzhaariger Jüngling aus seinem Karren gezogen hatte. Selbst Lene war von der Fröhlichkeit der Stunde gefesselt und klatschte wie die anderen im Takt der Musik. So ging es, bis die Stadtmauern von Kirchheim in Sicht kamen. Mit einem letzten Streich verabschiedete sich der Geiger und lief mit den Seinen voraus.

Jerg mußte lächeln. War es ihm endlich gelungen, seine Frau etwas aufzumuntern! Schon seit einiger Zeit war ihm aufgefallen, daß Marga immer ruhiger wurde. Er wußte, daß Lene ihr manchmal das Leben schwermachte, vermutete aber, daß hinter Margas Niedergeschlagenheit in Wahrheit etwas anderes steckte: ihr unerfüllter Kinderwunsch! Dabei konnte ihnen doch weiß Gott keiner vorwerfen, daß sie zuwenig dafür täten! Er mußte grinsen. ›Warum hat es dann mit einem Kleinen noch nicht geklappt?‹ ging ihm zum wiederholten Male durch den Kopf. Ihm graute es heute noch, wenn er daran zurückdachte, wie er vor ein paar Wochen Marga vorgeschlagen hatte, doch einmal Asa, die Heilerin, aufzusuchen. Puh! Wie von der Tarantel gestochen war sie hochgefahren und dann in Tränen ausgebrochen. So hatte er es seitdem nicht mehr gewagt, einen Besuch bei Asa vorzuschlagen. Aber war denn nicht für alles ein Kräutlein gewachsen? So konnte es schließlich auch nicht weitergehen! Seine Frau verzehrte sich nach einem Kind, und auch er hätte eigentlich gern einen lebenden Beweis für seine Männlichkeit gehabt. Doch genug der Grübelei. Heute war ein Tag, an dem man alle Sorgen zu Hause lassen sollte!

Während Kirchheim an diesem Tage aus allen Nähten platzte, war Taben so wie die anderen umliegenden Dörfer wie ausgestorben. Lediglich die ganz Alten und die Kranken waren zurückgeblieben. Auf den leergefegten Wegen war außer dem ewigen Konzert der zurückgekehrten Vögel nichts zu hören.

Doch der Schein trügte, denn völlig ausgestorben war Taben nicht:

Sureya lag in ihrer Hütte, und ein schwerer, erregter Männerkörper stieß immer wieder mit aller Kraft in sie ein. Auf und nieder. Dabei verlor sein dicker Bauch keine Sekunde den Kontakt mit ihrem Leib. Unter seinem Gewicht begann ihr Rücken zu schmerzen. Sureya zwang sich, an etwas anderes zu denken, während sie ihre Hände über das Hinterteil des Mannes auf und ab gleiten ließ. Wo wohl die Vögel den Winter über waren? Versteckten sie sich in irgendwelchen Höhlen in der Erde? Oder hatten sie droben im Himmel einen Unterschlupf? Der Mann auf ihr machte nicht den Eindruck, als würde er schnell zu Ende kommen. Sie überlegte kurz, ob sie ein wenig nachhelfen sollte. Ein geübter Griff hier und ein paar Streicheleien da, und schon wäre der Brunnen gesprudelt ... Doch die Hure war schlau genug, um zu wissen, welcher Mann sich damit abspeisen ließ und welcher so zu seinem Recht kommen wollte. Markus Jost gehörte zur zweiten Gruppe. Und sie tat gut daran, es sich nicht mit dem Burgverwalter zu verscherzen. Sie hatte schließlich noch einiges mit ihm vor!

Auch im Nebenhaus war Leben: Asa, die Heilerin, war dabei, aus den jungen Wurzeln des Benediktenkrauts einen dicken Sud zu kochen, den sie für verschiedene Behandlungen verwendete. Immer wieder mußte Asa über die Heilkraft dieser Wurzeln staunen: Sie hatten die Kraft, alles aus Augen, Nase, Zähnen, Ohren, ja, sogar aus dem Herzen der Menschen zu ziehen, was dort nicht hingehörte. Sie heilten nicht nur die Schmerzen, sondern machten die Kranken auch frohmütig und wurden deshalb gerne eingenommen.

Ein plötzliches Geräusch schreckte sie aus ihren Überlegungen. Durch die offene Tür waren Sureyas Kinder ins Haus getreten. Verschämt drückten sich die beiden Lumpengestalten an die Wand. Beide hatten den Daumen in den Mund gesteckt. Sie starrten Asa mit großen Augen an.

Asa unterdrückte einen tiefen Seufzer. Obwohl ihr der Sinn nach allem anderen stand, als sich der zwei Nachbarskinder anzunehmen, brachte sie es nicht übers Herz, die beiden wegzuschicken. Sie wußte, was sie hierher getrieben hatte. Wenn in Kirchheim Markttag war, gehörten Sureyas Kinder immer zu den wenigen, die zu Hause bleiben mußten, während ihre Spielkameraden – viele waren es eh nicht, denn den meisten Dorfkindern war es verboten, mit Sureyas Kindern zu spielen – alle auswärts waren. Wahrscheinlich war ihre Mutter gerade damit beschäftigt, ihr täglich Brot zu verdienen, und hatte sie aus dem Haus gesperrt. Nur – wer sollte heute Sureya besuchen? Das ganze Dorf war doch wie leergefegt ...

Das kam davon, wenn man sich auf einen ruhigen, ungestörten Tag freute! Laut sagte sie: »Wollt ihr dort im Türrahmen Wurzeln schlagen? Nein? Dann kommt herein und setzt euch brav auf die Bank.«

Ohne sich weiter um die Kinder zu kümmern, suchte sie eine Reihe von Tontöpfen zusammen und baute diese auf dem Tisch vor sich auf. Sie durfte gar nicht daran denken, was sie sich für heute alles vorgenommen hatte: Die ganzen Vorräte wollte sie durchsehen, eine neue Salbe für offene Beine herstellen, den Benediktensaft und auch noch die Tinktur gegen Warzen, von der nur noch ein kläglicher Rest übrig war.

»Könnt ihr mir vielleicht sagen, wieso diesen Winter fast alle von Warzen heimgesucht worden sind?« Ohne eine Antwort zu erwarten, fuhr sie fort: »Eigentlich ist das schon sonderbar: Warzen gelten als ein Zeichen des Bösen, deshalb beeilt sich auch jeder, sie so schnell wie möglich wieder loszuwerden. Mir scheint, daß da irgendjemand den Leuten übel mitspielt ... hihihi! Oder werden die Menschen selbst vielleicht immer böser?«

Während Asa einen Sack voller Löwenzahnstengel in eine hölzerne Presse füllte, um so den dicklich-weißen Saft zu gewinnen, der die Warzen verschwinden ließ, hatten es sich die Kinder auf der Bank unter Asas Fenster gemütlich gemacht und waren damit zufrieden, Asas Worten zu lauschen und ihr bei der Arbeit zuzuschauen.

»Wartet nur ab – in ein paar Tagen könnt ihr sie wieder alle sehen: Vom Müller bis zum Hufschmied, alle rennen sie und schmieren sich bei Vollmond die Tinktur auf ihre Warzen! Hihihi, selbst der Jost von der Burg droben hat ein paar von diesen schwarzen Dingern, und an einer besonders peinlichen Stelle! Für den müßte ich eigentlich eine besonders scharfe Salbe herstellen ... auf daß es ihm nicht nur die Warzen wegbrennt – dem geilen, alten Bock! Aber leider wär' das auch nicht von Dauer ...«

Die Heilerin wußte, daß just an der Stelle, an der die Warze verschwunden war, binnen kurzer Zeit eine neue wachsen würde. Denn ein endgültiges Mittel dagegen gab es nicht. Doch die Leute waren schon mit einem ersten Erfolg zufrieden und schoben die neuen Warzen auf frisch begangene Sünden.

Zufrieden blickte Asa auf die Reihe von kleinen Tontöpfchen vor sich. Sie beschloß, sich eine kleine Pause zu gönnen. Nachdem sie jedem Kind einen Becher Honigwasser gegeben hatte, holte sie sich selbst einen mit Pfefferminztee, den sie schon früher am Morgen gekocht hatte, und setzte sich für einen Augenblick zu den beiden. Durch die Luken fiel die Morgensonne in goldenen Streifen auf ihr Gesicht.

Für einen kurzen Moment schloß Asa die Augen und genoß die Sonne auf ihrer winterbleichen Haut. Die Leute, die zu Asa kamen, um ein Mittel gegen dieses oder jenes Zipperlein zu bekommen, waren meist viel zu sehr mit sich selbst beschäftigt, als daß sie sich die Zeit genommen hätten, Asa genauer zu betrachten. Hätten sie dies getan, wären die meisten wohl überrascht gewesen, wie jugendlich die Heilerin aussah, die in Wirklichkeit tatsächlich noch keine dreiundzwanzig Jahre alt war. Was sie unter einem dunklen Kopftuch, das sie tief in die Stirn gezogen trug, zu verbergen wußte. Für die meisten Menschen im Dorf war Asa jemand, den man nur aufsuchte, wenn es einem schlecht ging. Wenn man in Not war. Sonst hielten die Bauern, Handwerker und Kaufleute Abstand zu der alleinlebenden Frau, von der keiner wußte, woher sie kam. Obwohl sie von Zeit zu Zeit unter ihrer Einsamkeit litt, hätte sie diesen Umstand dennoch nicht ändern wollen. Denn was würde ihr sonst blühen? Ein Ehemann, der seine Frau halb totschlagen durfte, ohne daß sich diese zur Wehr setzen konnte? Oder ein Leben als Frau eines Bauern, die nicht viel besser behandelt wurde als das Vieh, die nur ein Arbeitstier war? Die jedes Jahr ein Kind gebar, ob sie nun wollte oder nicht? Hier gab es allerdings Mittel und Wege, und viele Frauen suchten Asa allein aus diesem Grund im Schutz der Dunkelheit immer wieder auf. Nein – da hatte sie es als Heilerin doch besser! Die Einsamkeit war ihr Lebensgefährte, die Stille ihr Liebhaber. Und sie hatte beide schätzen gelernt. Es gab keinen Mann, der ihr was zu sagen gehabt hätte. Keinen Mann, der sie schlug oder anderweitig mißhandelte. Und keinen Mann, der ihren Körper mißbrauchte. Während sie die Kinder zum Brunnen schickte, um frisches Wasser zu holen, mußte sie mit Abscheu daran denken, wie Sureyas Körper letzte Woche zerschunden gewesen war. Aber Sureya schien keine Schmerzen zu spüren. »Denn Männern gefällt's halt, wenn sie richtig zupacken dürfen. Und ich bin's gewöhnt, mir macht das nichts mehr aus!« war ihre Antwort auf Asas entsetzte Blicke gewesen, während sie sich vor Asa das Mieder aufschnürte, um gleich vor Ort das schmerzlindernde Johannisöl auf ihre geschwollenen Brustwarzen zu geben. »Das sind eben die Schattenseiten meines Handwerks, wen kümmert's? Immer noch besser als die Schattenseiten deiner Berufung, oder? Wenn du nicht aufpaßt, kommt irgendeiner daher, und du wirst als Hexe verbrannt!« Mit der Genugtuung eines Menschen, der jemanden gefunden hatte, dem es noch schlechter zu gehen schien als ihm selbst, rieb Sureya Salz in Asas wunde Stelle: ihre Angst vor den Hexenjägern von Gottes Gnaden. Und diese Angst war durchaus begründet: Kein Heiler, kein Bader, selbst kein Arzt konnte heute vor den Inquisitoren des Papstes sicher sein. Überall im ganzen Land wurden Frauen und vereinzelt auch Männer als Hexen verurteilt und verbrannt. Jeder Tag barg für die Heilenden Lebensgefahren. Solange alles gutging, wurde man in Ruhe gelassen, aber wehe, es passierte etwas! Dann waren die Leute schnell dabei, der Heilerin die Schuld zu geben! Starb eine Mutter oder ein Säugling im Kindbett, wo man ein paar Tage zuvor bei der Geburt geholfen hatte, bedeutete dies schon höchste Gefahr!

Doch bisher war alles gutgegangen, und Asa vertraute auch weiterhin auf ihre Fähigkeiten als Heilerin. Auch hatte sie bisher immer abgelehnt, wenn jemand sie um eine Verhexung oder einen Hexenfluch bat. So war sie in den Augen der Dorfbewohner war nur ein harmloses Kräuterweiblein.

»Und ein Kräuterweib braucht seine Kräutlein. Es nützt nichts, wenn ich hier den ganzen Tag vertrödele, statt meine Vorräte wieder aufzufüllen!« Mit einem Ruck war sie auf den Beinen und schickte sich an, den mittlerweile eingedickten Benediktensaft in tönerne Karaffen abzufüllen.

8.

Derweil war in Kirchheim das Marktgeschehen schon voll im Gange. Kurz nach ihrem Eintreffen hatte Jerg den Marktvorsteher um einen Platz für Marga gebeten. Und wie es das Glück so wollte, bekam sie sogar einen der besten Plätze zugewiesen. Der Töpfer, der sonst diesen Platz Jahr für Jahr innehatte, war diesmal nicht erschienen. Dem Marktvorsteher waren Margas anmutiges Gesicht, dessen Wangen noch vom Tanz gerötet waren, und ihre hübsche Figur gerade recht, um die Lücke zu füllen. Nachdem alles aufgebaut war, verabschiedete sich Jerg, um seine eigenen Runden über den Markt zu drehen.

Auch Bantelhans aus dem benachbarten Dettingen war dort anzutreffen. Nur war es bei dem ehemaligen Soldaten weniger die Lust auf ein Schwätzchen oder auf einen Krug Bier, die ihn diesen Platz aufsuchen ließ. Er wußte, daß der Marktfrieden heute noch erheblich gestört werden würde. Seine Informanten hatten ihn schon vor Tagen vom bevorstehenden Eintreffen der herzöglichen Gesandten benachrichtigt. Er wußte auch, daß deren Besuch in der Stadt mit neuen Steuern zu tun hatte. Doch um was es genau ging, hatte ihm keiner sagen können. Da öffentliche Bekanntmachungen immer auf dem Rathausplatz stattfanden, hatte er sich vorgenommen, dort auszuharren, um so alles im Auge zu behalten. Mit einem Krug Bier in der Hand lehnte er lässig an der Rathausmauer, grüßte hier einen Bekannten, wechselte da ein paar Worte und verhielt sich ansonsten so unauffällig wie möglich. Und doch wäre einem aufmerksamen Beobachter nicht entgangen, daß erstaunlich viele Bettler zu Bantelhans' Bekanntenkreis zählten. Jedenfalls wurde er von fast jeder buckligen Gestalt in ärmlichsten Lumpen in irgendeiner Art gegrüßt: Die einen nickten ihm zu, andere hoben ihren Wanderstock zum Gruße, und ein besonders wüst anzusehender Geselle mit großen, offenen Wunden mitten im Gesicht kam sogar direkt auf ihn zu und wechselte ein paar Worte mit ihm, während Bantelhans umständlich in seinen Taschen nach einem Almosen für den Mann kramte. Wie gesagt, einem aufmerksamen Besucher wäre das Gebaren des in feinen Zwirn gekleideten Herrn sonderbar vorgekommen. Doch im Marktgetümmel kümmerte sich kaum einer um seinen Nebenmann.

Als er nun Jerg an sich vorbeischlendern sah, mußte er grinsen. Da lief er nun und erkannte nicht einmal seinen Anführer vom *Armen Konrad!* Bantelhans war sich sicher, daß er jeden seiner Männer erkannt hätte, und wenn sie durch Kopfbedeckungen und Tücher noch so vermummt waren! Schon als Soldat in der spanischen Armee, und danach bei den Holländern, war er für sein scharfes Auge und seine gute Menschenkenntnis bekannt gewesen. Er mußte einem Mann nur in die Augen schauen, und sogleich konnte er in dessen Seele lesen wie in einem offenen Buch: Mut, Angst, Haß, Dummheit, Starrsinn und vieles mehr, von dem der Betroffene selbst oft nichts wußte. Auch heute noch, lange Zeit nach seinem Soldatendasein, war ihm diese Fähigkeit geblieben. Er mußte an seine erste Begegnung mit Jerg denken, als Stefan diesen zum *Armen Konrad* mitgebracht hatte. Hochgefahren ist er wie ein aufgeschreckter Hase! Und auf den Mund gefallen ist er auch nicht ...

Von weitem erblickte er den Uracher Obervogt Schwygkher und hob die Hand zum Gruße. Nachdem auch Schwygkher seinen alten Freund erkannt hatte, versuchte er, für sich und sein Roß einen Weg durch die engen Gänge des Marktplatzes zu bahnen. Was keine leichte Aufgabe war! Endlich war Schwygkher bei Bantelhans angekommen.

»Das laß ich mir gefallen! Ihr lungert hier mit einem Krug Bier herum, während ich den Amtsgeschäften nachgehen muß!«

Völlig aufgelöst stieg der Uracher Vogt von seinem Pferd, das den ganzen Trubel nicht gewöhnt war und die Augen verdrehte, so daß nur noch das Weiße zu sehen war. Besänftigend klopfte Bantelhans dem verängstigten Tier auf den Hals und lachte.

»Jeder, wie er es verdient, mein bester Freund! Ihr geht den Amtsgeschäften nach und ich dem Müßiggang! Doch alleine trinkt's sich nicht so gut wie zu zweit. Kann ich Euch nicht zu einem Krug überreden?«

Bedauernd schüttelte der Amtsmann den Kopf. »So ungern ich Euer verlockendes Angebot auch ausschlage, aber meine Zeit ist heute nicht mein eigen. Wie alle anderen Amtsvorsteher aus der Umgebung bin auch ich für heute ins Kirchheimer Amt bestellt.«

Es liegt also tatsächlich doch etwas in der Luft, schoß es Bantelhans durch den Kopf. »Auch wenn ich kaum eine ehrliche Antwort erwarte, so frage ich Euch doch: Um welche besonderen Geschäfte handelt es sich denn, daß sie Euch sogar von einem Krüglein Bier abhalten?«

Der Vogt klopfte seinem Freund spöttisch auf die Schulter. »Das würdet Ihr nur allzu gerne wissen, nicht wahr? Damit Ihr Euch in Dettingen mit Eurem Wissen brüsten könnt, häh?«

So ging das gutmütige Geplänkel zwischen den beiden alten Freunden hin und her, bis Schwygkher auf einmal ernst wurde. Seine Stimme nahm plötzlich einen finsteren Ton an, als er weitersprach. »Genug der Späße! Eigentlich ist mir nicht zum Lachen zumute! Wenn ich an die kommenden Stunden denke, wird mir angst und bange!«

Bantelhans reagierte beunruhigt auf den plötzlichen Stimmungsumschwung seines Freundes: »So redet doch! Welche schrecklichen Prüfungen hat der Tag noch für Euch parat?«

Ganz konnte er den spöttischen Unterton nicht lassen. Zu lange kannten sich die beiden Männer schon, und bei jedem Treffen wurden statt der Schwerter Worte gekreuzt. »Schreckliche Prüfungen in der Tat! Aber nicht für mich alleine! Sondern auch für Euch, die Bürger, die Handeltreibenden und vor allem für das einfache Volk! In etwa einer Stunde werden des Herzogs Abgesandte erwartet, um die neuen Steuern zu verkünden.« Er schüttelte verständnislos den Kopf und fuhr fort: »Eigentlich dürft' ich Euch noch gar nichts davon erzählen, aber spätestens heute mittag weiß eh die ganze Stadt, welchen Streich sich die Stuttgarter Kanzlei da wieder ausgedacht hat!«

Stumm nahm Bantelhans nun eine Ungeheuerlichkeit nach der anderen zur Kenntnis.

Schließlich schloß Schwygkher hilflos: »Ich frage mich,

wie die Leute das bezahlen sollen! Wo doch die ganze Landschaft fast am Verhungern ist!«

Ehe Bantelhans antworten konnte, war der Hufschlag von mehreren Pferden zu hören, die geräuschvoll durch die Gassen in Richtung Rathaus trabten. Wie auf ein geheimes Kommando waren die herzöglichen Abgesandten erschienen. Wohl wissend, daß ihre Nachrichten nirgendwo auf einen freundlichen Empfang warten durften, kamen sie mit einer Eskorte von zwanzig Soldaten. Schwerbewaffnet überblickten diese von ihren Rössern aus das Marktgeschehen. Schon ihre Gegenwart schüchterte die Menschen auf dem Markt ein. So viele Soldaten auf einmal – das konnte nichts Gutes bedeuten!

Bevor der Zug am Rathaus angelangt war, verabschiedete sich der Vogt hastig und drückte Bantelhans, ohne auf eine Zustimmung von ihm zu warten, die Zügel seines Pferdes in die Hand. So blieb diesem nichts anderes übrig, als seinen Späherplatz zu verlassen und das Pferd zum Stadtstall zu bringen, wo es getränkt und gefüttert würde.

Als er endlich wieder ins Freie trat, hatten sich die Reihen zwischen den Marktständen verdächtig geleert. Das Schlimmste ahnend lief Bantelhans mit raschen Schritten durch die Straßen in Richtung Rathausplatz, wo sich eine riesige Menschenmenge eingefunden hatte, die den Worten des herzöglichen Vertreters lauschte. Dieser stand auf einer eilends aufgestellten Plattform, so daß man ihn auch in den hinteren Reihen hören und sehen konnte. Um die Plattform herum hatte sich ein halbes Dutzend der Soldaten formiert, was die Vorahnung der Menschen verstärkte, daß das, was nun kommen sollte, alles andere als erfreulich war! Unruhig traten die Marktbesucher von einem Bein auf das andere, Kinder schrien, überall wurde gerätselt und getuschelt, was das alles auf sich haben möge. An ein Durchkommen nach vorne war nicht mehr zu denken, und so stellte sich Bantelhans verärgert hinten an. In seinem Groll merkte er zuerst gar nicht, daß der Gesandte schon mit seiner Rede angefangen hatte.

Bei dem Mann handelte es sich um einen erfahrenen Redner, dessen einzige Aufgabe es war, tagein, tagaus im ganzen Land Erlässe, Verordnungen und Neuigkeiten aller Art zu verlesen. Ohne eine Regung auf seinem Gesicht machte er sich nun daran, mit klarer, hoher Stimme die herzögliche Bulle zu verlesen. Dabei betonte er wichtige Abschnitte besonders, machte nach jedem Satz eine bedeutungsvolle Pause und sorgte so dafür, daß auch wirklich verstanden wurde, was er zu sagen hatte. Doch darum hätte er sich in diesem Fall nicht zu sorgen brauchen: Die Leute verstanden nur zu gut, worum es ging! Unter einer Gruppe von Weinbauern aus dem Remstal, die links vom Rednerpult standen, regte sich der Widerstand zuerst: »Neue Steuern erlassen, das könnt ihr! Aber wie wir die bezahlen sollen, das kümmert keinen von euch hohen Herren!« Ein anderer fügte hinzu: »Diesen Winter sind schon wieder fast alle Weinreben erfroren. Wie sollen wir da für die neuen Abgaben aufkommen?« »Jawohl, einen Scheiß werden wir tun! Von wegen neue Steuern!«

Der Beamte fuhr ungerührt mit seiner Rede fort, als hätte es überhaupt keine Zwischenrufe gegeben. Doch Bantelhans' geübtes Auge erkannte selbst von seinem schlechten Platz aus, wie der Redner den Soldaten einen Wink gab, worauf diese ihre Vorderlader über die Schulter warfen und in Bereitschaft gingen.

»... Es sei außerdem verkündet, daß vom 15. Tage des Monats April anno 1514 an neue Gewichte in Verwendung kommen, deren Maß ein Zehntel weniger betragen werde.« Hier warf der Gesandte einen Blick in die Runde, um die Reaktion seiner Worte zu testen. Hatten die Leute das verstanden? Ehrlich gesagt hatte selbst er die Bulle ein zweites Mal lesen müssen, ehe er hinter den Sinn derselben gekommen war. Die Zuhörer warfen sich gegenseitig verwirrte Blicke zu. Neue Maße, ein Zehntel weniger? Die tiefere Bedeutung dieser neuen Verordnung sollten sie im nächsten Satz des Sprechers verstehen.

».... wobei der neue Erlaß vorsieht, die bisherigen Preise für Wein, Fleisch und Getreide gleich zu halten, auf daß der Mehrerlös der herzöglichen Kasse zugute komme und direkt dorthin ...«

Seine weiteren Worte gingen im Aufruhr der Menschen unter. Zu Bantelhans' Erstaunen setzten sich nicht nur die Bauern, sondern auch die Kirchheimer Bürger und Kaufleute lautstark zur Wehr. Bisher waren diese immer recht glimpflich davongekommen, die Hauptlast der Abgaben hatte in der Vergangenheit die Landbevölkerung zu tragen gehabt. Doch das schien sich nun zu ändern ...

In Bantelhans' Kopf brodelte es. Wie konnte der Geheimbund, dessen Hauptmann er war, auf die neue Situation reagieren? Welchen Vorteil durften sie sich von der veränderten Lage erhoffen? Seine Menschenkenntnis ließ ihn vermuten, daß durch die neuen Steuern der Boden für einen Aufruhr reif wurde. Wenn selbst schon die Bürger ...

Jäh wurden seine Überlegungen unterbrochen. Vorn am Rednerpult schien sich was zu tun. Er hörte Schreie, dann die Rufe der Soldaten, doch sehen konnte er bei dem besten Willen nichts! Abermals verfluchte er seine schlechte Position so weit hinten auf dem Platz.

Dafür konnte Jerg mehr sehen, als ihm lieb war. Der Zufall hatte es gewollt, daß er direkt neben der Plattform von einem alten Bekannten angesprochen und aufgehalten worden war. Sonst wäre er schon längst wieder auf dem Weg, denn er wollte doch schließlich mit Cornelius gemeinsam Werkzeug aussuchen und kaufen. Als sich dann die Soldaten um den Redner formierten, ahnte Jerg, daß nichts Gutes folgen konnte. Und seine Ahnung wurde in der Tat noch vom Schlimmsten übertroffen: Neue Steuern! Obwohl bei ihnen zu Hause Cornelius das Finanzielle regelte, sofern es überhaupt etwas zu regeln gab, wußte Jerg natürlich, daß es auch um ihren kleinen Haushalt nicht gut bestellt war. Dabei konnte er sich auch noch an bessere Zeiten erinnern. Als seine Eltern noch lebten, vor der großen Pestplage, war es ihnen weitaus besser gegangen. Damals warf ihr kleiner Hof noch genügend ab, so daß man sogar einen Notgroschen für schlechte Zeiten zur Seite legen konnte. Doch dann kamen immer mehr Abgaben. Jeden Monat wurden neue Gesetze erlassen, die den Bauern im ganzen Land das Leben schwer machten. Bald konnte keiner mehr heiraten, ein Kind in die Welt setzen oder sterben, ohne daß er oder seine Familie dafür zahlen mußte: Brautgeld, Taufgeld, Sterbegeld – neue Namen waren immer schnell gefunden. Doch jede Abgabe lief nur auf ein Ziel hinaus, und das hieß, den Bauern die letzten Heller aus der Tasche zu holen. Und als ob die Landbevölkerung nicht schon genug geplagt worden wäre, war schließlich noch der schwarze Tod hinzugekommen: die Pest. Noch heute hatte Jerg den Geruch der vielen Wacholderfeuer in der Nase. In fast jedem Tabener Haushalt waren damals Menschen dem schwarzen Tod zum Opfer gefallen. In fast jedem Haus war mit Wacholder geräuchert worden.

›Und diese Blutsauger hier sind auch nicht besser als die Pest! Nur ausräuchern kann man sie nicht!‹ Jerg spürte wieder diese unbändige Wut in sich aufsteigen, die ihn jedesmal überfiel, wenn er über die Ungerechtigkeiten nachdachte. Das konnte einfach nicht von Gott gewollt sein!

Der Redner war gerade dabei, seine Papierrolle fein säuberlich wieder aufzurollen, als sich die Menschenmenge plötzlich zu teilen begann. Jerg bekam einen groben Stoß in die Rippen. Einer der Zuhörer hielt in der rechten Hand sein Messer gezückt und bahnte sich lauthals schreiend seinen Weg durch die Menschen, die bei diesem Anblick sofort zur Seite sprangen. Er stürmte auf den Redner zu. »Elende Halsabschneider! Neue Steuern wollt ihr erlassen? Nun, ich zeig' euch, was ich von euren Steuern halte!«

Wie alle anderen auch, beobachtete Jerg entsetzt, wie sich der Mann unaufhaltsam dem Redner näherte. Der Kleidung nach zu urteilen, handelte es sich um einen Bauern, doch Jerg kannte den Mann nicht. Sein Hemd war an manchen Stellen schon so durchgewetzt, daß man die Knochen darunter erkennen konnte. Seine Schlumperhosen starrten vor Dreck, und er war barfuß. Auf seinem Gesicht war eine Spur von Wahnsinn zu erkennen. Jerg hatte diesen Ausdruck schon mehr als einmal gesehen und wußte, was er zu bedeuten hatte: ein letztes Aufbäumen gegen den Hunger, dem meist eine große Gleichgültigkeit folgte, die so lange dauerte, bis sich die Leute schließlich ihrem Schicksal ergaben und langsam, aber sicher einen grauenvollen Hungertod starben.

Nüchtern und ohne innere Anteilnahme registrierte Jerg den Zustand des Mannes und haßte sich dafür. Auf einmal konnte er die Stimme seiner Mutter hören: »Es bedarf eines eisernen Herzes, um mit der ganzen Kälte leben zu können!« Hatte sie das nicht immer gesagt, wenn das Elend um sie herum allzu schlimm war? Von Gott gegeben – der Teufel soll's holen! »Damit ist's in Zukunft aus und vorbei, das schwör' ich hier und jetzt!« In seinem ohnmächtigen Zorn hatte Jerg seinen letzten Gedanken laut ausgesprochen. Doch die Leute waren viel zu sehr mit dem Schauspiel vorne am Rednerpodest beschäftigt, als daß sie Jergs Worten gelauscht hätten. Für einen kurzen Augenblick war Jerg so tief in Gedanken versunken, daß er erst wieder zur Besinnung kam, als die Leute rings um ihn herum zu lachen begannen.

Als er nach vorne blickte, mußte auch er unwillkürlich lachen: Der Mann hatte in der Zwischenzeit das Messer aus der Hand gelegt, seine Hose aufgeknöpft und pinkelte nun in hohem Bogen auf das Podest! Obwohl der Redner schon einen Schritt zurückgetreten war, bekam auch er etwas ab.

»So, jetzt wißt ihr, was ich von euren Steuern halte!« schrie der Mann, während er seinen Strahl auf die Papierrolle richtete, die der konsternierte Redner noch immer reglos in seiner linken Hand hielt.

Sofort wurde der Mann auf ein Zeichen des Beamten hin

von den Soldaten zu Boden geworfen und von deren schweren Stiefeln besinnungslos getreten.

»Wo ist der Büttel? Soldaten, haltet den Wahnsinnigen fest!« Die sonst so gelassene Stimme des Beamten schnappte in seiner Aufregung fast über, als er, vom Gelächter der Menge begleitet, aufgeregt Befehle an jeden und niemanden gleichzeitig erteilte.

»Das wird noch ein Nachspiel haben, das verspreche ich Euch«, zischte der gepeinigte Redner dem Kirchheimer Vogt zu und verschwand in Richtung Herberge, um endlich dem Spott der Menge entfliehen zu können.

Wutentbrannt fuchtelte der Kirchheimer Vogt mit beiden Händen in der Luft herum. Erst jetzt wurde ihm die ganze Tragweite des Vorfalls bewußt. Bauern, die den herzöglichen Gesandten anpinkelten! Ein Attentat! Er konnte sich schon lebhaft das Gerede vorstellen, das durch diesen Zwischenfall am Stuttgarter Hof ausgelöst werden würde! Wer wollte jetzt noch Kirchheim einen Besuch abstatten? Der Stadtvater, selbst Eigentümer der größten Herberge der Stadt, sah bereits eine seiner besten Einnahmequellen versiegen ...

An den ohnmächtig am Boden liegenden Bauern, der den ganzen Aufruhr verursacht hatte, verschwendete er keinen weiteren Gedanken. Den würden die Folterknechte im Turm schon wieder zur Besinnung bringen!

An ein normales Markttreiben war nun natürlich nicht mehr zu denken. Überall standen Menschen in Grüppchen zusammen und diskutierten heftig über den neuen Erlaß. Dabei erörterten Kaufleute mit Kaufleuten die Folgen für ihresgleichen, Bauern jammerten mit anderen, und Wirtsleute suchten sich wiederum andere Wirtsleute, um ihre Verärgerung über die neuen Steuern loszuwerden.

Auch Jerg beeilte sich, zu seiner Familie zu kommen, wobei er sich immer wieder regelrecht durch die Menge drängen mußte. Der süße Duft von Bratäpfeln, die Wohlgerüche geräuchter Würste, die farbenfrohen Stoffe und viele andere Sinnesreize – alles ging an ihm vorbei, ohne daß er auch nur irgend etwas davon wahrgenommen hätte. Der Markt hatte für heute seinen Zauber verloren.

Bei Margas Stand traf er auf die anderen. Aufgebracht wandte sich Lene gerade an Cornelius. »Das kann doch einfach nicht wahr sein! Wie soll denn das in Zukunft weitergehen?«

»Irgendwie wird's wohl gehen müssen, Lene. Dann kommt in Zukunft eben noch weniger Schweinefleisch auf den Tisch«, antwortete er ihr mit wenig Überzeugung. Dabei zuckte er hilflos mit den Schultern.

»So, weniger Fleisch sollen wir essen. Und weniger Brot dazu. Gemüse ist auch fast keines mehr da! Ja, was soll ich denn dann noch kochen? Außer Kraut und Rüben bleibt doch nichts mehr übrig!« fuhr Lene ihren Mann an, als ob dieser höchstpersönlich für den neuen Erlaß verantwortlich wäre. »Also, das eine kann ich euch Mannsbildern jetzt schon sagen ...« Lautstark fuhr Lene fort, sich aufzuregen.

Erst jetzt bemerkte Jerg, daß die Holzplatte von Margas Stand leer war. »Marga, kann das wahr sein? Hast du etwa deine ganze Ware verkauft?« Sie nickte stumm. Fragend griff er mit seiner rechten Hand unter ihr Kinn und hob ihren gesenkten Kopf, so daß er seiner Frau in die Augen blicken konnte. »Ja, freust du dich denn gar nicht darüber? Das ist doch wundervoll!«

»Doch, ich freue mich ... Aber das ist doch jetzt alles nicht mehr wichtig. Jetzt, wo noch mehr Abgaben drohen ...« Mutlos ließ sie sich in seine Arme fallen und drückte ihr Gesicht an seine Brust. »Ganz gleich, was man tut, wir kommen einfach auf keinen grünen Zweig. Den Herrschaften auf den Ämtern fällt eben immer wieder etwas Neues ein, um uns die Heller aus der Tasche zu ziehen!«

Jerg versuchte auf jede mögliche Art, seine bedrückte Frau wieder aufzumuntern. Er herzte sie und er küßte sie. Doch heute schien auch dies verkehrt zu sein. Völlig unerwartet brach es aus Marga heraus:

»Wenn du mich nur einmal wie einen erwachsenen Menschen behandeln würdest statt wie ein dummes Kind!«

Abrupt drehten Lene und Cornelius sich um. Auch Jerg wußte nicht, wie ihm geschah. Marga – und laut herumschreien? Schlimmer noch: Marga – und fluchen?

»Marga, welcher Teufel ist denn in dich gefahren?« fragte Jerg lachend.

Doch sie hatte sich bereits abgewandt und war dabei, ihre restlichen Sachen zusammenzupacken.

Jerg versuchte, den Vorfall auf die leichte Schulter zu nehmen. Gleichzeitig beschloß er, abends Sureya noch einen Besuch abzustatten, die ihn hoffentlich mit schlechter Laune verschonen würde! Cornelius tat so, als habe er von allem nichts mitbekommen. Was hätte er auch dazu sagen sollen? Nur Lene schien über Margas unziemliches Verhalten regelrecht erfreut zu sein. Hatte sie doch wieder einmal einen Beweis dafür bekommen, daß Marga als Ehefrau vollkommen ungeeignet war. Dem Manne so übers Maul zu fahren – unerhört war das!

Die ganze Freude über den Markttag war verschwunden. Selbst die Kinder, die von dem Vorgefallenen nichts verstanden, waren still und niedergedrückt. Schweigend machte sich die kleine Gruppe mit ihrem nun leeren Leiterwagen auf den Heimweg. Jerg hatte plötzlich das Gefühl, als sei die Sonne für immer aus seinem Leben gewichen. ›So kann das nicht weitergehen! Heute hätte für Marga und die ganze Familie ein Freudentag sein sollen! Und selbst den hat der Herzog zerstört!‹ Haßerfüllt dachte Jerg an den Mann, der ohne zu zögern Heinrich totgeschlagen hätte, während er sein eigenes Leben aus einer Laune heraus verschont hatte. Doch Jerg konnte dafür keine Spur von Dankbarkeit empfinden. Im Gegenteil: Seit er Herzog Ulrich gegenübergestanden hatte, verfolgte ihn dessen Blick Tag und Nacht. Der Herzog war zu seinem persönlichen Feind geworden. Er wußte jedoch, daß dies für andere Ohren vermessen klingen mußte, so behielt er seine Gefühle für sich. Und obwohl dies höchst unwahrscheinlich war, hatte er das Gefühl, diesem Mann schon bald wieder gegenüberzustehen. Was dann passieren würde, das wußte nur Gott allein!

9.

Schließlich kam der 15. April und damit der Zeitpunkt, an dem die neuen Steuern in Kraft traten. Doch fiel dieses Datum diesmal auf den Ostersamstag, an dem die wenigsten Menschen Einkäufe tätigten. Und so war denn auch zumindest am ersten Tag der neuen Regelung noch nichts davon zu spüren. Die meisten Bauern waren damit beschäftigt, ihr Tagwerk rechtzeitig zum Osterfest zu erledigen, und deshalb gab es kaum jemanden, der auch nur einen Gedanken an die neuen Abgaben verschwendete. Irgendwie schien das alles noch unendlich weit weg zu sein ...

Doch das sollte sich spätestens in der nächsten Woche ändern. Denn mit der Karwoche endete für die Menschen auch die Fastenzeit, was bedeutete, daß von nun an wieder Fleisch verzehrt werden dürfte. Welches von einem Tag auf den anderen nun um ein ganzes Zehntel teurer war ...

Während sich Pfarrer Weiland auf seine Osterpredigt vorbereitete, überlegte er zum wiederholten Male, wie er seiner Pfarrgemeinde in diesen Zeiten Mut zusprechen könnte, ohne dabei die Position der Kirche oder der Regierung zu verraten. Was ein schier unüberwindbares Dilemma zu sein schien! Denn er konnte doch nicht öffentlich zugeben, daß er die herzögliche Politik des Verschwendertums schon lange nicht mehr guthieß! Er konnte doch nicht zugeben, daß diese Steuern den Tropfen bedeuteten, der das Faß eigentlich zum Überlaufen brachte. Genausowenig wie er zugeben konnte, daß er wegen solcher Ungerechtigkeiten manchmal an seinem Herrgott zweifelte!

Weiland blickte zum Fenster seines kleinen Pfarrhauses hinaus in den Obstgarten, in dem die ersten Bäume schon zu blühen begannen. Wie schön könnte das Leben doch sein! Er stieß einen abgrundtiefen Seufzer aus, den außer ihm niemand hören konnte, da er allein lebte. Eine Haushälterin konnte sich ein Pfarrer in einer so armen Gemeinde wie Taben nicht leisten.

Um wieviel besser war es ihm gegangen, als er noch als Mönch im nahegelegenen Benediktinerkloster Weil wohnte! Jeden Tag drei warme gekochte Mahlzeiten, dazu reichlich Wein, und als ob das noch nicht reichte, wurde sein Schlaf durch eine weiche Gänsedaunendecke versüßt, auf der immer frisches Leinen zu finden war. Und doch: Glücklich war er damals auch nicht gewesen. Im Gegenteil, nachdem er die ersten Klosterjahre mit intensiven Bibelstudien verbracht hatte, bekam er das Gefühl, sein Dasein vollkommen abgeschieden von der Außenwelt zu fristen. Und er glaubte, daran ersticken zu müssen! Während er in seinen Klostermauern saß und nutzlose Studien betrieb, plagte sich der Bauer auf dem Felde ab. Während er uralten, sinnlosen Zeremonien nachging, mühte sich der Handwerksmann in seiner Werkstatt. Das sollte ein gottgefälliges Leben sein? Er begann, von Tag zu Tag mehr an seinem ganzen Dasein zu zweifeln. Mit Schaudern dachte Weiland noch heute an die demütig auf Knien vor dem Kreuze verbrachten Nächte, in denen der Schlaf so fern war wie der Mond, der ihm hoch droben Gesellschaft leistete. An die in hungernder Askese verbrachten Tage, in denen er vergeblich auf die Erleuchtung hoffte. Wie sehr hatte er seinen Herrgott um Hilfe, um einen Fingerzeig angefleht! Doch dieser blieb aus. Jahrelang mußte er zuschauen, wie seine Brüder im Kloster knusprige Brathähnchen mehr liebten als die Hostie bei der Kommunion. Jahrelang ließ er sich mit einem Sack auf den Schultern zum

Betteln schicken. Von Tür zu Tür mußte er gehen, von den Ärmsten der Armen seine Bettelbissen in Empfang nehmen. Wie oft hatte er sich vor Abscheu beinahe übergeben müssen, während er demütig verlogene Dankesgebete seufzte!

Doch dann kam seine Erlösung. Zuerst wollte Weiland seinen Ohren nicht trauen, als Abt Richard, der Vorsteher von Kloster Weil, ihn fragte, ob er nicht die Nachfolge des an der Pest verstorbenen Dorfpfarrers Matthäus antreten wolle. Wie kam Abt Richard gerade auf ihn? Seine bisherigen Erfahrungen mit dem Oberhaupt des Klosters hatten sich auf flüchtige Begegnungen in den langen Gängen oder im Refektorium beschränkt. Denn tagsüber war der Pater für fast alle unerreichbar in seiner Faktorei, wo er den vielfältigen Geschäften des Klosters seine Zeit widmete. Die Abende verbrachte er gesondert von den anderen Ordensbrüdern in seiner Abtswohnung. Weiland kannte ihn eigentlich nur durch die sonntäglichen Predigten, die Abt Richard im vollbesetzten Oratorium abhielt. So hatte sich Weiland auch nach Jahren der Klosterzugehörigkeit noch kein Bild von seinem Vorsteher machen können.

Dieser jedoch wußte recht gut Bescheid um Weilands Gemütszustand, und konnte er auch nicht das ganze Ausmaß dessen Seelenunheils ausmachen, so erkannte er doch zumindest, daß Weiland in den Klostermauern nicht glücklich war. Was Richard nicht weiter gestört hätte. Wenn ..., ja wenn in Weilands stillem Unglück nicht die Gefahr bestanden hätte, daß sich andere Mönche von diesem Seelenzustand anstecken ließen. Eine Rebellion unter seinen Brüdern, und sei es eine noch so leise, war das letzte, was Richard sich für sein Kloster wünschte! Wo doch schon aus dem ganzen Land beunruhigende Nachrichten über abtrünnige Mönche und Kirchenanhänger zu hören waren! So hatte ihm erst kürzlich ein auf der Durchreise befindlicher Franziskaner von einem gewissen Augustinermönch erzählt, der in Wittenberg und darüber hinaus von sich reden machte. Dieser sollte

Kardinäle, Bischöfe und selbst den Papst als ›schädliche Lehrer‹ und als das ›Geschwärm der römischen Sodoma‹ beschimpft haben. Unglaublich! Abt Richard wollte den Reden des Franziskaners zuerst keinen Glauben schenken, doch dieser wußte erstaunlich viele Einzelheiten aus der Rede jenes Augustiners, so daß doch ein Körnchen Wahrheit darin stecken mußte. Noch heute mußte er fassungslos den Kopf über derartige Ketzerei schütteln! Und genau solche unmoralischen Umstände, solche unziemlichen Unreden wollte Richard mit aller Macht in seinem Refugium verhindern. Der Weg von einem unzufriedenen Mönch zu einem Aufrührer und Ketzer betrug nur wenige Schritte, dies hatte der Abt schon mehr als einmal in seiner langen Ordensangehörigkeit erfahren müssen. Sicher, er hätte auf Bruder Weiland einreden können. Ihn mit gewissen Methoden gefügig machen, seinen Willen brechen und ihn so zu einem gefügigen Werkzeug seines Ordens machen können. Doch nun hatte sich eine andere Lösung ergeben, über die Richard nicht unglücklich war. Sollte sich Weiland doch sein Seelenheil als Dorfpfarrer holen! Schaden für das Kloster konnte er so auf alle Fälle keinen anrichten.

Von den Gedankengängen des Klostervorstehers hatte Weiland natürlich nichts gewußt. Er war glücklich gewesen, den stickigen Klostermauern entrinnen zu können, und es hatte ihm nichts ausgemacht, diese gegen die ärmliche Behausung von Bruder Matthäus einzutauschen. Doch tief in seinem Innersten war er inzwischen fast ebenso unglücklich wie zu seinen Klosterzeiten. Half er der Landbevölkerung heute einen Deut mehr als früher? Gab es irgend etwas, womit er deren hartes, entbehrungsreiches Leben hätte verbessern können?

Egal, wie oft Weiland sich diese Fragen auch stellten die Antwort war immer ein klares Nein. Und es würde den Menschen auch nicht helfen, wenn er in seiner Predigt über die neuen Steuern und deren Ungerechtigkeit lamentierte. Nach langem Hin und Her nahm er sich deshalb vor, bei seiner Osterpredigt tröstende Worte zugunsten der Bibelgeschichte zu opfern.

Am Ostersonntag hatten sich alle Brauns zum Mittagtisch versammelt. Statt Wein hatte Lene jedem einen Becher Wasser zu den Brotfladen und dem Topf Sauerkraut gestellt, was allerdings eine übertriebene Sparmaßnahme war, denn der Krug Wein fiel bei ihren Ausgaben am allerwenigsten ins Gewicht. Außerdem war das neben einem gelegentlichen Krug Bier das einzige, was sich die beiden Männer leisteten.

Obwohl Jerg innerlich wegen Lenes Verhalten kochte, versuchte er, sich nichts anmerken zu lassen. Marga zuliebe wollte er den Hausfrieden nicht unnötig stören – es gab eh schon Streit genug in dem kleinen Haus. Wütend tunkte Jerg sein Brot in das Gemüse und schaufelte stumm Bissen um Bissen in sich hinein.

Auch Cornelius zwang sich, seine Frau nicht vor den anderen zu rügen. Als Familienoberhaupt hätte er ohne weiteres das Recht gehabt, ihr für dieses eigenmächtige Handeln eine ordentliche Tracht Prügel zu verabreichen. Und kaum ein anderer Mann hätte gezögert, genau dies zu tun. Doch er kannte Lene gut genug, um zu wissen, daß dies ihre Art war, mit der verschärften Situation fertigzuwerden. Er allein wußte auch, daß sie sich Nacht für Nacht in den Schlaf weinte. Hätte er sie jemals darauf angesprochen, wäre dies von ihr heftig verneint worden. Seine Frau hatte noch niemals zu den Menschen gehört, die offen zeigten, wie ihnen zumute war. Auch in früheren Jahren hatte man Lene selten einmal laut lachen oder auch weinen gehört. Doch Cornelius hatte es damals geschafft, Risse in ihrem dicken Panzer aufzuspüren. Es war ihm gelungen, hinter ihrem Schutzwall eine Frau zu finden, in die er sich als junger Bursche verlieben konnte...

Heute aber war der gemeinsame Mittagstisch wieder einmal zu einer schweigsamen, mißmutigen Angelegenheit geworden. Obwohl Lene so tat, als wäre alles wie immer. Cornelius saß mit in Falten gelegter Stirn da und stierte vor sich hin. Marga war so schweigsam wie immer in der letzten Zeit, und selbst Jerg fiel nichts ein, womit er die drückende Stille unterbrechen sollte.

Doch dann klopfte es plötzlich an die Tür.

10.

Wenige Stunden später war Jerg wieder einmal auf dem Weg zum alten Friedhof. Dies war das erste Mal, daß er auf solch eine Art zu einem Treffen gerufen worden war. Meist holte Stefan ihn ab, und man ging gemeinsam zum vereinbarten Treffpunkt.

Vor lauter Aufregung stolperte er über seine eigenen Füße. Wozu eigentlich der ganze Aufruhr? Bisher war schließlich noch nichts Großartiges geschehen. Insgeheim war er über den Geheimbund schon etwas enttäuscht. Stets wurde bei den Zusammenkünften nur dumm herumgeredet, mußte er wütend zugeben. Was sollte sich dadurch schon ändern? Reden, reden, reden – wie die alten Waschweiber!

Er hatte zwar keine Vorstellung, was denn eigentlich passieren sollte und welche Heldentaten der *Arme Konrad* vollbringen sollte, aber er war sich zumindest sicher, daß etwas geschehen mußte! Eines mußte man ihrem Hauptmann allerdings lassen: Ihre Losung hatte er sich wirklich fein ausgedacht! Jerg lachte leise in sich hinein, als er an die zurückliegende Szene während des Mittagmahls dachte: Zuerst das Klopfen an der Tür und dann Lenes ungläubiges Gesicht, als ein in wüste Lumpen gekleideter Bettler in die Stube platzte und sich vor aller Augen im Kreise zu drehen und zu singen begann: »Ich bin und bleib' ein armer Narr, bis daß ich zu Grabe getragen werde auf dem Hungersberge ...« Sein

Liedlein hörte sich an wie ein alter Kinderreim. Dazu schwenkte er einen Gehstock, an dessen oberen Ende Schellen und Stoffstreifen befestigt waren. Die Kinder begannen zu kichern, und auch Marga konnte sich ein Lächeln nicht verkneifen. So einen Bettler hatte man noch nicht gesehen! Dieser kniete sich nun vor Lene auf den Boden und hielt seine rechte Hand auf seine Brust wie ein Ritter, der seinem Herrn einen Schwur leistet:

»Ich bin und bleib' ein armer Narr ... verehrte Frau Bauerin, hochverehrte Frau Bauerin, möchte ich gar sagen! Ein armer Narr wie ich, der hätt' nur eine Bitte: Ob Sie wohl eine Speis' für ihn übrig hätten?«

Danach ließ er wieder seine Schellen rasseln. Lene, der das Ganze langsam unheimlich wurde, beeilte sich, der Bitte des Lumpenmannes nachzukommen. Keinem fiel auf, wie der Mann zwischendurch Jerg einen listigen Blick zuwarf, den dieser mit einem fast unmerklichen Nicken beantwortete. Bereitwillig lies er sich danach von Lene zur Tür hinausschieben. Er hatte ja bekommen, weswegen er gekommen war. Und das in zweierlei Hinsicht ...

Und Jerg wußte, was heute abend, ›im Abendrot‹, vor ihm lag: ein Treffen des Geheimbundes auf dem alten Friedhof, dem Hungersberg.

Mittlerweile war er fast am Ziel angekommen. Mit jedem Schritt nahm Jergs innere Aufruhr zu. Doch als er endlich den alten Friedhof erblickte, blieb er abrupt vor der brüchigen Friedhofsmauer stehen: Statt wie gewohnt auf eine Gruppe von Männern zu treffen, sah er nur eine einzige Person, die ihm zudem den Rücken zugewandt hatte.

Was sollte er nur tun? War das Freund oder Feind?

Erneut ließ er sich den Spruch des Bettlers durch den Kopf gehen. Entweder es ging alles mit rechten Dingen zu, und die anderen Mitglieder kamen zu spät, oder es wollte ihm jemand eine Falle stellen ...

Es blieb ihm nichts anderes übrig: Genau dies mußte er

herausfinden. Entschlossen trat Jerg hinter der Friedhofsmauer hervor, um gleich darauf wieder zu stutzen. Der Mann sah aus wie ein Edelmann und nicht wie einer der Bauern!

Vorsichtig machte er einen Schritt rückwärts. Keinesfalls wollte er in eine Falle laufen. Doch gerade als er sich wegschleichen wollte, drehte sich der Mann um.

»Guten Abend, Jerg. Wie ich sehe, hat unsere Nachrichtenübermittlung bestens funktioniert.« Mit einem amüsierten Lächeln winkte er Jerg zu sich.

»Komm und setz dich zu mir. Ich glaube kaum, daß die unter uns etwas dagegen haben, wenn wir es uns hier gemütlich machen ...«

Zögernd näherte sich Jerg dem Fremden. Woher kannte er seinen Namen? War das etwa ein Spitzel? Er konnte seine Gedanken gar nicht so schnell ordnen, wie sie ihm durch den Kopf schossen. Doch eines wußte er ganz sicher: daß größte Vorsicht geboten war! Seltsam, er wurde das Gefühl nicht los, dem Mann schon einmal begegnet zu sein ...

Angriffslustig beschloß Jerg, wieder einmal die Flucht nach vorne anzutreten:

»Was wollt Ihr, Herr? Ihr seht nicht so aus, als würdet Ihr hier das Grab Eurer Liebsten besuchen – so wie ich es tue!«

»Erkennst du mich wirklich nicht?« fragte der Fremde ungläubig und blickte Jerg dabei direkt ins Gesicht. Dieser zuckte unsicher mit den Schultern.

»Für gewöhnlich verkehrt unsereins nur mit anderen Kraut- und Rübenfressern, wie Ihr uns so freundlich nennt! Mit solch edlen Herren, wie Ihr einer seid, habe ich nichts zu schaffen!« Jergs Stimme triefte vor Spott und Ironie. Diese Gelegenheit zu einem Schlagabtausch, und sei es auch nur einer mit Worten, kam ihm gerade recht, um wenigstens etwas von seiner aufgestauten Wut abzulassen! Doch der Fremde schien sich von Jergs Feindseligkeit nicht aus der Fassung bringen zu lassen.

»Ich bin dein Hauptmann vom *Armen Konrad!* Scheinbar war meine Tarnung eine gute, denn sonst hättest du mich sicher erkannt, nicht wahr?« Ohne auf eine Antwort zu warten, fuhr er fort: »Du kennst mich als Hans, doch mein ganzer Name lautet Bantelhans, und ich komme aus Dettingen. Wahrscheinlich kennst du mich deshalb nicht, denn die Tabener und die Dettinger machen ja von alters her einen weiten Bogen umeinander herum, nicht wahr?«

»Das ist wohl war! Wir Tabener haben für die Dettinger wirklich nicht viel übrig! Und die wahrscheinlich auch nicht für uns«, kam es unsicher zurück.

Wohl wissend, wie wichtig die beiden Dörfer die alten Feindseligkeiten nahmen, hatte Bantelhans mit seiner Anspielung das Eis zwischen ihnen gebrochen. Nachdem Jerg den ersten Schreck hinter sich hatte, beeilte er sich, seine Schlappe von vorhin wiedergutzumachen.

»Der Bantelhans aus Dettingen! Von Euren Heldentaten als Soldat erzählt man sich heute noch!« Er hätte vor Scham im Erdboden versinken können! »Doch sagt, was bringt einen so feinen Herrn wie Euch zum *Armen Konrad?*« Ganz wollte die Angriffslust noch nicht aus seiner Stimme weichen, als er sich der merkwürdigen Situation bewußt wurde: Da stand er nun gemeinsam mit einem in feinen Zwirn gekleideten Edelmann auf dem Grab eines Bauern!

»Ach, das ist eine lange Geschichte, und im Augenblick gibt es Wichtigeres zu bereden.«

»Ich wüßte nicht, was wir miteinander ›zu bereden‹ hätten! Und überhaupt ... Wer sagt mir, daß Ihr wirklich der Hauptmann vom *Armen Konrad* seid?« Jerg baute sich bedrohlich vor Bantelhans auf, der sich wieder in aller Seelenruhe auf dem Grabe niedergelassen hatte.

»Statt dich hier wie ein angriffslustiger Stier aufzuführen, wäre es vielleicht ganz gut, wenn du einmal deinen Verstand benutzen würdest! Was glaubst du wohl, warum ich hier heute ohne Tarnung erschienen bin? Damit nehme ich immerhin ein großes Risiko auf mich! Denn woher hätte ich wissen sollen, ob ich dir vertrauen kann?«

»Nun, wie es aussieht, hast du dies wohl einfach angenommen, oder?« Jerg konnte sich ein Grinsen nicht verkneifen. Unwillkürlich war er von der förmlichen Anrede zum ›Du‹ übergangen. Dann wurde er ernster. »Nun gut. Angenommen, wir würden uns gegenseitig vertrauen. Was hättest du dann mit mir zu bereden? Und wo sind die anderen?«

Bantelhans wußte nach diesen Worten, daß er zwar eine Schlacht gewonnen hatte, der Krieg aber noch lange nicht vorbei war.

»Was ich mit dir zu besprechen habe, ist vorerst nur für wenige Ohren gedacht. Deshalb muß ich dich auch unbedingt um dein Stillschweigen bitten.«

Wochenlang hatte Bantelhans darüber nachgegrübelt, wen er als seinen Vertrauensmann auswählen sollte, wenn die Pläne des Geheimbundes es erforderten. Mehrere Männer hatte er in der engeren Wahl gehabt. Daß er sich letztendlich dazu entschloß, einen Versuch mit Jerg zu machen, war mehr von seinem Instinkt als von seinem Verstand geleitet worden. Er war sich bewußt, daß er mit Jerg ein Risiko einging. Denn dieser war jung und in vielen Dingen unerfahren, dazu manchmal ein Hitzkopf. Daß sie aus unterschiedlichen Ständen kamen, machte die Sache ebenfalls nicht leichter. Doch dies alles würde durch Jergs Vorzüge wieder wettgemacht, wenn alles so lief, wie Bantelhans es sich vorstellte!

»Du kannst mir vertrauen, Bantelhans. So rede endlich!« Nachdem Jerg beschlossen hatte, daß es nicht schaden könnte, sich einmal anzuhören, was der andere zu sagen hatte, konnte er es kaum abwarten, bis Bantelhans mit seiner Geschichte anfing.

Unvermittelt begann Bantelhans: »Wie du weißt, Jerg, sind seit gestern die neuen Steuern in Kraft getreten. Diese Steuern haben etwas sehr Grundlegendes im ganzen Land verändert. Sie gelten zum ersten Male nicht nur für einen Stand, sondern für alle Menschen gleich: Die Bürger in den Städten, die Kaufleute, die Wirte, die Bauern – jeder muß sie bezahlen! Und so schlimm und ungerecht sie auch sein mögen, im Grunde können wir dem Herzog dafür dankbar sein! Denn damit spielt er uns und unserer Sache direkt in die Hände!« Seine Stimme verriet den Eifer, mit dem er bei der Sache war. Dann grinste er.

»Das ist nicht ganz einfach zu verstehen, nicht wahr? Nun, laß mich erklären: Zum ersten Mal sind nicht nur die Bauern, sondern auch die Bürger und Kaufleute bereit, öffentlich gegen das Unrecht anzutreten. Stände also, die viel mehr Macht besitzen als die Bauern!«

Bantelhans hielt kurz inne, um zu schauen, ob seine Worte von Jerg verstanden wurden. Bantelhans sprach ihm eine gewisse Bauernschläue zu, die, gepaart mit einer schnellen Auffassungsgabe und einem flinken Geist, dazu beitrug, daß Jerg auch ohne Bildung im eigentlichen Sinne keinesfalls dumm war! Diese Einschätzung seines Intellekts sowie Jergs umgängliche Art, die ihn bei allen beliebt machte, hatte Bantelhans' Wahl beeinflußt. Und in der Tat schien es eine glückliche Wahl gewesen zu sein.

»Ja, natürlich! Jetzt, wo es an ihr eigenes Säckel geht, setzen sich auch die fetten Wänste zur Wehr! Doch wie kommst du darauf, daß die unserer Sache helfen wollen? Gab es etwa schon Proteste gegen die neuen Steuern? Und ...«

Bantelhans hielt abwehrend beide Hände vor sich. »Halt, halt, so mach doch nicht gleich die Pferde scheu! Zuerst einmal: Du mußt erkennen, daß es in diesem Fall nicht um ›unsere‹ und um ›deren‹ Sache geht! Bei diesen Steuern ziehen alle an einem Strang. Und so unwahrscheinlich es klingt, gestern wurde dafür schon ein erster Beweis geliefert. Und was für einer!« Er schüttelte den Kopf. »Ich selbst war sprachlos, als mein Informant mir heute davon erzählte. Doch laß mich der Reihe nach fortfahren. Hast du schon einmal von einem gewissen Peter Geiß gehört?« Jerg verneinte. »Nun, das ist einer unserer wichtigsten Männer. Er ist Hauptmann im *Armen Konrad* genau wie ich und wohnt im Remstal zu Beutelsbach. Ein Teufelskerl, das kann ich dir sagen!« Bantelhans schüttelte den Kopf.

»Nachdem dort die neuen Steuern verkündet worden waren, nahm also dieser besagte Peter Geiß eine Schaufel, zog damit einen großen Ring und sprach zu der versammelten Bürgerschaft und Landbevölkerung folgende Worte ...« Hier machte Bantelhans eine bedeutungsvolle Pause. Sollte Jerg ruhig noch für einen Moment schmoren! Doch dann konnte er selbst nicht abwarten, mit seiner Geschichte fortzufahren.

»Also, er sagte:

›Der arm' Konrad heiß ich, bin ich, bleib' ich,
wer nicht will geben den bösen Pfennig,
der trete mit mir in diesen Ring!‹

– und sage und schreibe zweitausend Bauern und Bürger traten nacheinander in diesen Ring! Kannst du dir das vorstellen?«

Jerg schüttelte ungläubig den Kopf.

»Zweitausend Leute, die gegen die neuen Steuern protestieren? Darunter auch wohlhabende Bürger, nicht nur arme Bauern wie wir? Das ist doch wohl ein Ammenmärchen!«

»Nun, du darfst es schon glauben. Meine Quelle ist mehr als zuverlässig. Der Mann war sogar Augenzeuge des Spektakels! Aber warte ab, es kommt noch besser!« Bantelhans konnte sich sehr gut vorstellen, welche Wirkung der Rest seiner Geschichte auf Jerg haben würde! In bester Erzählermanier fuhr er fort:

»Nachdem der Geiß also gesehen hatte, wie viele Menschen gegen die Steuern waren, ging er noch einen Schritt weiter. Er schlug vor, am ersten Tag, da die neuen Gewichte benutzt werden sollten, also gestern, eine Wasserprobe mit ihnen zu machen. Alle waren dafür. Also ging eine riesige Menschenmenge zum Rathaus, um dort die neuen Gewichte abzuholen. Trommler und Pfeifer begleiteten den Menschenzug, es muß ein riesiges Trara gewesen sein. Jedenfalls stießen sie im Rathaus auf keinen Widerstand und bekamen die Gewichte ausgehändigt. Ich glaub', der Schultes wußte gar nicht, wie ihm geschah! Dann ging's zur Rems, das ist das kleine Flüßchen, das dem ganzen Tale seinen Namen verleiht.«

Jerg nickte ungeduldig. Das wußte er auch! Hielt Bantelhans ihn denn für dumm?

»Und dann ließ der Geiß die Gewichte vor versammelter Mannschaft ins Wasser fallen. Dazu sprach er folgende Worte: ›Haben die Bauern recht, so fallet zu Boden. Hat aber der Herzog recht, so schwimmet empor!‹« Wieder folgte eine bedeutungsvolle Pause. »Du kannst dir ja wohl vorstellen, was passiert ist ... Als die Gewichte auf den Boden gefallen waren, hat das ganze Volk gejubelt! Danach sind der Geißpeter und ein paar Helfer den ganzen Tag von Dorf zu Dorf gezogen und haben überall unter großem Jubel die gleiche Prozedur durchgeführt. Und als ob das alles noch nicht genug gewesen wäre, ging es am selben Abend noch nach Schorndorf, der nächstgelegenen Amtsstadt! An die fünftausend Bauern sollen bewaffnet mit Speer und Spieß losmarschiert sein und sich dann vor den Stadttoren zusammengerottet haben.«

Jerg war sprachlos! Das alles sollte am gestrigen Tage geschehen sein?

»Davon hat man in Taben aber nichts mitbekommen! Das ist ja ... unglaublich! Was haben denn die Büttel und der Schultes von Schorndorf daraufhin getan?«

»Nun, mein Informant saß natürlich nicht mit dem Stadtrat zusammen in einer Stube ... Ich kann mir jedoch recht gut vorstellen, daß es den Herren nicht besonders wohl war bei der Sache! Doch zu deren Glück befand sich auch der Vogt von Schorndorf, ein gewisser Georg von Gaisberg, in ihrer

Runde. Ich kenne den Mann schon seit Jahren und muß sagen, er ist wirklich aus rechtem Holz geschnitzt. Und außerdem bei der Landbevölkerung sehr beliebt! Dieser Georg ging nun zusammen mit dem Statthalter Adelmann von Adelmannsfelden vor die Tore zu den Bauern hinaus. Dort sprachen sie mit den Aufständischen, ließen ihnen sogar aus der Stadt reichlich Wein und Brot bringen, um sie zu besänftigen.«

»Aber das hat doch nicht funktioniert, oder?« Nachdem die Bauern soviel auf sich genommen hatten, ließen sie sich doch sicher nicht mit ein paar leeren Versprechungen abspeisen! Jerg schüttelte den Kopf. Das alles war nun wirklich nicht leicht zu verdauen. Da wünschte er sich seit langem nichts mehr, als daß sich endlich etwas tun würde, und nun hatte es den Anschein, als ob etwas schon längst im Gange wäre!

»Doch, zum Schein gingen die Aufständischen darauf ein, denn so war es von den Hauptleuten geplant gewesen! Nachdem sich die Leute den Wein und die Speise haben schmecken lassen, sind alle wieder ganz ruhig in ihre Dörfer abgezogen. Denn das Ganze war eigentlich nur als Warnung für die Obrigen gedacht. Wir wollten zeigen, daß der *Arme Konrad* schon weitaus mehr Anhänger hat, als die Herrschaften jemals vermutet hatten.«

»Tja, die Weinbauern, die sind halt doch aus einem anderen Holz geschnitzt als wir!« In Jergs Stimme schwangen Bewunderung und ein wenig Neid mit.

»So würde ich das nicht sehen.« entgegnete ihm Bantelhans. »Es ist alles nur eine Frage des richtigen Zeitpunktes. Den Weinbauern ging es halt schon seit langem noch schlechter als allen anderen. Und so waren sie die ersten, die bereit waren, sich endlich dagegen aufzulehnen. Aber ich glaube, daß nun auch hier, wie auf der ganzen Alb, die Zeit für einen Aufstand reif ist. Die anderen Anführer des *Armen Konrad* sehen das genauso. Und hier kommst du ins Spiel!«

Mißtrauisch hob Jerg die Augenbrauen.

»Was habt ihr denn beraten? Ist etwa so eine Wasserprobe auch für uns geplant? Sollen wir die Gewichte in die Lauter werfen?«

Bantelhans beeilte sich, jetzt, wo er Jergs volle Aufmerksamkeit hatte, ihn über seine Pläne aufzuklären. »Es geht darum, allen Bauern auf der Alb von diesen wichtigen Neuigkeiten zu erzählen. Jeder einzelne muß angesprochen und wenn möglich für unsere Aufgabe geworben werden. Ich glaube, daß du der Richtige dafür bist. Denn du hast ein umgängliches Wesen, bist bei allen gut angesehen, und die Leute vertrauen dir. Vor allem, nachdem du so heldenhaft vor dem Herzog aufgetreten bist!«

Jerg fühlte sich zwar durch das unerwartete Lob geschmeichelt, konnte sich seine neue Aufgabe trotzdem noch nicht recht vorstellen. »Aber wie soll ich die Leute denn für unsere Sache werben? Und für was soll ich sie eigentlich werben? Was ist denn als nächstes geplant?«

Bantelhans atmete innerlich auf. Jerg hatte nicht von vornherein nein gesagt! So hatte er ihn zwar auch nicht eingeschätzt, aber man konnte ja nie wissen ...

»Nun heißt es, das Eisen zu schmieden, solange das Feuer noch heiß ist! Solange wir mit der Unterstützung der Bürgerschaft rechnen können, müssen wir zeigen, wie stark der *Arme Konrad* ist. Und darauf hoffen, daß der Herzog zur Vernunft kommt und die Steuern und noch ein paar unsinnige Gesetze mehr wieder zurücknimmt!«

»Aber damit ist's doch nicht getan! Es muß noch viel mehr geschehen!« In Jergs Ohren hörte sich alles wieder einmal nach viel Rederei an!

»Ich will dir etwas verraten: Wenn Ende Mai in Untertürkheim Kirbe ist, soll dort der nächste große Aufstand stattfinden, an dem alle Anführer mit ihren Fähnlein teilnehmen werden. Untertürkheim liegt ungefähr in der Mitte zwischen Esslingen und Schorndorf und nahe genug zu Stuttgart, so daß jede dieser Städte etwas davon zu spüren bekommt. Und dazu brauchen wir so viele Bauern wie nur möglich! Die du nun anwerben sollst! Während ich auf der Alb herumziehe, sollst du das gleiche in den umliegenden Dörfern tun: Fang in Taben an, geh dann nach Owen, Neidlingen, Bissingen und so weiter. Aber gib acht! Sprich nur mit den Bauern, bei denen du das Gefühl hast, ihnen vertrauen zu können! Und gib nicht gleich bei jedem von Anfang an alles preis. Du mußt versuchen, in jedem Haus herauszufinden, wer Freund und wer Feind ist!«

Jerg nickte. Das würde er schon herausbekommen!

Bantelhans erhob sich. »Du kannst zwar den Leuten vom Geißpeter und dem Schorndorfer Aufstand erzählen. Aber behalte um Himmels willen den geplanten Aufstand auf der Untertürkheimer Kirbe für dich! Das erfahren sie rechtzeitig genug. Sonst werden wir am Ende noch von einem Heer Soldaten in Empfang genommen!«

Jerg verdrehte die Augen und verzog mißbilligend den Mund.

»So schlau wäre ich auch selbst gewesen! Du scheinst mir wohl doch nicht über den Weg zu trauen, werter Herr!«

»Blödsinn! Es ist eben meine Art, daß ich die Leute immer wieder aufs neue warne. Natürlich vertraue ich dir.« Bantelhans ächzte. »Verflucht noch mal, die Kälte tut meinem Rücken nichts Gutes! Wird Zeit, daß wir diesen ungemütlichen Ort wieder verlassen.« Er verabschiedete sich mit dem Versprechen, sich bald wieder mit Jerg in Verbindung zu setzen.

Jerg blieb allein zurück. Mittlerweile war es stockdunkel geworden. Er wartete noch einen Augenblick, um nicht von irgend jemandem gemeinsam mit Bantelhans angetroffen zu werden. Doch dann beeilte er sich, diesen unheimlichen Platz zu verlassen. Lange genug habe ich bei den Toten verweilt, beschloß er. Ab heute beginnt das Leben!

11.

In der Stuttgarter Staatskanzlei rauften sich derweil die drei herzöglichen Berater wieder einmal die Haare.

»Um Himmels willen, was sollen wir nur tun?« Erzmarschall Thumb stieß einen abgrundtiefen Seufzer aus.

Lorcher, der Landschreiber, fuhr hinter seinem Berg von Papieren in die Höhe: »Ich kann's nicht mehr hören! Wie wäre es, wenn Ihr Eurer Heer um Hilfe bitten würdet? Das würde uns um einiges mehr helfen als Eure Dialoge mit dem Himmel!«

»Lorcher, versündigt Euch nicht! Unser Herrgott weiß für alles eine Antwort. Es liegt an uns allein, sie zu verstehen ...« Kanzler Lamparter hörte sich wenig überzeugend an.

Sofort legte Lorcher erneut los: »Wenn es für alles eine Antwort gibt, dann tut doch etwas! Während wir töricht hier herumsitzen und den Himmel anflehen, brechen überall im Land Unruhen aus!«

»Das sagt ja gerade der Richtige! Wer hat uns denn das ganze Unheil eingebrockt? Das wart doch Ihr, mit Eurer wahnwitzigen Idee!« empörte sich Thumb, der mittlerweile vergessen zu haben schien, daß auch er Feuer und Flamme für diese Idee gewesen war. »Und jetzt soll ich mit meinen Truppen gegen die Aufständischen reiten und das Eisen aus dem Feuer holen!«

»Ja, seid Ihr nun Erzmarschall oder nicht? Oder taugen Eure Soldaten zu nichts anderem als zum Saufen und Kartenspielen?«

»Das ist ja nun die Höhe! Meine Soldaten ...«

Einer schob dem anderen die Schuld an der ganzen Geschichte in die Schuhe, bis es Lamparter, dem Kanzler, zu bunt wurde. Mit geballter Faust schlug er auf des Herzogs Schreibtisch, der jedoch diese Art der Behandlung gewöhnt war und nicht einmal eine Spur erzitterte. Beide Streithähne fuhren herum. Der Kanzler hatte sich mittlerweile auf des Herzogs Stuhl niedergelassen.

»Jetzt rede ich! Das ganze Klagen nützt uns nichts. Tatsache ist, daß wir ein Problem haben. Fest steht auch, daß wir alle gemeinsam an diesem Problem schuld haben! Und deswegen ...«, er blickte vom einen zum anderen, »... werden wir uns alle bemühen, dieses Problem zu lösen!«

Angesichts der eigenen Ratlosigkeit hielten es Thumb und Lorcher für das beste, sich anzuhören, was der Kanzler zu sagen hatte. Doch dieser schien mit seinem Latein schon wieder am Ende zu sein.

Da von Lorcher nichts weiter kam, sagte Thumb:

»Ich glaube, wir werden nicht umhin kommen, den Herzog aus Hessen zurückzurufen. Ohne seine Einwilligung kann ich keine Soldaten ins Remstal schicken. Und wer weiß? Vielleicht beschließt der Herzog am Ende sogar, die neuen Steuern wieder zurückzunehmen?«

Lorcher, den sein schlechtes Gewissen plagte, weil er schließlich der Schöpfer des ganzen Übels war, pflichtete Thumb eiligst bei: »Eine ausgezeichnete Idee! Am besten, wir schicken gleich einen Boten los. Dann könnte der Herzog schon übermorgen wieder in Stuttgart sein und für Ruhe sorgen.«

Lamparter runzelte sorgenvoll die Stirn. »Ob das nicht alles etwas überstürzt ist? Ihr wißt doch, wie sehr Ulrich seine ›Lustreisen‹ zu Landgraf Philipp schätzt. Möchte mal wissen, was die so gemeinsam treiben ... Ich höre ihn schon jetzt toben!«

»Denkt Ihr, mir ist dieser Gedanke nicht auch durch den Kopf gegangen? Aber wir müssen nach dem Herzog schicken! Wir wissen doch gar nicht, wozu diese Bauern noch fähig sind! Schon morgen kann es im ganzen Land zu Unruhen kommen. Und dann möchte ich Ulrich einmal hören, wenn wir es versäumt hätten, ihn zu informieren!« entgegnete Thumb.

Lamparter nickte zustimmend: »Ihr habt ja recht! Scheinbar gibt es sogar unter den Bürgern einige Verärgerung über die Steuern – das sollte man nicht unterschätzen. Ein paar aufsässige Mistgabeln würden mich nicht kümmern, aber daß sogar Städter an diesen Unruhen beteiligt sein sollen, macht mir schon etwas Sorge!«

Thumb blickte ein letztes Mal in die Runde. »Dann ist es beschlossene Sache: Wir schicken einen Boten nach Hessen, um Ulrich zurückzuholen!«

Erleichtert darüber, daß die Last der Amtsgeschäfte bald nicht mehr allein auf ihren Schultern ruhen sollte, gingen die drei auseinander.

Bis Herzog Ulrich endlich zurückkehrte, war der April vergangen. Die Nachricht seiner drei Berater hatte ihn keinesfalls zu einem überstürzten Aufbruch bewegt.

Als er wenige Tage später, genauer gesagt am 2. Mai, in Schorndorf eintraf, kochte er innerlich. Mit großer Beherrschung wandte er sich an Hans von Hutten, der mit ihm an der Spitze seiner achtzig Mann starken Truppe ritt: »Siehst du irgendwo einen Aufstand? Wildgewordene Bauern? Aufgebrachte Bürger?«

Hutten verneinte. Auf dem Schorndorfer Wasen hatte sich zwar eine Menschenmenge versammelt, doch schienen alle friedlich gesinnt zu sein. Hier und da hörte man Lachen, man sah Menschen essen und trinken, einige tanzten sogar. »Nach einem Aufstand sieht es hier in der Tat nicht aus!«

»Wehe, wenn wir in Stuttgart sind! Nicht genug, daß ich auf Anraten dieser Memmen die neuen Steuern zurücknehmen mußte, sie mußten mich zudem noch wie einen Lakaien unnötig hin und her schicken!«

»Wer weiß, vielleicht war die Situation vor ein paar Tagen wirklich eine ganz andere. Sonst hätten Euch Eure Berater sicherlich nicht aus Hessen zurückgeholt. Aber sagt – nun, da Ihr doch einmal da seid, könnte es doch nicht schaden, wenn ihr Euch von allen Stadtvätern und Bürgern huldigen ließet. So seid Ihr derer Treue sicher und könnt beruhigt wieder nach Hause reiten!« Hutten wollte Ulrich unbedingt auf andere Gedanken zu bringen. Denn würde sich der Herzog erst einmal in Rage reden, wäre so schnell kein Ende mehr in Sicht! Sein Ablenkungsmanöver schien zu funktionieren.

»Eine Huldigung!« rief Ulrich erfreut. »Welch wahrhaft gute Idee!« Ein boshaftes Grinsen ging über sein Gesicht. »Sollen sie ruhig ein wenig auf ihren Knien herumrutschen! Das wird ihnen ihre ›Aufstände‹ austreiben!«

Bald darauf hatten sich außer den Bauern auch die gesamte Bürgerschaft sowie der Stadtrat auf dem Wasen versammelt. Genüßlich machte Herzog Ulrich sich daran, vom Sattel seines Hengstes aus die Stadtväter zu beschimpfen, was diese ohne Widerrede über sich ergehen ließen. Man hörte höchstens hier ein gemurmeltes »... weiß immer noch nicht, wie das geschehen konnte ...«, oder da ein »... bitten erfürchtigst um Verzeihung ...« Auf Widerstand stieß der Herzog jedoch nirgendwo. Nachdem er die Geschenke, die Teil der Huldigung waren, in Empfang genommen hatte, wurde ihm die ganze Angelegenheit daher recht schnell langweilig.

In bester Laune trat er deshalb den Heimritt an.

Von Woche zu Woche konnte er Ulrich weniger verstehen, ging es Hans von Hutten ratlos durch den Sinn. Gerade noch übellaunig und bissig wie der schlimmste Kettenhund, saß er jetzt schon wieder pfeifend im Sattel und war bester Dinge!

Von dort aus beugte sich Ulrich zu Hutten hinüber und klopfte ihm zufrieden auf die Schulter. »Na, alter Freund, das Remstal ist wohl doch keine Hölle von Aufständischen und Unruhestiftern, sondern ein Ort der Ruhe! Wie ich's gesagt habe! Sieh doch nur die saftig grünen Weinberge, die sanften Hügel ... Vielleicht sollte ich hier ein Schloß errichten? Dann könnten wir ...«

Doch die Ruhe täuschte. Im Remstal, aber auch überall sonst im Lande waren Mitglieder des *Armen Konrad* damit beschäftigt, weitere Anhänger für ihre Sache zu finden. Auch Jerg war mit Feuereifer bei der Sache. Bantelhans' Vertrauen beflügelte ihn regelrecht, und es gelang ihm, mehr Bauern für den Geheimbund anzuwerben, als er anfänglich gedacht hatte. Als Ulrich unter dem Druck der Städte und der Landschaft die verhaßten Steuern zurücknahm, jubelten die Menschen in Stadt und Land. Genährt von diesem ersten Erfolg, wuchs vorsichtig ein zartes Pflänzchen heran, das Hoffnung hieß und dessen Wurzeln von den meisten Bauern schon längst für tot gehalten worden waren. Vielleicht würde sich doch etwas zum Besseren ändern ...

In seltenen Fällen stieß Jerg in einem Haus auf Widerstand. Wenn dies der Fall war, machte er sich eilig wieder davon, ohne sich und seine Sache zu verraten. Mittlerweile hatte er einen guten Weg gefunden, um herauszubekommen, wo einer stand, ohne zuviel von sich selbst zu erzählen. Auch seine häufige Abwesenheit bereitete ihm weniger Probleme als ursprünglich angenommen. Zuerst hatte er sich alle möglichen Ausreden einfallen lassen: Heute wollte er den Karl auf ein Bier treffen, morgen dem Fritz dabei helfen, dessen Scheuer auszubessern, und übermorgen würde ihm schon wieder etwas anderes einfallen. Doch dann hatte er einen Geistesblitz, für den er seinem Herrgott dankte.

Eines Abends überraschte er seine versammelte Familie mit der Nachricht, daß er einen Männerchor gründen wolle. Cornelius verschluckte sich vor Erstaunen an seinem Stück Brot, und auch den beiden Frauen fiel dazu nichts ein. Jerg beeilte sich, sämtliche Vorzüge seiner neuen Idee aufzuzeigen: Solch ein Chor könne bei allen Festlichkeiten im Dorf singen und bei denen der Nachbardörfer noch dazu! Die Männer hätten dadurch etwas wohlverdiente Abwechslung. Und außerdem: Hatte Cornelius selbst nicht immer behauptet, daß er, Jerg, eine schöne Stimme habe? Jerg entgingen die mißtrauischen Blicke seines Bruders nicht, deshalb frohlockte er um so mehr, als von Cornelius dennoch keine Widerrede kam. Damit war das Thema erledigt. Jerg glaubte, eine perfekte Tarnung gefunden zu haben.

Deshalb traf es ihn völlig unerwartet, als diese in Frage gestellt wurde. Und noch viel unerwarteter war für ihn, *wer* sich über seine häufige Abwesenheit beklagte! Denn es waren weder Lene noch Marga, die irgendwelche Zweifel hegten. Auch Cornelius war mit Jergs Erklärung zufrieden. Die Gefahr drohte von ganz anderer Seite ...

Eines Abends kam er aus Owen, dem nächstgelegenen Dorf. Dort hatte er mehrere Familien unter dem Vorwand besucht, neue Mitglieder für seinen Männerchor zu werben. Hatte er erst einmal in einem Haus Einlaß gefunden, ergab sich alles andere meist wie von selbst. Fast überall wurde ihm ein Becher Wein oder Bier angeboten, und schnell saß man gemeinsam an einem Tisch. Dann begann Jerg von seinen Plänen für einen Männerchor zu erzählen, und schließlich redete man über Gott und die Welt. Dabei achtete Jerg sehr genau auf die Äußerungen seines Gegenübers: Erschien ihm ein Mann zu unterwürfig, schicksals- oder gottergeben, beließ er es bei seinem allgemeinen Geplänkel. Hörte er jedoch beim einen oder anderen ein paar wütende Untertöne heraus, wußte er, daß er richtig war. Die meisten dieser Männer verstanden seinen unauffälligen Wink und schickten ihre Weiber hinaus, so daß man ungestört reden konnte. Und erst dann begann Jerg, vom *Armen Konrad* zu erzählen ... Er mußte vor sich hin schmunzeln, als er an seinen letzten Besuch des Abends dachte. Das war schon ein Höllenhund, der Rauner Hannes! Jerg schüttelte den Kopf. Er dachte an den jungen Kerl mit den roten Wangen und hellblauen Augen, dessen strohblonde Haare immer wie wild in die Höhe standen, egal wie oft er sie auch mit der Hand glattstreichen mochte. Mit seinen dicken, roten Backen und seinem Lämmchenblick sah Johannes Rauner wie ein zu groß geratenes Kleinkind aus, das kein Wässerchen trüben konnte. Doch Jerg kannte Johannes, der von seinen Freunden nur Hannes gerufen wurde, auch von einer völlig anderen Seite: als wüsten Raufbold, der, wenn er zuviel getrunken hatte, auf die übelste Art ausfallend werden konnte und dann vor keiner Rauferei zurückschreckte. »Hat der Hannes zuviel Becher Wein, dann laß ihn am besten allein!« war ein Sprüchlein, das in den umliegenden Wirtshäusern die Runde machte und durchaus seine Richtigkeit hatte. Jerg hatte sich lange überlegt, ob er ihn überhaupt ansprechen sollte. Denn ein Mann, der im Vollrausch nicht weiß, was er sagt, war das letzte, was der Geheimbund brauchte!

Jerg dachte an sein Gespräch mit Bantelhans auf dem alten Friedhof zurück. Der alte Knabe wäre stolz auf ihn, wenn er wüßte, wie bedacht er vorging ... Von wegen Geheimnisse verraten, pah!

Daß er sich schließlich dazu entschlossen hatte, Hannes anzuwerben, hatte mehrere Gründe: Erstens wollte Jerg so viele Männer wie nur möglich gewinnen. Zweitens war Hannes groß und kräftig, und daß er nicht zögerte, hin und wieder auch einmal zuzuschlagen, konnte für den Geheimbund vielleicht sogar noch von großem Nutzen sein! ›Irgendwann einmal wird es auch beim *Armen Konrad* tatkräftig zugehen! Und dann können wir einen wie den Hannes gut brauchen. Einen, der nicht nur dumm herumredet.‹ Außerdem konnte er ihn einfach gut leiden. Daß der Hannes in betrunkenem Zustand Heimlichkeiten preisgab, war ein Risiko, das Jerg eingehen mußte, wenn er ihn dabeihaben wollte. Doch schien da keine Gefahr zu bestehen, tröstete sich Jerg. So begeistert, wie Hannes sich geäußert hatte! Schnell war man sich einig geworden: Sobald es losging, konnte man mit Hannes rechnen! Der außerdem zum Schein bei Jergs Männerchor mitmachen wollte! Mittlerweile hatte es sich nämlich herausgestellt, daß es fast schwieriger war, Männer für den Chor zu finden als Mitglieder für den *Armen Konrad!*

Doch heute hatte Jerg in zweifacher Hinsicht Glück gehabt, und so war er also wieder auf dem Heimweg nach Taben, ehe er sich versah. Er beschloß, den Rest des Abends mit einem Besuch bei Sureya zu verbringen. Irgendwann mußte ein Mann auch einmal an sich selbst denken! Und überhaupt –

Marga war am Morgen wieder einmal recht seltsam gewesen. ›Richtig ruppig war sie, wenn ich mir das so überlege!‹ dachte Jerg. ›Wer weiß, welche Laus der wieder über die Leber gelaufen ist? Da lob' ich mir doch die Hure! Die versteht es, einen Mann auf andere Gedanken zu bringen!‹ In freudiger Erwartung beschleunigte er seinen Schritt.

Wochenlang waren seine Besuche bei Sureya ganz ausgefallen, doch wieso sollte er seine Geschichte mit dem Männerchor nicht auch als Ausrede für ein Schäferstündchen nutzen? Nicht, daß er unter den fehlenden Besuchen gelitten hatte. Ganz im Gegenteil. Zum ersten Mal in seinem Leben sah sich Jerg in seiner Männlichkeit bestätigt, ohne dabei ein Weib besteigen zu müssen. Jerg war mit sich und der Welt rundum zufrieden. Um nicht von jemandem gesehen zu werden, machte er um Taben einen weitläufigen Bogen. Doch wie es der Teufel so wollte, begegnete ihm kurz vor Sureyas Haustür Asa, das Kräuterweib, und er konnte nicht anders, als sie zu grüßen.

»Zeigen deine Schlummertrünke so wenig Wirkung, daß dir selbst der Schlaf versagt bleibt? Oder was treibst du sonst um diese Zeit in der Dunkelheit?«

Asa, die Jerg das gleiche hätte fragen können, unterließ dies, da sie ohnehin wußte, was Jerg hier zu suchen hatte. ›Männer halten uns Frauen immer für dumm! Und taub und blind dazu! Seine Marga scheint ja wirklich alles davon zu sein ... Sonst hätte die seinem Treiben mit der Hure doch schon längst ein Ende gesetzt‹, dachte Asa. Seelenruhig antwortete sie jedoch:

»Guten Abend, Jerg. Auch eine Heilerin hat menschliche Bedürfnisse, die sie lieber im Freien verrichtet. Reicht dir diese Antwort, oder soll ich dir Einzelheiten erzählen?«

Mit Befriedigung stellte sie fest, wie Jerg errötete, was selbst in der Dunkelheit nicht zu übersehen war. Man mußte nur von körperlichen Dingen reden, und schon konnte man den stärksten Mann aus der Fassung bringen. Hah, wenn die

Männer Kinder zur Welt bringen müßten, gäbe es wahrscheinlich viele Bastarde weniger, da bin ich mir sicher! Spöttisch beobachte Asa, wie Jerg unsicher von einem Fuß auf den anderen trat.

In Asas Gegenwart war es Jerg nie besonders wohl. Sie war ihm unheimlich. Er überlegte gerade, ob er nun zum Schein an Sureyas Hütte vorbeigehen sollte, als die Türe aufging.

»Komm rein.«

Mehr sagte sie nicht, beachtete auch Asa mit keinem Blick, sondern verschwand sofort wieder in ihrem Haus. Jerg folgte ihr.

In dem kleinen Haus hatte sich nichts verändert: Auch Anfang Mai brannte bei Sureya das Feuer lichterloh, in der hintersten Ecke des Raumes lagen zusammengekauert ihre beiden Kinder, und Sureyas Schlafstätte war unter einem Berg von zerwühlten Decken verborgen. Auf diesen ließ sich die Hure nun nieder. Gemächlich begann sie, ihr Hemd aufzuschnüren. Dabei hielt sie ihren Blick nach unten gerichtet, so daß ihre Augen vom Schatten ihrer langen Wimpern vollkommen verborgen waren. Doch Jergs Blick war sowieso nur fest auf Sureyas Brüste geheftet, die Stück für Stück entblößt wurden. Was hatte dieses Weib, daß sie ihn jedesmal fast um seinen Verstand brachte? Marga war im landläufigen Sinne sicher weitaus hübscher als Sureya, hatte eine ansehnliche Figur und war in der Liebe mehr als willig. Doch brachte sie ihn niemals so zum Rasen wie Sureya. Auch jetzt glaubte er, es nicht mehr aushalten zu können, und warf sich neben die Frau. Mit flinken Fingern nestelte er seine Hose auf. Plötzlich wurde seine geschwollene Männlichkeit von einem eisernen Griff umklammert. Vor Schmerzen schrie er laut auf.

»Wo war denn mein Held in den letzten Wochen, als Sureya einsam und allein auf ihren Decken lag?« perlte es honigsüß aus ihrem Mund.

Das hätte er sich denken können! Ein Weib wie sie nahm

es nicht so ohne weiteres hin, daß ein Mann sie wochenlang vernachlässigte. Unter Schmerzen suchte Jerg nach Sureyas Hand. Vorsichtig wollte er diese zur Seite schieben. Doch die Hure wollte zuerst eine Antwort. Erneut drückte sie zu, so daß ihm ganz schwindlig wurde. Hastig berichtete er von seinen Bemühungen, einen Männerchor auf die Beine zu stellen.

Skeptisch blickte Sureya unter ihren Wimpern hervor. Sagte Jerg die Wahrheit? Sureya hatte mit ihren sechzehn Jahren schon zuviel gesehen und gehört, als daß sie einem Mann so schnell etwas glaubte. Und obwohl sie Jerg mochte, machte sie auch bei ihm keine Ausnahme. Irgend etwas war da im Gange, und es müßte mit dem Teufel zugehen, wenn sie es nicht herausbekäme! Langsam begann sie, sich völlig auszukleiden. Dann spreizte sie die Beine ein wenig und schaute Jerg herausfordernd an. »Willst du jetzt das Singen anfangen, oder kannst du auch noch was anderes?« Mehr brauchte Jerg nicht zu hören.

Doch kaum hatten sie ihre Lust gestillt, begann Sureya erneut, bohrende Fragen zu stellen, bis Jerg zugab, daß es sich um mehr als nur den Gesang handelte.

»Aber mehr sag' ich nicht! Nur soviel: Es ist eine gute Sache, für die ich unterwegs bin. Eine Sache, die auch dir helfen wird, glaub' mir! Und jetzt frag' mich nicht weiter aus, denn es wird dir nichts bringen. Ich red' nicht mehr!«

Sureya mußte in sich hineinlachen. Das wäre das erste Mal, daß ein Mann etwas für sie tun würde! Ihre Erfahrungen hatten sie gelehrt, daß Männer nur das Eine wollten und es auch bekamen. Wenn im Gegenzug etwas für Sureya herausspringen sollte, mußte sie selbst dafür sorgen. Helfen würde ihr keiner, Jerg am allerwenigsten. Doch dann kam ihr ein Gedanke. Vielleicht konnte er ihr doch eine Hilfe sein, wenn auch unfreiwillig ... Entspannt legte sie sich zurück und begann, sich einen Plan zurechtzulegen.

Jerg begegnete Asa an diesem Abend noch ein zweites

Mal. Mit seinen Gedanken schon wieder ganz woanders, trat er aus Sureyas Haus, um im gleichen Moment über eine weiche, schwere Masse zu stolpern.

»Verflucht noch mal, was ist denn das?« zischte er, während er versuchte, nicht völlig das Gleichgewicht zu verlieren und hinzufallen. Sein Bein schmerzte, und er stöhnte auf. Heute hatte es wohl jeder auf seine körperliche Unversehrtheit abgesehen! Fluchend stellte er fest, daß sein Aufschrei Asa aus dem Haus gelockt hatte.

»Ist was passiert?« Obwohl sie Jerg nicht sonderlich mochte, klang ihre Frage doch besorgt.

»Nein, nein, ich bin bloß über etwas gestolpert. Weiß auch nicht, was da vor Sureyas Haustür herumliegt. Hast du eine Ölfunzel?«

»Einen Augenblick, ich werd' sie holen.« Asa verschwand in ihrer Hütte und kam kurz darauf mit einer kleinen Öllampe in der Hand zurück. Jerg nahm ihr das Licht ab und leuchtete damit auf den Boden.

»Ich werd' verrückt: Wenn das kein halbes Wildschwein ist!« Verständnislos blickte er in Asas Gesicht, auf dem jedoch keine Regung abzulesen war. »Wie kommt denn dieses Vieh, sauber ausgeweidet und in Stücke zerteilt, vor Sureyas Haustür?«

Asa, die schon mehr als einmal die Gaben von Sureyas hartnäckigstem Verehrer hatte bestaunen können, sagte immer noch nichts. Jerg war mittlerweile aus seiner Verblüffung erwacht und machte sich an dem Schwein, dem Kopf und Füße fehlten, zu schaffen.

»Los, pack mit an! Wir müssen das Vieh zu Sureya ins Haus tragen! Wenn das jemand hier liegen sieht, werden wir alle noch der Wilderei angeklagt!«

Das hätte ihm gerade noch gefehlt! Ihm war plötzlich gar nicht mehr wohl in seiner Haut. Nicht, daß er besonders ängstlich war! Aber in diesem Augenblick hatte er das Gefühl, sein Leben bestünde aus einer Fallgrube nach der anderen, die es zu umgehen galt! Wütend sah er, daß Asa hämisch grinste.

»Beruhige dich, lieber Jerg! Daß du nicht im Walde gewildert hast, sondern auf ganz anderen Gefilden, kann auch ein Blinder sehen.«

Spöttisch blickte sie auf den jungen Mann hinab, der immer noch über den Schweinekörper gebeugt war. Da kniete er nun wie ein dummer Ochs über dem Schwein!

»Das Schwein ist das Geschenk eines großzügigen Besuchers! Da brauchst du nicht so verwundert zu glotzen! Oder hast du etwa geglaubt, du wärst der einzige, dem die Hure ihre Gunst schenkt?« Asa schien sich köstlich zu amüsieren. Männer! Konnten nicht die einfachsten Zusammenhänge erkennen!

»Verfluchte Hexe, halt dein Schandmaul! Was geht dich das überhaupt an!« Jerg hätte vor Wut platzen können. »Daß du mich hier gesehen hast, geht niemanden was an! Hast du mich verstanden?« Im flackernden Schein der Öllampe konnte Jerg Asas Gesicht kaum erkennen, doch war ihr anzuhören, was sie von seiner Drohung hielt.

»Du willst mir drohen?« Asa stieß ein verächtliches Lachen aus, gerade so, als ob dieser Umstand unvorstellbar wäre. »Paß lieber auf, daß ich den Spieß nicht umdrehe!«

Mit diesen Worten riß sie Jerg die Ölfunzel aus der Hand und verschwand in ihrer Hütte.

Die Nacht war so dunkel, daß Jerg Mühe hatte, seinen Weg zu finden. Doch er wäre lieber auf allen vieren nach Hause gekrochen, als daß er Sureya oder Asa um eine Fackel für den Heimweg gebeten hätte. Wer konnte es sich leisten, ein halbes Wildschwein dafür zu geben, daß Sureya ihre Beine breit machte? Ihm lief es eiskalt den Rücken hinunter. Das konnte doch nur ein Adelmann oder einer von der Obrigkeit gewesen sein! Hastig schaute er sich um. Er hatte das Gefühl, aus jeder Ecke belauert und beobachtet zu werden. Vielleicht war der Kerl, der das Schwein vor die Tür gelegt hat, noch in der Nähe? Plötzlich überfiel ihn ein schrecklicher Gedanke! Hatte er sie vielleicht belauscht, während er Narr seinen Mund nicht halten konnte? Satz für Satz ließ er sich seine Worte zu Sureya noch einmal durch den Kopf gehen. Was hatte er da von einer guten Sache, die er unternehmen wolle, geplappert? Als er endlich sein Zuhause erblickte, hätte er vor Erleichterung heulen können. Es war ihm weder jemand gefolgt noch war er überfallen worden – Gott sei Dank!

Hätte Jerg gewußt, wie nahe er mit seiner Furcht, beobachtet und verfolgt zu werden, der Wahrheit kam, wäre es ihm wahrscheinlich nicht so leicht gefallen, den Zwischenfall einfach zu verdrängen ...

Was für ein Großmaul! Asa war verärgert. An Schlaf war nach diesem zweiten Zusammentreffen mit Jerg nun nicht mehr zu denken, dazu war sie viel zu aufgebracht. Statt dessen ließ sie sich an ihrem Tisch nieder. Was konnte sein Weib nur an ihm finden? Und was für ein Zufall! Erst gestern war Marga, die sie bisher nur flüchtig gekannt hatte, bei ihr gewesen. Sicher, es kamen viele junge Mädchen, um ihre Hilfe in allerlei Dingen in Anspruch zu nehmen. Aber Marga Braun hatte sie bisher noch nicht aufgesucht, und so war Asa einigermaßen gespannt gewesen, was Marga herführte. Dann dauerte es allerdings eine halbe Ewigkeit, bis Marga hilflos stammelnd nach einem Mittel gefragt hatte, das sie empfängnisbereit machen sollte. Der ach so männliche Jerg! Schafft es nicht, seinem Weib ein Kind zu machen! Hah, wenn der wüßte, was sie seit heute von ihm wußte, wäre er vorhin wahrscheinlich nicht mehr großkotzig gewesen! Trotzdem, für sein Weib tat's ihr leid ...

Asa spürte, daß in der jungen Frau mehr steckte, als man auf den ersten Blick vermutete. Der unaufmerksame Beobachter mochte nur Margas schöne Hülle sehen. Asas Menschenkenntnis sagte ihr jedoch, daß diese schöne Hülle auf einem Fels der Stärke gebaut war. An dessen Grundfesten mochte bisher noch niemand gerüttelt haben, aber wehe dem, der dies irgendwann einmal versuchte! Der würde sich an Margas Zähigkeit sehr schnell die Zähne ausbeißen! Plötzlich bedauerte sie es, nicht mehr Kontakt zu den anderen Dorfbewohnern zu haben. Hätte sie sonst eine Frau wie Marga besser gekannt, sie vielleicht sogar eine Freundin nennen können?

12.

»Ich weiß nicht, was du vorhast, Jerg, doch völlig blöd bin ich auch nicht. Mit einem Männerchor hat dein ganzes Benehmen kaum etwas zu tun! Immer wieder verschwindest du unangekündigt für einen Abend oder gar die halbe Nacht. Und jetzt noch dieses ›Treffen‹ mit anderen Gesangsgruppen. Das nehm' ich dir einfach nicht ab. Ich möcht' jetzt auf der Stelle von dir wissen, was du vorhast!«

Cornelius baute sich bedrohlich vor seinem jüngeren Bruder auf und versperrte ihm den Weg. »Wie stellst du dir das eigentlich vor? Die ganze Feldarbeit! Flachs und Hanf gehören schon längst eingesät, statt dessen sind wir noch nicht einmal mit dem Lockern fertig! Und jetzt verschwindest du einfach mir nichts, dir nichts! Soll ich morgen vielleicht den Pflug gleichzeitig ziehen und lenken?«

Jerg hätte vor Ungeduld platzen können. Gerade jetzt mußte Cornelius mißtrauisch werden! Wo die anderen doch schon am Ortsausgang von Taben auf ihn warteten! Wie konnte er jetzt bloß seinen Kopf so geschickt wie möglich aus der Schlinge ziehen? Weitere Lügengeschichten wollte er seinem Bruder nicht auftischen, doch die Wahrheit konnte er Cornelius ebenfalls unmöglich sagen.

»Nun, was ist? Hat's dir etwa zum ersten Mal in deinem Leben die Sprache verschlagen? Oder soll ich die Wahrheit aus dir herausprügeln? Das hätt' ich wahrscheinlich schon viel früher tun sollen, aber zu spät ist es jetzt immer noch nicht!«

Nun war auch noch Marga hinzugetreten. Mit fragendem Blick beobachtete sie, wie Jerg sein Bündel festzurrte. Laut sagte sie: »Was ist denn los? Warum schreist du so, Cornelius?« Sie stellte sich vor ihren Mann, als wolle sie ihn vor seinem Bruder schützen.

Cornelius schob sie mit dem rechten Arm fort, ohne sie überhaupt anzublicken. »Marga, verschwind! Das hier ist Männersache!« Erschrocken wich Marga ein Stück zurück. Daß Cornelius handgreiflich wurde, hatte sie noch nicht erlebt. Sie blickte zu Jerg. Er und Cornelius fixierten sich wie zwei beißwütige Hunde. Ohne den Blick von seinem Gegenüber abzuwenden, gab Jerg ihr mit dem Kinn einen Wink, und so zog sie sich, wenn auch zögerlich, zurück.

»Also, was ist? Ich warte auf eine Antwort!«

Jerg schnaufte. »Herrgott im Himmel! Ich kann dir heute keine Antwort geben! Wenn du nicht willst, daß ich dich anlüge, dann gib dich mit meinem Schweigen zufrieden, bis ich zurückkomme.«

Seine Stimme hatte einen flehenden Ton angenommen, der Cornelius beinahe schwach werden ließ. Doch dieser hatte sich vorgenommen, heute die Wahrheit aus Jerg herauszukriegen, komme was wolle. Ärger darüber, daß er dies so lange hinausgeschoben hatte, schwang jetzt in jedem seiner Worte mit.

»Wochenlang habe ich mich mit deinem Schweigen und deinen Lügen zufriedengegeben, habe gehofft, du würdest von selbst zu mir kommen.« Er schüttelte den Kopf. »Ich dachte, nach Vaters und Mutters Tod wäre ich an deren Stelle getreten. Du müßtest doch wissen, daß du deinem Bruder alles erzählen kannst! Statt dessen betrügst du deine Familie lieber nach Strich und Faden.«

Er faßte Jerg an beiden Schultern und schüttelte ihn.

»Ein letztes Mal frag' ich dich: Was hast du vor?«

»Was ich vorhabe? Das willst du gar nicht wissen, glaube mir! Nur soviel: Ist dir schon jemals in den Sinn gekommen, daß das, was ich tue, eine feine Sache ist? Die uns allen helfen soll? Nein, du denkst immer nur das Schlimmste von mir!«

Er zog sich seine Jacke an. Mit einem Ruck warf er sich sein Gepäck über die Schulter.

»Als ob ich zu meinem Vergnügen lüge! Ich habe allmählich die Nase voll!« Grob schob er Cornelius auf die Seite. »Jetzt laß mich gehen.«

Marga wollte ihm nachlaufen, doch Cornelius hielt sie am Arm fest. »Keine Angst, der kommt wieder!« beruhigte er sie. »Was ich sage, geht bei Jerg eh in ein Ohr hinein und aus dem anderen wieder heraus.« Laut schrie er ihm hinterher:

»Verschwinde doch! Aber hier brauchst du dich nicht mehr blicken lassen! Lügner haben hier nichts nach!«

Es war eine bunt zusammengewürfelte Schar von Bauern, die sich an diesem Freitagabend von Taben aus in Richtung Untertürkheim auf den Weg gemacht hatte. Während der langen Wanderung plagte sich Jerg immer wieder mit dem Gedanken an den vorangegangenen Streit. Tatsächlich machten ihm Cornelius' Worte mehr zu schaffen, als ihm lieb war. Hätte er nicht besser doch die Wahrheit sagen sollen?

»Wir Männer singen und wandern, alle miteinander und einer nach dem andern ... Hoho, das ist ein toller Streich, den du da geplant hast!« »Jawohl! Habt ihr schon mal so einen wüsten Haufen gesehen, der sich Männerchor nennt?« »Heh, was redest du? Wart nur ab, nach ein paar Krügen Bier singen wir wie die Täubchen, nicht wahr, Jerg?«

»Schreit noch lauter herum, und wir wandern in den nächsten Turm statt auf die Kirbe!« versuchte Jerg die aufgeheizte Stimmung zu dämpfen.

»Schon gut, man wird doch noch einen Spaß machen können! Hätt' nicht gedacht, daß der *Arme Konrad* eine so bierernste Sache ist.« Martin, ein etwa dreißigjähriger Bauer aus

Bissingen, war eingeschnappt. Neben ihm rührte sich nun auch Hannes, der bisher verdächtig ruhig gewesen war. »Da riskieren wir Kopf und Kragen, und du meckerst wie ein alter Bock, weil wir ein wenig lustig sein wollen!« Mürrisch stimmten die anderen zu.

Jerg blickte sich um und sah in zwanzig feindselige Augenpaare. Verdammt, das fing ja gut an! Jerg hatte das Gefühl, als ob sich die ganze Welt gegen ihn verschworen hatte. Erst die Sache mit Cornelius und jetzt das. Er beeilte sich, die Männer zu besänftigen.

»So war das nicht gemeint, Männer. Aber wir müssen halt vorsichtig sein. Ein Geheimbund ist nur so lange geheim, wie wir ihn geheimhalten! Wir müssen aufpassen und Augen und Ohren immer offen halten. Oder glaubt ihr, es gäbe für die Obrigkeit eine größere Freude, als ein paar von uns zu schnappen und einzusperren?«

Wohl oder übel mußten die Bauern ihm zustimmen.

»Laßt uns doch unseren Mummenschanz weiterspielen und ein Liedchen singen! Dann marschiert sich's viel besser. Und ich verspreche euch: Auf der Kirbe gibt es sicherlich nicht nur einen Becher Bier für jeden von euch!«

Damit hatte er seine Männer wieder im Griff, und unter fröhlichem Gesang ging es weiter. Jerg atmete auf. ›Ich muß aufpassen, was ich rede‹, dachte er bei sich. ›Auf der einen Seite soll ich sie sicher und zügig zum Treffpunkt bringen, auf der anderen Seite wird mir gerade das von den Männern übelgenommen. Ich soll mich nicht als Anführer aufspielen, pah! Wenn das so weitergeht, können die mich bald gernhaben! Bei nächster Gelegenheit muß ich den alten Soldaten einmal fragen, wie er mit solchen Jammerlappen umspringt. Bantelhans müßt' ja genug Erfahrung in solchen Fragen haben, wo er doch bei so vielen Feldzügen mitmarschiert ist.‹

Ein paar Tage zuvor hatte ein weiteres Treffen zwischen den beiden stattgefunden, bei dem Jerg nähere Einzelheiten über den geplanten Marsch Richtung Stuttgart erfahren hatte. Zu seiner Enttäuschung war nun doch kein richtiger Aufstand, sondern vorerst nur ein weiteres Treffen der verschiedenen Truppen des Geheimbundes geplant. Dieses Treffen sollte friedlich ablaufen und eine neuerliche Machtdemonstration gegenüber der Obrigkeit sein. Aus diesem Grund, so hatten die Anführer der jeweiligen Fähnlein beratschlagt, sollten sie nur mit einer beschränkten Zahl von Männern in Untertürkheim erscheinen. Schließlich wollte man der Obrigkeit nicht preisgeben, wie viele Mitglieder der Bund in Wahrheit besaß!

So kam es, daß Jerg mit nur knapp zwanzig Mann unterwegs war. Viel lieber wäre ihm allerdings gewesen, wenn er all seine neu geworbenen Mitglieder von dem Treffen hätte benachrichtigen und mitnehmen können! Deren Zahl schätzte er auf ein paar Dutzend. Aber Bantelhans hatte sich nicht umstimmen lassen und damit argumentiert, daß nun einmal die Mehrheit der Geheimbundführer für ein vorsichtiges Vorgehen war und man sich daran halten mußte. Und so war schließlich vereinbart worden, daß Jerg mit seinen Männern losziehen und sich vor den Toren Untertürkheims mit Bantelhans' Gruppe treffen sollte, um dann gemeinsam mit dieser auf die Kirbe zu marschieren.

Nach acht beschwerlichen Stunden war die Gruppe fast am Ziel angelangt. Wie gebannt blieben die Männer auf einer Anhöhe stehen. Obwohl es mitten in der Nacht war, konnte man die Umrisse der Obertürkheimer Stadtmauern gut erkennen. Überall erhellte das Licht brennender Fackeln und offener Feuerstellen die eintönige Dunkelheit der Nacht. Feuerrote Schatten wechselten sich mit rauchgelben Schwaden ab. Es sah aus wie ein Flickenteppich, der an allen möglichen Stellen brannte.

Selbst von ihrem Standpunkt aus, gute zehn Minuten Fußmarsch von der Stadtmauer entfernt, konnten die Männer die unzähligen Menschen erkennen, die sich an den einzelnen Feuern wärmten. Wollten alle diese Menschen etwa zur Kirbe?

Jerg war völlig verwirrt. So viele Menschen schon vor den Toren der Stadt hatte er nicht erwartet! Dabei sollte die Kirbe doch erst am darauffolgenden Tag stattfinden. ›Wie soll ich da jemals den Bantelhans finden‹, ging es ihm verzweifelt durch den Kopf, während er sich mit seinen Männern der Stadt näherte. Bisher war es Jerg recht gut gelungen, seine eigene Unsicherheit zu überspielen. Doch die Tatsache, daß er Bantelhans nirgendwo unter den Menschenmassen erspähen konnte, beängstigte ihn mehr, als er zugeben mochte. Hatte er sich doch während des langen Marsches durch fremde Landschaften mehrfach mit dem Gedanken getröstet, am Ende von Bantelhans erwartet zu werden und die Verantwortung los zu sein. Jerg versuchte, die aufsteigende Panik vor seinen Männern zu verbergen. Er mußte ruhigbleiben, sonst würden es die armen Burschen mit der Angst zu tun bekommen und gleich wieder in Richtung Heimat davonlaufen!

»So, da wären wir. Ich würde euch raten, ein paar Stunden zu schlafen. Ich gehe und halte nach unserem Anführer Ausschau. Martin, du kommst mit! Aber wahrscheinlich sind wir vor den Dettingern angekommen und müssen auf sie warten. Die sind doch so langsam wie Schnecken!«

Unter beifälligem Gelächter ließen sich die Männer auf den Boden nieder.

»Mir steht der Sinn eigentlich mehr nach einem Weib als nach Schlaf! Schaut euch doch um: Bei so vielen Menschen müssen doch auch ein paar willige Röcke darunter sein.« Es war Hannes, der diesen Vorschlag machte, der zugleich von anderen aufgegriffen wurde.

»Halt, halt, so geht das nicht!« Jerg bewegte energisch die Hände, als wolle er jeden Mann einzeln davon abhalten, wegzugehen. Das hatte ihm gerade noch gefehlt!

Nachdem er seine Männer mit herben Worten eingeschüchtert und an den eigentlichen Sinn ihrer Reise erinnert hatte, gelang es Jerg schließlich, ihre Unternehmungslust zu besänftigen. Vollkommen erschöpft machte er sich dann mit Martin, der immer noch schmollte, auf den Weg. Daß es so schwierig sein konnte, ein paar Burschen von hier nach da zu führen!

13.

Jerg und Martin waren noch keine hundert Meter von ihrer Gruppe entfernt, als Jerg plötzlich eine Hand auf seiner Schulter spürte.

»Sieh einmal an, wen wir da haben! Wenn das nicht unser jugendlicher Freund aus Taben ist!« Jerg drehte sich um und blickte in das faltige Gesicht von Bantelhans.

»Gott sei Dank! Wie bin ich froh, dich zu sehen! Ich hab' schon nicht mehr dran geglaubt, in diesen Menschenmassen ein bekanntes Gesicht zu finden!« In dem Augenblick war es Jerg egal, was Martin von seinen Äußerungen hielt, so erleichtert war er!

»Ja, ist es nicht fabelhaft? Alle sind dem Aufruf nach Untertürkheim gefolgt. Was werden die Stadtherren am morgigen Tag für große Augen machen, wenn auf ihrer Kirbe plötzlich der *Arme Konrad* sein Ständchen bringt!« Erregt fuchtelte Bantelhans mit seiner Fackel hin und her, so daß sein Gesicht einmal im Licht des Feuers erglühte, um im nächsten Augenblick wieder im Schatten der Nacht verborgen zu sein. »So kommt! Laßt uns gemeinsam eine Runde drehen! Es sind viele wichtige Männer da, die du unbedingt kennenlernen mußt, Jerg! Vor ein paar Minuten habe ich Kaspar Pregitzer aus Schorndorf gesehen, und mit dem Hans Vollmar habe ich auch schon geschwätzt, das ist einer unserer besten Hauptleute, weißt du ... und der Geißpeter ist natürlich auch da! Los, bewegt euch! Diese Nacht ist nicht zum Schlafen da!«

Kopfschüttelnd schaute Jerg Bantelhans, der sich schon abgewandt hatte, nach. So aufgeregt hatte er den alten Soldaten noch nicht erlebt! Und von seiner ach so wichtigen Regel der Geheimhaltung schien er auch nicht mehr sonderlich viel zu halten – so wie er mit Namen um sich warf! Er beeilte sich, um den alten Soldaten im Getümmel nicht zu verlieren und gleichzeitig Martin nicht abzuhängen. Dieser hielt sich mit seiner rechten Hand an einem Zipfel von Jergs Hemdrücken fest und trottete blindlings hinter ihm her.

Bantelhans' Redefluß nahm kein Ende. Unentwegt wies er Jerg auf irgend jemanden oder irgend etwas hin, was seiner Meinung nach Beachtung finden sollte. Allmählich, da er sich durch Bantelhans' Gegenwart wieder sicher fühlte, konnte Jerg mehr von dem Geschehen ringsum in sich aufnehmen. Es dauerte nicht lange, bis auch er von der eigentümlichen Stimmung wie berauscht war. Überall klopften sich Männer gegenseitig auf die Schulter, begrüßten sich, faßten sich an den Händen. Bantelhans schien jeden zu kennen, und jeder kannte Bantelhans. Martin schien es indessen die Sprache verschlagen zu haben. Doch Jerg hatte im Augenblick für seinen Kameraden keinen Blick übrig, wo es soviel zu sehen und zu hören gab!

In welches Gesicht er auch blickte, überall war von Hoffnung und Zuversicht zu lesen. Es war, als habe jede der zerlumpten, verhärmten Gestalten vor den Toren Untertürkheims im stillen für sich beschlossen, daß es in dieser Nacht keine Zweifel an einer besseren Zukunft geben durfte. Zusammen mit den besser gekleideten Händlern und Kaufleuten, deren Anzahl ebenfalls in die Hunderte gehen mußte, hatten die Bauern in dieser Nacht ihre alten Ängste und Sorgen abgestreift, um Platz zu schaffen für den Glauben an eine bessere Zukunft. Obwohl keiner der Versammelten wußte, was der morgige Tag bringen würde, waren doch alle hoffnungsfroh und guter Dinge.

›Wenn nur Cornelius hier wäre‹, ging es Jerg durch den

Kopf. Der Gedanke daran, daß er diese Nacht und ihre eigentümliche Stimmung mit niemandem von seiner Familie teilen konnte, schmerzte und dämpfte für einen Augenblick seine Freude. Er warf Martin einen Blick zu und sah Tränen in den Augen des alten Bauerns. Stumm legte er ihm eine Hand um die Schulter.

Nach kürzester Zeit fühlte sich Jerg nicht nur trunken, sondern auch verwirrt. Die vielen Namen und Gesichter, wie sollte sich ein Mensch die alle merken! Und dann dieser Lärm! Unwillkürlich mußte er an seine Schwägerin denken. Er lachte in sich hinein. Und er hatte immer gedacht, Lene sei laut! Singen, Lachen, Streitgespräche und heftiges Zanken vermischten sich hier zu einem lauten Grollen. Hätte Jerg es nicht besser gewußt, hätte er angenommen, daß sich direkt über ihren Köpfen ein riesiges Gewitter zusammenbraute. Doch Jerg ahnte, daß das Gewitter, das sich in den Köpfen der Menschen zusammenbraute, jedes Naturschauspiel um ein Vielfaches an Gewalt und Stärke überbieten würde ...

Plötzlich hatte sich eine dichte Wand von Menschen vor den drei Männern aufgebaut, durch die es kein Durchkommen zu geben schien. Jerg stellte sich auf die Zehenspitzen, um den Grund für diesen Menschenauflauf zu erkennen. Bantelhans, der ein gutes Stück größer war als Jerg, kam ihm mit einer Erklärung zuvor.

»Da vorne scheint Johann Dettler eine Rede zu halten. Seltsam, das war eigentlich erst für den morgigen Tag geplant ... Doch das dürfen wir nicht verpassen! Dettler ist einer von unseren schlauesten Köpfen. Wenn der was zu sagen hat, lohnt sich das Zuhören!«

Mit diesen Worten drängte sich Bantelhans am Rand der Menschenmenge vorbei. Dettler hatte mit seiner Ansprache schon begonnen:

»... und so sind wir alle unter großen Gefahren hierher gekommen. Jeder hat einen Grund für seine Abwesenheit erfinden müssen, hat Angehörige belügen und die Obrigkeit täuschen müssen, um nach Untertürkheim zu kommen. Ich sage: Jeder der hier Anwesenden ist mutig! Jeder ist ein ganzer Kerl! Jeder ist ein Held!«

Begeistert stimmte die Menge ihm zu, doch Johann Dettler hob beschwichtigend die Hand. Nicht für einen Moment wendete er den Blick von seinen Zuhörern ab.

»Und warum haben wir die ganze Mühsal auf uns genommen und sind nach Untertürkheim gekommen?«

Geschickt machte er eine Kunstpause. Bantelhans konnte nicht anders, als den Redner zu bewundern. Der Kerl verstand sein Handwerk – mochte er ihm als Mensch auch nicht besonders genehm sein.

Gerade war Dettler dabei, die Forderungen der Bauern und der Kaufleute aufzuzählen: »Wir sind hier, um dafür zu sorgen, daß das alte Recht wiederhergestellt wird. Ein Recht, mit dem wir alle leben konnten!« Im Takt zu seinen Worten stampfte er mit dem rechten Bein auf den Boden. »Für dieses Recht stehen wir! Und dafür werden wir auch kämpfen, wenn es sein muß!«

»Jawohl, dafür kämpfen wir!« erwiderte die Menschenmenge wie ein Mann. Zufrieden blickte Dettler von seinem Podest hinunter. So gefiel es ihm! Er wollte der aufgeheizten Menge keine Ruhepause gönnen und fuhr fort:

»Und dieses alte Recht heißt: Wald und Wild gemein!«

»Ho!«

»Und dieses alte Recht heißt: Frondienste ade!«

»Ho!«

»Und für diese Rechte kämpfen wir!«

»Hooo!«

Bantelhans schaute sich um. Die Augen der Zuhörer waren starr nach vorne gerichtet, die meisten von ihnen hatten einen fiebrigen Blick. Auch Jerg neben ihm konnte seinen Blick nicht von dem Mann auf dem Podest abwenden. Plötzlich wurde Bantelhans unwohl. ›Jemand, der so reden kann, besitzt große Macht, vielleicht zu große Macht‹, ging es ihm durch den Sinn. Der Gedanke machte ihm angst. So etwas hatte er bisher nur in Kirchen und Kathedralen erlebt, wo wortgewandte Pfaffen auf ihre Gemeinde einhämmerten, bis den armen Menschen vor religiöser Besessenheit ganz schwindlig wurde.

»... doch da gibt es ein paar Herrschaften, die wollen dieses alte Recht nicht mehr haben. Denen ist das alte Recht nicht mehr gut genug – ganz im Gegenteil! Die erfinden immer neue Gesetze und Verordnungen, um wie Zecken dem Bauern das letzte bißchen Blut aus den Adern zu saugen! Lamparter, Lorcher und Thumb heißen diese Ganoven, und sie nennen sich herzögliche Berater. Pah!«

Dettlers Stimme klang angeekelt, als ob er etwas Bitteres gekostet habe. Die Menge tobte. Überall wurden Rufe laut wie »Weg mit diesen Beratern!« oder »Kopf ab!« oder »Die gehören davongejagt, diese Schweine!«

Bantelhans blickte sich abermals besorgt um. Wenn Dettler nicht bald damit begänne, die Leute zu beruhigen, würde die Menge außer Kontrolle geraten.

»Warum eigentlich bis morgen warten? Jagen wir doch den Städtern jetzt ein bißchen Angst ein!« rief schon einer aus den vorderen Reihen.

»Jawohl, laßt uns den Ratsherren doch einen kleinen Besuch abstatten!« kam es von weiter hinten.

Bantelhans war wütend. Warum konnte Dettler sich nicht an ihre Abmachungen halten? Das war nicht das erste Mal, daß ein führender Kopf des *Armen Konrad* auf eigene Faust handelte! Erst letzte Woche hatte der Leonberger Hauptmann seine Männer gegen das dortige Rathaus geführt und öffentlich Stadträte und Vogt verhöhnt. In Backnang war es zu einem ungeplanten Aufstand gekommen, als die dortige Dorfpolizei einen Streit im Wirtshaus schlichten wollte. Plötzlich hatten sich alle Trinkbrüder gegen die Büttel vereinigt und diese aufs übelste beschimpft.

Bantelhans betrachtete solche Vorkommnisse mit Besorgnis. Hans Vollmar, wie Bantelhans ein Mann der ersten Stunde, teilte seine Bedenken. Beide waren dafür, nach einer sorgfältigen Planung im ganzen Land gleichzeitig loszuschlagen. Und diese Ansicht vertraten sie mit Vehemenz bei jedem Treffen. Bantelhans' Erfahrungen als Soldat hatten ihn gelehrt, daß ein Feldzug ohne Planung immer ein verlorener Feldzug war. Doch auf den Sitzungen der Hauptleute war er stets in der Minderheit. Die meisten Anführer hielten die Zeit für einen großen Rundumschlag noch nicht für reif, befürworteten aber die Strategie der kleinen Nadelstiche, wie sie von Johann Dettler genannt wurde.

Mit aller Kraft versuchte er jetzt, sich durch die Menge nach vorne zu zwängen. Von jeder Seite wurde er angerempelt. Doch er schaffte es, am Rednerpodest anzukommen, ohne in ernsthafte Reibereien verwickelt worden zu sein. Dettler hatte gerade zu einem neuen Redeschwall angesetzt.

»Ich frage euch erneut: Was soll der Herzog mit diesen Blutsaugern als Berater? Oder ist unser Landesherr etwa selbst ein Blutsauger?«

Er griff sich erstaunt an die Stirn, als ginge ihm dieser Gedanke zum ersten Male durch den Sinn. Das Ganze war mittlerweile zur Parodie eines Theaterstücks geworden. Nur daß ein Theaterstück kaum solchen Schaden anrichten konnte wie diese Rede! Händewinkend versuchte Bantelhans, Dettler auf sich aufmerksam zu machen. Bis dieser endlich in seine Richtung schaute, verging nach Bantelhans' Empfinden eine halbe Ewigkeit, in der sich die Menge immer stärker aufheizte.

»Was willst du denn?« fragte Dettler unwirsch, als er Bantelhans' gewahr wurde. »Siehst du nicht, daß ich eine Rede halte?«

»Und ob ich das sehe!« entgegnete der alte Soldat. »Und ich sehe noch viel mehr! Merkst du denn nicht, was du mit deiner Rede anstellst?«

Selbstzufrieden blickte Dettler sich um. »Du hast recht, die sind wild wie der Teufel!«

Entgeistert sah Bantelhans Dettler an. Hatte er es hier etwa mit einem Wahnsinnigen zu tun?

In der Zwischenzeit war die Menge immer unruhiger geworden.

Mit einem Wink gab Dettler seinen ungeduldigen Zuhörern zu verstehen, daß er gleich fortfahren würde. Gegenüber Bantelhans hob er beschwichtigend die Hände.

»Schon gut, schon gut. Wollt' nur mal schauen, wie weit die Männer gehen würden. Keine Sorge, ich bring' sie schon wieder zur Vernunft. Das heißt, wenn mich der hochverehrte Herr der tausend Schlachten wieder reden läßt ...?«

Bantelhans wußte, daß Dettler sich mit seiner übertriebenen Höflichkeit über ihn lustig machte. Zu gerne hätte er diesem Rotzlöffel eine Lektion in guten Manieren erteilt. Doch jetzt galt es, die aufgebrachte Menge wieder zu beruhigen.

Dettler stieg wieder aufs Podest. Als wahrer Meister seines Faches verstand er es, seiner Rede jetzt die Schärfe wieder zu nehmen und dennoch die Aufmerksamkeit der Menschen weiterhin zu erhalten. Er redete von den Plänen für den kommenden Tag und davon, daß Ruhe und Friedfertigkeit zur Zeit am allerwichtigsten seien. Er betonte, daß man mit dieser Taktik schließlich schon einen Sieg errungen habe, nämlich die Rücknahme der Verbrauchssteuer. Sah es anfangs so aus, als würde sich die Meute mit dieser für sie unbefriedigenden Wende in Dettlers Rede nicht zufriedengeben, so hatte er sie doch nach kurzer Zeit wieder in der Hand. Am Ende gingen die Männer friedlich in alle Richtungen auseinander.

»Was war denn los?« Jerg, der von dem Inhalt des Disputs zwischen Dettler und Bantelhans nichts mitbekommen hatte, war neugierig.

Dieser wehrte ab. »Nichts von Bedeutung! Sag mir lieber, wie dir die Rede gefallen hat.« Jerg brauchte nicht lange zu überlegen. »Der Dettler, das ist unser Mann! Und recht hat er! Wir müssen kämpfen für das, was wir im Sinn haben!« Er runzelte die Stirn. »Nur sein Schluß hat mir nicht gefallen. Kannst du mir sagen, wieso der Dettler zu Beginn wie ein wildgewordener Stier brüllt, um am Ende wie ein frommes Lämmlein von der Kanzel zu steigen? Warum schlagen wir nicht gleich richtig los?«

»Jetzt fang du nicht auch noch an, ungeduldig zu werden!« Wenn Dettlers Rede eine solche Wirkung auf Jerg gehabt hatte, dann konnte er sich ausrechnen, daß die anderen Zuhörer nicht minder aufgestachelt waren. Für Bantelhans begann die Nacht allmählich an Reiz zu verlieren. Die fortwährenden Spannungen und Uneinigkeiten innerhalb des Geheimbundes rieben seine Nerven auf. Wie einfach war es da zu seiner Soldatenzeit gewesen! Da war einer, der die Befehle gab, und diese wurden dann von allen anderen befolgt. Widerreden? So etwas kannte man in einem Soldatenleben nicht.

»Wen wundert es, wenn wir ungeduldig sind! Lange genug mußten wir Bauern schließlich die Mühsal der Armut und der Ungerechtigkeit tragen. Da kannst du als Soldat und Kaufmann doch gar nicht mitreden! Ungeduld, pah! Viel zu lange haben wir stillgehalten!« Obwohl er wieder einmal den Ständeunterschied zwischen ihnen ansprach, fehlte es Jergs Worten an Schärfe. In den letzten Wochen hatte der alte Soldat seinen Respekt und seine Hochachtung gewonnen.

»Dann wirst du es wohl auch noch ein bißchen länger durchhalten!« Bantelhans gähnte und machte sich auf in Richtung Stadtwald, wo die Dettinger ihr Lager hatten. Jerg ließ er einfach stehen. »Ihr beiden werdet hoffentlich alleine zu den anderen zurückfinden! Wenn es hell wird, treffen wir uns dann alle am äußersten rechten Brunnen. Bis dann!« rief er Jerg noch über die Schulter zu.

Kopfnickend erwiderte Jerg den Abschiedsgruß. Nicht um alles in der Welt hätte er zugegeben, daß er sich mit dem Rückweg zu seinem Lager gar nicht so sicher war.

Ohne größere Schwierigkeiten trafen sie jedoch kurze Zeit später auf den Rest der Gruppe. Doch statt sich wie Martin und die anderen am wärmenden Feuer niederzulassen, griff Jerg nach einem halbvollen Krug Wein und machte sich noch einmal auf den Weg. Etwa hundert Meter von ihrem Lagerplatz entfernt hatte er Dettler gesehen. Jerg war von Dettlers Person und seiner Rede wie verhext. Wer war dieser Mann? Und wo lernte man, Worte zu schmieden wie heißes Eisen?

Das Glück schien ihm hold zu sein. Kurze Zeit später fand er Dettler, der sich gerade an einem Baum erleichterte. Als dieser bemerkte, daß er nicht allein war, rief er laut: »Vor lauter Redenschwingen komme ich nicht mehr zum Pissen! Meine Blase wollte schon fast platzen!« Jerg lachte und schwenkte seinen Krug Wein.

»Dafür hab' ich gleich was zum Nachfüllen dabei, wenn's genehm ist!«

»Und ob's genehm ist!« Dettler musterte Jerg kurz. »Sag, bist du nicht vorhin in Begleitung des alten Soldaten gewesen, dessen Hosen wegen meiner Worte so voll waren, daß sie schon fast bis zum Himmel stanken?«

»Wenn du Bantelhans meinst, ja, mit dem war ich zusammen bei deiner Rede – aber einen Angsthasen tät' ich ihn nicht nennen!«

»Ach so, dann gehörst du auch zu diesen Schwatzbasen, die ihren Worten keine Taten folgen lassen wollen!« Dettlers Ton hatte sich merklich abgekühlt. Er wandte sich ab.

Jerg dachte an die vielen Treffen auf dem alten Friedhof, aus denen nichts gefruchtet war außer dem heutigen Marsch nach Untertürkheim. Forsch sagte er deshalb: »Vielleicht war ich bisher wirklich nur mit Schwatzbasen zusammen ... doch dann ist es höchste Zeit, dies zu ändern, oder?«

Dettler lachte spöttisch. »Soso, meinst du. Dann setz dich und reich mir deinen Krug. Will zuerst einmal meine Kehle ölen ...«

Und so kam es, daß Jerg in dieser Nacht mit einem tödlichen Keim infiziert wurde: dem Keim der Besessenheit, der seine Anhänger blind und taub werden läßt gegenüber allen, deren Ansichten von den eigenen auch nur um Haaresbreite abweichen. Noch war es ein klitzekleines Körnchen, von Dettler geschickt in Jergs Herz gepflanzt, das jede neue Idee aufsog wie ein Schwamm.

Obwohl von den Hauptleuten des *Armen Konrad* vereinbart gewesen war, nur mit einem Teil der Mitglieder in Untertürkheim anzutreten, waren doch mehr Menschen in der Stadt, als man sich jemals hätte vorstellen können. Der Stadtplatz schien schon am frühen Vormittag aus allen Nähten zu platzen. Und so wurde kurzerhand beschlossen, alles weitere auf den Cannstatter Wasen, vor die Tore der Stadt, zu verlegen. Hocherfreut über den großen Zulauf, den der »geheime« Bund hatte, setzten sich die Hauptleute in Richtung Wasen in Bewegung. Bantelhans, mit an der Spitze marschierend, drehte sich immer wieder ungläubig zu der riesigen Menschenmasse um. Er schätzte die Zahl der Anwesenden auf gute drei-, wenn nicht sogar viertausend Köpfe. Er wandte sich an Hans Vollmar, der neben ihm lief:

»Wer hätte das gedacht, daß wir hier so was auf die Beine stellen können! Von wegen, die Bauern sind feige Kettenhunde! Dieser Aufmarsch hier wird die Edelmänner eine andere Meinung über die Landbevölkerung lehren!«

Selbst Vollmar fehlte es an seiner üblichen Zurückhaltung. Begeistert breitete er die Arme aus. »Die vielen Menschen! Sind das nicht Gründe genug, das alte Recht wiederherzustellen?«

Bantelhans lachte ironisch: »Ob der Herzog diese Gründe überzeugend genug findet?«

»Wenn er sich nicht im Guten überzeugen läßt, dann lassen wir eben Waffen sprechen!« warf Dettler ein, der zu den beiden aufgeschlossen hatte. »So ein kleiner Lauf durch die Spieße wirkt in der Regel sehr überzeugend ...«

»Du und deine Reden! Mir reicht, was du gestern fast angerichtet hast! Die Leute so aufzuwiegeln. Für Waffengewalt besteht doch überhaupt kein Anlaß! Wir wissen schließlich noch gar nicht, wie Herzog Ulrich auf diese Proteste reagieren wird. Vielleicht sieht er von selbst ein, daß er mit seiner Lotterwirtschaft den Bogen überspannt hat. Doch zuerst müssen wir der Obrigkeit etwas Zeit lassen zu handeln.« Obwohl Bantelhans sich immer noch über Dettler ärgerte, versuchte er, ihn sachlich und ruhig von seiner Sicht der Dinge zu überzeugen. Doch Dettler schien auf diesem Ohr taub zu sein:

»Ich höre immer nur ›Zeit lassen‹! ›Abwarten‹! ›Auf die Einsicht der Regierung hoffen‹! Frag doch einmal einen Bauern, dessen Familie am Verhungern ist, was er von deinen Vorschlägen hält! Frag ihn einmal, wieviel Zeit er hat! Ich sage: Die Zeit ist reif!«

Hier meldete sich zum ersten Mal Peter Geiß zu Wort:

»An Dettlers Worten ist was Wahres dran, Bantelhans. Schau dich doch um im Land: Backnang, Winnenden, Markgröningen – überall sitzen Bauern auf den Bänken, auf denen sich bis vor kurzem Edelmänner und Kaufleute den Hintern plattdrückten! Von Weinsberg bis Blaubeuren – überall wäre die Stimmung gut für einen großen Aufstand!« Sein sonst so vergnügtes Gesicht nahm einen ernsten Ausdruck an: »Nur – wenn wir zu lange warten, überlegt Ulrich sich einen neuen Streich. Und dann kann es für ein Kräftemessen zu spät sein. Oder glaubt ihr allen Ernstes, unser Herzog läßt uns so lange in Ruhe, bis wir genügend Männer zusammen und einen guten Plan in der Tasche haben?«

Noch während sich auf dem Cannstatter Wasen der riesige Menschenauflauf formierte, waren in Stuttgart Beratungen in Gange, was nun von Amts wegen geschehen sollte. Die ganze Nacht ritten Boten in der Stadt ein und aus, um Nachrichten aus den umliegenden Städten zu bringen und die jeweiligen Statthalter zu informieren. Und so hatten sich schon am frühen Morgen an die zwanzig Städtevertreter samt herzöglicher Berater im großen Saal des Stuttgarter Schlosses eingefunden.

»Da reitet unsereiner in größter Eile die halbe Nacht hindurch, nur um festzustellen, daß unser verehrtester Herzog noch nicht aus seiner Schlafkammer herausgekrochen ist!« Obervogt Schwygkher war verärgert.

»Pssst, seid Ihr wahnsinnig? Wenn das einer hört! Dafür könntet Ihr glatt im Turm landen!« Jörg Gabler, der Kirchheimer Vogt, war über soviel Leichtsinn bestürzt.

»Ist doch wahr! Ich frage mich sowieso, was ich hier soll! Im Uracher Amt gab und gibt es bis dato keine Aufständischen. Und es würde auch woanders keine geben, wenn die hiesigen Herrschaften im Umgang mit dem einfachen Manne etwas mehr Fingerspitzengefühl besäßen!« fuhr Schwygkher ungerührt fort.

Gabler blickte sich erschrocken um. Hoffentlich hatte das auch niemand gehört. Womöglich würde noch angenommen, er, Gabler, sei der gleichen Meinung ...

Doch die anderen hatten sich auf der entgegengesetzten Seite des Raumes um einen Tisch gruppiert und bemühten sich redlich, mit der aufgetischten Morgenspeise fertigzuwerden. Honigsüßer dicker Haferbrei, hartgekochte, schon gepellte Eier, gesalzene Heringe, gebratene Hühnerteile, klebriges Backwerk aus Pflaumen und anderem Dörrobst und eine Unmenge Kannen, gefüllt mit Wein, Bier und Wasser, standen für die Weitgereisten bereit und wurden unter lautem Schmatzen und Schlürfen vertilgt. ›Hättet ihr in den vergangenen Jahren etwas anderes im Sinn gehabt als Völlerei und euer Wohlergehen, stünden wir heute nicht hier‹, ging es Schwygkher beim Anblick seiner Amtsbrüder wütend durch den Sinn.

Gegen Mittag erschien Herzog Ulrich. Im Vorübergehen schnappte er sich ein Hühnerbein und verschlang es gierig. Dann ließ er sich auf einer breiten Bank nieder. Sein erhitztes, gerötetes Gesicht und sein Aufzug, ein moosgrüner Jagdfrack, verrieten auch dem unaufmerksamsten Beobachter, womit Ulrich die Morgenstunden verbracht hatte. In seinem Schlepptau befanden sich Hans von Hutten sowie Augustin von Brabant.

Da fiel Ulrich nichts Besseres ein, als auf die Jagd zu gehen! Als ob es nichts Dringenderes gäbe! Schwygkher mußte schwer an sich halten, um vor Wut nichts Unbedachtes zu sagen. Von den Gesichtern der anderen Anwesenden war indessen keine Regung abzulesen. Waren diese schon so an Ulrichs Unhöflichkeiten gewöhnt, daß keiner mehr etwas dabei fand? Auf einmal wurde ihm übel. Die Essensgerüche und die Ausdünstungen der vielen Männer hingen wie eine schwere Dunstglocke in der Luft. ›So stinkt die Fäulnis der Übersatten‹, ging es ihm durch den Sinn. Angewidert drehte sich der Uracher Obervogt zum Fenster und beugte sich hinaus.

Die anderen Statthalter beeilten sich derweil, Ulrich von den Geschehnissen in Untertürkheim zu berichten, wobei der Untertürkheimer Vogt Andreas Köhler als direkt Betroffener am wenigsten zu Wort kam. Verärgert blickte er auf seine Kollegen, die wie ein Rudel Wölfe die Ereignisse in Untertürkheim durchkauten.

»Und mir wurde berichtet, daß die Zahl der Bauern an die fünftausend herangeht!«

»Ja, und bewaffnet sollen sie sein. Mit Speer und Spieß sollen sie sich zusammenrotten.« »Es soll auch schon die ersten Angriffe auf vorbeiziehende Reisende gegeben haben!« »Und auf die Brunnen hätten sie's abgesehen! Vergiften wollen sie diese, heißt es!« Alle redeten durcheinander, jeder wollte den Herzog mit noch schlimmeren Neuigkeiten beeindrucken.

Ulrich nickte nur hin und wieder schläfrig dazu. Die stickige Wärme des Raumes im allgemeinen und die Amtsgeschäfte im besonderen ermüdeten ihn. Träge blickte er in die Runde: »Was soll ich von Euren Berichten nur halten? Findet hier womöglich ein zweites Schorndorf statt?« Bedrohlich blickte er in Richtung seiner Berater, die das herzögliche Donnerwetter nach dem Zwischenfall im Remstal noch nicht vergessen hatten. Diese schwiegen. Sollten sich doch die Städter um eine Antwort bemühen ...

Da sich niemand zu Wort meldete, antwortete Schwygkher von seinem Fensterplatz aus:

»Verehrter Herzog, ich denke, niemand sollte den Ernst der Lage unterschätzen. Sicher, bisher finden diese Treffen friedlich statt. Aber allein die Tatsache, daß es solche Treffen gibt, ist eine Bedrohung für das ganze Land. Oder könnt Ihr Euch jemals daran erinnern, daß sich Bauern und Kaufleute dermaßen zusammengerottet haben?«

Ulrich verneinte. »Thumb, wo sind eigentlich unsere Truppen? Schickt doch die Soldaten aus und sperrt die ganze Bande ein!«

Anstelle Thumbs antwortete Lamparter, der Kanzler: »So einfach geht das nicht, Eure Hoheit! Dazu geben sie uns keinen Grund. Schließlich haben die Leute nichts verbrochen.«

»Seit wann brauchen meine Soldaten einen Grund, um jemanden gefangen zu nehmen?«

Schwygkher antwortete: »Was würde es bringen, Abertausende von Bauern einzusperren? Das würde sie doch nur von ihrer Arbeit abhalten. Ich glaube viel eher, daß uns allen etwas ganz anderes weiterhelfen würde ...« Als er sich des Herzogs Aufmerksamkeit sicher war, schlug er vor, unter herzöglichem Vorsitz einen Landtag einzuberufen, auf dem auch die Landbevölkerung und Bauernvertreter zu Worte kommen sollten.

»Es wäre doch interessant, einmal etwas näher zu erfahren, was die Bauern so aufgebracht hat und was sie fordern«, schloß er seine Rede.

»Fordern! Wen interessiert es, was diese Mistgabeln fordern?« Ulrich blickte gereizt zu seinem Kanzler. »Ich muß mir meinen Kopf zerbrechen, als ob ich noch einen zweiten in Reserve hätte! Lamparter, was steht Ihr da herum wie ein dummer Tor! »

Lamparter fuhr auf wie ein erschrecktes Huhn. »Nun, wenn Ihr mich fragt: Die Vorteile eines solchen Landtags liegen auf der Hand. Die Städtevertreter warten schon seit langem auf ein Zeichen aus Stuttgart, denn die letzte Versammlung dieser Art liegt bereits drei Jahre zurück. Wir könnten also zwei Fliegen mit einer Klappe schlagen: Den Stadtvätern würde ein wenig Aufmerksamkeit zuteil werden, und wenn wir ein paar dieser Bauerntölpel dazurufen, gäben auch die sich zufrieden.«

Er blickte in die Runde und bekam von fast allen ein zustimmendes Nicken zur Antwort. Ulrich war indessen schon wieder im Aufbruch begriffen. Auf sein Handzeichen hin erhoben sich nun auch seine Jagdbegleiter Hutten und Brabant zum Gehen.

»In Herrgottsnamen! Dann bereitet einen Landtag vor!«

Ohne den anderen Anwesenden einen weiteren Blick zu schenken und ohne ein Wort des Abschieds verschwand der Herzog durch das schwere, geschnitzte Portal des großen Saales, um sich nun endlich den wichtigen Dingen des Lebens zuzuwenden.

Nachdem Ulrich gegangen war, herrschte wildes Durcheinander. Während sich die Bürokraten mit der praktischen Durchführung eines solchen Unternehmens beschäftigten, sannen die anwesenden Statthalter über dessen politische Bedeutung nach, wobei alle gleichzeitig laut ihre Ansichten über das bevorstehende Ereignis kundtaten.

Schwygkher blickte aus dem einen Spalt weit geöffneten Fenster, durch das Stimmen und Gelächter vom Hof empordrangen.

»Einen Landtag mit den Mistgabeln! Hahaha, das muß man sich einmal vorstellen! Die Trottel dort oben glauben allen Ernstes, ich würde mich mit diesen Lumpengestalten an einen Tisch setzen! Und dieser Uracher Obervogt, wie war doch gleich sein Name? Der größte Trottel von allen! Diese bodenlose Frechheit, mir einen solchen Vorschlag überhaupt zu unterbreiten!«

Schwygkher erstarrte.

Augustin von Brabant starrte den Herzog mit seinen großen Kuhaugen an.

»Aber Ulrich, habt Ihr oben im Saale nicht gerade eben zugestimmt, einen Landtag mit den Bauern abzuhalten ...?«

Ulrich hielt inne und klopfte Brabant auf die Schulter.

»Augustin, Augustin, Eure Gutgläubigkeit wird Euch noch irgendwann zum Verhängnis werden!« Hocherfreut über seinen schlauen Schachzug, machte Ulrich sich die Mühe, den einfältigen Ritter aufzuklären, statt ihn mit einem barschen Rüffel für seine Frage zu rügen.

»Sicher habe ich zugestimmt! Zum Schein, mein Lieber. Zum Schein! Doch wer könnte mich daran hindern, den Landtag vorzuziehen? Ihn, sagen wir einmal, eine Woche früher abzuhalten? Trotz größter Bemühungen wäre es dann wohl unmöglich, die Bauern rechtzeitig zu informieren ... Bis diese in ihren Dörfern davon Wind bekommen, haben wir mit den Städten längst alles weitere geregelt, versteht Ihr, Brabant? So etwas nennt man Pech! Für die Bauern, versteht sich, hohoho!« Gutgelaunt schlug er ihm abermals auf die Schulter.

Hans von Hutten, der bisher nur zugehört hatte, fragte: »Aber was bringt es, die Bauern auszuschließen? Glaubt Ihr wirklich, daß diese Unruhen so einfach vorbeigehen? Wäre es nicht besser, diesen Menschen endlich einmal Gehör zu verschaffen?«

»Überlaß das Denken mir!« kam es scharf zurück. »Deine Aufgabe ist es, für meine Rösser zu sorgen, und zwar sofort! Richte ein Dutzend Pferde her. Ich will Boten aussenden, um weitere Truppen als Unterstützung gegen die Bauern anzuheuern. Es wird Zeit, daß denen endlich jemand zeigt, wen sie sich zum Feind auserkoren haben! Landgraf Philipp und

Ludwig von der Pfalz werden mir ihre Männer mehr als bereitwillig zur Verfügung stellen.«

Leichenblaß und zitternd stand Schwygkher an seinem Fensterplatz.

14.

Als Jerg nach Taben zurückkehrte, war es später Sonntagabend. Eigentlich hatte man noch in der Nacht von Samstag auf Sonntag den Heimmarsch antreten wollen, doch die Nachricht des bevorstehenden Landtags hatte den Abmarsch verzögert. Unter Freudengeschrei wurde der herzogliche Bote, der die Neuigkeiten überbracht hatte, von den Bauern auf den Schultern über das Kirmesgelände getragen, es wurde gesungen und gelacht. Die Führenden beratschlagten, wen man am 25. Juni nach Stuttgart schicken sollte, um die Belange der Bauern vorzutragen. Bis die letzten, darunter auch die Dettinger und Tabener, frohen Mutes in ihre Heimatdörfer aufbrachen, war es schließlich Sonntagmittag geworden. Die Versammlung auf dem Cannstatter Wasen, vom *Armen Konrad* eigentlich mehr als eine Art ›Probeappell‹ gedacht, mußte auf die Herrschaften in der Stuttgarter Kanzlei starken Eindruck gemacht haben ... Sonst wäre dieser eilig angesetzte Landtag sicher nicht so schnell zustande gekommen!

Gutgelaunt näherte sich Jerg nun seinem Elternhaus. Cornelius Worte beim Abschied hatte er längst vergessen, zuviel war an diesem Wochenende geschehen! Bei so vielen guten Nachrichten konnte ihn doch zu Hause nichts anderes als Wohlwollen erwarten, oder?

Es traf ihn daher wie einen Schlag, als er einen Fremden am Eßtisch sitzen saß.

»Sieh einmal an, wer hereingeschneit kommt! Wenn das nicht unser Singvogel ist!« Markus Jost, der Burgverwalter, lümmelte breitbeinig auf der Bank, auf der sonst drei Erwachsene Platz fanden. Ihm gegenüber saß Cornelius. Marga und Lene standen zusammen mit den Kindern im hinteren Teil des Raumes. Wie angewurzelt blieb Jerg im Türrahmen stehen. Fragend blickte er zu Cornelius hinüber. Doch aus dessen Miene konnte Jerg nichts ablesen, was die seltsame Situation erklärt hätte. Markus Jost beobachtete derweil die beiden Brüder wie ein Luchs, um nur ja kein geheimes Zeichen zu verpassen. Er schien sich außerordentlich wohl zu fühlen. Umständlich schloß Jerg die Tür, um Zeit zu gewinnen. Er atmete tief durch.

»Guten Abend, alle zusammen. Guten Abend, Jost! Was führt denn Euch zu so später Stunde in das Haus meines Bruders?«

»Sagen wir einmal, mir hat ein Täubchen etwas zugeflüstert ...Von einem Singvogel, dessen Lieder einen seltsam ›bundschühlichen‹ Klang haben ...«

Einen Augenblick lang wurde es Jerg schwarz vor den Augen. Was wußte Jost von seiner Rolle beim *Armen Konrad?* Wie konnte er überhaupt etwas wissen? Doch gleich hatte er sich wieder gefangen und setzte sich scheinbar seelenruhig, ohne etwas über seinen Gemütszustand zu verraten, neben Cornelius an den Tisch.

»Ich weiß nicht, wovon Ihr sprecht. Ich war zusammen mit anderen bei einem Treffen mit anderen Gesangsgruppen. Dort wurde musiziert und gesungen und sonst nichts ...«

»Genau das habe ich Herrn Jost auch gesagt, daß du zum Singen unterwegs bist!« Zum ersten Male meldete sich Cornelius zu Wort. Jergs Blick fiel auf die beiden Frauen, deren Angst und Verunsicherung durch den ganzen Raum zu spüren war.

Jost beugte sich bedrohlich über den Tisch. »Jetzt habe ich aber die Nase voll von euch Lügenbrüdern! Musizieren und Singen, daß ich nicht lache! Ha! Ein Treffen des *Armen Konrad* – nennt ihr das etwa singen?« Er fixierte Jerg mit kalten Augen.

Aus dem hinteren Teil des Raumes war leises Wimmern von den Kindern zu hören.

Jerg beschloß, sich dumm zu stellen. »Ich weiß immer noch nicht, wovon Ihr redet! Der *Arme Konrad* ... wer ist denn das? Gehört habe ich den Namen schon, aber ... anfangen kann ich damit nichts!«

Doch dann überfiel ihn auf einmal eine unbändige Wut. Die Erlebnisse in Obertürkheim hatten seinem Selbstbewußtsein einen gehörigen Schub versetzt, und er sah nicht ein, wieso er sich gerade jetzt, dazu noch vor dem Burgverwalter, erneut klein und dumm machen sollte!

»Und überhaupt, was geht es Euch an, womit ich meine Zeit verbringe? Ich gehöre nicht zu Euren Leibeigenen, die Ihr nach Recht und Fug schikanieren könnt!« Doch kaum hatte er den letzten Satz ausgesprochen, traten zwei bewaffnete Soldaten, die sich bisher unbemerkt draußen vor dem Fenster aufgehalten hatten, auf ihn zu. Grob rissen sie Jergs Arme nach hinten und banden sie wortlos auf seinem Rücken fest. Vergeblich versuchte sich Jerg zu wehren.

»Ich werd' dir zeigen, was es mich angeht!« spuckte Jost dem Gefangenen haßerfüllt ins Gesicht. »Dir bring' ich das Singen bei, das verspreche ich dir! Aber ob dir meine Lieder gefallen werden, wage ich zu bezweifeln ...«

Die Kinder, die überhaupt nicht verstanden, wieso ihr sonst so fröhlicher Onkel derart grob von den Soldaten nach draußen gezerrt wurde, schrien nun lauthals, während Lene mit zusammengekniffenem Mund ein paar halbherzige Tröstversuche unternahm.

»Was in aller Welt werft Ihr meinem Manne vor? Er hat doch nichts getan!« Verzweifelt warf sich Marga Jost in den Weg. »Ich bitt' Euch, so laßt ihn doch frei!« Sie kniete sich nieder, blickte ihm flehentlich ins Gesicht – und erschrak zu

Tode. Denn was sie darin sah, waren tiefe Befriedigung und Genugtuung. Er haßt Jerg! Dieser Gedanke war so messerscharf, daß er durch ihr ganzes Bewußtsein schnitt. ›Egal, was ich oder sonst jemand sage oder tue, er wird Jerg mitnehmen!‹ Marga spürte instinktiv, daß es hier um viel mehr ging, als es auf den ersten Blick den Anschein hatte.

Jost musterte sie, als sei sie eine lästige Angelegenheit, bei der es galt, eine ebenso lästige Entscheidung zu treffen. Dann schob er sie mit dem Fuß beiseite und ging zur Tür.

»Aus dem Weg, Weib! Hätt'st dich halt besser um deinen Mann kümmern sollen! Dann wär' er nicht dem *Armen Konrad* nachgelaufen oder hätt' unter anderen Röcken Unterschlupf gesucht!«

Cornelius saß wie gelähmt da. Schon lange hatte er mit der Angst gelebt, daß Jergs flinkes Maul und sein aufbrausendes Wesen ihm irgendwann zum Verhängnis würden, daß Soldaten kommen und Jerg mitnehmen würden. Er hörte, wie seine Schwägerin den Männern etwas nachrief. Aufschluchzend war sie mit nach draußen gelaufen. Schweren Schrittes ging Cornelius ebenfalls ins Freie. Doch die Männer waren schon in der Dunkelheit verschwunden. Nur noch Jergs Ketten, die bei jedem Schritt klirrten, waren zu hören.

Jerg hatte Glück im Unglück. Kaum waren der Burgverwalter und seine Soldaten mit ihrem Gefangenen auf der Burg angekommen, wurde Josts Aufmerksamkeit durch das Erscheinen eines herzöglichen Boten in Anspruch genommen. So blieb Jost keine Zeit, um mit Jergs Befragung zu beginnen. Statt dessen ließ er ihn in den Turm der Burg sperren.

Der Bote aus Stuttgart hatte den Befehl, sämtliche sechzig auf der Burg befindlichen Männer gleich mit in die Hauptstadt zu nehmen, und wartete ungeduldig auf deren Aufbruch. Die ganze Nacht hindurch hörte Jerg lautes Geschrei und den Hufschlag vieler Pferde, doch konnte er sich keinen Reim darauf machen. Durch die vergitterten Eisenstäbe der obenliegenden Fensterluken kroch das Flackern von unzähligen Laternen in die feuchte Dunkelheit des Verlieses, doch lagen die Fenster zu hoch, als daß Jerg einen Blick auf das Treiben im Innenhof der Burg hätte werfen können. Er war todmüde, und seine Handgelenke schmerzten an den Stellen, wo sich die Ketten eingegraben hatten. Und doch konnte er um nichts in der Welt schlafen. Er dachte an Marga und Cornelius und an das Erlebte in Untertürkheim. Bantelhans kam ihm in den Sinn, und im nächsten Moment hörte er Dettler, wie er seine Rede schwang. Die Bilder in seinem Kopf verschwammen. Für einen kurzen Augenblick schloß er die Augen.

Als er sie wieder öffnete, sah er Sureya vor sich stehen. ›Ich werde verrückt‹, war sein erster Gedanke. Er hatte schon von armseligen Gestalten gehört, die in Gefangenschaft den Verstand verloren hatten, doch hätte er nicht geglaubt, daß dies so schnell passieren könne. In der Hoffnung, der Geist vor ihm möge wieder verschwinden, rieb er sich mit dem Handrücken über die Augen. Doch als er sie abermals öffnete, begann der Geist zu sprechen.

»Glotz nicht, als ob du ein Gespenst vor dir hättest! Ich bin's in Fleisch und Blut!«

Das ausgeweidete Wildschwein vor Sureyas Tür kam Jerg in den Sinn. »Haben sie dich auch eingesperrt?«

»Mich – eingesperrt? Gott bewahre! So dumm bin ich nicht, daß ich mich einsperren lasse!« Sureya stieß ein hämisches Lachen aus. Erst jetzt erkannte Jerg, daß sie statt der alten Lumpen ein neues, aus feinem Garn gewirktes Gewand trug. Auch ihre Haare waren anders: Statt herunterhängender, verfilzter Locken trug sie eine dicke, am Kopf anliegende Flechtfrisur, durch die ihr eigenwilliges Gesicht noch stärker zur Geltung kam als früher.

»Was machst du dann hier? Woher weißt du, daß ich hier bin?« In seiner Erschöpfung erkannte er nicht, daß Sureya nicht mehr seine ihm wohlgesonnene Gespielin war.

Sureyas heiseres Lachen wurde von den runden Mauern des Turmes zurückgeworfen. Jerg fiel auf, daß er diesen Laut zum ersten Mal hörte.

»Du willst wissen, was ich hier mache? Nun, ich werd's dir sagen: Ich lebe hier! Und daß du's weißt: Ich lebe gut hier!«

Jerg war wie vom Blitz getroffen.

»Aber seit wann ... hier?« Erst jetzt erwachte Mißtrauen in ihm. Er trat näher an das Eisengitter heran, das ihn von der Hure trennte.

»Sag, wie kommst du auf die Burg? Hast du etwa einen von den Soldaten betört?«

»Einen Soldaten, pah! Mehr traust du mir wohl nicht zu, was?«

»Dann war es doch der Jost, den ich im Winter um deine Hütte hab' schleichen sehen!« Jetzt fiel es Jerg wie Schuppen von den Augen. »Und von dem war auch die halbe Wildsau, über die ich vor deiner Tür gestolpert bin!« Er mußte sich setzen. »Hatte Cornelius doch recht gehabt ...«, murmelte er leise vor sich hin.

Verächtlich verzog Sureya den Mund. »Für einen Mann bist du ganz schön dämlich!«

Mit einem Ruck packte er durch die Gitterstäbe ihren Arm. »Du Miststück! Nicht Asa ist die Hexe von Taben, wie die Leute glauben, sondern du!«

Wieder stieß sie ihr heißeres Lachen aus.

»Vielleicht ist es Hexerei, vielleicht aber auch nicht ...« Mit einem kalten Blick griff sie nach Jergs Hand und schüttelte sie ab wie ein lästiges Insekt. »Mit heißen Lenden gurren die meisten Männer wie Täubchen. Die Lust läßt sie die Vorsicht vergessen, wie du vielleicht aus eigener Erfahrung weißt. Und so habe ich viel Wissenswertes erfahren ...«

»Du elendige Verräterin! Du warst es, die Jost von meiner Reise nach Untertürkheim erzählt hat!« Jerg verfluchte seine Geschwätzigkeit. Seinen letzten Besuch bei der Hure hatte er in der Tat einfach vergessen, so viel war in den letzten Tagen passiert. Wie hatte er sich wichtig getan mit seiner geplanten ›Reise‹!

»Und ich habe gedacht, ich kann dir vertrauen!« stieß er gepreßt hervor.

»Vertrauen, pah! Für dich war ich doch nichts weiter als eine dreckige Hure. Doch damit ist's vorbei. Eins sag' ich dir: Hier geht's mir gut, der Jost ist ganz wild auf mich, und das wird er auch bleiben, dafür sorg' ich schon.«

»Verflucht noch mal! Wenn dieses fette Schwein so wild auf dich ist, warum hast du mich dann verraten?«

Sureyas Stimme verriet die Kaltschnäuzigkeit, mit der sie ihren Liebhaber ans Messer geliefert hatte.

»Dieser kleine ›Vertrauensbeweis‹ meinerseits hatte noch gefehlt, um ihn von meiner Hingabe zu überzeugen. Auf dich war er schon lange eifersüchtig. Er wollt' mir sogar verbieten, daß du bei mir liegst. Doch ich lass' mir nichts mehr vorschreiben, pah! Ich tu', was ich will. Und wem's nicht paßt, der soll wegschauen!« Sie wandte sich ab.

»Leb wohl, mein Liebster! Ich werde unser Beisammenliegen vermissen. Aber glaub' mir, auf weichen Federn vermißt es sich leichter als im Elend meiner alten Hütte ...« Sie drehte sich ein letztes Mal um und verabschiedete sich mit übertrieben trostreicher Stimme:

»Falls es dich beruhigt: Er wird dich schon nicht gleich hängen, dafür werd' ich sorgen. Wenn ich es mir nicht noch anders überlege ...«

15.

Von der Außenwelt völlig abgeschnitten, bekam er nicht mit, wie Marga und Cornelius Tag für Tag am Tor der Burg anklopften und um seine Freilassung bettelten. Wie sie jedesmal weggeschickt wurden, ohne Jost auch nur zu Gesicht zu bekommen. Da keine Nachrichten von der Burg nach draußen drangen, wußte die Familie nicht, wie es Jerg in der Gefangenschaft erging, ob er Folterqualen ertragen mußte, geschweige denn, ob er überhaupt noch am Leben war.

Auch Bantelhans, der durch einen seiner Zuträger von Jergs Festnahme erfahren hatte, machte sich Sorgen. Daß mit dem Burgverwalter nicht zu spaßen war, wußte jeder in der Gegend. Jost spielte sich auf wie ein kleiner Herrgott und war grausamer als mancher Fronherr. Seine unmäßigen Forderungen gegenüber den der Burg verpflichteten Bauern machten in den umliegenden Wirtshäusern immer wieder die Runde. Hinter vorgehaltener Hand, versteht sich. Denn wer hätte ihm Einhalt gebieten sollen? Im Prinzip war Jost mächtiger als mancher Fürst, der von einem Stab höherer und niederer Regierungsbeamter beraten und gleichzeitig kontrolliert wurde. Und Jost wußte dies.

Doch während Bantelhans noch über einen Weg nachsann, Jerg zu befreien, überschlugen sich die Ereignisse im Land, daß er Jergs Schicksal wohl oder übel hintenan stellen mußte.

Die Untertürkheimer Kirbe war noch keine Woche vergangen, als der Hufschlag fremder Pferde vor Bantelhans' Hause hohen Besuch ankündigte. Kurz darauf wurde der Uracher Obervogt hereingeführt. Bantelhans' Freude über den unerwarteten Besuch währte nicht sehr lange, denn was Schwygkher zu erzählen hatte, war alles andere als erfreulich!

Bantelhans glaubte seinen Ohren nicht zu trauen. Herzog Ulrich plante ein Falschspiel, wie es sich der ärgste Betrüger nicht besser ausdenken könnte!

»Versteht mich nicht falsch, alter Freund ... nicht, daß Ihr denkt, es ginge mir nur um die Belange der Bauern! Was mich am meisten wurmt, ist etwas ganz anderes! Und zwar, daß Ulrich glaubt, mit dem ganzen Land Schindluder treiben zu können, und daß er wahrscheinlich sogar damit durchkommt!« Schwygkher seufzte. »Was habe ich mir den Kopf zerbrochen, wie man ihm ein paar Steine in den Weg legen könnte. Und doch wollte mir nichts Gescheites einfallen!«

So ehrenhafte Männer wie den Schwygkher gab es viel zuwenig, ging es Bantelhans durch den Sinn. Zu gerne hätte er dem Freund etwas über seine Stellung im *Armen Konrad* erzählt. Doch dadurch hätte er den Obervogt in eine mißliche und den Geheimbund in eine gefährliche Lage gebracht! Daß Schwygkher heute hier erschienen war und sich seinen Ärger von der Seele geredet hatte, durfte dennoch nicht über die Tatsache hinwegtäuschen, daß er als Obervogt der Obrigkeit verpflichtet war. Somit mußte ihm das Wohl des Landes über das Wohl des einzelnen gehen. Alles, was Bantelhans ihm über die geheimen Umtriebe des *Armen Konrad* erzählt hätte, hätte dieser brühwarm an die Stuttgarter Kanzlei weitergegeben.

Kaum waren Schwygkher und seine Begleitpatrouille wieder abgereist, schwang sich Bantelhans selbst aufs Pferd und ritt los. Binnen zweier Tage war die gesamte Führungsspitze des Geheimbundes über Ulrichs Pläne informiert. Und man reagierte schnell. Schon bald platzte Stuttgart aus allen Nähten. Unzählige Bauern hatten sich in die Stadt eingeschlichen, vor den Stadttoren hatten sich an die tausend Bauern zusammengerottet, und als ob das noch nicht genug wäre, lagen im Remstal und in Leonberg weitere Bauernhaufen zur Unterstützung. Angesichts dieser bäuerlichen Übermacht, so hoffte man, würde der Herzog zur Vernunft kommen und den Landtag, wie geplant, mit den Bauernvertretern abhalten, auf daß diese so zu ihrem Recht gelangten.

»Es nutzt kein Jammern und kein Klagen, wir müssen es ihm sagen!«

Die Hände tief in den Hosentaschen vergraben, schritt Thumb durch das Zimmer.

»Hoho, Thumb, werdet ihr auf Eure alten Tage hin etwa poetisch?« lästerte Lorcher, der am Fenster saß und an die Toskana dachte, wo es jetzt im Frühsommer zauberhaft sein mußte. Lange konnte er sich seinen Tagträumen allerdings nicht hingeben, dazu war ihre Lage zu brenzlig. Vor drei Tagen waren die drei Berater mit dem Herzog bei Nacht und Nebel in Tübingen eingetroffen. Seitdem hatte sich Ulrich in seinem Schlafgemach verschanzt. Die Dienerschaft hatte schon das Schlimmste befürchtet und in ständiger Angst gelebt, den Herzog erhängt in seinem Gemach aufzufinden. Gewundert hätte es in der Tat niemanden. Einfach davonzureiten, vermummt und unerkannt aus der Stadt zu fliehen ... Stuttgart im Stich zu lassen ... Vieles war man von Ulrich gewöhnt, aber daß er sich wie ein geprügelter Hund so einfach davonschlich? Hier und da wurde schon gemunkelt, daß nun auch bei ihm der Wahnsinn zum Vorschein trete, dem sein Vater und davor etliche andere Familienmitglieder zum Opfer gefallen waren.

Keinem der drei war klar, wie sie Ulrich die neuesten Nachrichten aus Stuttgart übermitteln sollten. Obschon der Herzog auch in der Vergangenheit unberechenbar und jähzornig gewesen war, so hatte man bisher mit genügend Fingerspitzengefühl damit umzugehen gewußt. Aber heutzutage? Nicht einmal mehr auf seinen Jähzorn war Verlaß, wie Ulrichs stiller, schon drei Tage dauernder Rückzug bewiesen hatte. Wieso sollten eigentlich immer sie die Übermittler schlechter Nachrichten sein, fragten sich Thumb, Lamparter und Lorcher, und beschlossen in letzter Verzweiflung, daß der Bote aus Stuttgart seine Neuigkeiten doch gefälligst selbst übermitteln sollte.

Und so standen sie kurze Zeit später gemeinsam mit dem nach seinem langen Ritt völlig übermüdeten Boten, der nicht recht wußte, wie ihm geschah, vor Ulrich. Der Herzog saß auf einem breiten Ledersessel und hörte dem Boten mit versteinerter Miene zu.

»Als ich losgeschickt wurde, waren an die tausend Bauern in der Stadt. Einen Tag zuvor hatten sie auf dem Stuttgarter Marktplatz einen eigenen Landttag abgehalten und unglaubliche Dinge beschlossen.« Umständlich nestelte der Bote an seinem Hemd, um dann ein arg mitgenommenes Stück Papier hervorzuziehen. »Stadtschreiber Münch hat sich genaue Notizen von der Rede der Bauernführer gemacht, die ich nun zitiere: ›Wir fordern: Wild und Wald gemein! Frondienste ade! Das Recht, wieder selbst Holz schlagen zu dürfen, so wie es unsere Vorfahren auch durften! Wir fordern das Recht, unsere Felder vor Wildschaden und unsere Weinberge vor der Vogelplage schützen zu dürfen.‹«

»Na und? Ist das alles? Wegen dieser Lappalien machen die Mistgabeln einen solchen Aufstand? Dann laßt sie doch in Herrgottsnamen Holz schlagen und ihre Felder bewachen! Glaubt irgend jemand etwa, das würde mich bei der nächsten Jagd davon abhalten, meines Weges zu reiten?«

»Das ist leider noch nicht alles, verehrter Herr! Die nächste Forderung, die gestellt wurde, war die nach der Absetzung Eurer sehr verehrten Berater ...« Mit einem Seitenblick streifte er Thumb und dessen Kollegen.

Ulrich wandte sich grinsend an Lamparter, der neben ihm saß. »Na, Kanzler, was sagt Ihr dazu? Sollen wir den Bauern auch in dieser Hinsicht stattgeben?« Doch im nächsten Moment verzog sich seine Miene düster. »Fahrt fort, ich habe nicht den ganzen Tag Zeit, mir die Tollheiten dieser Verrückten anzuhören. Was wollen sie noch?«

»Sie wollen eine neue Regierung. Städtevertreter sollen genauso darunter sein wie Vertreter der Dörfer, der Adel soll nur noch einen Teil der künftigen Regierung ausmachen. Und auch an Euch ganz speziell haben sie Forderungen gerichtet, hochverehrter Herr! Ich zitiere: ›Wir fordern, die herzögliche Prasserei möge ein Ende nehmen. Für die Repräsentationspflichten des Landes genügen sechzig Pferde und hundert Lanzenträger. Feste, Turniere und andere Veranstaltungen zur Belustigung des Adels soll es nicht mehr geben, da diese unnütz und kostspielig sind. Klöster, Stifte und andere Besitztümer des Herzogtums sollen konfisziert und der daraus erzielte Gewinn dazu verwendet werden, die herzöglichen Schulden abzutragen.‹« Der Bote blickte auf. »Das war das Ende. Danach wurde nichts mehr bekanntgegeben.«

Zusammengesunken standen Thumb, Lamparter und Lorcher da. Als sie es wagten aufzuschauen, wollten sie ihren Augen nicht trauen: Herzog Ulrich liefen die Tränen über das Gesicht, sein ganzer Leib bebte und schüttelte sich vor Lachen.

»Hihihi, stellt Euch das vor: Ein paar dreckige, verlumpte Bauern wollen mir vorschreiben, wie viele Rosse und Reiter ich halten darf!«

Jetzt schnappte der Herzog endgültig über! Stumm nestelte Lamparter an seinen Manschetten. Von seinen beiden Kollegen war ebenfalls keine Reaktion zu vernehmen. Doch allen ging das gleiche durch den Kopf: Selbst im Wahnsinn maß der Herzogsbengel dem Teil der bäuerlichen Forderungen, der ihn persönlich betraf, noch die größte Wichtigkeit bei!

Auf einen Wink Lamparters hin verbeugte der Bote sich hastig und rannte rückwärts hinaus. Kaum außer Sichtweite, schlug er auf seiner Brust ein Kreuz. Dem Herrgott sei gedankt! Schließlich waren schon Boten wegen weit weniger schlechter Nachrichten ums Leben gekommen.

Drinnen im Regierungszimmer der Tübinger Residenz war an ein Aufatmen jedoch noch nicht zu denken. Hatten die drei Berater anfänglich geglaubt, ein Wutausbruch würde ausbleiben, so hatten sie sich gehörig getäuscht. Ulrich tobte. Er griff nach einem Wasserkrug, der auf einer schweren Eichenanrichte stand, und schleuderte ihn mit voller Wucht durchs Zimmer. Er zerbrach mit einem lauten Schlag, und das Wasser ergoß sich auf den Boden.

»Jetzt habe ich aber genug! Das wächst sich ja zu einem Staatsstreich aus! Die Bauern, die Städte, jetzt fehlt nur noch, daß mir die Pfaffen in den Rücken fallen! Viel zu lange habe ich mir dieses Treiben nun angesehen. Jetzt muß etwas geschehen!«

Lamparter lag auf der Zunge, daß sie genau dies schon seit Monaten von ihm gefordert hatten. Doch hätte er sich eher die Zunge abgebissen, als sich jetzt damit wichtig zu tun. Seelenruhig richtete er sich statt dessen an den Herzog: »Was gedenkt Ihr zu unternehmen?«

»Das kann ich Euch sagen: Innerhalb der nächsten vierundzwanzig Stunden will ich sämtliche Städtevertreter hier vor mir sehen. Wer nicht rechtzeitig erscheint, wird am nächsten Tage abgesetzt und bekommt alle Stadtrechte aberkannt. Thumb, sind die hessischen und Pfälzer Truppen schon in Stuttgart eingetroffen? Und wo treiben sich die Burg-Tabener herum? Stehen die bereit?« Nachdem beide Fragen vom Marschall mit einem Kopfnicken bestätigt wurden, fuhr Ulrich fort:

»Dann laßt die Hälfte davon nach Tübingen kommen! Es kann nicht schaden, wenn die Städtevertreter sehen, mit wem sie sich da anlegen ...« Gedankenverloren blickte der Herzog in die Ferne. Als er erneut zum Sprechen anhob, war seine Stimme so kalt und grausam, daß Lamparter zu frösteln begann.

»Eines schwör' ich hier und jetzt! Damit kommen sie nicht ungeschoren davon. Bauern und Bürger – beide werden dafür büßen müssen, daß sie einen Herzog zum Narren machten!«

Als am nächsten Tag die Gesandten der Städte den dicken Festungsmauern von Tübingen entgegenritten, bot sich ihnen ein beängstigendes Bild: Auf den schweren Mauern der Stadt patroullierten Dutzende von Soldaten, jedes Tor war mit einer Unzahl von Soldaten umstellt, vor den Fallbrücken standen weitere Soldaten Spalier. Durch die Schießscharten waren Schießprügel zu erkennen, hinter denen Schützen auf vermeintliche Feinde lauerten. Kurzum: Die ganze Stadt war bis an die Zähne bewaffnet. Ulrich hatte Tübingen befestigen lassen, als stünden feindliche Hugenottenverbände nur noch eine Stunde Fußmarsch entfernt vor der Stadt.

Die Städtevertreter wußten ganz genau, wie sie diesen Aufmarsch militärischer Stärke zu deuten hatten: Entweder sie stimmten Ulrichs Forderungen zu, wie immer diese auch aussehen mochten, oder sie bekamen es nach diesem Landtag mit den herzöglichen Truppen zu tun.

Als sich der Landtag am 8. Juli zusammenfand, saßen dem Herzog deshalb recht zaghafte Verhandlungspartner gegenüber. So mußte es auch nicht weiter verwundern, daß die Abmachung, die noch am selben Tag ausgehandelt wurde, zwar dem Herzog ein zufriedenes Grinsen aufs Gesicht malte, die Städtevertreter jedoch mit Groll erfüllte. Doch was hätten sie machen sollen, fragte sich Obervogt Schwygkher zum wiederholten Male. Etwa dem Herzog die Stirn bieten und damit riskieren, daß noch am selben Tag Soldaten ausritten, um die Städte zu überfallen? So hatte auch er zu allen von Ulrich ausgeklügelten Vertragspunkten Ja und Amen gesagt. Von einer Anhörung der Bauern war nicht einmal mehr die Rede gewesen.

Diese Abmachung hatte mit den Forderungen der Bauern ungefähr so viel gemein wie ein verregneter Apriltag mit einem strahlendschönen Festtag im Mai! Als Schwygkher auf seinem Nachhauseritt über die Verhandlungen nachsann, ritt sein schlechtes Gewissen als ständiger Begleiter mit. Er versuchte dies zu verdrängen, indem er sich die für die Bauern errungenen Zusagen ins Gedächtnis rief: Von jetzt an wurde den Bauern ein vertragliches Auswanderungsgesetz ebenso zugesichert wie der Anspruch auf ein Gerichtsverfahren in Leib- und Lebensangelegenheiten. Des weiteren war, trotz großen Protests, festgelegt worden, daß die Fronen künftig überall gleich gehandhabt werden sollten, die Bauern ihre Äcker gegen Wildverbiß schützen durften und daß bei Jagden nicht mehr querfeldein geritten wurde. Als ob sich daran jemand halten würde! Schwygkher wußte, was bei alledem in den Köpfen seiner Amtsbrüder vor sich ging: Dies würde die aufrührigen Bauern ruhigstellen, dachten sie. Er war sich da nicht ganz so sicher, doch hätte sein Veto etwas genützt? Für Stadtväter wie Jörg Gabler aus dem Kirchheimer Amt war das bäuerliche Aufbegehren eh nur die Tagträumerei von ein paar wildgewordenen Nichtsnutzen gewesen: eine neue Regierung, in der Vertreter der Bauern ein Mitspracherecht gehabt hätten ... die Konfiszierung der Klöster und Stifte, um die herzöglichen Schulden zu zahlen ... hatte man so etwas schon gehört? Wer wußte, was sich diese Halunken beim nächsten Male ausdachten! Doch soweit wollte es der Landtag gar nicht kommen lassen, in diesem Punkt waren sich die Städtevertreter mit dem Herzog einig. Und so waren ohne größere Diskussionen die scharfen Strafbedingungen zustande gekommen, die besagten, daß Aufrührer mit dem Tod zu bestrafen seien. Im Vergleich zu anderen Passagen war dieser Passus des Tübinger Vertrages für ihn allerdings zweitrangig. Denn das Herzstück des Vertrages ließ ihn nicht mehr los: die Übernahme der herzöglichen Schulden durch die Städte.

Und warum hatte es überhaupt soweit kommen können? Weil ihr hochverehrter Landesvater ein Verschwender und Prasser war, wie er im Buche stand! Schwygkher hätte vor Wut platzen können. Wäre der Herzog nicht in größter Geldnot gewesen, hätte er keine neuen Steuern erlassen. Und somit hätte es keine Bauernunruhen gegeben! Doch nun ...

Noch im nachhinein wurde ihm schwindlig, wenn er an die neue Abmachung dachte. Statt den Vorschlag der Bauern durchzusetzen, die Schulden durch die Konfiszierung der Klöster zu tilgen oder wenigstens nach einer anderen Lösung zu suchen, hatten sie alle auch hier klein beigegeben, und es waren die Städte, die mit einer Million Schulden heimgingen. Im Gegenzug hatte Ulrich ihnen ein Mitspracherecht in allen wichtigen Fragen eingeräumt, ging es nun um die Frage nach einem zu führenden Krieg oder um Beratungen anderer Art. So wie Schwygkher den Herzog aber kannte, hatte er diesen Teil der Abmachung schon längst wieder vergessen. Dafür würden ihnen dessen Schulden noch Jahre wie schwere Gewichte um den Hals hängen! Urplötzlich wurde Schwygkher noch eine weitere Bedeutung der Abmachung bewußt. Welches weitere Unheil mochte Ulrich wohl anzetteln, jetzt, da er wieder überall im Lande Kredit hatte?

Während in Tübingen verhandelt wurde, war Jerg immer noch auf Burg Taben eingesperrt. Jost, durch Sureya abgelenkt, hatte seinen Gefangenen schlicht und einfach vergessen. Die Wächter wunderten sich zwar über den einsamen Turminsassen, der weder zu Verhören noch zu Befragungen anderer Art geholt wurde, dachten sich aber nichts weiter dabei. Tag für Tag hastete Marga den weiten Weg zur Burg hinauf, um immer wieder mit denselben Worten weggeschickt zu werden: »Wir wissen nichts von dem Gefangenen. Laß uns in Ruhe und geh heim, Weib!«

Doch Marga beließ es nicht dabei. In ihrer Not suchte sie sogar Rat bei Karl Scheufele, dem Dorfbüttel, obwohl sie sich – zu Recht, wie sich heraustellte – nicht sehr viel von diesem Besuch erhoffen durfte. Nachdem er sich Margas Geschichte angehört hatte, zuckte er mit den Schultern. Was er schon gegen Markus Jost ausrichten könne, fragte er sie und schickte sie eiligst fort.

An wen sollte sie sich jetzt noch wenden? In ihrer Verzweiflung fiel ihr Asa ein, obwohl ihr die Erinnerung an ihren letzten Besuch bei der Kräuterfrau immer noch unangenehm im Gedächtnis lag. Vielleicht konnte die Heilerin ja einen Zauberfluch aussprechen? Doch dann kam ihr ein viel besserer Gedanke. Zum Glück war doch gerade Pfarrer Weiland von Kloster Weil zurückgekehrt, wo er sich zu längeren Beratungen aufgehalten hatte!

Die kommende Hitze des Tages war schon am frühen Morgen zu spüren, als Pfarrer Weiland mit Marga und Cornelius im Schlepptau vor dem Tor der Burg Taben erschien.

Weiland hatte jedoch das Gefühl, seine innere Hitze würde die der Natur noch um ein Vielfaches übertreffen, so aufgebracht war er über das, was Cornelius und Marga ihm erzählt hatten. Einen unschuldigen Menschen einzusperren! Ohne Gerichtsverhandlung oder Anhörung! Sein schwarzes Gewand plusterte sich bedrohlich auf, während er mit kräftigen Handschlägen an das geschlossene Tor trommelte.

Im Nu erschien der Wachposten, der gerade eben erst seinen Dienst angetreten hatte. »Immer mit der Ruhe! Was gibt es denn so früh am Tage!« Gelangweilt öffnete er ein Sichtfenster, um gleich darauf in das aufgebrachte Gesicht Weilands zu blicken.

»Was es gibt, willst du wissen? Ein Donnerwetter wird es geben, wenn du mich und meine Begleiter nicht sofort eintreten läßt!« Bei diesen Worten sah Weiland eher aus, als wäre er vom Teufel und nicht vom lieben Gott besessen.

Hastig entriegelte der Wachposten das schwere Tor. Er mußte feststellen, daß der schwarzgekleidete Mönch aus der Nähe betrachtet noch gefährlicher schien als durch das Guckfenster. So beeilte er sich, Auskunft auf dessen Fragen zu geben. Nach kürzester Zeit wußte Weiland Bescheid: Die Räume der Verwaltung lagen im Erdgeschoß der Burg, doch war Jost dort für gewöhnlich um diese frühe Stunde noch nicht anzutreffen. Dessen Kammern lagen im linken Flügel, dort sollten sie nach ihm suchen. Weiland bedankte sich mit besänftigenden Worten bei dem Wachposten, gab ihm den Segen und wies dann Marga und Cornelius an, im Innenhof der Burg auf ihn zu warten. Er wollte sich allein um den Rest kümmern ...

Weiland hielt sein Wort. Binnen kurzer Zeit waren sie wieder auf dem Heimweg, diesmal mit einem etwas schwachen, aber glücklichen Jerg in ihrer Mitte. Wie der Pfarrer dieses Wunder zustande gebracht hatte, interessierte im Augenblick niemanden. Alle waren viel zu sehr damit beschäftigt, sich nach Jergs Wohlergehen zu erkundigen und sich immer wieder der Tatsache zu versichern, daß es ihm gutging. Weiland selbst war nicht im geringsten daran gelegen, zu enthüllen, was sich innerhalb der dicken Burgmauern abgespielt hatte. Er blieb ein paar Schritte hinter der Familie zurück. Beim Gedanken an die zurückliegende Szene mußte er schmunzeln. Besonders christlich hatte er sich weiß Gott nicht verhalten – einfach in die Schlafkammer des Burgverwalters hineinzuplatzen! Und diesen just in dem Moment in einer sehr delikaten Situation zu erwischen – welches Glück! Aber heiligte der Zweck nicht die Mittel? Sodom und Gomorrha auf Burg Taben, hatte er händeringend beim Anblick der beiden geschrien. Auf die Frage, was der Burgverwalter am hellichten Morgen mit einem unverheirateten, unziemlichen Frauenzimmer auf dem Schlaflager zu schaffen hatte, hatte Jost keine Antwort gewußt. Daß Josts Hilflosigkeit nicht lange andauern würde, war Weiland klar gewesen, und er hatte deshalb sofort zu einem weiteren Angriff angesetzt: »Da plagt sich ein armer Pfarrer in seiner ganzen Unschuld den steilen Weg zur Burg hinauf, um Fürbitte für einen armen Sünder zu tun, und was muß er dort entdecken? Eine viel größere Sünde als die, welche dem armen Tropf, den Ihr hier auf der Burg gefangenhaltet, vorgeworfen wird. Die Sünde der Lüsternheit!«

Sureya, die Weilands Anliegen und die Art, wie er dies vorbrachte, längst durchschaut hatte, konnte sich ein säuerliches Grinsen nicht verkneifen.

»Ach, der Gefangene! Was wollt Ihr denn von Jerg Braun? Der ist nur hier, um eine Lektion zu lernen«, winkte Jost ab.

»Seid Ihr Euch sicher, Burgverwalter, daß nicht Ihr eine Lektion dringender nötig hättet? In Ziemlichkeit und Anstand vielleicht ...?« konterte Weiland prompt.

Und so ging es hin und her, bis Jost sich dazu entschließen mußte, seinen Gefangenen, dem er im Grunde genommen nichts nachweisen konnte, laufenzulassen.

Weiland war sich darüber im klaren, daß seine Methode

eigentlich Grunde nichts weiter als eine billige Erpressung gewesen war. Allerdings hielt sich sein schlechtes Gewissen darüber in Grenzen, hatten doch Margas erfolglose Versuche gezeigt, daß mit freundlichen Fürbitten bei Jost gar nichts zu erreichen war.

Jerg war, trotz aller Freude über seine Freilassung, für seine Verhältnisse still und gedrückt. Er überließ das Reden den anderen und fiel nur dann in deren frohes Lachen ein, wenn es von ihm erwartet wurde. Von seiner Zeit im Turm gab es nicht viel zu erzählen, Gott sei Dank! Folter und Pein waren ihm erspart geblieben, da Jost aus unerfindlichen Gründen das Interesse an ihm verloren gehabt hatte. Einzelheiten wie die verdorbenen Speisen, in denen Würmer herumkrabbelten, wollte er weder Marga noch den anderen zumuten. Und auch seine nächtlichen Kämpfe mit den Ratten, die mit unerwarteter Beharrlichkeit versuchten, ein Stück Bein oder Arm von ihm anzufressen, waren nicht für eine Erzählung im Familienkreise geeignet. Vielleicht würde er irgendwann einmal Cornelius davon erzählen, vielleicht aber auch nicht. Im Augenblick lastete etwas ganz anderes auf Jergs Gewissen: Er war Cornelius noch immer die Wahrheit über seine Reise schuldig, die schließlich auch der Grund für seine Gefangennahme gewesen war. Doch zuerst mußte er eine Möglichkeit finden, Bantelhans von seiner Freilassung in Kenntnis zu setzen ...

Für beides blieb in den nächsten Tagen jedoch keine Zeit. Jergs Abwesenheit hatte große Verzögerungen bei der Feldarbeit zur Folge gehabt. Cornelius trieb alle Familienmitglieder unermüdlich zur Arbeit an. Sie standen vor dem Morgengrauen auf und kehrten erst dann vom Feld heim, wenn es zu dunkel war, um weiterzuarbeiten. Selbst während der Mittagszeit, wenn die brütende Julihitze Mensch und Tier fast um den Verstand brachte, wurde gearbeitet. Gönnten sich die Männer einmal eine kurze Ruhepause, waren sie so erschöpft, daß für Worte keine Kraft übrig war. Die Frage, was in der Zeit seiner Gefangenschaft draußen im Land alles passiert war, quälte Jerg zwar, doch blieb ihm nicht einmal die Zeit, auf einen Krug Bier in die Tabener Schankstube zu gehen. Aber war das alles überhaupt so wichtig? Immer öfter ertappte er sich dabei, wie er über sein Leben als Bauer nachdachte: die gemeinsame Arbeit auf dem Feld, die zwar mühselig war, aber einen Mann abends mit gutem Gefühl zur Ruhe kommen ließ. Die Familie, die während seiner Gefangenschaft alles versucht hatte, um ihn wieder freizubekommen. Und zu guter Letzt: Marga. Mit ihrem honiggelben Haar, ihren dunkelblauen Augen ohne eine Spur von Argwohn oder Heimtücke war sie im Gegensatz zu gewissen anderen Frauen ein Weib, wie man es sich nur wünschen konnte. Sicher, sie waren arm, und es war oft nicht leicht, alle Mäuler sattzukriegen, aber war das nicht immer so gewesen? Hatte nicht das Leben der Bauern auch früher schon nur aus Mühsal und Pein bestanden? Wahrscheinlich waren die alten Gesetze auch nicht besser gewesen als die jetzigen, ging es ihm durch den Kopf.

Zu seiner Linken lag Burg Taben, über die er hastig hinwegblickte. Soweit er schauen konnte, zeichnete sich der Albtrauf dunkel gegen den weißblauen Himmel ab. Jeden Baum und jeden Strauch konnte man erkennen, was für gewöhnlich ein Zeichen dafür war, daß schlechtes Wetter aufzog. Etwas weiter rechts erhob sich ein Hügel, das sogenannte »Köpfle«, von dem es einen Aufstieg zu einer noch höher gelegenen Burgruine gab. Mit einer eigentümlichen Befriedigung betrachtete er diese. Einst hatte sie einem sehr mächtigen Adelsgeschlecht, den Herren zu Hohenfried, gehört. Alte Erzählungen handelten immer wieder von den Grausamkeiten der Hohenfried'schen Fürsten gegenüber der Landbevölkerung. Doch lagen diese Geschehnisse viele, viele Jahre zurück, und von der Burg und ihren Bewohnern war nicht viel übrig geblieben. Wer nicht an Geisteskrankheit, Wahnsinn oder Keuchhusten gestorben war, den hatte die Pest im Jahre 1456 dahingerafft.

Sorgte nicht die Natur selbst für eine ausgleichende Gerechtigkeit? Plötzlich kamen Jerg Zweifel am *Armen Konrad*. Nach den zwei Wochen Einsamkeit im Gefängnis waren seine Überzeugung und sein Wille zum Weitermachen stärker gewesen als je zuvor! Doch nun, wieder im gewohnten Alltagstrott, stellte er fest, daß er diesen nicht wie früher als eintöniges Dahinsiechen empfand, sondern als eine Art Befreiung. Urplötzlich kam ihm Dettler in den Sinn. Vielleicht war er gar kein Zauberer mit Worten, sondern ein Scharlatan, der die Leute mit seinen Reden einlullte?

Und dann stand auf einmal sein Entschluß fest: Morgen, spätestens aber übermorgen würde er nach Dettingen gehen und Bantelhans sagen, daß er nicht mehr auf ihn zählen solle!

16.

Während Jerg darüber nachsann, was er in Zukunft tun und was er lassen sollte, wußte Herzog Ulrich ganz genau, was er wollte: Rache. Wenn möglich an jeder einzelnen Seele, die in irgendeiner Form an den Aufruhren der letzten Wochen, die er als persönliche Beleidigung auffaßte, beteiligt gewesen war. Da dies unmöglich war, wählte er die seiner Meinung nach zweitbeste Lösung der Vergeltung: Nach seinen Worten wollte er ›die Wurzel des Übels beseitigen‹, welche er im Remstal, oder genauer gesagt in Schorndorf, begraben sah. Waren seine Beamten dort nicht bei jeder Verkündung neuer Steuern oder Gesetze verspottet und verhöhnt worden? Als er selbst vor zwei Wochen dort erschienen war, um sich anläßlich der Bekanntmachung des Tübinger Vertrages huldigen zu lassen, hatten einige Bauern sogar versucht, ihn vom Pferd zu ziehen! Ein tätlicher Angriff auf den Herzog – soweit war es mit Württemberg gekommen! Von nur zwanzig Reitern flankiert, war ihm damals keine andere Wahl als ein hastiger Rückzug aus der Stadt geblieben. Gedemütigt bis auf die Knochen hatte er sich jedoch geschworen, daß sein nächster Besuch bei den Schorndorfern anders aussehen würde!

Es war später Abend, als die Späher auf den Türmen der Stadtmauer eines gespenstischen Anblickes gewahr wurden: Ein Heer von Reitern, von Kopf bis Fuß gepanzert und bewaffnet, näherte sich zielstrebig dem Haupttor der Stadt. Das Klirren eingeschienter Pferde, deren Huftritte von aufeinanderschlagendem Eisen begleitet waren, das dunkle Gemurmel unzähliger Stimmen, das Kreuzen von Lanzen, Speeren und Spießen – zusammen ergab dies alles die Sprache der Vernichtung, deren Klang die Bewohner von Schorndorf schon längst vergessen wähnten. Zu beiden Seiten des Zuges spendeten Fackelträger Licht und ließen schon von weitem erkennen, wer an der Spitze voranritt: Es war kein geringerer als Herzog Ulrich selbst!

Binnen kürzester Zeit hatte sich innerhalb der Stadtmauern eine Menschenmenge versammelt. Daß es sich nicht um einen Anstandsbesuch handeln konnte, ahnte jeder in der Stadt ...

Wie aufgestachelte Bienen hasteten die Menschen ziellos hin und her. Die einen eilten davon, um Freunde und Verwandte von Ulrichs Ankunft in Kenntnis zu setzen, andere rannten in ihre Häuser, um sich mit allem, was sie hatten, zu verbarrikadieren. Wiederum andere suchten Schutz in der Menge und rotteten sich vor Schenken und Wirtshäusern zusammen, die zwar zu dieser späten Stunde schon geschlossen hatten, aber für viele dennoch einen Zufluchtsort bedeuteten. Noch wußte keiner, was der Stadt drohte, aber die Unruhe, die sich unter den Menschen wie ein Lauffeuer ausbreitete, ähnelte der, die Tiere vor einer drohenden Gefahr befällt. Und sie sollten recht behalten mit ihrer Vorahnung.

In den nächsten Stunden erlebte Schorndorf ein Blutbad, wie es in seiner langen Geschichte noch keines gesehen hatte.

Kaum war Ulrich durch das Stadttor geritten, schickte er Soldaten in alle Himmelsrichtungen aus. Jede Straße, jede Gasse wurde von den Soldaten durchkämmt, die nach Monaten des Müßigganges nun mehr als kampfbereit waren. Ihr einziger Befehl lautete, nach möglichen Mitgliedern des *Armen Konrad* zu suchen, und das konnte schließlich jeder sein! Die Blutlust war den meisten ins Gesicht geschrieben, als sie mit ihren schweren Stiefeln Türen eintraten, um verängstigte Menschen wie Vieh aus dem Haus zu treiben. Von überall her hörte man die Schreie der Hilflosen, die mit ansehen mußten, wie Ulrichs Männer das wenige, das sie ihr eigen nennen konnten, mitnahmen oder zerstörten. Dabei hatten sie es nicht nur auf Dinge abgesehen. Jungfrauen wurden vor den Augen ihrer Eltern aus dem Haus geschleift und an der nächsten Ecke geschändet, Ehemänner mußten zusehen, wie sich Soldaten an ihren Weibern vergingen und sie danach liegenließen wie einen alten Lumpen. Wer es wagte, einzugreifen, wurde mit einem Knüppel niedergeschlagen. Als die Männer bei Kaspar Pregitzer niemanden antrafen, entlud sich ihre ganze Wut auf dessen Behausung, bis das einstmals so prächtige Haus des Messerschmiedes nur noch ein Haufen Schutt und Asche war. Kurz danach wurden sie in der Hütte von Johann Dettler fündig: Zwar war dieser selbst nicht anzutreffen, dafür jedoch sein alter, bettlägriger Vater, unter dessen Schlafstatt die Soldaten, die nun kein Halten mehr kannten, ein Feuer entzündeten. Mit einem Stapel Schriften und Notizen des Redners verließen sie das Haus, ohne den immer schwächer werdenden Schreien des verbrennenden Mannes weitere Beachtung zu schenken.

Derweil hatte Herzog Ulrich in der Mitte des Schorndorfer Wasens eine mitgebrachte Plattform aufstellen lassen. Darauf fanden ein hölzerner Tisch und dahinter ein Stuhl Platz. Fackeln beleuchteten ringsum das unheilvolle Szenario. Berge von Akten, losen Pergamentrollen und Papierschnipseln, die er eigenhändig aus einer hölzernen Truhe wuchtete, bedeckten binnen kürzester Zeit die ganze Breite des Tisches: hier sollte sein Strafgericht stattfinden. Namen – vermeintliche und unwahre, Ereignisse – geschehene und erlogene, zusammengetragen von Denunzianten, Zuträgern und Spionen, waren fein säuberlich als Wahrheit aufgeführt. Auf diese Unterlagen berief sich der Herzog nun, mehr brauchte er nicht, um sein ›Recht‹ zu sprechen.

Einen nach dem anderen ließ er sich die vermeintlichen Mitglieder des Geheimbundes vorführen, um nach ein paar wirr gestammelten Sätzen des jeweiligen Mannes über dessen Schuld oder Unschuld zu entscheiden. Die Wartenden in der langen Schlange vor Ulrichs Tisch erkannten schnell, daß, konnte einer Namen nennen, dies die Chance erhöhte, selbst freigesprochen zu werden. In dieser Nacht wurde der Treueschwur des Geheimbundes öfter gebrochen als gehalten. Männer, die sich selbst für mutig und tapfer gehalten hatten, verrieten ohne mit der Wimper zu zucken ihren Nächsten und haßten sich dafür. Doch dafür kamen sie mit ihrem Leben und einer Geldstrafe davon.

Nachdem er ungefähr hundert Männer in dieser Art abgeurteilt hatte, begann Ulrich mit der Hinrichtung der ›Hauptschuldigen‹, die den Tod durch das Fallbeil finden sollten. Dazu ließ er einen kreisrunden Platz in Blickweite des Richtertisches von seinen Soldaten absperren. Fackelträger beleuchteten den Kreis, in dem sich der eigens aus Stuttgart mitgereiste Henker beeilte, seinen Block auf dem unebenen Lehmboden zu befestigen. Hastig traten die zuvorderst stehenden Zuschauer ein paar Schritte zurück, um ja nicht mit dem Henker oder seinem blutroten Mantel in Berührung zu kommen. Denn das hieße, genauso unehrenhaft zu werden wie der Henker selbst. Buhrufe begleiteten jede seiner Bewegungen. Als er sein blankes, silberglänzendes Beil aus einem schwerem Ledersack zog, ging ein erschrockenes Raunen durch die Menge. Wie aber Fliegen das Licht einer flackernden Ölfunzel suchen, so konnten sich die Menschen, kaum der Gefahr des eigenen Todes entronnen, dem Bann des grausamen Schauspiels nicht entziehen.

Es war Mitternacht, als die erste Todesstrafe durch das Fallbeil vollzogen wurde. Ein vor Todesangst winselnder junger Mann, der von Geburt an eine offene Hasenscharte trug, war das erste Opfer. Hätte man ihn Kaspar Pregitzer oder einem anderen Hauptmann des *Armen Konrad* vorgestellt, so hätten diese sicherlich weder mit seinem Namen noch mit seiner Person etwas anzufangen gewußt. Doch obwohl er stotternd seine Unschuld beteuerte, wurde er von Ulrich, der die Hälfte des Gebrabbels nicht verstand und nicht verstehen wollte, als einer der Haupträdelsführer verurteilt.

Das Schluchzen des jungen Mannes erinnerte an das Heulen eines jungen Wolfes, der in der Dunkelheit nach seinen Artgenossen ruft. Es ließ die Menge erschauern. Mit einem einzigen Schlag trennte der Henker den Kopf des Verurteilten von dessen Rumpf. Diejenigen, die in vorderster Reihe standen, konnten im Licht der Fackeln das dunkelrote Blut erkennen, das fontänenartig aus der Halsschlagader des Toten schoß.

Noch drei Mal gab der Herzog in dieser Nacht dem Scharfrichter das Zeichen, noch drei Mal rollten zum glückseligen Entsetzen der Menge die Köpfe. Danach fegte Ulrich die Papiere zur Seite und stieg ungelenk auf seinen Richtertisch. Bei seinem Anblick verstummten die Menschen.

»Ihr Bürger von Schorndorf, hört genau hin, was euch euer Herzog zu sagen hat! Leider habe ich in der Vergangenheit erkennen müssen, daß in dieser Stadt eine schlimme Seuche ihr Unheil treibt!«

Er hielt inne und wartete, bis sich das aufgeregte Murmeln der Menge wieder beruhigte. »Eine Seuche mit dem Namen Ungehorsam! Eine Seuche, so schlimm wie der Schwarze Tod. Doch statt die ganze Stadt anzuzünden und auszuräuchern, hat euer Herzog in seiner endlosen Mildtätigkeit nur dieses Strafgericht abgehalten, für das ihr ihm dankbar sein könnt!«

Betretenes Schweigen.

»Diesen Dank möchte ich jetzt und hier hören. Huldigt eurem Herzog! Huldigt dem Tübinger Vertrag, der für Ruhe und Ordnung im ganzen Land sorgen wird! Und dankt Gott für einen so gerechten und umsichtigen Landesvater!«

Die versammelte Menschenmenge kniete nieder, während der herzögliche Zeremonienmeister den Tübinger Vertrag vorlas.

»Es lebe der Herzog!« »Es lebe der Herzog!« »Es lebe Herzog Ulrich!« Aus tausend Kehlen erschallten Lobrufe auf den Mann, der die Stadt so gewalttätig geschändet hatte. Mit tiefer Befriedigung blickte er um sich. Genau dies hatte er sich sein Leben lang gewünscht. Ein Blutbad war nötig gewesen, um seinen Wunsch in Erfüllung gehen zu lassen: Vom heutigen Tage an war er der gefürchtetste Herzog, den das Land bisher gekannt hatte. Hinter vorgehaltener Hand nannte man ihn nur noch den Herzog und Henker von Württemberg.

Zwei Tage später führte er einen weiteren Richttag durch, diesmal in Stuttgart, der Stadt, in der er einen weiteren Großteil der Rädelsführer vermutete. Auch hier mußten zehn Männer nach Ulrichs Rechtsprechung sterben. Die abgeschlagenen Köpfe ließ er aufspießen und auf die Türme am Hauptstätter Tor sowie am Spitalsturm mit folgenden Worten anbringen: »... auf daß die Spitzbuben im Lande schon von weitem sehen, was es bedeutet, einen Herzog zu erzürnen«. Hunderte wurden auf ewig ins Verlies geworfen. Andere wurden zu solch hohen Geldstrafen verdammt, daß sie Haus und Hof dabei verloren, dafür aber wenigstens ihr Leben retteten. Während der ganzen Zeit thronte Ulrich mit versteinerter Miene auf seinem Richterstuhl, als handle es sich um eine gewöhnliche Entrichtung von Fronabgaben, die er in Empfang zu nehmen hatte. Nachdem er endlich mit dem Ausmaß seiner Rechtsprechung zufrieden war, kehrte er Stuttgart den Rücken und ritt mit seinem Troß in die nächste Stadt. Und in die nächste. Hilfstruppen von nah und fern flankierten Ulrichs eigene Fähnlein. Nur zu gerne hatten die Bischöfe von Würzburg und Konstanz, der Kurfürst Ludwig von der Pfalz, Markgraf Philipp von Baden und der Truchseß von Waldburg dem württembergischen Herrscher Soldaten bereitgestellt. Schließlich war die Bezahlung solch freundschaftlicher Hilfsdienste durch den Tübinger Vertrag gesichert. Nun, da Ulrich wieder Kredit hatte, wurde ihm von den Geldverleihern bereitwillig jede gewünschte Summe ausgehändigt.

Und dann war Kirchheim an der Reihe ...

17.

»Weib, wenn du ein nettes Schauspiel sehen willst, dann geh morgen nach Kirchheim! Herzog Ulrich kommt!«

Genüßlich liebkoste Markus Jost Sureyas Brustwarzen, die einladend in die Höhe standen. Die Hure setzte sich mit einem Ruck auf.

»Herzog Ulrich!« Sureya zog den Atem durch die Zähne. Seit sie auf der Burg wohnte, hatte es keinen herzöglichen Besuch gegeben, und sie fragte sich nun, ob sich ein solcher schlecht auf ihre Situation auswirken könnte. »Was will der denn hier?«

»Na, du stellst Fragen, Weib! Wenn der am morgigen Tag sein Schiedsgericht in Kirchheim hält, muß er doch irgendwo schlafen, oder? So ein Tag, an dem die Köpfe rollen, kann schließlich sehr anstrengend sein, hohoho! Und nach dem, was man sich aus Schorndorf und Stuttgart erzählt, muß der Herzog ordentlich zur Sache gehen! Dieser *Arme Konrad* ist sein liebstes Spielzeug geworden, das er wie eine Kröte zwischen den nackten Händen zerquetscht.«

»Vielleicht sollte ich mir dieses Schauspiel in der Tat nicht entgehen lassen. Einige Mostköpfe tät' ich nur allzu gerne rollen sehen! So red schon, auf wen hat er es denn im besonderen abgesehen?«

Jost zuckte mit den Schultern. Darüber wußte er nichts.

Nur mit Mühe gelang es Sureya, vor Wut über soviel Unvermögen nicht laut aufzuschreien. Sah Jost denn nicht, welche Möglichkeiten sich ihm hier auftaten?

»Nun ...«, sagte sie gedehnt, »ich könnte mir vorstellen, daß unser Herzog für hilfreiche Hinweise sicherlich sehr dankbar wäre ... Ein kleiner Wink hier, ein Name da – hast du als Burgverwalter nicht geradezu die Pflicht, den Herzog auf verdächtige Personen hinzuweisen?« Verlockend ließ sie die letzten Worte wie einen Köder in der Luft baumeln.

Nun hatte sie seine Aufmerksamkeit gewonnen. »Du meinst, ich soll dem Herzog Namen nennen?«

›Wie dumm kann sich der Mann noch stellen?‹ fragte sie sich, während sie laut ihren Faden weiterspann. »Bestimmt wäre dir Ulrich sehr dankbar, wenn du ihm bei seiner Jagd behilflich wärst. Dann wäre auch jener Vorfall bei seinem letzten Besuch, von dem du mir erzähltest, vergessen! Und dein eigener Name mit Glanz und Gloria bestrahlt.«

Jost setzte sich auf und rieb sich das Kinn. »Kein schlechter Gedanke, Weib! In der Tat – kein schlechter Gedanke! Diesen Braun, den könnt' ich gleich an erster Stelle nennen, denn daß der was mit dem *Armen Konrad* zu tun hat – darauf fress' ich einen Besen! Und diesen Nichtsnutz von Heinrich, den nenn' ich gleich dazu! Und ...« Auf einmal blickte er Sureya mißtrauisch an. »Wie kommt ein Weib wie du überhaupt auf eine solche Idee?«

Sureya lachte rauh. »Wer mit einem Teufelskerl wie dir zusammenlebt, dem kommen solche Dinge von selbst! Außerdem – ich habe doch nur ausgesprochen, was du selbst auch denkst, oder?« Sie kitzelte ihn am Bauch.

Auf einmal hatte Jost es eilig, aufzustehen. Bevor der Herzog eintraf, gab es noch einiges zu tun!

Zufrieden blickte Sureya ihm nach. Wie gut, daß sie wußte, wie mit einem Mannsbild umzugehen war!

Jerg klopfte laut an die Tür des Nachbarhofes. Drinnen im Haus rührte sich nichts. Die Fensterläden waren geschlossen, und als Jerg nun an der Tür rüttelte, mußte er feststellen, daß auch diese verriegelt war. Er ging um das Haus herum, um dort nach Stefan zu suchen. Stefan mußte da sein, er hatte ihn doch vorher vom Feld kommen sehen! Allmählich wurde Jerg wütend. Gerade war er aus Dettingen zurückgekommen, wo Bantelhans ebenfalls unauffindbar gewesen war!

Unwillig wandte Jerg sich zum Gehen ab, als er auf einmal grob am Ärmel gepackt und in den kleinen Holzverschlag gezerrt wurde, in dem Stefan im Herbst Schinken und Würste räucherte.

»He, was soll denn dieser Blödsinn!«

»Sei leise! Gut, daß du kommst, so kann ich mir den Weg zu dir sparen.« Hastig stopfte Stefan Dinge in einen großen Leinensack.

Unbewußt übernahm Jerg dessen Flüsterton. »Was packst du denn da? Zu mir wolltest du kommen? Ich verstehe gar nichts!«

Abrupt hielt Stefan mit seiner Packerei inne. Seine Augen leuchteten wild in der dämmrigen Kammer. »Es ist aus, Jerg! Vorbei! Die Aufstände sind vorbei. Herzog Ulrich kommt morgen nach Kirchheim und hat es auf uns abgesehen!«

Jergs Miene verriet seine Ratlosigkeit, und Stefan erkannte, daß er weiter ausholen mußte. In knappen, präzisen Sätzen schilderte er ihm die Geschehnisse der letzten Wochen, angefangen bei Ulrichs Betrug, von dem die Aufständischen jedoch frühzeitig Wind bekommen hatten, worauf sie zu Tausenden nach Stuttgart marschiert waren, um dort ihren eigenen Bauernlandtag abzuhalten. Danach berichtete er vom Verrat der Städte an den Bauern, der sich in dem Tübinger Vertrag in trauriger Form widerspiegelte.

»Diese feigen Hunde! Ich habe von Anfang an geahnt, daß die Städte den Schwanz einziehen, sobald Ulrich mit der Peitsche knallt!« Jergs Empörung wandelte sich in blanken Haß.

Doch Stefan unterbrach ihn grob. Sie hatten keine Zeit zu verlieren. Er erzählte Jerg von Dettlers Besuch, der am frühen Abend stattgefunden hatte.

»Der Dettler – hier? So red doch! Was wollte der von uns?« An den Redner aus Schorndorf hatte Jerg schon lange nicht mehr gedacht!

»Warnen wollt' er uns! Seit Wochenbeginn zieht der Herzog durchs ganze Land und richtet überall ein wüstes Blutvergießen an! Auf uns hat er es abgesehen! In jeder Stadt sucht er nach Mitgliedern des *Armen Konrad*, und wenn er welche findet, läßt er sie aufhängen oder sperrt sie ein. Dettler konnte sich in letzter Minute noch retten. Morgen soll's in Kirchheim ein weiteres Blutgericht geben!«

»Dieses Schwein! Vom Pferd hätt' ich ihn damals auf der Jagd ziehen und totschlagen sollen! In unserem Herzog steckt doch der Leibhaftige selbst!« Jerg stutzte plötzlich. »Woher weiß Ulrich eigentlich, wer beim *Armen Konrad* dabei ist und wer nicht? Wir tragen doch keine Schilder um den Hals!«

»Du glaubst gar nicht, wie redselig der Anblick eines Scharfrichters die Menschen macht! Laut Dettler gibt es mittlerweile mehr Verräter als ehrliche Seelen beim *Armen Konrad!* Schau dich doch an! Durch irgendein Verräterschwein bist du sogar schon im Turm gelandet! Willst du, daß morgen in Kirchheim noch viel Schlimmeres passiert? Wir müssen flüchten! Dettler wartet in der Katharinenhöhle in der Nähe der Burgruine. Bevor es morgen Tag wird, will er in Richtung Schweiz aufbrechen. Dort sollen sich schon einige von uns befinden. Pregitzer hat's geschafft und der Geißpeter auch!«

»Flüchten? Ich kann doch nicht einfach meine Familie im

Stich lassen. Die wissen doch von nichts!« Hilflos sank Jerg auf einem Stapel Holz zusammen. »Und Bantelhans? Müssen wir den nicht auch warnen?«

Stefan spuckte auf den Boden. »Bantelhans! Komm mir nicht mit dem! Unser sauberer Hauptmann hat sich schon vor drei Tagen aus dem Staub gemacht. Hat sich scheinbar unter den Röcken seines Busenfreundes Schwygkher im Uracher Amt verkrochen!«

Wenn Jerg noch eine weitere Überzeugung gebraucht hätte, um zu erkennen, wie ernst die Lage wirklich war, so hatte er sie mit diesen Worten bekommen. Mit einem letzten Funken Hoffnung hakte er nach: »Gibt es wirklich keinen anderen Weg als die Flucht?«

Stefans Stimme war nun etwas milder, als er verneint: »Du bist noch gefährdeter als ich, denn dich kennen sie fast überall auf der Alb, während ich nur hier in der Gegend Männer angeworben habe. Bleibst du hier, gefährdest du auch das Leben deiner Familie. So können sie immer noch sagen, sie hätten nichts gewußt, was ja auch stimmt. Dann bleibt uns die Hoffnung, daß sie in Ruhe gelassen werden. Außerdem: Wir bleiben nur so lange weg, bis Gras über die ganze Sache gewachsen ist.« Er schwang sich sein Bündel über den Rücken. »Also, was ist? Kommst du mit, oder willst du morgen einen Kopf kürzer werden?«

»Da bist du ja endlich! Hast dich wohl zufällig daran erinnert, daß du eine Familie hast? Oder kommst du nur, weil dein Bauch knurrt?«

Jerg hatte die Haustür noch nicht hinter sich geschlossen, als ihn Lene, die ein Huhn auf dem Schoß hatte und dieses heftig rupfte, schon mit Vorhaltungen überfiel. Auf ihrer verschwitzten Haut klebten überall Federn, und der ganze Raum roch nach geronnenem Blut und dem Schweiß, der ihr in Strömen den Körper hinunterlief.

»Lene, wenn du mir nicht sofort sagst, wo Marga und Cornelius sind, dann dreh' ich dir den Hals rum, daß es dir nicht besser ergeht wie dem Huhn da!« Jerg packte Lene grob an den Schultern und schüttelte sie hin und her. Mittlerweile lief auch ihm der Schweiß in Bächen über die Stirn, und er mußte blinzeln, um noch etwas zu sehen.

»Ja, ja. Ist ja schon gut! Nach den Kühen suchen sind sie! Weil dein Weib wieder einmal zu dumm war, um auf die Viecher aufzupassen!« Wutschnaubend blies Lene sich eine klebrige Feder von der Nase.

Abrupt drehte sich Jerg auf dem Absatz um und lief hinaus. Diesmal war das Glück auf seiner Seite, denn kaum war er um die Ecke gebogen, als er in nicht allzuweiter Ferne das Muhen milchschwerer Kühe hörte. Kurz darauf kamen ihm Marga und Cornelius entgegen, die beiden Ausreißer sicher in ihrer Mitte.

Jerg lief ihnen rasch entgegen, um nicht noch mehr Zeit zu verlieren. Nach einer flüchtigen Umarmung nahm er Marga die Führleine ihrer Kuh ab und zwang das Tier in einen zockeligen Trab, Cornelius tat dasselbe mit seinem Vieh. Daheim angekommen banden sie die Tiere an einen Baum und ließen sie trotz prall gefüllter Euter stehen.

Nun gab es kein Zurück mehr. Stockend begann Jerg mit seiner Beichte.

»Der *Arme Konrad*? Du warst mit dem *Armen Konrad* unterwegs?« unterbrach ihn Cornelius fassungslos.

Jerg blickte seinem Bruder ins Gesicht. »Tut mir leid, Cornelius, daß ich dich angelogen habe, aber du hättest nur versucht, mir das auszureden.«

»Und ob! Der *Arme Konrad*, wenn ich das schon höre! Der faule Konrad oder der freche Konrad müßte es heißen! Das sind doch alles Unruhestifter, zu faul, um ihre Fronen abzuleisten!« Aufgebracht schlug Cornelius mit der Faust auf den Tisch.

»Obwohl du keinen von ihnen kennst, verdammst du alle zu Nichtsnutzen und Unruhestiftern!« spie Jerg seinem Bruder ins Gesicht.

»So hört doch auf, euch zu streiten! Als ob es jetzt nichts Wichtigeres gäbe«, fuhr Marga dazwischen. Sie wollte nun endlich erfahren, was geschehen war.

Mit Erstaunen stellte Jerg fest, daß seine Frau die Nachricht von seiner Mitgliedschaft beim *Armen Konrad* weitaus gelassener hinnahm, als er angenommen hatte. »Der *Arme Konrad* ist gar nicht so unrecht. Damals, im Mai, als ich euch sagte, ich wäre mit den Sängern unterwegs, waren wir in Wahrheit in Untertürkheim, in der Nähe von Stuttgart. Dort fand ein großes Treffen von Geheimbündlern aus dem ganzen Land statt. Abertausende waren dabei und haben gegen den Herzog und seine Verschwendungssucht protestiert. Und davor hat es in Schorndorf ebenfalls einen Aufstand gegeben wegen der neuen Steuern. Und? Hat der Herzog sie nun zurückgenommen oder nicht?«

»Wenn der Herzog die Steuern zurückgenommen hat, dann wird er schon wissen warum! Sicherlich nicht wegen euch!« gab Cornelius brummend zurück.

»Beim *Armen Konrad* sind nicht nur Bauern dabei, auch Kaufleute und Städter haben mitgemacht! Schlaue Köpfe haben wir allemal. Was Herzog Ulrich sich in den letzten Jahren geleistet hat, ging einfach zu weit! Etwas mußte geschehen!«

Bevor Cornelius etwas erwidern konnte, warf Marga zaghaft ein. »Cornelius, hast du selbst nicht auch schon gesagt, die Abgaben würden immer mehr ... Und weißt du nicht mehr, wie letzten Winter das ganze Dorf gehungert hat, weil die Burg im Herbst von jedem Haus den Besthaupt eingefordert hat?« Dankbar drückte Jerg Margas Hand. Statt ihm Vorwürfe zu machen, kam sie ihm sogar zur Hilfe!

»Aha, so ist das! Sein Weib scheint von der gleichen Sorte zu sein! Wenn's dir nicht paßt bei uns, kannst du deine Siebensachen gleich zum *Armen Konrad* bringen«, keifte Lene aus ihrer Ecke hervor.

Mit einem unwirschen Seitenblick streifte Cornelius sein

Weib. Zu Jerg sagte er: »Die Städter, ja, die können einen Aufstand machen! Die sind ja nicht auf den Schutz des Herzogs angewiesen. Die haben ihre eigenen Soldaten, um sich zu verteidigen. Wir Bauern jedoch – wir sind schutzlos! Und überhaupt – wie kommt es, daß du gerade nun mit der Sprache herausrückst, nachdem du uns monatelang angelogen hast? Da steckt doch noch mehr dahinter? Hat's der Jost wieder auf dich abgesehen?«

Jerg winkte ab. »Der Jost! Mit dem tät' ich fertigwerden.« Verzweifelt klärte er seine Familie nun über die letzten Neuigkeiten auf. »Ich muß weg! Noch heute nacht! Wenn mich des Herzogs Soldaten erwischen, bin ich dran. Versteht ihr nun?«

»Flüchten ... aber wohin willst du denn gehen?« Schockiert starrte Marga in Jergs hilfloses Gesicht.

»In die Schweiz wollen wir. Dort sind wir sicher. Andere Geheimbündler sind schon vorausgegangen, und zwei Freunde warten in der Nähe auf mich. Darum bleibt mir nicht mehr viel Zeit! Marga, Lene – könnt ihr mir ein paar Dinge einpacken? Warme Kleidung und eine Decke vielleicht. Und etwas zum Essen, wenn's geht ...«

»Aber vielleicht gibt es doch noch eine andere Möglichkeit! Laß uns zum Pfarrer gehen und um Hilfe fragen!« Margas Gesicht wies Spuren von Hoffnung auf.

Jerg winkte ab. »Was sollte ein kleiner Dorfpfarrer gegen den Haß des Herzogs ausrichten können?« ›Und gegen die Verräter aus den eigenen Reihen‹, ging es ihm durch den Kopf, doch behielt er diesen Gedanken für sich. »Außerdem, es ist ja nicht für lange. Wahrscheinlich bin ich in ein paar Wochen schon wieder da«, versuchte er Marga zu trösten.

»Dann nimm mich mit! Ich brauch' nichts zu essen und nichts zu trinken, und ich schlaf' unterm freien Himmel, wenn es sein muß. Nur laß mich nicht allein hier!«

»Und wir können in der Zwischenzeit die Ernte allein machen! Das lass' ich mir gefallen! Wenn du mich fragst ...«

Grob fuhr Cornelius seinem Weib übers Maul: »Es fragt dich aber niemand! Habt ihr nicht gehört, was der Jerg zu euch gesagt hat? Was zum Essen sollt ihr ihm einpacken!« Er scheuchte die beiden protestierenden Frauen davon.

Nachdem die beiden Männer allein am Tisch saßen, unternahm Jerg nochmals einen Versuch, um Cornelius' Verständnis zu wecken. »Weißt du, Cornelius, ich glaub', jeder Mensch muß im Leben das tun, wofür er bestimmt ist. Und ich hatte halt das Gefühl, ich bin dafür bestimmt!« Er mußte daran denken, wie willig sich die Männer von ihm hatten anwerben lassen, wie begeistert ihm alle nach Untertürkheim gefolgt waren. So ganz schlecht hatte er seine Sache doch nicht gemacht, oder?

»Tun, wozu man bestimmt ist! Das ist doch Blödsinn! Wenn unsereins zu etwas bestimmt ist, dann für die Ackerarbeit und für nichts anderes! War es nicht immer so, daß wir unsere Fronen geleistet haben und der Herzog uns dafür beschützt und regiert hat? Was war so schlecht daran? Es kann doch nicht jeder machen, was er will!« Cornelius bebte am ganzen Leib.

»Ich hab' ja nicht gesagt, daß es gar keine Fronen mehr geben soll. Nur kann es nicht sein, daß der Herzog mehr Geld ausgibt, als er hat, und wir dafür bezahlen müssen! Denk doch zurück, wie es war, als die Eltern noch lebten! Hat Eberhard im Bart etwa ein so verschwenderisches Leben geführt wie unser jetziger Herzog?«

»Da vergleichst du Himmel und Hölle miteinander! Unserem alten Herzog, Gott hab' ihn selig, kann so schnell niemand das Wasser reichen, am allerwenigsten sein Nachfolger! Doch gibt das niemandem das Recht, sich gegen ihn aufzulehnen! Er ist nun einmal Herzog, und wenn er neue Gesetze beschließt, müssen wir uns danach richten. Das war schon immer so, und das werdet ihr auch nicht ändern. Sieh doch nur, was sie dir gebracht hat, deine Geheimbündlerei!«

Jerg seufzte betrübt.

»Ach Cornelius, ich wünschte, du wärst damals in Untertürkheim dabei gewesen, dann würdest du jetzt anders reden! Tausende von Menschen können doch nicht alle unrecht haben! Ich denke, es hat nur einer unrecht, und das ist Herzog Ulrich. Denk doch nur dran, wie er damals auf der Jagd den Heinrich halb totgeschlagen hat! Und so einen Mann hältst du für einen besseren Menschen, als wir es sind?«

»Nun, das will ich so nicht sagen ...«, druckste Cornelius herum. Er fühlte sich von Jerg in die Enge getrieben.

Jerg hatte sich nun warmgeredet. Mit glühender Stimme fuhr er fort. »Cornelius, versuch mich zu verstehen! Es bricht mir das Herz, wenn ich mitansehen muß, wie du dich um unseren Haushalt sorgst und dabei alt und grau wirst! Wenn ich sehen muß, wie Lene Jahr um Jahr mehr Zähne ausfallen, weil nicht genügend Essen da ist, um alle richtig satt zu kriegen. Und mein Weib – hat sie es etwa verdient, von morgens früh bis spät nachts zu ackern und zu fronen, bloß, damit der Herzog noch mehr Feste feiern und noch mehr Geld ausgeben kann? Die Sache, für die ich einstehe, ist eine heilige Sache, die uns allen dienen soll!« Er nahm Cornelius' schwielige Hände in die seinen. Beschwörend blickte er seinen Bruder an.

»Schließ doch für einen Moment die Augen, Cornelius. Und stell dir vor, wie es wäre, wenn wir leben und arbeiten könnten, ohne die Angst vor dem Hungertod im Nacken!«

Cornelius befreite sich heftig aus Jergs Umklammerung. Er verfluchte den *Armen Konrad*, durch den Jerg nun flüchten mußte wie ein gejagtes Tier.

»Hirngespinste sind das! Und daran wird sich auch nichts ändern, das kannst du mir glauben! Wir sind und bleiben Kettenhunde!« Cornelius spuckte die letzten Worte aus, als handle es sich um ein giftiges Gewächs.

Jerg stand auf. Es war Zeit, zu gehen.

BUCH II

1514 – 1519
MARGA

1.

Seltsam, an die Wochen gleich nach Jergs Flucht konnte ich mich kaum erinnern – und das, obwohl ich noch niemals zuvor in meinem Leben so gelitten hatte. Die Ernte, eingebracht in der Gluthitze des Sommers 1514, Lenes Gesicht, das mir damals noch mißmutiger erschien als sonst, der Tag, an dem uns die Nachricht von Heinrichs Tod erreichte – alles kleine Stückchen Erinnerung. Ich hatte oft das seltsame Gefühl, als bestünde mein Leben aus einem großen Flickenteppich, den ich mit diesen kleinen Erinnerungsfetzen zusammenzusetzen versuchte. Nur das ganz große Stück aus der Mitte – das war irgendwie verlorengegangen. Der unendliche Schmerz, ohne Jerg weiterleben zu müssen, nicht zu wissen, wo er sich befand, wie es ihm erging, war so unerträglich, daß ich ihn einfach aus meinem Flickenteppich schnitt und den Rest neu zusammenzusetzen versuchte. Erst später wurde mir klar, daß dies nicht so einfach möglich war. Denn solange das große Stück in der Mitte fehlte, hatten die äußeren Teile keinen Zusammenhalt und begannen langsam, aber sicher auseinanderzufallen ...

Nachdem uns der heiße und trockene Sommer zu einer spärlichen, dafür jedoch trocken eingebrachten Getreideernte verholfen hatte, verabschiedete er sich von einem Tag auf den anderen. Dauerregen verwandelte die Straßen und Wege draußen in unpassierbare Sumpflandschaften. Drinnen begann es, nach nassem Schuhwerk und feuchter Kleidung zu riechen. Die Sonne, die in anderen Jahren das Blätterkleid der Bäume bunt werden ließ und so dazu beitrug, den Abschied des Sommers wenigstens ein bißchen zu versüßen, hielt sich in diesem Jahr hinter riesigen Wolkenbergen verborgen. Es war, als wollte der Regen seine Versäumnisse während der heißen Sommermonate aufholen. Es goß wie aus Kübeln.

Während wir im strömenden Regen mit der Rübenernte begannen, verbot ich mir jeden Gedanken daran, wie es wohl Jerg in der Schweiz ergehen mochte. Schweigend luden Lene und ich die Rüben auf unseren Handkarren, den Cornelius wie ein Ochs durch den tiefen, schwergewordenen Boden zog. Drei Tage lang gruben wir mit unseren Händen nach den Rüben, dann war das Feld leer. Tag für Tag gingen wir völlig durchnäßt und erschöpft nach Hause, um dort mit anderen Arbeiten weiterzumachen, die sich zu immer größeren Bergen auftürmten. In den Jahren davor war es Jergs Aufgabe gewesen, eine Rübenschütte auszuheben, in der die Knollen, vor Frost und hungrigen Tieren geschützt, unbeschadet den Winter über gelagert werden konnten. Nun, da Jerg fort war, mußte ein anderer dies erledigen. Lenes Blicken nach zu urteilen war dieser andere ich, und so begann ich, ein winterliches Grab für unsere Rüben zu schaufeln. Statt jedoch unmutig und widerwillig darüber zu sein, stürzte ich mich geradezu auf diese Aufgabe, denn auf sonderliche Art und Weise fühlte ich mich durch sie mit Jerg verbunden. Dabei fiel mir weder auf, wie die Kälte an meinen Beinen hochkroch und sie taubwerden ließ, noch wie meine Lungen allabendlich vor Erschöpfung brannten und mein ganzer Brustkorb schmerzte, als wäre darin das Höllenfeuer entfacht.

Und dann begann der Husten. So, wie sich ein Gewitter zuerst durch leises Donnern und Rauschen ankündigt, begann auch er ganz harmlos und unscheinbar. In der Zwischenzeit war ich Meisterin darin geworden war, gewisse Dinge in meinem Leben einfach nicht wahrzunehmen. So war es eigentlich nicht verwunderlich, daß ich zuerst gar nicht bemerkte, daß ich nicht nur grünen Schleim, sondern auch dicke Brocken Blut spuckte.

»Verflucht noch mal! Wie lange liegt das Weib schon hier und siecht vor sich hin? Sie ist dem Tode näher als dem

Leben! Wie taub und blind muß man eigentlich sein, um dies nicht zu erkennen?«

Wütend fuhr Asa herum. Ihre Augen glühten wild, während sie sich daran machte, mich aus den feuchten Decken meines Nachtlagers zu schälen. Durch dichte Nebelschleier hörte ich ihr unentwegtes Fluchen. Mißtrauisch beäugte Lene, wie Asa einen Tiegel nach dem anderen aus ihrem Beutel zog und neben mein Lager stellte.

»Deine Zaubermittel kannst du gleich wieder einpacken! Wir haben kein Geld, um solchen Firlefanz zu bezahlen. Entweder du kannst Marga so helfen oder sie muß allein gesund werden!« Resolut stemmte Lene die Hände in die Hüften und wartete darauf, daß Asa ihren Worten folgte. Doch diese begann, meine Brust mit einer Salbe einzureiben.

»Hier wird keiner mehr von selbst gesund, das kann ich dir sagen! Statt mich schon vor einer Woche zu rufen, spielst du hier mit Leben und Tod! Und überhaupt – wo ist eigentlich dein Mann, der Cornelius? Weiß er, wie's um eure Schwägerin bestellt ist?«

»Auf dem Feld ist er, wo sonst? Natürlich weiß er, wie's Marga geht. Vor lauter Sorge um das Weib hat er mich schließlich zu dir geschickt. Auf meinem Mist ist das nämlich nicht gewachsen, daß du's weißt!«

»Dann scheint ja wenigstens einer im Haus etwas Verstand zu haben.« Sie nahm zwei Lumpen aus ihrem Sack, tauchte diese in einen Eimer Wasser und legte sie auf meinen Körper. »Marga glüht wie heiße Kohlen.« Scharf blickte sie Lene an. »Wann hast du ihr das letzte Mal Wasser eingeflößt?«

Lene schaute schuldbewußt zur Seite. »So genau weiß ich das nicht mehr. Ich habe schließlich auch noch anderes zu tun! Wer weiß – vielleicht spielt sie uns sogar nur etwas vor!«

Ich fiel wieder so tief in meine fiebrigen Träume, daß ich von dem bösen Streit, der Lenes rohen Worten folgte, genausowenig mitbekam wie von Asas überstürztem Aufbruch. Als sie kurze Zeit später mit Cornelius im Schlepptau wieder erschien, war mein Atem schon so flach geworden, daß mir die Luft kaum mehr zum Leben ausreichte. Auf einmal wurde mir völlig leicht zumute, und mir war, als schwebte ich wie ein Engel im Raum. Später erzählte mir Asa, daß dies wohl der Augenblick gewesen sein muß, als sie und Cornelius mich auf die eiligst zusammengebundene Bahre gelegt hatten. Doch daran kann ich mich nicht erinnern.

Als ich das nächste Mal aufwachte, spürte ich sofort, daß irgend etwas anders war als vorher. Doch fühlte ich mich viel zu erschöpft, um mich aufzurichten. Kurze Zeit später fiel ich wieder in einen tiefen Schlaf, der jedoch erholsamer und ruhiger war als die fiebrigen Alpträume der letzten Wochen. Wie lange ich geschlafen habe? Ich weiß es nicht. Es werden sicherlich viele Tage und viele Nächte gewesen sein, denn als ich wieder zu mir kam, hatte ich das Gefühl, aus einem fremden Land zurückgekommen zu sein. Dabei war ich mir gar nicht sicher, ob ich das überhaupt wollte – zurückkommen – aus diesem fernen Land, in dem es keine Schmerzen an Leib und Seele zu geben schien. Doch kaum hatte ich mich entschieden, dort zu verweilen, war mir, als würde ich zurückgerufen in das Hier und Jetzt. So fügte ich mich widerwillig.

Ich öffnete die Augen und schaute mich in einem unbekannten Raum um. Auf der anderen Seite sah ich eine Frauengestalt, die etwas über einem offenen Feuer zu trocknen schien. Seltsam, in diesem Augenblick wußte ich sofort, wo ich mich befand und wer diese Frau war. Nicht für einen Moment habe ich daran geglaubt, einem Engel oder einer Schutzpatronin gegenüberzustehen. Als ob sie mein Aufwachen gespürt hätte, drehte sich die Frau nun um, und unsere Blicke trafen sich.

»Guten Tag, Marga, wie fühlst du dich?« In ihrer Stimme deutete nichts darauf hin, daß unsere Situation etwas anderes als selbstverständlich und normal gewesen wäre. Ich krächzte zurück, daß ich mich gut fühlte.

»Wer hätte das geglaubt, daß dieser Martinitag außer den

vielen Abgaben auch noch eine freudige Überraschung mit sich bringt!«

»Martinitag ist heute, sagst du? Das kann nicht sein! Dann ... Wie lange ...?« Ich konnte es nicht fassen! Das letzte, woran ich mich erinnern konnte, war die Rübenernte. Und die hatte Ende September, Anfang Oktober stattgefunden. Wenn heute wirklich Martini war, bedeutete dies, daß ich ganze fünf Wochen krank gewesen sein mußte!

Martini – das war der Tag, an dem die alljährlichen Arbeiten draußen auf dem Felde abgeschlossen sein sollten. Der Tag, an dem in jedem Jahr die Pacht an die Burg Taben und der Zehnte an das Kloster Weil entrichtet werden mußten. Der Tag, an dem Lene noch sauertöpfischer als sonst durchs Haus lief. Nein, Martini im Haus der Brauns war kein Tag zur Freude, so wie ich ihn aus meiner Kindheit gewohnt war. Meine Mutter hatte Martini immer den »Tag der Zaisle und Gaisle« genannt: Nachdem alle Abgaben, die Zinsen, bezahlt waren, ging es den Gaisle, also den Martinigänsen, an den Kragen. Oh, was waren das für Festessen gewesen! Die Erinnerung an meine Kindheit hoch droben auf der Alb tat mir gut. Ich mußte unwillkürlich lächeln.

Mit einem Becher heißer Flüssigkeit in der Hand kam Asa nun an mein Bett.

»Wie schön, ein erstes Lächeln auf deinem Gesicht zu sehen!« Sie seufzte. »Ehrlich gesagt hab' ich manchmal schon an meiner Heilkunst gezweifelt. Aber ganz schlecht können meine heilerischen Fähigkeiten nun doch nicht sein, nicht wahr?« Ihr Gesicht strahlte und wärmte mich wie die ersten Sonnenstrahlen an einem Frühlingstag.

Obwohl mir Tausende von Fragen durch den Kopf gingen, begnügte ich mich im Augenblick lieber damit, das süße, heiße Gebräu zu trinken und mich in Asas Hütte umzuschauen.

Was mir dabei als erstes auffiel, waren die hellen, sauberen Wände, an denen ein Regal neben dem anderen angebracht war. Wo bei uns Mistgabeln, Eggen, Sensen und anderes

Arbeitsgerät an Haken an der Wand hing, standen bei Asa unzählige Tontöpfe herum. Große, kleine, dicke und dünne Töpfe, dazu tönerne Flaschen und Tiegel in jeder erdenklichen Schattierung von Hellgrau bis Dunkelbraun. Es war der reinste Augenschmaus. Was für eine große Verführung, in all diese Gefäße hineinzuschauen und deren Inhalt zu erkunden! Von der Decke hingen unzählige getrocknete Kräuterbündel herab und verbreiteten einen zarten Duft nach Heu. Und diese Stille! Kein Geschrei, kein Blöken, kein Muhen, kein Gackern – überhaupt schienen in diesem Haus keine Tiere zu wohnen. Konnte es wirklich sein, daß eine einzige Frau ein ganzes Haus für sich allein hatte? Ich mußte an die Enge in unserem eigenen Zuhause denken, wo man dauernd über eines der Kleinen stolperte, wo Hühner uns die Eßbank streitig machten und wo es in der qualvollen Enge kein Ausweichen vor Lene gab. Lene, die unentwegt darauf lauerte, mich oder Jerg abzukanzeln. Jerg ...

Auf einmal hatte ich das Gefühl, als schnürte mir jemand die Luft ab, und ich begann zu röcheln und zu husten.

Asa streichelte mir wie einem Kind über den Kopf und sprach so lange mit ruhigen Worten auf mich ein, bis sich der Husten gelegt hatte. Dann schüttelte sie den Kopf.

»Seltsam – so einen Husten hab' ich noch nicht erlebt! Ich habe das Gefühl, als stecke hinter deiner Krankheit noch etwas anderes! Auch während du geschlafen hast, kamen die Hustenanfälle immer dann, wenn du dich im Traum über irgend etwas aufzuregen schienst. Dann hast du am ganzen Leib gebebt, mit den Füßen gestrampelt und wild mit den Armen um dich geschlagen. Sag, Marga, wem willst du etwas husten? Was bedrückt dich so sehr, daß du darüber nicht mehr gesund werden willst?« Asa wußte natürlich sehr genau, was mich bedrückte, dennoch wollte sie von mir eine Antwort haben.

»Ich ... weiß ... es nicht. Ich kann mich an fast nichts erinnern. Jerg, mein Mann ...«

»Der hat fliehen müssen und hat dich hier zurückgelassen, ich weiß. Aber Marga, ein Grund zum Sterben ist das nicht!« Sie blickte mich an. »Ich als Heilerin kann mich noch so sehr um deine Gesundung bemühen – wenn du selbst nicht gesund werden willst, versagen meine besten Kräutlein! Darum bitt' ich dich, Marga: Such in dir nach einem Grund zum Leben! Ich helfe dir dabei, das verspreche ich dir.«

Mit wahrhaft engelsgleicher Geduld holte Asa mich in den nächsten Wochen immer wieder aus meinen Dämmerzuständen in den Tag zurück, rieb mir bei Hustenanfällen Brust und Rücken mit ihrer bitteren Wermutstinktur und flößte mir Schluck für Schluck das Elixier der Hundsrose ein, welches meinem Husten den Garaus machen sollte. Kümmerte sie sich gerade einmal nicht um mich, schenkte sie anderen Kranken ihr Ohr. Den lieben Tag lang klopfte es an ihrer Tür: Da nuschelte einer etwas von einem Reißen in der Nierengegend und bekam eine Salbe in die Hand gedrückt. Der nächste hatte vor lauter Krätze blutige Arme und Beine und war tödlich beleidigt, als er von Asa kein Wundermittel bekam, dafür jedoch den Rat, wöchentliche Waschungen durchzuführen. »Leben wie die Schweine, fressen wie die Schweine, und wenn sie dann krank werden wie die Schweine, wundern sie sich!« brummte Asa, als der Kranke gegangen war. Ich mußte schmunzeln. Die meisten Besucher waren Frauen. Die eine hatte Zahnweh und jammerte laut und unentwegt, die andere beklagte sich über einen Juckreiz in einer unziemlichen Gegend, und die nächste fragte flüsternd und mit einem hochroten Kopf nach einem Liebestrunk, den sie ihrem Gatten verabreichen könnte. Dabei wurde ich an meinen eigenen Besuch bei Asa erinnert, was sogleich einen neuerlichen Hustenanfall zur Folge hatte. War das wirklich erst vor ein paar Monaten gewesen?

Um mich vor den neugierigen Blicken der Tabener zu schützen und mir Ruhe zu gönnen, hatte Asa einen Leinenvorhang vor mein Bett gespannt. Doch konnte ich die Neugier der Menschen selbst noch durch die Stoffbahnen spüren. Wenn Asa nicht hinschaute, passierte es sogar manchmal, daß der eine oder andere einen Zipfel des Leinentuchs ergriff und einen raschen Blick dahinter warf. Da keiner genau wußte, an welcher Krankheit ich litt, beließen es jedoch auch die Mutigsten bei diesem kurzen Blick. Womöglich hatte ja eine todbringende Krankheit von mir Besitz genommen? Zu Beginn mußte ich mich über soviel unverhohlene Neugier nur wundern. Doch im Laufe der Zeit wurde es mir lästig, und als Asa einen zweiten Vorhang quer durch den Raum spannte, war ich ihr mehr als dankbar. Zu dieser Zeit war ich tagsüber schon etliche Stunden wach und konnte den Brei, den Asa an mein Bett brachte, selbst auftunken. Was für eine Wohltat, nicht mehr wie ein Kleinkind gefüttert werden zu müssen!

Waren abends die letzten Besucher gegangen und standen keine Hausbesuche bei Bettlägrigen mehr an, setzte Asa Wasser auf, um Pfefferminztee zuzubereiten. Danach rückte sie sich einen Schemel an mein Bett, und während wir den heißen Tee schlürften, redeten wir. Am Anfang war es fast nur Asa, die redete, und ich hörte ihr zu. Doch im Laufe der Wochen, als es mir besser ging, begann sich dies zu ändern. Ich fing an, ihr aus meinem Leben zu erzählen, von meiner Kindheit auf der Alb, von meiner Arbeit als Bauersfrau, von Lenes Kindern und vielem mehr. Nur ein einziges Thema blieb unerwähnt. Dennoch war ich selbst erstaunt, wieviel ich zu erzählen hatte, kam mir mein Leben in der Regel doch recht eintönig und farblos vor. Doch Asa interessierte sich für jede Einzelheit. Aufmerksam ließ sie sich unsere Aussaatregeln erklären und wollte sich sogar unseren Reim einprägen: »Säe Korn auf Egii, Hafer und Gerste am Benedictii, säe Flachs und Hanf auf Urbanii und Wicken und Rüben auf Kiliani.«

»So viele Heilige – da muß ich aufgeben! Da bleib' ich doch lieber ein einfaches Kräuterweiblein!«

Mit glühender Bewunderung schaute ich ihr zu, wie sie eine neue Salbe zusammenrührte. Ein einfaches Kräuterweiblein, von wegen! Ich erkannte sehr schnell, daß Asas Humor neben dem bissigen Spott über die Dummheiten der Dorfbewohner noch eine andere, eine fröhliche und unbedarfte Seite hatte. Als ich ihr von unseren Tänzen erzählte, gab es für sie kein Halten mehr. Prustend klatschte sie sich auf die Schenkel und bat mich, die Namen der einzelnen Tänze nochmals zu wiederholen: »Firlei, Ridewanz, Schwingenvurz, Heierlei und Hoppeldei.« Nun liefen auch mir die Tränen über das Gesicht, und vor lauter Lachen konnte ich nicht weiterreden.

Nur wenn das Gespräch auf die Mannsbilder kam, verstand sie keinen Spaß. Dann war sie verstockt und in meinen Augen manches Mal auch ungerecht. »Dieser Karl Saam! Wie er immer so groß und mächtig durch das Dorf stolziert!« meinte sie einmal. »Und sein Weib, die Ursula, muß sich Tag und Nacht den Buckel krumm schaffen. Und schlagen tut er sie auch, der Dreckskerl!« Ihr Gesicht hatte sich voller Abscheu zu einer starren Maske verzogen. Dabei ging es Ursula in meinen Augen noch um ein Vielfaches besser als den anderen Weibern im Dorf, die ebenfalls Tag und Nacht schaffen mußten, geschlagen wurden und dabei nicht so wohlhabend waren wie die Saams mit ihrem Saatgut. Ein anderes Mal beschwerte sie sich über den Schmied, der in ihren Augen nichts anderes im Sinn hatte, als seine drei Töchter so schnell wie möglich unter die Haube zu bringen. Was denn daran so schlimm sei, fragte ich sie. Doch statt eine Antwort zu geben, wandte sie sich von mir ab.

Dennoch: Diese Wochen bei Asa waren eigentlich die fröhlichsten und unbeschwertesten meines Lebens. Natürlich wußte ich, daß ich nicht für immer in diesem Krankenbett liegen konnte. Ich wußte, daß der Tag kommen würde, an dem ich zurückgehen mußte zu Cornelius und Lene. Mir war klar, daß ich den Teil meines Lebens mit Jerg nicht für immer verdrängen konnte. Doch saßen mir sein Vertrauensbruch und seine Unehrlichkeit immer noch wie schmerzende Stacheln im Herzen.

In der Zwischenzeit genossen Asa und ich unsere wachsende Freundschaft. Je vertrauter wir uns wurden, desto offener und ehrlicher waren wir voreinander. Ich betete jeden Abend zu Gott, er möge mir noch einen weiteren Tag bei Asa schenken, denn ich wußte, daß Lene mein Dasein nach meiner Rückkehr noch freudloser gestalten würde als zuvor. Und in der Tat schien Gott meine Gebete zu erhören. Bis kurz vor Weihnachten jedenfalls.

»Klopfa, klopfa Hemerle, ‘s Brot leit im Kemerle, ‘s Messer leit daneba, willsch mr ebbes geaba, Epfel raus, Bira raus, no gehm mr in an anders Haus.«

Als Asa die fünfköpfige Bande verwegen verkleideter Kindergestalten in ihrer Türe stehen sah, mußte sie lachen.

»Sagt, hat sich heute die ganze Dorfjugend darauf geeinigt, den Säcklestag vor meiner Haustür abzuhalten – oder besucht ihr auch noch andere Häuser?« Sie kramte in ihrem Vorratsschrank nach Äpfeln und Birnen und legte noch ein paar getrocknete Pflaumen dazu. Überglücklich über diese reiche und so einfach ergatterte Beute machten sich die Kinder wieder auf den Weg, um im nächsten Haus ihr Sprüchlein aufzusagen.

»Das war jetzt schon die dritte Meute! Ich glaube, für die kleinen Halunken ist heute Erntetag!« Sie lächelte.

»Ich find’ es schön, daß so viele Kinder zu dir kommen! Ich weiß nicht, ob es daran liegt, daß Cornelius’ Haus eines der letzten ist, oder ob die Kinder sich vor Lenes sauertöpfischer Miene fürchten – zu uns kommen sie ganz selten!«

»Wahrscheinlich hätte deine Schwägerin ihnen eh nur einen verfaulten Apfel mit Wurm in den Sack gesteckt!« Und schon wieder fingen wir an zu kichern. Als es erneut an unserer Tür zu klopfen anfing, dachten wir uns nichts dabei. Schließlich war Säcklestag. Doch statt einer Meute von Kindern stand diesmal Cornelius in der Tür.

Asa hatte sich als erste wieder gefaßt. Sie winkte Cornelius, der verlegen seinen Hut zwischen den Händen knetete, ins Haus.

»Gerade haben wir von dir gesprochen, ist das nicht ein Zufall? So komm doch herein. Wir freuen uns immer über einen Krankenbesuch, nicht wahr, Marga?« Sie warf mir einen kurzen, verschwörerischen Blick zu, den ich allerdings nicht sofort zu deuten wußte. Cornelius setzte sich auf einen Schemel, den Asa herbeigezogen hatte.

»Ein Krankenbesuch, jaja ...« Verlegen blickte er von Asa zu mir. »Ich wollt' mich eigentlich erkundigen, wann Marga wieder nach Hause kann.«

Ich begann zu zittern. Jetzt war es soweit. Cornelius war gekommen, um mich zu holen. Asa verschränkte die Arme vor ihrer Brust und schien tief in Gedanken versunken zu sein, bevor sie ihm endlich antwortete.

»Tjaaa«, kam es gedehnt, »das mit Margas Gesundung ist so eine Sache ... Doch bevor ich dir ihre ganze Krankengeschichte erkläre, sag, Cornelius, warum kommst du erst heute vorbei? Als treusorgenden Schwager haben wir dich schon viel eher erwartet!« In einem beiläufigen Ton trug Asa diesen gezielten Angriff vor.

Ich hielt die Luft an. Wie konnte Asa das nur fragen! Hatte sie mich im stillen vielleicht schon längst wieder loswerden wollen? Das konnte ich nicht glauben.

Verlegen blickte Cornelius zu Boden. Mit ihrer Frage hatte Asa einen wunden Punkt getroffen.

»Es ist so, daß ... wie soll ich's sagen? Zuerst die Arbeit auf dem Felde, vor allem seit Jerg weg ist ...« Prüfend blickte er mich erneut an. Hatte er etwas Falsches gesagt?

Doch so leicht wollte Asa ihn nicht aus der Schlinge lassen. Sie bohrte weiter. Fast hatte ich schon Mitleid mit meinem großen, ungelenken Schwager.

»Tja, und dann ist da noch das Weib ...« Um Verständnis heischend blickte er zu mir herüber. »Marga, du kennst doch die Lene. Einen Gruß soll ich dir übrigens sagen.«

Wer's glaubt, wird selig, dachte ich bei mir. Nie und nimmer hätte Lene mir einen Gruß ausrichten lassen, und wenn, dann den, daß ich mich zum Teufel scheren könne. Aber Cornelius meinte es gut, und so hatte ich Erbarmen mit ihm. Doch bevor ich etwas sagen konnte, mischte Asa sich ein.

»Tja, Cornelius, um auf deine Frage zurückzukommen: Das mit Margas Heimkehr – das will genauestens geplant sein! Übers Schlimmste ist sie zwar hinweg, aber ein Rückfall ist jederzeit möglich. Gerade jetzt in der kalten, feuchten Jahreszeit. Eine Tür, aus Versehen offen gelassen, ein Fensterladen, aus Unachtsamkeit nicht richtig geschlossen, und schon fängt sie sich erneut einen Husten ein.«

Bedeutungsvoll zog sie die Augenbrauen hoch. Natürlich war Cornelius nicht so dumm, daß er ihre Anspielung auf Lenes nachlässiges Verhalten zu Beginn meiner Erkrankung nicht erkannt hätte. Aber was hätte er sagen sollen? Asa fuhr indessen fort, den Teufel an die Wand zu malen. Wäre mir ihr verschwörerischer Blick von kurz zuvor nicht eingefallen, ich hätte händeringend um mein Leben gebangt!

»Sie braucht Tag und Nacht jemanden, der sich um sie kümmert. Ihr Rücken und ihre Brust müssen mit Wermut eingerieben werden, aus Kamille und Pfefferminz muß tagtäglich ein Aufguß gekocht werden, auf daß er ihre Atmung erleichtere. Essen und trinken darf sie nur ganz bestimmte Dinge, die der Erstarkung dienlich sind. Aber diese Heilbehandlung wird vermutlich kein Problem für euch sein, nicht wahr?«

Cornelius schaute betroffen drein. Dazu würde sich Lene nie und nimmer bereit erklären, das war ihm klar. Damit brauchte er ihr nicht zu kommen.

»Tja, eigentlich sind wir doch nur einfache Bauersleute, die von der Heilkunst nichts verstehen ... Daß es so schlimm um sie steht, hab' ich weiß Gott nicht gewußt. Aber – sie kann doch auch nicht ewig hierbleiben! Die Leute im Dorf reden schon. Sagen, ich könnt' meine Schwägerin nicht mehr durchfüttern, jetzt, da ihr Mann weg ist.«

»Nun, wenn es sein muß, kann sie schon noch ein Weilchen hierbleiben. Wenn es gar nicht anders geht, tät' ich mich dazu bereit erklären, die Pflege bis, sagen wir einmal, März weiterhin zu übernehmen. Schließlich bin ich die Heilerin im Ort!«

Ich mußte schwer an mich halten, um nicht Beifall zu klatschen. Asa war eine kluge Verhandlungspartnerin. Nicht zu übereifrig, aber auch nicht ablehnend trug sie ihren Vorschlag vor. Cornelius schien jedoch noch nicht völlig überzeugt zu sein.

»Das ist ja alles schön und gut, aber wie sollen wir dies bezahlen? Die ganzen Mittel, der Tee und die Salben, wie sollen wir dir das je wieder gutmachen?« Nun setzte Asa scheinbar zu ihrem letzten Streich an. »Nun ...« kam es so zögerlich, als würde sie sich kaum trauen, weiterzusprechen. »... wenn du hin und wieder etwas zum Essen vorbeibringen würdest, täte das schon helfen ...«

Erschrocken blickte ich auf. War ich also doch eine Last für sie? So sehr war ich mit mir und meinem Leid beschäftigt gewesen, daß ich kein einziges Mal danach gefragt hatte, ob Asa denn genügend Lebensmittel für zwei hatte! Doch als ich hörte, wie Cornelius erleichtert anbot, während meines weiteren Krankenaufenthaltes wöchentlich einen Korb mit Lebensmitteln vorbeizubringen, verstand ich Asas Taktik: Sie hatte meinem Schwager einen Weg gezeigt, wie er etwas tun konnte, um sein schlechtes Gewissen zu beruhigen. Und genau das wollte er, die gute Seele. Wie gerne hätte ich auch selbst etwas dazu beitragen wollen, um nicht immer nur von anderen abhängig zu sein. Nur wie?

Kurze Zeit später verabschiedete sich Cornelius mit dem Gefühl, das beste für mich entschieden und wie ein guter Schwager gehandelt zu haben. Wie recht er hatte! Kaum hatte er die Tür hinter sich geschlossen, fiel ich Asa dankbar um den Hals.

»Ich kann's nicht glauben! Noch drei Monate, in denen ich ›Lene Griesgram‹ nicht begegnen muß! Ich glaube, ich bin im Himmel gelandet und du bist ein Engel, Asa.« Ich war überglücklich. Auf einmal sah alles gar nicht mehr so schlimm aus. »Und wer weiß? Wenn ich im Frühjahr zurückkehre, ist Jerg vielleicht schon wieder da.«

»Wer weiß es, in der Tat ...«

Listig blickte sie mich an, und urplötzlich hatte ich das Gefühl, daß nun etwas Unangenehmes auf mich zukam. Und ich hatte recht.

»Sag Marga, glaubst du nicht, es wäre mal an der Zeit, über deinen liebsten Jerg zu sprechen? Würde es nicht guttun, dir endlich einmal alles von der Seele zu reden? Vielleicht habe ich auch das eine oder andere dazu zu sagen?«

Und ich wußte, daß nun der Zeitpunkt gekommen war, den Flickenteppich erneut hervorzukramen und endlich das große Stück in der Mitte wieder einzusetzen.

2.

»Guten Abend miteinander! Ich bin gekommen, um ein gesegnetes Weihnachtsfest zu wünschen.«

»Euer Wunsch muß heftig gewesen sein, lieber Pfarrer, denn ein normaler Mensch würde in dieser Nacht kaum freiwillig sein Haus verlassen.«

»Hast du mich wieder ertappt, du altes Kräuterweib! Nun ja, vielleicht käme mir ein Becher von deinem Gewürzwein nicht unbedingt ungelegen ...«

Während Asa und Pfarrer Weiland freundschaftlich die Worte kreuzten wie Speerspitzen, hatte ich für unseren Besucher nur ein müdes Kopfnicken übrig. Seit meinem Gespräch mit Asa über Jerg am Tag zuvor hatte ich das Gefühl, als lebte ich in einer dünnen Eierschale, die jeden Augenblick zerbrechen konnte. Zu viele Dinge waren zur Sprache gekommen, die ich einfach nicht glauben mochte. Wäre es nicht Asa gewesen, die mir von Jergs Liebelei mit Sureya erzählt hatte, sondern ein anderer, hätte ich es wohl nicht geglaubt. Noch ein Vertrauensbruch? Jerg ein regelmäßiger Besucher der Hure? War ich ihm denn wirklich nicht Weib genug? Wie blind, taub und dumm war ich gewesen!

Asa und der Pfarrer hatten sich derweil am Tisch niedergelassen. Über dem Feuer brodelte ein Topf mit rotem Wein und allerlei Gewürzen darin und verbreitete einen warmen, süßen Geruch. In den ersten Wochen war ich überrascht gewesen, wie gut sich Asa und der Kirchenmann, der mindestens einmal die Woche vorbeischaute, zu verstehen schienen. Was konnten sich zwei so verschiedene Menschen nur zu sagen haben? Doch sehr schnell erkannte ich, daß Asa und der Pfarrer sich prächtig ergänzten: War sie für das körperliche Heil zuständig, so war es Pfarrer Weilands Aufgabe, für das Seelenheil der Tabener zu sorgen. War es Asas bissiger Spott, der das Kind beim Namen nannte, so waren es bei Weiland Menschenkenntnis und eine gute Beobachtungsgabe. Beide hatten eine Art an sich, über den Dingen zu stehen, wie ich das vorher noch nicht erlebt hatte. Sie sahen die tagtäglichen Vorkommnisse aus einem anderen Blickwinkel und maßen ihnen meistens viel weniger Wichtigkeit bei als die Dorfbewohner. Ein unerwidert gebliebener Gruß, eine falsche Anschuldigung oder eine spöttische Bemerkung konnten schon dazu führen, daß Nachbarn wochenlang kein Wort mehr miteinander redeten oder ihren Streit sogar mit den Fäusten austrugen. Über so etwas konnten Weiland und Asa nur lachen. Und da war noch etwas: Weiland redete mit Asa wie mit einem Mann. Wenn Jerg nur einmal so mit mir gesprochen hätte, wäre uns sicherlich viel erspart geblieben! Doch Jerg war der Ansicht, eine Frau könne nun einmal höchstens halb so gut denken wie ein Mann. Und ich war nicht diejenige, die ihn vom Gegenteil hätte überzeugen können. Was Asa und Weiland anging – ich habe lange darüber nachgedacht, was diese beiden Menschen so besonders machte, und kann dennoch keine bessere Bezeichnung dafür finden als Seelenverwandtschaft.

»Asa, ich flehe dich an: Du mußt zum Müllers Karl und es noch einmal versuchen!« Weilands lautgewordene Stimme riß mich aus meinen Tagträumen.

»Was verlangt Ihr da von mir, Weiland? Der Karl wird sterben, das ist so sicher wie das Amen in Eurer Kirche! Dafür haben des Herzogs Soldaten gesorgt. Gehe ich nochmals hin und gebe ihm etwas und er stirbt, bin in den Augen der Menschen ich es, die ihm den Tod gebracht hat! Wollt Ihr das?«

Erstarrt blickte ich von einem zum andern. Wovon sprachen die beiden da? Erst jetzt schien ihnen bewußt zu werden, daß sie eine Zuhörerin hatten. Fragend blickte Weiland Asa an.

Diese winkte unwirsch ab. »Ist schon gut, Weiland. Marga ist wieder gesund genug, um die Wahrheit zu vertragen. Lange genug haben wir sie geschützt wie ein Kindlein in der Krippe! Sitzt den ganzen Tag hier herum und heult ihrem Jerg nach! Ich frage mich nur – wieso? Er ist doch entkommen! Seine Brüder vom *Armen Konrad* – die sind es, die ihr Blut für ihre heilige Sache ließen.« Asa spuckte die letzten Sätze regelrecht heraus.

Erschrocken wich ich zurück. Was war denn in meine Freundin gefahren?

»Marga kann nichts für die vielen Kranken und Toten, die unser lieber Herzog zurückgelassen hat. Und die sind doch der Grund für deinen Wutanfall, oder?« Besänftigend legte Weiland seine Hand auf Asas Arm, worauf diese zusammensank. Als ich zu ihr hinüber blickte, sah ich Tränen über ihr Gesicht laufen.

»Wieviel Unheil muß jemand ertragen können? Auch eine Heilerin ist nur ein Mensch! Tag für Tag gehe ich in die Häuser und sehe faulige, blutige Klumpen Fleisch daliegen. Denen kein Mensch mehr helfen kann!« Asas Verzweiflung zerriß mir fast das Herz. Ich stand auf und setzte mich neben sie. Nachdem ich meinen Arm um ihre Schulter gelegt hatte, ohne daß sie auffuhr, ergriff ich das erste Mal das Wort. Ich wollte endlich wissen, worum es eigentlich ging.

Auf einen Wink von Asa hin atmete Weiland tief durch. »Vieles ist geschehen, von dem du nichts weißt, Marga. Danke Gott für deine bisherige Unwissenheit, denn was wir dir zu erzählen haben, wird weder dein Ohr noch dein Herz erfreuen ...«

Und so erfuhr ich als allerletzte von den Greueltaten der herzöglichen Soldaten. Von den zerquetschten Händen des Schmiedes, deren einzelne Gliedmaßen so lange durch die Zangen gequält worden waren, bis eine musige Masse daraus wurde. Vom offenen Rücken des Weber Franz, auf dem die Soldaten glühende Kienspäne abgebrannt hatten. Und von Karl, dem Müller, den die herzöglichen Schlächter so lange auf die Leiter aufgezogen hatten, bis sein Rückgrat einen grausamen Knacks machte und zerbrach. Elendig hilflos an seine Schlafstatt gefesselt lag er nun da – der Müller, von dem alle Menschen glaubten, er sei schon mit einem Sack Mehl auf dem Rücken geboren worden.

Sie erzählten mir von den vielen Opfern, die in Kirchheim und Umgebung den Tod durch die Soldaten gefunden hatten. Die gevierteilt, gerädert oder, waren die Soldaten gerade milde gestimmt, gehängt worden waren im Namen der Gerechtigkeit. Der *Arme Konrad*, Herzog Ulrichs persönlicher Feind, war Stück für Stück zu Tode gequält worden, während ich nichtsahnend und in Selbstmitleid zerfließend im Bett gelegen hatte. Das konnte doch alles nicht wahr sein, um Gottes willen! Wild schüttelte ich den Kopf wie eine Wahnsinnige, deren Verstand von bösen Geistern aufgefressen worden war.

Als könne sie Gedanken lesen, antwortete Asa: »Doch, Marga, Gott hat das zugelassen. Aber verlange nicht von

Weiland, daß er dir das erklärt! Und das sind nur die Dinge, die bei uns geschehen sind. Es wird jedoch erzählt, daß der Herzog seine Blutrache im ganzen Land genossen hat.«

»Aber wieso? Die Menschen haben ihm doch nichts getan. Sie sind für das alte Recht eingetreten, ohne dabei auch nur einer Fliege etwas zuleide zu tun.«

»Braucht ein Wahnsinniger einen Grund?« spie Asa aus.

»Ich will dir beileibe nicht bei deiner Behauptung widersprechen, Herzog Ulrich sei ein Wahnsinniger«, entgegnete Weiland. »Aber einen Grund gibt es doch: Gerade für einen so schwachen Menschen wie ihn bedeutet der Widerstand tapferer, mutiger Männer einen Schlag ins Gesicht. Durch diese Zurschaustellung von Mut hat er es am Ende selbst mit der Angst zu tun bekommen und ist aus seinem geliebten Stuttgart nach Tübingen geflohen. Man erzählt sich, dort habe er sich tagelang eingeschlossen und verbarrikadiert. Erst die angeheuerten Soldaten hatten ihm wieder Mut und Stärke verschafft.«

»Und wo hat er die Soldaten herbekommen, lieber Weiland? Von keinen Geringeren als den Bischöfen von Würzburg und Konstanz, wie Ihr mir selbst erzähltet!«

Weiland nickte. »Zu meiner Schande muß ich gestehen, daß hohe Kirchenvertreter den *Tübinger Vertrag* nicht nur für gut befanden, sondern diesen mit aller Kraft unterstützen. Viel bekomme ich als kleiner Dorfpfarrer ja nicht mit, dafür bin ich für den Klerus ein zu unwichtiges Glied in dessen großer, güldener Kette. Aber solche Dinge sprechen sich nun einmal herum.« Weilands Gesicht zeugte von einer tiefen Hoffnungslosigkeit, als er weitersprach. »Aber wer bin ich, daß ich etwas ändern könnte? Und überhaupt, ganz vorne hätte ich marschieren sollen, an der Spitze des *Armen Konrad*, dann wäre mir jetzt wohler. Statt dessen habe ich von den Vorgängen nicht einmal etwas geahnt, bis es zu spät war! Soviel Vertrauen haben meine Schäflein zu mir!«

Eine Weile schwiegen wir.

»Pfarrer Weiland, Asa!« Ich schaute von einem zum andern. »Wir wußten nichts vom *Armen Konrad*, bis es zu spät war. Nun sind viele Mitglieder verletzt oder gar tot. Andere konnten fliehen. Soll das alles umsonst gewesen sein?« »Was sollen wir denn deiner Meinung nach tun? Zwei Frauen und ein Pfarrer! Wie willst du uns denn nennen: Sind wir der ›Arme Tropf‹ oder der ›Arme Pfaff'‹ oder was? Laß mich deine Stirn fühlen, Marga. Hat das Fieber etwa schon wieder von dir Besitz ergriffen?« Asa verzog spöttisch ihre Mundwinkel.

Unsicher, wie ich war, wollte ich mich trotzdem nicht so leicht geschlagen geben. »Wir brauchen keinen Namen, und ich meine auch nicht, wir sollten es tun wie der *Arme Konrad!* So gut seine Absichten auch sein mochten, viel genützt haben sie wohl nichts, oder? Wir müßten versuchen, auf unsere Art gegen die ganzen Ungerechtigkeiten zu kämpfen.«

Schweigen. Ratlose Gesichter.

»Und wie, bitte schön, sollte das aussehen?« Asa hörte sich an, als spräche sie mit einem Kind, das man nicht allzu ernst nehmen muß.

»Indem wir uns einfach nicht mehr alles gefallen lassen! Wer sagt denn, daß wir Bauern gleich die ganze Welt verändern müssen? Beginnen wir doch einfach bei uns im Dorf!«

»Und lassen uns dann vom Jost in den Turm sperren wie dein Jerg, oder wie?«

»Wir müssen ja nicht gleich zum Sturm auf die Burg blasen! Ich rede nicht von großen Taten, sondern davon, daß wir uns tief drinnen, in unserem Inneren, zur Wehr setzen sollten! Er muß einfach spüren, daß wir keine Angst vor ihm haben! Vielleicht können wir Jost und seinesgleichen so zeigen, daß wir uns nicht geschlagen geben?«

Langsam strich sich Pfarrer Weiland über den Bart. »Marga hat vielleicht gar nicht so unrecht! Wenn man den Menschen nicht zuviel auf einmal abverlangt, dürften sie wohl bereit sein, einen Versuch zu wagen. In ganz Taben gibt es doch kaum eine Familie, die von Unheil, Krankheit und Tod verschont geblieben ist! Sollen die Menschen dies einfach so hinnehmen?«

Asa war immer noch nicht überzeugt.

Tief in Gedanken versunken saßen wir da. Dann blickte Weiland auf. »Da fällt mir übrigens etwas ein – ich habe von einem Mann erfahren, der ...« Er erzählte uns von einem Blitz, der in das heilige Haus Gottes eingeschlagen hatte und dabei zu sein schien, gewaltige Löcher in dessen Decke zu reißen. Dieser Blitz hatte einen Namen: Martin Luther, in Wittenberg zu Hause, welches laut Weiland viele Tagesritte von uns entfernt lag. Dieser Luther war ein Augustinermönch von kräftiger Statur und mit dem Maul eines Marktschreiers, das er sich gehörig zu zerreißen schien. Aufmerksam hörten wir zu, wie Weiland Stücke aus einem Brief vorlas, den er vor einiger Zeit von einem alten Studienfreund bekommen hatte und den er wie einen wertvollen Schatz stets mit sich trug. Weilands Freund hatte das Glück gehabt, bei einer Rede dieses Luther anwesend zu sein, worüber er in dem Brief ausführlich Bericht erstattete. Von vielem war da die Rede, was für mich zuerst keinen Sinn ergab. Froh, endlich jemanden gefunden zu haben, mit dem er diese geheimen und gefährlichen Neuigkeiten teilen konnte, machte Weiland sich daran, uns die Ansichten dieses Mönches zu erklären.

Asa schüttelte ungläubig den Kopf. »Ein Mönch, der solche Reden schwingt – und der nicht dafür bestraft wird? Das kann ich nicht glauben. Gegen diesen Luther war der *Arme Konrad* ein richtiges Waisenknäblein, und seht euch nur an, was mit seinen Anhängern geschehen ist! Ich sag' euch hier und jetzt: Dieser Luther redet sich mit solchem Geschwätz um Kopf und Kragen!«

»Darüber habe ich mir auch den Kopf zerbrochen. Im Kloster Weil würden solche Reden weiß Gott nicht geduldet werden! Mit solch einem Aufrührer würde Abt Richard kurzen Prozeß machen. Aber ich glaube, dieser Luther genießt eine gewisse Narrenfreiheit, weil er dem Schutz des großen und mächtigen Kurfürsten von Sachsen untersteht. Dies ist zumindest die Erklärung, die mein Freund für dieses Kuriosum hat ...«

Asa nickte. Scheinbar hatte sie alles verstanden.

Ich kam mir unendlich dumm vor, als ich zu einer weiteren Frage anhob: »Eines ist mir immer noch nicht klar ... Was will denn dieser Luther nun eigentlich? Will er die Kirche aus den Fängen des Papstes in Rom befreien? Oder will er dem einfachen Volk mehr Freiheiten verschaffen? Will er gar mit *allen* Unterdrückern Abrechnung halten, seien es nun Kirchenvertreter oder Adlige? Oder ist er am Ende nur ein Verrückter, der große Reden schwingt?«

Nachdem ich einen sanften Tadel für eine so dumme Frage erwartet hatte, war ich um so erstaunter, in Weilands ratlose Miene zu blicken. Er lachte kurz auf.

»Um ganz ehrlich zu sein: Was Luther nun wirklich im Sinne führt – dahinter bin ich bis heute auch noch nicht gekommen. Daß er für sein Tun noch nicht gehängt worden ist, finde ich allerdings äußerst ermunternd!«

In diesem Winter saßen wir sehr oft zu dritt an Asas großem Eichentisch und übten uns, wenn auch nur mit Worten, im Widerstand. Wie konnten wir der Obrigkeit und ihren Helfern nur zeigen, daß wir uns längst nicht geschlagen gaben? So sehr ich auch grübeln mochte, hoffte ich doch vergebens auf eine Eingebung weiblicher List und Tücke. Immer wieder kamen wir auf die Schreckenstaten zu sprechen, die Herzog Ulrichs Soldaten im Namen der Gerechtigkeit angerichtet hatten. Damit nicht genug, zog nun auch noch der Hunger in die Häuser der Menschen ein und tat es den Soldaten nach: In diesen Monaten starben allein in Taben fünfzehn Menschen. Wer hätte im vergangenen Herbst die Ernte einbringen sollen, wo doch die Soldaten die Männer wie Vieh auf den Dorfplatz getrieben und tagelang befragt hatten? Als die Soldaten weg waren und das Getreide goldgelb auf den Feldern stand, hieß es, Kranke zu versorgen und Tote zu begraben. Am Ende waren die Kornkammern um die Hälfte weniger gefüllt als in guten Jahren davor. Bei diesem erbärmlichen Anblick wußte jeder, was dem Dorf in diesem Winter drohen würde. Und doch konnte keiner die erneute Hungersnot aufhalten, geschweige denn etwas dagegen tun. Cornelius und seine Familie waren allerdings bisher vom Schlimmsten verschont geblieben, und ich betete jeden Tag, daß es dabei bleiben sollte.

Diese Zustände konnten nicht von Gott gewollt sein, dieser Gedanke schlich sich immer öfter in unsere Köpfe ein. Mochte auch keiner laut aussprechen, was so ungeheuerlich anmutete, gedacht haben wir in diesem grausamen Winter alle das gleiche.

Nachdem es mir wieder besser ging, wurde Asas Sitzbank zu meinem Lieblingsplatz. Hier konnte ich ganze Tage mit einer Handarbeit auf dem Schoß verbringen und das Geschehen auf der Straße beobachten. Nicht, daß es viel zu sehen gab. Das ganze Dorf schien wie ausgestorben zu sein, wer nicht unbedingt vor die Tür mußte, blieb drinnen und schonte seine Kräfte. Immer wieder fiel mein Blick auf Sureyas Hütte, die langsam, aber sicher zerfiel.

»Sag, Asa, findest du es nicht sonderbar, daß Sureya zur gleichen Zeit, als der Jost den Jerg in den Turm geworfen hat, auf die Burg gezogen ist?«

»Auf was willst du hinaus?«

»Kannst du dich daran erinnern, ob der Jerg in einer der Nächte davor bei der Hure war?«

»Ach so, da liegt der Hund begraben! Nun, um ganz ehrlich zu sein, ist mir dieser Gedanke auch schon gekommen.«

»Ja, und? Jetzt red halt schon! War Jerg davor bei Sureya oder nicht?«

Asa kniff wütend den Mund zusammen. »Und ob er das war! Und einen Abend später kreuzt der Jost bei Sureya auf und nimmt sie mit auf die Burg! Gerade so, als wolle er sie für ihre treuen Dienste belohnen!«

Für einen kurzen Augenblick schwiegen wir beide. Sureyas Verrat war so unglaublich, daß es einer Zeitlang bedurfte, um ihn als Wahrheit hinzunehmen.

»Ich könnte das Weib umbringen! Ihr den Hals zudrehen, ihre verfilzten Haare herausreißen, bis sie vor Schmerzen schreit! Aber das würde den Jerg auch nicht wieder zurückbringen. Nicht genug, daß er es mit der Hure treiben mußte – nein, genausowenig konnte er sein Maul halten!« Rastlos lief ich im Zimmer auf und ab.

»Ich kann deine Wut sehr gut verstehen, Marga. Aber meiner Meinung nach hat Sureya ihre Strafe schon bekommen.« Erstaunt blickte ich auf und sah Asa hämisch grinsen.

»Jede Nacht auf seidenen Laken zu verbringen, zum Morgenmahl ein fettes Huhn zu verspeisen – darin kann ich beileibe keine Strafe erkennen! Tut mir leid!«

Darauf grinste Asa noch vergnügter. »Du weißt ja auch nicht, was ich weiß, meine Liebe! Aber da ich deine Freundin bin, will ich gnädig sein und es dir verraten ...«

In diesem Augenblick hätte ich neben Sureya auch Asa umbringen können! Dies war mir scheinbar anzusehen, denn Asa beeilte sich, des Rätsels Lösung zu verkünden. Sie gluckste: »Seidene Laken mögen ja ganz nett sein – aber wenn du nur einmal Josts Hintern sehen würdest, wären dir die schönsten Laken der Welt egal! Mit Warzen übersät ist der! Eine Schwiele nach der andern! Und aus seinem Loch hängen fingerdicke Geschwüre heraus, igitt! Ich hab' schon viel gesehen, das kannst du mir glauben, aber das? Pfui Teufel!«

Während ich diese interessante Nachricht verdaute, kicherte Asa erneut los.

»Dafür ist sein Schniedel nicht größer wie der Finger eines Kleinkindes! Hihihihi, ganz betrübt ist er deswegen. War schon bei mir und hat nach einem Wundermittel gefragt, welches sein bestes Stück wachsen läßt. ›Nun‹, habe ich zu ihm gesagt, ›dafür gibt es schon ein Mittel, aber der Mann muß selbst etwas dafür tun, daß es auch wirklich wirkt‹.«

Ich starrte Asa ungläubig an. Was man als Heilerin alles zu sehen bekam! »Und? Was für ein Mittel hast du ihm gegeben?«

»Eins? Zwei Mittel hab' ich ihm gegeben!« Listig blickte sie mich an. »Du kennst doch diese bittere Wurzel, die ganz links im Schrank neben den Gerstensäckchen hängt?«

Zustimmend verzog ich das Gesicht zu einer angewiderten Grimasse.

»Nun, davon hab' ich ihm ein Pulver zubereitet und ihm geraten, dieses jedesmal einzunehmen, wenn er mit einem Weibe liegen will.«

»Ja, nützt dieses Mittel denn etwas, oder schmeckt es nur eklig und bitter?«

»Nun, sagen wir einmal, es kann nicht schaden ... In der Tat hilft es sogar dem Blute, besser zu fließen. Aber es hinterläßt einen so bitteren Geschmack auf der Zunge, daß man schon in großer Not sein muß, um diesen in Kauf zu nehmen, hihihi!«

»Asa, du bist wirklich ein Luder! Und das zweite Mittel?«

»Das war eine Salbe aus Bärenfett und Kirschkernen! Damit solle er kräftig sein bestes Teil einmassieren, habe ich gesagt, und noch wirkungsvoller sei die Behandlung, wenn man sie bei zunehmendem Mond vornähme. Dann würde bald auch sein Schniedel zunehmen ... hihihi.«

Ich schüttelte mich vor Lachen.

»Siehst du, ich habe schon längst damit angefangen, etwas gegen widrige Umstände zu unternehmen! Oder gilt Jost in deinen Augen etwa nicht als widriger Umstand?«

»Und ob, Asa, und ob ... Arme Sureya – das geschieht dem Biest recht!«

An diesem Abend gab es kein Halten mehr. Die Vorstellung, wie Jost im Mondenschein seinen kleinen Freund einbalsamiert, brachte uns immer wieder aufs neue zum Lachen.

Ehe wir uns versahen, stand der Frühling vor der Tür. Hatte ich mir in den Jahren davor nichts sehnlicher gewünscht, als daß der kalte Gesell Winter endlich sein Bündel nehmen und gehen möge, so beobachtete ich dieses Mal sein Abschiednehmen mit Bedauern. Denn war der Winter erst einmal vorbei, hieß es auch für mich, Abschied zu nehmen: von Asa, von ihrer kleinen, sauberen Hütte, in der immer der Duft von Wiesenkräutern hing, von unseren Zwiegesprächen, die uns beiden so sehr ans Herz gewachsen waren. Es war vereinbart worden, daß ich nach dem Märzenmarkt wieder zu Cornelius zurückziehen sollte. Bis dahin verblieben mir gerade noch zwei Wochen. Die Dorfbewohner zerrissen sich schon seit Monaten das Maul über den Umstand, daß ich nicht im Hause meines Schwagers, sondern bei der Kräuterfrau wohnte. Meine schwere Krankheit ließen sie als Grund dafür nicht mehr gelten, dazu erschien ich den Besuchern in Asas Haus viel zu gesund und munter. Warum also, so fragten sich die Menschen, blieb ich bei Asa, wenn doch mein rechtmäßiger Platz in Cornelius' Haus war? Ich konnte das Tuscheln und Zischen hinter meinem Rücken förmlich spüren. Aber nicht ein einziges Mal wurde ich direkt auf den Grund meines Verweilens in Asas Haus angesprochen! Überhaupt enttäuschte es mich, daß mich keine der Frauen auch nur ein einziges Mal während meiner langen Krankheit besucht hatte. Sicherlich hatte ich es im Dorf noch nie sonderlich leicht gehabt – kam ich doch von der Alb und war somit eine Fremde, der man nicht so einfach trauen konnte –, aber diese Wand der Ablehnung, wie ich sie nun erlebte, war neu für mich. Kaum trat ich zu einer Gruppe von Frauen am Dorfbrunnen hinzu, verstummten deren Gespräche! Ich schob diese Ablehnung auf den unschicklichen Umstand, daß ich es wagte, ohne männlichen Schutz bei Asa zu hausen, statt, wie es sich gehört hätte, bei meinem Schwager. Daß mehr dahinter stecken könnte, vermutete ich nicht einen Augenblick lang! Während ich in Asas warmer Stube saß, wurde nämlich hinter meinem Rücken eine wüste Hatz veranstaltet – und deren Opfer war ich!

Daß es gerade Marianne war, die endlich mit der Sprache herausrückte, versetzte mir einen weiteren Stich. War es doch noch kein Jahr her, daß sich Jerg unter Lebensgefahr für Heinrich, ihren Gatten, eingesetzt hatte.

»Na, Marga, an welchem Leichentuch wäschst du denn heute?«

Zu Tode erschrocken ließ ich meine Wäsche ins eiskalte Wasser der Lauter fallen. Ich war so in meine Arbeit versunken gewesen, daß ich nicht gemerkt hatte, wie jemand auf mich zukam. Als ich aufschaute, blickte ich in das haßverzerrte Gesicht von Marianne. »Marianne ... wie meinst du ...«

»Wie ich das meine, willst du wissen? Das kann ich dir sagen, du elendiges Miststück! Es wird eh Zeit, daß dir endlich einmal jemand die Meinung sagt! Hintenrum können sie alle tuscheln, aber ich, ich traue mich, dir ins Gesicht zu spucken! Ich bin es schließlich, die durch deinen Verrat ihren Mann verloren hat!«

Ich glaubte, von einem bösen Traum befallen zu sein, und hoffte, er möge sich in der nächsten Minute in Luft auflösen. Doch Heinrichs Witwe sah mich so haßerfüllt an, als wünsche sie mir die Pest und den Tod an den Hals!

»Marianne, um Himmels willen! Was redest du für einen Unsinn?«

»Du wagst es, auch noch frech zu werden?«

Schon spürte ich einen dumpfen Schlag ins Gesicht. Und noch einen. Schützend hob ich die Hände vors Gesicht, doch Marianne war wie von bösen Geistern besessen. Immer und immer wieder ging sie auf mich los. Dabei warf sie mir unentwegt böse Beschimpfungen an den Kopf. Endlich bekam ich Mariannes Zopf zu fassen und riß ihn mit aller Gewalt nach unten. »Marianne, halt ein!« Bevor sie ein weiteres Mal auf mich losgehen konnte, hatte ich ihre rechte Hand gepackt und diese grob verdreht, bis ich sie in einem eisernen Griff umklammert bekam. »Ich möcht' jetzt auf der Stell' wissen, was dein Gerede zu bedeuten hat! Von deinem Verhalten einmal ganz abgesehen!«

»Tu bloß nicht so scheinheilig! Daß du unsere Männer verraten hast, wissen wir doch schon längst! Da kannst du dich noch so lange unter den Röcken der Heilerin verstecken!«

Ich glaubte, meinen Ohren nicht zu trauen! Marianne beschuldigte mich, die Männer im Dorf verraten zu haben, während mein Mann sicher auf der Flucht war!

»Wie kommst du auf einen solchen Gedanken? Niemals, um nichts in der Welt würde ich so etwas tun! Lieber würde ich selbst sterben, als jemanden zu verraten!«

»Das kannst du zehnmal sagen! Ich glaub' dir doch nicht! Wie es wirklich war, wissen wir von deiner Schwägerin, und die muß schließlich die Wahrheit kennen!«

Lene!

»Sicherlich ist es auch völliger Unsinn, daß Lene stundenlang auf dich eingeredet hat, uns doch noch zu warnen, ja? Und es ist außerdem Unsinn, daß Lene dich nach deiner Schandtat aus dem Haus geworfen hat, ja? Weil sie es nicht verkraften konnte, mit einer Verräterin und Mörderin unter einem Dach zu leben!«

Mit einem Ruck riß Marianne sich los. »Du kannst uns erzählen, was du willst, Marga. Wir wissen es besser. Unsere Männer sind tot oder verkrüppelt – und es ist deine Schuld!«

Als Asa mich heimkommen sah, ließ sie vor Schreck ein ganzes Bündel ihrer wertvollen Johanniskräuter fallen. Wo Marianne mich mit ihren Fingernägeln verletzt hatte, lief mir das Blut die Wangen hinab. Ich war jedoch schon wieder so gefaßt, daß ich Asa ruhig berichten konnte, was vorgefallen war. Während sie meine Kratzer versorgte, hörte sie mir schweigend zu.

»Und was willst du nun tun?«

Ich lachte kurz auf. »Da fragst du noch? Auf der Stelle hingehen werd' ich! Und Lene zur Rede stellen! Das lass' ich mir nicht gefallen, daß sie solche Lügengeschichten über mich verbreitet! Mochte ich auch früher jede ihrer Bosheiten hinunterschlucken – weder Jerg noch Cornelius davon erzählen –, damit ist es nun vorbei!«

Sinnend blickte Asa mich an. »Du weißt, daß du nach diesem Gespräch nicht mehr in Cornelius' Haus zurückkehren kannst, oder?«

So weit hatte ich in meiner Wut noch nicht gedacht! Sollte dies bedeuten, daß ich ein weiteres Mal Lenes Gehässigkeiten schlucken mußte?

Doch dann fügte Asa hinzu: »Daß du bei mir wohnen bleiben kannst, brauch' ich dir wohl nicht laut zu sagen.«

Ich blickte Asa an. »Du meinst doch aber auch, daß ich mich wehren soll, nicht wahr?«

»Unbedingt! Taben muß wissen, daß du keine Verräterin bist!«

Kurze Zeit später war ich zum ersten Mal in meinem Leben Zeugin, wie Cornelius die Hand anlegte. Nachdem er die Kinder ins Nachbarhaus geschickt hatte, verabreichte er, der sonst keiner Fliege etwas tun konnte, Lene eine so gehörige Tracht Prügel, daß die blauen Flecken noch Wochen danach zu sehen waren! Nachdem ich gesagt hatte, weshalb ich gekommen war, wollte ich nun nicht länger bleiben und versuchte, mich unbemerkt unter Lenes Schmerzensgeschrei aus der Tür zu schleichen. Doch Cornelius hatte meine Absicht bemerkt und hielt mit ausgestrecktem Arm inne.

»Halt, Marga! Dieses Schauspiel ist auch für deine Augen gedacht. Vielleicht macht dir das Zusehen genausowenig Spaß wie mir das Schlagen – doch sind wir dies der Ehre der Brauns schuldig!« Und schon wieder zog er Lene eins übers Fell. Ehrlich gesagt – so schlimm fand ich es nun auch wieder nicht, zuzusehen, wie Lene ihre gerechte Strafe bekam!

Was mußte nur in einem Menschen vorgehen, der zu solcher Bosheit fähig war! Immer wieder überlegte ich, ob ich Lene jemals Anlaß zu soviel Haß und Wut gegeben hatte.

Doch ich kam zu keinem Ergebnis. Als ich nach meiner Heirat mit Jerg bei den Brauns eingezogen war, hatte ich mich voll und ganz Lenes Anweisungen gefügt, tat, was sie mir befahl und versuchte auch sonst, den kleinen Haushalt nicht durch meine Anwesenheit zu stören. Schließlich mußten Jerg und ich dankbar sein, überhaupt im Hause von Cornelius leben und arbeiten zu dürfen. Wie viele jüngere Brüder wurden einfach auf die Straße gesetzt, weil der Hof nicht genug für zwei Familien abwarf? Wo hätten Jerg und ich jemals hingehen können? Meine Eltern waren froh, mich los zu sein und hätten große Augen gemacht, wenn ich eines schönen Tages mit meinem Mann vor deren Tür gestanden hätte. Mit diesem Wissen hatte ich Grund genug gehabt, mir Lene nicht zur Feindin zu machen. Und dennoch war genau dies geschehen! Doch daß ihr Haß jemals so weit gehen würde, mich als Verräterin hinzustellen, hätte ich in meinen schlimmsten Träumen nicht geglaubt. Aber daß ich mich hier und jetzt zum ersten Mal zur Wehr setzten würde – damit hatte Lene nicht gerechnet!

»So, und jetzt gehen wir!«

So tief war ich in meinen Erinnerungen versunken, daß ich erschrocken auffuhr. Neben mir stand Cornelius in seiner dicken Lammfelljacke.

»Auf, auf, zieh dir deine Jacke an, Marga! Oder willst du draußen erfrieren? Deine Gesundheit ist sicherlich noch recht schwach!« Cornelius' Stimme nach hätte es sich um einen abendlichen kurzen Spaziergang handeln können, so selbstverständlich und ruhig hörte er sich an. Doch in seinen Augen konnte ich von einem Schmerz lesen, wie ihn ein todbringendes Schwert nicht schlimmer hätte verpassen können. Cornelius' kleine, heile Welt war heute zerstört worden, und ob ich es nun wollte oder nicht – ich war der Grund dafür! Durch mich war sein Weib zu einer Lügnerin geworden, die Schande über das ganze Haus gebracht hatte.

Lene kauerte wimmernd am Tisch. Grob trat er mit dem

Fuß nach ihr. »Steh auf, Weib, sonst setzt es gleich noch einmal eine Tracht Prügel.«

Inzwischen machte ich mir Sorgen um Cornelius' Verstand, so unheimlich war sein Verhalten.

»Wir gehen jetzt von Haus zu Haus und hören mit eigenen Ohren zu, wie Lene sich für ihre Lügengeschichten entschuldigt und diese richtigstellt.«

Lene blieb zuerst wie angewurzelt stehen, dann fiel sie vor Cornelius auf die Knie und flehte ihn an.

Umsonst.

So ein Schauspiel hatte Taben noch nicht gesehen. Mit Lene und mir im Schlepptau ging Cornelius von Haus zu Haus, klopfte an und bat um Einlaß. Unter den verwunderten Blicken der Tabener, die sich teilweise schon zur Nachtruhe begeben hatten, begann er mit seiner Erklärung für unseren Besuch. Und dann war Lene an der Reihe und stotterte etwas von ›Verwechslung‹ und ›muß mich wohl falsch erinnert haben‹. Wurde sie gar zu nichtssagend in ihren Worten, bekam sie von Cornelius einen Tritt in den Hintern, worauf sie sich beeilte, ihr Sprüchlein herunterzubeten. Ehe die Leute so richtig wußten, was geschehen war, machten wir uns schon wieder auf unseren Weg. Doch jedem war klar, daß Lene etwas Ungeheuerliches angestellt haben mußte, denn so wütend hatten sie Cornelius noch nicht erlebt! Jeder war froh, nicht in Lenes Haut stecken zu müssen. Mir erging es nicht anders.

Als ich jedoch in dieser Nacht zu einer neugierig wartenden Asa zurückkam, war meine Ehre wieder hergestellt, und im Gegensatz zu Lene konnte ich mit einiger Zuversicht in die Zukunft schauen.

3.

»Bratäpfele! Frische Bratäpfele! Zwei Heller das Stück!«

»Heiße Kastanien! Leute, eßt heiße Kastanien!«

»Holla, aufgepaßt, hier kommt der Töpfles-Karl! Schöne, bunte Pfannen, feine Schüsseln und Schalen!«

Arm in Arm versuchten Asa und ich uns durch die engen Reihen des Märzenmarktes zu zwängen. Der Morgennebel hatte sich noch nicht ganz gelichtet und hing weiß und feucht über der Stadt. Die Rufe der Marktschreier, mit denen sie ihre Waren feilboten und Besucher willkommen hießen, vermischten sich mit dem Hufschlag der Gäule auf dem naheliegenden Roßmarkt, die ihren zukünftigen Besitzern mit lauten Lobeshymnen angepriesen wurden. So manches Beamtentöchterlein würde in den nächsten Tagen große Augen machen, wenn sich ihr neues Roß, von schlitzohrigen Zigeunern beim Proberitt mit Bier ruhiggestellt, auf einmal als unzähmbare Furie entpuppte!

So viele Menschen schon so früh am Morgen! Wenn wir uns in dem Gedränge nicht verlieren wollten, mußten wir schon sehr aufpassen. Der schwere Leiterwagen, den ich hinter mir her zog, machte unser Durchkommen auch nicht gerade einfacher. Als wir endlich am Stand des Marktverwalters angekommen waren, stieß ich einen erleichterten Schnaufer aus, der sicher bis nach Taben zu hören gewesen war. Trotz des frischen Märzmorgens lief mir nach dieser Anstrengung der Schweiß in kleinen Rinnsalen über die Stirn, die ich verstohlen abzuwischen versuchte. Hätte Asa diese Zeichen meiner körperlichen Schwäche erst einmal bemerkt, wäre ich vor ihren bitter schmeckenden Gesundheitstees nicht mehr sicher gewesen! Der Marktverwalter war der gleiche wie im Jahr zuvor. Nachdem er einige Zeit sehr wichtig in seinen Unterlagen kramte, bekam ich einen recht manierlichen Platz zugewiesen, wofür ich mich mit einem liebreizenden Augenaufschlag bedankte, der mir jedoch gleich einen mißbilligenden Seitenblick von Asa eintrug, die von solch weiblichem Getue nichts hielt.

»Ich werd' noch zu einem richtigen Marktweib! Letztes Jahr stand ich mit den Strohpuppen da, und heute?« Während ich den Inhalt unseres Leiterwagens auf den Tisch hievte, ließ ich genüßlich meinen Blick über das bunte Treiben wandern.

»Das mag ja für dich alles schön und gut sein! Aber ich, eine Heilerin! Stehe auf dem Markt wie ein gewöhnliches Fischweib! Hat die Welt so etwas schon einmal gesehen?« brummte Asa und packte mürrisch eine Anzahl kleiner Tiegel und Töpfchen aus. Doch heute konnte mir niemand meine gute Laune verderben, Asa am allerwenigsten.

»Hör auf zu jammern, du altes Kräuterweib! Wer war es denn, der mich auf diese Idee gebracht hat, häh? Das warst doch du, liebe Freundin! Ohne dich säße ich immer noch in deiner Stube und würde Däumchen drehen!«

»Und genau dort sollte ich auch sitzen! Ach, was habe ich mich nur von dir zu dieser Tollheit überreden lassen!« Mit einer Geste der Verzweiflung, die jedoch nur komisch auf mich wirkte, warf sie beide Hände über dem Kopf zusammen. Ich mußte lachen.

»Asa, jetzt werde ich aber böse! Wie kannst du von einer Tollheit reden? Nicht in jedem Dorf gibt es eine Heilerin! Deshalb können die Leute jetzt hier deine Salben kaufen und sind so für den Krankheitsfall bestens gerüstet! Du wirst schon sehen, wie dankbar die Menschen deine Kräutertees und Tinkturen annehmen werden!« Während ich versuchte, Asas letzte Zweifel zu zerstreuen, wurde ich allerdings selbst immer aufgeregter. Würden die Leute wirklich etwas kaufen? Vor allem: Würden die Leute die Ware kaufen, die ich feilbot?

Vor mir auf dem Tisch stapelten sich unzählige Paar Strohschuhe, die ich in den letzten zwei Wochen angefertigt hatte. Was sich hier in einem goldgelben Haufen auftürmte, bedeutete für mich viel mehr als nur Ware, die man feilbot. Für mich stellten diese Schuhe einen Weg dar, zum ersten Mal in meinem Leben selbst für mich sorgen zu können! Sicher, Cornelius hätte mich nicht verhungern lassen, aber ich wollte nicht länger auf ihn oder Asas Großzügigkeit angewiesen sein. Was diese mir in den letzten Monaten an Pflege hatte angedeihen lassen, konnte ich sowieso niemals gutmachen. Wochenlang hatte ich über einen Weg nachgedacht, wie ich mich nützlich machen konnte. Doch was sollte ich tun? Ich war eine Bäuerin ohne Hof und Land. Außer den Acker bestellen und in Haus und Hof behilflich zu sein konnte ich doch nichts!

»Doch«, hatte Asa eines Abends zu mir gesagt, als ich wieder einmal laut über mein zukünftiges Schicksal nachdachte, »du kannst noch etwas! Denk doch nur an die Puppen, die du aus Stroh herstellst! Das ist doch ein feines Handwerk!«

Ich entgegnete Asa, daß dies jedoch nichts sei, womit ich mir mein Leben verdingen konnte. Wer würde immer noch ein paar Heller für Puppen und Strohtierchen ausgeben, wo die Leute doch kaum mehr etwas zum Essen kaufen konnten! Doch Asa wäre nicht Asa, wenn sie es dabei belassen hätte! Ohne weitere Erklärung verschwand sie hinter dem Leinenvorhang im Schlafteil ihrer Hütte, um kurze Zeit später mit einem Paar Schuhe aus Stroh in der Hand dazustehen. Solche Schuhe hatte ich noch nicht gesehen! Bei uns im Dorf liefen die Menschen meistens barfüßig herum. Wer es sich leisten konnte, trug ein paar lederne Treter vom Schustermeister. Aber Schuhe aus Stroh?

»Das ist des Rätsels Lösung, Marga! Du bist fingerfertig und kannst aus Stroh reine Kunstwerke zaubern. Da dürften dir solche Schuhe doch gar keine Schwierigkeiten bereiten. Und die Menschen brauchten endlich nicht mehr barfüßig herumlaufen, denn ein paar Schuhe aus Stroh kann sich schließlich jeder leisten, oder?«

Bewundernd blickte ich von Asa zu den Schuhen und dann wieder zu Asa, die sie vor Jahren einmal von einem vorbeiziehenden Händler gekauft und dann vergessen hatte. Sie hatte recht! Die Lösung war einfach und wunderbar zugleich, genauso wie die Schuhe, die Asa mir immer noch hinhielt. Mit fiebrigen Händen griff ich danach und untersuchte ihre Beschaffenheit. Es waren kleine Wunderwerke: Lange, festverwobene Zöpfe aus Stroh waren mit derbem Garn auf eine Ledersohle genäht worden und paßten sich dem Fuß an wie eine zweite Haut. Ich konnte es kaum abwarten, mich an einem eigenen Paar dieser soliden Treter zu versuchen! Nachdem Asa dem Schuster im Tausch gegen eine Behandlung seines kranken Rückens ein paar Lederreste abgeschwatzt hatte, begann ich gleich am nächsten Tag mit dem Strohflechten. Cornelius war nur allzugerne bereit gewesen, mir ein Bündel seines golden glänzenden Strohs zu schenken. Um Lenes mürrische Blicke kümmerte ich mich nicht. Wieder einmal behielt Asa recht: Die Arbeit lief mir so flugs von der Hand, daß ich binnen kurzer Zeit zwei Dutzend Schuhpaare fertig hatte. Indem ich die Ledersohlen unterschiedlich groß geschnitten hatte, waren verschieden große Schuhe entstanden, so daß nicht nur Männer sondern auch die Frauen ein passendes Schuhwerk finden konnten.

Jetzt mußten sich nur noch Käufer finden! Stolz betrachtete ich meine Ware, als ich auf einmal Schreie neben mir hörte.

»Vorwärts! Hoho! Vorwärts, ihr Tölpel!«

Ich richtete mich auf und sah direkt in das Gesicht eines Soldaten, der mir einen groben Stoß in die Seite gab.

»Brauchst du eine besondere Einladung, Weib?« Mit einem ekligen Grinsen im Gesicht versetzte er mir einen weiteren Stoß, und ehe ich mich versah, wurde ich zu anderen Menschen gestoßen, war ich von weiteren Soldaten umgeben, die mich langsam, aber sicher von meinem Marktstand und von Asa wegtrieben. Ich rief verzweifelt nach Asa, doch ohne Erfolg. Tausend Gedanken gingen mir durch den Kopf, während wir von den Soldaten wie Vieh zusammengetrieben wurden. Was sollte das bedeuten? Was wollten diese Soldaten von uns? Würde ich Asa wiederfinden? Und was würde mit meinem Hab und Gut passieren, während ich eingekeilt zwischen lauter verängstigten Menschen in Richtung Rathausplatz getrieben wurde? Die ratlosen Gesichter der anderen um mich herum verrieten, daß auch sie nicht mehr wußten als ich. Dennoch konnten es sich einige Mannsbilder nicht verkneifen, das Getümmel dazu auszunützen, mir in den Hintern zu zwicken oder wie zufällig über meine Brust zu streichen. Wild fuchtelte ich mit meinen Händen um mich.

Auf einmal spürte ich eine Hand auf der Schulter und wollte diese gerade unwirsch wegschieben, als ich endlich in ein bekanntes Gesicht blickte.

»Weiland, Gott sei Dank! Wißt Ihr, was dies zu bedeuten hat?« Verzweifelt klammerte ich mich an die schwarze Kutte des Kirchenmannes.

»Ich weiß leider gar nichts, Marga! Kaum war ich durch das obere Tor getreten, wurde mir von den Soldaten auf recht unsanfte Art klargemacht, ich solle mich auf dem Rathausplatz einfinden. Aber sag, wo ist Asa?«

»Verloren hab' ich sie, einfach verloren! Gerade waren wir damit beschäftigt, unseren Marktstand aufzubauen, als Soldaten kamen und uns wie eine Kuhherde hier zusammentrieben. Alles ging so schnell ...«

Mit einer hastigen Handbewegung unterbrach Weiland meine Litanei und deutete nach vorn.

Auf einer erhöhten Plattform konnte ich einen dunkelgewandteten Mann erkennen, der umständlich eine Unzahl Papierrollen auf dem Rednerpult vor sich ausbreitete. Rings um den Mann waren ein gutes Dutzend Soldaten plaziert, die mit Stöcken und Spießen einen dichten Schutzwall bildeten. Weiland pfiff leise durch die Zähne.

»Ich ahne Schlimmes ...«, murmelte er vor sich hin. Fast unmerklich streckte er sich und richtete sich auf, als wolle er seinen Rücken auf die kommenden Lasten, die er in Zukunft zu tragen hatte, vorbereiten.

»Was ist denn los?« fragte ich flüsternd.

»Daß nichts Gutes kommen wird, können wir uns an den fünf Fingern einer Hand ausrechnen! Ein Aufmarsch so vieler Soldaten hat noch nie etwas Gutes bedeutet! Den vielen Waffenträgern nach zu urteilen, scheint die Obrigkeit jedenfalls damit zu rechnen, daß ihre Neuigkeiten nicht besonders friedlich aufgenommen werden – um was es sich auch handeln mag.«

In der Zwischenzeit hatte der Redner seine Schriftrollen ausgepackt und hob zu seiner Rede an. Seine Stimme war so laut und durchdringend, daß selbst an unserem Platz in den hintersten Reihen jedes Wort zu verstehen war. Mir wäre lieber gewesen, wenn ich das eine oder andere nicht so genau gehört hätte. Denn was der Mann da vorne verbreitete, war ungeheuerlich! Verbote, Verbote, Verbote!

»Die neue württembergische Landesverordnung besagt weiterhin ein Verbot der Fasnet und das Tragen der Butzenkleider während dieser Zeit ...«

Während der Mann geräuschvoll nach seiner nächsten Papierrolle kramte, dachte ich über den Unsinn dieses Verbotes nach. So einen harmlosen Spaß zu verbieten, was sollte denn das? In einigen Dörfern waren dies die wildesten Tage im Jahr! Männer und Weiber tauschten die Kleider oder trugen Butzenkleider, so daß am Ende niemand mehr wußte, wen er vor sich hatte!

»... wer will halten Hochzeit, der soll nur noch einladen Vater, Mutter, seine Kinder, Geschwister, und nicht mehr denn acht Personen!« Ohne Luft zu holen, fuhr der Mann fort: »Wer muß sein Leut' begraben, der soll dies ohne fremde Personen tun und nicht mehr feiern den Leichenschmaus!«

Nun machte sich unter den bisher recht geduldigen Zuhörern doch Unmut breit. »Dann brauch' ich auch nicht zu heiraten, wenn's kein Fest geben soll!« rief ein fescher junger

Bursche neben mir, wofür er von seinem zukünftigen Weib einen Stoß in die Rippen bekam. »Ja, und unsere Leut' beerdigen ohne Leichenschmaus, das geht doch nicht! Die Toten muß man ehren, und die Lebenden auch! Habt Ihr das noch nicht begriffen?« Der Sprecher, ein kräftig gebauter Mann, dessen schwere Lederschürze ihn als Schmied verriet, ballte die Hand zur Faust.

»Die Taufsuppe soll nicht mehr gereicht werden und das Kindbettmahl nur an die Personen, die anwesend waren bei der Geburt des Kindes!« Die Augen des Sprechers leuchteten bei diesen Worten tiefbefriedigt, während er in die Runde blickte. Seine zusammengekniffenen Mundwinkel sprachen von einem Leben, welches einzig der Arbeit und Pflichterfüllung gewidmet und in dem jede Ablenkung verpönt war. Ihm schienen solche Feierlichkeiten fremd, vielleicht sogar verhaßt, und er konnte gewiß nicht verstehen, was die Menschen in den endlosen Sauf- und Freßgelagen sahen. Herzog Ulrichs neue württembergische Landesverordnung mochte ihm somit geradezu aus dem Herzen sprechen. Genüßlich fuhr er damit fort, der Liste von Verboten ein weiteres hinzuzufügen:

»In Zukunft soll außerdem die Kirchweih verboten sein, und niemand darf fremd' Gäste einladen, sonst muß er zwei Gulden Strafe zahlen!« Dieser Punkt schien dem Sprecher besonders zu gefallen, jedenfalls ließ er die Worte wie dickgeschlagene Sahne von den Lippen rinnen. Danach räusperte er sich, und er beendete seine Rede mit den folgenden Worten:

»Für die Befolgung der neuen württembergischen Landesverordung sind verantwortlich der Schultheiß sowie der Lehnsherr, auf daß keiner mit den Gesetzen breche! Wer es dennoch wagen sollte, wird mit hohen Strafen an seinem Hab und Gut belegt oder an Haut und Haar bestraft!«

Ich hätte dem aufgeblasenen, hageren Schreiberling am liebsten vor Wut eine Ohrfeige verpaßt, und so, wie die meisten Zuhörer aussahen, erging es ihnen nicht anders. Doch der Mann wußte ganz genau, daß ihm hinter der dichten Mauer aus Soldaten nichts geschehen konnte. Die düsteren Blicke der in Eisen gewandeten, mit groben Stöcken und scharfen Spießen bewaffneten Soldaten reichten als Abschreckung, um die Menschen davon abzuhalten, ihrem Ärger Luft zu machen. Keiner war da, der seinen Unmut offen kundtat, niemand, der es wagte, ein Wort dagegen zu sprechen. Viele schienen sich an das vergangene Jahr zu erinnern, wo auf dem selben Platz, am selben Tag die Hölle los war, als die neuen Steuern verkündet wurden. Aber das Blutbad, in dem der *Arme Konrad* später ertränkt worden war, war noch lange nicht vergessen. Ein paar neue Verbote – sollten die Menschen deshalb erneut ihr Leben riskieren? An diesem ersten Montag im März 1515 entschieden die Menschen sich leider dagegen.

»Will die Obrigkeit uns denn jede Freude, jede Feier vereiteln?« fragte ich Weiland leise flüsternd. Der gab bitter zurück: »Genau dies scheinen sie im Sinn zu haben! Den Leuten soll keine Gelegenheit mehr gegeben werden, sich zu treffen und dabei womöglich Gedanken auszutauschen, die sich gegen die Obrigkeit und ihre Gesetze richten! Das ist die Antwort auf die Unruhen des *Armen Konrad!*«

»Was redest du da, Pfaff? Euch Kirchenmännern ist doch eh jede Feier ein Dorn im Auge! Euch werden solche Gesetze doch gerade recht kommen«, spuckte Weilands Nebenmann diesem ins Gesicht. Nun drehte sich auch ein kleiner, untersetzter Alter um und schlug in die gleiche Kerbe: »Ja, ihr Schwarzröcke habt doch immer gut reden! Was hat denn die Kirche jemals für uns einfache Leut' getan? Gar nichts! Wahrscheinlich schickt euer Herrgott sogar selbst diese neuen Gesetze!« Auf einmal hatte sich eine Traube von Menschen um den Pfarrer gebildet, und alle beschimpften ihn mit bösen Worten. Ich verstand die Menschen nicht. Statt ihren Unmut gegen die Obrigkeit zu richten, von der die neuen Gesetze doch schließlich kamen, gingen die Leute nun auf Weiland los, der doch wirklich keiner Fliege etwas zuleide tun konnte!

Hilflos stand ich daneben, als der erste damit begann, Weiland zu schubsen und zu stoßen. Aufgestachelt von dem Haß der anderen, zerrte ein altes Weib an seiner Kutte, verpaßte ein anderer ihm einen Tritt. Weilands Protestrufe hörte niemand – und auf einmal lag er am Boden. Verzweifelt blickte ich mich um. Doch die Soldaten, die uns vorher wie Vieh hierher getrieben hatten, dachten nicht daran, dem Pfarrer zu helfen, sondern standen grinsend auf ihrem Posten und schauten seelenruhig zu. Ich wollte laut aufschreien und den Leuten zurufen, daß sich ihr Ärger und ihre Wut auf den Falschen ergoß, doch war mir vor Schrecken die Kehle zugeschnürt.

»Schluß jetzt! Hört ihr auf damit! Wollt ihr denn alle in der Hölle schmoren?«

Plötzlich erschienen ein paar kräftige Arme scheinbar aus dem Nichts und begannen, einen nach dem anderen zu packen und wegzustoßen.

»Ihr Lumpen! Was fällt euch ein, den Pfarrer anzugreifen! Ihr seid nicht besser wie eine Herde tollwütiger Hunde! Geht nach Hause und schämt euch! Pfui!« Breitbeinig stand Cornelius da, seine rotblonden Haare standen wild in die Höhe, seine Arme waren angriffslustig nach vorne gerichtet. Doch den erbosten Raufbolden war nun der Spaß vergangen, und so trotteten sie unmutig davon.

Hilflos versuchte Weiland, sich vom gröbsten Dreck zu befreien. Mehrere große Risse klafften in seiner Kutte, die über und über mit Lehm verschmiert war. Seine Tonsur war unter dem schlammigen Dreck nicht mehr zu erkennen, dafür sah man um so deutlicher, was die Meute mit seinem Gesicht angerichtet hatte: Ein blaues Auge und eine blutige Schläfe waren der Beweis. Wer wußte, was passiert wäre, wenn Cornelius nicht eingegriffen hätte?

Wie durch ein Wunder stand plötzlich Asa neben uns.

»Asa, Gott sei Dank! Du kommst im richtigen Moment!«

»Das scheint mir auch so. Wenn du mir aus dem Weg gingest, Marga, könnte ich damit beginnen, aus unserem Pfarrer wieder einen ansehnlichen Gottesmann zu machen.«

Erleichtert schaute ich zu, wie Asa in aller Gemütsruhe Weilands Verletzungen untersuchte. Dabei erzählte sie uns, wie sie sich vor den Soldaten hinter einem der größeren Krämerkarren versteckt gehalten hatte. »Ich lass' mich doch nicht wie ein Stück Rindvieh durch die Gegend treiben! Pah! Außerdem mußte sich doch einer um unsere Waren kümmern.«

Stumm standen Cornelius und ich daneben, während Asa weiterhin den Verletzten versorgte. Der Rathausplatz hatte sich mittlerweile wieder ziemlich geleert. Die Marktbesucher waren darauf bedacht, sich nun wieder dem Marktgeschehen zuzuwenden, Ablenkung zu finden, die neuen Verbote noch einmal zu vergessen. Langsam beruhigte auch ich mich wieder. Doch als ob der vorangegangene Schrecken nicht gereicht hätte, hielt der Tag noch einen weiteren parat, der gleich auf dem Fuße folgte.

»Ja, wen haben wir denn da? Eine reizende Versammlung, findest du nicht auch, Weib?«

Mich schauderte, als ich die boshafte Stimme hörte, die mir nur allzu bekannt war! Als ich aufblickte, sah ich direkt in die tiefliegenden Schweineäuglein von Jost. Mich durchfuhr es abwechselnd heiß und kalt, denn neben ihm stand Sureya. Mit einem Kind im Bauch. Statt jedoch ihre Leibesfülle unter weiten Hüllen zu verbergen, trug sie diese in engen Gewändern offen zur Schau.

Monatelang hatte ich des Nachts wachgelegen und just diesen Augenblick herbeigeträumt: Wie ich Sureya gegenüberstehen und ihr die Augen auskratzen würde. Wie ich ihr Hieb um Hieb verpassen würde für all das Elend, das sie mir und meiner Familie angetan hatte! Doch nun, da die Zeit gekommen war, stand ich reglos und blickte in ihr hämisches, boshaftes Grinsen und ihren obszön hervorstehenden Bauch, in dem der Samen ihres Liebhabers heranwuchs. Wie hätte ich jetzt meine Rachegelüste stillen können? Ich blickte ihr also nur in die Augen, der Frau, die mir aus einer Laune heraus meinen Mann genommen hatte, die achselzuckend danebengestanden hatte, während sich meine Welt in ein Nichts auflöste. Und da geschah etwas ganz Seltsames: Statt abgrundtiefen Haß zu verspüren, wie ich dies erwartet hatte, regte sich etwas ganz anderes in mir. Mir war, als könne ich für die Dauer eines Flügelschlags in ihre Seele blicken. Mit Schrecken erkannte ich dort so tiefe Narben, wie ich sie mir in meinen schlimmsten Träumen nicht hätte vorstellen können. In einer dunklen Ecke sah ich ein zusammengekauertes, kleines Mädchen sitzen, das sich mit bloßen Händen vor einem grauenvollen Dämon zu schützen versuchte. Doch ehe ich mir einen Reim darauf machen konnte, war es vorbei, und ich sah wieder die alte Sureya vor mir stehen. Sie wich meinem Blick als erste aus, um sogleich in übertriebener Weise den Burgverwalter anzuhimmeln, was dieser sichtlich zu genießen schien. Seine fette, weiße Hand tätschelte Sureyas Arm.

»Weiland, Weiland ... wie tief seid Ihr doch gesunken! Bei Eurem letzten Besuch auf meiner Burg wart Ihr dem Sumpfe noch nicht so nahe wie jetzt, wenn ich mich recht erinnere! Wie die Zeiten sich ändern ... hihihi ... ach – und wen haben wir denn da?« Jost tat, als hätte er Cornelius gerade eben erst bemerkt. Dieser ballte schweigend die Hände zu Fäusten zusammen. »Einen der Gebrüder Braun! Nun, der andere ist ja wohl über alle Berge, nicht wahr!« Sein Leib schüttelte sich vor Lachen. Doch dann machte sein belustigtes Narrengesicht Platz für die Fratze der Bosheit. Haßerfüllt spuckte er Cornelius ins Gesicht: »Wenn's nach mir gegangen wäre, wär' dein Bruder heute um einen Kopf kürzer! Aber irgend jemand hat ihn damals wohl gewarnt! Wer das war, das krieg' ich noch raus, und dann kommt der auch dran, das versprech' ich dir!«

»Verräter! Was wollt Ihr schon gegen Jerg unternehmen? Mein Bruder ist doch viel zu schlau und zu schnell für Euch! Bis Ihr Euren Fettwanst von Eurem Lager hievst, hat der schon sein Tagwerk getan«, entgegnete Cornelius mit vor Spott triefender Stimme. Den Blick, den er dem Burgverwalter schenkte, hätte man sonst höchstens einem verlausten Straßenköter zugeworfen.

Josts Gesicht verfärbte sich dunkelrot. »Freche Worte? Du kommst mir gerade recht! Hast du nicht zugehört, was der Redenschwinger da vorne gebrabbelt hat? Der Lehnsherr muß für die Einhaltung der neuen Gesetze sorgen! Das wird er tun, das versprech' ich euch! Und euch werde ich dabei ganz besonders im Auge behalten.« Mit diesen Worten drehte er sich auf dem Absatz um und ging davon.

»Und sollte der Lehnsherr sein Ziel einmal aus dem Auge verlieren, werde ich ihn daran erinnern! Merkt euch das, ihr Lumpenvolk!« Wie eine Schlange verspritzte Sureya ihr Gift, bevor sie ihren dicken Leib ebenfalls in Bewegung setzte.

Zurück blieben ein verwirrter Pfarrer, ein zorniger Cornelius, Asa und ich. Für eine kurze Zeit schwiegen wir alle. Dann raffte Asa ihre Röcke zusammen und drehte sich zum Gehen um. Noch ehe ich sie zurückhalten konnte, war sie hinter der nächsten Ecke verschwunden.

Wieder spürte ich, daß Weiland seinen Arm um meine Schulter legte. »Laß sie ziehen, Marga. Asa hat ihre eigene Art, mit den Dingen fertigzuwerden.«

Ich blickte in die Richtung, in die Asa verschwunden war. Im Gegensatz zu anderen Menschen fürchtete Asa die Einsamkeit nicht. Cornelius begann zu sprechen.

»Du hast dich verändert, Marga«, stellte er fest. Ein Lächeln umspielte seine Lippen, während er mich mit einem eigentümlichen Blick musterte. »Irgendwie erwachsener bist du geworden – ich kann's nicht erklären ...«

Cornelius war kein Mann der großen Worte, aber ich wußte, was er damit meinte. Ich fühlte mich ja tatsächlich mittlerweile wie ein anderer Mensch. Dennoch wehrte ich verlegen ab. »Ach was, ich bin immer noch die gleiche! Laß uns noch eine Runde machen. Bevor ich mich darum kümmere, was aus meinem Schuhstand geworden ist, habe ich wahrlich eine kleine Abwechslung verdient!« Herausfordernd gab ich ihm einen kleinen Schubser. Ohne weiter darüber nachzudenken, hakte ich mich bei Cornelius unter. Sollten die anderen doch denken, was sie wollten! Nachdem Cornelius sich so ehrenhaft für Weiland eingesetzt hatte, wollte ich ihm eine kleine Freude bereiten. Wie gut es tat, wieder einmal den kräftigen Arm eines Mannes zu spüren, und sei es auch nur der des eigenen Schwagers! Die Verbote waren schon fast schon wieder vergessen, als wir uns auf den Weg machten.

4.

Die nächsten Wochen vergingen in gemächlicher Eintönigkeit, die ich jedoch um so mehr schätzte, als ich immer noch in der Hoffnung lebte, jeder kommende Tag würde mir Jerg wiederbringen. Obwohl ich seit seiner Flucht nicht das kleinste Lebenszeichen von ihm bekommen hatte, war ich dennoch zutiefst davon überzeugt, daß es ihm gut ging. Morgen für Morgen stand ich beschwingt auf, und mein erster Gedanke galt Jerg. Wenn ich mir nur einmal in Ruhe gestattet hätte nachzudenken, hätte mir eigentlich klar werden müssen, daß ich meine Hoffnung verschwendete. Denn was hatte sich schon zum besseren gewendet seit Jergs Flucht? Gar nichts. Rein gar nichts. Noch immer verbreiteten Herzog Ulrichs Schergen Angst und Schrecken im ganzen Land. Wie sollte

Jerg zurückkommen, wo die Menschen es noch nicht einmal wagten, den Namen des *Armen Konrad* auch nur zu flüstern? Rühmte sich in einem Wirtshaus dann und wann einmal jemand seiner früheren Mitgliedschaft bei den Aufständischen, was nur unter dem Einfluß von zu vielen Krügen Bier geschah, so konnte man ihn am nächsten Tag in Eisen gelegt auf dem Dorfplatz begaffen. Waren der Dorfbüttel oder die von beflissenen Mitmenschen sofort informierten Soldaten friedlich gestimmt, hatte der arme Tropf dabei wenigstens noch seine Zunge im Maul. Weniger glücklichen Gesellen wurde diese ohne viel Federlesens für seine ›Schundreden‹ herausgeschnitten, wiederum anderen fehlten kurze Zeit nach der Festnahme einzelne Finger, die Nase oder gleich die ganze Hand. Zimperlich waren die Soldaten in keinem Fall. Und konnte eine Mitgliedschaft beim *Armen Konrad* schließlich doch nicht nachgewiesen werden, so erfanden sie einfach einen Diebstahl, eine Schmährede oder sonstige Vergehen.

Es muß Anfang Mai gewesen sein, als Asa und ich nach einem arbeitsamen Vormittag kurzerhand beschlossen, die warme Frühlingssonne für einen Spaziergang zu nutzen und dabei ein paar Büschel Schafgarbe einzusammeln. Vor die Haustür gehängt, sollte diese Pflanze die Bewohner vor der Pest schützen. »Schaden tut's auf alle Fälle nicht«, meinte Asa ganz nüchtern auf meine Frage, woher sie denn so genau wisse, welches Kraut wogegen wirke. Doch im Augenblick war mir nach Kräuterrezepten eh nicht zumute, dazu hatte es mir der sonnige Maitag viel zu sehr angetan! Das Grün der Gräser war noch satt und saftig und bildete einen kräftigen Kontrast zu dem fast weißen Himmel. Auf einer der kleineren Wiesen am Rande der Lauter erblickte ich einige buntangestrichene Zigeunerwagen, die sich wie dicke Farbtupfer abhoben. Zwischen den Wagen brannte jedoch kein einziges Feuer, und Kinder sah ich auch nirgendwo. Im nächsten Augenblick hatte ich die Zigeuner auch schon wieder vergessen. Während Asa und ich durch die kniehohen, mit Blumen übersäten Wiesen gingen, hätte ich lauthals singen können, so zufrieden und glücklich machte mich die warme Maisonne. Dennoch entging mir nicht, daß Asa erstaunlich still war. Als ich sie nach dem Grund fragte, entgegnete sie nach langem Zögern:

»Ich weiß nicht, ob es recht ist, wenn ich es dir erzähle ... Du bist bisher von den groben Schattenseiten des Lebens verschont worden. Und das soll auch so bleiben. Nein, wehr nicht ab! Das mit Jerg ist schrecklich, ich weiß. Aber dein Mann lebt – und das ist doch viel mehr, als andere Weiber von ihren Männern sagen können.« Im Vorbeigehen zupfte sie ein paar Blätter junge Pfefferminze ab und atmete genüßlich den zarten Duft ein, der zwischen ihren Fingern von dem zerriebenen Grün ausging. Geduldig wartete ich darauf, daß Asa fortfuhr. Es war, als hätte sie sich schließlich einen Ruck gegeben, denn als sie nun sprach, lag keine Spur von Zögerlichkeit mehr in ihrer Stimme. Im Gegenteil, ich hatte das Gefühl, als wäre Asa erleichtert darüber, ihre innersten Gedanken mit einem anderen Menschen teilen zu können.

»Nun gut, ich werd' dir sagen, was mich bedrückt: Schon ganz früh heute morgen habe ich den Uhu gehört.« Beschwörend blickte sie mich an. »Der Schrei des Uhu – das ist der Todesruf, verstehst du nicht? Noch heute wird jemand sterben müssen ...«

»Asa ...« Hilflos flüsterte ich ihren Namen. Doch Asa schien mich gar nicht mehr zu bemerken. Atemlos sprach sie weiter:

»Ich bin gleich aus dem Haus gerannt, als ich den Uhu hörte, aber ich sah ihn nirgends sitzen. Wie hätte ich ihn da vertreiben sollen? Eine ganze Handvoll Steine hatte ich schon aufgehoben. Ich hätte sie nur noch nach ihm werfen müssen, aber er hielt sich vor mir verborgen.«

»Nun, herzaubern kannst du ihn ja wohl nicht, oder?« Unwillkürlich hatte meine Stimme einen etwas barschen

Ton angenommen, wie immer, wenn von Dingen die Rede war, die ich nicht verstehen konnte und die mich ängstigten. Ich zwang mich zu etwas sanfteren Worten: »Und überhaupt, vielleicht hast du ja auch unrecht, und der Uhu hat nur geschrien, weil er sein Weibchen vermißt.« Doch inzwischen war auch mir unwohl zumute. So hatte ich Asa noch nicht erlebt, in meinen Augen war sie ein Mensch, der immer und in jeder Lage wußte, was zu tun war. Daß auch sie einmal Angst haben könnte, war mir bislang nicht in den Sinn gekommen.

Asa war durch nichts von ihrer bösen Vorahnung abzubringen. Immer wieder murmelte sie vor sich hin: »Den Todesruf darf man nicht überhören. Wenn man den Todesruf hört, muß man auf der Hut sein, doch ein Entrinnen gibt es nicht ...«

Wir waren noch nicht am Dorfrand angekommen, als ich von einem Augenblick auf den anderen wußte, daß Asas Vorahnung zur grausamen Wirklichkeit werden würde. Vielleicht war es die unnatürliche Stille, die in den Gassen lag. Überall standen Türen und Fenster offen, doch nirgendwo war auch nur eine Menschenseele zu sehen. Unwillkürlich begann ich zu flüstern: »Wo sind die nur alle? Es ist doch nirgendwo eine Fron angesagt, oder? Und von einer Beerdigung wüßt' ich auch nichts.« Asa war genauso ratlos, was jedoch nicht weiter verwunderte, denn wir waren oft die letzten im Dorf, die von einer Neuigkeit erfuhren. Seit Lenes gescheiterter Verleumdung wurde ich zwar überall im Dorf wieder mit einem freundlichen Gruß oder Kopfnicken begrüßt, doch mehr hatten die anderen Frauen und ich kaum miteinander zu tun.

»Hörst du dieses seltsame Geräusch?« fragte Asa plötzlich. Zuerst wollte ich verneinen, doch als wir um die nächste Ecke gegangen waren, konnten sich auch meine Ohren nicht weiter versperren. Vom Dorfplatz drang ein stetiges Brummen zu uns herüber, das sich wie das aufgeregte Summen eines

Bienenstockes anhörte, der bei seiner Arbeit gestört worden war. Unsere Schritte wurden immer schneller. Kein Wunder, daß die Gassen wie ausgestorben waren: Auf dem staubigen Dorfplatz drängte sich ein verschwitzter Leib an den nächsten, ganz Taben schien hier zu sein!

In der Mitte des Platzes waren die Zigeuner, deren bunte Wagen ich vorher noch bestaunt hatte, wie Vieh zusammengetrieben worden. Kinder, Frauen, alte und junge Männer standen eng aneinander gedrängt, während sich die Tabener einen Spaß daraus machten, die hilflosen Gestalten zu beschimpfen. »Elendiges Pack! Aufhängen sollt' man euch! Alle miteinander! Diebe, pfui!« brüllte auf einmal jemand los. »Was heißt hier aufhängen? Das ist für solche Lumpen noch viel zu gut! Die Hände und Füße abhacken und in die Grube werfen – das wär' das richtige!« »Sterben sollen die Diebe, jawohl!« Die Gesichter der Menschen waren so haßerfüllt, daß ich zutiefst erschrak. Schutzsuchend hakte ich mich bei Asa ein. »Was mögen die Zigeuner wohl angestellt haben, daß die Tabener so böse sind?« flüsterte ich ihr ins Ohr.

»Schau doch mal, wer da vorne steht! Und dann stell diese Frage noch einmal!« kam es aus zusammengekniffenen Lippen zurück. Erst jetzt sah ich, daß auf der anderen Seite des Platzes unter der großen Kastanie eine Art Bank aufgestellt worden war, auf der kein anderer als der Burgverwalter persönlich saß. An seiner rechten Seite hockte Karl Scheuffele, der Dorfbüttel, links von ihm standen Soldaten. Auf seinen Wink hin lösten sich nun zwei Männer aus deren Reihe und traten auf die Zigeuner zu. Grob packten sie einen kräftigen Burschen und zogen ihn vor die Bank.

»Ich frage dich jetzt zum letzten Mal, Bursche: Wer von euch hat die Ziegen gestohlen?« Josts Augen glühten fiebrig. Dennoch begann ich unter seinem Blick zu frösteln. Der Zigeuner hatte sich mittlerweile mit einem trotzigen Ruck von den Soldaten freigemacht und stand breitbeinig vor seinem Ankläger, während die Soldaten jede seiner Bewegungen belauerten, immer bereit, im nächsten Moment mit der Lanze zuzustechen. Sein dichtes, schwarzes Haar trug der Mann zu einem Zopf gebunden, der ihm lang und schwer den Rücken hinunterhing. Auf seinen Handrücken waren eigentümliche, dunkle Bilder zu erkennen, die aus runden Kreisen und einer Schlange zu bestehen schienen. Obwohl mir der fremde Geselle unheimlich war, übte er gleichzeitig einen seltsamen Zauber auf mich aus. Welten lagen zwischen diesem stolzen Mannsbild und den geprügelten Bauern, deren Wille so gebrochen war, daß sie es nicht mehr wagten, den Kopf zu erheben.

»Und wenn Ihr mich hundertmal dasselbe fragt: Keiner von uns hat die Ziegen gestohlen. Eure blöden Viecher sind von selbst auf unsere Wagen zugekommen!«

Ich konnte den Mut des Zigeuners nur bewundern! Statt zu heulen und um Erbarmen zu flehen, spie er Jost seine Antwort geradewegs entgegen. Aber was hatte der arme Teufel auch zu verlieren? Selbst wenn er recht hatte, was ich bezweifelte – es hätte ihm niemand geglaubt! Und Jost am allerwenigsten. Während er sich für einen kurzen Moment mit dem Büttel beriet, nahmen die Rufe der Menge wieder zu. Neben mir erkannte ich Heinrichs Witwe, Marianne, die ebenfalls aus voller Kehle schrie: »Tötet sie, tötet sie!« Obwohl mich meine Dorfnachbarn und ihr Verhalten mit Abscheu erfüllten, konnte ich meine Augen nicht abwenden. Dann begann Jost wieder zu sprechen:

»Ihr Leute von Taben! Diebstahl ist eine schwere Sünde, eine Untat! Vor uns haben wir nun einen ganzen Haufen Diebe und Lügner. Feige Schweine, die ihre Freveltaten nicht einmal zugeben mögen. Warum, glaubt ihr wohl, wurden die neuen, strengen Gesetze von Herzog Ulrich, unserem gnädigen Landesvater, erlassen? Nun, ich werd's euch sagen!« Seine Stirn glänzte feucht, und unter seinen Armen hatten sich große, nasse Ringe gebildet. Doch Jost schien kein körperliches Unbehagen zu spüren, im Gegenteil: Ein kleines

Lächeln umspielte seine wulstigen Lippen, als er fortfuhr. »Die neue württembergische Landesverordnung ist dazu da, für Recht und Ordnung zu sorgen – im Dorf wie auf dem Land! Für Bauern und Fahrende gleichermaßen!«

Ein unmutiges Raunen ging durch die Zuhörer. Offenbar wunderten sie sich, daß Jost sich erlaubte, sie in einem Atemzug mit diesen Zigeunern zu nennen.

»Um weiteren Freveltaten vorzubeugen, muß demnach die Strafe besonders hart ausfallen!« Josts Lachen hatte etwas Wahnsinniges an sich. Verwirrt schüttelten die Leute die Köpfe. Allmählich dämmerte es mir, daß Josts grausames Schauspiel vor allem dazu gedacht war, die Leute einzuschüchtern und gleichzeitig seine Macht vorzuführen. Die Zigeuner kamen ihm dabei nur recht, waren lediglich ein Mittel zum Zweck. Wären sie nicht zufällig in der Gegend gewesen, hätte Jost sich einen anderen Sündenbock gesucht – daran zweifelte ich nicht mehr einen Augenblick.

Wie von langer Hand geplant erschien jetzt ein niedriger, aus schweren Balken zusammengezimmerter Pferdewagen, gezogen von zwei riesigen, müde dreinblickenden Rössern. Auf dem Bock saß ein rotgekleideter Riese, dessen Kluft ihn unschwer als Henker verriet. Ein erschrockenes Raunen ging durch die Menge, und die Menschen beeilten sich, dem Unehrenhaften Platz zu machen. Denn würde man den Henker nur einmal berühren, ja, nur ein einziges Mal flüchtig streifen, wäre man selbst zu einem Unehrenhaften geworden und fände in keinem ordentlichen Haus mehr Einlaß, bekäme in keinem Wirtshaus einen Krug Bier ausgeschenkt. Asa hatte mir allerdings einmal erzählt, wie die Menschen ihres Heimatdorfes des Nachts an die Tür des ansässigen Henkers klopften und heimlich um ein Stück Kleidung, eine Haarsträhne oder ein anderes Kleinod eines Gehängten baten. Diese satanischen Gaben sollten das eigene Verderben verhindern, doch bewiesen war die Wirksamkeit dieses Brauches nicht. Mir zeigte es nur, wie verlogen doch manche Menschen lebten. Und vielleicht ging dem Henker Ähnliches durch den Sinn: Ein diabolisches Lächeln umspielte seine Lippen, während die Leute erschrocken zurückwichen. Breitbeinig, die Arme in die Seite gestemmt, stand er nun hinter seinem schweren Eichenblock. Der Uhu! Mir fielen Asas Worte wieder ein, und ich begann, am ganzen Leib zu zittern.

»Asa«, flüsterte ich, »laß uns gehen, ich kann nicht zusehen!«

Asa liefen Tränen über das Gesicht. »Ich kann nicht gehen, Marga. Was glaubst du, wie es hier aussieht, wenn erst einmal das Blut fließt? Die armen Teufel werden meine Hilfe brauchen. Aber du – du lauf nach Hause! Pack meinen Leinenbeutel mit allen Tüchern und Lumpen voll, die du nur finden kannst. Bring außerdem die tönerne Flasche mit der scharfen, durchsichtigen Flüssigkeit mit und die Arnika-Salbe ... oder nein, laß die, wo sie ist. Die hilft hier keinem mehr ...«

So schnell ich konnte, rannte ich nach Hause, um das Nötigste zusammenzupacken. Mit schweren Beinen trat ich dann den Rückweg an. Kaum war ich in die nächste Gasse eingebogen, blickte ich zu Tode erschrocken in das böse gefletschte Maul eines riesigen Straßenköters. Als er merkte, daß von meiner Seite keine Gefahr drohte, rannte er eiligst davon. In der Ferne war noch mehr Hundegebell zu hören. Eh' ich mich versah, kam mir eine wüste Hundemeute unter lautem Gekläffe entgegen. Einige Tiere trugen etwas im Maul. Wo kamen sie nur plötzlich alle her? Erst als sie vorüber waren, traute ich mich, weiterzugehen. Und dann sah ich sie: eine abgetrennte Menschenhand. Zwischen den verwischten Fährten der Hunde lag sie mitten auf der Straße.

Ich verstand.

Die Hunde, die ihre Beute davontrugen, die Hand – mein ganzer Körper bebte, und ich konnte nicht mehr an mich halten. Ich schleppte mich zur Seite und übergab mich. Das Erbrochene vermischte sich mit den Tränen, die mir übers Gesicht liefen. Ich glaubte, niemals mehr aufhören zu können, zu groß war der Ekel über das, was ich gesehen und über das, was ich nicht gesehen hatte. Der Ekel galt nicht der kleinen, dunkelbraunen Menschenhand, die einem Kind gehört haben mußte. Nein, der Ekel galt den Menschen, die diesem Kind das angetan hatten. Wo war Gott, als diese Greueltaten geschahen? Was war das für ein Gott, der so etwas überhaupt zuließ?

Noch nie im Leben hatte ich mich so hilflos, so verlassen gefühlt.

Doch das Leben ging weiter. Taben schien den grausamen Vorfall mit den Zigeunern bald vergesen zu haben und wandte sich wieder den Alltagsgeschäften zu. Auch Asa und mir blieb nichts anderes übrig, als jeden Tag so zu nehmen, wie er kam. Manches Mal wurde ich von einer so tiefen Verzweiflung gepackt, daß ich mir des Morgens am liebsten die Decke über den Kopf gezogen hätte und gar nicht aufgestanden wäre. Jerg fehlte mir so sehr, und noch immer hatte ich kein Lebenszeichen von ihm erhalten. Sein Betrug, sein Verrat und sein fehlendes Vertrauen in mich, sein Weib – mit der Zeit wurde das alles immer blasser und schemenhafter. Sein Humor jedoch, sein Lachen, seine starken Hände, diese Erinnerungen wucherten. Manchmal glaubte ich, keinen weiteren Tag ohne seine Berührungen überstehen zu können. Doch welche Wahl hatte ich schon?

Wenigstens ließ Jost sich nicht blicken, worüber wir alle mehr als glücklich waren. Wahrscheinlich saß er auf seiner Burg und ließ es sich dort zusammen mit seinem fetten Weib gutgehen. Das letzte Mal, als ich Sureya zu Gesicht bekommen hatte, war ich erschrocken gewesen. Wie sehr sich ein Mensch in so kurzer Zeit verändern konnte! Aus der mageren Maid mit den verfilzten Haaren war eine schwere Frau geworden, deren Brüste sich von den Speckfalten ihres Bauches kaum mehr abhoben. Ihre Haare trug sie zu einer kunstvollen Krone geflochten, die zudem noch mit Bändern und Perlen verziert war. Nichts erinnerte mehr an die Hure von früher. Die Welt war und blieb ungerecht: Das Weib, das für Jergs Untergang gesorgt hatte, führte ein Leben wie eine Königin. Und was blieb uns anderen übrig? Wir saßen weiterhin in unseren kalten, zugigen Hütten, aßen das wenige, was wir hatten, oder hungerten. Waren weiterhin Jost und seinesgleichen auf Gedeih und Verderb ausgeliefert. Manchmal glaubte ich, vor Wut platzen zu müssen, doch dann besann ich mich eines besseren. Schließlich ziemte es sich für nicht ein Weib, so aufbrausend zu sein. Und außerdem hatte ich immer Lene mit ihren bösen Reden und ihrer scharfen Zunge vor Augen. So wollte ich keinesfalls werden! Den ganzen Tag nur herumzujammern und zu klagen – nein, da mußte es doch noch einen besseren Weg geben, um sich seiner Wut und Verzweiflung Luft zu machen.

»Asa, sag, was diese neuen Gesetze betrifft – das Pfingstfest ist uns doch nicht verboten worden, nicht wahr?«

»Nein, und auch Pfingsttänze und die Dötschen nicht! Beim Gedanken an die leckeren Pfingstküchle läuft mir das Wasser im Munde zusammen. Wieso fragst du?« Asas ganze Aufmerksamkeit wurde von der brodelnden Flüssigkeit in Besitz genommen, die sie in einem schweren Kupferkessel über starkem Feuer erhitzte. Schon des öfteren hatte ich ihr bei der Zubereitung dieses speziellen Saftes zugesehen und wußte daher, daß dies nicht ganz ungefährlich war. Denn paßte man nur einen Augenblick nicht auf, konnte die ganze Brühe überkochen und auf den Boden laufen. Deshalb beschloß ich, still zu sein, bis der dicke, rote Saft sicher in Flaschen abgefüllt war. »Ach, nur so ...«

Doch damit gab sich Asa nicht zufrieden. »Höre ich da nicht einen spitzbübischen Klang in deiner Stimme? Jetzt rück schon mit der Sprache heraus: Willst du die Ausgießung des Heiligen Geistes vielleicht auf eine besondere Art feiern?«

Wieder einmal mußte ich die scharfsinnige Beobachtungsgabe meiner Freundin bewundern. Da hatte ich mich so bemüht, beiläufig zu klingen, und dennoch roch Asa den Braten!

»Das heilige Pfingstfest, hältst du es nicht auch für eines der schönsten Kirchenfeste?« versuchte ich sie abzulenken.

»Nun ja, du weißt ja, was ich von allem Kirchlichen halte, Weiland einmal ausgenommen. Aber du hast recht, Pfingsten hat etwas so Fröhliches an sich.«

»Und außerdem ist es das letzte Fest vor dem langen Sommer, der für uns Bauern nur aus Arbeit und Mühsal besteht. Kein Wunder, daß Jerg und Cornelius sich jedes Jahr das Pfingstbier besonders schmecken ließen! Danach bleibt den Männern schließlich bis nach der Ernte kaum eine freie Minute zum Bechern und Zechen.«

Asa sah mich schräg an. »Vermißt du die Landarbeit eigentlich sehr?«

Für einen kurzen Moment wurde ich nachdenklich. Nein, ich konnte nicht behaupten, daß mir das Aufstehen im Morgengrauen, das Kühehüten und die Arbeit auf dem Acker fehlte. Da gefiel mir das Leben bei Asa doch besser. Meine Strohschuhe konnte ich mittlerweile schon fast im Schlaf herstellen, so geläufig waren mir die Handgriffe geworden. Und an Käufern mangelte es mir ebenfalls nicht.

»Irgend etwas führst du doch im Schilde, Marga, das spür' ich so deutlich, wie wenn das Wetter umschlägt! Red schon, was ist es?«

»Vielleicht hab' ich ja vor, die Rolle des Pfingstbutz zu übernehmen?« Ich lachte schelmisch.

»Und von Haus zu Haus zu laufen und dabei ein Sprüchlein aufsagen? Nein, das würdest du dich nicht trauen. Und außerdem ist der Pfingstbutz ein Mann!«

»So, und wer weiß das schon unter der dicken Verkleidung? Das Sprüchlein könnt' ich schon aufsagen. Paß auf:

›Pfingstbutz bin ich genannt,
Eier und Schmalz sind mir wohlbekannt,
Mehl schlag' ich auch nicht aus,
meine Kameraden und ich backen Dötsche daraus.‹«

»Und ich bin dann wohl mit den Kameraden gemeint, wie? Willst du etwa aus meiner Kräuterküche ein Backhaus für Dötschen machen?« Diese Vorstellung war nun doch zu komisch, und Asa begann zu kichern. Ich war froh, daß ich sie abgelenkt hatte, und da ich verhindern wollte, daß Asa erneut zu bohren anfing, bot ich mich an, frisches Wasser zu holen.

Am Brunnen traf ich auf eine Gruppe von Frauen, die sich aufgeregt unterhielten. Alle sprachen wild durcheinander, und ich verstand gar nichts. Katharina, die zur gleichen Zeit gekommen war, schien es ebenso zu gehen.

»Seid doch mal für einen Moment still!« Katharina, das Weib von Oskar Klein, stampfte kräftig mit dem Fuß auf den Boden, worauf die anderen verstummten. »Auch ich will jetzt endlich wissen, was passiert ist. Sophie, erzähl doch endlich!«

Sophie war die jüngste von drei Töchtern im Hause des Schmiedes, deren unverheiratetes Dasein ihrem Vater ein gewaltiger Dorn im Auge war. Aber wer hätte die armen Mädchen heiraten sollen? Wo doch so viele der jungen Männer entweder tot oder geflohen waren? Trotz alledem war Sophie immer vergnügt und sprudelte geradezu vor Übermut. An diesem Tag allerdings nicht. Leichenblaß stand sie da. Die Haare hingen ihr strähnig ins Gesicht und konnten dennoch ihren stumpfen Blick nicht verdecken. Was ich nun erfuhr, war so ungeheuerlich, daß ich es zuerst gar nicht glauben mochte: Jost hatte Sophie und drei andere Jungfrauen auf die Burg kommen lassen, um sie zu fragen, warum sie noch keinen Bräutigam hatten! Mehr brachte Sophie nicht heraus, dann schossen wütende Tränen über ihr Gesicht. Hilflos standen die anderen um sie herum. Aufgeregt fragte Katharina in die Runde: »Und was passierte dann?«

»Die Soldaten haben sich an ihr vergangen! Mit Josts Zustimmung. Stell dir das nur vor! Jetzt weißt du, warum wir uns so aufregen. Schlimm genug, daß der Lehnsherr das

Recht auf die erste Nacht hat – aber so etwas hat es bisher nicht gegeben!«

Stumm blickte ich zu Sophie hinüber. Bei der Vorstellung, was die groben Burschen ihrem zarten Leib angetan hatten, grauste es mich, und ich erinnerte mich an meine eigene Nacht vor der Hochzeit, die ich ebenfalls mit Jost verbringen mußte. Wie hatte ich damals meinem Schöpfer gedankt, daß der Mann in jener Nacht zu betrunken gewesen war, um mir tatsächlich die Jungfräulichkeit zu rauben! Bei ein paar halbherzigen Versuchen war es damals geblieben, dann war er laut grunzend eingeschlafen. Als ich ihn zwei Stunden später weckte, ging er jedoch mit der festen Überzeugung von mir, sein Recht genutzt zu haben, was nicht zuletzt von einem mit Kirschsaft gefärbten Stück Leinen herrührte.

Auf einmal spürte ich die Blicke der anderen Frauen auf mir ruhen, die darauf warteten, daß ich mich zu Josts neuester Schandtat äußerte.

»Das sollte wohl ein neuer Beweis dafür sein, wie mächtig er geworden ist. Denkt doch nur einmal nach: Zuerst hat er unsere Männer kleingekriegt. Er hat sie bestraft, davongejagt oder umbringen lassen, weil sie es wagten, sich gegen die bestehenden Gesetze aufzulehnen ...«

Skeptisch hörten die Frauen mir zu. Bevor mich der Mut verlassen konnte, fuhr ich fort, meine Ansicht zu äußern. »Und denkt doch nur, was er mit den Zigeunern gemacht hat. Wer bleibt denn nun noch übrig, außer uns Frauen? Jetzt will er auch uns kleinkriegen!«

»Das hat er wohl geschafft«, stellte Katharina mit einem bedeutungsvollen Seitenblick auf Sophies verheultes Gesicht fest.

Gerade als wir wieder unserer Wege gehen wollten, war das Geklapper von Pferdehufen zu hören. Unwillkürlich zogen die Frauen ihre Köpfe ein. Von den Bauern aus der Umgebung besaß keiner mehr ein Reitpferd, also mußten es entweder Fremde oder Soldaten von der Burg sein. Schon seit langem bedeuteten Reiter nichts Gutes mehr in unserem Dorf.

»Was steht ihr hier herum und haltet Reden, ihr faules Pack!« Noch bevor man ihn sehen konnte, war der Burgverwalter zu hören. »Wartet nur ab, bis ich die Peitsche auf euch verwende, dann werdet ihr springen wie die Hasen, hahaha!«

Verschüchtert drängten sich die Frauen zusammen. Ich blickte zu Sophie, die am ganzen Leib zu zittern begann. Da stellte ich mich vor sie, so daß ihr der Anblick ihres Peinigers erspart blieb. Jost hatte in der Zwischenzeit sein Roß zum Stehen gebracht und lehnte sich bequem im Sattel zurück.

»Du da! Komm her!« Mit der Reitpeitsche deutete er auf mich. Zaghaft machte ich einen Schritt nach vorne. Dabei hielt ich meinen Blick krampfhaft in die Ferne gerichtet. »Du bist doch das Weib, das bei Asa untergekommen ist, nicht wahr?« Ich nickte. Wollte er mich jetzt auch auf die Burg holen? Doch urplötzlich schien er sein Interesse an mir wieder verloren zu haben, denn nun wandte er sich an alle Frauen:

»Hört gut zu, was ich euch zu sagen habe, ihr faulen Weibsbilder. Ab morgen ist auf der Burg Fron angesagt. Und zwar für euch alle. Noch vor Morgengrauen steht ihr am Burgtor – und zwar für das ganze Pfingstfest, ist das klar? Sagt das auch den anderen Weibern im Dorf, auf daß mir keine fehlt!«

Die Frauen nickten stumm. Von Josts nasser Aussprache hatte ich eine Ladung Spucke auf die Schulter abbekommen, die ich angeekelt wegzuwischen versuchte. Im gleichen Moment blickte er wieder auf mich herab, und ein spöttisches Lächeln umspielte dabei seine Lippen. »Sag der Heilerin, daß ich sie morgen ebenfalls auf der Burg brauche. Sie soll ihre Medizin mitbringen!« Mit einem Schnalzer nahm er die Zügel seines Rappen wieder auf und wendete sich zum Gehen.

›Wahrscheinlich hat er wieder Warzen an seinem fetten Hintern‹, schoß es mir durch den Kopf, doch zum Lachen war mir dabei nicht zumute. Über Pfingsten Frondienst! Ich hoffte, daß mir meine Bestürzung nicht anzusehen war. Wie sollte ich meinen Plan in die Tat umsetzen, wenn ich just zu dieser Zeit auf der Burg zu schaffen hatte? Doch dann gab ich mir innerlich einen Ruck. Irgendwie würde es gelingen. Und außerdem – mit herzöglichem Besuch würde das Ganze noch viel wirkungsvoller ausfallen!

Ich schaute in die Runde der Frauen. Noch vor kurzem hatte ich mir überlegt, ob ich nicht besser umkehren und auf deren Gesellschaft am Brunnen verzichten sollte. Nun war ich eigentlich froh, daß ich es nicht getan hatte. Mochten die Frauen auf ihre Art auch etwas seltsam sein, gute Seelen hatten sie trotzdem alle. Plötzlich überfiel mich der unwiderstehliche Drang, sie aufzuheitern, egal, ob ich mich dadurch unnötig in Gefahr brachte oder nicht.

»Eines versprech' ich euch! Am Morgen des Pfingstsonntags werdet ihr alle etwas erleben, was vieles entschädigen wird, was uns von denen auf der Burg angetan wurde!« Mehr verriet ich nicht, mochten die Weiber mich auch noch so drängen. Ich wollte nur noch heim, denn bis zum Pfingstsonntag gab es noch viel zu tun ...

5.

Wie es sich für ein Hochfest ziemt, hatte auch das Wetter ein Erbarmen mit uns. An einem taubenblauen Himmel zogen weiße Wölkchen vorbei, die wie dicke, frischgewaschene Wollknäuel aussahen. Über allem strahlte fleißig die Sonne wie eine riesengroße Butterblume. Um das Kirchentor wanden sich grüne Girlanden aus Buchsbaum, in die bunte Blüten gesteckt worden waren, und in der Kirche selbst waren die Bänke brechend voll. Die ersten fünf Reihen wurden von Herzog Ulrich und seinen Gästen eingenommen, die mit ihren prächtigen und ausladenden Gewändern kaum Platz auf den schmalen Bänken fanden. Sabina, die Herzogin, zupfte unentwegt an ihren Puffärmeln herum oder nestelte an ihren Bändern. Ihrer unfreundlichen und verkniffenen Miene nach zu urteilen mußte das Leben an der Seite eines Herzogs nicht gerade ein Honiglecken sein. An ihrer linken Seite saß des Herzogs Stallmeister, Hans von Hutten, der statt seiner dunkelgrünen Uniform diesmal eine tiefrote Jacke trug, deren Kragen mit schwarzem Samt verbrämt war. Hutten war schon vor zwei Tagen angereist und hatte sich um die Vorbereitungen für das geplante Ritterturnier gekümmert. Er gehörte zwar nicht zu unsresgleichen, aber ein stattliches Mannsbild war er allemal, und man mußte als Weib schon blind sein, um ihn zu übersehen. Vor allem Huttens Augen waren es, die mich in den Bann zogen. Ihre Farbe war so sanft und schmeichelnd wie dickflüssiger, dunkelgelber Honig, und im Sonnenlicht tanzten darin kleine, dunklere Sprenkel lebhaft hin und her. Am Ende dieser ersten Reihe saßen ein kräftiger Mann in einer goldverzierten Uniform und ein junges Mädchen, das wohl seine Tochter sein mußte. Wenn Blicke töten könnten, wäre dieses Kind nicht mehr unter uns gewesen, denn die Herzogin warf ihm einen giftigen Blick nach dem anderen zu, was ich von meinem Sitzplatz aus recht gut beobachten konnte. Markus Jost in einem dunkelblauen Rock und neben ihm Sureya, ebenfalls dunkel gekleidet, saßen in der Reihe direkt dahinter. Ihr Haar trug sie seit Wochen schon zu einer ellenlangen Krone aufgetürmt, was ihr im Dorf den Spottnamen ›Burgfräulein‹ eingebracht hatte. Auf der gleichen Bank hatten Scheuffele, der Büttel, und Karl Saam, der Besitzer der Sämerei, Platz genommen. Mit Erleichterung stellte ich fest, daß sogar die Burgsoldaten da waren. Lustlos standen sie im hintersten Eck des Gotteshauses.

Wieder einmal verstand es Weiland, die Menschen mit seinen Worten zu fesseln. Mir war nicht bekannt, daß auch andere Pfarrer es so hielten wie Weiland, der nach dem lateinischen Teil der Predigt immer auch ein paar Worte in Schwäbisch sagte, so daß wir etwas verstehen konnten. Dabei nahm er kein Blatt vor den Mund, sondern sagte, was ihm auf dem Herzen lag, und zwar so, wie ihm der Schnabel gewachsen war. So manches Mal habe ich vor Angst zitternd in der Kirche gesessen und gedacht, im nächsten Augenblick würden die Soldaten nach vorne stürmen und Weiland wegen ketzerischer Widerrede mitnehmen. Auch Asa hatte den Gottesmann schon davor gewarnt, es mit seinen Reden nicht zu weit zu treiben, worauf dieser jedoch nur abgewinkt hatte.

»Was soll ich denn sonst machen, Asa? Ich habe kein Geld, um es an Bedürftige verteilen zu können, genausowenig, wie ich eine Speise zum Verteilen habe. Froh muß ich sein, wenn ich selbst satt werde. Was also kann ich den Menschen anbieten außer einer deftigen Rede? Daß ich sie darin hin und wieder auf die irdischen Mißstände hinweise und nicht immer nur vom Himmelreich rede – wer soll's mir verdenken?« Jost zum Beispiel, hatte Asa daraufhin entgegnet. Oder der Abt vom Kloster Weil, hatte ich noch hinzugefügt, denn daß dieser seinem Schützling nicht ganz grün war, hatte Weiland uns schon vor längerer Zeit einmal gebeichtet. Doch unsere Warnungen stießen auf taube Ohren.

Und diesmal hielt Weiland es nicht anders, Herzog hin oder her. Gerade setzte er zu einer gewaltigen Rede an, die davon handelte, daß der Mensch doch eigentlich nur einem Herrn dienen sollte, und der sei Gott, der Herr im Himmel. Ich blickte erst zu Herzog Ulrich, der jedoch die Augen geschlossen hatte und ein Nickerchen zu halten schien, und dann zu Jost, der halb amüsiert und halb verärgert dreinblickte. ›Besser, er belächelt Weilands Predigt, als daß er ihn aus der Kirche werfen läßt‹, dachte ich bei mir und versuchte sodann, mich vorsichtig aus der Kirchenbank zu schleichen. In weiser Voraussicht hatte ich ganz am äußersten Ende Platz genommen, so daß ich unbemerkt hinausgelangen konnte.

Etwas erhitzt und außer Atem war ich wieder zurück, noch bevor Weiland den Segen erteilte. Dabei klopfte mein Herz so sehr, daß ich dachte, man würde es durch das grobe Leinen meines Leibchens hüpfen sehen. Ich tat, als würde ich Asas fragenden Seitenblick nicht bemerken, und sang mit allen anderen inbrünstig das Halleluja zum Schluß des Gottesdienstes.

Danach sammelten sich die Kirchenbesucher vor dem Gotteshaus. Jeder wollte den Herzog und seinen Troß bestaunen, denn schließlich kam es nicht alle Tage vor, daß so hoher Besuch den Gottesdienst mit den Dorfbewohnern teilte. Von Weiland wußte ich außerdem, daß Ulrich darauf bestanden hatte, daß er, der Dorfpfarrer, den Gottesdienst halten sollte, statt, wie bei so hohem Besuch sonst üblich, Abt Richard für diese Aufgabe zu bestellen. Vielleicht war dies als eine Art Versöhnungsgeste gegenüber uns, den einfachen Leuten, gedacht, vielleicht hatte der Herzog diese Entscheidung jedoch auch nur aus einer Laune heraus getroffen. Mir war es gleich. Nie und nimmer konnte ich diesem Mann verzeihen, was er uns angetan hatte. Doch die meisten Dorfbewohner besaßen wohl ein größeres Herz, oder war es nur ein schlechteres Gedächtnis? Noch lange, nachdem Herzog Ulrich und Herzogin Sabina vorbeistolziert waren, verharrten sie ergriffen in ihrem Kniefall. Wenigstens ging ihre Ehrerbietung nicht soweit, daß sie diese auf Jost samt ›Gemahlin‹ ausgeweitet hätten. Denn wie auf ein geheimes Kommando hin erhoben sich die Leute bei deren Anblick wieder aus ihrer gebeugten Haltung und versperrten ihm wie zufällig den Weg. Ich beobachtete, wie der Herzog und sein Weib über eine mit Brokat und Silberbeschlägen verzierte Stufe in ihre nicht minder prächtige Kutsche einstiegen. Die Dorfbewohner hatten sich in der Zwischenzeit hinter der Kutsche aufgestellt, um das Herzogspaar zu Fuß zur Burg hoch zu geleiten. Ein gutes Dutzend der Frauen, darunter auch ich, mußten am Nachmittag während des Turniers bei der

Bewirtung der Gäste helfen, die anderen wollten nach dem Marsch wieder zurück auf den Dorfplatz zur Pfingsthock. Josts Kutsche bildete das Ende unseres Zuges, gerade so, als wolle er uns Opferlämmer zum Schafott treiben. Na, der hatte noch eine Überraschung vor sich ...

Kaum hatte unser Zug die ersten Kurven des Burgwegs hinter sich gelassen, da fing es an.

Das Lachen.

Waren es zuerst nur einige zögerliche Gluckser, so schwoll das Lachen langsam zu einem riesigen Sturm an, der alle Bande durchbrach, die das Leben der Menschen beengten und gefangenhielten. Es war ein befreiendes Lachen, das die Menschen voller Lust und ohne Hemmungen von sich gaben.

Ich sah, wie der Herzog sich verwundert umdrehte, um den Grund für die Belustigung der Bauern zu entdecken. So sehr er auch durch das enge Fenster seiner Kutsche starrte, konnte er trotzdem nicht sehen, was die Dorfbewohner längst erspäht hatten:

Am Tor von Burg Taben hatte ich einen Pfingstlümmel befestigt, der genauso aussah, wie jene Puppen aus Stroh üblicherweise aussahen, die bei den Frauen im Dorf gefürchtet waren wie der Teufel! Jedes Jahr stellten sich die Weiber aufs neue die Frage: Welche ist die Ungeliebteste im ganzen Dorf? Welche bekommt in der Nacht zum Pfingstsonntag den Pfingstlümmel aufs Dach gesetzt? Es gab Jahre, in denen auch ich nächtelang wachgelegen hatte und meine Sünden an mir vorbeiziehen ließ, in der festen Überzeugung, dieses Mal würde es mich erwischen. Schon bei der Vorstellung, welche Schmach und Schande dieses Symbol der Ungeliebtheit für die Betroffene bedeutet, war mir stets angst und bange geworden. Bei meinem Pfingstlümmel gab es diesmal allerdings einen kleinen Unterschied zu denen aus den Vorjahren: Statt mich mit einem kleinen Püppchen zu begnügen, hatte ich in einem Versteck im Wald ein lebensgroßes Vieh zusammengebastelt! Und so hing mein Lümmel, größer als mancher Mann, an Sureyas Tor. Und noch eine besondere Boshaftigkeit hatte ich mir einfallen lassen: Zwei aufgeblasene Schweinsblasen, auf den Leib aufgenäht, dienten als riesige Brüste, und ein Stück Darm, mit getrockneten Bohnen gefüllt, hing der Puppe zwischen den Beinen. Dies entging natürlich niemandem, der an diesem schönen Sonntag dastand und mein Werk bestaunte. Und auch die Ähnlichkeit mit Sureyas Haartracht mußte selbst einem Blinden auffallen. Asa liefen vor Lachen die Tränen übers Gesicht. Der verstohlene Blick, den sie mir zuwarf, sagte mehr als tausend Worte. Asa wußte, daß es nur einen Menschen im Dorf gab, der diese Arbeit aus Stroh gefertigt haben konnte.

»Schaut doch, das ist nicht nur ein Pfingstlümmel für Sureya, sondern auch noch ein ... tja, wie sagt man da wohl, eine Pfingsthexe für Jost!« »Recht geschieht's ihm! Die beiden haben verdient, was sie bekommen haben.« »So guckt euch doch diesen Schwanz an! Das Weib wär' doch froh, wenn sie so einen jemals zu Gesicht bekäme, hohoho!« »Was wohl der Herzog dazu sagen wird? So etwas kriegt der in seinem Stuttgart gewiß nicht zu sehen, hihihi!«

Alle Augen waren gebannt auf Ulrichs Kutsche gerichtet, die nun vor dem Burgtor zum Stehen kam. Mit einigem Abstand kam auch der Zug der Dorfbewohner zum Halten. Dann stieg Ulrich aus.

»Und – was tut er?« Ich verfluchte den Umstand, daß ich zu klein war, um selbst Einzelheiten erkennen zu können.

»Er lacht!«

»Wie bitte?« fragte ich ungläubig zurück.

»Er lacht. Er schlägt sich auf die Schenkel wie ein Bauer und lacht!« berichtete der Mann neben mir. »Der Herzog lacht!« Wie ein Lauffeuer verbreitete sich die Nachricht bis in die hintersten Reihen. Kurze Zeit später sahen wir, wie Josts Kutsche, von schnaufenden Gäulen gezogen, bei der Burg ankam und eine vor Wut mindestens genauso schnaufende Sureya ausstieg. Sicherlich hatten die beiden ihren Pfingstlümmel schon vom Weg aus bewundern können, doch erst jetzt, auf Josts Geheiß hin, wurde er von den Soldaten abgenommen, die sich in diesem Falle scheinbar erstaunlich taub und dumm gestellt hatten. So gesehen hatte der Pfingstlümmel ein recht langes Leben gehabt – aber die Freude der Menschen im Dorf währte noch viel länger!

Kaum in der Burg angekommen, wurden wir Frauen von grinsenden Wachen sofort in die Wäschekammer geschickt. Obwohl sich die Frauen an fünf Fingern abzählen konnten, wessen Werk die unschickliche Puppe war, sprach mich keine darauf an. Es war, als hätten wir eine geheime Absprache getroffen, diesen Sieg im stillen zu genießen.

Kurze Zeit später bekam jede von uns eine Art Kostüm verpaßt, in dem sie vor die Gäste treten sollte. Das Kostüm bestand aus einem weiten, schwarzen Rock und einem weißen Leibchen, das mit weiten, durchsichtigen Ärmeln, vorne durch ein schmales Band zusammengehalten, ausgestattet war. Über den Rock mußten wir eine Art zweiten Rock ziehen, der nur aus zwei Bahnen Stoff bestand, die an den Seiten mit Schleifen zusammengehalten wurden. Dieser Überrock war aus dem gleichen weißen Leinen wie das Leibchen, und so machte das Ganze einen frischen, hellen Eindruck. Bei jedem Schritt raschelten die Röcke leise. Bewundernd drehten wir uns im Kreise und genossen die schwungvolle Bewegung der weiten Stoffbahnen.

»Ach, da sind ja die Landpomeranzen! Du meine Güte, wie soll ich aus denen bis zum Turnierbeginn Schankmädchen machen? Ach, hätten wir doch nur unser Stuttgarter Hofpersonal mitgebracht ... Aber nein, er wolle eine *natürliche Ländlichkeit* spüren, unser verehrter Herr. Und ich kann mich nun darum kümmern, die natürliche Ländlichkeit wenigstens vom gröbsten Stallgeruch zu befreien!«

Erschrocken drehten wir uns um. Im Türrahmen der Wäschekammer war ein Mann erschienen, wie ich noch keinen erlebt hatte. Nicht nur, daß er unentwegt wie ein

Waschweib in den höchsten Tönen jammerte, auch sein ganzes Getue war äußerst ungewöhnlich.

»Rrruhe, bitte! Rrruhe! Vater im Himmel, wie soll ich dieser wilden Hummeln Herr werden? Ich bin doch kein Zauberer, sondern Zeremonienmeister!« Auf Zehenspitzen stehend klatschte er zaghaft in die Hände, so daß sich nur die Fingerspitzen berührten. Gleichzeitig schaffte er es, seinen kleinen Finger auf eine unnatürliche Art abzuspreizen, was beides zusammen in meinen Augen ein unfreiwillig komisches Bild abgab. In seinem dunkelgelben Samtrock mit den weißen Pelzbesätzen an Ärmel und Kragen war der arme Mann für diesen schönen, warmen Junitag viel zu warm gekleidet. Auf seiner Stirn standen deshalb dicke, glänzende Schweißperlen, die er sich unentwegt mit einem zarten Spitzentüchlein abzuwischen versuchte. Sein Jammern nahm kein Ende und hatte bei uns nur einen Lachanfall nach dem anderen zur Folge. Unsere eigene Aufregung und Angst war wie weggeblasen, durch das Erlebnis mit dem Pfingstlümmel waren wir alle aufgekratzt wie wilde Hühner. Dennoch schaffte er es irgendwie, uns die bevorstehenden Aufgaben zu erklären: Wir sollten auf der für dieses Ereignis angefertigten Zuschauertribüne die Gäste mit Erfrischungen bewirten und aus großen Kannen Bier und Wein, aber auch Apfelmost und Wasser einschenken. Wehe, wenn wir das prachtvolle Gewand eines Gastes beschmutzten! Er ging nicht soweit, uns für diesen Fall Prügel anzudrohen, doch hätte ich es freiwillig nicht darauf ankommen lassen wollen. Danach mußten wir uns in einer Art Kniefall üben. Und obwohl er lautstark klagte, daß wir dabei aussähen wie hinkende Kühe auf der Wiese, schickte er uns dennoch nach kurzer Zeit nach draußen.

»Ich kann es nicht ändern, die Zeit drängt. Wenn Ulrich den Landfürsten spielen will, muß er sich damit abfinden, daß seine Gäste von Kuhmägden bedient werden! Ich kann nur noch beten, daß nicht eine Katastrophe passiert!«

Verstohlen blickten wir uns an. Allmählich begannen uns

doch die Knie zu zittern. Zuerst sollte uns noch eine Gnadenfrist beschieden sein, denn der Herzog hatte angeordnet, daß während der eigentlichen Turnierkämpfe die Aufmerksamkeit der Gäste nicht durch die Bewirtung abgelenkt wurde. Was mir nur recht war, denn so hatte ich endlich die Gelegenheit, die Farbenpracht, die sich vor meinen Augen abspielte, zu genießen.

Der eigentliche Turnierplatz bestand aus einer großen, viereckigen Wiese, die von rotangestrichenen Holzbarrikaden eingegrenzt wurde. Zu beiden Längsseiten waren auf einer Erhöhung die Zuschauerbänke untergebracht, und an der oberen, kurzen Seite lag der Eingang, durch den nun zwei Dutzend Pferde hereingaloppiert kamen. Ich glaubte meinen Augen nicht zu trauen, als ich die Rösser sah! Nach einer Ehrenrunde, die von den Zuschauern laut beklatscht wurde, stellten sich die Reiter in zwei Gruppen einander gegenüber auf.

»Schau doch nur«, flüsterte Sophie mir aufgeregt zu, »die Verkleidung! Hast du so etwas schon einmal gesehen?«

»Ja«, gab ich ebenso leise zurück, »in meinem Heimatdorf auf der Alb gab es zu Pfingsten ähnliche Reiterspiele, zwar bei weitem nicht so prächtig, aber im Grunde genommen ähnlich. Es geht dabei darum, daß der Winter gegen den Sommer kämpft, und so gibt es zwei Fähnlein, die gegeneinander mit der Lanze antreten.«

Gebannt blickte Sophie nach vorne. »Des Herzogs Mannschaft ist wohl der Sommer, nicht wahr? Schau doch nur, wie haben die bloß diese kunstvollen, grünen Gebilde auf die Pferde gebracht?«

»Das sind Laub, Gras und Blüten, die auf einem Drahtgerüst aufgebunden sind. Bei der Herstellung des Gewandes für den Blumengrafen, wie man den Anführer, also den Herzog, nennt, habe ich vor meiner Heirat immer helfen dürfen. Das war eine feine Arbeit!« Ich wollte gerade wehmütig werden, als mir einfiel, daß ich gerade heute keinen Grund dazu hatte, wo doch mein Streich so vielen Menschen Freude bereitet hatte.

»Der Blumengraf und sein Fähnlein kämpfen nun gegen den Wintergrafen. Ich glaube, das ist dieser Hans von Hutten ... ja, das ist er. Der Arme wird ganz schön schwitzen unter seinem dicken Pelzbehang!«

»Wahrscheinlich hat der Herzog deswegen die Rolle des Sommers übernommen, hihihi, dem wär's wohl schnell unwohl geworden unter diesen dicken Fellen!«

»Tja, als Herzog kann er sicher wählen, welche Gruppe er anführt. Aber ich glaube, er spielt den Sommergrafen auch noch aus einem anderen Grund ...«

»Und der wäre?« Neugierig blickte Sophie zu mir herüber.

Doch alles wollte ich nun auch nicht verraten. Aufmerksam schauten wir zu, wie die beiden Gruppen immer wieder aufeinander zuritten und wie der Sommergraf dem Winter mit seiner Lanze bei jeder Begegnung eine weitere Blessur zufügte. Am Ende hingen die Pelze des Winters nur noch in Fetzen herunter, was von den Gästen lautstark bejubelt wurde. Hans von Hutten gab eine wirklich klägliche Figur ab, während der Sommer, und somit der Herzog, als strahlender Sieger aus diesem Spiel hervorging. Dabei bemerkte ich, wie Herzog Ulrich immer wieder suchend in die gleiche Richtung blickte. Zuerst dachte ich, er würde um Beifall heischend zu seiner Gattin schauen, aber Ulrichs Adleraugen hatten ein anderes Ziel: Mit einem gierigen Blick verschlang er die Schönheit des jungen Mädchens, das, wie in der Kirche, in Begleitung ihres fettleibigen Vaters auftrat. Schamlos und ohne sich um die anderen zu kümmern, tändelte er von seinem Pferd aus mit der jungen Schönheit, was diese auf eine ebenso schamlose Art erwiderte. Obwohl die Herzogin nur wenige Plätze von ihr entfernt saß, winkte das junge Ding dem Herzog kokett zu und reckte dabei ihre Brust in die Höhe. Über soviel Frechheit konnte ich nur den Kopf schütteln. Mit dem Mann einer andern schönzutun, während dessen Weib daneben saß, hätte ich nie gewagt! Daß ihr Vater sie nicht in ihre Schranken verwies! Doch dieser saß wie ein Unschuldslamm da und schien nichts mitzukriegen. Dafür entging der Herzogin kein Blick der beiden, obwohl sie so tat, als ob nichts geschehe. Doch ihr Haß und ihre Wut schienen mir fast zum Greifen spürbar. Ich an ihrer Stelle wäre längst aufgestanden und hätte dem frechen Weibsstück eine Ohrfeige verpaßt, an die es sich noch Wochen danach erinnern würde! Aber in so hohen Kreisen schien man wohl anders zu denken und zu handeln. Trotzdem war ich der Meinung, daß die Herzogin einen Fehler beging, als sie nun aufstand und von drei ihrer Zofen begleitet mit hoch erhobenem Kopf die Tribüne verließ. So machte sie doch ihrer jungen und schönen Rivalin den Weg für eine Tändelei mit ihrem Gatten erst recht frei! Doch dann hatte ich keine Zeit mehr, mich noch länger meinen interessanten Beobachtungen hinzugeben. Und schließlich: Mochten es auch Herzöge, Grafen oder andere feine Herrschaften sein – sie alle waren auch nur Menschen mit menschlichen Begierden! Befriedigt über diese Schlußfolgerung widmete ich mich hernach meiner Aufgabe als Schankmädchen, ohne einen einzigen Tropfen des roten Saftes zu verschütten.

Am Ende dieses aufregenden Tages schlief ich zwar erschöpft, aber in dem stolzen Bewußtsein ein, Markus Jost zum ersten Mal getrotzt zu haben, ihn zum Narren vor dem ganzen Dorf gemacht und so an seiner Macht gekratzt zu haben.

6.

Wie schnell die Zeit verging! Eines Morgens öffnete ich meine Augen und dachte erschrocken: ›Zwei ganze Jahre warte ich nun schon auf Jerg!‹ Allmählich begannen die Konturen seines Gesichtes vor meinen Augen zu verschwimmen. Wie groß war das Grübchen in seinem Kinn? Und das Blau seiner Augen – ähnelte es eher der dunklen Tiefe des Dorfteiches oder dem aufgewühlten Blau eines Gewitterhimmels? Krampfhaft schloß ich meine Augen wieder und versuchte, Jergs Antlitz heraufzubeschwören.

Und es war, als ob Gott meine Angst erkannt hatte und mir einen Beweis seiner Liebe schickte. Denn noch am selben Tag sollte ich Nachricht von Jerg erhalten.

Es war zur Mittagszeit, während Asa und ich am Tisch saßen und unseren Rübentopf verzehrten. Plötzlich klopfte es leise an der Tür. Als ich sie öffnete, stand ein Bettler vor mir, der anstelle seines linken Arms nur noch einen eitrigen Stummel hatte. Mit Grausen mußte ich feststellen, daß sich in dem offenen Fleisch Maden und Würmer tummelten, was den Mann nicht im geringsten zu stören schien. Vor Schreck schrie ich laut auf. Alarmiert kam auch Asa zur Tür. Mit einem Blick erfaßte sie, was meinen Ekel ausgelöst hatte, und bot dem Mann an, seinen Arm zu behandeln, was dieser jedoch mit einem dümmlichen Grinsen aus seinem zahnlosen Maul ablehnte. Er sei nicht wegen eines Heilmittels gekommen, der Arm würde sich gut bei der Bettelei machen, versicherte er uns. Die Leute legten bei seinem Anblick gerne noch etwas dazu, und wenn auch nur, um ihn schnellstmöglich wieder loszuwerden. Asa und ich schauten uns an und dachten das gleiche: nämlich, daß auch wir den Alten so schnell wie möglich wieder loswerden wollten. Doch dann stierte er mich mit seinen gelben, verklebten Augen wie eine Schlange an.

»Sag, Weib, bist du die Marga Braun?«

»Das ist mein Name. Wer will das wissen?«

»Wenn du diejenige bist, für die du dich ausgibst, habe ich eine Nachricht für dich. Von Jerg.«

Vor Schreck ließ ich das Stück Brot, das ich noch in der Hand gehalten hatte, fallen. Sofort war mein Ekel vergessen, und ich glaubte, vor Aufregung keine Luft mehr zu bekommen. »Von Jerg? Wo ist er? Geht es ihm gut? So sprich doch schon, alter Mann!«

»Muß vielleicht noch ein wenig meine Zunge ölen ...« Erwartungsvoll blickten mich zwei listige Augen an. Und erst nachdem wir ihn an den Tisch gebeten hatten, er einen kräftigen Schluck von Asas Kräuterschnaps genommen hatte, begann er zu erzählen:

»Der Jerg ist drüben in der Schweiz, und es geht ihm gut. Auf einem kleinen Bauernhof tut er leben und arbeiten, bei befreundete Leut'.« Laut schmatzend nahm er wieder einen tiefen Schluck. Am liebsten hätte ich ihn wie toll geschüttelt, um mehr aus ihm herauszukriegen, doch der Alte ließ sich durch nichts zu einer schnelleren Redeweise bewegen.

Verzweifelt blickte ich von Asa zu dem Alten. Gerade noch rechtzeitig zog ich meinen Arm weg, bevor er mir diesen mit seiner guten Hand tätscheln konnte. Wieder musterte er mich von oben bis unten, dann gab er ein spöttisches Kichern von sich. »Sollst dich nicht beunruhigen, hat er gesagt, der Jerg.«

Mit einem schnellen Handgriff entwand Asa dem Alten die Schnapsflasche.

»Asa!« entfuhr es mir ärgerlich, doch ihr Blick ließ mich wieder verstummen. »Rede endlich weiter, dann bekommst du mehr von dem Zeug!« herrschte sie ihn an.

Endlich sprach der Alte weiter. »Woche für Woche gehen welche von denen über die Grenze und erforschen die Lage. Aber zurückkommen können sie noch nicht. Der *Arme Konrad* ist noch nicht vergessen von der Obrigkeit. Deshalb sind sie gut aufgehoben in der Schweiz.«

»Wer sind die, von denen du sprichst? Wer ist denn noch mit dem Jerg in dieser Schweiz? Weißt du was vom Stefan, ist der bei ihm? Sind die beiden zusammen?«

Zwei feiste, kleine Augen blickten mich an. »Wieso sollt' ich dir mehr erzählen, wo ihr einen Wandersmann so gar nicht willkommen heißt? Nicht mal ein Lager für die Nacht habt ihr mir angeboten!«

Unter dem Tisch spürte ich, wie Asa mir einen sanften Tritt verpaßte, was wohl hieß, daß ich meinen Mund halten sollte. Was blieb mir auch anderes übrig? Schließlich war das Asas Haus, da konnte ich schlecht dem widerlichen Alten ein Nachtlager anbieten.

»Alter Mann, du magst zwar weitgereist sein und vieles wissen. Doch eines weißt du anscheinend noch nicht: Bei uns in Taben wird erst bezahlt, nachdem man bekommen hat, was man will. Also: Antworte auf Margas Fragen, und wir sehen weiter.«

Ärgerlich musterte der Alte Asa. So hatte er sich unser Zusammentreffen sicherlich nicht vorgestellt! Statt ein vor lauter Dankbarkeit großzügiges Weib anzutreffen, hatte er es mit Asa zu tun, an der sich schon ganz andere einen Zahn ausgebissen hatten.

»Der Jerg und der Stefan sind zusammen. Und noch ein dritter ist mit dabei, Dettler heißt der. Natürlich sind auch noch andere da, aber die drei stecken immer zusammen, gerade so, als täten sie schon wieder neue Pläne aushecken!« Er kicherte. »Aber viel Zeit werden's dafür nicht haben. Denn schaffen müssen sie dort wie hier, und nicht zuwenig! Mehr weiß ich aber nicht, ich schwör's!« Trotzig starrte der Alte vor sich hin.

Asa stand auf und holte aus dem Wandregal im hinteren Teil des Raumes eine volle Flasche Kräuterschnaps. Die würde er bekommen, versprach sie dem Alten, wenn er noch heute weiterzöge. Blitzschnell griff der Mann nach dem Gebräu und machte sich humpelnd und fluchend auf den Weg, ohne sich noch einmal umzublicken.

Reglos blieb ich am Tisch sitzen.

»Puh, den haben wir los! Einen schönen Mittelsmann hat sich dein Jerg da ausgesucht, das muß man ihm schon lassen. Jetzt stinkt unsere Hütte wie ein Saustall, und wir müssen trotz der Kälte lüften!«

»Wenn das deine einzige Sorge ist, dann tust du mir leid«, fuhr ich Asa an. »Wie kannst du nur so gefühllos sein? Da höre ich das erste Mal von Jerg, und du hast nichts anderes im Sinn, als dich über den Mittelsmann zu beschweren!«

»Hast du nicht gemerkt, daß der Alte kaum mehr als Jergs Namen wußte? Der wollte doch nur eine Speise ergattern!«

»Und wenn's so wäre! Jerg lebt, und das ist die Hauptsache! Aber dich scheint dies ja nicht zu berühren!«

Mit wütenden Tränen rannte ich aus dem Haus. Wie ein wildgewordener Hund suchte ich alle Gassen nach dem alten Mann ab, doch dieser schien wie vom Erdboden verschluckt zu sein. Vor keinem Haus, an keiner Ecke, und im Wirtshaus auch nicht – nirgendwo war er zu finden. Vielleicht hatte er sich auf den Weg zur Burg hinaufgemacht! In der Hoffnung, ihn einholen zu können, raffte ich meine Röcke erneut zusammen und rannte quer durch das Dorf. Doch der Burgweg war menschenleer. Der alte Mann war wer weiß wohin verschwunden, und mit ihm meine einzige Möglichkeit, noch mehr von Jerg zu erfahren. In diesem Augenblick war ich auf die Heilerin so wütend wie noch nie. Doch immerhin wußte ich nun, daß mein Mann am Leben war. Nur: Wann würde ich Jerg wiedersehen? Wann seine kräftigen, gebräunten Arme um mich spüren?

Mutlos sank ich auf den kühlen Herbstboden, der sauer nach vergorenem Obst roch. Nach einem heißen und trockenen Sommer hatten Apfel-, Birnen- und Pflaumenbäume viel zu früh ihr Obst abgeschüttelt, das nun überall auf dem Boden verfaulte. Am Waldrand färbten sich die Holunderbeeren rot, und auf den höhergelegenen, trockenen Wiesen blühte schon das Heidekraut. Viel früher als sonst stand dieses Jahr der Herbst und danach sein kälterer Bruder vor der Tür. Auf einmal erschien mir mein Leben genauso dunkel und kalt wie der bevorstehende Winter. Mir schossen die Tränen ins Gesicht. Ich weiß nicht, wie lange ich so auf dem weichen Herbstlaub lag, doch müssen es sicherlich ein paar Stunden gewesen sein. Gedanken rannten wie wilde Kinder durch meinen Kopf, reichten sich kurz die Hände, drehten sich im Kreis, versteckten sich und kamen dann kreischend für einen Augenblick ans Tageslicht.

»So hört doch auf! Geht fort, ihr Gedanken, und laßt mich in Ruhe! Ich will euch nicht! Ich will nur Jerg. Jerg! Jerg ...«

Wie eine Wahnsinnige hob ich mein Gesicht zu den kahlen Baumkronen empor und schrie mein Elend aus mir hinaus. Dem Herrgott sei gedankt, daß mich niemand dabei überraschte, denn sonst hätte ich sicherlich mein restliches Dasein bei den armen Irren über dem Berg verbringen müssen! Eingesperrt wie ein Tier, das freilaufend nur Schaden anrichten würde. Doch sehr schnell waren meine Kräfte aufgebraucht, und mein Toben und Schreien verlor an Heftigkeit, bis ich schließlich nur noch stumm dasaß und in die Leere blickte. Endlich war Ruhe in meinem Kopf. Endlich konnte ich wieder tief durchatmen. Ich füllt meine Brust mit gierigen Zügen silbrig-grauer Herbstluft. Erschöpft blieb ich dennoch liegen.

»Marga! Was machst du denn hier? Ist alles in Ordnung?«

Zu Tode erschrocken drehte ich mich um und erschrak gleich ein zweites Mal.

»Marga, was ist denn los? Ich bin's, Cornelius! Ich hab' Schreie gehört, hinten auf dem Feld, und bin sofort hergerannt.« Besorgt starrte er mich an.

Ich zwang mich zu einem unbeschwerten Lachen. »Schreie? Nein, vielleicht habe ich zu laut gesungen ... Du mußt dich verhört haben. Aber es ist gut, daß wir uns über den Weg laufen, denn ich wäre später selbst bei euch vorbeigekommen. Stell dir vor, ich hab' eine gute Nachricht für dich ... von Jerg!«

Während ich zu erzählen begann, nahm Cornelius meine

Hände in die seinen. Gierig roch ich die Mischung aus Schafswolle und männlichem Schweiß, die zu mir herüberwehte. Gab es einen aufregenderen Duft als den eines Mannes, der mit einem schweißglänzenden Körper frisch vom Felde kam? Mit Schrecken stellte ich fest, daß meine Knie zu zittern begannen. Vorsichtig löste ich meine Hände von Cornelius'.

Ich wollte mich gerade verabschieden, als Cornelius mich so durchdringend mit dunklen Augen anblickte, daß ich Angst bekam. Was ging hier vor sich? ›Renne so schnell wie der Teufel‹, schoß es mir durch den Kopf. Statt dessen versank ich wie eine Ertrinkende in Cornelius' Augen. Mir war, als ob meine Füße in dem satten Herbstboden angewurzelt wären und mich nichts lösen konnte. Ich beugte mich Cornelius' Wärme entgegen wie einem Lagerfeuer in einer kalten Nacht. Und dann lagen wir uns in den Armen. Gierig saugten unsere Münder aneinander, und ich hatte den metallischen Geschmack von Blut auf meinen Lippen. Cornelius' Hände wanderten unentwegt über meinen ganzen Rücken. »Marga, Marga ... du hast mir so gefehlt! Wie habe ich mich nach dir verzehrt«, flüsterte jener Mann in mein Ohr, der stets wie ein Bruder für mich war. Doch auf dem braungefleckten Waldboden war für geschwisterliche Gefühle kein Platz. Ich schloß die Augen und sog den Geruch der Waldfrüchte ein, auf die wir unsere heißen Körper gebettet hatten. Eicheln, Tannenzapfen, Blätter, kleine Zweige und Äste verirrten sich in mein blondes, langes Haar, klebten an meinen Schenkeln. Wie zwei Ertrinkende klammerten wir uns aneinander fest, bis unsere Lust befriedigt war. In meinem Innersten wußte ich, daß das, was ich tat, Unrecht war, doch hielt dieses Wissen mich nicht davon ab, meinen Leib mit meinem Schwager zu teilen. Wäre mir Cornelius einen Tag früher oder einen Tag später über den Weg gelaufen – vermutlich hätte ich ihn freundlich angelächelt und wäre meines Weges gegangen. Doch zu dieser Stunde war ich nicht Herrin meiner Sinne, besessen von der quälenden Angst, für immer allein zu bleiben, Jerg nie wiederzusehen, meine Seele und meinen Leib für alle Ewigkeit allein gelassen zu wissen. Cornelius war meine Rettung, so seltsam dies auch klingen mag. In einem Augenblick, da meine Kraft zum Leben beinahe aufgebraucht war, hatte er mir seine Kraft geschenkt.

7.

»Du meine Güte, du siehst ja aus wie die Katze, die sich am Sahnetopf gütlich tat und dabei erwischt worden ist!«

Kaum war ich durch Asas Tür getreten, wurde ich schon mit einem scharfen Blick gemustert. Manchmal machte es mich richtig wütend, niemals und nirgendwo meine Ruhe zu haben. Wie gerne hätte ich noch eine Weile über das nachgedacht, was im Wald geschehen war. Hatte ich vielleicht alles nur geträumt? Doch meine ausgekühlten Schenkel und mein kalter Hintern bewiesen mir das Gegenteil. Verstohlen setzte ich mich neben die Feuerstelle und versuchte, die zerknitterten Falten meines Rockes glattzustreifen.

»Dein Rock und dein Leibchen – alles verschmutzt ... so sprich doch, Marga, was ist geschehen? Bist du überfallen worden?« Besorgt musterte sie mich. Daß Asa sich wegen meines langen Fortbleibens Sorgen machen könnte, daran hatte ich nicht im geringsten gedacht. Ich beeilte mich, sie zu beruhigen. Aber ich brachte es einfach nicht fertig, Asa meine Sünde zu beichten.

Doch die Heilerin war schließlich nicht dumm. Nachdem sie sich meiner körperlichen Unversehrtheit versichert hatte, blickte sie mich listig an. »Bist wohl mit einem Mann gelegen? Kannst es mir ruhig sagen ... Wenn du meine Meinung hören willst, ist es genau das, was dir schon lange gefehlt hat!«

»Asa, wie kannst du so etwas sagen! Ich bin doch kein loses

Weibsbild, sondern eine verheiratete Frau!« Mir war, als sei meine Zunge pelzig belegt vor Schuldgefühlen. Schon allein bei dem Gedanken an das, was ich getan hatte, stieg mir die Schamesröte ins Gesicht. Cornelius! Mein Schwager. Wie sollte ich ihm jemals wieder in die Augen blicken können?

»Verheiratete Frau, daß ich nicht lache! Eine Strohwitwe bist du, und das schon zwei Jahre lang! Außerdem hat es dein Gatte mit dem Eheschwur auch nicht so genau genommen, wenn ich mich so recht erinnere ...«

»Ach, sei doch ruhig, ich will die alten Geschichten nicht mehr hören! Wer weiß, was damals in Jerg vorging. In dieser Zeit war er doch nicht mehr er selbst! Und das mit Sureya – es gibt wohl kaum einen Burschen im Dorf, den sie damals nicht beglückt hätte.« Daß Asa gerade jetzt mit dieser alten Sache kam, wo ich genug mit mir selbst zu tun hatte, fand ich nicht gerade sehr rücksichtsvoll. Ich schöpfte ein paar Kellen Wasser aus unserem Eimer in einen Topf und stellte diesen auf das offene Feuer, auf dem schon das Abendbrot, ein dicker Brei aus Bohnen und Rüben, vor sich hinbrodelte.

»Der Cornelius war's! Bist mit deinem Schwager gelegen, nicht wahr?«

»Woher weißt du das? Asa, bist du mir etwa gefolgt?« Ich fühlte mich wie vom Schlag getroffen. Meine schlimmsten Ängste schienen sich zu bestätigen. Womöglich hatten uns noch andere beobachtet?

»Gefolgt, pah! Um das Begehren im Blick eines Mannes zu erkennen, brauch' ich niemandem zu folgen! Der Cornelius hat's doch schon lange auf dich abgesehen. Das hast du Christkind bloß nicht gemerkt, hahaha!«

Ich kniff die Stirn zusammen. »Wie meinst du das? Cornelius habe es auf mich abgesehen?«

»Nun, so, wie ich es sage! Überall hat er dich mit seinen gierigen Augen verfolgt, dir heiße Blicke zugeworfen und nur auf eine Gelegenheit gewartet, mit dir allein sein zu können. Nun, die scheint er heute wohl genutzt zu haben.«

Am liebsten hätte ich Asa den Hals umgedreht, so spöttisch klang ihr Lachen! »Das ist nicht wahr! Was heute geschehen ist, war völlig unerwartet. Es ... überkam uns einfach so. Urplötzlich.«

»Urplötzlich, das ist gut! Das sagen sie alle, hahaha!« Asa schien sich köstlich auf meine Kosten zu amüsieren. »Sag – hat es sich denn wenigstens gelohnt, daß du dir dein ganzes Kleid verschmutzt hast?«

»Wenn du's genau wissen willst: ja! Es hat sich gelohnt! Der Cornelius ist ein ganzer Kerl, und so einer tät' dir auch nicht schaden, du altes, vertrocknetes Kräuterweib!« Ich spürte, wie mir vor Wut und Erschöpfung die Tränen in die Augen stiegen. Erst der häßliche Alte und seine Nachricht von Jerg, dann mein ›Treffen‹ mit Cornelius und nun noch Asas spitzes Mundwerk – auf einmal wurde mir alles zuviel. Ich sank zu Boden und begann, hemmungslos zu weinen. »Asa, was habe ich getan? Mit meinem eigenen Schwager? Fast schon mein eigen Fleisch und Blut!«

Sofort waren Asas Arme um mich herum und schaukelten mich wie ein Kind beruhigend hin und her.

»Schsch, ist schon gut. Nichts Schlimmes hast du getan, so beruhige dich doch wieder. Cornelius ist so wenig dein eigen Fleisch und Blut wie jeder andere Mann im Dorf, und das weißt du auch. Was soll also das dumme Geschwätz? Eine junge Frau wie du hat eben gewisse Bedürfnisse. Und besser, du befriedigst sie mit einem netten Kerl wie dem Cornelius, als mit einem der rauhen Burschen aus dem Dorf, wo ein Weib sich alle möglichen Krankheiten holt.« Verschwörerisch stieß sie mir in die Rippen. »Und sieh es doch einmal so: Bei seinem Weib sei ihm doch dieses kleine Vergnügen gegönnt! Außerdem kannst du bei ihm wenigstens sicher sein, daß er nichts von eurem Stelldichein herumerzählt!«

Ich mußte an Cornelius denken, der mir bei unserem Abschied sinngemäß dasselbe gesagt hatte. Mit einem Blick so voller Zärtlichkeit, daß mir dabei angst und bange wurde, hatte er mir versichert, daß er mich nicht mehr lieben könne, selbst wenn ich sein eigen Weib sei. Die Erinnerung an das Beisammensein mit mir werde er wie einen Schatz mit sich tragen, denn für ihn sei damit ein Traum in Erfüllung gegangen, hatte er mit rauher Stimme gekrächzt. Noch niemals hatte ich Cornelius soviel auf einmal reden hören. Das Wissen, daß unsere Zusammenkunft für ihn viel mehr bedeutet hatte als für mich, verschaffte mir bleierne Beine. Seine Liebe war schwerer zu ertragen, als flüchtige Leidenschaft es gewesen wäre. Doch was geschehen war, konnte nun nicht mehr rückgängig gemacht werden. Nachdem ich mich wieder etwas gefaßt hatte, sagte ich genau dies zu Asa.

»Soo gefällst du mir! Vorbei ist vorbei, und wer weiß, wozu es gut war? Vielleicht hatte gar das Schicksal mächtig die Hand im Spiel?«

Mir gefiel Asas geheimnisvoller Blick ganz und gar nicht. »Was meinst du damit – das Schicksal die Hand im Spiel?«

»Nun, so denk doch einmal nach ... Ein Mann im besten Alter ...« Mit einer eindeutigen Geste wölbte sie ihre rechte Hand über ihren Bauch.

»Asa!« Ich schlug die Hand vor den Mund. Gott konnte mich doch nicht so strafen!

»Was wäre denn so schlimm daran? Monatelang hast du mir Abend für Abend in den Ohren gelegen, ob es nicht doch ein Pflänzlein gäbe, das deine Kinderlosigkeit beseitigen könne. Nun, ein Pflänzlein gibt es nicht, aber dafür hat dich heute eine Schlange besucht, und deren Saft vermag es sehr wohl, deinen Herzenswunsch zu erfüllen.«

»Ja, aber verstehst du denn nicht? Wie könnte ich jetzt ein Kind bekommen? Im Dorf würden mich alle für eine Hure halten, und das zu Recht! Und was würde Jerg dazu sagen?« Mit jeder Stunde, die dieser Tag älter wurde, nahm der Alptraum zu.

»Hast du noch niemals etwas von einer unbefleckten Empfängnis gehört? Davon wird doch jeden Sonntag gepredigt«, grinste Asa.

»Daß ich nicht lache! Bete lieber mit mir, daß der Herrgott ein Einsehen hat und die Frucht in meinem Leib nicht aufgeht, die ich so leichtsinnig in Empfang genommen habe.«

»Dafür brauchen wir den Herrgott nicht, Marga. Wenn du wirklich sichergehen willst, daß dein Liegen mit Cornelius keine Folgen hat, kann ich dir etwas geben. Aber ...«

Aus Asas Stimme war nun der letzte Rest von Leichtigkeit verschwunden. Ihre dunkelbraunen Augen funkelten gefährlich im Schein des offenen Feuers.

»... überleg dir das gut. Denn wenn du wirklich empfangen hast, dann tötet mein Mittel das einzige Kind, das du jemals haben wirst!«

Erstaunlicherweise schlief ich in dieser Nacht so tief und fest wie sonst auch, und mein Schlaf war traumlos und ruhig. Doch kaum war ich am nächsten Morgen erwacht, galt mein erster Gedanke Asas Worten: »Mein Mittel tötet das einzige Kind, das du jemals haben wirst!« Mein Kind – wie seltsam dies in meinen Ohren klang. Wie sehr hatte ich mich nach einem Kind verzehrt, nach einem strammen Buben für Jerg als Beweis meiner Liebe. Doch der liebe Gott muß mich wohl für keine besonders gute Mutter gehalten haben, denn ein Kind war er Jerg und mir bisher schuldig geblieben. Asas Andeutung, daß dies gar nicht an mir, sondern allein am Saft meines Mannes läge, konnte ich einfach keinen Glauben schenken. Hatte man so etwas schon einmal gehört? Nein, tief in meinem Innersten war ich davon überzeugt, daß der Fehler bei mir lag. Schließlich waren es die Frauen, die die Kinder bekamen. Nur ich eben nicht. »Mein Kind ...« Ein letztes Mal ließ ich mir diese Worte auf der Zunge zergehen, strich über meinen flachen Bauch und stand dann mit einem Satz auf. Schluß mit der Träumerei von einem Kind! Ein neuer Tag stand vor der Tür, und die Arbeit tat sich schließlich nicht von allein. Asa war wie immer schon vor Morgengrauen aufgestanden, um irgendwelche Wurzeln auszugraben. Es war meine Aufgabe, dafür zu sorgen, daß bei ihrer Rückkehr ein wärmendes Feuer und ein heißer Haferbrei auf sie warteten.

Nicht viel später kam Asa mit roten Wangen herein. Über der Schulter trug sie einen schweren Sack mit allerlei Schätzen für ihre Heilkunst, den sie mitten im Raum fallen ließ.

»Puh, das Wurzelzeug ist schwer, wenn es feucht und frisch aus der Erde kommt! Nun, gut geschlafen?« Vertraulich blinzelte sie mir zu.

»Danke, mir geht es ausgezeichnet, und ich wäre froh, wenn du mich heute früh mit deinen Anspielungen in Ruhe ließest!«

Beschwichtigend hob Asa die Hände. »Schon gut – ich werde schweigsam sein wie ein Grab! Ich hätte ja etwas Interessantes zu berichten gehabt, aber nun ...«

Unwillkürlich mußte ich lachen, als ich Asas verschnupfte Miene sah. »Ach, du und dein Schandmaul! Erzähl schon, was es gibt, sonst erstickst du noch an deinen Neuigkeiten!«

Asa ließ sich nicht zweimal bitten. Im Brustton tiefer Entrüstung erzählte sie, daß Sureya am Vorabend die Töchter des Schmieds und andere Mädchen aus dem Dorf für eine Tanzfron auf die Burg beordert hatte.

Ich schüttelte wütend den Kopf. »Dieses Miststück spielt sich mittlerweile selbst wie eine Herzogin auf! Letzte Woche mußten ein paar der Frauen tagelang nichts anderes tun, als ihre Zimmer herauszuwaschen. Und vorletzte Woche waren Marianne und ihre Schwägerin dazu abbestellt, sämtliche Treppen und Böden zu schrubben. Als ob die Weiber nichts anderes zu tun haben!«

»Natürlich«, pflichtete Asa mir bei, »das ist alles reine Schikane! Das ganze Dorf soll keinen Augenblick lang vergessen, daß nun Sureya das Sagen hat auf der Burg. Bald kommen die Leute nicht mehr dazu, ihr eigenes Tagwerk zu verrichten. Es wäre an der Zeit, daß wir aufhören, den Tanzbären für die da oben zu spielen!«

Sie stutzte. »Da fällt mir etwas ein ... was hieltest du davon, wenn ich unseren Herrn Burgverwalter diese Woche mit einer völlig neuen Salbe behandelte?«

Ich schüttelte den Kopf. »Asa, Asa, mir schwant Übles! Dieser Blick kann nur bedeuten, daß deine völlig neue Salbe entweder stinkt wie ein Haufen Mist oder brennt wie ein Büschel Brennessel oder ...«

Asa beendete meinen angefangenen Satz: »... oder – sie stinkt und brennt gleichzeitig! Hahahaha! Jost wird zwar eine Woche lang nur schwerlich auf seinem Allerwertesten sitzen können, dafür sind die Warzen aber mit Sicherheit verschwunden! Kann ich was dafür, wenn sie binnen kurzer Zeit wiederkommen ...?«

In den nächsten Tagen hatte ich alle Hände voll zu tun: Asa benötigte meine Hilfe beim Herstellen neuer Salben, unsere Hütte mußte für den Winter gerichtet werden, Obst und Gemüse mußten gesalzen und getrocknet werden – unsere Wintervorräte waren längst noch nicht komplett!

Den Nachmittag mit Cornelius hatte ich fast völlig vergessen. Lediglich in der kurzen Zeit vor dem Einschlafen, wenn ich warm und müde unter meinen Decken lag, gönnte ich mir die Erinnerung an unser heftiges Zusammenliegen, und je länger es zurücklag, desto geringer war die Reue. Noch immer hatte ich den Geruch von Eicheln und Buchen und nassem Herbstlaub in der Nase, und noch immer erinnerte er mich an diese eine Stunde. Doch die Müdigkeit übermannte mich meistens sehr schnell, und mir fielen die Augen zu. Was geschehen war, war geschehen! Cornelius mußte dies wohl ebenso sehen, denn als ich ihn beim Kirchgang das erste Mal wiedersah, grüßte er mich freundlich, als wäre nichts Besonderes geschehen. Dankbar zwinkerte ich ihm kurz zu und wandte mich dann sogleich ab, so daß weder Lene noch sonst jemand den geringsten Verdacht schöpfen konnte.

Eines Morgens wurden wir beim Aufwachen von einer eigentümlichen Stille begrüßt, die nur eines zu bedeuten hatte: Der erste Schnee war gefallen. Wie alles in diesem Jahr war auch die weiße Pracht sehr früh gekommen, immerhin war gerade eben erst Martini gewesen. Nun, da Asa nicht mehr frühmorgens hinaus konnte, um irgendwelche Pflanzen zu sammeln, gönnten wir uns eine weitere Stunde unter der warmen Decke. Das Aufstehen fiel mir im Winter immer viel schwerer als im Sommer, und das war auch in diesem Jahr nicht anders. Nachdem wir uns mühsam aus unseren schweren Decken hervorgeschält hatten, bemühte ich mich, ein Feuer in Gang zu bringen, was keine leichte Aufgabe war, denn unser Brennholz war durch den überraschenden Schnee feucht geworden. Was hätte ich jetzt für ein Bündel von Cornelius' sorgsam getrocknetem Brennholz gegeben! Fächelnd und prustend stand ich am Ofen, als es an unsere Tür klopfte. Wir blickten uns vielsagend an. Ein Besucher zu so früher Stunde konnte eigentlich nur eines bedeuten. Und so war es dann auch.

»Schneefron ist angesagt, und das den ganzen Tag lang! Hoch zur Burg sollt ihr kommen, den Burghof von Schnee befreien und die Stufen sauberfegen!« tönte uns ein blaugefrorenes Soldatengesicht entgegen und war sofort wieder verschwunden.

»Jetzt fängt diese Qual wieder an!« Wohl oder übel zog ich mir alle Kleider über, die ich mein eigen nennen konnte. Kurz bevor ich gehen konnte, drängte Asa mir noch ihre schweren Lederstiefel auf, die sie vor Jahren einmal als Entlohnung für einen gesundeten Rücken bekommen hatte. Ich zitterte schon jetzt, jedoch mehr vor Aufregung als vor Kälte. Mit einem Ruck schwang ich mir einen unförmigen, großen Leinensack über die Schulter und trat in die Kälte hinaus. Wie doch ein bißchen Schnee die ganze Landschaft veränderte! Auf der Gasse war nichts mehr von dem monatealten Matsch zu sehen, blaß und silbrig wand sich der Weg wie ein feiner Schal durch das Dorf. Nur wenige, einzelne Fußtritte unterbrachen die glatte Oberfläche, die ansonsten noch unberührt auf den Tag wartete. Die nackten Bäume sahen unter dem weißen Glanz wie zartgliedrige Elfen aus, verschwunden waren die kahlen Skelette und blattlosen Formen. Ich schaute zum Himmel hoch. Noch war es nicht völlig hell geworden, doch der Himmel war klar und unverhangen. Wir sollten also wenigstens von weiteren Schneefällen verschont bleiben!

Am Dorfbrunnen hatten sich die meisten Frauen schon eingefunden. Dick vermummt marschierten wir in Richtung Burg. Dort wurden wir schon von den beiden Wachen erwartet, die uns mit einem unwilligen Kopfnicken begrüßten. In ihren viel zu dünnen Jacken, löchrigen Stiefeln und zerfetzten Hosen boten die Männer einen erbärmlichen Anblick. Ihre Wangen und Hände waren blau angelaufen, und die Zähne des älteren schlugen unkontrolliert aufeinander.

»Du meine Güte, Soldaten! Wie lange steht ihr euch in dieser Kälte schon die Beine in den Bauch?« fragte ich den mürrisch dreinblickenden Burschen auf der linken Seite des Tores. Verwundert darüber, daß sich eine Menschenseele Gedanken über ihn machte, blickte er mich mißtrauisch an, während er eine Seite des Tores für uns öffnete.

»Schon die ganze Nacht lang«, preßte er aus blaugefrorenen Lippen hervor, »und eine Ablöse kommt erst zur Mittagszeit.«

»In diesen Lumpen! Ihr könnt euerm Gott danken, wenn ihr euch nicht den Tod holt!« rief Katharina aus.

»Warum bittet ihr nicht um wärmere Kleidung? So etwas muß es doch geben hier auf der Burg?« fragte ich den armen Tropf, dem unsere Zuwendung sichtbar guttat.

»Bitten können wir schon ... bloß ob's was nützt, ist eine andere Frage. Seit das Weib droben auf der Burg ist, wird an allem gegeizt, nicht nur an unserer Kleidung. Hauptsache, sie und ihre Brut sind versorgt!« Mühevoll rang er um Fassung. Viele der Soldaten auf der Burg und anderswo waren noch halbe Kinder, doch darum kümmerte sich niemand. Diese halbverfrorenen Bengel hatten wahrlich nichts Bedrohliches an sich, dennoch waren wir nicht hier, um ein Schwätzchen zu halten.

Den ganzen Tag lang mühten wir uns ab, den Burghof und die vielen Stufen von Schnee zu befreien. Todmüde und halb erfroren krochen wir abends ins Dorf zurück.

Wie hart dieser Winter noch werden würde, konnten wir an diesem ersten Tag noch nicht erahnen. Wieder einmal fror und hungerte das ganze Dorf. Katharinas Mutter starb und auch einige andere, ältere Dorfbewohner. Asa hatte Tag für Tag alle Hände voll zu tun, denn in jedem Haus husteten sich die Menschen die Seele aus dem Leib. Außerdem wurden viele, meist die Kinder, von einem heimtückischen Durchfall heimgesucht. Fieberhaft probierte Asa ihre Mittel aus, doch keines hatte die Kraft, den wäßrigen Darmentleerungen Einhalt zu gebieten. Das Weihnachtsfest kam und ging und mit ihm ein neues Jahr. Doch wir waren zu erschöpft, um über den Jahreswechsel nachzudenken, geschweige denn, ihn mit Fettgebackenem gebührend zu begrüßen. Selbst in unserem Hause wurden diesmal die Lebensmittel knapp, und wir mußten unsere Röcke notdürftig mit einem Stück Schnur zusammenbinden, die schlotternd auf unseren knochigen Hüften hingen. Seit Wochen kam Asa abends meist mit leeren Händen heim. Wem hätte sie ein Ei, ein paar Äpfel, ein Stück Speck oder gar ein Huhn als Bezahlung für ihre Dienste abnehmen können? Die Menschen hatten nichts mehr. In mehr als ein Haus wurde sie erst gar nicht gerufen, und wir mußten von Weiland erfahren, wer wo und woran gestorben war. Nach langen Jahren wurden erstmals wieder Neugeborene gehimmelt, denn so manche Mutter war der Ansicht, ein kleiner Engel habe es im Himmel besser als ein hungriges Maul auf Erden. So wurden denn die Kleinsten nur notdürftig gewickelt, kaum warmgehalten, geschweige denn gefüttert. Meistens war es eine Frage von wenigen Tagen, bis den winzigen Menschlein die Kraft zum Leben ausging und das Herz zu schlagen aufhörte. Dem kurz vor dem Ende eilig herbeigerufenen Pfarrer blieb nichts weiter übrig, als ohnmächtig vor Wut und Hilflosigkeit dem Kind die Taufe zu verabreichen. Weiland wußte, daß jedes tadelnde Wort sinnlos gewesen wäre, und so ging er nach einem solchen traurigen Besuch entweder schweren Herzens nach Hause oder kam auf einen Becher Tee bei uns vorbei. Doch von einem fröhlichen Geplänkel wie in vorherigen Wintern konnte dieses Jahr keine Rede sein. Unsere Herzen waren so schwer und dunkel wie die Tage, an denen sich die Sonne hinter dichten Winterwolken versteckte.

Von der Burg droben war nicht viel zu hören in diesen Monaten, und das wenige, was uns von dort erreichte, bedeutete nichts Gutes. Abgaben, Abgaben, Abgaben. Jost und sein Weib erfanden immer neue Mittel und Wege, um den Menschen das wenige, was sie hatten, aus der Tasche zu ziehen. Schon im Herbst hatten die Blutsauger sich an den Lebenssaft der Menschen herangemacht, hatten das Dorf ausgeblutet, bis außer einer schutzlosen Hülle nichts mehr übrig geblieben war: Obwohl zu der Zeit schon abzusehen gewesen war, daß der bevorstehende Winter besonders hart werden würde, hatte der Burgverwalter sich nicht gescheut, den Bauern nach fünf Jahren zum erstenmal wieder das Besthaupt abzuverlangen. Was für eine armselige Prozession hatte sich im vergangenen September auf den Weg zur Burg gemacht! An Stricken und in Körben, am Halfter oder einfach in der Hand brachte jeder Bauer mit versteinerter Miene das beste Stück Vieh, das er im Stall hatte, hoch zur Burg. Und auch die Handwerker wurden vor weiteren Abgaben nicht verschont. Sogar Asa mußte eine Abgabe von einigen Gulden leisten, was ein empfindliches Loch in unseren Beutel mit den Notgroschen riß. Kein adliger Lehnsherr hätte grausamer und gieriger sein können als Jost, der sich von Jahr zu Jahr immer mehr wie der Herzog selbst aufspielte!

Dem Herrgott sei gedankt, daß wenigstens ich in diesem Winter von Hustenanfällen verschont blieb, denn so konnte ich Asa jederzeit zur Hand gehen, wenn ich gebraucht wurde.

Dies war auch an einem düsteren Januarmorgen der Fall. »Marga, du mußt in den Wald gehen heut' morgen.« Beim Anblick von Asas müden Augen hätte ich die Heilerin am liebsten wieder unter ihre Decke geschickt. Um ihre Gesundheit war es in den letzten Wochen nicht gut bestellt gewesen. Kein Wunder! Die bis in den späten Abend andauernden Krankenbesuche und das karge Essen forderten ihren Tribut. Asa sah um Jahre gealtert aus, ihre Wangen waren eingefallen und von einer gelblichen, ungesunden Farbe. Ich erschrak bei dem Gedanken, daß auch ich nicht viel besser aussehen konnte.

Sofort stimmte ich zu. Langsam fühlte ich mich selbst ein wenig wie eine Kräuterfrau und war stolz auf mein erlangtes Wissen.

»Ich brauche dringend Eichenrinde.« Verzweifelt blickte sie mich aus dunklen Augen an. »Wenn die nichts nützt gegen den Durchfall, bin ich mit meinem Wissen am Ende. Ein starker Eichensud hat doch bisher noch immer geholfen, oder?«

»Du solltest es zumindest versuchen. Ich werde sofort loslaufen und einen ordentlichen Sack voll mitbringen. Doch sag, von welchen Bäumen soll ich mich bedienen?«

»Das ist eine gute Frage! Viele bleiben nicht mehr übrig, wenn wir sie nicht tödlich verletzen wollen! Die meisten Eichen in der Nähe sind unten herum schon ganz kahlgeschabt, von denen dürfen wir kein Stücklein mehr holen, wollen wir sie nicht ganz ihrer Schutzhülle berauben. Aber im Tabener Wald, rechts von der Burg, da hat es ein paar mächtige Eichen, die noch unversehrt sind. Geh dorthin und nimm von jedem Baum ein wenig.«

Ich war schon ein ziemlich weites Stück gegangen, ehe ich die ersten unversehrten Eichenbäume erblickte. Vom schnellen Marschieren war mir warm geworden, meine Haare hatten sich gelöst und klebten auf meiner feuchten Stirn. Müde hielt ich inne, als ich plötzlich ganz in meiner Nähe einen seltsamen Gesang hörte.

»Ich schall mein Horn in Jammerton, mein
Freud ist mir verschwunden,
und hab' gejagt ohn' Abelon, es
läuft noch vor den Hunden, ein
edles Gwild in dem Gefild, als ich hab'
auserkoren, es scheucht ab mir, als ich es
spür', mein Jagen ist verloren ...«

Starr vor Schreck zuckte ich zusammen. Durch den aufsteigenden Morgennebel war dieses todtrauriges Lied zu hören. Eine Männerstimme drang durch die kalten Schwaden zu mir herüber. Im nächsten Augenblick schon duckte ich mich hinter einen weiß bepuderten Vogelbeerenstrauch. Die Stimme war nur noch ein kleines Stück von mir entfernt.

»Fahr hin, Gewild, in Waldes Lust!
Ich will dir nit mehr
schrecken mit Jagen dein' schneeweiße Brust,
ein andrer muß dich wecken
und jagen frei mit Hunden Krei, da du nit magst
entrinnen. Halt dich in Hut, mein Tierlein gut, mit Leid
scheid' ich von hinnen.«

In den Leidgesang mischte sich nun der Hufschlag und das Prusten zweier Rösser. Kurz darauf kamen sie in Sicht. Auf dem einen saß Herzog Ulrich! Ich erschrak erneut. Was, wenn er mich hier in seinem Wald entdeckte? Noch konnte ich nicht erkennen, wer der andere Reiter war. Während ich mich versteckt hielt, schalt ich mich für meine eigene Unachtsamkeit. Hatte ich nicht im Dorf gehört, daß der Herzog auf der Durchreise war und für zwei Tage Rast auf seiner Burg machte? Da er dieses Mal mit großem Hofstaat reiste, waren wir Dörfler allerdings von dem herzöglichen Besuch nicht weiter betroffen. Köche, Zimmermädchen, Mägde und andere dienstbare Geister waren in einem viele Wagen langen Troß schon vor Tagen angereist, um die Burg wohnlich zu machen und die vielen Räume zu heizen. Vorsichtig hob ich den Kopf und linste aus meinem Versteck hervor. Nun erkannte ich auch den zweiten Mann. Es war Hans von Hutten. Am liebsten wäre ich hervorgesprungen und hätte die beiden von ihren edlen Rössern gezerrt! Wie konnte sich unser Landesvater dem Müßiggang hingeben, während um ihn herum das ganze Land verhungerte? Wie konnte er wie ein liebeskranker Jüngling ein Liedchen trällern, während wir jeden Tag die Toten beklagten? Denn daß es in dem Lied nicht um die Jagd auf irgendein Tier, sondern um ein Frauenzimmer ging, war mir nach den ersten Zeilen schon klargeworden! Ich wußte nicht, wer des Herzogs Liebe verschmäht hatte und welches Weib er so wehmütig in seinem Klagelied besang, doch war es in meinen Augen mehr als unmännlich und erst recht einem Herzog nicht würdig, sich so seinem Liebesleid hinzugeben. Nun brachten beide ihre Rösser auch noch direkt vor meinem Versteck zum Halten! Die Augen andächtig nach oben gerichtet, sang der Herzog unverdrossen weiter, als hinge sein ganzes Leben davon ab:

»Kein edles Tier ich jagen kann, das
muß ich oft entgelten,
noch halt' ich stets auf Jagens Bahn, wiewohl
mir Glück kommt selten.
Ein Hochgwild schon will mir entgehen,
solaß ich mich begnügen,
an Hasenfleisch, nit mehr ich heisch,
das kann mich nit betrü...ü..gen.«

»Herzog Ulrich, laßt das die Herzogin nicht hören, daß Ihr sie mit Hasenfleisch vergleicht! Hahaha!«

»Ihr habt gut lachen, Hutten! Die einzige Lieb', die ich

bisher verspürt habe, soll mir genommen werden! Daß es dabei einem Mann schwer ums Herz wird, braucht doch niemanden zu wundern. Und was macht Ihr, statt mir in meinem Unglück hilfreich zur Seite zu stehen?«

»Wie sollte ich Euch helfen, verehrter Herzog? Es waren Eure Berater, die eine Hochzeit zwischen mir und Ursula Thumb für dringend angeraten hielten! Wurde ich etwa gefragt, ob mir an ihr etwas liegt? Nein, ich habe lediglich den Wünschen anderer nachgegeben, denen Eure Liaison mit der Dame zu gefährlich geworden ist!«

»Gefährlich, pah! Was geht es das Land an, mit wem ich des Nachts liege?«

Vor lauter Angst, entdeckt zu werden, wagte ich kaum zu atmen. War mir doch noch allzugut in Erinnerung, was Heinrich, Gott hab' ihn selig, widerfahren war, als er mit seiner Rätsche des Herzogs Roß erschreckt hatte. Hutten hatte sich nun zum Herzog hinübergebeugt und blickte ihm eindringlich ins Gesicht.

»Was es das Land angeht, mit wem Ihr des Nachts liegt? Nun, vielleicht geht es das Land nichts an ... Aber fragt doch einmal Herzogin Sabina! Oder fragt Ludwig, den Herzog von Bayern, ob er es gerne sieht, wie Ihr seine Schwester vor dem ganzen Land zum Narren haltet!«

Mir fiel das Pfingstfest auf der Burg droben ein, wo ich die feine Gesellschaft hatte beobachten können. Hatte Herzog Ulrich nicht damals schon dieser eitlen Jungfrau schöne Augen gemacht, und das, obwohl sie in Begleitung ihres fettleibigen Vaters erschienen war? Wahrscheinlich handelte es sich just um dieses Weib. Die beiden hatten sich doch gegenseitig regelrecht mit den Augen verschlungen. Die arme Herzogin!

»Schon gut, schon gut! Wochenlang ist mir Lamparter damit in den Ohren gelegen! Was blieb mir letzten Endes übrig, als einer Heirat zwischen Euch und Ursula zuzustimmen?«

»Das hört sich für meine Ohren fast so an, als wolltet Ihr

mir meine Heirat zum Vorwurf machen. Dabei ist es wahrlich keine Freude, mit einem Frauenzimmer verheiratet zu sein, das einen andern im Kopfe hat, das kann ich Euch versichern!« Während Hutten sprach, fiel ein dunkler Schatten über sein blasses Gesicht. Sehr glücklich sah er wirklich nicht aus, dachte ich bei mir.

»Wenn dies so ist, dann fleh' ich Euch an, verehrter Freund: Laßt mich weiterhin mit Ursula liegen! Wenn sie Euch nicht liebt, wäre es doch Euer Schaden nicht. Und auch sonst soll es nicht Euer Schaden sein ...« Flehentlich ergriff der Herzog Huttens beide Hände und bettelte diesen inbrünstig an.

Ich glaubte meinen Ohren nicht zu trauen!

»Tut mir leid, verehrter Herzog. Mag ich auch Euer untertänigster Untertan sein, der nur zu gerne sein Leben für das Eure gäbe – diesen Wunsch kann ich Euch nicht erfüllen. Denn wie soll mein Weib mich jemals lieben, wenn Ihr weiterhin Euer Spiel mit ihr treibt? Und außerdem: Wollt Ihr nun nicht nur Sabina und ganz Bayern, sondern auch mich als Hofnarren vorführen?«

Im Stillen applaudierte ich Hutten zu. Die Feststellung, daß es am herzöglichen Hofe zumindest einen Edelmann gab, hatte etwas Tröstliches für mich. Dafür verhielt sich der Herzog nun wie ein trotziges Kind, dessen liebster Stallhase im Kochtopf gelandet war. Mit einem groben Schwung riß er die Zügel seines Rosses nach rechts, so daß der Gaul auf dem eisigen Boden fast das Gleichgewicht verlor.

»Daß Ihr mir in dieser Herzensangelegenheit in den Rücken fallt, werde ich nie vergessen, Hans von Hutten! Dafür werdet Ihr büßen!«

Mit einem kräftigen Sporenstreich trieb er sein Roß zu einem schnellen Galopp an und war sogleich zwischen den Bäumen verschwunden. Langsam wendete auch Hutten sein Pferd und ritt hinterher.

Endlich konnte ich mich aus meinem Versteck befreien. Daß mein Marsch durch den Wald eine solch aufregende

Wende nehmen sollte, damit hätte ich nicht im Traum gerechnet! Statt behutsam von Baum zu Baum zu gehen, schabte ich eilig und mit einem schlechten Gewissen große Stücke Rinde von drei nebeneinanderliegenden Bäumen ab. Ich konnte es kaum erwarten, heimzugehen. Das Gehörte spukte wie ein kleiner, hartnäckiger Geist in meinem Kopf herum und ließ mich an nichts anderes mehr denken.

»Und du bist dir wirklich sicher, daß es sich bei den Reitern um den Herzog und diesen Hutten gehandelt hat?«

»Ganz sicher bin ich mir! Ich war doch nur wenige Schritte von den beiden entfernt«, wiederholte ich zum nunmehr dritten Male auf Weilands Frage. Er hatte wie so oft unsere Hütte für eine kurze Rast betreten. Nachdem er seine Empörung über das unsittliche Anliegen des Herzogs laut kundgetan hatte, blieb er lange Zeit schweigend sitzen und rieb sich grüblerisch das Kinn.

Auch mich ließ das, was ich im Wald gehört und beobachtet hatte, nicht mehr los. Aus einem unerklärlichen Grund hatte ich das Gefühl, als hätte der Vorfall eine tiefere Bedeutung für uns, ja, als würde er unser Leben verändern. Doch wie sollte dies möglich sein?

Nachdem Asa zu einem Krankenbesuch gegangen war, schenkte ich Weiland einen Becher heißen Pfefferminztee nach. Daß ich den Pfarrer ganz für mich allein hatte, wollte ich dazu nutzen, ihm in einer völlig anderen Angelegenheit eine Zusage abzuringen. Eigentlich stand mir der Sinn nicht nach weiteren Fragen und Antworten, doch wollte ich eine so gute Gelegenheit nicht verstreichen lassen.

»Pfarrer Weiland, glaubt Ihr nicht auch, daß die Menschen etwas Freude und Abwechslung nötig hätten?«

Weiland blickte auf. »Eine freudige Abwechslung? Wie soll denn die aussehen, Marga? Wenn ich mich umschaue, sehe ich überall nur in hungrige und kranke Gesichter ...«

Bedrückt stellte ich fest, daß in seinen Augen die gleiche Leere und Müdigkeit glänzte wie bei allen anderen im Dorf.

Auf einmal erschien mir meine Idee vollkommen fehl am Platz. Wie konnte ich in dieser elenden Zeit auch nur an so etwas denken! Mein Streich mit dem Pfingstlümmel war in eine Zeit gefallen, als noch nicht das ganze Land derart am Hungertuch nagte. Heute dagegen? Doch Weiland ließ nicht mehr locker. Ich faßte mir also ein Herz und weihte ihn in meine Pläne ein. Zuerst hörte er nur stumm zu, und ich wurde immer kleinlauter. Doch als ich fertig war, schaute er ganz vergnügt drein.

»Ein Osterspiel soll stattfinden? Mit verkleideten Spielern? Damit hätten wir ja zwei Böcke mit einem Pfeil geschossen! Erstens ist das Osterfest nirgendwo verboten. So weit würden wir Kirchenmänner es auch nicht kommen lassen, das kann ich dir sagen! Und zweitens hätten die Leute etwas, worauf sie sich freuen könnten!«

Wäre er kein Pfarrer gewesen, hätte ich ihn am liebsten geküßt! Ohne zu zögern hatte er in meinen Vorschlag eingestimmt! Ich nahm mir vor, bald Mitspieler zu suchen und so vielen Leuten wie nur möglich davon zu berichten, denn Vorfreude ist nun einmal die schönste Freude. Gleich heute noch wollte ich Katharina besuchen. Im Geiste konnte ich Oskar Kleins resolutes Weib schon auf der Bühne sehen ... Das würde einen Spaß geben!

8.

Die Nachricht über das bevorstehende Osterspiel verbreitete sich wie ein Lauffeuer. Die Aussicht auf das Fest der Auferstehung bedeutete für alle eine Art Wiedergeburt. Bald schon zeigten sich auf den Feldern die ersten grünen Triebe, und der karge Speiseplan der Menschen wurde endlich durch frischen Löwenzahn und Sauerampfer bereichert. Wieder einmal war der größte Hunger gebannt. In den Menschen keimten neue Funken der Hoffnung.

Eines Abends stand plötzlich der Sohn des Müllers vor unserer Tür. Er tat recht geheimnisvoll und druckste lange herum, bis er den Grund seines Besuches nannte. Nachdem ich mehrere Eide geschworen hatte, ihn nicht als den edlen Spender zu entlarven, bot er mir einen großen Sack Dinkelmehl für das Osterfest an. Diesen und einige weitere habe er vor den scharfen Augen des Burgverwalters zu verbergen gewußt, um so mancher Familie helfen zu können. Ich konnte die Tränen nicht zurückhalten, denn soviel Edelmut hatte ich dem mürrischen und griesgrämigen Müller nicht zugetraut. Er, der doch wegen seines Berufes von den Dörflern verspottet wurde, dem man mißtraute und dem manche nicht einmal die Hand geben wollten, hatte geholfen, wo keiner half. »Vielleicht können die Weiber Brezeln daraus backen, die an Ostern an die ganze Gemeinde verteilt werden. Soll nicht das Gebäck, wo dreimal die Sonne hindurch scheint, ein Zeichen für bessere Zeiten sein?« meinte er verlegen. Statt einer Antwort nahm ich ihn in die Arme und drückte ihn ganz fest. Ein gestammeltes Dankeschön war alles, was ich herausbekam. An solche Gefühlsäußerungen nicht gewohnt, nahm der Müller mit hochrotem Kopf Abschied und verschwand so schnell, wie er gekommen war.

Sinnend stand ich im Türrahmen und blickte ihm nach. Solange es solch gute Menschen gab, konnte unsere Welt doch noch nicht völlig verdorben sein, oder?

»So ein Mist! Kaum hat man mehr zu essen, wird man wieder von der monatlichen Flut geplagt! Schon wieder sind meine Lumpen durch und durch rotgefärbt, dabei sind die von gestern noch nicht einmal getrocknet!«

Asas Stimme riß mich jäh aus meinen Gedanken. Noch etwas abwesend fragte ich: »Wovon redest du?«

»Von meiner Blutung, von was sonst? Den ganzen Winter hatte ich keine Mühe damit, doch mit dem Frühjahr fängt nicht nur die Natur ihr neues Leben an, hahaha!«

»Asa!« Mir lief es plötzlich heiß und kalt den Rücken hinunter.

»Was heißt hier Asa! Merkst du etwa auf einmal, daß du selbst keine Blutungen hast? Ich vermisse deine Lumpen schon seit einiger Zeit ...« Gerissen blickte sie mich an. »Wenn ich's mir so recht überlege, vermisse ich deine blutigen Lumpen im Waschkübel schon seit dem letzten Herbst ...«

»Was willst du damit sagen? Asa, ich flehe dich an, jetzt ist nicht die Zeit für dein geheimnisvolles Getue! Im Winter bleibt das Blut doch häufig aus! Glaubst du etwa, ich ...?«

»Nun, ganz von der Hand zu weisen ist der Gedanke wohl nicht, da mußt du mir doch zustimmen, oder? Schließlich hast du mit Cornelius gelegen.«

Ich winselte vor Entsetzen auf. »Mußt du mir meine Sünde immer wieder auftischen! Ich kann schließlich nicht mehr ungeschehen machen, was an jenem Nachmittag passiert ist. Cornelius selbst hat mehr Mitgefühl mit mir als du! Kein einziges Mal hat er mich darauf angesprochen, und wenn du es auch lassen könntest, wäre ich dir sehr dankbar!«

Asa schüttelte den Kopf. »Nein, so leicht kannst du es dir nicht machen. Schon am ersten Tage habe ich vermutet, daß er dir ein Kind gemacht hat. Doch du wolltest nicht auf mich hören, jetzt ...«

»Aber so schau mich doch an!« Heftig fiel ich Asa ins Wort. Mit einem Schritt trat ich vor sie und band mein Leibchen auf. »Sehe ich etwa aus, als trüge ich ein Kind unter dem Herz? Ich bin so mager wie alle anderen auch! Wo soll da ein Kind sein?«

»Zieh dich wieder an, sonst holst du dir noch den Tod.« forderte sie mich leise auf. »Daß du mager bist wie eine ausgehungerte Ziege, hat nichts zu bedeuten. Das sind wir alle. Dennoch hat dein Kind einen Platz unter deinem Herzen gefunden, das sehe ich so deutlich, wie der Vollmond in einer klaren Nacht am Himmel steht. Wie gerne hätte ich euch beiden mehr zum Essen gegeben im vergangenen Winter! Doch wo nichts war, konnte ich nichts verteilen.«

Mein Herz begann heftig zu schlagen, und ich wurde von einer panikartigen Angst ergriffen. Was sollte aus mir werden, wenn Asa recht hatte? Ich mit einem Kind? Da wüßte doch gleich jeder im Dorf, daß dies nicht von Jerg stammen konnte. Daß ich wie eine Hure mit einem anderen gelegen war. Mein Kind wäre ein Bastard, ein Ausgestoßener! Was Jerg dazu sagen würde, wenn er zurückkam, daran mochte ich schon gar nicht denken. Und mein Kind selbst? Was würde aus ihm werden, nachdem es den ganzen Winter hungern mußte? Würde ich womöglich einen Krüppel zur Welt bringen? Als gerechte Strafe Gottes für meine Sündhaftigkeit?

Wieder einmal schien Asa meine Gedanken lesen zu können. Beruhigend tätschelte sie meine eiskalte Hand. »Du brauchst dich nicht zu sorgen. Wenn das Kind den Willen hat, zu leben, dann wird es das tun. Erinnerst du dich an die Hainbuchenmilch, mit der ich einige Zeit lang deinen Dinkelbrei angemacht hatte?«

Erstaunt blickte ich auf. Manchmal war es wirklich schwierig, Asas Gedankensprüngen zu folgen. »Die Hainbuchenmilch ... die solle als Vorbeugung gegen Husten sein, hast du gesagt. Eine seltsame Behandlung, Zweiglein in Milch aufzukochen und diese Milch dann zu verwenden!«

»Nun, dir mag es seltsam erscheinen, doch ist Hainbuchenmilch das beste Mittel, um den Abgang einer Leibesfrucht zu verhindern. Deshalb habe ich auch keine Mühen gescheut, alles mögliche gegen einen Becher Milch einzutauschen. Das war das einzige, was ich für dich tun konnte! Der Rest liegt in Gottes Hand!«

»Aber wieso hast du mir nicht gesagt, wofür die Milch wirklich ist?«

»Hätte es etwas genützt? Den ganzen Winter wärst du in Sorge gewesen, hättest unruhig oder gar nicht geschlafen und noch mehr mit deinem Schicksal gehadert! So war es am besten. Dir scheint dein Körper so unbekannt wie ein fremdes Land zu sein! Hätte ich nichts gesagt, wärst du eines

Morgens mit Bauchschmerzen aufgestanden und überrascht gewesen, daß auf einmal zwischen deinen Beinen ein Kopf erscheint!« Sie lachte kurz auf.

Mir war jedoch gar nicht zum Lachen zumute. Flehentlich ergriff ich Asas Hände. »Asa, du mußt mir helfen!«

Stunde um Stunde redeten wir hin und her, her und hin. Asas Versuche, mich zu beruhigen, schlugen alle fehl. Ich war untröstlich. Hatte ich mir in früheren Jahren auch noch so sehr ein Kind gewünscht – jetzt wünschte ich es zum Teufel! Schon allein die Vorstellung von einem eigenen Kind war mir fremd geworden. Aber was sollte ich tun? Ich konnte es schließlich schlecht zurückgeben ... Da begannen Asas Augen auf einmal verdächtig zu blitzen. Hatte sie etwa die rettende Lösung für mein Unglück? Schon ziemlich mutlos hörte ich ihr zu.

»Es gibt nur eine Möglichkeit für dich, das Kind zu bekommen und gleichzeitig deine Ehre zu retten. Du mußt es heimlich bekommen!«

»Heimlich?« wiederholte ich wie eine Idiotin.

»Ja, heimlich. Bisher sieht man noch nichts, das ist ein großer Vorteil. Wenn du von nun an deine Röcke weitermachst, wird auch in den kommenden Wochen niemand etwas merken. Nur: Hier kannst du das Kind natürlich nicht bekommen!«

»Und wo soll es deiner Meinung nach geschehen? Soll ich vielleicht hoch zur Burg und es dem Jost vor die Tür legen?« Wie leicht Asa sich das vorstellte! Heimlich ein Kind zu bekommen!

»Du alte Schwarzseherin!« Wütend schlug sie mit der flachen Hand auf den Tisch. »Versuch doch nur ein einziges Mal, um ein paar Ecken zu denken! Für dich gibt es immer nur Ja und Nein, ein möglich und ein nicht möglich. So einfach kann man es sich aber nicht immer machen, beste Freundin! Das erfahre ich Tag für Tag. Gelingt mir eine Gesundung nicht mit dem einen Mittel, dann vielleicht mit einem anderen. Und wenn dieses auch nicht hilft, muß ich mich fragen: Habe ich vielleicht irgendwo etwas übersehen? Hat die Krankheit, die ich behandeln soll, vielleicht einen völlig anderen Ursprung, als ich dachte? Nur indem man seinen Kopf zum Denken benutzt, findet man einen Weg auch aus dem größten Unglück. Doch ich bin es allmählich leid, immer das Denken für dich zu übernehmen!«

Asa hatte wieder einen ihrer im ganzen Dorf gefürchteten Wutanfälle. Ich wußte, daß es jetzt nur einen Ausweg für mich gab, wollte ich meine Freundin nicht für immer verärgern: Ich mußte mich zusammennehmen.

»Du hast ja recht, Asa. Aber mußt du denn gleich so schreien? Wenn es einen Weg gibt, das Kind heimlich zu bekommen, so bin ich gerne bereit, diesen Weg zu suchen. Doch was mache ich, wenn das Kind erst einmal da ist? Heimlich aufziehen kann ich es wohl nicht, oder?«

In dieser Nacht taten wir beide kein Auge zu, und als wir uns am nächsten Morgen anschauten, wußten wir nicht, ob wir lachen oder weinen sollten. Mit unseren eingefallenen Wangen und tiefen Schatten unter den Augen sahen wir aus wie zwei Schleiereulen, die versehentlich das Licht des Tages erblickten! Dennoch war ich so glücklich wie seit Ewigkeiten nicht mehr. In ihrer unendlichen Weisheit hatte Asa mir einen Weg gezeigt, mein Kind zu bekommen und dennoch meine Ehre zu behalten ...

9.

Die nächsten Wochen vergingen wie im Fluge. Jeder Tag war von einer so tiefen Zufriedenheit und einem so unendlichen Glücksgefühl begleitet, daß ich Gott immer wieder dafür dankte. Ich sollte ein Kind bekommen! Über diesem

Gedanken erschienen mir meine Ängste und Zweifel immer nichtiger, bis sie schließlich gänzlich verschwanden. Irgendwie würde ich es schaffen. In der Zwischenzeit war ich mit der Vorbereitung des Osterspieles vollauf beschäftigt. Die Dorfbewohner waren mit solch einem Feuereifer dabei, daß es anfangs fast Streit gegeben hätte, wer nun mitspielen dürfe und wer nicht. Doch Weiland, der immer irgendwie in der Nähe war, wenn es brenzlig zu werden schien, verstand es, für jeden eine Aufgabe zu finden. Wer nicht mitspielen konnte, sollte dafür an den grünen Girlanden für die Bühne arbeiten. Die Bühne selbst sollte aus alten Brettern zusammengezimmert werden, dazu ein paar zusätzliche Bänke für die Zuschauer, die auf den Kirchenbänken keinen Platz mehr fanden. Die Brezeln mußten am Ostersamstag gebacken und dann am Ostersonntag verteilt werden und vieles mehr. Dank Weiland hatte niemand das Gefühl, bei dieser aufregenden Angelegenheit übergangen zu werden. Auch ich hatte genügend zu tun: Nachdem ich den Anstoß für das Osterspiel gegeben hatte, war es für die Menschen selbstverständlich, mit jeder Frage, und sei sie auch noch so gering, zu mir zu kommen. Sollte Karl bei seiner ersten Rede in der Mitte der Bühne stehen oder besser links? Sollte die Verkleidung von Fritz aus einem schwarzen Tuch bestehen, oder könne er auch seinen braunen Rock dazu verwenden? Und solle man eher leise oder laut reden? Im Schein der rauchigen Ölfunzeln verging so mancher Abend, an dem nicht nur für das Theaterstück geübt, sondern auch heftig darüber gestritten wurde. Doch das wichtigste war: Die Menschen hatten ihren Spaß und etwas, worauf sie sich freuen konnten!

Zwei Wochen vor dem Osterfest hieß es für Asa und mich: packen für den Märzenmarkt, der zu einer wichtigen Einnahmequelle für mich geworden war. Zwar besuchten mich die Leute, die Strohschuhe kaufen wollten, auch bei Asa. Doch es vergingen Monate, bis ich im Dorf soviel Schuhe verkaufte wie an nur einem Tag während des Märzenmarktes. Asa wollte mich wieder einmal begleiten. Seit unserem ersten gemeinsamen Märzenmarkt, der ja nicht gerade glücklich verlaufen war, war sie nicht mehr dabeigewesen, und so freute ich mich besonders, daß ich dieses Mal Gesellschaft hatte. Wie schnell die Zeit verging! Mir war, als ob seit damals bereits eine halbe Ewigkeit vergangen war, und ich zwang mich, nicht weiterzudenken. Denn unweigerlich würde mir Jerg in den Sinn kommen, dessen Erinnerung mit jedem Tag mehr verblaßte, wie sehr ich mich auch dagegen zu wehren versuchte.

Zum Osterfest trug ich mein Kind schon sieben Monate unter dem Herzen, und wenn Asa recht hatte, würde ich Mitte Mai niederkommen. Je näher der Tag kam, desto ruhiger und gelassener wurde ich. Mit Asa war alles abgesprochen, und ich wußte, was ich zu tun hatte, wenn es soweit war. Nur manchmal wurde mir für einen kurzen Augenblick angst und bange. Jedoch nicht wegen dem, was mir bevorstand. Nein, was mir Angst machte, war die Tatsache, wie sehr ich mich seit Jergs Flucht verändert hatte! Wie brav und unschuldig war ich damals gewesen! Wie still und duldsam. Und heute? Heute schauten die Dorfbewohner auf mich und achteten meine Worte. Heute wurde ich beim Gedanken an das, was ich vorhatte, nicht einmal mehr rot! Ich mußte jedoch feststellen, daß ich mich in meiner neuen Haut erstaunlich wohl fühlte. Nur: Würde mich Jerg bei seiner Rückkehr noch so lieben wie zuvor? Würden wir wieder friedlich miteinander leben können? Energisch schob ich die Gedanken beiseite. Jetzt hieß es erst einmal, für ein manierliches Osterspiel zu sorgen!

Schon lange vor dem letzten Glockenläuten war die Tabener Kirche bis auf den letzten Platz besetzt. Armer Weiland! Während seiner glühenden Predigt rutschte die ungeduldige Menge auf den Bänken hin und her und konnte es kaum abwarten, bis der Pfarrer die letzten Worte gesprochen hatte.

Mehr als einmal räusperte er sich ärgerlich. So schnell würde er uns seine Kirche nicht mehr zur Verfügung stellen, wurde mir mit einem mulmigen Gefühl klar. Die Mitspieler des Osterstückes und ich hatten in einer der vordersten Reihen Platz genommen, so daß wir uns nicht durch alle Bänke quälen mußten, wenn es anzufangen hieß. Von meinem Sitzplatz aus hatte ich eine gute Sicht auf die versammelte Dorfgemeinde und ließ immer wieder einmal unter gesenkten Wimpern meinen Blick schweifen. Plötzlich mußte ich einen Fluch unterdrücken. In einer anderen vorderen Reihe saßen Jost und Sureya, die sich ausnahmsweise einmal an ihre Kinder erinnert zu haben schien und diese mitgebracht hatte. Doch dann verspürte ich wieder die Unbefangenheit, die mir in den letzten Monaten zu eigen geworden war: Unser Osterspiel würde stattfinden, gleichgültig, was Jost davon hielt. Wen kümmerte es, wenn es ihm nicht gefiel?

Und dann war es endlich soweit. Statt seinen Schäflein für deren Ungeduld böse zu sein, half Weiland sogar mit, die Bühne aufzubauen. Wieder einmal schickte ich ein kurzes Dankgebet zu unserem himmlischen Vater hinauf, der uns diesen Pfarrer geschickt hatte.

Wie ein Erzähler auf dem Märzenmarkt ließ ich mich mit gekreuzten Beinen in einer Ecke der Bühne nieder. Von Cornelius hatte ich mir ein Haarbüschel seiner Kuh besorgt und mir dieses als Bart ins Gesicht geklebt. Statt der üblichen Röcke trug ich Hosen und ein weites Hemd, wie ich es bei herumreisenden Erzählern und Gauklern gesehen hatte. Daß ich meinen kleinen Bauchansatz unter dem weiten Stoff gut verbergen konnte, kam mir natürlich sehr gelegen. Ein großer Schlapphut, um den ich ein Stück Tuch gebunden hatte, rundete meine Verkleidung ab. Ich atmete ein letztes Mal tief durch und begann, mit tiefer Stimme zu erzählen:

»Es war einmal ein sonniger Herbstmorgen. Die Bäume standen in ihrem farbenfrohen Gewand, und die Bauern auf

den Feldern waren dabei, ihre kärgliche Ernte einzubringen. Die war dieses Jahr so knapp und mager, daß der Herrgott droben im Himmel besorgt auf die Erde hinabblickte und den Erzengel Gabriel zu sich rief. ›Gabriel‹, sagte er zu diesem, ›ich mache mir Sorgen wegen der Bauern und den Menschen in den Dörfern. Deren Ernte ist so kümmerlich, wie sollen sie den Winter überstehen? Um ihnen jetzt noch mehr Getreide zu schicken, ist es zu spät!‹

Der Erzengel Gabriel antwortete:›Aber die Bauern haben doch noch ihre Lehnsherren! Die werden ihre Leute schon nicht verhungern lassen!‹

Dennoch blickte der Schöpfer besorgt drein und erwiderte: ›Gabriel, geh hinunter zur Erde und schau dich um. Wenn du dich davon überzeugt hast, daß es den Bauern gutgeht, dann berichte mir davon.‹

›Aber, lieber Vater, wie soll ich denn zur Erde hinuntergehen? Die Menschen würden mich sofort erkennen und es mit der Angst zu tun bekommen.‹

›Da hast du recht, Engel Gabriel‹, erwiderte der liebe Gott. ›Deshalb mußt du dich verkleiden. Geh auf die Erde im Gewand des ärmsten Bauern, so wird dich keiner erkennen.‹ Und genau dies tat Erzengel Gabriel. In die ältesten Lumpen gekleidet, fuhr er zur Erde hinab ...«

In der Kirche war es so leise, daß man eine Stecknadel hätte fallen hören. Selbst die Kleinsten waren mucksmäuschenstill. Dann ging ein Raunen durch die Menge. Auf der linken Seite der Bühne war wie aus dem Nichts ein zerlumpter Mann erschienen. Seine Hosen waren so löchrig, daß man die nackte Haut hindurchsah, sein Hemd war geflickt und hing in Fetzen herab. Dazu war er barfuß. »Wer ist denn dieser Lumpenmann?« tönte es unbefangen aus einem Kindermund. Leises Gelächter war zu hören. »Das ist der Engel Gabriel«, flüsterte eine Mutter dem Kind zu. Nachdem wieder Ruhe eingekehrt war, fuhr ich fort:

»Oh, ich bin ein armer Bauer, der Hunger und Durst hat.

Mein Hof ist abgebrannt und damit mein ganzes Hab und Gut. Nun muß ich auf die Suche gehen nach einer Unterkunft und etwas Nahrung. Ach, da vorne sehe ich stolze Ritter auf ihren Rössern. Die werden mir sicherlich etwas zu essen geben.«

Kläglich humpelte ›Gabriel‹ über die Bühne, wo auf der anderen Seite zwei Rösser samt Reitern erschienen waren und von den Zuschauern mit lautem Gelächter begrüßt wurden. Zugegeben, die Rösser waren uns nicht sonderlich gut gelungen, waren es doch nur zwei große Getreidesäcke, an deren eines Ende ein Stück Flachs und ans andere ein Besen gebunden waren. Dafür waren die Ritter recht imposant. Aus Eimern und allem möglichem Gerät bestanden ihre schweren Rüstungen, und in der rechten Hand trugen die beiden große Spieße.

»Ihr edlen Herren! Ich fleh' euch an, ein armer Bauer hat Hunger und Durst. Ob Ihr wohl etwas für mich übrig habt?«

Die beiden Ritter lachten grob.

»Für eine Mistgabel wie dich haben wir immer etwas übrig«, erwiderte der eine von beiden. »Da, einen kräftigen Tritt in deinen faulen Hintern! Den kannst du haben!«

Lachend trabten die beiden davon. Der Bauer blieb hilflos am Boden sitzend zurück. Nun erschien ein kräftiger, fetter Mann mit feuerroten Wangen und hinter ihm ein ebenso fettes Weib, das eine riesige Haarkrone auf dem Kopfe trug. Mit einem Seitenblick beobachtete ich die Zuschauer, die bei deren Anblick aufgeregt zu tuscheln begannen. »Der Jost und die Hex' von der Burg!« »Von denen kann der Engel aber keine Hilfe erwarten!« Der ›echte‹ Jost ließ keine Regung erkennen.

»Guten Tag, verehrter Lehnsherr! Ob Ihr wohl eine kleine Spende für einen hungernden Bauern übrig habt? Mein Hof ist abgebrannt, und ich habe nichts mehr, was ich mein eigen nennen kann!«

»Waaas? Du hast nichts mehr? Dann bist du für uns unnütz

geworden! Denn wenn du nichts hast, können wir dir nichts mehr wegnehmen!« Bedrohlich baute sich der fette Mann vor dem Bauern auf, der sich vor Angst auf dem Boden krümmte. »Geh mir aus dem Weg, du Laus!«

Mit ausholenden Schritten marschierte der Mann davon, ohne sich weiter um den Bauern zu kümmern. Dafür versetzte ihm sein Weib beim Weggehen noch einen Tritt.

»Das kannst du haben für deine Dummheit! Hättest halt besser auf deinen Hof aufpassen sollen, dann wäre er auch nicht abgebrannt!«

»Aber als dies geschah, mußte ich doch gerade eine Fronarbeit leisten. Wie hätte ich da das Feuer löschen können?« schrie der Bauer dem Weibe nach. »So ist es! Genau so ist es!« rief einer der Zuschauer wütend. »Jawohl, wie soll man sich um seine eigenen Angelegenheiten kümmern, wenn man dauernd für die Herrschaften ackern muß!« »Psst, seid leise, da kommt schon wieder einer des Weges!« »Wer mag das bloß sein?«

Ich mußte schmunzeln. Gebannt starrten die Menschen auf eine prächtige Kutsche, aus der ein ebenso prächtig gekleideter Herr ausstieg, auf dessen Kopf eine kleine Krone prangte. Allein an dieser Kutsche, für die Karl Saams große Karre herhalten mußte, hatten mehrere Männer eine ganze Woche lang Abend für Abend gearbeitet. »Der Herzog, der Herzog!« »Das wird wohl der Herzog sein!« rief es laut aus den hinteren Reihen. »Oder der Karl!« schrie ein anderer, worüber alle in lautes Lachen ausbrachen. Karl Saam war nun einmal selbst in der edelsten Verkleidung nicht zu übersehen!

»Verehrter Landesvater und Herzog von Württemberg! Habt Mitleid mit dem Ärmsten der Armen! Ein Bauer, der alles verloren hat und vor dem ein langer, kalter Winter liegt.« Inbrünstig flehte der verkleidete Engel den Herzog an. Doch dieser stieß den Lumpenmann nur in die Seite und erwiderte in einem hochnäsigen Tonfall:

»Was störst du mich auf meinem Wege zur Jagd? Was geht

mich dein Elend an? Geh zu deinem Lehnsherren und bettele dort!«

»Aber bei dem war ich schon! Der gibt mir nichts.«

»Nun, ich gebe dir auch nichts. Soldaten, schafft mir das Lumpenbündel aus den Augen, sonst ist mir mein Tag verdorben!«

»Oje, oje, wer soll mir jetzt noch helfen? Die Ritter wollen nichts von meinem Elend wissen, mein Lehnsherr ebenfalls nicht, und der Herzog? Dem ist seine Jagd wichtiger als alles andere.«

Verzweifelt setzte sich Gabriel auf den Boden und schaukelte mit dem Oberkörper hin und her. Ergriffen schauten die Zuschauer dem Trauerspiel auf der Bühne zu. Manch einer stöhnte laut auf. Das, was oben auf der Bühne geschah, kannten die Menschen unten nur allzu gut! Schließlich schaute der Engel in Richtung Kirchtor, woher sich langsam eine gebeugte Gestalt näherte. Die Leute in der Kirche folgten seinem Blick.

»Wer kommt denn da wie ein geprügelter Hund angeschlichen? Ach, das ist nur ein anderer Bauer. Von dem kann ich keine Hilfe erwarten, der hat ja selber nichts! Einen guten Tag, Bauer!«

Freudig erwiderte der andere Bauer, der mindestens ebenso zerlumpt daherkam, den Gruß und meinte:

»Wie ich sehe, hast du dein ganzes Hab und Gut verloren. Auch ich habe nicht viel. Trotzdem will ich das wenige, was ich habe, mit dir teilen. Und eine Schlafstatt kannst du bei mir auch finden. Kann sein, daß die Ratten dir diese des Nachts streitig machen, dafür ist es immerhin ein Dach über dem Kopf.«

Arm in Arm marschierten die beiden Lumpenmänner von der Bühne. Nun war ich wieder an der Reihe. Ich räusperte mich laut, um die Blicke der Zuschauer wieder auf mich zu lenken, und fuhr dann fort:

»Als der Erzengel Gabriel wieder in den Himmel zurück-

gekehrt war, holte der liebe Gott ihn sofort zu sich und wollte hören, wie es dem Engel ergangen war. ›Ach, meine Zeit als Bauer war ganz fürchterlich‹, sagte Gabriel und berichtete dem lieben Vater alles, was ihm widerfahren war. Da wurde der liebe Gott ganz traurig. ›Wie schlecht die Welt ist und mit ihr die Menschen!‹ rief er betrübt aus. Doch dann wurde er böse. ›Mögen es Herzöge, Lehnsherren und Ritter sein – die Himmelspforten sollen ihnen auf alle Zeiten verwehrt sein! Zur Hölle sollen sie fahren – allesamt!‹«

In der kleinen Kirche herrschte Totenstille. Still und in sich gekehrt mußten die Zuschauer erst einmal verdauen, was ihnen gerade vorgespielt worden war. Doch dann wurde die Stille durch heftiges Bänkerücken unterbrochen, und Jost trabte im gleichen Moment wutschnaubend aus der Kirche hinaus, als plötzlich ein tosender Beifall über uns hereinbrach. »Ihr habt wohl gedacht, der *Arme Konrad* sei tot, was?« schrie einer dem Burgverwalter nach. »Ja, heute hat er Euch aus allen Gesichtern entgegengeglotzt, hahaha!« rief ein anderer. Wie besessen begannen die Menschen zu klatschen, zu pfeifen und zu schreien. Auf einmal spürte ich ein zaghaftes Rumpeln in der Bauchgegend, worüber ich vor Schreck fast das Atmen vergaß. In der allgemeinen Aufregung bemerkte niemand, wie ich mich in eine Ecke verkroch. Kaum saß ich, ging es mir wieder besser. Mit jedem Atemzug entspannte sich mein Leib. Doch dann klopfte es wieder von innen gegen meinen Bauch, diesmal weniger heftig als das erste Mal, und auf einmal wußte ich, was geschehen war ... Ich sah Asa in der Menge stehen, die mir einen besorgten Blick zuwarf, und winkte ihr zu. Als die Heilerin mein breites Grinsen sah, wußte sie sogleich Bescheid, und auch über ihr Gesicht lief ein kleines Lächeln. Mein Kind hatte ebenfalls seine Freude über das gelungene Osterspiel kundgetan ...

10.

»Denk daran: Nimm nur die ganz jungen Triebe des Ehrenpreis! Und komm mir nicht wieder mit so verlotterten Kreuzblumen nach Hause wie beim letzten Mal! Und nimm dich vor dem Gesindel in acht!« schrie Asa mir so laut nach, daß es das halbe Dorf hören konnte. Über meiner Schulter hing ein großer Leinensack. Einen weiteren Sack hatte ich mir um den Hals gehängt, so daß er vor meinem Bauch hin- und herbaumelte. Ich drehte mich ein letztes Mal um und winkte Asa zu. Im Weggehen hörte ich, wie sie mit besorgter Stimme zu Katharina sagte: »Ganz wohl ist mir nicht bei dem Gedanken, dieses Jahr Marga meine Maienkräuter sammeln zu lassen. Aber was bleibt mir übrig? Ich kann doch jetzt nicht für zwei Tage verschwinden, wo das ganze Dorf hustet und schnupft!«

Unbewußt hatte ich bis dahin die Luft angehalten. Doch nun, da es schien, als würden wir mit unserer Posse durchkommen, konnte ich wieder aufatmen. Gemächlich schritt ich durch die Gassen von Taben, grüßte hier und winkte da. Wer es wissen wollte, dem erzählte ich, daß ich für Asa zum Kräutersammeln auf die Alb ginge. Doch die meisten Bauern waren zu beschäftigt, als daß sie für lange Reden Zeit gehabt hätten. Der Ackerboden mußte ein letztes Mal umgegraben werden, bevor Flachs und Hanf ausgesät wurden, Bohnen und Erbsen mußten in die Erde. Auch gab es in jedem Haus ein paar Jungschweine, die durch die Zäune entwischten, wenn man sie nicht daran hinderte. Auf der Schafweide machten die nun schon kräftig gewordenen Lämmer ihren Müttern das Leben schwer, die sich heftig blökend dagegen wehrten, weiterhin ihre Jungen zu säugen. Dennoch sah man hier und da ein leidgeplagtes Mutterschaf, dessen junges Böckchen sich an ihren Zitzen festgesaugt hatte und ihr dabei mit seinen Hörnern recht unsanft in die Seite stieß. Ich mußte lächeln. Schon bald würde auch ich mein Junges säugen. Doch zuerst einmal hatte ich ein gutes Stück Weg vor mir, auf den ich mich an diesem schönen Frühlingstag richtig freute. Zügig, aber ohne zu eilen marschierte ich los. Als ich Taben hinter mir gelassen hatte, ging ich an der Lauter entlang in Richtung Alb. Zu meiner linken Seite lag Burg Taben, die selbst an diesem warmen, sonnigen Maientag bedrohlich dunkel und kalt wirkte. Vor mir erhob sich in in einiger Entfernung das Köpfle, auf dem ein paar einsame Bäume wie aufgestellte Bürsten in die Höhe ragten. Dort droben wollte ich meine erste Rast machen. Immer wieder hatte Asa mir eingeschärft, ja nicht zu hastig zu laufen. Bevor ich die Lauter verließ, erfrischte ich mich an ihrem kalten Wasser. Zu gerne hätte ich meine Füße ein wenig darin gebadet. Ich verkniff es mir aber, denn würde ich erst einmal sitzen, käme ich nur schwerlich wieder hoch.

Es war noch nicht einmal Mittag, als ich auf dem Köpfle angekommen war. Der Aufstieg hatte mir erstaunlich wenig Mühe bereitet. Zufrieden mit mir und der Welt setzte ich mich auf einen warmen Felsvorsprung und blickte ins Tal. »Hör gut zu, kleiner Mensch! Eines Tages wirst auch du hier oben stehen und hinunterschauen! Mögest du dann so glücklich sein, wie deine Mutter es jetzt ist!« Liebevoll strich ich über meinen gespannten Leib, während ich mit meinem Kind sprach. Ungeduldig, es endlich in meine Arme schließen zu können, brach ich meine Rast nach kurzer Zeit ab und ging erfrischt weiter. Nach kurzer Zeit kam ich an eine Weggabelung. Selten einmal verirrte sich jemand hier hinauf, und so waren beide Wege wild verwachsen. Von nun an kam ich langsamer vorwärts. Ohne zu zögern nahm ich den rechten Weg, denn der andere war nur ein Aufstieg zu einer zerfallenen Burgruine. Im Vorbeigehen zupfte ich hier ein paar Blatt junges Grün, da ein paar gelbe Blüten und dort irgendwelches andere Gestrüpp, von dem ich nicht einmal den Namen kannte. Denn natürlich durften meine Säcke bei meiner Heimkehr nicht leer sein! Nachdem ich ein gutes Stück gegangen war, entfernte sich der Weg vom Albrand und führte auf eine kleine, dicht mit Flechten bewachsene Fläche. Das mußte die Lichtung sein, von der Asa gesprochen hatte. Ich rief mir ihre Worte ins Gedächtnis: *»Geh über die Lichtung hinweg, dann kommst du direkt auf ein kleines Birkenwäldchen zu. Dieses ist nicht zu übersehen, denn allzuviele Birken gibt es da oben nicht. Mitten in diesem Wäldchen findest du die kleine Hütte, die mir bei meinen Wanderungen schon oft als Nachtlager gedient hat. Sie ist zwar schon ein wenig verfallen, dafür bist du dort oben vor Wegelagerern und anderem Geschwärm sicher. In all den Jahren habe ich dort noch niemals eine Menschenseele getroffen. Wahrscheinlich stammt die Hütte aus der Zeit, als die Herren zu Hohenfried die Burg bewohnten, und sie ist nur deshalb so gut erhalten, weil sie durch die Birken vor Wind und Wetter geschützt ist.«*

Tatsächlich sah die Hütte recht manierlich aus. Sogar eine Tür gab es noch, die ich nun vorsichtig öffnete. Genauso vorsichtig linste ich ins Innere. Alles war so, wie Asa es mir geschildert hatte: Die Hütte war bis auf einen kleinen, hölzernen Schemel leer, der Boden trocken und nicht allzu kalt, auch Ungeziefer war nirgendwo zu sehen. Nachdem ich mich von meiner Last befreit hatte, breitete ich die Decke aus, die ich in einem der Säcke mitgebracht hatte. Schritt für Schritt tat ich dann, was Asa mir vorgeschrieben hatte: Ich suchte trockenes Holz zusammen, das ich sorgsam stapelte. Daneben legte ich ein paar dünne Späne und Asas Feuerstein, so daß ich später alles bei der Hand haben würde. Über dem Holz bereitete ich mir aus drei langen Stäben eine Vorrichtung, in die ich meinen ebenfalls mitgebrachten Wassertopf hängen konnte. Wasser hatte ich auch dabei, doch mußte ich sorgsam damit umgehen. Denn mehr als zwei Wasserflaschen hatte Asa mir nicht mitgeben wollen, aus Angst, ich würde zu schwer daran tragen. *»Mußt halt nicht soviel trinken. Wenn du Durst hast, sammele Sauerampfer und sauge den Saft aus dessen roten Blättern. Du wirst jeden Tropfen Wasser* *brauchen, also sei sparsam damit. Eine Quelle habe ich da oben bisher nicht gefunden – leider! Sonst wäre ich wirklich versucht, mich dort häuslich einzunisten.«*

Ich mußte Asa recht geben: Sich hier ein Zuhause einzurichten stellte wirklich eine Versuchung dar. Die Ruhe, der Frieden und die Einsamkeit waren verführerische Zeitgenossen, wenn man sich sonst den engsten Raum mit anderen teilen mußte.

Als ich alles soweit vorbereitet hatte, setzte ich mich vor die Hütte und genoß die warme Maiensonne, die mir durch die Bäume ins Gesicht schien. Den Rücken gegen das warme Holz gelehnt, schaute ich mich um, doch nach kurzer Zeit fielen mir die Augen zu. Als ich wieder erwachte, lag mein Sonnenplatz völlig im langen Schatten der Bäume. Ich begann zu frösteln und beschloß, in die Hütte zu gehen. Nachdem ich zwei trockene Haferfladen hinuntergewürgt hatte, erlaubte ich mir ein paar Schluck Wasser. Dann legte ich mich mich für die Nacht nieder. Ein Feuer hatte ich nicht angezündet, obwohl die Versuchung groß war: wärmende, gelbe Flammen, die Licht spendeten und die Geister der Dunkelheit vertrieben ... Aber ich wußte, daß ich mein Brennmaterial später noch brauchen würde.

Irgendwann wurde ich von panischen Schmerzen geweckt, von denen ich glaubte, sie würden mich zerreißen. Es ging los. Asa hatte recht gehabt. Auf den Tag genau hatte sie meine Niederkunft vorhergesagt. Auf einmal bekam ich Angst vor meinem eigenen Mut. Wie sollte ich hier droben, mutterseelenallein, mein Kind zur Welt bringen? Mochte Asa mir auch noch so genau erklärt haben, was auf mich zukommen würde, nun, da es soweit war, wurde ich ängstlich und unsicher. Ich beeilte mich, ein Feuer in Gang zu bringen und das mitgebrachte Wasser zu erhitzen. Gott sei Dank gelang mir beides im ersten Anlauf, denn meine Hände zitterten immer mehr. Leise betete ich vor mich hin, bis mich eine neue Welle von Schmerzen erfaßte und fast zu ersticken drohte.

»Jerg! Wo bist du, wenn ich dich brauche?« hörte ich mich schreien. Dabei hätte Jerg mir am allerwenigsten helfen können! Unförmig zusammengekrümmt lag ich da und wartete ab. Eine Welle nach der anderen kam und ging, hob mich erst hoch und ließ mich dann im Tal der Schmerzen beinahe untergehen.

Ich weiß nicht, wie lange ich so gelegen habe. Irgendwann war ich mit meiner Kraft am Ende. Ich hatte das Gefühl, nicht mehr länger leben zu können. Ich wollte nur noch sterben. Ein Teil von mir machte sich zwar noch Gedanken um das ungeborene Kind, doch der größere Teil hatte bereits aufgegeben. »So nimm mich zu dir, Vater im Himmel! Nimm mich zu dir und erlöse mi...« Ich konnte nicht einmal mein Gebet zu Ende sprechen, denn ein neuerliche Wehe hatte mich erfaßt, die alle bisherigen Schmerzen überwog. Unter Tränen blickte ich an mir hinab und sah, wie sich meine Bauchdecke hob und wieder senkte. Da spürte ich plötzlich, wie sich ein ganzer Schwall Flüssigkeit aus mir ergoß. In mir tat sich eine Quelle auf, aus der ich neue Hoffnung schöpfte. Unerwartet war wieder Hoffnung in mir, ein kleiner Funke, und dieser reichte aus, um das Feuer meines Lebensmutes erneut zu entfachen. Ich würde mein Kind bekommen, koste es, was es wolle!

11.

»Da kommt Marga! Seht doch, was hat die denn im Arm?«

»Marga? Wo war sie denn?«

»Asa hatte sie doch zum Kräutersammeln auf die Alb geschickt.«

»Um Himmels willen, Marga! Was ist denn das?«

Wie aufgescheuchte Gänse, die eine Brotkrume wittern,

kamen die Weiber auf mich zugerannt. Ich seufzte in mich hinein. Angesichts der aufgeregten Gruppe hätte ich am liebsten kehrtgemacht, aber daß ich die Frauen hier antraf, war Teil meines Planes. Als ich näherkam, erkannte ich auch meine Schwägerin Lene. Sie war natürlich der letzte Mensch, dem ich begegnen wollte. Doch ich zwang mich zu einem Lächeln. Nachdem bisher alles gutgegangen war, wollte ich jetzt nicht aufgeben.

»Schaut nur, was ich außer dem Grünzeug noch eingesammelt habe! Das kommt davon, wenn man mich zum Kräutersammeln schickt!«

Hoffentlich würde man mir meine Erschöpfung nicht ansehen! Doch wenn eine der Frauen merkte, daß ich am Ende meiner Kräfte war, so würde sie dies wahrscheinlich auf die beiden Säcke schieben, die nun beide prall gefüllt über meinem Rücken hingen. Und dazu hatte ich noch eine andere, süße Last zu tragen ...

»Marga, das ist ja ein Kind! Du meine Güte, wo hast du das her?« Entgeistert beugten sich die Frauen über meinen Sohn, der in meiner Armbeuge leise vor sich hinwimmerte.

»Neben dem Weg habe ich ihn gefunden! Nur in diese Lumpen gewickelt! Er kann noch keine fünf Tage alt sein, was meint ihr?« Fragend blickte ich in die Runde und hielt meinen Sohn dabei so weit es ging von mir weg, als würde ich ihn ganz nüchtern betrachten.

Vorsichtig hob Lene das Tuch vom Gesicht des Kindes. »Ein Findling! Also, wenn du mich fragst, ist der noch keine Woche alt! So klein und winzig wie der ist!«

»Wo er wohl herkommen mag?« fragte Sophie.

»Wahrscheinlich hat ihn ein Zigeunerweib liegenlassen. So eine Schande«, antwortete Karla, eine hagere, recht unbeliebte Alte. Gerade sie mußte das sagen, die schon mehr als ein Kleines gehimmelt hatte! Am liebsten hätte ich dies dem scheinheiligen Weib ins Gesicht geschleudert, doch durfte ich keine der Frauen gegen mich aufbringen.

»Und was willst du jetzt damit machen?« fragte mich Lene, der ich regelrecht ansehen konnte, daß ihr noch mehr auf der Zunge lag.

»Tja«, antwortete ich scheinbar ratlos, »am besten gehe ich mit dem Buben zum Büttel. Der wird schon wissen, wie man in so einem Fall vorgeht. Vielleicht bringt er ihn ja zur Burg hinauf!« Fast hätte es mir bei diesen Worten das Herz gebrochen, doch ich hatte mein Sprüchlein so herausbringen müssen.

»Bist du verrückt? Den Kleinen auf die Burg zu bringen? Dann kannst du ihn gleich wieder auf die Straße legen, denn da wie dort würde er jämmerlich zugrunde gehen!« Sophie war aufgebracht wie eine Mutterkuh, der man das Kälbchen wegnimmt. Und auch Katharina sang das gleiche Lied:

»Sophie hat recht, Marga. Bevor das Kind auf die Burg kommt, nehme lieber ich es zu mir. Bei meinen fünf macht ein sechstes auch nichts mehr aus!«

»Wieso behältst du eigentlich das Kind nicht selbst, Marga? Du hast doch keine eigenen Kinder.«

Gott sei Dank! Ich hätte Käthchen umarmen können. Allmählich hatte ich schon daran gezweifelt, daß eine der Frauen auf diesen Gedanken kommen würde. Am Ende hätte ich dies selbst vorschlagen müssen und wäre womöglich bei meiner Lüge rot geworden. Doch nun ...

»Ich ...? Wieso ... Ja, warum eigentlich nicht ...? Mit einem eigenen hat es ja nie geklappt. Und wer weiß, wann Jerg jemals wieder heimkommt ...« Ich legte meine Stirn in Falten. »Aber was ist, wenn Jerg etwas dagegen hat? Ich kann ihn ja schlecht fragen.«

»Dein Jerg? Das ist doch die beste Menschenseele, die weit und breit herumgelaufen ist! Denk doch nur daran, wie er sich vor Jahren für Heinrich, Gott hab' ihn selig, eingesetzt hat!«

Es geschehen noch Zeichen und Wunder, ging es mir durch den Kopf, denn dies hatte niemand anderes gesagt als Heinrichs Witwe Marianne!

Ich blickte von einer zur andern. »Vielleicht habt ihr recht, und es ist gar ein Wink des Schicksals, daß mir dieses Kind in den Weg gelegt wurde ...?«

»Was für ein hübsches Kind! Und diese goldenen Härchen, ist es nicht ganz wie der Vater?«

»Asa – bist du wohl still! Willst du mich jetzt noch in Gefahr bringen, wo alles so gut verlaufen ist?« zischte ich der Heilerin zu, die mit meinem Sohn im Arm auf und ab ging. Ich hatte mich derweil auf meine Decken gelegt, denn nachdem ich auch noch den Besuch bei Scheuffele hinter mich gebracht hatte, war eine bleierne Müdigkeit über mich herabgefallen. Asa hatte zwar recht, als sie meinte, wir Weiber seien in der Lage, Ungeheures zu leisten – doch diese Zauberkraft hielt nun einmal nicht ewig an. Hier, in der Sicherheit von Asas vier Wänden überkam mich jetzt das Gefühl, zwischen meinen Beinen eine große, blutige Wunde zu haben, deren Schmerzen sich nur deshalb in Grenzen hielten, weil ich sie vor Müdigkeit kaum mehr spürte.

»Schon gut, schon gut. Es ist doch niemand hier außer uns beiden! Haben wir diesen Scheuffele doch richtig eingeschätzt, was? Das war mir gleich klar, daß unser Büttel mit einem winzigen Bündel Mensch nichts am Hute hat!«

»Tja, ganz erschrocken war der, als ich ihn fragte, ob ich das Kind bei ihm lassen solle. ›Du hast es vom Wegesrand aufgelesen, also mußt du dich auch um es kümmern‹, hat er gemeint. Ach, der Mann ist so grob und dumm! Aber was nützt es mir, mich über Karl Scheuffele aufzuregen?« Ich konnte immer noch nicht fassen, daß unser Plan wirklich ganz und gar gelungen war!

Todmüde fielen mir die Augen zu, und ich merkte kaum noch, wie Asa mir meinen Sohn in den Arm legte.

Ich schlief und schlief.

Ich hörte das Schreien meines hungrigen Kindes nicht, ich merkte nicht, wie Asa den Kleinen nahm und mit warmer

Ziegenmilch fütterte, ich bekam nichts von Weilands Besuch mit. Die ganzen Sorgen, Ängste und Nöte der letzten Monate schienen ihren Tribut in einem Mal zu fordern, und mir blieb nichts anderes übrig, als nachzugeben.

Ich schlief, wie ich noch nie in meinem Leben geschlafen hatte.

In den darauffolgenden Monaten hatte ich nur Augen für Find, meinen Sohn. So winzig er bei seiner Geburt auch gewesen war – in nur wenigen Monaten wuchs er zu einem strammen, beinahe dicklichen Buben heran, dessen Haare nicht nur in der Sonne golden leuchteten und immer um die Wette mit seinen strahlenden Augen funkelten. Je älter er wurde, desto sicherer waren sich die Leute, daß Find wohl von einer verzweifelten Bauersfrau ausgesetzt worden war, die ihrem Kind so den sicheren Hungertod ersparen wollte. Seine dicken, roten Backen, seine Augen und sein helles Haar sprachen dagegen, daß er in einem Zigeunerwagen zur Welt gekommen war, und ich war die erste, die den Frauen eifrig beipflichtete. Ich hatte zwar nichts gegen die Zigeuner, aber wenn die Leute Find für einen Bauernsohn hielten, war mir das um seinetwillen mehr als recht! Überhaupt nahmen die Menschen im Dorf einen großen Anteil am Wohlergehen meines Sohnes, jeder wollte wissen, was aus dem kleinen Findling wurde. Und eh ich mich versah, war mein Sohn für alle nur der Find. Der Name gefiel mir recht gut. Im stillen dachte ich sogar, nachdem mein Bub auf eine so abenteuerliche Weise zur Welt gekommen war, hatte er auch einen mindestens ebenso abenteuerlichen Namen verdient!

Cornelius kam regelmäßig mit einer Gabe vorbei: Einmal war es ein fertiggerupftes Huhn, das wir nur noch kochen mußten. Ein anderes Mal hatte Lene eine Schüssel gesüßten Haferbrei für uns mitgegeben. Doch Cornelius kam auch, wenn er keine großen Geschenke verteilen konnte und nur ein paar Äpfel für uns übrig hatte. Als er den kleinen Find das erste Mal erblickte, mußte ich unwillkürlich die Luft anhalten. Würde er seinen Sohn erkennen? In meinen Augen war die Ähnlichkeit zwischen den beiden nicht zu übersehen, und ich betete jeden Tag, daß niemand außer mir diese Ähnlichkeit entdecken würde. Doch meine Sorge war unnötig. Nachdem Cornelius einen flüchtigen Blick auf den Kleinen geworfen hatte, versicherte er mir erneut, daß wir beide mehr als willkommen wären im Hause Braun und ob ich es nicht übers Herz brächte, meinen alten Streit mit Lene für immer zu begraben. Das hätte ich schon längst getan, antwortete ich und murmelte dann noch etwas von ›Asa helfen‹ und ›bei der Heilerin bin ich nützlich und auf dem Hof falle ich nur zur Last ...‹, bis er mich nach langem Hin und Her weiterhin bei Asa wohnen ließ. Um nichts in der Welt wäre ich freiwillig in das kalte, ewig rußgeschwärzte und stinkende Haus zurückgekehrt, in dem Lene Tag für Tag ihr Gift verspritzte! Doch das hätte ich Cornelius schlecht sagen können. Wahrscheinlich ahnte er, um wieviel glücklicher ich in Asas Hütte war, und er wäre nicht er selbst gewesen, hätte er mir dieses Glück nicht gegönnt. War Jerg erst einmal wieder zurück, würde man weitersehen.

Wohin ich auch ging, was ich auch tat – Find war dabei. Hieß es, eine Feldfron zu verrichten, so legte ich mein Kind zu den anderen Kleinkindern auf eine Decke im Schatten eines Baumes, wo ich ihn im Blick hatte. Auf unseren langen Gängen durch Wald und Wiese nahmen Asa und ich den Jungen immer mit, und bald war ihm der Duft von frischgepflückter Kamille so bekannt wie einem Bauernjungen Kuhdung. Der einzige Schatten in diesem langen, glücklichen Sommer war der, daß ich nichts von Jerg hörte. Seit der kurzen Nachricht des häßlichen Bettlers, durch die ich nicht mehr erfahren hatte, als daß Jerg lebte, hatte ich nichts mehr von ihm gehört. Welche Freude hätte Find ihm bereitet! Doch allzuviel Zeit zum Grübeln blieb mir zwischen meiner Arbeit an den Strohschuhen und den Arbeiten für die Burg nicht. Jost erfand immer neue Aufgaben für uns, und manchmal schien es, als würden wir für die Burg mehr ackern als für uns selbst.

Dennoch gaben wir nicht klein bei: Mehr als einmal beschwerten wir uns lautstark. Einmal erwischte er uns dabei, wie wir ein Lied sangen, das uns ein vorbeiziehender Händler beigebracht hatte: »Als Adam grub und Eva spann, wo war da der Edelmann?« Natürlich nahm Jost ein solches Verhalten nicht klaglos hin, doch im großen und ganzen kamen wir glimpflich davon. Was hätte er auch gegen ein ganzes Dorf tun sollen? Da er uns nicht alle in den Turm werfen konnte, beschränkte er sich darauf, einzelne zu bestrafen, wobei es mich öfter als alle anderen traf. Obwohl er mir nichts nachweisen konnte, sah er mich als die heimliche Aufwieglerin an. Und daß ich Jergs Weib war, trug wahrscheinlich ein weiteres dazu bei. Doch mochte er mich noch so viele Latrinen und noch so viele dunkle Kellergewölbe putzen lassen – ich trug es mit Fassung. Wenn die Arbeit gar zu grauslig war, ließ ich Find bei Asa. Der Gedanke, am Abend mein Kind wieder in die Arme schließen zu können, half mir, auch die schwerste Mühsal zu überwinden.

Die Menschen begannen, Jost mit einer glühenden Besessenheit zu hassen. Für sie war er der Leibhaftige selbst. Jost tat gut daran, in dunklen Nächten und auf einsamen Wegen niemals ohne seine Soldaten zu erscheinen, denn selbst der bravste Mann wäre bereit gewesen, den Burgverwalter mit seinen bloßen Händen zu erwürgen oder ihn mit einem Knüppel totzuschlagen. Doch Jost wußte, daß er im Schutz der Burg und der Soldaten sicher war. Die Zeit verging, ohne daß jemand seinem bösen Treiben ein Ende gemacht hätte. Herzog Ulrich schien Taben völlig vergessen zu haben und in anderen Gefilden zu wildern. Fast ein ganzes Jahr war er nicht mehr auf der Burg gewesen, worüber niemand im Dorf unglücklich war, bedeuteten die herzöglichen Besuche doch nur noch mehr Arbeit und Mühsal.

12.

Im Herbst des Jahres 1518 schien es dann, als wolle der Herzog aufholen, was er lange Zeiten versäumt hatte: Einmal blieb er für eine ganze Woche auf der Burg, ein anderes Mal nur für eine Nacht, und Mitte Oktober lud er zur großen Jagd, woraufhin das halbe Land seinem Ruf zu folgen schien. So viele Gäste hatte die Burg noch nicht gesehen, und wieder einmal waren die Frauen des Dorfes auf die Burg beordert worden, wo sie in der Burgküche helfen mußten, statt ihre eigene Suppe zu kochen.

Die große Jagd war vorbei, die meisten Besucher auf ihren Rössern oder in ihren Kutschen schon wieder abgereist, als es plötzlich in allen Gassen tönte:

»Ein Unfall ist passiert! Im Wald liegt ein Toter! Ein Unfall! Der Herzogsg'sell ist tot! Tot!«

»Wer ist tot? Der Herzog?«

»Was ist denn geschehen?«

Überall öffneten sich Türen, neugierige Gesichter linsten hervor. Völlig aufgelöst stand draußen eine Handvoll Bauern, die nicht recht wußten, wohin sie mit ihren aufregenden Neuigkeiten sollten. Auf Josts Geheiß hatten sie die Tische und Bänke im Wald abgebaut, die den Jagdgesellschaften zur Rast gedient hatten, als sie plötzlich ... Bereitwillig erzählten die Bauern, daß sie im Wald nahe bei der Burg eine Leiche gefunden hätten und daß es kein Geringerer als der herzögliche Stallmeister sei, Hans von Hutten. Hinterrücks erstochen worden sei er, der Degen steckte im Boden neben der Leiche, und – darauf konnte sich keiner der Männer einen Reim machen – um den Degen und den Kopf des Toten war ein Gürtel geschlungen worden.

»Ein Gürtel? Heiliger Vater im Himmel, was hat das zu bedeuten?«

»Der Stallmeister tot? Wer mag der Mörder sein?«

Aufgeregt redeten die Dorfbewohner durcheinander, denn

schließlich geschah ein Mord nicht alle Tage, dem Himmel sei Dank!

»Das ist ein Fememord! Der Gürtel und der in die Erde gesteckte Degen sind Teil eines alten Brauches unter Adligen. Der Mörder will damit sagen, daß der Tote sein Schicksal verdient hat!« flüsterte mir Asa zu.

»Woher weißt du das?« Wie vom Donner gerührt drehte ich mich zu der Heilerin um, doch diese war schon wieder ins Haus zurückgegangen. Ich folgte ihr.

»Ich weiß es halt! Glaubst du, ich habe den ganzen Tag Zeit, wie die anderen Klatschweiber Geschichten zu erzählen?« erwiderte sie gereizt.

»Beruhige dich! Wenn du der Meinung bist, daß es genügt, mir wie einem Hund einen Brocken Fleisch vor die Nase zu halten und diesen dann wieder wegzuziehen, dann mach's halt so!« Nun war ich wirklich böse. Wie oft schon hatte Asa eher beiläufig kleine Bemerkungen über ihre Vergangenheit fallengelassen, nur um diese dann eiligst unter den Tisch zu kehren. Wie gerne hätte ich gewußt, woher die Heilerin kam, wo sie zu Hause gewesen war! In den drei Jahren, die ich nun schon bei Asa wohnte, hatte ich ihr alles von mir erzählt. Sie kannte jeden Baum und jeden Strauch aus meinem Heimatdorf so gut wie ich. Sie wußte, daß ich als Kind Angst vor Spinnen gehabt und daß meine beste Freundin Anna geheißen hatte. Sie selbst erzählte dagegen nie etwas aus ihrer Kindheit. Deshalb war ich wie vom Donner gerührt, als sie nun doch ohne Vorankündigung anfing: »Vor vielen Jahren hauste auf einer zerfallenen Burg im Süden des Landes ein alter Ritter mit seiner Tochter. Die beiden führten ein recht einsames und zurückgezogenes Leben, die Mutter und zwei Söhne waren sehr jung an der Pest gestorben. Statt das Kind in ein Kloster zu geben, zog er das Mädchen selbst auf, und sie wurde ihm so kostbar wie sein Augapfel. Zu der alten Burg gehörten ein paar Ländereien, so daß die beiden immer genügend zu essen hatten. Wenn es auch nicht für ein ausschweifendes Leben reichte, ein glückliches Leben führten die beiden allemal. Die Tage verbrachten sie mit Reiten und Fischen, das damals noch nicht verboten war, und an den langen Abenden erzählte der Ritter Geschichten von seinen vielen Raubzügen aus früheren Jahren. Außerdem hatte die Tochter damit begonnen, sich mit der Pflanzenwelt zu beschäftigen, wobei sich der Vater ebenfalls als eine Quelle des Wissens herausstellte. Gespannt hörte die Tochter ihm zu, wie er über Tinkturen, Salben und Säfte so wissend sprach, als sei er selbst ein Heilender. An einem dieser langen Abende faßte das Mädchen folgenden Entschluß: Sie würde Heilerin werden und dafür sorgen, daß nicht mehr so viele Menschen an der Pest sterben mußten wie bisher! Doch dann begann das Unglück über die zerfallene Burg hereinzubrechen ...«

Ich nutzte Asas Schweigen, um Find, der mir auf dem Arm schwer zu werden begann, auf seine Decke zu legen. Wieder einmal dankte ich dem Himmel für meinen braven Sohn, der ohne zu schreien eingeschlafen war. Ich wollte Asa in ihrer Geschichte keinesfalls unterbrechen. Denn daß es sich dabei nicht um irgendeine Geschichte handelte, wußte ich schon nach den ersten Sätzen. Nach einer kurzen Pause fuhr Asa mit ihrer Erzählung fort, die Augen stur geradeaus gerichtet.

»Als die Kleine vielleicht zehn, elf Jahre alt war, begab es sich, daß drei andere Ritter auf der Durchreise für eine Nacht bei dem Alten einkehrten. Erfreut über den seltenen Besuch, tischte der alte Ritter seinen Gästen auf, was der Keller zu bieten hatte. Immer wieder sprang die Tochter die steilen Kellerstufen hinab, um noch einen Krug Wein zu holen. Es wurde gebechert, was das Zeug hielt ... Mußt mir sagen, wenn dir meine Geschichte zu lang wird, ja?« fragte Asa mit einem Seitenblick.

Ich wußte nicht, was ich antworten sollte, und so schwieg ich.

»Nun ... Wie es nun einmal so ist, wenn Mannsbilder zuviel des roten Traubensaftes trinken, wurden auch die Ritter übermütig. Einer begann wohl damit, der Tochter des Hauses schöne Augen zu machen, ein anderer griff ihr unter die Röcke. Das Ende vom Lied war, daß sich alle drei über das Mädchen hermachten, nachdem ihr alter Vater, müde vom Wein, eingeschlafen war. Blutig und zerschunden fand ihr Vater sie am nächsten Morgen auf den Treppenstufen liegend, und vor Wut bebend stellte er die Schufte zur Rede. Diese jedoch wollten von ihrer Schuld nichts wissen und behaupteten, wenn überhaupt etwas geschehen wäre, dann habe die Tochter dies so gewollt. Das ließ der alte Edelmann natürlich nicht auf sich und seiner Tochter sitzen. So schwang er sich auf sein Roß und ritt in die nächste Stadt zum Stadtrichter. Doch dieser weigerte sich, dem Alten zu helfen. ›Vielleicht hat deine Tochter selbst zuviel gebechert und wußte nicht mehr, was sie tat?‹ antwortete der ganz frech und schickte den Ritter, dem er seit Jahren seine Ländereien neidete, wieder nach Hause. Auch der Schultheiß und der Büttel gaben ihm eine ähnliche Antwort, keiner wollte an die Unschuld des Mädchens glauben. Für die Amtspersonen waren statt dessen die Männer unschuldig. Doch mit dieser Art von Gerechtigkeit konnte der alte Ritter nicht leben: Er ritt drei Tage und drei Nächte lang, dann hatte er die Missetäter eingeholt. Nachdem sie auf einer Waldlichtung ihr Nachtlager aufgeschlagen und sich zur Ruhe gelegt hatten, tötete der alte Ritter einen nach dem anderen. Als die Leichen der Männer gefunden wurden, hing um den Kopf eines jeden ein Gürtel, und in die Erde dazwischen war ein Dolch gerammt. Somit war die Untat der Männer gesühnt worden! Doch nichts in der Welt hätte das frühere, stille Glück der beiden wieder herstellen können, und es dauerte kein Jahr, bis der Vater an gebrochenem Herzen starb und die Tochter allein zurückließ.«

Es hätte nicht viel gefehlt, und ich hätte losgeheult. Doch

irgend etwas ganz tief drinnen sagte mir, daß ich mich mit meinem Mitgefühl zurückhalten mußte, wollte ich den kostbaren Schatz, Asas Vertrauen, nicht zerstören.

»Ja, so war das. Ein Fememord mag zwar eine Ungerechtigkeit sühnen, doch glücklich macht er den Femerichter nicht. Wer es auch war, der Hans von Hutten hinterrücks ermordet hat – glücklich wird er dabei nicht werden.«

Ich mußte an die Unterhaltung zwischen Hutten und Herzog Ulrich denken, die ich ein Jahr zuvor im Wald belauscht hatte. Zwei Männer und ein Weib ... mir kam ein fürchterlicher Gedanke.

»Und was, wenn alles nur eine Verwechslung war? Vielleicht wollte der Mörder gar nicht den Stallmeister, sondern den Herzog töten? Oder vielleicht war der Herzog sogar selbst der Mörder, der Hutten aus Eifersucht umbrachte?«

»Dieser Mord wird sicherlich auf das Genaueste untersucht, da kannst du sicher sein! Du glaubst doch nicht, daß der herzögliche Hof sich mit Karl Scheufeles Ansichten zufriedengibt? Die wollen ganz genau wissen, wer ihresgleichen auf dem Gewissen hat!«

Die nächsten Tage war im Dorf nichts mehr, wie es sein sollte. Seltsame Gerüchte machten die Runde, um von immer noch seltsameren Geschichten abgelöst zu werden. Doch eine Weisheit wurde hartnäckig immer wieder genannt: nämlich, daß der Herzog selbst der Mörder sei. Wegen irgendeines Weibes sei's geschehen, tuschelte man sich hinter vorgehaltener Hand zu. Mir persönlich erschien dieser Gedanke keineswegs unmöglich, doch dann schalt ich mich wegen meiner Verdächtigung. Was bedeutete schon das, was ich im Wald gehört hatte? Wahrscheinlich hatte ich mir die Hälfte davon nur eingebildet und die andere Hälfte falsch verstanden.

Es dauerte keine zwei Tage, bis eine Untersuchung des Mordes in vollem Gange war. Unentwegt ritten Boten zur Burg hinauf und wieder hinab ins Tal, und schnell war ein gutes Dutzend Amtsmänner aus Stuttgart angereist, die hektisch in ihren Papierrollen blätterten und nach einer Klärung des Verbrechens suchten. Jeder wurde verhört, vom niedrigsten Schankbuben bis hinauf zum herzöglichen Diener: Alle mußten berichten, was sie in den Tagen vor Huttens Tod beobachtet hatten. Sogar Scheuffele, unser Dorfbüttel, wurde wegen einer Befragung auf die Burg zitiert. Und während er so dasaß und darauf wartete, endlich an die Reihe zu kommen, geschah eine weitere Ungeheuerlichkeit, die er später jedem, der es hören wollte, eingehend schilderte.

»Du da, Weib! Willst du wohl einmal hierherkommen?« hatte einer der untersuchenden Richter plötzlich gerufen und dabei auf Sureya gedeutet, die nur kurz in den Raum gekommen war, um Jost etwas ins Ohr zu flüstern. Wie zu Stein erstarrt war sie wohl stehen geblieben und hatte erst dann einen zaghaften Schritt nach vorne gemacht, nachdem Jost ihr einen Stoß in die Seite versetzt hatte. Der Richter, ein kleiner, kräftiger Mann, auf dessen Haupt eine Glatze speckig glänzte, ging musternd um sie herum. Dabei schüttelte er fortwährend den Kopf. Er packte Sureya am Arm, drehte sie nach links, dann nach rechts, er betrachtete sie von der Seite. »Die Nase ... die langen Wimpern, doch ja, die Haare – die sind anders, aber die Wangen ... zweifellos!« Jost war wohl anzusehen, was er davon hielt, daß ein anderer sein Weib so befingerte. Doch mit viel Selbstbeherrschung blieb er auf seinem Platz an der Türe sitzen.

»Das ist sie! Die Mörderin! Ich habe keinen Zweifel!« Laut und deutlich waren des Richters Worte zu hören. Ein ungläubiges Raunen ging durch den Saal. Was war in den Richter gefahren? Mit einem Satz waren die anderen Richter aufgesprungen und hatten sich um Sureya versammelt.

»Das Weib – die Mörderin von Hutten?«

»Verehrter Kollege, ich muß schon sagen ... Wie soll das Frauenzimmer den Hutten ermordet haben?«

Verständnislos hatte der Angesprochene vom einen zum

andern geblickt. Daß ihm jemand bei seinen Gedankensprüngen nicht folgen könne, darauf war er wohl nicht gekommen.

»Wieso Hutten? Ich rede nicht von Hutten! Das hier ist die Mörderin von Maulbronn!«

Danach brach natürlich die Hölle los! Alle fingen gleichzeitig an zu reden, zu schreien, der Richter wurde mit tausend Fragen bestürmt, niemand verstand mehr sein eigenes Wort. Jost stand nur da und schaute fassungslos drein. Gerade eben war man noch auf der Suche nach Huttens Mörder gewesen, und nun kam einer daher und beschuldigte sein Weib eines anderen, ebenso schlimmen Verbrechens. War denn die ganze Welt verrückt geworden?

Dieses Tollhaus hatte Sureya genutzt, um sich loszureißen und aus dem Saal zu rennen, als wäre der Leibhaftige selbst hinter ihr hergewesen. Doch nichts und niemand konnte ihr helfen, ihrem Schicksal zu entrinnen. Wen die herzöglichen Richter erst einmal ins Visier genommen hatten, der sollte nicht mehr entwischen. Und es dauerte nicht lange, bis Sureya in Ketten gelegt von einem halben Dutzend Soldaten vorgeführt wurde. Nun, da die Menge Blut gerochen hatte, schien der arme Hutten völlig vergessen zu sein. Der Herzog selbst war es, der eine genaue Untersuchung der Tatbestände für den kommenden Tag anordnete. Wie muß er seinem Herrgott für diese Ablenkung von seinen eigenen Schandtaten gedankt haben! Und da es sich um eine Dörflerin handelte, sollte diese Untersuchung auf dem Dorfplatz, unter unser aller Augen, stattfinden ...

Mehr wußte Scheufele nicht, mochten ihn die Dorfbewohner auch noch so mit ihren Fragen löchern. Keiner konnte sich einen Reim auf »die Mörderin von Maulbronn« machen, dennoch wußte jeder etwas dazu zu sagen. Für die einen stand sofort fest: Sureya war eine Hexe, die wohl mehr als eine Seele auf dem Gewissen hatte. Andere wiederum mochten zwar das Hexengerede nicht völlig abtun, aber vielleicht war sie auch eine gesuchte Räuberin und Wegelagerin? Oder eine Zigeunerin – man denke doch nur an ihren seltsamen Namen! In welches Gesicht man auch schaute, ein seltsames Frohlocken strahlte einem entgegen. Endlich sollte ein einziges Mal Gerechtigkeit gesprochen werden. Hatte Sureya die Menschen im Dorf nicht jahrelang gepeinigt und ihnen mit ihren maßlosen Fronforderungen Schaden zugefügt?

»Seltsam, keiner scheint an Sureyas Schuld zu zweifeln. Für die Leute steht heute schon fest, wie die Untersuchung morgen ausgeht!« Mir machte der abgrundtiefe Haß der Dörfler Angst. Auch ich konnte Sureya beileibe nicht ausstehen und würde ihr niemals verzeihen können, was sie meiner Familie angetan hatte. Aber ihr deshalb gleich den Tod zu wünschen? Sie als Mörderin zu verurteilen?

»So sind die Menschen nun einmal. Sie glauben, was sie glauben wollen! Ein Herzog ein Mörder? Das ist schwer zu verdauen. Aber eine Hure eine Mörderin? Das klingt schon anders! Damit können die Menschen leben.«

»Sag, du warst doch schon in Taben, als Sureya hierher kam. Weißt du, von wo sie kam?«

»Ich weiß gar nichts über die Hure. Eines Tages stand sie mit ihren beiden zerlumpten Kindern da und fragte mich, ob in der Hütte nebenan jemand hauste. Nein, habe ich geantwortet. Der alte Mann, der dort gelebt hatte, war im Winter zuvor gestorben, und seitdem wollte niemand etwas von der alten Bruchbude wissen. Und dann ist sie eingezogen. Natürlich hat sich sehr schnell herumgesprochen, daß da eine junge Frau allein mit ihren Kindern lebt. Ein paar von den Weibern im Dorf sind vorbeigekommen und wollten sie beäugen und nach dem Rechten sehen. Doch Sureya wollte nichts wissen von den Frauen im Dorf. Dafür hatte sie es um so mehr auf deren Männer abgesehen ...«

Am nächsten Morgen um elf Uhr hatte sich das ganze Dorf auf dem Dorfplatz versammelt. Asa und ich waren genauso neugierig wie alle anderen, was es mit Sureya nun auf sich hatte. Wir standen ein wenig abseits, während in der Mitte des Platzes wieder einmal eine Plattform errichtet wurde.

»Langsam habe ich das Gefühl, daß solche Versammlungen nur noch Schlechtes bedeuten. Wenn ich diesen Menschenauflauf sehe, muß ich an die armen Zigeuner denken. Was ist ihnen hier an Grausamkeiten angetan worden!« Mich schüttelte es.

»Ja, früher hat man sich auf dem Dorfplatz versammelt, um zu singen, zu tanzen und zu feiern. Doch heute scheint man diesen Ort nur noch dazu zu nutzen, um blutrünstige Gelüste zu stillen! Eigentlich müßte der ganze Boden inzwischen mit dunkelrotem Blut durchtränkt sein ...«

»... haben wir uns hier unter herzöglichem Vorsitz versammelt, um einen Mord aufzuklären, der schon vor vielen Jahren verübt worden ist. Mag es aber auch schon viele Jahre her sein, das Verbrechen ist deshalb nicht minder schlimm!« Die Stimme des Richters bebte vor Eifer. Asa und ich blickten uns an. Die anderen Richter hatten sich derweil auf einer der Bänke niedergelassen, auf einer anderen Bank saßen Herzog Ulrich und einige Mitglieder der Jagdgesellschaft, die noch nicht abgereist waren. Aufgeregt fuchtelten die feinen Damen mit ihren in der Erwartung von grausigen Scheußlichkeiten mitgebrachten Tüchlein in der Luft herum, um sie später atemlos vor Schreck auf ihre feinen Münder zu pressen. Für die adelige Gesellschaft bedeutete das Geschehen auf dem Dorfplatz nicht viel mehr als ein am Hofe vorgeführtes Schauspiel, welches eine besondere Würze durch die fremde Umgebung und die Nähe der Bauern verliehen bekam. In einer Ecke erspähte ich Jost und mußte zweimal hinschauen, um mir wirklich sicher zu sein. Über Nacht schien der Burgverwalter die Hälfte seines Gewichtes verloren zu haben. Eingesunken und mit hängenden Schultern stand er mit einem hilflosen Gesichtsaudruck da. Neben Jost standen zwei halbwüchsige

Buben, die wohl Sureyas Kinder sein mußten. Auch sie blickten wie geprügelte Hunde unter gesenkten Lidern hervor. Doch bevor ich in Mitleid versinken konnte, knuffte Asa mich in die Seite.

»Guck mal, da vorne: Da ist doch Weiland! Und wer ist der schwarzbemantelte Pfaffe neben ihm?«

Ich zuckte mit den Schultern. »Keine Ahnung. Vielleicht ist das ein Kirchenmann aus des Herzogs Gefolge?«

»Das ist doch Abt Richard! Vom Kloster Weil! Das weiß doch jeder!« brüstete sich neben mir ein untersetzter Bursche, den ich nicht kannte. Die Rede von einer öffentlichen Gerichtsverhandlung hatte sich in den umliegenden Dörfern wie ein Lauffeuer verbreitet, und so hatten sich außer den Tabenern auch viele Auswärtige hier eingefunden.

Vorne auf der Plattform begann der fette Richter nun mit seiner Befragung.

»Sureya Hopfenstiel, bist du das Weib des verstorbenen Egon Hopfenstiel, seines Zeichens Abdecker von Maulbronn?«

Sureya schüttelte den Kopf. Ihre Arme und Beine waren in schwere Ketten gelegt, als sei sie ein wildes Tier, vor dem es die versammelten Zuschauer zu schützen galt. Strähnig und stumpf hingen ihr die Haare ins Gesicht, was ihr einen Ausdruck der Wildheit und des Wahnsinns verlieh. Nun, von einem Tag auf den anderen als Mörderin angeklagt zu werden reichte wohl aus, um einen Menschen um den Verstand zu bringen.

»Weib, sprich mit mir! Dein Kopfschütteln genügt mir nicht! Ich frage dich noch einmal: Bist du das Weib von Egon Hopfenstiel – ja oder nein?«

»Nein«, preßte Sureya aus zusammengebissenen Lippen hervor.

Der Richter schüttelte den Kopf und lächelte milde, als habe er es mit einem unvernünftigen Kinde zu tun.

»Seit wann lebst du hier in Taben?«

Sureya blickte wild um sich. »Ich ... weiß ... nicht.

Viele Jahre schon. Vielleicht zehn?«

»Zur Klärung dieser Frage rufe ich Karl Scheuffele, den Dorfpolizisten, zur Hilfe. Er möge sprechen!« Mit einer auffordernden Handbewegung beorderte der Richter Scheuffele zu sich. Dieser kratzte sich verlegen am Kopf.

»Tja, so ganz genau weiß ich das auch nicht mehr. Jetzt schreiben wir das Jahr 1518 ...«

»Du sollst uns nicht sagen, welches Jahr wir schreiben, sondern wann dieses Weib in euer Dorf kam!« unterbrach der Richter ihn grob.

»Jaja, das will ich ja! Laßt mich überlegen ... Jetzt hab' ich's. Die Hure kam in dem Jahr zu uns, wo fast die ganze Ernte wegen des trockenen Sommers verlorenging!« Einen fragenden Blick auf den Richter gerichtet, präsentierte Scheuffele seine Antwort.

Der Richter schien mit dieser Antwort zufrieden zu sein. »Muß wohl das Jahr 1511 gewesen sein ...« brummelte er vor sich hin.

Keiner fragte nach, wie er gerade auf diese Jahreszahl kam.

»Weib!« wandte er sich erneut an Sureya, »bevor du nach Taben kamst, wo hast du da gelebt?«

»Mal hier und mal dort, bin mit meinen Kindern umhergezogen ...«

»War es nicht so, daß du in Maulbronn zu Hause warst?«

»Nein!«

In dieser Art und Weise ging die Befragung hin und her, wobei dem Richter anzusehen war, daß seine Geduld nicht mehr lange reichen würde. Doch Sureya blieb hartnäckig dabei, weder Maulbronn noch diesen Egon Hopfenstiel zu kennen. Bald begannen die ersten Zuschauer hämisch zu grinsen. So verhaßt ihnen Sureya auch war, daß diese durch ihre Antworten dem hohen Richter derart zu trotzen wagte, machte die Sache für sie nur noch spannender. Sollte der hochnäsige Richter ruhig ein wenig schmoren, wozu es seinesgleichen zu einfach machen?

»Verehrte Richterkollegen, dieses Weib ist nicht nur die Mörderin von Egon Hopfenstiel, sondern eine gemeine Lügnerin dazu! Da der Mord vor langer Zeit und in einem anderen Ort geschah, haben wir leider keine Zeugen.« Er blickte in die Runde. »Ich schlage daher vor ... die Feuerprobe unter der Aufsicht der heiligen Kirche zu machen. Wenn wir Erdenbürger das Recht nicht sprechen können, möge der heilige Vater im Himmel es tun!«

Die Menge schrie auf. Eine Feuerprobe – das hatte es in Taben noch nicht gegeben!

In diesem Augenblick wurde mir wieder einmal unsere schreckliche Hilflosigkeit klar: Die Richter, der Herzog, Abt Richard – es waren diese Männer, die über unser Schicksal entschieden. So war es immer und so würde es immer sein. Mochten wir uns auch noch so im Kleinen auflehnen, unsere Fronen lächerlich machen oder boshafte Theaterstücke aufführen – im Großen blieb alles beim alten. Daß der Richter sich vielleicht geirrt haben, Sureya mit einem anderen Weib verwechselt haben könnte – auf diesen Gedanken schien niemand zu kommen. Wie viele Menschen wurden wohl als Mörder verurteilt, ohne auch nur einer Fliege etwas zuleide getan zu haben? Auf einmal wurde mir klar, in welcher Gefahr Asa und ich täglich lebten. Zwei Frauen, die alleine wohnten ... Ob da nicht auch böse Geister die Finger im Spiel hatten? Wir konnten von Glück sagen, daß noch kein Schatten eines Zweifels auf uns gefallen war.

Ich blickte zu Jost hinüber, in der Hoffnung, daß er, der mächtige Burgverwalter, ein gutes Wort für seine Gefährtin einlegen möge. Doch nichts dergleichen geschah. In sich zusammengesunken saß er da, im Bewußtsein, daß seine mächtigen Jahre mit dem heutigen Tage beendet sein würden. Wer würde einen Verwalter noch ernst nehmen, der jahrelang mit einer Mörderin gelegen hatte, ohne dies zu wissen? Hämisch grinsten die umstehenden Bauern dem Burgverwalter ins Gesicht, ganz mutige knufften ihn in den Rücken.

»Weiland wird das mit der Feuerprobe doch nicht zulassen, oder?« flüsterte ich Asa zu.

»Was soll er tun? So, wie es aussieht, ist Abt Richard doch ganz begierig auf eine göttliche Probe dieser Art! Schau doch, wie eilfertig er sich in vorderster Reihe aufgestellt hat!« Asa spuckte vor sich auf den Boden. Wahrscheinlich verspürte sie einen ebenso bitteren Geschmack auf der Zunge wie ich. Wir beobachteten, wie Pfarrer Weiland eindringlich auf die Richter einsprach und danach wie ein geprügelter Hund davontrottete.

»Wenigstens versucht hat er's!« stellte Asa mit trauriger Befriedigung fest.

Indessen waren die Vorbereitungen für die Feuerprobe heftig im Gange. Wie von Zauberhand tauchte plötzlich ein Stapel schwerer Holzscheite neben der Plattform auf, die eilig von einem Soldaten der Burg entzündet wurden. Die herzöglichen Zuschauer tauschten ihre Sitzplätze mit einem Stehplatz am Rande der Plattform, von wo aus sie das weitere Geschehen bestens von oben begaffen konnten. Auch die Richter verließen ihre Plätze und stellten sich auf einer Seite des Feuers auf. Auf der anderen Seite stand Abt Richard und las lateinische Verse aus einem Gebetbuch vor. Dann hob er gebieterisch die Hand.

»Hohes Gericht! Wir bitten um die göttliche Hilfe, flehen Ihn an um sein göttliches Urteil, das unfehlbar ist und das kein Mensch anzweifeln darf! Herr, schicke uns dein Gottesurteil, auf daß Recht gesprochen werde.«

Bis zu diesem Zeitpunkt hatte ich den Klostervorsteher nur vom Hörensagen gekannt, von den paar Worten, die Pfarrer Weiland über sein Kirchenoberhaupt hatte verlauten lassen: Dennoch empfand ich einen tiefen Ekel für den Mann, wie er nicht schlimmer hätte sein können. Kein Wunder, daß unser Pfarrer nach einem Weg gesucht hatte, den Klostermauern zu entrinnen!

Das Feuer brannte nun lichterloh. Sureya, wimmernd und

zitternd, wurde von den Soldaten an ihren Ketten herbeigezerrt. Einer der Männer löste die Ketten, die um ihre Handgelenke geschlungen waren, während ein anderer sofort nach ihrer linken Hand griff. Als ob die arme Seele hätte wegrennen können!

»Ich geh' jetzt nach vorne«, flüsterte Asa mir zu, »vielleicht erlauben mir die Herrschaften, daß ich das, was von ihrer Hand noch übrigbleibt, versorge.« Bevor ich antworten konnte, hatte sich Asa schon zwischen den dichtgedrängten Zuschauern hindurchgezwängt. Ich konnte und wollte beim besten Willen nicht weiter vortreten. Mir reichte, was ich von meinem Platz aus sah. Find war zum Glück noch zu klein, um etwas von dem grausigen Schauspiel mitzubekommen. Noch schlief er friedlich auf meinem Arm und schien von der Hölle um ihn herum nichts zu merken, aber wenn die Schreie erst einmal begannen ... Die anderen Mütter setzten ihre Kinder auf die Schulter, so daß diese besser nach vorne sehen konnten. Doch war es recht, den kleinen Menschen so früh schon die Grausamkeit ihrer Eltern vorzuführen? Mußte dabei nicht eine zarte Kinderseele Schaden nehmen?

Köpfe wurden gereckt, es wurde geschubst und gestoßen, jeder kämpfte um einen noch besseren Platz, um eine noch bessere Sicht.

»Was tun sie jetzt?«

»Heh, ihr da vorne, was machen die da mit Sureyas Hand?«

»Warum geht's nicht los?«

»Auf, auf, zur Feuerprobe!« begannen ein paar junge Burschen zu grölen.

»Ruhe da hinten!« kam es aus den vorderen Reihen zurück. »Ihre Hand wird in weiches Wachs getaucht.«

»Wachs? In Wachs getaucht?«

»Wahrscheinlich macht das die Feuerprobe noch wirkungsvoller!«

Mit übertriebenem Schwung raffte Abt Richard seine schwarze Kutte zusammen und fiel vor dem Feuer auf die Knie.

Das Feuer knackte und knisterte, und ein paar Funken sprangen auf seine Kutte. Eilig schlug er mit der flachen Hand auf die rotgoldenen Funken, bis diese verglommen. Für einen Augenblick verdüsterte sich seine Miene. Störende Unterbrechungen konnte er in seinem Schauspiel nicht leiden. Er rutschte ein Stück zurück.

»Sureya Hopfenstiel! Lege nun deine Hand ins Feuer! Bist du unschuldig, wird dir das Feuer keinen Schaden zufügen, und du wirst deine Hand unversehrt zurückziehen. Bist du aber schuldig – wird das Feuer deine Hand verbrennen!«

Von hinten hielten zwei Soldaten Sureyas Arm in einer eisernen Umklammerung fest. Kaum berührte ihr Fleisch die roten Flammen, begann sie zu schreien. Sie schrie und schrie und schrie. Doch dann hörten die Schreie abrupt auf. Wie eine leblose Puppe hing Sureya über dem Arm des einen Soldaten, vor Schmerzen ohnmächtig geworden.

Ohne sich um die Frau zu kümmern, hob der Richter triumphierend Sureyas verkohlte Hand in die Höhe. »Sie ist es! Sie ist die Mörderin von Maulbronn! Gott hat sein Urteil gesprochen!«

»Habt ihr die Hand gesehen? Kein Finger war mehr dran, kein einziger!«

»Sie kann von Glück sagen, daß sie so schnell ohnmächtig geworden ist! Man stelle sich diese Schmerzen vor! Erst letzte Woche habe ich mir selbst am offenen Feuer meine Finger verbrannt.«

»Und dann erst das Wachs! Eine Stichflamme zwei Ellen lang hat's gegeben!«

Den Frauen stand der Schreck über das Geschehene noch ins Gesicht geschrieben. Immer und immer wieder wurde die Greueltat erinnert. Nachdem sich das Gericht für den heutigen Tag aufgelöst hatte und die meisten Zuschauer – zufrieden mit dem Urteil – nach Hause gegangen waren, hatten sich ein paar Frauen, darunter auch Asa und ich, am Brunnen versammelt.

»Heut' abend soll ich hoch kommen zur Burg. Dann darf ich gnädigerweise Sureyas Hand versorgen! Ist das nicht edelmütig?« spuckte Asa wütend aus.

»In der Tat! Aber warum haben sie dich das nicht gleich hier unten machen lassen?«

»Das weiß der Himmel! Wahrscheinlich soll die ›Mörderin‹ noch ein wenig leiden. Vielleicht wollen sich die Herren aber auch noch eine Zeitlang am Urteil Gottes ergötzen!«

»Was soll's auch? Morgen kommt sie eh dran, dann ist alles zu spät!«

»Marianne! Versündige dich nicht! Gönnst du etwa der armen Seele nicht einmal eine geruhsame letzte Nacht?« Erschrocken über soviel Kaltschnäuzigkeit schlug Sophie die Hand vor den Mund.

»So werde ich das nächste Mal auch vorgehen, wenn dich dein Rücken quält, Witwe Marianne! Ich werde sagen: Was soll's auch? Vielleicht ist sie ja morgen schon tot! Mal sehen, wie dir das gefällt, du alte, kaltherzige Kuh!« Wütend stapfte Asa davon und ich ihr nach. Wir waren noch nicht um die nächste Ecke herum, als wir plötzlich lautes Rufen hinter uns hörten. Wir drehten uns um und sahen Sophie auf uns zulaufen.

»So wartet doch auf mich! Sag, Asa, meinst du, die erlauben einen Besucher heut' abend?« fragte sie völlig außer Atem.

»Du willst mitkommen?« Asa war genauso überrascht wie ich.

»Muß man nicht auch verzeihen können?«

Asa schaute mich an. Für einen kurzen Augenblick kämpfte ich mit mir. Dann antwortete ich: »Du hast recht. Auch ich komme mit hoch zur Burg. Sie ist und bleibt zwar ein Weib, aber in der letzten Nacht soll sie nicht alleine sein.«

13.

Es war schon dunkel, als wir uns auf den Weg zur Burg machten. Sophie hatte zwei Fackeln mitgebracht, die uns im Nebel davor bewahrten, vom Weg abzukommen. Find schlief selig bei Katharina mit deren Kindern unter einer Decke, so daß ich mir um ihn keine Sorgen machen mußte. Während des Aufstiegs schwiegen wir die meiste Zeit, jede war mit ihren Gedanken beschäftigt. Was hätte es auch zu sagen gegeben?

Oben an der Burg wurde Asa schon von den Wachen erwartet, und auch Sophie und mich ließen sie widerstandslos zum schweren Tor hinein. Aus dem Inneren der Burg war lautes Lachen und das Spiel einer Schalmei zu hören, und die Räume leuchteten hell im Schein vieler Kerzen und Funzeln. Einer der Soldaten führte uns ohne Umwege in den Turm. Dort erwartete uns eine weitere Wache, die uns durch ellenlange Gänge und durch unzählige Türen führte, bis wir endlich in einer kleinen, dunklen Kammer angelangt waren.

»Aber zwei Fackeln dürft ihr nicht mit reinnehmen! Eine muß genügen. Los, gib her!« Nachdem der Mann uns eine Fackel abgenommen hatte, ließ er uns allein zurück, nicht jedoch, ohne vorher den schweren Schlüssel zweimal im Schloß umzudrehen. Im zwielichtigen Schein der Fackel suchten wir den Raum nach Sureya ab und entdeckten sie zuerst gar nicht. Zusammengekauert lag sie da, und ihre erdfarbenen Röcke hoben sich von dem festgetretenen Boden nur unmerklich ab.

»Sureya!« Sanft rüttelte Asa an ihrer Schulter. »Ich bin's. Die Heilerin. Ich bin gekommen, um deine Wunde zu versorgen.«

Doch Sureya schien nichts zu hören. Leise wimmernd lag sie da. Noch einmal sprach Asa sie an und rüttelte diesmal heftiger an ihrem Arm.

»Ich helfe dir, aber das geht nur, wenn du es zuläßt. Schau, was ich alles in meinem Beutel habe. Eine dicke, kühlende

Salbe, die wird dir guttun. Und hier, das weiße Pulver. Davon bekommst du auch etwas, es wird dir jeden Schmerz nehmen. Du wirst schlafen wie ein Engel. Und wenn du willst, laß ich dir noch etwas für morgen da ...«

Jetzt erst schaute Sureya auf. »Hilf mir oder laß es bleiben. Was macht es schon?«

Nun meldete sich Sophie zum erstenmal zu Wort. »Ich habe dir einen Topf Hühnersuppe mitgebracht. Und einen feinen Schinken. Da, iß! Der wird dir wohlschmecken!« Zaghaft hielt sie ihr ein Stück entgegen. Zu meiner Verwunderung nahm Sureya dieses und biß sofort hinein. Was Asas Worte nicht bewirkt hatten, vermochte nun das Stück Schinken. Nachdem Sureya sich durch das Essen etwas gestärkt hatte, ließ sie widerstandslos ihre Hand verbinden.

»Was wollt ihr eigentlich hier? Euch an meinem Elend ergötzen?« spie sie dann unvermittelt aus, und ihre Augen funkelten für einen Augenblick so böse wie eh und je.

Ich schüttelte den Kopf. »Nein, das wollen wir ganz gewiß nicht. Egal, ob du nun schuldig bist oder nicht – wir dachten, du bist vielleicht dankbar, in dieser Nacht Gesellschaft zu haben.«

Unvermittelt begann sie fürchterlich zu weinen und wollte gar nicht mehr aufhören. Dies war für Sureya etwas so Seltsames, so Fremdes, daß ich mir fast gewünscht hätte, sie wäre wieder so barsch wie früher.

»Ich bin's. Ich bin die Mörderin von Maulbronn. Aber ich mußte es tun. Ich hatte keine Wahl«, preßte sie mit tränenerstickter Stimme hervor.

»Schsch, ruhig. Ruhig! So beruhige dich. Wir sind nicht hier, um Urteil über dich zu sprechen. Das überlassen wir den feinen Herren. Warum erzählst du uns nicht einfach, was damals vorgefallen ist? Oft tut das Reden gut.« Wieder einmal war es Asa, die die richtigen Worte gefunden hatte.

Und so begann Sureya, uns von ihrer Kindheit im Pferdewagen mit Nerva, der Hure, zu erzählen ...

Gierig trank sie zwischendurch von dem dunkelroten Wein, den Asa ihr in einer tönernen Karaffe mitgebracht hatte. Sie schleckte ihre Lippen ab wie ein Kind, bevor sie fortfuhr.

»... Wie gesagt, die ersten Jahre waren nicht schlecht. Doch dann begann mein Unglück! Noch heute schüttelt es mich, wenn ich daran denke! Ich war vielleicht dreizehn Jahre alt, da beschloß Nerva, daß der Wagen für uns beide zu eng war. Ich höre sie heute noch: ›Schau dich doch an, deine Brüste, so schwer und so prall wie zwei dicke, saftige Äpfel! Wie sollen die Männer da Gefallen an meinem Trockenobst finden? So geht es nicht weiter. So geht es nicht weiter!‹ hatte sie unentwegt gemurmelt. Und dann schien sie die Lösung gefunden zu haben. Sie wich von unserer üblichen Strecke ab und machte sich auf den Weg nach Maulbronn. Dorthin waren wir sonst immer viel später im Jahr gefahren, aber auf meine Frage nach dem Warum bekam ich nur eine kräftige Ohrfeige verpaßt, und so fragte ich nicht mehr. Vor Maulbronn gibt es ein kleines Bächlein, das in den Frühjahrsmonaten so eisig kalt ist wie wohl alle Wasser, dennoch schickte Nerva mich eines Morgens in die kalten Fluten. Sogar ein Stück Seife drückte sie mir in die Hand. Du meine Güte, ich wußte nicht einmal, was das war! Blaugefroren und sauber und mit gewaschenem Haar zog sie mir einen dünnen Fetzen über, der ganz anders war als meine gewohnten Überwürfe. Aus dünnem Stoff und rot! Doch ich fühlte mich gar nicht wohl darin, denn meine Brüste waren so deutlich zu erkennen, als hätte ich gar nichts an. Danach ließ sie mich allein im Wagen zurück und verschwand nach Maulbronn. Wenn sie zurückkäme, hätte sie eine Überraschung für mich, hat sie noch gesagt. Und ich freute mich darauf. Pah! Das war in der Tat eine Überraschung. Auf die hätte ich verzichten können!«

Das Erzählen strengte Sureya an. Nach einer kurzen Pause, in der sie einen weiteren Schluck Wein nahm, erzählte sie weiter.

»Hinter Nerva betrat ein Mann den Wagen, wie ich noch

keinen häßlicheren gesehen hatte. Was für einen Kunden bringt sie denn da an, dachte ich bei mir. Und wo ist die versprochene Überraschung? Derweil kam der Mann auf mich zu und begann mich wie ein Stück Vieh auf dem Markt zu befingern. Hilfesuchend blickte ich zu Nerva, doch deren eiserne Miene verbot mir jede Widerrede. Der Atem des Mannes roch so faulig, daß mir schlecht wurde. Seine Zähne waren ganz schwarz, warum, weiß ich nicht. Überhaupt: Der ganz Mann stank! Kaum war er in unseren Wagen getreten, verwandelte sich die Luft in ein fauliges, bestialisch stinkendes Gemisch, das uns einhüllte wie eine schwere Decke und das mir die Luft zum Atmen nahm. Wie konnte ein Mensch nur so stinken, fragte ich mich und hoffte, der Mann möge schnellstens wieder gehen. Dann begannen sie, um mich wie um ein Stück Vieh zu handeln.

›Für dreißig Gulden? Da kannst du sie behalten. Schau dir doch diese dünnen Arme an. Wie soll das Weib damit ihre Arbeit verrichten? Außerdem dachte ich, du wolltest sie loshaben? Was ist nun, Hure? Zwanzig oder gar nicht!‹

›Arbeit verrichten, pah! Fällt dir bei diesem Anblick nichts anderes ein? Du bist mir ein schönes Mannsbild. Aber du hast recht: Der Wagen wird wirklich zu eng für zwei Weiber. Gib mir fünfundzwanzig, und du kannst sie mitnehmen.‹

Und das war es dann. Ehe ich mich versah, wechselten fünfundzwanzig Münzen die Hand. Dann packte der grauenhafte Mann mich grob am Arm und wollte mich aus dem Wagen hinausziehen. Ich schrie und weinte und bettelte Nerva an, sie dürfe dies nicht zulassen.

›Sei ruhig und geh mit! Sei dem Mann ein gutes Weib, und es wird dir gutgehen. Wie man einen Mann beglückt, wirst du ja wohl bei mir gelernt haben, hahaha!‹

Noch heute klingt mir ihr hämisches Lachen zum Abschied im Ohr. Kein Bedauern, gar nichts! Meine Mutter hatte mich wie einen Gaul verkauft. Den ganzen Weg nach Maulbronn schrie und heulte ich ...«

»Heh! Ihr Weiber da drinnen! Wollt ihr etwa die ganze Nacht bleiben? Was gibt es mit einer Mörderin so lange zu bereden, möcht' ich wissen?«

In der Tür war eine der Wachen erschienen. Sogleich stand Asa auf und redete in leisen Worten beschwichtigend auf ihn ein. Danach verschwand er wieder.

Sureya schaute uns an. »Ich will die Geschichte zu Ende erzählen, bevor ich sterbe. Ein einziges Mal will ich meine Geschichte erzählen, danach soll sie mit mir begraben werden.«

Wir nickten beklommen.

»Wo war ich stehengeblieben? Also, Nerva hatte mich an den Abdecker von Maulbronn verkauft. Egon Hopfenstiel. Nun sollte ich mein neues Zuhause kennenlernen. Maulbronn. Das erste, woran ich mich dabei erinnere, sind die Kinder, die uns auf der Straße nachrannten, als wir durch die Gassen gingen. Später haben sie Steine gegen unsere Hütte geworfen, im Winter Schneebälle. Und immer haben sie gesungen. Noch heute höre ich ihren hämischen Spottgesang ...«

Leise trug Sureya uns den wüsten Reim vor, wobei sie die Kinderstimmen von damals nachäffte:

»Egon Hopfenstiel, Egon Hopfenstiel,
ist nichts und hat nicht viel,
tote Säu', Hund' oder Katzen,
faulende Hühner oder Ratzen,
wenn er die findt, nimmt er sie heim
und gräbt sie dort in die Grube ein.
Obacht, hier kommt Egon Hopfenstiel,
stinkt wie ein Haufen totes Vieh.

Wie ich die Kinder haßte! Sie waren grausam. Auch früher wollten die Kinder in den Dörfern, durch die wir kamen, nichts von mir wissen, warfen Steine nach mir oder zogen an meinen Haaren. Doch damals hatte ich mir nichts weiter dabei gedacht. Ich war eine Fahrende, sie aber waren in den Dörfern zu Hause. Doch erst jetzt, im Hause des Abdeckers, sollte ich erkennen, was es hieß, eine wahre Aussätzige zu sein. Kein Mensch, der ein freundliches Wort mit einem wechselte! Kein Mensch, der mir die Hand gab, nicht einmal unseren Karren oder unseren Gaul wollten sie berühren. Die Menschen in Maulbronn hatten panische Angst vor dem Abdecker. Und das zu Recht, denn erwischte er einen dabei, wie er selbst gerade seinen alten Hofhund abmurksen wollte, dann stieß er sein langes Abdeckermesser in dessen Tür. Dadurch war der Mann genauso ›unehrlich‹ geworden wie wir selbst und konnte sich nur durch eine großzügige Summe freikaufen. Mehr als einmal war ich dabei, als Hopfenstiel seine Macht spielen ließ. Dabei hätte er doch einfach wegschauen können! Aber ihm bereitete es eine diebische Freude, die Menschen bei seinem Anblick verängstigt zur Seite springen zu sehen. Für die Maulbronner war der Abdecker ein noch gefürchteterer Mensch als der Henker! Umgab dessen Handwerk in den Augen der Menschen wenigstens noch ein Schimmer des Unheimlichen, so war Egon Hopfenstiels Handwerk das schmutzigste, das die Stadt kannte. Und nun sollte es teilweise auch mein Handwerk werden. Wie es mich dabei grauste! Jeden Morgen zog Hopfenstiel mit seinem Karren durch die Gassen, sammelte tote Viecher auf, tötete bei den Bauern kranke Kühe oder sieche, alte Gäule und zog gefallenem Vieh das Fell ab. Die Kadaver warf er auf seinen Wagen und brachte sie in die Grube, die direkt hinter unserer Hütte lag. Dort nahm er sein großes Messer, zerteilte die toten Körper in kleinere Stücke und verscharrte diese. Dabei mußte ich ihm helfen. Mit einer Schaufel und einem Spaten mußte ich Löcher in den Boden graben, bis meine Hände blutig aufplatzten. Des Nachts hörten wir oft, wie sich wilde Köter an der Grube zu schaffen machten, um sich an dem verwesten Fleisch gütlich zu tun, und wir wußten, daß spätestens am nächsten Tag ein paar Hundekadaver mehr wegzuräumen waren. Gab es in manchen Wochen gar zuviel totes Vieh zu beseitigen, verbrannte er es hinter unserer Hütte. Es war grauenhaft! Der Gestank der Tierleichen hing in der Hütte und sehr schnell auch in meiner Kleidung und meinem Haar. Am Anfang versuchte ich noch, durch Waschungen den Geruch loszuwerden. Doch dies hatte keinen Sinn. Wie Pech klebte es an mir, ich war durch und durch verseucht. Ich begann, meinen Leib genauso zu hassen wie mein ganzes Leben.«

»Sureya, das ist ja grauenvoll! Du armes Weib! Aber war der Abdecker denn wenigstens freundlich zu dir?«

Sophie war genauso betroffen wie Asa und ich, doch hatten wir es nicht gewagt, unseren Gefühlen Ausdruck zu verleihen, vor lauter Angst, es würde Sureya vom Weitererzählen abhalten.

»Freundlich? Der und freundlich, pah! ›Weib, ich hab' dich gekauft wie ein Stück Vieh, und wenn's mir nicht paßt, bring' ich dich um die Eck' wie ein Stück Vieh!‹ drohte er mir regelmäßig, wenn ich es wagte, mich über etwas zu beklagen. In der Hölle hätte es nicht schlimmer sein können! Jeden Abend fiel er über mich her wie ein wildes Tier, fügte mir Qualen und Pein bei, wie ihr es euch nicht vorstellen könnt. Doch, dem Himmel sei Dank, bald war mein Leib so abgestumpft, daß ich nichts mehr spürte. Kein Schmerz, keine Pein, lediglich einen abgrundtiefen Ekel, den konnte ich nicht loswerden. Dieser sollte mich begleiten bis zum letzten Tag. Doch so weit bin ich noch nicht ...

Zuerst sollte ich noch zwei Kinder bekommen. Du meine Güte, wie hatte ich gehofft, die Frucht möge in meinem Leib verfaulen oder bei einem Sturz abgehen! In diesen Wochen bin ich mehr als einmal gestürzt, so daß ich am Ende für meine Tölpelhaftigkeit noch Schläge bekam. Doch nichts konnte meine beiden Bälger davon abhalten, auf die Welt zu kommen. Nun mußte ich mich auch noch um diese kümmern, was ich mehr schlecht als recht tat. Ich bin keine gute Mutter gewesen, das gestehe ich ehrlich ein. Aber in diesen Jahren hatte ich kein Leben in mir, kein Gefühl, geschweige denn Liebe, die ich einem anderen hätte geben können. Noch heute habe ich keine Gefühle für meine beiden Erstgeborenen übrig, denn sie sind durch Qual und Pein entstanden, und das kann ich bis zum heutigen Tag nicht vergessen ...«

Ich mußte daran denken, wie Find entstanden war. Gott sei Dank war meine Erinnerung daran nicht so quälend wie Sureyas! Was hatte das arme Weib durchgemacht! Kein Wunder, daß sie es eines Tages nicht mehr ausgehalten und dieses Scheusal getötet hatte! Im Licht der fast völlig heruntergebrannten Fackel erzählte sie uns den Schluß ihrer Geschichte, die genauso gewalttätig endete, wie sie angefangen hatte:

»Eines Tages, ich war vielleicht so drei Jahre im Haus des Abdeckers, wurde er wieder einmal gar zu grob. Es war Winter, und der Boden in der Grube war zu Stein gefroren, so daß wir uns noch mehr plagen mußten als sonst. Hopfenstiel war schon seit Tagen schlechter Laune gewesen, die er unablässig an mir ausließ. Immer und immer drohte er mir, er würde mich eines Tages selbst in die Grube werfen, wenn es ihm nur in den Sinn käme. Die beiden Kinder saßen verängstigt in einer Ecke der Hütte und hörten mit an, was ihr Vater zu sagen hatte. Es war an einem Freitag, das weiß ich noch ganz genau, da wurde es mir zuviel. Hopfenstiel saß wie jeden Abend wie ein wildes Tier über seine Schüssel Brei gebeugt, sein langes Abdeckermesser lag auf der Bank hinter ihm. Auf einmal flüsterte mir eine Stimme ins Ohr: Warum nimmst du nicht das Messer und rammst es in ihn hinein, gerade so, wie er es mit den Viechern tut? Wovor hast du Angst? Kann die Hölle schlimmer sein als dein Leben hier? Die Stimme wurde immer lauter und lauter, bald rauschte und tönte es wie wild in meinem Ohr. Tu es, tu es, rief die Stimme mir zu. Und dann tat ich es.«

Sureya blickte von einer zur anderen.

»Es war ganz leicht. Die scharfe Klinge trat in seinen Rücken ein, als wäre es Butter. Brauchst nicht so entsetzt gucken, Marga, die Kinder schliefen schon. Die haben nichts mitbekommen. Aber das wär' mir auch egal gewesen. Danach schleifte ich ihn in die Grube hinaus, und was dann geschah, das wollt ihr nicht wissen, glaubt es mir. Danach hab' ich meine Siebensachen gepackt, die Dose mit den Münzen genommen und bin gerannt wie um mein Leben. Was mit den beiden Buben nicht gerade einfach war. Ja, ich hatte sie geweckt und mitgenommen. Irgendwie war der Gedanke, die beiden in der stinkenden Hütte ihrem Schicksal zu überlassen, doch noch schlimmer als der, sie mitzunehmen. Die ganze Nacht hindurch sind wir gelaufen, und die beiden hörten nicht auf zu wimmern und zu jammern. Da bereute ich schon, sie mitgenommen zu haben. Wochenlang war ich so unterwegs, habe mich und die Kinder des Tages in zerfallenen Scheunen versteckt, des Nachts unser Essen geklaut, um dann weiterzuziehen. Eines Tages bin ich dann hier gelandet. Hier fühlte ich mich sicher. Dieser Ort ist klein und ruhig und außerdem weit genug von Maulbronn entfernt. Hier sucht dich niemand, dachte ich bei mir. So war es dann auch. Bis dieser blöde Richter daherkam. Damals, in Maulbronn, war er lediglich ein kleiner Stadtrichter gewesen – wie er an den Stuttgarter Hof gekommen ist, kann ich mir nicht denken. Nur ein einziges Mal hat er mich damals gesehen, als Hopfenstiel die Totgeburt seiner Stute abholte und ich droben bei ihm auf dem Karren saß. Ein einziges Mal! Und das genügte ihm, um sich an mich zu erinnern! Schon damals hat er geil wie ein heißer Bock zu mir hochgestarrt. Aber ...«

Mit einem trotzigen Blick schaute sie uns an.

»... ich habe keine Angst vor dem Tod. Die Hölle mit ihrem ewigen Feuer kann nicht schlimmer sein als Hopfenstiels Hütte. Und außerdem«, ihre Stimme wurde wieder weicher, »... ein paar schöne Jahre hatte ich hier sehr wohl.

Ich glaube, der Jost hat mich gemocht. Er ist der einzige Mensch, der mich jemals gemocht hat.«

Am nächsten Tag sollte Sureya durch das Beil sterben. Wieder war das ganze Dorf versammelt. Von der Festtagsstimmung des Vortages war nichts mehr zu spüren. Vielleicht ahnten die Menschen, wie schnell es ihnen an die eigene Haut gehen könnte. Eine Beschuldigung aus dem richtigen Mund, und schon war man ein Mörder! Die Schnelligkeit, mit der aus Sureya, der Hure, auf einmal Sureya, die Mörderin, geworden war, erschreckte selbst die hartgesottensten Burschen.

Sureya selbst trug ihr Schicksal mit Fassung. Das Reden am Vorabend hatte ihr gutgetan, und sicherlich trug auch Asas Mittel ein wenig zu ihrer Ruhe bei. Ihre Augen waren so verschleiert, wie es nur durch das weiße, gefährliche Pulver von Asa möglich war, das sie nur dann verabreichte, wenn die Qualen der Kranken gar zu unerträglich wurden.

Sophie, Asa und ich standen auf der rechten Seite des Platzes, und einmal blickte Sureya zu uns herüber. Fast unmerklich nickten wir ihr zu. Und dann fiel das Beil. Und Sureya war tot. Vorbei war ein Leben, das nur aus Qual und Pein, aus gequält werden und selbst quälen bestanden hatte. Sie war böse und ungerecht gewesen, aber: Welche Möglichkeit hatte sie denn gehabt? Wo hätte sie Menschlichkeit lernen können? Mir fiel ein Spruch ein, den Jerg mir einmal gesagt hatte und der von seiner Mutter stammte: »Es bedarf eines steinernen Herzens, um mit all der Kälte fertigzuwerden.«

Jost war danach nicht mehr derselbe. An die Stelle des brüllenden Stieres war nun ein geprügelter Ochse getreten, der die Ländereien mehr schlecht als recht verwaltete und der von Taben nichts wissen wollte. In den Wirtshäusern in der ganzen Umgebung wurde er zum Gespött der Menschen. Wo er sich auch blicken ließ, traf er auf feistes Grinsen. »Der kleine Herzog! Spielte sich jahrelang auf wie ein feiner Herr, dabei lag er mit der schlimmsten Schlampe, die man sich vorstellen kann! Ein feiner Herr, unser Burgverwalter!« sagten die Leute. Herzog Ulrich befand es deshalb schließlich wohl für angebracht, den Burgverwalter durch einen anderen zu ersetzen, und so wurde kein anderer als Augustin von Brabant unser neuer Herr.

Aber auch der Herzog kam nicht ungeschoren davon. Kaum war der Rummel um Sureya vorbei, widmeten die Richter sich wieder dem Tod von Hans von Hutten. Vielleicht hatte Herzog Ulrich gedacht, durch das geschickte Ablenkungsmanöver würde dieser Fall vergessen werden! Aber da hatte er sich böse getäuscht. Er wurde des Mordes an seinem Stallmeister für schuldig befunden, und seiner Behauptung, Hutten hätte ihm mit seinem Weib Sabina Hörner aufgesetzt, wollte keiner so recht Glauben schenken. Der Herzog als Femerichter? Vielmehr hätte Hutten das Recht dazu gehabt, denn wie sich nun herausstellte, hatte der Herzog mit dem Weib von Hutten, Ursula Thumb, eine Liebelei gehabt, und das auch noch lange, nachdem diese mit Hutten verheiratet worden war. Doch was kümmert es einen Herzog, des Mordes angeklagt zu werden? Es war schließlich niemand dabei gewesen, und so konnte auch niemand beweisen, daß es kein rechtmäßiger Fememord war. Trotzdem erklärte Kaiser Maximilian, kurz bevor er starb, unseren Herzog für vogelfrei, aber auch das belastete Ulrich nicht weiter. Er hatte Soldaten genug, die ihm treu und ergeben zur Seite standen und jeden seiner Schritte aufs beste bewachten. Der Tod des Kaisers selbst brachte soviel Unruhe mit sich, daß Ulrichs gesetzloses Treiben nicht weiter verfolgt wurde. Kurze Zeit später flüchtete Herzogin Sabina zurück nach München in den Schoß ihrer Familie. Wahrscheinlich kam der armen Frau das ganze Durcheinander gerade recht, um die Flucht zu ergreifen. Überall im ganzen Land wurde böse getuschelt, doch das scherte den Herzog nicht. Ganz im Gegenteil. Seiner Schandtat sollte eine weitere folgen.

Es war Anfang des Jahres 1519, als Ulrich Reutlingen überfiel. Wie ein Lauffeuer ging diese Nachricht damals um, sogar bis nach Taben war sie gelangt. So weit war Reutlingen schließlich nicht von uns entfernt! Asa meinte, mit einem guten Gaul würden drei Tagesritte genügen, um an die Tore der freien Reichsstadt zu gelangen. Reutlingen war Eigentum des Schwäbischen Bundes und somit nicht dem Herzog unterstellt, also hatte der dort nichts zu suchen! Nach seinem Überfall wurde er deshalb wie ein Tier quer durch das ganze Land gejagt. Endlich sahen auch die Bayernherzöge einen Weg, die Schmach ihrer Schwester Sabina zu sühnen, und so beteiligten sie sich an der Hatz auf unseren Herzog, der am Ende nur noch einen Ausweg wußte: die Flucht.

»Der Herzog ist verschwunden!«

»Stuttgart ist herrenlos!«

»Ulrich hat sein Land verraten!«

Die Menschen auf den Straßen kannten kein anderes Gespräch mehr. Was würde nun aus uns werden, nun, da unser Landesvater verschwunden war? Wer würde seinen Platz einnehmen? Angst und Ratlosigkeit machten sich breit, denn noch niemals zuvor hatte sich etwas zum Besseren gewandt. Und so rechneten die Menschen auch jetzt mit dem Schlimmsten. Nur ich nicht. Ich frohlockte.

Jeden Tag betete ich, der Herzog möge seine Flucht fortsetzen und nicht zurückkehren. Und damit den Weg freimachen für Jerg! Woran ich in meinen schwächsten Stunden manchmal zutiefst gezweifelt hatte, mochte nun vielleicht wahr werden: die sichere Rückkehr von Jerg und den anderen geflohenen Mitgliedern des *Armen Konrad*. Mein Herz schlug in diesen Tagen vor Aufregung bis zum Hals.

Und dann war es tatsächlich soweit: Meine Gebete wurden erhört. Es war Anfang März im Jahre 1519. Eines Morgens klopfte es an Asas Tür. Ich öffnete. Und vor mir stand Jerg.

BUCH III

1519 – 1525
DIE BRÜDER

1.

Noch am Tag seiner Rückkehr sorgte Jerg dafür, daß Marga und Find wieder mit ihm bei Cornelius einzogen, obwohl er mit diesem ein Hühnchen zu rupfen hatte. Wie hatte er es zulassen können, daß Marga in einem anderen Haus als dem seinen lebte? In Jergs Augen war dies ein Verrat an allem, was ihm heilig war, und verursachte einen bohrenden Schmerz. Dazu kam, daß Marga sich mit Händen und Füßen dagegen wehrte, wieder mit Cornelius und Lene unter einem Dach zu wohnen. Als Grund gab sie eine ganz abenteuerliche Geschichte an, in der die Rede davon war, wie Lene sie hinter ihrem Rücken eine Verräterin genannt und im ganzen Dorf angeschwärzt hatte. Du meine Güte! Sollte er sich denn wirklich jedes bißchen Klatsch und Tratsch anhören, welches in den langen Jahren seiner Abwesenheit zum besten gegeben worden war? Marga und er gehörten ins Haus von Cornelius, und das war's! Von Margas wahnwitzigen Plänen, sich doch Sureyas alte Hütte bewohnbar zu machen, wollte Jerg nichts hören. Überhaupt: Sureya. Eine Mörderin? Die Frau, auf deren Lager er so wilde Lust verspürt hatte, sollte schon einmal verheiratet gewesen sein und den armen Tropf umgebracht haben? Nein, nein, in deren alte Hütte hätten ihn keine zehn Pferde bekommen. Wahrscheinlich hätte Marga dann sowieso nur den ganzen Tag im Nachbarhaus bei Asa gesessen, und die Arbeit wäre liegengeblieben.

Kaum war die freudige Begrüßung durch Marga und die anderen vorüber gewesen, mußte er eine Schreckensnachricht der anderen verdauen: Nicht genug, daß sein Weib vier ganze Jahre lang bei Asa, der Heilerin, gehaust hatte! Ein Kind hatte sie außerdem! Obwohl jeder im Dorf ihm hoch und heilig versicherte, daß es sich wirklich um ein Findelkind handelte, betrachtete er den kleinen Find mit einem gewissen Mißtrauen. Sicher, er hatte sich einen Sohn gewünscht. Aber doch nicht den eines anderen Mannes! Schließlich wußte keiner, woher Find kam. Rechte Leute konnten es auf alle Fälle nicht gewesen sein, sonst hätten sie ihren Sohn schließlich nicht so einfach am Wegesrand liegen lassen. Und doch: Die Armut konnte die Menschen zu den seltsamsten Taten treiben. Das hatte Jerg nur allzuoft in den Jahren seiner Vertreibung erfahren müssen. Die Aussicht auf einen halben Laib Brot oder einen Armvoll Rüben genügte, um einen Mann zum Verrat zu bringen. Viele Mitglieder des *Armen Konrad*, die es bis über die Landesgrenze geschafft hatten, waren so verraten worden. Kein Tag war vergangen, an dem er, Stefan oder Dettler sich richtig sicher gefühlt hatten. Zwar lag der Hof, auf dem sie Arbeit und Unterkunft gefunden hatten, abseits der großen Straßen und Wege und einen ganzen Tagesmarsch von der nächsten Stadt entfernt, doch was hieß das schon? Herzog Ulrichs Späher waren schon in viel entlegenere Winkel gekommen.

Unwillig schüttelte sich Jerg wie ein naßgewordener Hund. Die Erinnerung an seine Flucht und die Jahre in der Verbannung ließ ihn einfach nicht mehr los.

Und dann war da noch diese Geschichte mit den Strohschuhen! Durch deren Verkauf hätte Marga sich versorgt, hatte Lene ihm erzählt. Nun ja, dagegen war ja nichts einzuwenden. Dafür kamen ihm aber noch ganz andere, sonderbare Geschichten zu Ohren: Einer faselte etwas von einer Pfingstpuppe, die man Sureya ans Burgtor gebunden hatte und mit der Marga irgend etwas zu tun gehabt hatte. Dann war von einem Osterspiel, an dem Marga irgendwie beteiligt gewesen war, die Rede. Scheinbar war es in Taben drunter und drüber gegangen, während er in der Schweiz Zuflucht vor Herzog Ulrichs Rache gesucht hatte.

Das einzig Gute, das Jerg in den ersten Monaten nach seiner Rückkehr entdecken konnte, war die Tatsache, daß von Jost nicht mehr viel übriggeblieben war. Und von dessen Nachfolger, Augustin von Brabant, war kaum etwas zu hören und zu sehen. Leute, die droben auf der Burg fronten, erzählten nur, daß er die meiste Zeit über irgendwelchen Büchern hockte, in denen lange Zahlenreihen stünden. Dazu würde er sich reichlich Wein schmecken lassen. In einem konnten sich Jost und Brabant jedoch unbesorgt die Hand reichen: Die Abgaben und Frondienste forderte Brabant nämlich genauso unerbittlich ein wie sein Vorgänger, lediglich auf das Stück Besthaupt hatte er bisher verzichtet.

2.

»Er kommt! Er kommt!« »Hurra!« »Hoch lebe Erzherzog Ferdinand!«

Tausende von Menschen säumten den Kirchheimer Stadtplatz und reckten – zwei Jahre nach Ulrichs Vertreibung aus dem Land – im blinden Freudentaumel ihre Hälse in die Höhe, um nun einen Blick auf den neuen Regenten zu erhaschen. Von hinten wurde geschoben, von vorne gedrückt. Keiner wollte auch nur eine Elle seines schwer ergatterten Späherplatzes abgeben. Wozu hatte man sich schließlich die halbe Nacht die Beine in den Bauch gestanden? Doch nur, um endlich Ferdinands, des zukünftigen Herzogs von Württemberg, gewahr zu werden!

In der Nähe der Rathausmauer, in vorderster Reihe, standen auch die Brüder Braun mit ihren Weibern. Lene, kurz vor der Niederkunft ihres sechsten Kindes, hatte sich auf einem steinernen Absatz niedergelassen. Auf ihrem Schoß schlief ihr jüngster Sohn, während die anderen in der Nähe herumtollten. Marga hatte Find auf dem Arm und reckte diesen von Zeit zu Zeit in die Höhe. Doch im Augenblick gab es noch nichts Sehenswertes. Jerg drehte sich zu Dettler hin.

»Erzherzog Ferdinand ... Ob das wohl auch eine so blasse Gestalt ist wie sein Bruder, der Kaiser? Von dem hat man doch kaum etwas gehört, seit der vor zwei Jahren die Regierung übernommen hatte, oder?«

Dettler blickte Jerg schräg von der Seite an. »Sei doch froh, daß Kaiser Karl andere Dinge zu tun hatte, als sich zu sehr um uns zu kümmern. Oder wär's dir lieber gewesen, er hätte als erstes eine Untersuchung über den *Armen Konrad* unternommen, kaum daß er ins Amt gehoben war?«

»Ins Amt gehoben – das ist gut! Die Städte haben unser Land doch regelrecht an den Österreicher verschachert!« fiel nun Stefan ein, der neben Dettler stand. »Richtig angetragen haben die dem unser Land, was man damals so gehört hat! Und uns mit dazu! Ich kann's mir lebhaft vorstellen: ›Lieber, untertänigster Kaiser, wollt Ihr wohl ein Einsehen mit unserem Ländle haben und es uns abkaufen? Wir ach so armen Städte haben keinen roten Heller mehr, weil unser Herzog, den wir nun vor die Tore gesetzt haben, uns ausgeblutet und ausgenommen hat wie eine Martinigans! Dennoch: Ein bißchen etwas läßt sich aus unserer Landbevölkerung immer noch herauspressen ... Am besten, ihr nehmt gleich die Peitsche dazu, daran sind unsere Bauern schon gewöhnt.‹« Als er weitersprach, hatte seine Stimme einen verächtlichen Ton. »Ein Habsburger im Schwabenländle – hat man so etwas schon gehört? Kein Wunder, daß der mit uns und wir mit ihm nichts Rechtes anzufangen wußten. Kein einziges Mal war der hier auf Burg Taben. Kein einziges Mal hat er sich zu irgendeiner Huldigung auch nur blicken lassen! Immer nur Vertreter hat der geschickt. Aber wer weiß, wie es uns ergangen wäre, wenn statt dessen Christoph, Ulrichs Sohn, an die Macht gekommen wäre ...«

»Ach, der«, wehrte Dettler ab, »der ist doch noch ein

Knabe. Als der *Arme Konrad* zum Tanz aufspielte, lag dieses Kind doch noch in der Krippe! Aber soviel steht fest: Wenn er seine rechtmäßige Thronfolge angetreten hätte, hätt' sich für uns auch nichts geändert. Oder glaubt ihr noch an Wunder? Trotzdem ... Eigentlich ist es schon eine Frechheit, ihn so einfach zu übergehen. Aber so ist das halt: Derjenige, der Soldaten und Waffen hat, der hat auch die Macht. Und das sind bei uns nun einmal die Städte. Mal sehen, wen sie uns heute vor die Nase setzen.«

»Erzherzog Ferdinand wird uns aber nicht von den Städten vor die Nase gesetzt, Dettler! Weilands Worten nach hat Ferdinand das Land von seinem Bruder, dem Kaiser, als Lehen für alle Zeiten bekommen! Das heißt, den kriegen wir wahrscheinlich nicht los, so wie den Ulrich«, bemerkte Jerg, froh darüber, einmal etwas besser zu wissen als der sonst so schlaue Dettler.

An Dettlers Stelle antwortete Stefan: »Wenn der seinem Stallmeister hinterrücks ein Messer in den Rücken stößt und freie Reichsstädte überfällt, dann wird auch er vom Württembergischen Bund davongejagt. Mach dir da mal keine Sorge, hahaha!«

Die anderen fielen befreit in das Gelächter ein.

Cornelius, der bisher stur geradeaus geblickt hatte, drehte sich nun um.

»Könnt ihr drei auch noch von was anderem reden? Wie alte Waschweiber zerrt ihr immer wieder die gleichen alten Geschichten hervor und kaut sie durch. Ich frage euch: Was geht's uns an, wer dort in Stuttgart im Schloß sitzt? Was für einen Unterschied macht es für uns, ob der nun Ulrich, Karl oder Ferdinand heißt? Unsere Arbeit ist es, den Acker zu bestellen und sonst gar nichts. Habt ihr das immer noch nicht kapiert?«

Die drei anderen schauten sich an und verzogen dabei ihre Gesichter. Als keiner ihm antwortete, fuhr Cornelius mit seiner Litanei fort:

»Wir sind schließlich keine Höflinge, und Amtsmänner sind wir auch nicht. Was geht's uns also an, wie die da oben das Land regieren? Die werden schon wissen, was gut und was recht ist. Ich sage immer: Schuster, bleib bei deinen Leisten und ...«

»Ist schon recht, Cornelius«, fiel Jerg ihm ins Wort. »Daß du mit unserer Sache nichts am Hut hast, wissen wir.«

»Unsere Sache, wenn ich das schon höre! Reden schwingen – das könnt ihr, und sonst nichts. Die ganzen letzten zwei Jahre habt ihr nichts anderes gemacht, als Reden zu schwingen. Und was der *Arme Konrad* damals zustande gebracht hat, davon will ich besser gar nicht reden. Statt ordentlich der Arbeit nachzugehen, tut ihr ...«

»Cornelius, komm her! Mir ist's nicht wohl«, rief Lene, woraufhin Cornelius mitten im Satz abbrach, um nach seinem hochschwangeren Weib zu schauen.

Jerg blickte seinem Bruder wütend nach. Über seinem Auge zuckte es heftig. So schwer es ihm auch fiel: Cornelius hatte recht, das mußte er zugeben. Seit Dettler, Stefan und er vor zwei Jahren zurückgekehrt waren, hatten sie wirklich nichts anderes getan, als hin- und herzureden wie alte Waschweiber. Doch welche Möglichkeiten gab es denn auch? Einen neuen Aufruhr? Den wollten sie so kurz nach ihrer Rückkehr nicht riskieren, obwohl es weiß Gott genügend Gründe dafür gegeben hätte. Doch irgendwie scheuten sie sich davor, das Schicksal neuerlich herauszufordern.

Jerg schaute sich um. Für einen Augenblick trafen sich sein und Margas Blick. Er zwinkerte ihr zu. In den Jahren seiner Abwesenheit hatte sich Marga verändert, obwohl Jerg nicht genau sagen konnte, was denn nun so anders war. Ihr Äußeres war es nicht: Sie hatte immer noch die gleichen, goldblonden Haare, die sie in zwei dicken, geflochtenen Zöpfen trug. Im Gegensatz zu Lene, die wie eine alte Frau daherkam, erschien Marga mit ihren roten Wangen und den dunkelblauen Augen noch immer wie ein junges Ding. Nun, ging es Jerg durch den Kopf, sie hatte ja auch noch keine Kinder gebären müssen wie die anderen Frauen, was ihm sofort wieder einen kleinen Stich versetzte.

Er zwang sich, an etwas anderes zu denken. Cornelius hatte unrecht, wenn er sagte, es gehe die Bauern nichts an, wer im Stuttgarter Schloß regierte. Es ging sie sehr wohl etwas an! Solange er zurückdenken konnte, hatten die in Stuttgart immer nur Unheil über seine Familie gebracht. Was jetzt wohl mit Ferdinand auf sie zukommen würde? Er seufzte. Manchmal hatte er das Gefühl, als säßen sie alle in einem riesengroßen, führerlosen Schlitten, der in einem nicht enden wollenden Winter über eisige Flächen dahinraste, wobei niemand wußte, was ihn hinter der nächsten Kurve erwartete.

»Sie kommen! Da! Da sind die ersten ...«

»Sie kommen!«

»Da kommt der Herzog!«

Auf einmal war Bewegung in die Menschen geraten. Die lange Warterei schien endlich ein Ende zu haben. Tatsächlich konnte man von weitem die ersten Gestalten des langen Zuges erkennen, der sich unter viel Getöse seinen Weg in Richtung Rathaus bahnte. Angeführt wurde der Zug von Hunderten von Jünglingen und Jungfrauen, die aus dem ganzen Land zusammengerufen worden waren. Allesamt hatten sie geflochtene Blütenkränzlein in den Haaren, wobei es den Buben anzusehen war, daß sie sich unter diesem Schmuck recht unwohl fühlten. Die Jungfrauen dagegen schwenkten Rosenkränze hin und her und lächelten den staunenden Zuschauern freudig zu. Als nächstes kamen die reichsten Bürger Kirchheims, ebenfalls mit einer seltsam anmutenden Kluft am Leib: Über seidenen, geschlitzten Hosen trugen sie seidene Wämslein, und in den Händen schwenkten sie Fahnen, auf denen die Wappen Österreichs und Württembergs zu sehen waren. Im Gegensatz zu soviel Farbenpracht bildeten die nun folgenden Mönche vom Kloster Weil, allen voran Abt Richard, einen eintönigen Hintergrund, obwohldie dunkellilafarbenen Kutten und die goldenen Rocksäume dennoch einen Blick wert waren. Begleitet wurde diese Prozession von Trommlern und Trompetern, die neben ihren Instrumenten auch noch Fähnlein trugen. Kaum waren die Vordersten des Zuges beim Rathaus angelangt, begannen sie damit, sich in einem Spalier aufzustellen, dessen Ende in den Bogen des Rathaustores mündete. Vor dem Rathaus stand Jörg Gabler, der Kirchheimer Vogt, das Gesicht vor Aufregung voller roter Pusteln. Daß Kirchheim für einen so wichtigen Anlaß wie Ferdinands Huldigung ausgesucht worden war, zeugte in seinen Augen von der großen Bedeutung der Stadt. Daß diese Huldigungen auch in anderen Städten durchgeführt wurden, erschien ihm dabei von geringerer Wichtigkeit.

Und dann war es soweit: Nachdem die herzöglichen Reiter, fünfzig an der Zahl und alle rot-gelb gewandet, sich ihren Weg durch das menschliche Spalier gebahnt hatten, erschien Erzherzog Ferdinand.

»Wie ein Engel! Der Herrgott hat uns einen Engel geschickt!«

»Gütiger Vater!«

»Dieser Glanz! Wie ein Heiligenschein!«

Auf einmal konnten die Menschen nur noch ehrfürchtig flüstern. Als sei der Heiland selbst erschienen, versuchten sie – soweit dies in dem allgegenwärtigen Gedränge möglich war – einen noch breiteren Durchgang für den neuen Landesvater zu schaffen. Selbst der Kirchheimer Vogt stand angesichts des prächtigen Spektakels mit geöffnetem Mund sprachlos da: Man konnte es kaum glauben, aber Ferdinands Roß war noch um ein Vielfaches prächtiger als die Rösser der vorangerittenen Reiter. Schneeweiß, mit einer Brust, die der eines Bullen glich, und einer seidig-weißen Mähne, die ihm über die stolze Stirn hinab bis zu den Beinen reichte, schritt das edle Tier voran, als ob es sich seiner mächtigen Last bewußt wäre. Seine schwere, silberfarbene Rüstung glänzte mit der seines Reiters in der morgendlichen Sonne um die Wette. In einer gleißendhellen Wolke machten die beiden vor dem Kirchheimer Rathaus halt.

»Alleruntertänigsten Dank für die allergnädigste Heimsuchung und treugehorsamste Bitte, das Land nie mehr zu verlassen, verehrter Erzherzog Ferdinand: Kirchheim und seine Bürger heißen euch untertänigst und demütig willkommen!«

Auf Knien erwies der Kirchheimer Vogt seinem zukünftigen Herrscher die Reverenz. Die Augen starr auf die schwarzen, glänzend polierten Lederstiefel Ferdinands gerichtet, wartete er auf dessen Erwiderung. Diesen Augenblick hatte er sein Leben lang herbeigesehnt. Daß ein bedeutender Herrscher ›seinem‹ Kirchheim, wie er es im Geiste nannte, einen Besuch abstatten und dabei für Stadt und Bürger nur lobende Worte finden würde. Immer und immer wieder hatte er dieses Bild vor Augen gesehen – des Nachts, wenn er nicht schlafen konnte. Hatte die freudigen Worte gehört, die von allen Seiten auf ihn prasseln würden wie ein warmer Frühlingsregen. Hatte den Glanz und Pomp gesehen, der Kirchheim von nun an für alle Zeiten wie ein goldener Mantel umhüllen würde. Heute schien sein Traum Wirklichkeit zu werden.

Als Ferdinand zu sprechen begann, glaubte er daher, seinen Ohren nicht zu trauen:

»Schon gut, schon gut. Nun steht auf und laßt uns hineingehen! Oder soll ich den Rest meines Lebens unter schwäbischen Bauern verbringen?«

Nachdem sich die Huldigungsfeierlichkeiten unerwartet schnell in Luft aufgelöst hatten, waren die Brauns wie alle anderen wieder nach Hause marschiert.

»Habt ihr gesehen, wie seine Rüstung im Schein der Sonne geglänzt hat?« Reglos vor Verzückung stand Lene am Feuer, während der Eintopf vor ihr dicke Blasen schlug. »So etwas Feines nur ein einziges Mal im Leben berühren zu dürfen ... was gäbe ich darum!«

»Pfhh, du könntest dein Leben geben und dennoch dürftest du nicht einmal die Stiefel unseres hochverehrten Herzogs lecken!« brach es wütend aus Jerg hervor. »Hast du nicht gehört, was er zum Kirchheimer Vogt gesagt hat? ›Ich will nicht den Rest meines Lebens unter schwäbischen Bauern verbringen‹«, äffte er den Herzog nach.

»Wer weiß, vielleicht hatte er dringende Amtsgeschäfte zu tätigen?« Cornelius schnitzte bedächtig an einer Pfeife. Ohne von seiner Arbeit aufzusehen, fuhr er fort: »Die Pferde – eines prächtiger als das andere! Ich finde, das war eine schöne Huldigung!«

»Die einen ordentlichen Batzen gekostet hat! Oder hast du die dreißig Heller schon vergessen, die du dafür an Brabant hast zahlen müssen? Der Schmied hat sogar fünfzig Heller zahlen müssen! Er sagt, nun weiß er nicht, wovon er Vorräte kaufen soll.«

»Eine Schande ist das. Wieso muß die Landbevölkerung überhaupt dafür bluten, daß sie einen neuen Herrscher vor die Nase gesetzt bekommt? Es könnte doch auch anders herum sein, und das Volk bekäme Geschenke von seinem neuen Landesvater«, fiel nun auch Dettler ein, der neben Cornelius auf der Bank saß.

Lene warf ihm einen mißbilligenden Blick zu. »Das war halt schon immer so! Bei einer Huldigung werden nun einmal wertvolle Geschenke gemacht. Schließlich ist doch das der Sinn einer Huldigung, dem Herzog die Dankbarkeit zu erweisen!« wies sie Dettler zurecht, der jedoch so tat, als hätte er sie gar nicht gehört.

Unvermindert heftig fuhr er fort: »Nicht einmal ein Bier hat er für uns ausschenken lassen! Und Brezeln sind auch keine verteilt worden. Dafür werden sich die Herrschaften im Rathaus die gebratenen Schweine wohl schmecken lassen. Ich seh' sie im Geiste schon vor mir sitzen, die feinen Herren – einen rechten Festtagsschmaus werden sie abhalten, während sich das Volk nach Hause trollen darf und weiter Hunger leidet.« Wie immer, wenn Dettler sprach, hatte seine Stimme eine seltsame Anziehungskraft. Die anderen konnten plötzlich mit eigenen Augen das Bild sehen, das der Redner mit Worten malte.

»Guten Tag zusammen! Würde mir bitte jemand verraten, worum es bei eurer Rede geht? Ihr wißt doch, wie neugierig euer Pfaff ist.« Wie aus dem Nichts aufgetaucht, stand Pfarrer Weiland im Türrahmen und wurde von allen freudig begrüßt. Nur Lenes Miene war anzusehen, was sie von Besuchen zur Mittagszeit hielt. Bedeuteten sie doch einen weiteren Esser für das eh schon kärgliche Mahl. Nicht genug, daß sich dieser Dettler ohne Scham dazugesellte ... Die von ihm in schönster Regelmäßigkeit neben die Tür gestellten und mit Obst und Gemüse gefüllten Körbe vergaß sie vor lauter Wut.

Kopfschüttelnd blickte Jerg sich um: Was für ein seltsamer Haufen hatte sich doch hier in Cornelius' kleiner Hütte zusammengefunden. Es fehlte eigentlich nur noch Asa, das Kräuterweib ... Aber die konnte ihm gestohlen bleiben! Schon beim Gedanken an sie mußte Jerg sich ärgern. Statt sich ordentlich um Haus und Hof zu kümmern, wie es sich für ein Bauernweib ziemte, hatte Marga auch nach seiner Rückkehr an ihrer Freundschaft zu Asa festgehalten und besuchte diese, so oft es ging. Selbst den kleinen Find nahm sie mit zu der Kräuterhexe. Diese Besuche waren Jerg ein arger Dorn im Auge, und doch konnte er nichts dagegen unternehmen. Selbst als er seinem Weib Prügel angedroht hatte, hatte sie keine Anstalten gemacht, die Heilerin endgültig aus ihrem Leben zu streichen! Wie verschieden die Menschen doch waren: Selbst in einer so kleinen Gemeinschaft wie dieser gab es keine Einigkeit. Sein Blick fiel auf Dettler. Ein Mann, der bereit war, jederzeit für ein besseres Leben einzutreten. Auf seine Art konnte er ein ganz schön sturer Bock sein, weswegen sie schon des öfteren recht heftig aneinander geraten waren. Jerg wußte, daß Marga seine nächtelangen Gespräche mit dem

Redner ein Dorn im Auge waren, hielten sie ihn doch von ihrer gemeinsamen Schlafstatt fern. In ihren Augen übte Dettler einen schlechten Einfluß auf Jerg aus. Auch die Schuld für seine Sauftouren und Ausflüge in die Nachbardörfer schob sie Dettler in die Schuhe, und Jerg tat nichts, um Marga davon zu überzeugen, daß dies alles auch auf seinen Wunsch hin geschah. Kurzum: Marga mochte Dettler nicht. Für ihn dagegen war Dettler in den letzten Jahren wie ein Bruder geworden, und manchmal fühlte er sich ihm verwandter als Cornelius, der für jede noch so ungerechte Tat der Obrigkeit eine Entschuldigung fand. Alle seine Bemühungen, Cornelius seine Sicht der Dinge nahezubringen, waren bisher gescheitert – das mußte er sich schmerzlich eingestehen. Warum mußte aber auch jedes Gespräch zwischen den zwei Brüdern in einem Streit enden? Sagte Jerg »hüh«, wußte er, daß Cornelius »hott« sagen würde. Da verstand er sich selbst mit dem Pfaffen besser! Wollte seinen Ideen zu Hause niemand ein Ohr schenken – Weiland hörte ihm zu. Und mutig war er obendrein! Margas Erzählungen zufolge hatten Weilands Predigten schon kurz nach der Niederschlagung des *Armen Konrad* an Schärfe zugenommen. Auch heute noch scheute sich Weiland nicht, während seiner sonntäglichen Predigten das Kind beim Namen zu nennen, wenn er dies für angebracht hielt. Selbst gegen die Zinsfreiheit von Kloster Weil hatte er an einem der letzten Sonntage gewettert, während die Kirchgänger ängstlich den Atem anhielten. Man stelle sich das einmal vor! Und was machten die alten Kameraden vom *Armen Konrad*? Nichts als Reden schwingen!

»Und wenn ich's euch sage! Es ist wahr! Außer diesem Luther gibt es noch einen, der das ›Himmelreich auf Erden‹ predigt! Müntzer heißt der, und wie ich gehört habe, soll der nächste Woche in Ulm reden!« Weilands Stimme zitterte fast vor Aufregung.

»Und wie kommt ihr auf diesen Müntzer? Was hat der mit uns zu tun?«

»Hast wieder deine Gedanken nicht beieinander gehabt, was, Jerg Braun? Nun, für dich will ich meinen letzten Satz wiederholen.« Weilands Stimme nahm den geduldigen Ton an, den er sonst nur für die Ältesten und Tauben im Dorf reserviert hatte. Dettler und Stefan lachten, während Cornelius ganz in seine Schnitzarbeit vertieft zu sein schien.

»Von Luther, dem Augustinermönch, habe ich euch doch schon berichtet, nicht wahr?« Ungeduldig nickte Jerg mit dem Kopf. Was ging ihn ein Mönch aus dem hohen Norden an, auch wenn er noch so aufrührerische Reden schwang? Er wollte trotzdem erfahren, was Weiland zu berichten hatte. Dessen wenn auch spärliche Korrespondenz mit befreundeten Mönchen, die in der Ferne lebten, war eine wertvolle Quelle an Neuigkeiten, die wiederum Weiland in Ermangelung anderer Gesprächspartner nur allzugerne in ihrem Beisein sprudeln ließ.

»So, und nun scheint es noch einen Kirchenmann zu geben, der genau wie Luther dafür eintritt, den Ablaßhandel abzuschaffen. Sein Name ist Thomas Müntzer, und auch er stammt irgendwo aus dem Norden. Aber was jetzt kommt, werdet ihr mir nicht glauben: Geht doch dieser Müntzer in seinen Forderungen an die Kirche noch viel weiter als Luther! Den er übrigens als ›geistloses, sanftlebendes Fleisch aus Wittenberg‹ bezeichnet.«

»Solche Reden tut einer schwingen und wird nicht dafür hingerichtet? Das gibt's doch nicht«, mischte sich nun auch Cornelius ein, der trotz seines gleichgültigen Getues mit einem Ohr zugehört haben mußte.

»Unglaublich, nicht wahr?« entgegnete Weiland. »Und die Leut' hören's gern! Wohin er auch kommt – überall wird er von Scharen von Menschen gefeiert.«

»Den könnten wir hier in Taben gebrauchen! Wo's immer mehr bergab geht mit den Leuten. Wohin man schaut, überall ist der Hunger zu Haus! Die Marianne zum Beispiel ... Wenn der Stefan ihr nicht regelmäßig mit einem Korb Rüben aushelfen tät', wäre die schon lange verhungert«, meinte Marga, die dem Gespräch der Männer aufmerksam folgte.

»Pah, die Marianne, die ist doch selber schuld an ihrem Elend!« fiel Lene ein. »Hätt' sie halt wieder heiraten sollen. Eine Frau allein – das geht nun einmal nicht gut!«

»Es ist aber nicht nur die Marianne, der es schlecht geht! Asa sagt, egal in welches Haus sie kommt – nirgendwo haben die Menschen genügend zu essen. Die schlechte Ernte im letzten Herbst, dazu die hohen Abgaben – da ist nach dem ewiglangen Winter nicht viel übriggeblieben. Du weißt doch selbst, daß das Feld außer ein paar frühen Möhren noch nichts hergibt!«

»Asa, Asa, was die auch immer ...«

Irritiert blickte Dettler von einem Weib zum anderen. Daß sich diese in wichtige Gespräche einmischten, mochte er gar nicht leiden, wenn er auch im stillen Marga recht geben mußte. Er wandte sich wieder an Weiland:

»Und dieser Müntzer predigt in Ulm, sagt ihr?«

Weiland nickte.

»Ulm, Ulm – das ist doch gar nicht so weit von Taben entfernt, oder?« fragte Dettler.

»Zwei, drei Tagesmärsche werden es schon sein. Wenn man allerdings von einem Pferdewagen mitgenommen wird ...« Dettler und Jerg schauten sich verstohlen an.

»Wie kommt dieser Pfaffe eigentlich hierher? Warum sitzt er nicht wie die anderen auch in einem schönen Kloster und läßt es sich gutgehen?« fragte Jerg dann mißtrauisch nach.

Weiland lächelte. »Dieser Müntzer, das ist einer, der sein ganzes Leben bei den einfachen Leuten verbringen will. Und so bereist er das ganze Land und spricht überall dort, wo ein paar Leut' sind, die ihm zuhören wollen.«

»Sein Leben bei den einfachen Leuten verbringen ... Damit hat unser feiner Erzherzog scheinbar nichts zu schaffen, ha! Nicht schnell genug weggehen konnte der! Als ob wir die Pest am Leibe hätten! Der wird schneller wieder in seinem

Österreich verschwunden sein, als wir schauen können!« Mit dieser Bemerkung brachte Dettler die Rede wieder auf die vorangegangene Huldigung. Während des ganzen Mahls, von Lene mit mißmutiger Miene ausgeteilt, war von nichts anderem mehr die Rede als von Herzog Ferdinands Huldigung auf dem Kirchheimer Stadtplatz.

3.

Die Tabener Dorfschenke war zum Bersten voll, jeder Tisch, jede Bank war besetzt, überall saßen Männer dicht an dicht gedrängt, um bei einem Krug Bier oder Wein über die Huldigung zu sprechen. Auch Dettler, Stefan und Jerg hatten sich nach dem Mittagsmahl auf den Weg hierher gemacht. Cornelius war zu Hause geblieben, um bei Lene zu sein, die wegen Schmerzen im Rücken niederlag. Wieder einmal mußte Marga Lenes Aufgaben übernehmen, wozu unter anderem das Melken und Füttern der beiden Kühe gehörte, die ihr immer noch nicht ganz geheuer waren. Doch Cornelius hatte genug zu tun, als daß er dies auch noch hätte übernehmen können. Sonntag hin oder her – die Arbeit machte sich nicht von allein. Jerg hatte fest versprochen, der Dorfschenke nur einen kurzen Besuch abzustatten.

Er wandte sich nun an Dettler.

»Und du glaubst wirklich, wir sollten nach Ulm reisen, um diesen Müntzer zu treffen? Was versprichst du dir davon?«

»Mir scheint, Müntzer ist aus dem richtigen Holz geschnitzt! Wer so schamlos gegen die Kirche angeht, kann doch nur ein rechter Kerl sein, oder? Den würde ich gern kennenlernen!« Er nahm einen Schluck Bier. »Uns tät' es nicht schaden, einmal anzuhören, was er zu sagen hat. Vielleicht können wir von dem was erfahren, was auch uns hier in

Taben weiterhilft?« Mit unbeteiligter Miene, als würde er über die tägliche Feldarbeit reden, blickte Dettler beim Sprechen geradeaus, grüßte hier einen Nachbarn, da den Schmied. Obwohl er vor zwei Jahren als völlig Fremder hier in Taben angekommen war, war er inzwischen überall gerne gesehen und noch viel lieber gehört. Und einen lustigen Schwank oder eine geheimnisvolle Geschichte hatte er immer zu erzählen. Wen verwunderte es, wenn Dettler einmal selbst einem guten Redner zuhören wollte, ging es Jerg durch den Kopf.

»Also, ehrlich gesagt, tät' ich auch wissen wollen, wie dieses Himmelreich auf Erden aussehen soll, von dem dieser Müntzer immer spricht. Auf der anderen Seite ... eine so weite Reise, nur um einem beim Reden zuzuhören? Stefan, was sagst denn du dazu?« fragte Jerg.

Der Angesprochene zuckte mit dem Schultern. »Ich weiß nicht so recht ... 's ist so viel Arbeit auf dem Hof. Wer soll die tun, wenn nicht ich selbst? Ich habe schließlich keinen Bruder, der meinen Teil übernimmt, wenn ich auf die große Reise gehe!«

»Glaubst du, mir ist wohl dabei, Cornelius mit der ganzen Arbeit sitzenzulassen? Aber man muß sich schließlich entscheiden, was wichtiger ist: Die Arbeit auf dem Felde oder die Möglichkeit, etwas für uns alle zu tun!«

Zwei Tage später brachen Jerg und Dettler auf. Es war ein warmer, frühsommerlicher Tag, an dem sie beherzt ihr Bündel über die Schulter warfen und Richtung Süden losmarschierten. Zuvor hatten sie sich beraten, ob sie Weiland mitnehmen sollten, doch Dettler hatte sich dagegen ausgesprochen. »Willst du den Pfaffen etwa mitnehmen, wenn wir in die Schankstuben gehen? Mich gelüstet es außerdem nach einem Weib oder gar zweien. Soll mir der Pfaff' da über die Schulter gucken?«

Obwohl Jerg den Pfarrer sehr mochte, wollte er wegen ihm keinen Streit mit Dettler vom Zaun brechen. Von Streitereien hatte er die Nase voll! Jerg zwang sich, nicht an die bösen

Beschimpfungen zu denken, die seinem Aufbruch vorangegangen waren. Statt fadenscheinige Entschuldigungen vorzuschieben, hatte er diesmal seinem Bruder ganz offen gesagt, was er und Dettler vorhatten. Doch Cornelius hatte wie eh und je reagiert, ihn als Aufrührer beschimpft, der nicht dazulernen wollte. Dann war er wütend aus dem Haus gestürmt und nicht mehr aufgetaucht, bis Dettler kam, um Jerg abzuholen. Und auch mit Marga hatte er seinen Ärger gehabt. Wollte diese doch auf Teufel komm 'raus mit nach Ulm! Beim Gedanken an seine Frau mußte er schmunzeln. Obwohl er sich manchmal über ihr unziemliches Verhalten ärgerte, war er insgeheim doch nicht böse deswegen. Im Gegenteil: Es beeindruckte ihn sogar, daß ein Weibsbild soviel Mut aufbrachte. Wenn man sie so sah mit ihren flachsblonden Zöpfen, konnte man meinen, daß sie kein Wässerchen trüben konnte. Dabei hatte sie es faustdick hinter den Ohren! Schade, daß es nicht mehr Männer gab, die soviel Mumm in den Knochen hatten! Bei einem Weib war es eh vergeudete Liebesmüh'.

Die Reise nach Ulm war beschwerlicher und länger, als die Männer angenommen hatten. Auf der ganzen Strecke fand sich nur ein Wagen, der sie ein Stück mitnehmen wollte, alle anderen waren schnurstracks an ihnen vorbeigefahren. Des Nachts suchten sie Schutz in leerstehenden Scheunen, denn für die Einkehr in eine Herberge hatten weder Jerg noch Dettler Geld. Jerg war erstaunt, wie viele Menschen außer ihnen in Richtung Ulm unterwegs waren. Ob die alle Müntzers wegen nach Ulm gingen? Doch viele waren wohl unterwegs, um zu handeln, was die hochbeladenen Fuhrwerke und Wagen vermuten ließen. Als ob Dettler Gedanken lesen könnte, ließ er Jerg an seinem Wissen über die Stadt, deren Mauern nun in Sichtweite kamen, teilhaben.

»Ulm ist eine der größten Städte des Landes, mußt du wissen. Und was den Handel angeht, ist sie wohl der wichtigste Umschlagplatz. Von weit und fern kommen die Menschen angereist, um etwas zu verkaufen. Kein Wasser ist ihnen zu tief, kein Weg zu weit, um ihre Waren nach Ulm zu bringen. Feinste Seidenstoffe, fremdländische Gewürze, italienischer Marmor ...« Dettlers Stimme bekam einen sehnsüchtigen Klang, als er mit seiner Litanei fortfuhr: »Silber aus den russischen Bergwerken, Edelsteine aus fernen Landen – in Ulm wird alles feilgeboten.«

»Weiß Gott, das sind Dinge, die ein Mensch wirklich braucht!« spöttelte Jerg.

»Nun, für den einfachen Mann ist natürlich auch etwas dabei. Bier- und Weinschenken, Hurenhäuser und andere Vergnügungen finden sich in Ulm ebenfalls zuhauf. Außerdem heißt es, die besten Waffenschmiede nördlich der italienischen Grenze seien in Ulm zu Hause. Aber«, Dettler klopfte seinem Freund auf die Schulter, »wir sind ja nicht wegen der Weiber und dem Wein gekommen, sondern um endlich zu erfahren, wie das Himmelreich auf Erden aussieht.«

Jerg blieb stehen und grinste Dettler ins Gesicht. »Das hast du doch gerade eben beschrieben, du Trottel! Weiber und Wein – das ist das Himmelreich auf Erden!«

Vergnügt marschierten sie weiter, bis sie an das nördliche Stadttor von Ulm gelangten. Nachdem sie zuvor noch eine schmale, steinerne Brücke passiert hatten, blieb Dettler wie angewurzelt vor der Stadtmauer stehen. »Ich werd' verrückt! Schau mal, was hier steht!« Dann erinnerte er sich daran, daß Jerg nicht lesen konnte, und beeilte sich, die großen, in Stein gehauenen Buchstaben für ihn zu entziffern: »SPQU – Senatus Populus Que Ulmiensis – das ist lateinisch und heißt soviel wie: ›Hier leben der Senat und das ulmische Volk!‹« Er schüttelte den Kopf.

»Ja und? Was ist daran so Besonderes?« fragte Jerg ruppig. Wie immer, wenn es ums Lesen und Schreiben ging, ärgerte er sich über sein eigenes Unvermögen.

»Das besondere an dieser Inschrift ist die Tatsache«, antwortete Dettler in einem für Jergs Ohren unangenehm belehrenden Ton, »daß sie ursprünglich auf den Mauern von Rom zu finden war. Nur heißt es dort SPQR, was soviel bedeutet wie: ›Der Senat und das römische Volk‹. Die Ulmer scheinen es der heiligen Stadt einfach nachgemacht zu haben. Da siehst du, wie wichtig sie sich selbst nehmen!«

Auch innerhalb der Stadtmauern hielt Ulm, was es von außen versprochen hatte: Große Häuser, wie sie Jerg noch nicht einmal in Untertürkheim gesehen hatte, säumten Straßen, die so sauber glänzten, als hätte ein Rudel Hunde sie mit feuchter Zunge abgeleckt. Geschäftig dahereilende Menschen hasteten von einer Straßenseite zur anderen, wobei sie sich schwer damit taten, zwischen den vielen Fuhrwerken und Reitern einen Weg zu finden. Edelmänner, Soldaten, Handwerker und ihre Burschen, Kaufleute und ihr Gesinde – in Ulm schien sich alles auf den Straßen abzuspielen. Edle Frauen in prachtvollen Gewändern und hohen Kopfbedeckungen waren genauso unterwegs wie deren Dienstmägde, die unter dem einen Arm eine Henne und unter dem anderen einen Bund Rüben trugen. Nach wenigen Schritten hielten die beiden Männer inne. Mit glänzenden Augen schaute Dettler sich um. Als handle es sich um ein Lebenselixier, atmete er ausgiebig die Gerüche der Stadt ein.

»Du meine Güte! Wie sollen wir in diesem Hexenkessel jemals herausfinden, ob dieser Müntzer überhaupt in der Stadt ist?« Einigermaßen beunruhigt biß sich Jerg auf die Lippen. Wieder verspürte er das gleiche flaue Gefühl im Bauch wie damals, als er mit seinen Männern nach Untertürkheim gereist war.

»Immer mit der Ruhe, bester Freund.« Im Gegensatz zu Jerg schien Dettler im Getümmel der Stadt aufzublühen wie eine Blüte im Morgentau. Er schlug vor, sich zuerst ein wenig in einer Weinschenke umzuhören und es sich gutgehen zu lassen. Irgendwann würden sie diesem Müntzer schon auf die Spur kommen.

Nachdem sich die beiden Freunde zwei Tage damit um die

Ohren geschlagen hatten, ein Wirtshaus nach dem anderen aufzusuchen, dem Treiben der Gaukler und Musikanten auf der Straße zuzuschauen oder nur auf einer Wiese etwas außerhalb der Stadtmauern herumzuliegen, war es am Donnerstag soweit: Dann, so hieß es, wolle Thomas Müntzer auf dem Marktplatz predigen. Mehr wußte niemand, und so blieb Jerg und Dettler nichts anderes übrig, als auf dem Marktplatz auszuharren.

»Verflucht noch mal, der läßt sich ja noch länger bitten als unser neuer Herzog! Hoffentlich ist's die Mühe wert ...« Mit bangem Unwohlsein dachte Jerg daran, daß er nun schon seit fast einer Woche von zu Hause weg war. An das Donnerwetter, das ihn daheim erwartete, wollte er lieber gar nicht denken!

»Tja, es ist halt so eine Sache mit dem Hörensagen! Wir können von Glück reden, daß Weilands Freund recht hatte und der Müntzer überhaupt in Ulm ist. Was macht es da schon aus, ob wir zwei oder drei Tage hier verweilen? Oder verpaßt der Herr etwas in Taben?« Genüßlich lehnte Dettler sich zurück. »Hier läßt es sich doch aushalten, meinst du nicht?« Da sie zu den ersten gehörten, die sich auf dem Marktplatz eingefunden hatten, war es ein Leichtes gewesen, einen schönen Schattenplatz unter der großen Linde zu finden, von der nicht weit entfernt ein grobgezimmertes Holzpodest aufgestellt worden war. Hier, so vermuteten die Männer, würde Müntzer seine Rede halten.

»Du hast leicht reden! Du hast ja auch kein Weib und keine Familie in Taben sitzen!« antwortete Jerg gereizt. Dettlers große Sprüche begannen ihn allmählich zu ärgern, und die Aussicht auf einen weiteren Sprücheklopfer fand er lange nicht mehr so erbaulich wie vor einer Woche. Er lehnte sich gegen den dicken Stamm der Linde und schloß die Augen, um ein Schläfchen zu machen.

Gegen Mittag war der Marktplatz derart mit Menschen überfüllt, daß nicht einmal mehr eine Maus einen Platz gefunden hätte. Männer und Frauen jeden Alters hatten sich eingefunden, um Müntzer zu hören. Nur fehlte von dem immer noch jede Spur.

Jerg versetzte Dettler, der ebenfalls eingenickt war, einen Stoß in die Rippen. »Ob wir hier richtig sind? Schau dich mal um, Dettler. Solche Gestalten waren ja nicht einmal in den wüstesten Schankstuben zu finden!«

Vorsichtshalber zog Jerg sein Bündel näher an sich heran. Die meisten Burschen ringsum und auch deren Weiber hätte er ohne weiteres der Sackgreiferei bezichtigt. Wohin er auch blickte, eine Gestalt war zerlumpter und ärmlicher als die andere. An manchen Leibern hingen nur noch ein paar wenige Stoffetzen, Schuhe besaß so gut wie keiner der Anwesenden, dafür offene, eitrige Beulen an den Beinen. Die meisten bestanden nur noch aus Haut und Knochen und sahen so aus, als hätten sie schon seit Tagen nichts mehr gegessen. Jerg blickte in Greisenaugen und wußte doch, daß es sich bei den ausgemergelten Menschlein um Kinder handelte. Vielen fehlten ein paar Finger, eine ganze Hand oder ein Stück Nase – Zeichen dafür, daß es sich um Räuber und Aussätzige handelte, die erwischt und gemarkt worden waren. Beim *Armen Konrad* waren zwar auch wüste Burschen und wilde Gestalten darunter gewesen – aber gegen diese Kreaturen hier wären sie nicht angekommen.

»Schau dich nur um, lieber Jerg! Hast wohl gedacht, wenn wir in Taben einmal hungrig schlafen gehen, dann ist das die wahre Armut.« Doch angesichts des Elends um sie herum hielt selbst Dettlers Ironie nicht lange an. Er seufzte. »Es ist eine grausame Zeit, in der wir leben, Jerg. Mag die Bedürftigkeit auf dem Lande auch noch so groß sein, die Not in den Städten ist um ein Vielfaches größer. Doch ist dies nichts, wovor du Abscheu und Ekel empfinden solltest. Erbarmen und Mitleid haben diese armen Kreaturen verdient.«

»Es ist nur ... ich wußte gar nicht, wie schlecht es auch hier um viele Menschen bestellt ist. Ich dachte, seit wir den Ulrich los sind, hätte sich doch einiges zum besseren gewandt. Aber das war wohl ein Trugschluß.« Jergs Lachen klang bitter. »So, wie es scheint, hat sich das Leichentuch bald über das ganze Land gebreitet, lediglich Taben lugt noch unter einem Zipfel hervor.«

»Nun, ganz so schlimm ist es nicht. Nicht überall ist die Armut so groß wie hier. Vielleicht ist sie in dieser prächtigen Stadt nur besonders spürbar, weil zwischen den vielen Armen und den wenigen Reichen ein so gewaltiger Graben klafft! Aber wenn sich nicht bald etwas tut, wird es auch auf dem Lande nicht viel besser aussehen. Ich sag's dir hier und jetzt: Ausbluten wird er uns, der neue Herzog. Wie seine Vorgänger wird auch er nicht von der Landbevölkerung ablassen, bis der letzte Tropfen Blut aus ihr herausgepreßt worden ist. Oder glaubst du, sein Prunk und Protz zahlen sich von alleine?«

Jetzt kam plötzlich Unruhe in das zerlumpte Volk: Ein Mann von kleiner Statur stieg auf die Rednerbühne. Jeder seiner Schritte wurde lauthals bejubelt. Über dunkelbraunen Hosen und Wams trug er eine Weste aus Schafspelz, auf dem Kopf eine Mütze, ebenfalls aus Schafspelz. Seine Wangen waren eingefallen, und seine Gesichtshaut wirkte so fahl wie die der meisten Menschen, die sich hier versammelt hatten. Zwei tiefe Furchen auf beiden Seiten des Kinns verliehen ihm einen grimmigen Gesichtsausdruck, den ebenfalls viele seiner Zuhörer mit ihm gemein hatten. Was ihn jedoch unterschied, waren seine Augen: Diese hatten die Schärfe eines Wetzmessers, die Bestimmtheit eines Heiligen und die Härte eines Edelsteins. Das sollte Müntzer sein? Dieser zierliche, fast gebrechlich wirkende Mann da vorne auf der hölzernen Tribüne? Der wollte den Leuten vom Seelenheil verkünden? Jerg war mehr als gespannt darauf, was der Mann zu sagen hatte.

»... ich frage euch, ihr braven Bürger von Ulm: Was ist das für eine Kirche, die ihre Kinder hungern und dursten läßt?

Die Kinder haben gebeten ums Brot. Es ist niemand dagewesen, der's ihnen hätte gebrochen. Dafür wurden dem armen, armen Völklein Sätze aus der Bibel vorgeworfen, wie man den Hunden das Brot pfleget vorzuwerfen. Ach Zeter, Zeter, wehe, weh, über die höllischen und dämonenbesessenen Pfaffen, die das Volk offenbar verführen!«

Jerg preßte einen Schwall Luft aus seinen Lungen. Erst jetzt bemerkte er, daß er während Müntzers letzter Worte den Atem angehalten hatte. Dieser Mut! Diese Wortgewandtheit! Diese Wahrheit!

Ein Blick hinüber zu Dettler verriet ihm, daß dieser genauso gefesselt war wie Jerg selbst. Schon holte der Mann auf der Bühne zum nächsten Schlag aus. Mit weit ausholender Handbewegung lockte er die Menschen näher zu sich heran.

»Darum spreche ich zu euch: Die ewige Seligkeit kann nicht die Verheißung für unser armseliges Dasein bedeuten, denn auf sie treffen wir erst im zukünftigen Vaterland. Doch hier sind wir unserer Seligkeit nicht sicher. Hier, in unserem jetzigen Leben heißt es, das Himmelreich auf Erden zu errichten.«

Die Menschenmenge tobte. Jede noch so ausgemergelte, ausgehungerte Gestalt klatschte in die Hände, schrie oder eiferte dem Redner zu. Was Müntzer zu sagen hatte, war Balsam für die wunden Seelen und Leiber zugleich.

»Und wie sieht dieses Himmelreich auf Erden aus, du ach so schlauer Pfaffe? Vielleicht gibt es das genausowenig wie das Himmelreich selbst?« tönte es plötzlich neben Jerg. Dettlers Stimme durchschnitt die frenetischen Jubelrufe der Menschen wie ein scharfer Degen. Schließlich war auch er ein geübter Redner, und wenn er etwas zu sagen hatte, dann konnte man gewiß sein, daß dies auch im lautesten Trubel nicht unterging.

Unwirsch schauten sich die Menschen um. Wer wagte es, eine solche Predigt anzuzweifeln? Wer hatte das Bedürfnis, dies zu tun?

Gespannt blickte Jerg nach vorne. Wie würde Müntzer auf Dettlers Angriff reagieren?

Der Prediger schien jedoch Zwischenrufe solcher Art gewohnt zu sein. Wahrscheinlich gab es bei jeder Versammlung den einen oder anderen, der sich nicht so einfach abspeisen ließ. Einen, der es genauer wissen wollte. Müntzers Augen wanderten suchend durch die Menge, bis sie Dettler gewahr wurden. Mit eigentümlichem Nachdruck, gerade so, als würde er nur noch für Dettler sprechen, fuhr der Redner dann fort. Kein noch so verstecktes Lächeln, kein Grinsen erhellte dabei seine Miene.

»Wie das Himmelreich auf Erden aussieht, willst du wissen? Das ist eine gute Frage. Die Antwort lautet: In diesem Himmelreich werden wir alle nur noch einem Gott dienen. Dem Gott der Gerechtigkeit, dem allmächtigen Vater im Himmel. Den wuchersüchtigen, zinseinfordernden Pfaffen jedoch, welche die toten Wörter der Schrift verschlingen – denen muß der Kampf angesagt werden! Die Blüte der Gerechtigkeit Gottes muß in ihrer Schönheit erblühen, auf daß auch der ärmste Tropf sich an ihrem Duft ergötzen kann. Doch wird diese Blüte erst dann erstrahlen, wenn der faule Gestank der Teufels Pfaffen, die von dem verknöcherten Papst und Nachttopf zu Rom angeführt werden, verschwunden ist. Dafür müssen wir kämpfen!«

Jerg beobachtete Dettlers Mienenspiel ganz genau. Dieser schien nun Blut geleckt zu haben und weit davon entfernt zu sein, sich mit Müntzers Ausführungen zufrieden zu geben, mochten sie auch noch so blumig sein. Mit Worten zaubern – das konnte Dettler auch! Breitbeinig baute er sich auf, stemmte beide Arme in die Seite und fragte listig:

»Und wie, bitte, sollte dieser ›Kampf‹ aussehen? Sollen wir vielleicht nach Rom marschieren und den Nachttopf aus dem Fenster werfen?«

Einige der Zuhörer begannen bei dieser Vorstellung laut zu lachen.

Doch Dettler sollte sich täuschen, wenn er gedacht hatte, daß Müntzer nun kneifen würde.

»Nach Rom braucht ihr nicht marschieren, ihr braven Leut'. Der Aufruhr muß hier, in der Heimat beginnen. Rottet euch zusammen! Geht zu eurem Lehnsherren! Redet mit ihm und tragt ihm eure Sorgen vor! Oder sucht euch einen Schreiber und laßt eure Nöte aufschreiben! Übergebt dieses Papier dann eurem Landesherren. Und gebt erst dann Ruhe, wenn sich die Dinge zum Besseren gewandt haben!«

»Zusammenrotten, hahaha! Hast wohl noch nie was vom *Armen Konrad* gehört, was?«

»Für uns werden sich die Dinge nie zum Besseren wenden!«

»Wem sollen wir unsere Sorgen vortragen? Im Kerker würden wir landen.«

»Euer Himmelreich ist wohl auf Luft gebaut, so wie alle anderen auch, ha?«

Weggeblasen war die einfältige Glückseligkeit, die anfangs auf den Gesichtern der Menschen gestrahlt hatte. An ihre Stelle waren wieder Alltagsmienen getreten, die von Kummer und Krankheit, von Armut und Mühsal erzählten. Laute Buhrufe erhoben sich aus der Menge. Eine solche Rede – die wollte niemand hören! Statt seine Zuhörer mit freundlichen, nichtssagenden Worten einzubalsamieren, hatte Müntzer praktische Ratschläge erteilt. Statt von einem Engel zu verkünden, der das Himmelreich auf Erden bereiten würde, stellte Müntzer Forderungen. Den Menschen war anzusehen: So hatten sie sich das Himmelreich nicht vorgestellt! Doch Müntzer blieb unerbittlich:

»Es liegt an jedem Menschen selbst, vor wem er auf die Knie fällt. Die Gunst, die ihr noch vor wenigen Tagen eurem neuen Erzherzog gezollt habt, sollte allein dem Vater im Himmel vorbehalten sein. Ich frage euch: Was ist schon ein Herzog neben Gott, dem Allmächtigen?«

4.

Es war beinahe zwei Jahre später, als die gleiche Frage erneut an Jerg und Dettler gerichtet wurde.

»Ich frage euch: Was ist schon ein Herzog oder ein Kardinal neben Gott, dem Allmächtigen?« Doch diesmal kam sie von Pfarrer Weiland, der aufgebracht von dem bevorstehenden Besuch Erzherzog Ferdinands auf Burg Taben berichtete. Was ihn dabei so erzürnte, war nicht die Person des Erzherzogs, sondern die eines anderen Kirchenmannes.

»Kardinal Lorenzo Campeggi«, fuhr er in höchster Erregung fort, »ist einer der engsten Vertrauten des römischen Papstes. Wißt ihr, was es zu bedeuten hat, wenn sich Ferdinand hier mit diesem Campeggi trifft?«

Jerg, Dettler und Stefan, die sich in Stefans Hütte versammelt hatten, verneinten.

»Nun, ich werde es euch sagen: Campeggi ist der Begründer des Regensburger Fürstenbundes, das bedeutet, er ist ein mächtiger Mann, der starke Verbündete hat. Man nennt ihn außerdem den Anführer der Gegenreformation. Er verfolgt alles und jeden, der es wagt, am Glanz und an der Macht der römischen Kirche auch nur zu kratzen. Luther würde er lieber heute als morgen tot sehen. Seine Ziele verfolgt er gnadenlos, wobei er sich nicht zu schade ist, hier und da ein folgenschweres Gerücht in die Welt zu streuen.«

»Ja, und? Was hat das mit uns zu tun?« Stefan verstand Weilands Aufregung immer noch nicht.

»Du dummer Ochs! Bist du so einfältig oder tust du nur so?« Dettler verdrehte die Augen. »Wenn der Erzherzog gemeinsame Sache mit dem Kardinal macht, dann ist's um unsere Ziele schlecht bestellt! Dann können wir unsere Pläne vergessen!«

»Was redest du da? Wofür haben wir denn die letzten beiden zwei Jahre geschuftet wie Ochsen? Woche für Woche, Monat für Monat haben wir uns das Maul fusslig geredet, um so viele Leut' wie möglich zum Mitmachen zu überreden – und jetzt willst du auf einmal kneifen?«

»So beruhigt euch doch! Wenn ihr wie wildgewordenene Hunde aufeinander losgeht, ist keiner Seele geholfen.« Besänftigend hob Weiland die Hände. Er schaute von einem zum anderen. Diese Männer waren wie Brüder für ihn. Und so war es selbstverständlich, daß er Jerg, Dettler und Stefan von seiner Einladung nach Burg Taben berichtet hatte, die von einem Reiter von Kloster Weil in Abt Richards Namen an ihn ausgerichtet worden war. Scheinbar wünschte Kardinal Campeggi die Anwesenheit des örtlichen Klerus, aber deshalb gleich einen armen Dorfpfarrer einzuladen? Weiland wollte der Sinn des Ganzen noch nicht klarwerden, doch kannte er Abt Richard so weit, daß dieser nie etwas tat, ohne irgendeinen Nutzen daraus zu ziehen. Irgendwas hatte Richard mit ihm vor, nur was?

»Also, ich bin dafür, daß alles beim alten bleibt: Wie besprochen marschieren wir morgen auf die Burg und übergeben Brabant unsere Forderungen. In einer Woche ist Martinitag, und für dieses Jahr hat er die Abgabe des Besthauptes angekündigt. Wenn wir also jetzt nicht handeln, ist's wieder zu spät!« Bei diesem Gedanken schlug Jerg wütend mit der Faust auf den Tisch. Stefan unterstützte ihn.

»Was glaubt ihr, wie dumm die Leut' schauen täten, wenn wir jetzt auf einmal kneifen würden! Denen ist doch egal, ob der Papst höchstpersönlich anreist oder nicht. Die wollen endlich zu ihrem Recht kommen. Wie oft sind wir zusammengesessen und haben darüber gestritten, was auf die Liste kommt und was nicht? Und jetzt sollen wir sie nicht übergeben, weil so ein Pfaff' aus Rom erscheint? Was hat der schon mit Taben zu tun!«

Dettler kratzte sich am Kinn. Er war sich seiner Sache nicht so sicher wie die anderen, doch wurden seine Zweifel überhört. Jerg ergriff wieder das Wort:

»Was sollte uns schon geschehen? Rennen wir etwa mit

Speer und Spieß auf die Burg hinauf? Leider nicht! Wir übergeben lediglich ein Stück Papier. Mehr nicht. Am besten versuchen wir, den Brabant alleine zu erwischen. Außerdem ist doch Weiland droben auf der Burg und kann uns warnen, wenn irgendeine Gefahr droht. Nicht wahr, Weiland?«

»Sicherlich kann ich das. Doch wollen wir hoffen und beten, daß es soweit nicht kommen wird. Obwohl ich die böse Vermutung habe, daß dieses ›Stück Papier‹, wie du es bezeichnest, ein heftiges Gewitter mit Blitz und Donner zur Folge haben wird.«

Nachdem man sich darauf geeinigt hatte, am nächsten Tag wie abgesprochen zur Burg zu marschieren und Brabant einen Besuch abzustatten, ging jeder der Männer seiner Wege.

Kaum war Jerg aus Stefans Hütte getreten, sah er Marga mit Find an der Hand die Straße entlangkommen. Auch die beiden hatten ihn erspäht und kamen fröhlich winkend näher.

»Bei Asa waren wir, und die hat uns heiße Maronen gemacht«, klärte Find seinen Stiefvater auf.

Jerg warf Marga einen mißbilligenden Blick zu. »Hast nichts anderes zu tun, als dir die Zeit bei der Heilerin um die Ohren zu schlagen, wie?«

Heftig konterte sie: »Was heißt hier Zeit um die Ohren schlagen? Strohschuhe hab' ich gemacht. Zu Hause komm' ich ja nicht dazu. Immer toben die Buben über Tisch und Bänke. Letzte Woche habe ich ein halbes Dutzend fertige Schuhe auf der Bank liegenlassen, und am nächsten Morgen waren sie von den Hunden zerbissen. Die ganze Arbeit umsonst! Und Lene hat noch hämisch gelacht. ›Was bist du auch so blöd und läßt dein Geraffel überall herumliegen?‹ hat sie mich angekeift. Jetzt sag du mir: Wo soll ich denn in Ruhe arbeiten?«

»Schon gut, schon gut. Ich will nichts gesagt haben.« Beschwichtigend hob Jerg die Hände. Sein Hals war trocken und rauh vom Palaver mit seinen Kameraden. Nach noch mehr Gerede stand ihm gar nicht der Sinn.

Doch Marga brauste nun erst recht auf. »Nein, nichts ist gut. Nicht genug, daß ich keinen Platz zum Arbeiten habe – Lene wird immer giftiger. Es vergeht kein Tag, den sie mir nicht irgendwie vergällt. Aber das bekommt mein lieber Ehemann ja nicht mit. Ich frag' dich hier und jetzt: Warum ziehen wir nicht endlich in die leere Hütte neben Asa? Ich habe die Nase voll von Lene, Cornelius und der ganzen Brut!«

Jerg schnaufte. Es gab keinen Tag, an dem Marga nicht darauf drängte, endlich Cornelius' Haus zu verlassen. Doch so einfach war das für ihn, Jerg, nicht. Schließlich war er in dem Haus geboren. Dort war er aufgewachsen, dort war seine Arbeit. Sollte er etwa jeden Morgen den weiten Weg durchs Dorf bis zu Cornelius' Feldern machen?

»Und weil wir gerade dabei sind: Daß du die ganze Zeit mit dem Dettler und den anderen Burschen zusammenhockst – das gefällt mir auch nicht! Wenn du mir wenigstens erzählen würdest, was ihr so Wichtiges zu besprechen habt. Aber nein, scheinbar bin ich deines Vertrauens nicht würdig. Und Weilands genausowenig! Wenn ich daran denke, wie er mit Asa und mir zusammengesessen ist, als ihr in der Schweiz wart! Heute sind wir wieder nur die dummen Weiber für ihn!«

Marga stand die Wut und Enttäuschung ins Gesicht geschrieben. Find, der nach der Wärme in Asas Hütte nun fror und heimwollte, begann zu heulen.

»Verflucht noch mal! Bei dir findet ein Mannsbild keine Ruh! Immer mußt du jammern, immer klagen! Als ob ich nicht genug andere Sorgen hätte!« Wütend schaute Jerg sie an. In seinen Augen waren dies alles Nichtigkeiten, während er mit Dettler und den anderen wirklich wichtige Dinge zu besprechen hatte.

»Dann erzähl mir halt endlich von deinen Sorgen!« Die Arme in die Seite gestemmt, versperrte Marga Jerg den Weg, in keiner Weise von seinem ruppigen Benehmen eingeschüchtert. Find wimmerte jetzt leise vor sich hin.

Inzwischen war es fast dunkel geworden, feuchter Nebel

kroch von der Alb her in die Dörfer und Täler. Ohne es zu wollen, mußte Jerg Marga unentwegt anstarren. Selbst an diesem grauen, düsteren Abend konnte er das wütende Blitzen von Margas Augen sehen. Durch den raschen Marsch von Asas Hütte bis hierher hatten sich ein paar Locken aus den enggeflochtenen Zöpfen gelöst und klebten feucht an ihrer Stirn. Ihre rissigen Lippen bebten vor Aufregung, doch um nichts in der Welt hätte sie zu heulen begonnen, das spürte Jerg. Und wieder einmal wurde ihm klar: Die Frau, die da vor ihm stand, hatte nichts mehr gemein mit dem Weib, das er damals bei seiner Flucht zurückgelassen hatte. Mit dem er nicht viel anders gesprochen hatte als mit einem dummen Kind. Vor ihm stand ein Weib, das es an Kraft und Aufrichtigkeit mit jedem Manne aufnehmen konnte. Er konnte es nicht mehr verleugnen. Für einen kurzen Augenblick noch kämpfte er mit sich. Was würden die anderen dazu sagen, wenn er Marga ins Vertrauen zöge? Doch dann faßte er einen Entschluß. Lange genug hatte er ihr Vertrauen mißbraucht. Lange genug seine Familie belogen, ihr die Wahrheit vorenthalten, alles mit sich allein abgemacht. Damit sollte nun Schluß sein. Er hob Find vom Boden auf, dann legte er seinen rechten Arm um Margas Schulter.

Seine Stimme war rauh, als er mit einer eigentümlichen Leichtigkeit im Herzen zu erzählen begann ...

Wäre Marga später in ihrem Leben einmal gefragt worden, welche Nacht die wichtigste in ihrem Leben war, so hätte sie sicherlich nicht wie die meisten anderen Weiber mit ›die Hochzeitsnacht‹ geantwortet. Vielmehr war es diese Nacht in Cornelius' Schuppen, die ihr für ewig im Gedächtnis blieb. Hierher waren sie geflüchtet, weil Jergs Wahrheit nicht für jedermanns Ohr bestimmt war. Mit einer tranigen Ölfunzel hatten sie sich auf ein paar alten, schimmeligriechenden Strohballen niedergelassen. Find war schnell eingeschlafen, ohne sich weiter über die ungewohnte Schlafstatt zu wundern. Mit jeder Stunde, die diese Nacht älter wurde, wurde es Marga schwerer ums Herz. Und gleichzeitig leichter. Wie blind war sie in der letzten Zeit gewesen! Sie wußte hundertmal mehr von Asa als von ihrem eigenen Mann. Nichts, was in dessen Kopf vor sich ging, hatte sie auch nur geahnt. Es war, als würde er von einem anderen Menschen erzählen, doch alles, was er von sich gab, betraf ihn, Jerg Braun.

»... Müntzers Red' ist eigentlich an allem schuld, irgendwie wollten mir die Worte von diesem Prediger nicht mehr aus dem Kopf gehen. Statt sich in der eigenen Herrlichkeit zu suhlen wie gewisse andere Pfaffen, hat der Müntzer den Nagel auf den Kopf getroffen. Du hättest ihn hören müssen! Ja, ja, ich weiß, daß du mit wolltest nach Ulm. Aber das war nun einmal Männersache. Obwohl ... wenn ich so zurückdenke, waren eigentlich auch eine Menge Weibsbilder unter den Zuhörern.«

»Ja, glaubst du denn, wir Weiber hätten keine Ohren zum Zuhören?«

Jerg mußte grinsen. »Du hast nicht nur Ohren, sondern auch ein großes Mundwerk! Aber laß mich fortfahren, sonst bereu' ich meine Freizügigkeit noch, bevor ich überhaupt angefangen habe.« Für einen kurzen Moment schloß er die Augen, dann fuhr er fort.

»Es war nicht nur Müntzers Rede allein. Es waren auch die Menschen, die zuhörten. Diese Armut! Dieses Elend! So etwas hatte ich bis dahin noch nicht gesehen. Heute muß man nur ins nächste Haus gehen, um zerlumpter, auf die Knochen abgemagerter, menschlicher Gerippe gewahr zu werden. Dagegen ging es uns in Taben vor den letzten zwei Wintern im Verhältnis noch recht gut! Um die Menschen in Ulm war's hingegen schon damals schlecht bestellt, das kann ich dir sagen! Und da kam dieser Müntzer daher, stellte sich inmitten all das Elend und redete vom ›Himmelreich auf Erden.‹ Kannst du dir das vorstellen? Nicht auf das nächste Leben sollten wir uns vertrösten lassen, sondern jetzt schon für Gerechtigkeit sorgen! Daheim, in unseren Dörfern, jeder gemeinsam mit seinem Nächsten. Wer im Kleinen beginnt, kann Großes verändern, hat der Müntzer gesagt.«

Im stillen gab Marga diesem Müntzer recht. Damals, als sie den Pfingstlümmel an Josts Burgtor angebracht hatte, war dies im Grunde genommen auch nur eine Kleinigkeit gewesen. Und doch – wieviel innere Kraft hatte sie den Menschen gegeben? Und wieviel Freude? Dennoch schwieg sie. Noch wußte sie nicht, worauf Jerg hinauswollte mit seiner Geschichte.

»Zuerst habe ich ja nicht daran geglaubt – an dieses Himmelreich auf Erden. Laut Müntzer sind darin alle Menschen gleich und haben nur einem Herrn zu dienen, nämlich dem lieben Gott im Himmel. Für Müntzer sind Lehnsherren wie Brabant, aber auch der Österreicher, unser Landesvater, nichts als Schmarotzer, die sich auf unsere Kosten wichtigtun. Den Papst in Rom hat er sogar einen Nachttopf genannt.«

Jetzt konnte Marga doch nicht mehr an sich halten. »Das ist ja verrückt! Das ist ja Wahnsinn! So etwas hat der gesagt, und man hat ihn nicht am nächsten Baum aufgehängt? Wie soll denn das gehen – nur einem Herrn zu dienen? Glaubt dieser Verrückte etwa, die Obrigkeit ließe das so einfach zu?« Heftig schüttelte sie den Kopf. So etwas konnte man nur Mannsbildern erzählen! Kein Weib der Welt hätte sich solche Geschichten auftischen lassen!

Jerg lachte wissend. »So ähnlich ist es mir damals auch ergangen – zuerst! Aber als ich wieder daheim war und über Müntzers Worte nachdachte, kam mir eine Idee ... Was wäre, so fragte ich mich, wenn wir tatsächlich einmal alles aufschrieben, was uns gegen den Strich geht? Wenn wir alles, was uns plagt, auf eine Liste schreiben und diese Brabant übergeben? Vielleicht wissen die Obrigen gar nicht, was für uns Bauern wichtig wäre? Was würde Brabant dann tun, habe ich mich als nächstes gefragt.«

»Darauf kann ich dir antworten. In den Turm würdest du wandern, du Wahnsinniger! Glaubst du etwa, der würde sich überhaupt anhören, was du zu sagen hast?« Marga wollte ihren Ohren nicht trauen.

»Und ob ich das glaube! Denn, liebes Weib, unter dieser Liste stehen über hundert Namen! So viele Männer haben wir zum Mitmachen bewegen können. Fast alle, mit denen wir gesprochen haben, waren dafür. Sie waren sogar bereit, einen Schwur zu leisten, auf daß sie sich für immer und ewig unserer Sache verpflichten.«

»Ja, haben die denn den *Armen Konrad* schon ganz vergessen? Wissen die nicht mehr, was mit Aufrührern geschieht?«

»Herzog Ulrichs Blutbad hat keiner vergessen. Doch das ist eine andere Sache. Jetzt haben wir berühmte Fürsprecher. Dieser Augustinermönch, der Luther, ist für unsere Sache, und der Müntzer ebenfalls. Damals, beim *Armen Konrad*, da waren wir doch nur die dummen Bauern. Heute nehmen sich auch kluge Leute unseres Anliegens an.«

»Wenn's ums Beklagen geht, sind immer alle dafür! Doch wer ist es, der diese Liste übergeben will? Das bist doch du, oder?«

»Diese Gefahr muß ich eben eingehen. Glaubst du etwa, der Stefan, der Dettler und ich hätten die letzten zwei Jahre umsonst geschwafelt? Nun müssen unseren Worten endlich Taten folgen!«

Find, durch Jergs heftige Worte wachgeworden, merkte nun, daß dies nicht seine vertraute Umgebung war, und fing an zu weinen. Nachdem Marga ihn hochgehoben und in den Arm genommen hatte, beruhigte er sich wieder, doch Jergs Gesprächigkeit hatte damit ein Ende. Was stand nun auf dieser Liste? Wie hatten Dettler und Jerg so viele Leute zum Mitmachen bewegen können? Befand sich womöglich Cornelius' Name auch darauf? Und was würden die Männer tun, wenn Brabant sich weigerte, die Liste überhaupt zu lesen? Dutzende von Fragen schossen Marga durch den Kopf, doch Jerg blieb in dieser Nacht alle weiteren Antworten schuldig. Aber war sie auch nur einen Deut besser? Nach seiner anfänglichen Offenheit hatte sie zwar einen kurzen Augenblick mit sich gekämpft, ob nun nicht die Zeit gekommen wäre, ihm die Wahrheit über Find zu erzählen. Forderte Jergs Vertrauensbeweis, ihr all das zu erzählen, was seinem Herzen am nächsten lag, nicht das gleiche Verhalten auch von ihr? Auf der anderen Seite: War dies der richtige Ort, die richtige Zeit, um Jerg von Finds Vater zu erzählen? Beide Fragen mußte sie im stillen mit nein beantworten. Und so hatte sie den Gedanken genauso schnell, wie er ihr gekommen war, wieder verworfen.

Am nächsten Morgen lagen dunkle Schatten unter Jergs tiefblauen Augen. Auch Marga fehlte die übliche Frische, statt roter Wangen hatte sie eine fahle und blasse Haut. Doch im morgendlichen Gedränge um den Haferbrei fielen diese Kleinigkeiten nicht weiter auf. Auch Margas stille, forschende Blicke in Jergs Richtung bemerkte außer Jerg niemand. Und er ignorierte sie. Jetzt, da es soweit war, wollte Jerg sich nicht von Marga abhalten lassen. Daß sie dies versuchen würde, davon war er überzeugt. Dabei hatte er Marga nur die Hälfte erzählt. So wußte sie beispielsweise nicht, daß sich heute auf der Burg Erzherzog Ferdinand mit diesem wichtigen Kirchenmann aus Rom treffen würde. Insgeheim wäre es Jerg auch lieber gewesen, wenn sie Brabant alleine angetroffen hätten. Doch die Zeit drängte: Martini und die Steuern nahten. Ein Aufschieben war deshalb nicht möglich, und so mußte die Liste überbracht werden – Kardinal und Erzherzog hin oder her.

Weiland begann zu schwitzen. Kleine Schweißperlen liefen seine Stirn hinab und blieben in seinem buschigen Bart hängen. Verstohlen winkelte er beide Arme etwas ab, um so Luft an seinen Körper zu lassen, der unter dem groben Stoff der Winterkutte zu zerfließen drohte. Noch nie in seinem Leben war er in einem so warmen Raum gewesen! In allen drei Feuerstellen des großen Speisesaals von Burg Taben brannte es lichterloh, dazu kam die Wärme der unzähligen

Kerzen, die auf jeder nur möglichen Fläche aufgestellt worden waren. Mit dem Torf und dem Holz, das heute hier verbrannt wird, könnte halb Taben den ganzen Winter heizen, schoß es ihm zum wiederholten Male durch den Kopf, und er mußte an sich halten, nicht eine entsprechende Bemerkung zu machen. Doch solange er nicht wußte, wieso er als Dorfpfarrer an die Tafel des Erzherzogs und seines Besuchers eingeladen worden war, wollte er nicht durch unziemliche Bemerkungen auffallen. Auch Abt Richard hatte sich bisher erstaunlich zurückgehalten – und das bei seiner Redefreudigkeit! Mit jedem Gang, der aufgetischt wurde, wurde es Weiland unbehaglicher. Wie lange würde er noch ausharren müssen, um endlich zu erfahren, worum es bei diesem Treffen ging?

Mit einem lauten Knacken brach Erzherzog Ferdinand neben ihm ein Stück Gänsebrust entzwei. »Und welche Possen, hochverehrter Kardinal, treibt Euer Busenfreund Martin Luther dieser Tage?« Belustigt beobachtete er, wie sich zwei seiner Hunde um ein Stück Gänsefleisch balgten, welches er ihnen hingeworfen hatte. Dann schob er sich selbst einen Batzen Fleisch in den Mund.

Weiland hielt den Atem an.

Kardinal Lorenzo Campeggi, engster Vertrauter des römischen Papstes, antwortete mit demselben Gleichmut wie der Fragensteller. »Luther? Laut meinen Informanten sitzt dieser im Schoß des Kurfürsten von Sachsen und übt sich an der Übersetzung der Heiligen Schrift.«

»Eine Übersetzung der Heiligen Schrift? Wie infam! Will er denn in Deutsch predigen?« wandte sich Abt Richard mit weit aufgerissenen Augen an den Kardinal.

»Ihr beliebt zu scherzen, verehrter Abt!« Mit spitz abgewinkelten Fingern hielt der Angesprochene in seiner Bewegung inne, das Messer, das er gerade zum Mund führen wollte, wie einen Speer auf den Abt gerichtet. »Ist Euch etwa entgangen, daß Luther schon vor Jahren Teile seiner Predigten in Deutsch abgehalten hat? Statt die Einsetzungsworte der Abendmahlfeiern vornehm leise auf lateinisch zu rezitieren, tut er es laut und auf deutsch! Damals, auf dem Reichstag in Worms, hat er damit begonnen, und bis heute ist es noch keinem gelungen, ihn davon abzubringen!«

»Aber, aber, verehrter Kardinal, das dürfte Euch doch keine Schwierigkeiten bereiten, oder?« Mit erhobenem Becher prostete Ferdinand seinem hohen Gast beschwichtigend zu.

Dieser hob seinen Becher ebenfalls an und erwiderte: »Luther – Schwierigkeiten bereiten?« Als sei dieser Gedanke gar zu aberwitzig, lächelte er gekünstelt. »Nein, in meinen Augen ist er nur eine lästige, fette Wanze, die man, wenn es einem beliebt, zwischen zwei Fingern zerdrücken kann. Mich beschäftigen im Augenblick ganz andere Sorgen ...«

Weiland spitzte die Ohren wie ein Jagdhund, der das leise Zittern niedergetrampelter Grashalme zu hören glaubt. Doch bevor Campeggi weiter ausholen konnte, wurde er von Abt Richard mit Belanglosigkeiten unterbrochen. Weiland fluchte still in sich hinein. Er spürte, wie die unterwürfige Art, in der der Abt von Kloster Weil dem Gast aus Rom nach dem Maul reden wollte, in ihm den kleinen, aufsässigen Geist wachrief, der für die meisten seiner feurigen Predigten zuständig war.

»Auch ich habe schon Teile meiner Predigt in Deutsch, oder besser gesagt, in Schwäbisch, abgehalten.« Ohne Vorwarnung purzelten die Worte aus Weilands Mund.

Erzherzog Ferdinand und der Kardinal tauschten einen kurzen Blick, dann starrte der Kardinal mit versteinerter Miene zu Weiland hinüber.

Abt Richard ergriff hüstelnd das Wort. »Ein Scherz, Eure Eminenz! Ein Scherz. Pfarrer Weiland ist für seine Nähe zu den Bauern und Bürgern bekannt. Gerade deshalb wünschtet Ihr doch seine Anwesenheit bei Tisch, nicht wahr? Habt Ihr nicht davon gesprochen, daß Ihr einen Mittelsmann sucht, der Euch von dem Aufruhr unter den Bauern berichtet und so Euren Plänen weiterhilft?« Dabei warf er Weiland einen Blick zu, der diesen verstummen ließ, noch bevor er das nächste Wort gesagt hatte.

»Pläne? Um welche Pläne handelt es sich denn dabei?« Schmatzend ergriff Brabant zum erstenmal das Wort. Seine Augen verschwanden fast völlig in seinem schwammigen, geröteten Gesicht, was ihm nicht gerade einen Ausdruck hoher Intelligenz bescherte. Tatsächlich ahnte Brabant nicht einmal, warum sich Erzherzog Ferdinand gerade hier mit dem römischen Kardinal getroffen hatte, und von diesem Luther, der zum Tischgespräch zu werden schien, hatte er ebenfalls noch nichts gehört. Doch das reichlich aufgetragene, gute Essen versöhnte ihn mit diesen langweiligen Themen.

Campeggi betrachtete zuerst Brabant, dann Weiland angewidert, bevor er sich an den Erzherzog wandte.

»Unser verehrter Gastgeber hat recht. Vielleicht sollten wir wirklich auf unser Vorhaben zu sprechen kommen. Schließlich habe ich den weiten Weg von Rom bis hierher nicht umsonst gemacht.«

»Und dafür sind wir Euch zu tiefstem Dank verpflichtet. Wir wissen die von Euch wohlwollend angebotene Hilfe sehr wohl zu schätzen, verehrter Kardinal.«

Speichellecker, schoß es Weiland durch den Kopf, im gleichen Augenblick schalt er sich für seine unchristliche Denkweise.

Der Kardinal schien durch Ferdinands Worte wieder wohlgestimmt zu sein. Er legte sein Messer zur Seite, wischte sich mit einem Tuch Mund und Stirn ab und begann dann mit seinen Ausführungen. Der Augustiner, wie er Luther nannte, mache ihm derzeit keine großen Sorgen, sei er doch auf der Wartburg bei Eisenach mehr als gut aufgehoben, meinte er überheblich. Wer ihm jedoch im Augenblick schwer im Magen liege, sei Thomas Müntzer. Mit Worten und Ausführungen, schwärzer als die Nacht, begann er Müntzer als einem Teufel gleich zu beschreiben. Er blickte von einem zum anderen, und seine Stimme nahm einen flüsternden Ton an, als wage er es nicht, die Ungeheuerlichkeiten laut auszusprechen.

»Mir wurde von Predigten berichtet, in denen er die Abschaffung der Monarchie beschwor. Fürsten und Herzöge sind für ihn Schmarotzer und Blutsauger, die er von ihren Thronen werfen will. Die ganze Struktur unseres Daseins will er verändern. Den allmächtigen Vater in Rom hat er böse beschimpft, und, was das schlimmste ist: Die Menschen jubeln ihm zu. Im ganzen Land, wohin er auch kommt – überall applaudieren die Lumpen dem Ketzer zu. Es ist noch nicht lange her, ein paar Jahre vielleicht, da wurde er als Prediger ausgelacht und verspottet. Heute hängen die Menschen an jedem Wort, das seinen teuflischen Lippen entspringt! Oh ehrwürdiger Vater im Himmel – mögest du doch das Fegefeuer schicken zu denen, die deinem Himmelreich trotzen und wehren!« Für einen kurzen Moment faltete er die Hände zum Gebet und hob seine Augen gen Himmel, was ihm statt Frömmigkeit jedoch lediglich den Ausdruck eines Adlers verlieh, der eines fetten Kaninchens gewahr wird.

Weiland mußte an Jerg und Dettler denken, die mit glühender Verehrung von Müntzers Rede in Ulm berichtet hatten. Ihm wurde angst und bange. Die Liste der Bauern dem Burgverwalter zu übergeben, solange dieser Campeggi auf der Burg weilte, kam einem Todesurteil gleich, soviel hatte Weiland aus den Worten des schwarzbemantelten Kardinals mittlerweile herausgehört. Nachdem er nun Stunden in Brabants Gesellschaft verbracht hatte, begann er außerdem an dem Plan selbst zu zweifeln. Außer Fressen, Saufen und Steuern einzutreiben schien der Burgverwalter nichts im Sinn zu haben. Wie sollte er die Forderungen der Bauern verstehen?

»Verbrecher, die einem der ihren das Ohr schenken! Ein aufrechter Bürger würde sich so etwas niemals anhören!« Brabant schüttelte unwirsch den Kopf, bevor er sich dem siebten Gang, einer Schüssel süßer Mehlklöße, die in dunkelgelbem Honig schwammen, widmete. Ihm war jedenfalls in Taben noch nichts von diesem Müntzer zu Ohren gekommen.

»Wie gefährlich schätzt Ihr Müntzer und seinen Einfluß auf die Menschen im Lande ein?« Ohne auf Brabant einzugehen, wandte sich der Abt von Kloster Weil an den Kardinal.

»Als sehr gefährlich. Sicher, er ist ein Schwärmer. Doch seine Worte sind wie ein Gift, das langsam, aber sicher seine Wirkung zeigt. Schon bald wird er das ganze Land mit seinen unseligen Reden vergiftet haben. Die Menschen werden aufrührig und laut. Seine Anhänger verlangen, daß die Kirche Steuern zahlt wie das gemeine Volk. Den Ablaßhandel wollen sie abschaffen und die Klöster auflösen! Nicht genug, daß Luther die katholische Kirche in jeder seiner Schriften angreift – Müntzer ruft die Menschen direkt zum Ungehorsam auf. Er ist ein Werkzeug des Teufels!«

Verschüchtert blickte Brabant von seinem Teller auf.

»Übertreibt Ihr nicht ein wenig, Eure Eminenz?« Besorgt zog auch Ferdinand die Augenbrauen in die Höhe.

»Ich glaube nicht. Auch die Aufstände vor zehn Jahren fingen harmlos an. Doch eh' die Landesväter sich versahen, brannte das Feuer des Ungehorsams lichterloh. Ging es damals um Steuern und Gewichte, so haben sich die bösen Buben heute höhere Ziele gesetzt: Die Reformation der Kirche, die Revolution der Politik und der einzelnen Länder – ist das in Euren Augen nicht Grund genug zur Sorge? Ging es früher um die Wiederherstellung von alten, abgeschafften Rechten, so wollen sie heute ein völlig neues Gesetz!« Mit fiebrigen Augen wartete der Kardinal ungeduldig auf eine Entgegnung. Als diese ausblieb, fuhr er fort:

»Außerdem ...«, er beugte sich über den Tisch in die Richtung des Erzherzogs, »man munkelt, daß der Fugger Eure Schulden eintreiben will. Wie wollt Ihr diese bezahlen, ohne neue Abgaben und Steuern zu erfinden? Glaubt Ihr etwa, die

Menschen, von Müntzer aufgehetzt, lassen sich das so ohne weiteres gefallen?«

Weiland lief es eiskalt den Rücken hinunter. Mehr Abgaben konnten die Bauern nicht bezahlen, und wenn der Herzog sie aus jedem einzelnen herausprügeln wollte! Und noch etwas anderes beunruhigte Weiland, aber es dauerte eine Weile, bis ihm klar wurde, was es war: Die Art und Weise, wie der Kardinal mit Ferdinand umsprang, mit ihm redete, war völlig respektlos und zeugte von großer Macht.

Wie vom Donner gerührt saß Erzherzog Ferdinand da. Daß ihn sein Gast so offen mit seinen Schulden konfrontieren würde – damit hatte er nicht gerechnet. Vielmehr hatte er darauf gebaut, daß der Dominikaner ihm geeignete Wege zeigen würde, um den Frieden im Lande wiederherzustellen! Statt dessen schien dieser ihm selbst eine Mitschuld an der Misere zuschreiben zu wollen! So schwer es ihm auch fallen mochte – er nahm sich vor, den Hieb des Kardinals bezüglich seiner Schulden zu ignorieren. Auf einmal spürte er ein arges Zwicken in der Magengegend. Der unerfreuliche Verlauf des Mahles bereitete ihm Schmerzen. Er stöhnte laut auf.

»Um Himmels willen! Als ich Württemberg vom Kaiser als Leiblehen bekam, hatte ich doch mit keinem Gedanken daran gedacht, welche Schwierigkeiten mir daraus erwachsen mögen. Eine Revolution – man stelle sich das vor!« Er kratzte sich am Ohr. »Vielleicht hat diese Revolution sogar schon begonnen? Man hat mir berichtet, daß es in der Pfullinger Gemeinde, wo immer das auch sein mag, vor dem Gericht Klagen gegeben hätte wegen einer Erntefron. In Metzingen weigern sich die Bauern, Hunde für die gräfliche Jagd aufzuziehen. Im Remstal, wo unser vorzüglicher Wein gedeihet, verlangen einzelne Weinbauern das Recht, Vögel jagen zu dürfen, weil diese angeblich die Trauben fressen. Und im Benediktinerkloster zu Esslingen wollten Bauersleut' letzte Woche das Tor einrennen, um die Vorratskammern zu plündern! Ihr seht: Es lodert ein bißchen hier, ein bißchen da. Wie soll ich da gegen die Aufrührer vorgehen?«

Genüßlich lehnte Lorenzo Campeggi sich zurück und ordnete die weißen Falten seiner Soutane, über die sich sein schwarzer Mantel wie ein Totenkleid legte. Diese Frage schien ihm besonderes Vergnügen zu bereiten, hatte er die Antwort darauf doch lang und breit vorbereitet.

Weiland schauderte es.

»Mit einer eisernen Harke muß das Land durchforstet werden! Stadt für Stadt, Dorf für Dorf – Müntzer muß gefunden und wegen Ketzerei vor ein Gericht gestellt werden. Alle Aufrührer müssen gefaßt und verurteilt werden. Es ist die Aufgabe eines jeden wahren Christenmannes, der heiligen Kirche beim Kampf gegen die Teufelsbrut Müntzers zu dienen.« Er bedachte Abt Richard und Weiland mit einem scharfen Blick. »Wer von aufrührerischen Tönen weiß oder hört, hat die Pflicht, diese sofort den Soldaten des jeweiligen Lehnsherren zu melden. Oder der Kommission aus Gottesmännern, die ich zur Untersuchung dieser unchristlichen Angelegenheit berufen werde. Zuallererst müssen wir einige Exempel statuieren, um einer weiteren Verseuchung durch Müntzers Gift Einhalt zu gebieten ...«

Irritiert drehte Lorenzo Campeggi sich um. Durch die dicke Eichentür drangen plötzlich schwere Schritte und lautes Geschrei in den überhitzten Raum.

»Entschuldigt mich, ein menschliches Bedürfnis treibt mich ...« Weiland, der schon seit geraumer Zeit wie auf glühenden Kohlen gesessen hatte, sprang auf.

Doch Erzherzog Ferdinand wies ihn mit einer Handbewegung an zu bleiben. »Was ist das für Lärm? Brabant! Wie könnt Ihr dulden, daß ...«

Bevor er ausgesprochen hatte, polterten drei Männer in den Speisesaal. Weiland versuchte verzweifelt, Jergs Blick auf sich zu ziehen, doch vergebens. Nachdem er Brabant an der Breitseite des Tisches entdeckt hatte, ging Jerg mit großen

Schritten auf ihn zu, ein aufgerolltes Stück Papier in der linken Hand.

Verzweifelt machte Weiland einen letzten Versuch. »Jerg Braun aus Taben! Deine Suche nach mir bedeutet wohl, daß der Herrgott deinen Großvater nun zu sich nehmen will und ich die letzte Ölung vornehmen soll?«

»Ja – nein, ich ...« Ratlos drehte sich Jerg zu Dettler um, der ihm fast unmerklich zunickte, was ihn jedoch auch nicht schlauer machte. Für einen kurzen Augenblick war nur das Schnaufen der Hunde unter dem Tisch zu hören. Eilig sprach Weiland weiter:

»Wenn mich Eure Hoheit und Eure Eminenz entschuldigen würden, könnte ich einem braven Mann die letzte Ehr' erweisen ...« Behäbig erhob sich Weiland vom Tisch.

»Heh, du da! Was hast du da in der Hand?« kam es auf einmal von Ferdinand.

Aufgeschreckt blickte Jerg zur Schmalseite des Tisches, wo der österreichische Erzherzog präsidierte.

Weiland hielt die Luft an, doch ein Blick in Jergs Gesicht verriet ihm, daß jedes noch so innige Stoßgebet umsonst war.

Als Antwort auf die erzherzögliche Frage baute sich Jerg breitbeinig vor dem Burgverwalter auf und hielt ihm eine Papierrolle ins Gesicht.

»Das ist ein Schreiben von Euren Untertanen, verehrter Herr Burgverwalter. Darin sind Forderungen aufgelistet, um den Bauersleuten mehr Gerechtigkeit zu verschaffen. Lange genug haben wir Hunger gelitten, während Ihr Euch hier droben den fetten Wanst noch fetter gefressen habt!« Mit einer kreisenden Handbewegung deutete Jerg auf die Überreste der Festtafel. Auf seinem Gesicht lauerte ein trotziger Ausdruck, feindselig blickte er von einem Gesicht zum anderen. »Lange genug seid Ihr über unsere Felder gejagt, habt unsere Ernte niedergetrampelt, ohne zu überlegen, wovon wir im kommenden Winter leben sollten. Eure Steuern – die treibt

Ihr jedoch erbarmungslos ein, ohne zu fragen, ob wir diese auch aufbringen können.« Er deutete auf Abt Richard. »Ich frage mich: Wie viele Steuern hat unser Klostermann schon gezahlt?«

Abt Richard zog zitternd vor Wut die Luft durch die Zähne.

Brabant blickte hilflos zum Erzherzog.

Lorenzo Campeggi schüttelte den Kopf. Obwohl er nicht jedes Wort verstand, hatte er sehr wohl mitbekommen, worum es bei diesem Zwischenfall ging. Armes Württemberg! Unter Erzherzog Ferdinand waren die Unmoral und der Ungehorsam übergeschwappt wie eine fette, heiße Brühe, die alles versengt und verseucht. Als habe er es mit einem dummen Schüler zu tun, wandte er sich nun an den Erzherzog.

»Was hört Ihr Euch diese Frechheiten noch länger an? Um alles in der Welt, so laßt die Burschen festnehmen! Wachen!«

Schwerfällig lösten sich vier in Eisen gewandete Wachposten von der Tür und traten zögerlich an den Tisch. Auf den Befehl des Erzherzogs näherten sie sich den Eindringlingen. Doch kaum hatte einer von ihnen Jerg am Arm gefaßt, riß sich dieser wieder los. Blitzschnell griff er nach dessen Schwert und machte dann er einen Satz nach hinten. Bevor eine der Wachen eingreifen konnte, hatte er den Kardinal am Kragen gepackt und drückte die scharfe Klinge des Schwertes an dessen fahlen Hals.

»Ich lass' mich nicht einsperren. Und die anderen auch nicht. Unserem Anliegen werdet Ihr Folge leisten, wenn nicht im Guten, dann im Bösen! Das verspreche ich Euch, so wahr mir Gott helfe!«

Kaum waren die drei Bauern mit dem Kardinal in ihrer Mitte geflüchtet, brach auf der Burg ein wildes Durcheinander aus. Späher wurden ausgeschickt, Boten nach Stuttgart geordert, Suchtrupps durchkämmten die ganze Burg von Kopf bis Fuß. Inmitten des ganzen Durcheinanders bückte sich Weiland zu Boden und hob die Papierrolle auf, die Jerg vor seiner Flucht dem Burgverwalter vor die Füße geworfen hatte. Er dankte seinem Herrgott, daß in dem Durcheinander keiner der anderen danach gegriffen hatte. In Dettlers feiner, verschnörkelter Handschrift standen folgende Sätze geschrieben:

Wir, die Bauersleut' von Taben, wollen von jetzt an und für alle Zukunft nur noch dem Kaiser und dem Papst gehorchen. Um der Gerechtigkeit Genüge zu tun, fordern wir jetzt und für alle Zeiten ...

– daß wir nicht mehr zahlen müssen als den Zehnten an die Kirche,

– daß uns Steuern und Abgaben mögen erlassen sein,

– daß Wild, Wasser und Vögel für alle Menschen frei sein sollen,

– daß wir Büchsen und Armbrust tragen dürfen wie die feinen Herren,

– daß wir für unseren Lehnsherren, den Verwalter der Burg Taben, nicht mehr müssen arbeiten, noch mähen, schneiden, heuen und auch nicht mehr einfahren,

– daß wir von den Forstmeistern und Jägern nicht mehr gestraft werden dürfen,

– daß wir Hunde nur noch zu unserem eigenen Dienste, nicht mehr für die adelige Jagd aufziehen müssen.

Wer sich gegen unser Vorhaben wehret und widersetzet, den wollen wir durch die Spieße jagen oder totschlagen.

Gezeichnet: Die Landbevölkerung von Taben.

Mit Tränen in den Augen las Weiland Namen für Namen, betrachtete Kreuz für Kreuz, bis er ans Ende der Unterschriftenliste gelangte. Dann steckte er sie unauffällig ein. Fiele die Liste in die falschen Hände, bedeutete sie für jeden, dessen Namen sich darauf befand, das Todesurteil.

5.

»Macht die Tür auf! Aufgemacht! Sonst treten wir sie ein!«

»Was ist denn? Heiliger Vater im Himmel, was ...?«

»Geh aus dem Weg, Weib! Wo ist der Lump?«

Fünf schwerbewaffnete Soldaten der Burg drängten sich an Lene vorbei ins Haus. Breitbeinig plazierte sich einer der Soldaten vor der Tür, während die anderen jeden Winkel der kleinen Hütte absuchten. Vor Wut bebend und mit zusammengekniffenen Lippen mußte Lene zusehen, wie die Männer rücksichtslos Tisch und Bänke umwarfen und die Schlafstätten zerwühlten, bis das aufgehäufelte Stroh in der ganzen Hütte herumflog. Mit einem Handstreich fegte gerade einer sämtliches Kochgeschirr vom Holzbrett an der Wand, als Cornelius eintrat. Statt – wie jeden Tag um die Mittagszeit – von Lene mit einer warmen Suppe auf dem Feuer erwartet zu werden, fand er sich in einem heillosen Durcheinander wieder. Vor Aufregung zitternd packte er den Erstbesten am Genick und begann ihn zu schütteln.

»Ihr elendigen Hunde! Was ...« Noch ehe er ausgesprochen hatte, eilten die anderen Soldaten ihrem Anführer zur Hilfe. Mit groben Schlägen knüppelten sie Cornelius nieder, bis dieser benommen auf dem Boden liegenblieb. Die Spieße auf ihn gerichtet, stellten sich die Männer rings um ihn auf.

Über dem groben Stoff seiner Uniform war der Hals des Anführers feuerrot, dort, wo Cornelius ihn gepackt hatte. Wütend rieb er sich mit einer dreckigen Pranke die blutunterlaufene Stelle. Dann trat er völlig unvermittelt und mit aller Kraft gegen das Schienbein des am Boden liegenden Mannes. »Wo ist er?«

»Wer? Wovon redest du?«

Der Soldat holte zu einem weiteren Tritt aus und trat diesmal gegen Cornelius Kopf. Er kippte hintenüber. Lene schrie laut auf und bückte sich zu ihrem Mann hinunter, dessen rechte Wange blutüberströmt war. Aus einer Ecke der Hütte war das Wimmern der Kinder zu hören.

Immer wieder stellte der Soldat die gleiche Frage. Immer wieder antwortete Cornelius mit der Wahrheit und bekam dafür einen Tritt verpaßt. Die Soldaten tauschten schließlich einen Blick. Im Augenblick blieb ihnen nichts anderes übrig, als Cornelius zu glauben. Aber nichts konnte sie daran hindern, später noch einmal wiederzukommen.

»Warum sucht ihr meinen Bruder? Was ist eigentlich los?«, schrie Cornelius ihnen nach.

»Den Herzog hat er umbringen wollen! Und weil er den nicht zu fassen gekriegt hat, ist er mit dem heiligen Kardinal aus Rom geflüchtet. Wahrscheinlich hat er ihn schon längst mit einem Knüppel totgeschlagen, er und die anderen Zigeuner!«

Kaum waren die Männer weg, füllte sich die kleine Hütte abermals mit Menschen. Im ganzen Dorf hatten die Leute ihr Kochgeschirr oder ihr Ackerzeug stehen lassen und waren herbeigeeilt, um zu sehen und zu hören, was vor sich ging. Marga, mit Find an der Hand, hastete kreidebleich herein, gefolgt von einem guten Dutzend Bauern. Wer drinnen keinen Platz mehr fand, drängte sich draußen vor der Hütte zusammen.

»Jerg! Wo ist Jerg? Was ist geschehen?« Dann fiel ihr Blick auf Cornelius. Sie stieß einen lauten Schmerzensschrei aus. »Du meine Güte! Was haben diese Schweine nur angerichtet ...«

Mit versteinerter Miene beobachtete Lene, wie Marga vorsichtig über Cornelius' blutüberströmte Gesichtshälfte strich. Find kniete ebenfalls neben Cornelius nieder. Er, der ja nicht Zeuge der rohen Gewalt gewesen war, konnte nicht verstehen, wieso sich seine sonst so forschen Spielkameraden verängstigt unter dem Tisch verkrochen hatten. Neugierig wollte er nach Cornelius' Kopf greifen, der so ganz anders aussah, als er das gewohnt war. Doch Lene packte sein kleines Handgelenk und schleuderte ihn haßerfüllt durch den halben Raum.

»Laß das, du kleiner Bastard!« Dann packte sie Margas Schulter und riß sie grob nach hinten. »Nimm die Finger weg! Wegen deinem Tunichtgut liegt ein guter, rechtschaffener Mann blutiggeschlagen in seiner Hütte – und du wagst es, ihn zu befingern wie einen alten Liebhaber?«

Unter den Augen der fassungslosen Dorfbewohner stürzte sich Lene auf ihre Schwägerin. Die Hände über den Kopf haltend, wehrte Marga die Schläge ab, bevor Oskar Klein eingriff. Mit der flachen Hand versetzte er Lene eine Ohrfeige. Starr vor Schreck fiel Lene in sich zusammen.

Erst jetzt erschien völlig atemlos Pfarrer Weiland. Sein Plan, sich klammheimlich von der Burg aus dem Staub zu machen, war im letzten Moment von Abt Richard durchkreuzt worden, der ihn mit endlosen Befragungen aufgehalten hatte. Nun beeilte er sich, die Bauern über das aufzuklären, was sich wirklich droben auf der Burg ereignet hatte.

»Mit dem Kardinal geflüchtet!« Benommen schüttelte Cornelius den Kopf.

»Die Liste! Wir müssen die Liste zurückholen! Wir sind doch alle geliefert, wenn die unsere Namen darauf finden«, meinte ein Bauer, der sowieso erst nach viel gutem Zureden unterschrieben hatte.

Aufgeregt schwatzten wieder alle durcheinander, und erst als Weiland wild mit dem Papier in der Hand herumfuchtelte, wurden die anderen still.

»Die Liste! Nur daran und an eure eigene Sicherheit denkt ihr, anstatt euch zu fragen, wie wir Jerg helfen können. Und Stefan. Und Dettler. Ihr widert mich an!«

Weiland blickte hinüber zur Tür, von wo die barschen Worte gekommen waren. Georg, der Sohn von Oskar Klein, spuckte angeekelt vor sich auf den Boden. Aus dem schmächtigen Jüngling war ein hochaufgeschossener, kräftiger Bursche geworden. Den Vorfall, bei dem Heinrich wegen einer lächerlichen Kleinigkeit von Herzog Ulrich fast totgeschlagen worden war, schien er nie vergessen zu haben. Seit damals bewunderte er Jerg glühend und hätte für diesen sein Leben gegeben. Nun baute er sich vor Cornelius auf.

»Und du? Du tust dir auch nur selber leid. Warum hast du dich nicht gewehrt gegen den Soldaten? Hast vielleicht keine Faust zum Schlagen? Kein Maul zum Aufmachen? Nein, das hast du immer alles deinem Bruder überlassen, während du dich unterm Rock von deinem alten Weib verkrochen hast.«

Lene zog hörbar die Luft durch die Zähne. Noch bevor Cornelius antworten konnte, schlug ein anderer mit der Faust auf den Tisch.

»Georg, jetzt ist's genug!«

»Nein, Vater! Einer muß es dem Cornelius mal sagen, und wenn ich derjenige bin – mir soll's recht sein!« Mit seiner rechten Pranke schüttelte Georg seinen Vater ab wie eine lästige Fliege. Die anderen Dorfbewohner schauten stumm zu. Waren denn jetzt alle verrückt geworden, schienen sich die meisten sich zu fragen.

»Du, Cornelius, bist schuld, wenn Jerg jetzt in sein Unglück rennt! Du und niemand anders«, fuhr Georg den verblüfften Cornelius an.

Dieser glaubte seinen Ohren nicht zu trauen. Fassungslos starrte er Georg aus seinem verschwollenen Auge an. »Hab' ich ihn vielleicht auf die Burg hinaufgeschickt? Hab' ich ihn zum *Armen Konrad* gebracht, damals, vor seiner Flucht?«

»Nein, hast du nicht. Aber vielleicht wär' das besser gewesen, als immer alles zu verdammen, was Jerg vorhatte. Denn alles, was er tut, tut er für uns alle! Statt ihm dabei zu helfen, macht ihr euch vor Angst lieber in die Hose!« Er ging zur Tür. Im Hinausgehen drehte er sich noch einmal um. »Ihr widert mich an wie fauliges, altes Fleisch, aus dem die Maden hervorkriechen. Ihr Feiglinge!«

Einer nach dem anderen blickte betroffen zu Boden. Georg hatte recht. Jerg war es schließlich, der immer wieder im

Namen aller seinen Hals riskierte. Während sie sich in der Menge versteckten, marschierte Jerg stets allein voraus. Aber, schien der trotzige Blick von einigen zu fragen, erwartete Jerg nicht einfach zuviel von den Menschen?

Verwirrt blickte Cornelius von einem zum anderen. Er schüttelte den Kopf. »Ich soll schuld sein, wenn Jerg jetzt etwas anstellt?«

Weiland zog ihn an den Tisch, setzte sich neben ihn und legte beruhigend seine Hand auf Cornelius' Schulter. Doch als dieser aufblickte, sah er rundum in feindselige Gesichter.

»Was ist, was glotzt ihr mich so an? Auf was wartet ihr?«

»Vielleicht darauf, daß du dich endlich zu unserer Sache bekennst!« Fritz Huber trat einen Schritt hervor. Die anderen murmelten ihre Zustimmung.

Hilfesuchend blickte Cornelius zu Weiland.

Dieser tönte jedoch in das gleiche Rohr. »Der Huber hat nicht unrecht, Cornelius. Einen wie dich könnten die Männer gut gebrauchen. Du hast einen klaren Verstand und bist nicht so voreilig bei der Sache wie gewisse andere Burschen ... Und oft ist es gerade die Bedächtigkeit, die ans Ziel führt. Und die Unbedachtheit, die ins Unglück führt. Würdest du mit den anderen gemeinsame Sache machen, könntest du Jerg vielleicht das nächste Mal vor Übel bewahren.«

»Ihr wart doch auch da oben, Pfarrer. Wieso habt Ihr ihn nicht davor bewahrt?«

»Weil ich nicht sein Fleisch und Blut bin. Weil er sich von mir nichts sagen läßt.«

»Aber von mir läßt er sich was sagen. Das habe ich gemerkt in den letzten Jahren.« Cornelius lachte bitter auf.

»Du mußt deinen Bruder nur verstehen wollen, Cornelius. Wenn du immer gleich verdammst, was er zu sagen hat, läßt er sich natürlich nichts sagen! Aber er ist ein guter Kerl, und die Gerechtigkeit geht ihm über alles. Er will halt unbedingt mit dem Kopf durch die Wand, auch wenn sich nebendran eine Tür befindet.«

»Und diese Tür soll ich ihm zeigen?«

»Nein.« Weiland schüttelte den Kopf. »Durch diese Tür sollst du mit ihm gemeinsam gehen.«

Mit einem beherzten Sprung eine Böschung hinab retteten sich die drei Männer vor dem Entdecktwerden. Jerg fluchte in sich hinein. Noch mehr Soldaten. In der ganzen Gegend wimmelte es nur so davon. Seit sie mit dem Kardinal geflüchtet waren, hatten sie sich hinter jeder Ecke verstecken müssen. Nicht einmal die einbrechende Dunkelheit bot Schutz. Immer noch waren auf allen Wegen berittene Soldaten und Fackelträger unterwegs, wobei viele die Uniform der Kirchheimer Stadtgarde trugen. Auch ein paar Landsknechte des Dettinger Markgrafen hatte Jerg schon erkannt. Wahrscheinlich hatte Brabant in aller Eile Nachricht ausgeschickt und Hilfe angeheuert, wo er sie finden konnte. Diesmal aber waren die Soldaten endlich unter lautem Getöse verschwunden.

»Pfff, das ist ja gerade noch einmal gutgegangen.« Jerg wischte sich mit seiner Rechten die Stirn ab, die trotz der feuchtkalten Nacht schweißnaß war.

»Aaah, meine Knochen sind ganz morsch.« Dettler reckte sich mit schmerzverzogenem Gesicht. »Laßt uns weitergehen. In Richtung Dettingen sind wir erst einmal sicher, würd' ich sagen. So, wie es aussieht, denken die, daß wir in Richtung Kirchheim gezogen sind.«

Auch Stefan hatte sich wieder aufgerichtet. »Also, ich weiß immer noch nicht, ob es richtig war, den Kardinal so einfach laufenzulassen. Vielleicht hätten wir ihn noch eine Weile bei uns behalten sollen. Zum Schutz, sozusagen.«

»Zum Schutz? Der hätte uns doch gerade eben schon verpfiffen. Oder glaubst du, er hätte die Soldaten so einfach vorbeiziehen lassen?«

»Nein, es war schon richtig, ihn laufenzulassen«, stimmte auch Dettler zu. »Außerdem, so einfach haben wir es ihm schließlich nicht gemacht. Bis der auf der Burg droben ist, wird er seinen Herrgott noch einige Male um Hilfe anflehen, das könnt ihr mir glauben.«

Jerg und Stefan lachten. Im Geiste sahen sie den Kardinal vor sich, wie er nackt und unbekleidet wie Adam im Paradiese umherirrte und auf italienisch nach dem Wege zur Burg fragte. Nur waren Adam damals weder Augen noch Hände verbunden gewesen!

»Dem haben wir's ganz schön gegeben!« Stefan lachte grimmig.

»Ja, das schon. Aber ehrlich gesagt, mir wär's lieber gewesen, es wär' gar nicht soweit gekommen. Wieso hat dieser Hurensohn von Brabant nicht einfach unsere Liste genommen und gesagt: Ihr braven Bauern, wenn das eure Wünsche sind, dann sind sie mir Befehl!« Während Jerg sprach, kamen kleine, weiße Atemwolken aus seinem Mund.

»Brabant! Der ist doch nur ein dummer, gefräßiger, alter Sack! Wenn wir ihn allein erwischt hätten – vielleicht hätten wir dann eine Aussicht auf Erfolg gehabt. Aber mit dem Österreicher und dem Italiener am Tisch? Nein, nein, du hättest auf Weiland hören sollen. Es war einfach nicht der richtige Zeitpunkt, um die Liste zu übergeben.«

»Ja, ja, sag es noch hundertmal, Dettler, und es wird trotzdem nichts mehr ändern. Willst du mir etwa jetzt einen Strick daraus drehen, he?« Wütend stellte sich Jerg Dettler in den Weg und fixierte diesen wie die Schlange das Kaninchen. Über seinem rechten Auge war eine dicke Ader hervorgetreten und zuckte heftig.

Ungeduldig trat Stefan von einem Fuß zum anderen, während sich die anderen beiden wie zwei wilde Hunde belauerten. Es war Dettler, der als erstes wegblickte. Mit einer Stimme, die wieder alltäglich und normal klang, antwortete er: »Laßt uns gehen, wir haben keine Zeit zu verlieren. Holen wir uns das Wahrzeichen unseres Kampfes zurück, bevor es im Haus eines Verräters noch völlig verrottet!«

Zügig und ohne miteinander zu sprechen marschierten die drei weiter und waren kurze Zeit später im Schutz der Dunkelheit vor den Mauern Dettingens angekommen. Sie hatten keine Soldaten mehr getroffen, was ihnen Mut für das bevorstehende Unternehmen gab. Dettingen war wohl in den Augen der Soldaten der letzte Zufluchtsort, den sich ein Tabener wählen würde.

Es war Dettlers Gedanke gewesen, die Fahne des *Armen Konrad* zurückzuholen. Irgendwann einmal während der langen Jahre der Verbannung hatte Jerg ihm von dem Symbol des *Armen Konrad* erzählt. Mit glänzenden Augen hatte er seine Beschreibung immer weiter ausgeschmückt, und Stefan hatte zu allem zustimmend genickt. Die Fahne, ja, das war etwas, worauf sie stolz sein konnten! Nach diesem für Jerg so ungewöhnlichen Rausch der Worte war es kein Wunder, daß Dettler diese Fahne nicht mehr aus dem Sinn gegangen war. Daß es bald neue Aufstände geben würde – das war für Dettler so klar wie das Amen in der Kirche. Wenn die Fahne den Leuten in der Gegend soviel bedeutet hatte – was lag dann näher, als sie ihnen zurückzugeben? Vorausgesetzt, sie befand sich noch in den Händen von Bantelhans, dem abtrünnig gewordenen Anführer von damals.

Es war fast Mitternacht, als sie vor dem Haus von Bantelhans ankamen. In einer Seitenstraße gelegen, gehörte es zu den stattlichsten Häusern Dettingens. Es hatte nicht nur ein, sondern zwei Stockwerke aus solidem Mauerwerk. Schwere Fachwerkbalken unterbrachen die braunen Steinwände, und im First unter dem Dach war die Jahreszahl 1510 in großen Lettern aufgemalt. Nach den gescheiterten Aufständen im Jahre 1515 hatte Bantelhans unter dem Protektorat seines alten Freundes Schwygkher einen verlängerten Aufenthalt in dessen von Aufruhr verschont gebliebener Stadt Urach genossen. Als Herzog Ulrichs Rachefeldzug vorüber gewesen war, war Bantelhans, völlig unbefleckt von aufrührerischen Anklagen, nach Dettingen zurückgekehrt. Hie und da gab es zwar

Verdachtsmomente, einmal wurde er sogar zu einem Verhör aufs Rathaus bestellt, doch nachweisen konnte ihm keiner etwas. Nachdem er ein paar Jahre still und unauffällig seinen Handelsgeschäften nachgegangen war, hatte er im Laufe der Zeit wieder damit angefangen, sich um die Belange der Allgemeinheit zu kümmern. Schließlich wurde er sogar zum Bürgermeister von Dettingen gewählt. Und somit war es das Haus des Bürgermeisters, das Jerg und seine Kameraden in dieser Nacht aufsuchten.

Schon längst war der Nachtwächter durch die Straßen gegangen und hatte die Straßenlichter gelöscht. Alles, Mensch und Tier, schlief fest, denn für die meisten von ihnen war die Nacht in wenigen Stunden schon wieder vorüber. Vorsichtig schlichen sich die drei Männer um das Haus herum, ohne daß sie durch das Anschlagen eines Hundes verraten wurden. Auf der Rückseite des Hauses befand sich eine Seitentür, die jedoch mit einem soliden Eisenbeschlag ausgestattet war. Das Fenster daneben war mit den gleichen verzierten Eisenbeschlägen gegen Eindringlinge abgesichert.

»Der gnädige Herr muß wohl einige Schätze zu verbergen haben, so wie er sich in seiner Hütte verschanzt«, flüsterte Stefan Jerg zu, der ratlos daneben stand.

Dettler war es, der schließlich einen Eingang entdeckte. Er deutete auf eine weitere Tür, die zwar dieselben Eisenbeschläge hatte, aber dennoch eine Handbreit offenstand.

»Wahrscheinlich weilt einer der Dienstboten beim Stelldichein mit seiner Liebsten und hat sich einen Weg nach drinnen offengelassen.« Jerg lächelte grimmig. »Und uns auch!«

Einer nach dem anderen betraten die Männer das Haus. Neben der Tür hatte jemand eine tranige Funzel plaziert, die schwaches Licht spendete. Vorsichtig leuchtete Stefan den Raum aus. Sie befanden sich in der Vorratskammer. In einer langen Reihen hing ein gutes Dutzend dunkelrote Schinken an dicken Schnüren, daneben reihten sich schwere Würste aneinander. Aus einer Ecke stieg der typische Geruch frisch angesetzten Sauerkrauts auf, daneben lagerten Rüben und Kohl. Unmengen von tönernen Karaffen und Krügen standen auf Holzbrettern an der Wand, rechts davon befanden sich drei große Weinfässer. In eines davon war ein Zapfhahn getrieben. Jerg schnappte sich einen Tonkrug, roch an dessen Inhalt und kippte ihn naserümpfend auf den Boden. Dann hielt er ihn unter den Zapfhahn und öffnete diesen, bis der rote Wein über den Rand floß. Er trank einen gierigen Schluck, nickte anerkennend und hielt dann den Krug den anderen entgegen. Dettler hatte in der Zwischenzeit eine der Würste von der Decke abgeschnitten und biß kräftig hinein. »Kein Wunder, daß Türen und Fenster so verrammelt sind«, brachte er zwischen zwei Bissen hervor.

So gestärkt, drangen sie weiter ins Hausinnere ein. Laut Dettler lagen die Schlafräume in solch herrschaftlichen Häusern immer im oberen Stockwerk. Bei jedem Schritt, den sie auf der hölzernen Treppe nach oben machten, hielt Jerg den Atem an. Er und Stefan waren barfuß und konnten sich fast völlig geräuschlos bewegen, doch Dettlers alte Lederstiefel knarrten bei jedem Tritt. Die Treppe mündete in einen kleinen Raum, von dem mehrere Türen abgingen. Jerg drehte sich fragend zu Dettler um. Dieser zögerte kurz, dann deutete er auf die äußerste rechte Tür. Jerg nickte.

Auf einmal hörten sie hinter sich einen lauten Schlag, und gleich darauf sank Stefan mit einem Schmerzensschrei zu Boden. Zu Tode erschrocken schossen Jerg und Dettler herum, um gleich noch einmal zusammenzuzucken. Vor ihnen stand eine so riesige Frau, wie sie noch keine gesehen hatten.

»Mit welchen Spitzbuben haben wir es denn hier zu tun?« tönte sie und stemmte dabei zwei massige Arme in die Seite. Ihre Augen waren über fleischigen Wangen kaum zu erkennen, doch zweifelte Jerg nicht daran, daß ihnen daraus ein angriffslustiger und völlig unerschrockener Blick entgegenkam. Graubraunes, borstiges Haar stand struppig vom Kopf der Frau in die Höhe. Schwere Brüste hingen bis zu ihrem Bauch, der sich ebenfalls in speckigen Wülsten unter ihrem weißen Gewand wölbte.

Vor ihr auf dem Boden krümmte sich Stefan zusammen und stöhnte. Neben ihm lag die schwere, eiserne Pfanne, deren Gewicht er auf seinem Schädel zu spüren bekommen hatte. Als Jerg endlich seinen Blick von der gefährlich aussehenden Furie losreißen konnte, suchte er hektisch nach einem Fluchtweg – ohne Erfolg. Doch dann erschien ihre Rettung: Schlaftrunken und älter, als Jerg ihn in Erinnerung hatte, stand Bantelhans im Türrahmen. Mit einem Satz war er bei seinem Weib, neben dessen massigem Leib sein eigener schmächtig und eingefallen wirkte.

»Ein paar Diebe haben wir da, Bantel.« Keinen Moment wandte die Bantelhansin ihren grimmigen Blick von den drei Männern ab. Dann herrschte sie den alten Soldaten an: »Geh und hol den Büttel, auf daß er sie einsperrt, die elendigen Lumpen.«

Ohne ein Wort der Widerrede wollte Bantelhans sich auf den Weg machen.

Dettler räusperte sich.

Fragend blickte Jerg zu ihm hinüber, dann wandte er sich eilig an den ehemaligen Anführer des *Armen Konrad*, bevor dieser durch die Tür verschwinden konnte.

»Bantelhans! Erkennst du einen alten Kameraden nicht mehr?« fragte er betont fröhlich. »Ich bin's, Jerg Braun aus Taben. Und das sind der Stefan und der Dettler.« Sein offener, argloser Blick glich dem eines Welpen, der vertrauensvoll seiner Mutter nachtrottete.

Mißtrauisch blickte Bantelhans von einem zum anderen. »Was wollt ihr?« Er bemühte sich, die aufsteigende Angst zu unterdrücken. Daß Jerg und die anderen nicht gekommen waren, um über alte Zeiten zu reden, war ihm klar. Noch dazu, wo er in ihren Augen als Verräter dastehen mußte ... Aber wie, und vor allem wann, hätte er seinen alten Kameraden seine damalige Haltung je erklären können?

»Nun, wir dachten, wir statten dir einen Besuch ab, der alten Zeiten wegen ...«

Unbemerkt zückte Dettler ein gekrümmtes Messer. Blitzschnell machte er einen Satz auf Bantelhans zu und packte dessen rechten Arm. Bantelhans schrie vor Schmerz laut auf.

»So, und jetzt ist Schluß mit dem Spiel.« Mit dem Messer an Bantelhans' Kehle wandte er sich an dessen Weib.

Nicht zum ersten Male erschrak Jerg darüber, wie schnell hinter der gelehrten Fassade seines Freundes auch eine ganz andere, eine gewalttätige Seite zum Vorschein kommen konnte.

»Paß auf, du häßliches Weib! Wenn du nicht genau tust, was ich dir sage, kannst du für den Verräter hier noch heut' nacht eine Grube graben!« Ganz langsam verstärkte er den Druck des Messers auf Bantelhans' Hals. Unter der silbrigen Klinge quollen ein paar dicke Blutstropfen hervor, was die Bantelhansin vor Schreck aufschreien ließ.

»Wo ist die Fahne des *Armen Konrad*? Sprich!«

Danach ging alles sehr schnell. Während die beiden anderen mit der völlig aufgelösten Frau auf dem Treppenabsatz zurückblieben, stieg Dettler mit Bantelhans eine weitere Treppe hinauf, die Klinge stets an dessen Hals haltend. Als sie endlich zurückkamen, trug Bantelhans ein unscheinbares, dickes Bündel Stoff in der Hand.

»Die Fahne!« Andächtig griff Jerg danach.

»Die Fahne«, sagte auch Bantelhans, der aus seiner Angststarre wieder erwacht zu sein schien. »Ein Stück Stoff, mehr nicht.«

»Für dich vielleicht, du Verräter! Ich frage dich: Wo warst du, als Herzog Ulrich unsere Kameraden abgemetzelt hat? Als wir unsere Haut nur durch die Flucht retten konnten? Wo war Bantelhans da? Wir hatten niemanden, unter dessen obervögtischem Rock wir uns hätten verstecken können!« entgegnete Jerg ihm haßerfüllt.

»Ich wußte, daß du mir das vorwerfen würdest. Es war aber alles ganz anders damals. Ich ...«

Doch Jerg fuhr ihm grob über den Mund. Er baute sich vor dem alten Soldaten auf und nahm dessen Gesicht in beide Hände.

»Schau uns genau an, Bantelhans«, sagte er mit bedrohlicher Stimme. »Was du heute siehst, ist für deinesgleichen wahrscheinlich ein seltener Anblick. Vor dir stehen Männer, die mehr Rückgrat haben als du. Die für die Gerechtigkeit stehen – und wenn es sie das eigene Leben kostet. Ihr jedoch ...«, er drehte sich zur Bantelhänsin um und kniff ihr grob in den fetten Wanst, »freßt den armen Leuten die Speise weg, bis ihr aufgequollen seid wie schlachtreife Schweine.« Mit fiebrigem Blick packte er das weiße Gewand der Frau und riß es entzwei. »Ihr kleidet euch wie Könige, während nebenan die Mütter für ihre Kinder nur Lumpen haben, worin sie dennoch erfrieren.« Stumm schauten Dettler und Stefan zu, wie Jerg zum Fenster ging und an dessen schweren Beschlägen rüttelte. »Ihr verschanzt euch in eurem warmen Schloß, während die Hälfte der Leute nicht einmal ein Dach über dem Kopf hat.« Mit dem aufgestauten Haß der letzten zehn Jahre in seiner Stimme endete er schließlich: »Und du nennst dich Bürgermeister.« Mit drei Schritten trat er so nahe an Bantelhans heran, daß ihre Gesichter nur noch eine Handbreit voneinander entfernt waren. »Du ekelst mich an. Deinesgleichen verdient es nicht, zu leben wie ein Fürst. Deinesgleichen verdient es im Grunde genommen *gar* nicht, zu leben ...«

6.

»Ich weiß nicht, wo sie stecken könnten!« Ratlos schlug Marga die Hände zusammen.

Vor ihr saß Michel, Stefans Schwager aus Beutelsbach. Abgehetzt und müde war er am frühen Abend in Taben angekommen, und als er das Haus seines Schwagers leer und verlassen vorgefunden hatte, war sein erster Weg der ins Nachbarhaus gewesen. Mittlerweile war es tiefe Nacht, und von den drei Männern fehlte immer noch jede Spur.

»Vielleicht sind sie schon über alle Berge ... Wär' wahrscheinlich das beste, denn wenn sie zurückkommen, sind sie ihres Lebens nicht mehr sicher, soviel steht fest! Nicht einmal verabschieden hat er sich können ...« Mutlos weinte Marga leise vor sich hin.

Michel schüttelte den Kopf. »Nein, nein, ich kenne den Stefan. Und den Jerg auch. Wegen so etwas flüchten die nicht gleich in die Schweiz. Da müßte schon die ganze herzögliche Armee hinter ihnen her sein. Und so, wie ihr erzählt habt, ist es doch nur die halbe.« Galgenhumor ließ ihn kurz auflachen, dann wurde er sofort wieder ernst. »Denkt doch noch einmal nach: Es muß doch irgendeinen Unterschlupf geben!«

»Wieso ist es eigentlich so wichtig, daß du Stefan sofort findest?« mischte sich Cornelius ein. Irgendwie erschien ihm Michels Beharrlichkeit etwas sonderbar. Soviel er wußte, hatten die beiden Männer nicht mehr viel gemeinsam. Nachdem Michels Schwester nach nur wenigen Jahren an Stefans Seite der Pest zum Opfer gefallen war, waren die Besuche aus Beutelsbach selten geworden. Wer hatte dazu auch Zeit? Warum also wollte Michel den Stefan gerade jetzt sehen? War er vielleicht von der Obrigkeit als Lockvogel eingesetzt worden, um die Männer zu fangen? Cornelius dankte seinem Herrgott dafür, daß der Kardinal schon kurze Zeit später in einem dünnen Unterkleid und mit verbundenen Augen aufgefunden worden war. Wenigstens war sein Bruder nicht zum Mörder geworden!

Für einen langen Augenblick schaute Michel sein Gegenüber an, dann antwortete er gedehnt: »Passiert ist schon was. Aber ob du davon wissen willst ...«

»Was soll das heißen?«

»Nun, es ist doch wohl bekannt, daß Cornelius Braun mit den Gedanken seines Bruders nicht viel im Sinn hat!« Herausfordernd blickte Michel ihn an.

Cornelius lachte kurz auf. »Daher weht der Wind! Du gehörst auch zu den Weltverbesserern!« Er schüttelte den Kopf. »Hätt' ich mir denken können, doch heute weiß man ja nicht mehr, wer Freund und wer Feind ist.« Er bedachte seinen Gast mit einem kameradschaftlichen Schlag auf die Schulter.

Irritiert blickte Michel auf. Solche Töne hätte er von Cornelius nicht erwartet. Bei früheren Zusammenkünften hatte sich Jerg mehr als einmal über das Unverständnis seines Bruders ausgelassen, für den jedes Unternehmen des *Armen Konrad* nur ein böser Bubenstreich war. Mit einem solchen Mann unter einem Dach zu wohnen stellte sich Michel nicht gerade einfach vor. In einem mußte er Cornelius jedoch recht geben: Heute wußte man wirklich nicht mehr, wer Freund und wer Feind war!

Auf einmal fuhr Marga neben ihm in die Höhe. »Ich hab's!« Sie schaute in die Runde. »Ich weiß, wo die drei sich verstecken könnten.«

Mit großen Augen blickten die Männer sie an.

Einen Moment lang zögerte Marga noch, ihr Geheimnis preiszugeben und dadurch womöglich Jerg und die anderen in Gefahr zu bringen. Doch dann beschloß sie, Cornelius und Michel zu vertrauen. Was blieb ihr schließlich anderes übrig?

»Es gibt da auf der Alb eine kleine Hütte«, fing sie an. »Während meiner Zeit bei Asa bin ich öfters dort oben gewesen und habe Kräuter für die Heilerin gesammelt.« Das entsprach natürlich nicht ganz der Wahrheit, und Marga wurde es bei dem Gedanken, was sie tatsächlich in der Einsamkeit auf der Alb erlebt hatte, ganz heiß.

Ungeduldig nickten die Männer ihr zu. Margas plötzliche Gesichtsröte schienen sie lediglich ihrer Aufregung zuzuschreiben. »Ja, und weiter?«

»Sie liegt etwas abseits der breiten Wege in einem kleinen Birkenwäldchen versteckt. Einmal wurde ich von einem Gewitter überrascht und habe mich dort in Sicherheit gebracht.« Sie blickte von einem zum anderen. »Die Hütte ist zwar uralt, aber sie hat ein Dach und bietet guten Schutz. Wer nicht weiß, daß es sie gibt, findet sie nur durch Zufall. Vor Besuchern ist man dort oben ziemlich sicher.« So sicher, daß man dort im Schutz der Einsamkeit einem Kind das Leben schenken konnte, ging es ihr durch den Kopf. Sie zuckte mit den Schultern.

»Nach Jergs Rückkehr bin ich einmal mit ihm hinaufgegangen. Nur so. Ich wollt' ihm die Hütte zeigen.« Marga erinnerte sich noch ganz genau daran. Sie hatte das Bedürfnis verspürt, Jerg Finds Geburtsort zu zeigen, und dabei gehofft, daß Jerg vielleicht etwas von dem eigentümlichen Zauber spüren würde, der in ihren Augen von dem Ort ausging. Es war ein klarer Frühlingstag gewesen, ohne eine einzige Wolke am Himmel. Die Arbeit für den Tag hatte hinter ihnen gelegen, und so hatten sie sich trotz Lenes Keifen auf den Weg gemacht. Noch heute konnte sie sich an Jergs strahlende Augen erinnern, als er ins Tal hinabblickte. »Da hinten, siehst du, das muß der Schwarzwald sein. Und weiter rechts, dort, wo die kleinen Hügel sind, das könnte schon das Remstal sein. Und sieh doch nur: die Lauter! Wie eine Schlange windet sie sich durch das Tal.« Arm in Arm hatten sie dort oben zusammengesessen, während Find in der Nähe auf dem weichen Moosboden spielte.

Mit einer fast liebevollen Geste brach Jerg eine der vielen Silberdisteln ab, die wie milchig-glänzende Sterne zwischen den spröden Gräsern wuchsen.

»Schau, ist sie nicht wunderschön?« Zärtlich hielt er die Silberdistel gegen das Sonnenlicht, in dem die stachelige Hülle wie zarteste Spitze wirkte. Marga erinnerte sich genau an den Kloß in ihrem Hals, den sie bei Jergs nächsten Worten verspürt hatte: »So wehrhaft wie diese Pflanze, so widerstandsfähig, daß sie sich trotz aller Kargheit hier droben in ihrer ganzen Schönheit entfalten kann – so soll auch unser Kampf sein!«

Plötzlich war seine Zufriedenheit wieder wie weggeblasen. »Wenn man hier droben sitzt und runterschaut, ist es leicht, zu vergessen, was dort unten tagtäglich an Ungerechtigkeiten passiert.« Als er weitersprach, war sein Gesichtsausdruck hart, fast schon verbittert. »Aber wir dürfen uns nicht zurücklehnen und denken: Der Herrgott wird's schon richten. Der Herrgott hat's bisher immer nur den Reichen gerichtet. Uns hat er dabei vergessen. Aber eines sage ich dir hier und jetzt ...« Jerg faßte Marga mit einem Ruck an den Schultern. »Schau hinab, Weib! Solange da unten im Tal die Bauern wie Kettenhunde angepflockt bleiben, wird es keine Gerechtigkeit geben!« Dann hatte er grimmig aufgelacht. »Aber es ist nur noch eine Frage der Zeit, bis die Hunde ihre Herren beißen ...«

Wie viele Jahre waren seit damals vergangen? Waren es vier oder schon fünf? Und was hatte sich seitdem geändert? Nichts, rein gar nichts.

Ein Geräusch riß Marga aus ihrer Erinnerung. Sie schaute auf und stellte fest, daß beide Männer ihre Jacken angezogen hatten und sie erwartungsvoll anblickten.

»Auf was wartest du noch? Los, Marga. Du mußt uns die Hütte zeigen, denn alleine finden wir sie nicht, schon gar nicht mitten in der Nacht.«

Als sie jedoch Stunden später bei der Hütte ankamen, war diese menschenleer. Nichts deutete darauf hin, daß sich hier vor kurzer Zeit ein Besucher aufgehalten hat. Trotzdem beschlossen sie, bis zur Morgendämmerung zu warten.

»Vielleicht haben sie sich ja irgendwo unten im Tal versteckt und kommen erst morgen früh hier herauf.« Nachdem Michel die Hütte gesehen hatte, war er sich ziemlich sicher, daß die Männer diesen Zufluchtsort wählen würden. Wäre er in derselben Lage, würde er nicht einen Augenblick zögern, hier oben, in der Abgeschiedenheit der Schwäbischen Alb, Schutz vor den Soldaten zu suchen.

Auch Georg Klein war zuversichtlich, hier auf Jerg und die anderen zu stoßen. Er war der kleinen Gruppe vor Cornelius' Hütte über den Weg gelaufen, hatte deren Aufbruchsstimmung sofort bemerkt und sich ihnen angeschlossen.

Nachdem sie eine Weile schweigend nebeneinander gesessen hatten, wagte Cornelius einen neuen Versuch. »Jetzt sag halt schon, was geschehen ist bei euch in Beutelsbach, daß du den Stefan so dringend sprechen willst!«

Als wäre es das Normalste von der Welt, antwortete Michel: »Ach, Beutelsbach! Wenn's das alleine wär', hätt' ich's nicht so eilig. Aber ich habe Nachricht aus dem ganzen Land. Aus dem Schwarzwald, aus dem Breisgau, aus dem Allgäu – von überall her erreicht uns Kunde vom *Bundschuh*. So, wie's aussieht, haben die Leute die Nase endgültig voll von den ewigen Beschwichtigungen und leeren Versprechungen der Lehnsherren. Die Bauern wollen sich endlich holen, was ihnen zusteht!« Er stand auf und begann, in der Hütte auf und ab zu gehen.

»Der *Bundschuh?*« fragte Cornelius.

»Jetzt sag bloß, du hast noch nichts vom *Bundschuh* gehört!« Georg schüttelte verständnislos den Kopf. »Lebt mit einem der Anführer unter einem Dach und weiß nichts vom *Bundschuh*. Das gibt es doch nicht!« Dann klärte er Cornelius auf: »Das ist eine geheime Vereinigung von Bauersleuten. So, wie es der *Arme Konrad* auch gewesen ist. Doch der *Bundschuh* ist viel größer! Im ganzen Land zählt der Geheimbund Tausende und Abertausende von Mitgliedern. Männer, die es wagen, gegen ihre Herren aufzustehen. Die nicht mehr mitansehen wollen, wie die Obrigkeit sich fett und feist frißt, während die Landbevölkerung hungert. Die es nicht mehr einsehen wollen, daß die Klöster und Kirchen keine Steuern zahlen müssen, während der arme Mann von allen Seiten geschröpft wird. Auch Handwerker sind dabei, die die Nase voll davon haben, daß die Klöster ihnen ins Handwerk pfuschen mit ihren klösterlichen Korbflechtereien, Webereien und Töpfereien und dabei wieder keine Steuern zahlen!« Grimmig fügte er hinzu: »Halb Taben macht beim *Bundschuh* mit, was dir wohl entgangen ist.« Wobei er das ›dir‹ ironisch betonte. Er grinste Michel an. »Unsere Geheimhaltung scheint doch etwas zu taugen, he?«

»Und wie erkennt ihr euch dann untereinander in eurem ach so geheimen Geheimbund?« fragte Cornelius verärgert. Allmählich kam er sich doch etwas dämlich vor. Jahrelang hatte er geglaubt, daß es sich bei den Aufrührern lediglich um eine Handvoll streitsüchtiger Taugenichtse handelte. Dabei waren Männer am Werk, die sehr wohl ehrenhaft und mit Verstand handelten!

Michel und Georg schüttelten abermals ungläubig den Kopf.

»Durch die Kennung natürlich. Kaum hat ein neues Mitglied den Treueschwur abgelegt, bekommt es die Kennung verraten. Hört er einen anderen diese Worte sagen, so weiß er, daß er es mit einem *Bundschuhler* zu tun hat. So einfach ist das.«

Marga fuhr angriffslustig auf. »Und wann laßt ihr mich endlich mitmachen – das will ich wissen!«

Michel blickte zu Georg, der mit den Schultern zuckte.

»Warum eigentlich nicht? Warum nehmen wir das Weib nicht auf?« fragte er. »Wer weiß, wenn's richtig losgeht, werden wir vielleicht noch einmal um die Hilfe der Weiber froh sein! Allerdings ... ich weiß natürlich nicht, was die anderen zu einem Weib im Bunde sagen ...« Ganz wohl war ihm bei diesem Gedanken nicht, und bevor er ihn weiter verfolgte, wandte er sich Cornelius zu. »Und du, Cornelius, hast auch noch den Treueschwur abzulegen.«

»Dann macht schon! Oder glaubt ihr etwa immer noch nicht, daß ich auf eurer Seite bin?«

»Nun, mich tät' schon interessieren, woher dein plötzlicher Sinneswandel kommt.« So leicht wollte Georg es Cornelius nicht machen.

Dieser dachte kurz nach. Während sie im Dunkel der Nacht die Alb hinaufgestiegen waren, hatte er sich bereits dieselbe Frage gestellt.

»Im Grunde genommen habe ich wohl immer gewußt, daß der Jerg kein schlechter Kerl ist ...«, fing er zögerlich an, »aber ich wollt' ihn halt vor Schaden bewahren. Er ist und bleibt ein Hitzkopf, doch deshalb gehört er noch lange nicht an den Galgen! Hätte der Brabant auf das gehört, was der Jerg und die anderen von ihm wollten, wäre es gar nicht so weit gekommen! Egal, welcher Herzog nun an der Macht ist, ob er Ferdinand oder Ulrich heißt – keiner will etwas von unseren Belangen wissen. Das ist es, was mich inzwischen auch wütend macht! Daß die feinen Herren oben auf Burg Taben sich nicht einmal angehört haben, was der Jerg zu sagen hatte! Daß sie ihn gleich wie einen Verbrecher behandelt haben. Sie haben ihn ja regelrecht dazu getrieben, den Kardinal mitzunehmen.« Seine sonst so sanften Augen waren mit Haß erfüllt, als er von einem zum anderen blickte. »Aber jetzt sind sie dran, die adeligen Herren! Lange genug habe ich die Augen verschlossen vor dem, was wirklich wahr ist. Habe gedacht, wenn wir nur leise sind und stillhalten, wird letztlich doch alles gut werden. Aber das Leben wird nicht besser, indem man nur sieht, was man sehen will, und wegschaut, wenn es einem nicht gefällt.« Sein Blick war fest und bestimmt. »Und wenn's das letzte ist, was ich in meinem Leben mache – ich bin dabei!«

Fassunglos starrten die anderen ihn an. Daß in Cornelius soviel Glut und Leidenschaft steckte, hatte keiner für möglich gehalten.

Es war lange nach Mitternacht, als Marga und Cornelius in der Mitte der Hütte auf dem Boden knieten. Vor ihnen standen Michel und Georg, jeder eine tranige Funzel in der Hand. Stockend begann Michel, den Treueschwur vorzusprechen, auf den schon Zigtausende im ganzen Land ihre Mitgliedschaft im Geheimbund geschworen hatten. Satz für Satz wiederholte erst Cornelius, dann Marga die Losung, wobei Cornelius bei manchen Abschnitten sichtbar zögerte, bevor er sie doch mit fester Stimme nachsprach.

»Wir schwören, daß wir auf Leben und auf Tod zusammenbleiben, einander nie verlassen, die Beschlüsse des Rates durchführen und unseren gewählten Führern gehorchen, in allen Sachen nicht in eigenem Nutzen, sondern zum ersten die Gesetze Gottes und danach den gemeinen Nutzen suchen werden. Die Gottlosen wollen wir unterdrücken und ausrotten, diejenigen, die sein Wort verneinen, die das arme Volk peinigen und damit das Gemeinwohl verletzen, denen werden wir nun den Garaus machen.
Not bricht Eisen!«

7.

Nachdem sie Bantelhans und sein Weib gefesselt und geknebelt hatten, beeilten sich Jerg und seine Begleiter, so schnell wie möglich aus Dettingen zu verschwinden. Die Fahne unter Dettlers Jacke versteckt, rannten sie fast die ganzen drei Meilen nach Taben und hielten erst an, als die ersten Hütten zu sehen waren. Gierig tranken sie das kalte Wasser der Lauter, das sie mit bloßen Händen zum Mund führten. Dann ließen sie sich abgehetzt und außer Atem für einen Augenblick nieder. Der kalte, gefrorene Boden unter ihnen fühlte sich so feindselig an wie die Nacht, die sie dunkelschwarz begleitete. Mit vor Übermüdung glühenden Augen beschlossen sie, daß Jerg ins Dorf gehen sollte, um die Lage zu erkunden, während die anderen hier auf ihn warteten.

Kurze Zeit später stand er vor Asas Hütte, die, wie alle anderen auch, dunkel und still auf den nächsten Morgen wartete. Leise klopfte Jerg an, während er sich unruhig nach möglichen Verfolgern umblickte. Er brauchte nicht lange zu warten, bis die Heilerin ihm die Tür öffnete. In einem langen, hellen Gewand stand sie vor ihm. Die Haare geöffnet und ohne das gewohnte Tuch um den Kopf, sah sie seltsam jung und verletzlich aus. Auf einmal konnte Jerg nicht mehr verstehen, wieso ihm diese Frau bisher immer ein wenig unheimlich gewesen war. Drinnen war es warm und roch genauso, wie Jerg es sich vorgestellt hatte: etwas süßlich, nach frischen und getrockneten Kräutern, aber auch bitter nach ätzenden Tinkturen und heilsamen Ölen. Während sie ihm einen Becher lauwarmen Tee reichte, berichtete Asa ihrem Besucher, was seit seiner Flucht geschehen war.

In der Zwischenzeit war Find, den Marga zu ihrer Freundin gebracht hatte, auf Jergs Schoß gekrabbelt. Ohne sich weiter um ihn zu kümmern, pfiff Jerg durch die Zähne.

»Ist schon ein schlaues Luder, die Marga! Ehrlich gesagt, an die kleine Hütte auf der Alb hab' ich gar nicht mehr gedacht. Dabei gibt es kein besseres Versteck! Hoffentlich sind sie noch droben, wenn Stefan, Dettler und ich dort ankommen ...« Er kratzte sich am Kinn. »Der Michel aus Beutelsbach – das kann nur eines bedeuten. Nämlich, daß es losgeht!« Die Spuren der Übermüdung, der Kälte und der Angst waren auf einmal wie weggeblasen. Kämpferische Zuversicht hatte sich auf seinem Gesicht breitgemacht. »Asa – ich brauch' deine Hilfe. Kann ich darauf rechnen?«

Die Heilerin blickte ihn an. »Es kommt darauf an, was du von mir verlangst. Ich bin gerne bereit, meinen Teil für den *Bundschuh* beizutragen. Solange ich niemandem an Leib und Seele damit schade ...«

Jerg konnte mit Asas Skrupeln nichts anfangen. Wäre es nach ihm gegangen, hätten sie den Kardinal am einsamsten Baum der Gegend gefesselt und ihn einen qualvollen Tod sterben lassen, was auch in Dettlers Sinne gewesen wäre. Doch Stefan hatte dagegen geredet, und so hatten sie ihn am Ende laufenlassen. Auch als es darum ging, Bantelhans eine Lektion zu verpassen, hatte sich Stefan gegen die beiden gestellt. »Was nützt uns jetzt ein Blutvergießen, wo wir noch soviel vorhaben?« hatte er gemeint und war dabei so laut geworden, daß Jerg Angst hatte, am Ende noch von jemandem gehört zu werden. Unwillig hatte er schließlich nachgegeben und den Bürgermeister und sein Weib ungestraft gelassen. Wäre es aber nicht mehr als gerecht, die Herrschaften einmal dieselben Mittel spüren zu lassen, welche diese ein Leben lang an ihren Untergebenen anwendeten? War Brabant etwa gnädig? Waren es Abt Richard oder der römische Kadaver?

Er zwang sich zu einem ruhigeren Ton.

»Niemals würde ich von dir etwas verlangen, bei dem andere zu Schaden kommen. Ich weiß, daß du als Heilerin Gewalt nicht vertreten kannst, egal, um welchen Spitzbuben es sich auch handeln mag. Aber daß wir uns nicht mit Worten allein wehren können, muß dir wohl auch klar sein. Deshalb bitte ich dich um folgendes ...«

Es war noch nicht hell, als Asa am nächsten Morgen mit einem großen Sack bepackt ihre Hütte verließ. Nach Jergs Besuch war an Schlaf nicht mehr zu denken gewesen, und so hatte sie den Rest der Nacht damit verbracht, ihr Vorhaben vorzubereiten. Leicht würde es nicht werden unter den Augen der Soldaten, von denen es überall nur so wimmelte. In eine dicke Jacke gehüllt, ein Tuch um den Kopf gebunden und ein weiteres über das halbe Gesicht gezogen, ging sie in die eisige Kälte hinaus. Der Frost knirschte unter ihren Füßen. Vor jeder Tür hielt sie an, holte einen grünen Zweig aus ihrem Sack und schwenkte diesen hin und her, bevor sie ihn am Gebälk der Tür befestigte. Danach klopfte sie an und trat ein. Kurze Zeit später sah man sie wieder herauskommen und weitergehen. Asa hatte sechs solcher Besuche gemacht, als sie auf einmal bohrende Blicke im Rücken spürte. Vorsichtig drehte sie sich um und sah ihre Befürchtung bestätigt. Nur wenige Häuser von ihr entfernt standen die Soldaten der Burg. Sie hob ihren Sack vom Boden auf und ging weiter, zum nächsten Haus, dem siebten an diesem Morgen. Wie zuvor, blieb sie auch hier stehen und wedelte mit einem grünen Zweig auffällig hin und her. Dann klopfte sie an und wurde sofort hereingelassen. Sophie, die jüngere Tochter des Tabener Schmiedes, stand mit fahlgrauem Gesicht vor ihr. Aufgeregt flüsternd packte sie die Heilerin am Arm.

»Asa, was geht vor sich? Hast du Neuigkeiten von Jerg? Was wollen die Soldaten?«

Vorsichtig lugte Asa durch einen Fensterspalt hinaus. Die Soldaten standen noch immer an derselben Stelle, aber wie lange noch? Sie packte Sophie am Handgelenk.

»Es ist jetzt keine Zeit für lange Reden. Wer weiß, wie lange die Soldaten mir noch so seelenruhig zusehen. Wo sind eigentlich der Schmied und deine Schwester?« Erst jetzt fiel ihr auf, daß das Haus seltsam ruhig war.

»Der Vater? Der ist schon wieder in seiner Werkstatt. Waffen will er herstellen. Heute ist Elfriede an der Reihe zum

Helfen. Er sagt, ob einer oder zwei an der Esse stehn und klopfen, tät' niemandem auffallen, so ...«

Asa unterbrach sie. »Gut. Waffen werden sie dringend brauchen, die Männer von Taben. Jetzt paß gut auf, was ich euch zu sagen habe. Wahrscheinlich ist euer Haus das letzte, das ich heute morgen besuchen kann.« Mit klopfendem Herzen beobachtete sie durch den schmalen Spalt, daß die Soldaten immer näherkamen. Hastig sprudelte Jergs Nachricht aus ihr hervor.

Bei ihren Worten wurde Sophie noch blasser. »Um die Mittagszeit am Hungersberg ... und Waffen mitbringen ... Dann ist es jetzt also wirklich soweit! Was hat er vor, der Jerg? Will er die Burg stürmen und endlich holen, was uns allen zusteht? Oder hat er es womöglich auf Kloster Weil abgesehen? Dessen Vorratskammern müssen doch zum Bersten voll sein mit Getreide, Speck und Wein!«

Asa zuckte mit den Schultern und wollte gerade zu einer Antwort ansetzen, als draußen jemand laut gegen die Tür hämmerte.

»Sofort aufmachen, ihr da drinnen, sonst treten wir die Tür ein!«

Erschrocken blickten sich die beiden Frauen an. Asa biß sich auf die Lippen, warf sich ihren Sack über die Schulter und öffnete mit einem Ruck die Tür.

»He, du altes Weib! Was machst du hier in aller Herrgottsfrüh«, herrschte einer der Soldaten sie an.

Asa schrak sichtlich zusammen. Abwehrend streckte sie beide Hände von sich. »Um Himmels willen, bleibt, wo ihr seid!«

»Was soll das?« Der Soldat machte einen Schritt auf sie zu, doch dann stutzte er. »Du bist die Heilerin aus dem Dorf, nicht wahr?«

Asa nickte. Da die Soldaten und das Gesinde auf der Burg bei Krankheiten von einem Bader behandelt wurden, der zweimal im Jahr durch diese Gegend fuhr, kannten die Soldaten sie nicht näher. Doch durch ihr auffälliges Verhalten hätte eigentlich selbst ein Blinder darauf kommen müssen, um wen es sich handelte.

»Es ist ein harter Winter, der uns bevorsteht. Die Menschen sind arm und krank, da stehen die Türen offen für noch mehr Elend«, entgegnete sie flüsternd und blickte dabei wirr von einem zum anderen.

Der Soldat kniff ärgerlich die Mundwinkel zusammen. »Was sprichst du in Rätseln?«

Die anderen scharrten ungeduldig mit den Füßen auf dem gefrorenen Boden. In ihren Augen war dies hier reine Zeitverschwendung, während die Attentäter immer noch auf freiem Fuß waren. Und je länger sie diese nicht faßten, desto größer wurde die Gefahr einer heftigen Tracht Prügel, die sie oben auf der Burg erwartete, wenn sie ohne die drei Männer zurückkamen.

In nur wenigen Augenblicken hatte Asa erfaßt, daß ihr von den anderen Soldaten keine Gefahr drohte. Im Gegenteil, diese schienen Angst vor ihr zu haben. Deshalb konzentrierte sie sich auf den Anführer. Ihre Augen funkelten gefährlich. »Siehst du, was ich hier in der Hand habe?« Sie hielt ihm einen grünen Zweig entgegen. Unwillkürlich wich der Mann einen Schritt zurück.

»Wacholder ist das!« zischte Asa nach bester Hexenart.

Die Männer zuckten erschrocken zusammen. »Wacholder!« Einer nach dem anderen bekreuzigte sich. Nur der Anführer schien noch nichts begriffen zu haben. Aufgeregt zupfte einer der anderen an seinem Arm.

»Laß uns hier verschwinden. Wenn die Hexe damit von Haus zu Haus geht, kann das nur eines bedeuten: Irgendwo im Dorf ist die Pest ausgebrochen.«

»Die Pest?« fragte der Anführer argwöhnisch nach.

Asa begann zu schwitzen. »Noch ist der Schwarze Tod nicht eingekehrt in Taben, aber auf unseren Fersen ist er schon.« Weiter wollte sie ihre Geschichte nicht ausspinnen, denn sie hatte Angst, daß sie dadurch Wirklichkeit werden würde.

»Ihr dämlichen Hunde«, fuhr der Anführer seine Soldaten an. »Wer weiß, vielleicht gibt es hier gar keine Pest, und die einzige Seuche, die im Umlauf ist, ist die des Aufruhrs und des Verrates?« Er ließ Asa nicht aus den Augen. »Vielleicht hat die Hexe nichts anderes getan, als noch mehr Aufrührer zusammenzurotten ...« Er trat so nahe an Asa heran, daß sie seinen säuerlichen Atem riechen konnte. Urplötzlich fühlte sie sich viele Jahre zurückversetzt, auf die Burg ihrer Kindheit. In ihren Ohren klang das laute, weinselige Lachen von damals, sie hörte die betrunkenen Stimmen der Männer, die sich gegenseitig anfeuerten, während sie wilden Tieren gleich über das Kind herfielen. Sie begann zu zittern, ohne daß sie etwas dagegen tun konnte. Ein leises Wimmern entwich ihrem Mund. War es nicht das gleiche Gesicht, das ihr heute wie damals entgegenstarrte? War es nicht dieselbe Lust am Leid der anderen? Dieselbe Gier nach Qual, nach dem Zufügen von Pein und Schmerz? Sie hatte das Gefühl, als umhülle die Angst sie wie ein dunkler Mantel, den sie, für alle Welt sichtbar, über ihrem schutzlosen Leib trug.

Starr vor Angst beobachtete Sophie, wie die Kraft der Heilerin Stück für Stück von ihr abfiel, bis schließlich ein hilfloses Bündel Mensch zum Vorschein kam, das gegen die Soldaten nichts ausrichten konnte.

Wie gelähmt stand Asa da, nahm wahr, wie sich Sophie Schritt für Schritt unauffällig in die Hütte zurückschlich, wie das Gejammer der anderen Soldaten verstummte. Der Blick des Anführers brannte wie Feuer auf ihrem Gesicht. Sie schaute auf, und ihre Blicke trafen sich. Und sie wußte, daß er ihr kein Wort glaubte.

Die Nachricht, daß die Soldaten Asa, die Heilerin, festgenommen hatten, verbreitete sich wie ein Lauffeuer. Atemlos rannte Sophie von Haus zu Haus und übermittelte Jergs Botschaft. Die Wut der Tabener, das jahrelang hingenommene

Unrecht, die Angst des einzelnen – alles wallte auf zu einem nicht zu bändigenden Sturm, der durch die Gassen pfiff und das Gebälk der Hütten erschütterte. Es war nicht allein die Sorge um die Heilerin, welche die Menschen so aufbrachte, dazu waren im Laufe der Jahre schon zu viele Unschuldige festgenommen und verurteilt worden. Hätte man jedes Mal einen Aufstand machen sollen? Dabei das eigene Wohlergehen und das der anderen aufs Spiel setzen sollen? Nein, die Nachricht von Asas Festnahme war einfach der Tropfen, der das Faß zum Überlaufen brachte. Immerhin war sie eine der ihren, und daß sie weder mit der Geiselnahme des römischen Pfaffen noch mit sonst einer Schandtat etwas zu tun hatte, das wußte jeder! Und selbst wenn es so gewesen wäre? In den Augen der meisten Tabener hatte Jerg nicht nur das Recht auf seiner Seite, sondern auch den lieben Gott. Was hätte dieser wohl gegen die Liste der Bauern einzuwenden gehabt, fragten sich die Menschen. Wo sie darin doch gelobt hatten, in Zukunft nur noch dem Kaiser und dem Papst allein zu gehorchen. Und hatte nicht Weiland in einer seiner Predigten verkündet, daß der Mensch nur einem Herrn dienen soll? Was also hätte der liebe Gott dagegen haben können, endlich Brabant und anderen Schmarotzern den Garaus zu machen? Den Zehnten wollten sie ruhig weiterhin zahlen, doch die feinen Herren sollten in Zukunft und für alle Zeit selbst für ihr Wohlergehen sorgen. War es nicht genau das, was Jerg und Dettler immer und immer wieder gesagt hatten?

Wie nun diese Forderungen durchzusetzen waren, wußte keiner so genau, doch wurde heftig darüber gestritten. Würde man auf die Burg hinaufmarschieren und den Verwalter einfach vor die Tür setzen? Würde man ihn in den Turm werfen? Und was würde geschehen, wenn sich ihnen dabei die Soldaten in den Weg stellten? Und was wäre danach? Die Antworten auf diese Fragen wußte niemand, aber das war plötzlich auch nicht mehr wichtig. Sie hatten schließlich Jerg, dem sie blind vertrauten. Wichtig war, daß Jerg die Menschen aufgerufen hatte, sich am alten Friedhof auf dem Hungersberg zu versammeln. Und so beeilte sich ganz Taben, diesem Ruf zu folgen.

Überall rannten Menschen durch die Gassen. Im Haus des Schmieds sammelte sich ein gutes Dutzend Männer, die mit glänzenden Augen die Speere und Spieße in Empfang nahmen, die der Schmied heimlich neben seiner täglichen Arbeit hergestellt hatte. Andere hatten allerlei Gerät, welches als Waffe dienen konnte, von zu Hause mitgebracht und standen in kleineren Gruppen vor der Dorfschenke. Vor dem Haus von Heinrichs Witwe Marianne rotteten sich die Weiber des Dorfes zusammen. Viele hatten ihre Kinder auf dem Arm oder an der Hand. In ihren Augen funkelte es gefährlich, und keiner der Männer hätte es gewagt, die Weiber in die Häuser zu verbannen. Noch wußte niemand, was Jerg vorhatte, doch konnte die Hand eines Weibes in der Not genausogut eine Axt, eine Lanze oder einen Dreschflegel halten wie die eines Mannes! So kam es, daß selbst Käthchen, alt und bucklig, mit einem hölzernen Rechen bewaffnet dastand, als es an der Zeit war, in Richtung des alten Friedhofs aufzubrechen. In ganz Taben gab es kaum ein Haus, dessen Bewohner sich dem Marsch dorthin nicht angeschlossen hatten. Auch Pfarrer Weiland zögerte nicht einen Augenblick, ob er mitkommen solle oder nicht. Er bewaffnete sich zwar nicht mit einer Lanze, dafür kam es ihm in den Sinn, sich um den in Asas Haus zurückgelassenen Find zu kümmern und ihn mitzunehmen. Scheuffele, der Büttel, war glücklicherweise zu Besuch bei seiner Familie in Esslingen und stellte somit keine Gefahr dar. Nicht, daß sich die Tabener an diesem Tage von dem fetten, gefräßigen Alten von ihrem Vorhaben hätten abhalten lassen. Viel eher hätten sie diesen an einen Baum gebunden oder, wenn es sein mußte, bewußtlos geknüppelt. Und noch jemand fehlte: Weder Asa noch Sophie war es in den Sinn gekommen, Lene zu unterrichten. Auch Karl Saam und sein Weib wurden vergessen, denn auch sie waren im Dorf nicht sonderlich wohl gelitten. Die Sämerei warf selbst in schlechten Jahren immer soviel ab, daß die Saams niemals Hunger leiden mußten wie viele andere im Dorf.

Gegen Mittag stand die Sonne schwach am wolkenlosen Himmel, das letzte bißchen Eis war weggeschmolzen, und der silbrige Boden hatte sich wieder in ein matschiges Braun verwandelt. Vor dem alten Friedhof hatten sich Hunderte von Menschen versammelt, und ungeduldiges Brummen zeugte von der Aufbruchstimmung der Versammelten.

Währenddessen waren Jerg und Cornelius, Dettler, Stefan und die beiden anderen hinter den Friedhofsmauern noch in heftige Reden verwickelt. Ein wenig abseits stand Marga und hielt Find so fest umklammert im Arm, als müßte sie einem schweren Unwetter trotzen, dessen Dämonen ihr das Kind jeden Augenblick zu entreißen drohten. Die Nachricht von Asas Verhaftung hatte ihr mehr zugesetzt als alle Aufregungen der letzten Tage zusammen. Hunderte von Schreckensbildern schossen ihr durch den Kopf, sie konnte an nichts anderes mehr denken als an Asas Unversehrtheit. Mochte sie auch noch so sehr um Jergs Sicherheit gebangt haben, mochte sie Stunde um Stunde dafür gebetet haben, daß er keine Sünde begehe, so war sie doch zu jeder Zeit sicher gewesen, daß Jerg sich zu helfen wußte. Atemlos vor Angst um ihre Freundin dachte Marga nun an die Schreckensgeschichten, die man sich von den Verhören im Turm der Burg erzählte. Die Mittel, mit denen dort oben Geständnisse aus Gefangenen herausgepreßt wurden, waren grausam und schrecklich. Auf der Streckbank oder mit brennenden Kienspänen auf dem Leib bekannten sich viele zu Schandtaten, die sie gar nicht begangen hatten. Und oft wußte man nicht, was nun schlimmer war: Eine bewiesene Unschuld und ein zerstückelter, für immer dahinsiechender Leib – oder eine Schuld, die mit dem Tod geahndet wurde. Im Gegensatz zu Jost, der solche Verurteilungen gern vor dem ganzen Dorf vorgenommen hatte, ging Augustin von Brabant hier im stillen vor. Doch die Schreie der armen Menschen, die im Turm gequält wurden und dabei manchmal den Tod fanden, waren in der ganzen Burg zu hören und sorgten so für schauerliche Geschichten, die vom Burggesinde bei jeder Gelegenheit im Dorf wiederholt wurden. Marga krümmte sich zusammen, als müßte sie ihren Leib vor niederprasselnden Fausthieben schützen.

Jerg hielt in seinem Gespräch mit den anderen inne und blickte zu ihr hinüber. »Was ist los, Weib?«

»Was werden sie mit ihr anstellen?« Aus Margas Gesicht war jede Farbe gewichen, leichenblaß starrte sie ihn mit großen Augen an.

Jerg biß sich auf die Lippen. Er wußte sofort, von wem die Rede war. Und er wußte auch, daß er Marga nicht mit unehrlichen Floskeln kommen durfte.

»Das weiß der Himmel. Zimperlich werden sie jedenfalls nicht mit ihr umgehen.« Für einen Augenblick schauten sie sich still an, dann drehte er sich wieder zu den Männern um. »Und ich bleib' dabei: Zuerst gilt es, die Burg zu stürmen und Asa zu befreien. Sie ist eine von uns. Ohne sie wäre diese Zusammenkunft gar nicht erst zustande gekommen. Es ist unsere Pflicht, sie aus den Händen der Soldaten zu befreien. Und außerdem«, fügte er grimmig hinzu, »könnten wir dabei dem Brabant endlich die Abreibung verpassen, die er schon lange verdient. Der Erzherzog ist ja leider schon abgereist ...«

Marga wollte schon aufatmen, als Michel hervortrat.

»Das ist ja alles schön und gut. Auch mir tut es um eure Heilerin leid. Aber ich bin nicht den weiten Weg hierher gereist, um nun wieder sang- und klanglos abzuziehen. Ich bin dafür, daß wir uns den anderen Fähnlein anschließen und in Richtung Stuttgart marschieren. Soll der *Bundschuh* denn ohne die Tabener in Stuttgart ankommen?« Herausfordernd blickte er in die Runde. »Wollt ihr etwa, daß es nachher heißt, die Tabener hätten keinen Mumm gehabt?«

»Aber wir können doch Asa nicht einfach ihrem Schicksal überlassen!« flehte Marga die Männer an.

Jerg wehrte sie mit einer Hand ab. »Sei still, Weib! Das hier ist Männersache!« Er wandte sich wieder an Michel. »Wo, sagtest du, sammeln sich die einzelnen Bauernhaufen?«

»In der Nähe von Kirchheim. Auf einem Hügel, den sie Hahnweide nennen. Wo das ist, müßtet ihr eigentlich besser wissen.« Ungeduldig trat er von einem Bein zum anderen. Mit diesen Verzögerungen hatte er nicht gerechnet: Zuerst war Stefan nicht auffindbar gewesen, und nun wollten sie die Kräuterhexe befreien!

»Auf der Hahnweide wollen sie sich treffen. Hmm.« Jerg kratzte sich am Kinn.

»Also, ich bin auch dafür, daß wir losziehen«, warf nun Stefan ein. »Vielleicht lassen sie die Heilerin schon bald wieder gehen. Schließlich hat sie ja mit der ganzen Sache nichts zu tun.«

»Und wenn sie ihr das Fell über die Ohren ziehen?« Jerg schüttelte den Kopf. »Ich bleib' dabei: Zuerst die Burg, und dann geht's nach Kirchheim! Dettler, was sagst du dazu?«

»Ehrlich gesagt tät's mich schon reizen, dem Brabant dort oben einen Besuch abzustatten. Und Kloster Weil könnten wir im Anschluß daran besuchen ...«

»Jetzt ist's aber genug«, setzte nun Cornelius entgegen, der sich bisher zurückgehalten hatte. »Die Burg stürmen – ja! Aber Kloster Weil?«

»Also, so geht das nicht«, entgegnete Jerg ungehalten. »Wir können nicht den ganzen Tag Reden schwingen. Sonst laufen uns die Leut' am Ende wieder weg, und wir stehen alleine da!«

»Richtig«, stimmte Georg ein. »Machen wir es, wie Jerg sagt. Zuerst die Burg und dann nach Kirchheim. Ich weiß zwar nicht, von wo die ganzen Bauernhaufen kommen, aber bis sich dort alle eingefunden haben, wird sicherlich noch eine Weile vergehen.«

8.

Die Eroberung der Burg gestaltete sich erstaunlich einfach. Noch lange danach mußte Jerg mit Verwunderung daran denken, wie widerstandslos sich die einstmals uneinnehmbar scheinende Festung ergeben hatte. Die Mehrzahl der Soldaten, die tags zuvor noch groß und mächtig durch die Gassen Tabens stolziert waren, hatte sich angesichts der herannahenden aufgebrachten Menschenmenge aus dem Staub gemacht. Andere hatten sich ihrer bäuerlichen Wurzeln erinnert, die Uniform vom Leib gerissen und waren Seite an Seite und unter großen Jubelrufen seitens der Bauern mit diesen auf das Gemäuer zumarschiert. Nur die allerwenigsten hatten sich darum bemüht, die Burg und ihren Burgherrn zu verteidigen, und die es taten, gaben binnen kürzester Zeit angesichts der angreifenden Übermacht auf.

Danach war alles recht schnell gegangen: Im Turm selbst hatten sich zwar noch einige Soldaten verschanzt, doch sehr schnell gaben auch diese angesichts der wildgewordenen Bauern und ihrer in die Höhe gereckten Spieße auf und ließen sich widerstandslos Hände und Füße zusammenbinden. Von ihrem Anführer, der Cornelius am Tage zuvor blutig geschlagen hatte, fehlte jede Spur. Zu gern hätte er der brutalen Fratze des Kerls ein paar Hiebe verpaßt, doch nun mußte er seine Rachegelüste im Zaum halten. ›Solche Saukerle sind wahrscheinlich immer die ersten, die sich aus dem Staube machen, wenn es darauf ankommt‹, vermutete Cornelius.

Die Getreidekammern waren fast leer, die Vorratskammern ausgeräumt und die herrschaftlichen Räume der Burg von allem befreit, was nicht niet- und nagelfest war, als plötzlich eine kleine Gruppe von Bauern laut johlend aus einem der Nebengebäude heraustrat. Unter lautem Getöse zogen sie Augustin von Brabant hinter sich her. Jerg, der mit einer erleichterten Asa und einer überglücklichen Marga am Rande der Burgmauern verschnaufte, konnte sich angesichts dieses Anblickes ein zufriedenenes Grinsen nicht verkneifen. Georg, der Jerg nicht von der Seite gewichen war, lachte laut auf und rannte zu den anderen. Nur mit einem dünnen Hemd bekleidet, ohne Hosen und ohne Schuhe stand der Burgverwalter da. Seine schweren, fellverbrämten Kleider, sein tiefblauer, mit goldenen Bordüren eingefaßter Samtmantel – alles war ihm weggenommen worden. Wie eine Jungfrau hielt er schützend beide Hände vor sich. Aufgestachelt durch den so leicht errungenen Zugang zur Burg, wurden die ersten Männer übermütig. Nicht gerade zaghaft tippten sie Brabant mit ihren Speerspitzen an. Verschreckt sprang dieser von einem Bein auf das andere.

»Tanze für uns, du edler Burgverwalter!«

»Jawohl, tanze, wie unsere Weiber jahrelang für dich haben tanzen müssen!«

Das Lachen der Männer zog immer mehr Bauern an, und im Nu hatte sich ein großer Kreis gebildet, in dessen Mitte Augustin von Brabant seinen Tanz vollführte. Immer übermütiger stachelten die zuvorderst stehenden Bauern den alten Ritter an. Mit Tränen in den Augen und angstverzerrtem Gesicht drehte sich der Burgverwalter wild im Kreis.

Mit regloser Miene stand Jerg daneben und sah zu. Um keinen Preis der Welt hätte er in Brabants Haut stecken wollen, doch wäre es ihm nie in den Sinn gekommen, dem Treiben ein Ende zu machen. Sollten die Leute doch ihren Spaß haben!

Wie immer war es Cornelius, der den Spielverderber mimen mußte. »Um Himmels willen, hört auf damit!« Wütend deutete er auf Brabant, der sich jetzt hilfos weinend auf dem Boden zusammenkrümmte. »Wollt ihr selbst so grausam werden wie die Herren, denen ihr das jahrelang vorgeworfen habt?« Voller Abscheu blickte er von einem zum anderen.

»Du hast uns nichts zu sagen, Cornelius Braun!« Mit

einem silbern glänzenden Speer in der Hand trat der Schmied einen Schritt nach vorn.

»Ja, was kümmert es dich, was wir mit dem alten Bock vorhaben?« Feindselig starrten die Männer Cornelius an. Wimmernd lag Brabant auf den Pflastersteinen des Burghofes, zu schwach, um die Gelegenheit zur Flucht zu nutzen.

Langsam, aber sicher kreisten die Männer nun Cornelius ein, der sich breitbeinig der Menge stellte. »Wir haben uns geholt, was uns zusteht! Wir haben die Soldaten vertrieben und unsere Heilerin gerettet. Was wollt ihr mehr?«

»Unseren Spaß wollen wir! So einfach ist das«, antwortete einer der Männer.

»Jawohl!« pflichtete ihm ein anderer bei. »Wir wollen uns lustig machen über den feinen Herren, so wie er sich jahrelang an uns belustigt hat.«

Grob stießen sie Cornelius zur Seite, dann begannen die Männer erneut, Brabant mit Speerstichen zu malträtieren. Enttäuscht ging Cornelius in Richtung Burgtor. Als er an Jerg vorbeikam, blieb er stehen.

»Das hast du fein hingekriegt! Wenn das dein Paradies auf Erden ist, kannst du mir damit gestohlen bleiben! Kaum geht es los, sind die Leut' wie wildgewordene Hunde, die kein Halten mehr kennen.« Angewidert drehte er sich ab.

»Was erwartest du?« rief Jerg ihm nach. »Sie werden ihn schon nicht umbringen!«

Doch Cornelius schüttelte nur den Kopf. Wütend starrte Jerg ihm nach. Er wußte nicht, was ihm nun lieber war: daß Cornelius sich überall einmischte und mitreden wollte oder daß er, so wie früher, von allem nichts wissen wollte. Warum konnte Cornelius nicht ein einziges Mal gleicher Meinung mit ihm sein? Der so leicht errungene Sieg hatte auf einmal einen schalen Beigeschmack.

Taben war bei Jergs Rückkehr wie ein brodelnder Hexenkessel. Lautes Geschrei vermischte sich mit aufgeregtem Wiehern, ängstliches Gegacker wurde von ausgelassenem Gelächter übertönt. Jerg lachte. Bevor sie die Burg verlassen hatten, waren die Tabener durch sämtliche Ställe gegangen und hatten Pferde, Kühe und anderes Viehzeug mitgenommen. In mancher Tabener Hütte stand nun ein Gaul, so fein und edel, daß ein Herzog seine Freude daran gehabt hätte. In jeder Hütte stolperte man über Gänse, Hühner und anderes Federvieh. Nicht einmal die älteste Kuh oder den störrischsten Esel hatten sie auf der Burg gelassen. Das ganze Dorf quoll über vor Leben! Wohin Jerg auch ging, er wurde gefeiert wie der feinste Herr. Doch nirgendwo ließ er sich länger aufhalten. Ihn drängte es danach, mit Dettler und den anderen zu reden, sich zu beraten. Denn eine Frage beschäftigte ihn mehr als alle anderen: Wie sollte er die Menschen nun, da ihre wichtigsten Bedürfnisse gestillt und sie in Festtagsstimmung waren, zum Marsch nach Kirchheim überreden? Zu groß war die Verführung, den errungenen Sieg zu genießen, es sich zum ersten Mal seit Jahren gutgehen zu lassen. Aber Jerg wußte: Wenn sie sich nicht anderen Dörfern anschlossen, nicht gemeine Sache machten, würde die neue Freiheit nicht lange währen. Lange würde es sicher nicht dauern, bis die Lehnsherren der Umgebung Wind von dem bekämen, was auf Burg Taben geschehen war. Vielleicht war schon längst ein übereifriger Soldat beim Freiherrn in Dettingen oder beim Vogt in Kirchheim, um sich mit der Nachricht über den Tabener Aufstand wichtig zu tun. Dann würden bald Soldaten aus Stuttgart und weiß Gott woher angeritten kommen, um in Taben wieder für das zu sorgen, was in ihren Augen Recht und Ordnung bedeutete. Unwillkürlich kam Jerg ein Satz von Bantelhans in den Sinn, den der erfahrene Haudegen bei jeder Gelegenheit wiederholte. »Eine gewonnene Schlacht ist noch lange kein gewonnener Krieg.« Damals, als er ihn so reden hörte, hatte Jerg unwillig die Augen verdreht und Bantelhans' Sprüche für wichtigtuerisches Gerede gehalten, ja, er hatte ihm sogar vorgeworfen, ein Schwarzmaler und Griesgram zu sein, der sich an keinem Erfolg so recht freuen mochte. Heute ahnte Jerg jedoch zum ersten Mal, wieviel Wahrheit in den Worten des alten Soldaten steckte.

Am nächsten Tag wußte Jerg nicht, ob er erleichtert oder besorgt darüber sein sollte, daß ihm die Antwort auf seine schwierige Frage vorerst abgenommen worden war. Tatsache war jedoch, daß die Bauernhaufen, die sich laut Michel in der Nähe von Kirchheim gesammelt hatten, um gemeinsam in Richtung Stuttgart zu marschieren, in Luft aufgelöst zu haben schienen. Vielleicht war ihnen das Warten zu lange geworden, vielleicht hatte sie aber auch einfach der Mut verlassen – keiner wußte es. Georg, von Jerg zum Auskundschaften ausgeschickt, konnte lediglich von zwei, drei Dutzend Bauern berichten, die mehr oder minder betrunken auf einer hügeligen Anhöhe, der sogenannten *Stelle* bei Kirchheim herumlungerten. Von einem Zug in Richtung Stuttgart wußte dort niemand etwas.

Fassungslos darüber, daß seine Informationen über die bevorstehende Eroberung Stuttgarts falsch waren, zog Michel selbst aus, um sich ein Bild über die Lage zu machen. Auch er kam kurze Zeit später entmutigt zurück. Doch was er zu berichten hatte, war in Jergs Augen nicht schlecht. Zeigte es doch, daß der Tabener Aufstand kein Einzelfall war. Laut Michel waren binnen weniger Tage in der ganzen Umgebung Leibeigene, Bauern und Gesinde aufgestanden und hatten Haus und Hof gestürmt. In Hohenweihern, einer etwas südlicher gelegenen Gemeinde, hatten Bauersleute, so hieß es, den dortigen Markgrafen samt Weib aus dem Dorf gejagt und hausten jetzt selbst auf dessen Schloß. Ein Reisender hatte berichtet, daß die Bauern im Schurwald neuerdings auf die Jagd gingen und sich ihr Brennholz holten, wo und wann immer sie welches benötigten. An den Flüssen und Bachläufen im ganzen Land sah man Männer Löcher in die eisverkrusteten Ufer hacken und Netze auslegen. Der Geruch von Räucherfisch und Wildschweinschinken hing in den engen Gassen wie einstmals der Gestank von Gülle und Unrat. Anderswo hatten Dorfbewohner ihren ungeliebten Pfarrer aus der Kirche geworfen, um einen Ordensbruder ihrer Wahl an dessen Stelle zu setzen. Und ganz in der Nähe hatte das Dorf Trosterdingen damit begonnen, auf dem Land des dortigen Lehnsherren, des Freiherrn von Schönau, neue und bessere Hütten zu bauen. Das Holz, so wurde berichtet, kam dabei aus den Schönau'schen Beständen, genau wie die Ziegelsteine und der Torf.

Auf der Schwäbischen Alb, im Lenninger Tal und auch von weiter her kam die Kunde von Aufständen, Krawallen und Angriffen. Lediglich aus Kirchheim und Umgebung waren keine solche Meldungen zu vernehmen. Kirchheim! Verächtlich dachte Jerg an die Stadt, deren Einwohner in seinen und in den Augen der anderen Dörfer ängstliche Memmen waren. Daß sich die Lehnsherren zur Wehr setzten, Soldaten gegen ihre Untertanen ins Feld schickten, war übrigens von nirgendwo zu vernehmen. Dies mochte wohl zum einen damit zusammenhängen, daß die Adeligen in keiner Weise darauf vorbereitet waren, sich irgendwann einmal gegen ihre Bauern und Leibeigenen zur Wehr setzen zu müssen. Zum anderen gab es genug Soldaten, die nach jahrelanger schlechter Behandlung und kümmerlicher Bezahlung sich schlicht und einfach dagegen wehrten, gegen die Aufständischen zu kämpfen, und sich statt dessen diesen anschlossen. Die Mönche in ihren Klöstern sahen hilflos zu, wie die Bauern eine Burg nach der anderen überfielen, einen Fruchtkasten nach dem nächsten plünderten, und beteten, daß die dicken Klostermauern ihnen noch recht lange Schutz vor den Wildgewordenen geben mochten. Auch Kloster Weil harrte in angstvoller Starre aus. Nach dem Überfall auf die Burg hatte Abt Richard das Kloster wie eine Festung verbarrikadieren lassen und sich mit seinen Ordensbrüdern darin verschanzt. Im Dorf wurden Wetten abgeschlossen, wann sich der erste der Mönche außerhalb der Klostermauern blicken ließe.

Ein paar Wochen lang sah es danach aus, als hätten die Bauern endlich erreicht, wonach sie jahrelang gehungert und gestrebt hatten: das Paradies auf Erden. In jedem Tabener Haushalt gab es genügend Brennholz, die Vorräte der Burg waren groß gewesen. Brabants Rösser, an Jagd und Müßiggang gewöhnt, wurden nun vor den Pflug gespannt und mußten zusammen mit den wohlgenährten Ochsen der Burg die schwere Arbeit der Männer auf dem Felde übernehmen. Zum ersten Mal seit Jahren hatte Asa Zeit, ihre Vorräte zu ordnen, neue Tinkturen, Säfte und Pillen herzustellen. Das gute Essen und die weniger gewordene Arbeit tat den Menschen gut. Kaum einer klagte über Schmerzen im Rücken oder in den Beinen. Selbst der gefürchtete Husten blieb in diesem Winter aus. Die Menschen im Dorf beeilten sich, Jerg zu jeder Gelegenheit ihre Dankbarkeit kundzutun. Dennoch konnte er nicht in den allgemeinen Jubel einstimmen, zu sehr plagte ihn die Sorge, daß ihr so leicht errungenes Paradies auf Erden sehr schnell wieder zur Hölle werden konnte ...

9.

»Und Ihr glaubt wirklich, dieser *Bauernjörg* sei der richtige Mann für uns?« Mit sichtlicher Mühe brachte Erzherzog Ferdinand den Namen über seine Lippen, allein das Wort bereitete ihm Unbehagen. Irritiert blickte er aus dem Fenster, als ob die Antwort auf seine augenblickliche Misere in der kahlen Winterlandschaft zu finden sei. Doch sein Auge fand nichts, was seinen Geist hätte erfreuen können. Die Ahornbäume der Allee standen kahl und reglos wie gebrechliche, alte Greise da, nichts erinnerte an ihre saftige Frische des vergangenen Sommers oder an ihre prallen, glänzenden Früchte im Herbst. Stuttgart im Winter – noch nach Jahren war dies für Ferdinand ein fast unerträgliches Los, welches auch durch die unzähligen Bälle, Feste und Jagdausflüge nicht wettgemacht wurde. Mit Sehnsucht dachte er an die Zeiten, da er die langen Wintermonate unter spanischer Sonne mit spanischem Wein und erlauchter Gesellschaft verbringen durfte. Doch das war gewesen, bevor ihn sein Bruder, der Kaiser, mit dem Land Württemberg so reich ›beschenkt‹ hatte. Er stöhnte leise auf.

Die herzöglichen Berater, fünf an der Zahl, warfen sich vielsagende Blicke zu. In ihren Augen erwies sich Ferdinand wieder einmal als äußerst schwieriger und uneinsichtiger Gesprächspartner. Ihn zu beraten, so hatte Hofmarschall von Blauen hinter vorgehaltener Hand gezischt, gliche dem Versuch, einem Blinden das Sehen beizubringen.

»*Bauernjörg* – ich frage mich, welcher Edelmann trägt schon einen solchen Namen? Und außerdem, war er nicht meines Vorgängers treuester Kumpan? Mich beschleicht das Gefühl, als würdet Ihr mir hier ein faules Ei ins Nest legen.«

Auf einen kurzen Wink der anderen hin beeilte sich der Vertreter der Städte, Freiherr von Lindenstein, dem Erzherzog das Gegenteil zu versichern. »Keinesfalls, Eure Exzellenz! Georg Truchseß Freiherr von Waldburg ist ein Mann, der nur einem einzigen Herren dient – und das zu jeder Zeit, an jedem Ort.« Er machte eine dramatische Pause. »Dem Krieg!«

Die anderen brummten ihre Zustimmung. Ferdinand drehte sich mit einem gequälten Gesichtsausdruck zur Seite. Von Blauen kam dem Städtevertreter zur Hilfe. »So ist es, verehrter Erzherzog. Lasset mich noch einmal die rühmliche Vergangenheit des Truchseß aufzählen, und Ihr werdet erkennen, daß für Euer Vorhaben kein anderer in Frage kommt.« Eilig kramte er unter einem Stapel Papierrollen eine hervor. »Nachdem Truchseß Georg der Dritte bei den Aufständen des *Armen Konrad* sehr erfolgreich als Hauptmann für Herzog Ulrich tätig war, zog er im Jahre 1515 ins Herzogtum Bayern, wo er für Herzog Wilhelm auch Gesandtschaften zum kaiserlichen Hof nach Italien und den Niederlanden begleitete. Während seines Dienstes dort kann von keinem einzigen Zwischenfall berichtet werden, bei dem das Leben auch nur eines einzigen Mitglieds des herzöglichen Hofes in Gefahr gewesen wäre, so lobenswert war der Schutz durch unseren Mann. Als sein früherer Herr, Herzog Ulrich, wegen des Überfalls auf Hohentübingen des Landes verwiesen werden sollte, beeilte er sich, an dessen Seite zu gelangen, um dort für ihn zu kämpfen.« Er schaute in die Runde und hüstelte. »Nun ... damals hätte Herzog Ulrich nicht einmal der liebe Gott helfen können, wie wir alle wissen.« Mit einem Blick auf Ferdinand fuhr er fort. »Der württembergische Bund weiß sehr wohl, was wir dem Hause der Habsburger seit damals zu verdanken haben. Karl der Fünfte war genau derjenige, welcher Württemberg gefehlt hatte. Selbstverständlich« beeilte er sich anzufügen, »wurden dessen Bestrebungen durch Euch und Eure Weisheit noch wesentlich um ein Vielfaches übertroffen ...«

Erzherzog Ferdinand winkte ungeduldig ab. Sonst für Schmeicheleien jeder Art immer offen, wollte er nun keine Zeit damit verlieren.

Eilig fuhr von Blauen fort: »Kommen wir zurück zum *Bauernjörg*, wie er vielerorts so vielsagend genannt wird. Nachdem er eingesehen hatte, daß sein früherer Herr im Unrecht war, nahm er im Jahre 1520 österreichische Dienste an. Seit damals begann sein Ruhm als Feldherr immer mehr zu glänzen. Ich möchte hier nur an den so erfolgreichen Feldzug erinnern, bei dem er über zwanzig fränkische Burgen erobert und unter Kontrolle gebracht hatte.« Mit einem Blick auf die anderen fügte er abschließend hinzu:

»Der württembergische Bund kann Euch nur anraten, den Truchseß von Waldburg als obersten Feldherren gegen die wildgewordenen Bauern zu verpflichten.«

Die vier anderen hielten sichtlich den Atem an. So massiv hatte es noch keiner gewagt, den Erzherzog in seiner Entscheidung zu bedrängen.

Dieser schaute sinnend vor sich hin. Schließlich sagte er: »Aber was für ein Mensch ist er? Ihr redet nur von seinen Schlachten und seinen Erfolgen als Soldat. Aber kann ich ihm trauen? Wie klug und scharfsinnig ist er? Ihr sagt, er sei ein guter Soldat. Nun, was wird schon von einem ›guten Soldaten‹ erwartet? Doch nur, daß er Befehle ausführt und das Denken seinem Anführer überläßt. Das genügt mir nicht! Der Mann, der mein Heer anführt, muß schlau sein wie der gerissenste Hund. Er muß jeden möglichen Schritt der Bauern kennen, bevor diese ihn selbst kennen. Er muß mit einer Härte vorgehen, wie es sie noch in keinem Krieg gab, und er darf angesichts der zu beklagenden Opfer keine Milde zeigen. Wenn ich einer Verteidigungsallianz gegen die Aufrührer zustimme, dann möchte ich, daß damit die Sache ein für allemal geklärt wird! Ein bißchen Krieg hier und ein bißchen Kampf da wird nicht genügen. Ich frage Euch daher noch einmal: Ist der Truchseß von Waldburg unser Mann?«

Die anderen schauten sich überrascht, fast schon erschrocken an. Ferdinand schien sich tatsächlich Gedanken gemacht zu haben! Für einen Moment lang blieben sie ihm eine Antwort schuldig. Dann trat Freiherr von Lindenstein vor.

»Laßt es mich so formulieren ...« Seinen Bart zwischen Daumen und Zeigefinger hin- und herdrehend, fuhr er fort: »Der *Bauernjörg* ist kein Mensch der großen Politik oder gar der großen Worte. Auch andere Leidenschaften gehen spurlos an ihm vorbei. Es gibt wohl kaum einen Spaß, mit dem Ihr ihn zum Lachen bringen könntet, kein noch so erlesenes Mahl, das seinen Gaumen mehr erfreuen könnte als eine einfache Schüssel Kraut, kein Weinkeller, der seine Augen dunkel vor Verlangen werden ließe. Sein Herz schlägt nur für eine Leidenschaft: den vollkommenen Krieg, die vollkommene Schlacht. Gebt ihm ein paar Soldaten, und er beginnt, Schachzüge zu planen, wie sie kein gerisseneres Denkerhirn ausbrüten könnte! Er versteht es wie kein anderer, seine Männer bei der

Sache zu halten, mit abtrünnigen Soldaten macht er genauso kurzen Prozeß wie mit seinen Widersachern. Hat er sie erst einmal wieder eingefangen, werden sie am nächsten Baum aufgehängt und dort hängengelassen, als wirkungsvolle Abschreckung für andere wankelmütige Landsknechte.« Von Lindensteins Augen glänzten fiebrig. Das, wovon er sprach, schien ihn über alle Maßen zu faszinieren. Fast war es, als beneide er den Truchseß um dessen Gaben. Mit noch heißerer Stimme fuhr er fort:

»Nachts, wenn andere schlafen, sitzt er da und plant seine nächsten Züge. Unbemerkt dringt er in die Gedanken seiner Gegner ein, bis er diese besser kennt, als sie selbst es tun. Und noch ehe der nächste Morgen erwacht, weiß er, wo und wie er seine Widersacher treffen kann. Er ist ... wie eine große, gierige Katze, deren größtes Vergnügen es ist, die Mäuse nicht nur zu jagen, sondern diese zu überraschen, mit ihnen zu spielen, sie wieder laufenzulassen, bis sie sich fast in Sicherheit wiegen, um sie dann bei nächster Gelegenheit doch tödlich zu verwunden.« Triumphierend blickte er Erzherzog Ferdinand an.

Dieser jedoch sagte nichts.

»Interessant ist in diesem Zusammenhang die Tatsache, daß es auch in seiner Herrschaft, in Wolfegg, Aufstände von Bauern und Gesindel gegeben hat. Man kann daher davon ausgehen, daß er den Aufständischen gegenüber nicht gerade wohlgesonnen ist, was seiner Kampfesmoral sicherlich weiteren Auftrieb gibt«, fühlte sich Hofmarschall von Blauen verpflichtet den Worten des Städtevertreters noch anzufügen.

Ferdinand, dem dieser – den Sinnesfreuden gegenüber so verschlossenene – Feldherr als ein höchst unerfreulicher Zeitgenosse erschien und der nicht den geringsten Wunsch verspürte, einen so rohen Burschen leibhaftig kennenzulernen, seufzte. »Nun gut. Was bleibt mir anderes übrig, als Eurem Urteil Glauben zu schenken? Laßt diesen Georg von Waldburg kommen, und ich werde ihn zum obersten Feldhauptmann ernennen. Die Nachrichten, die mich aus dem gesamten Südwesten erreichen, sind mehr als bedenklich.«

Die anderen blickten sich an und dachten daran, daß der Erzherzog die Lage noch um ein Vielfaches bedenklicher einschätzen würde, wenn man ihm alle Nachrichten zukommen ließe. So, wie es war, bekam er nur ausgesuchte Informationen auf den Tisch. Schon lange hatte man sich unter seinen Beratern darauf geeinigt, daß es nichts für die Sache tun würde, den Erzherzog unnötig zu beunruhigen, wo man doch selbst für alles Nötige sorgen konnte.

»Was bleibt uns für eine andere Wahl, als ein schlagkräftiges Heer auf die Beine zu stellen?« Wieder schnaufte Ferdinand, als würde ihm die ganze Angelegenheit körperliche Schmerzen bereiten. »Ach, hätte ich damals, im Herbst, Kardinal Lorenzo Campeggi nur nicht auf Burg Taben, sondern hier im Schloß empfangen! Dann wäre uns allen dieses unrühmliche Fiasko erspart geblieben.«

Die anderen verdrehten die Augen. Nur allzuoft in den letzten Wochen hatte der Erzherzog das gleiche Lied gesungen. Unbeirrt fuhr dieser mit seiner Litanei fort:

»Der Kardinal in höchster Verärgerung abgereist – ohne auch nur ein weiteres Wort über seinen angekündigten Beistand zu verlieren! Ich möchte nicht wissen, was er beim Heiligen Vater im Rom über Württemberg und seinen Herrscher erzählt hat! Nun wird es für alle Zeiten heißen, als mein Gast sei man seines Lebens nicht sicher! Wer wird da noch kommen wollen?«

Von Lindenstein, der auf diese Reden schon im Schlaf antworten konnte, tat dies nun bei wachen Sinnen. »Verehrter Erzherzog, so grämt Euch nicht weiter. Es war schlichtes Pech, daß Ihr Euch just zu dieser Zeit mit dem Kardinal dort aufgehalten hattet. Keiner wird es wagen – nicht in Rom und auch nicht anderswo –, Euch die Schuld an den Geschehnissen während Campeggis Besuch in die Schuhe zu schieben.«

Ferdinand warf seinem Berater einen schrägen Blick zu.

»Schlichtes Pech! Ihr habt gut reden! Euch ist es ja nicht widerfahren, dieses schlichte Pech. Diese Demütigung vor dem Kaiser! Wie einen dummen Jungen hat mich mein Bruder abgekanzelt! Diese Schmach! Muß denn alles, was mit diesem schrecklichen Land zu tun hat, schiefgehen?« Urplötzlich donnerte er mit der Faust auf seinen Schreibtisch. »Genug ist genug. Es wird Zeit, daß Württemberg wieder das Fürchten lernt! Anders scheint man diesen Leuten hier wohl nicht Herr zu werden. Haben sie den vorletzten Herzog Ulrich den Schrecklichen genannt, so bin ich gespannt, welchen Namen sie für mich finden werden, wenn meine Soldaten unter der Leitung des Truchseß von Waldburg mit ihnen fertig sind! Von Blauen! Sendet Boten an alle befreundeten Landgrafen. Sie sollen uns alles, was sie an Soldaten zur Verfügung haben, zur Verstärkung schicken. Und sie sollen sich beeilen!«

Der Hofmarschall nickte, raffte eilig seine Unterlagen zusammen und rannte aus dem Raum, als stünde ein wildes Bauernheer unmittelbar vor dem Stuttgarter Schloß.

»Ihr, von Lindenstein, schafft diesen Truchseß herbei!«

Mit glänzenden Augen erhob sich der Städtevertreter, um für das Eintreffen des Mannes, den er so glühend verehrte, alles in die Wege zu leiten.

Sinnend blickte Ferdinand seinen beiden Beratern nach, dann folgte ein weiterer Seufzer. »Und Ihr, Schatzkanzler Breuninger, bittet um ein Treffen mit dem Fugger. Und betet dafür, daß der Pfeffersack mir weitere Anleihen gewährt! Der Himmel weiß, wovon ich diesen Krieg bezahlen soll! Die Silberminen sind schon weg, die Goldvorräte zusammengeschmolzen, was kann ich Fugger noch anbieten?« Fahrig griff er sich in sein schütteres Haar. »Vielleicht handeln wir doch ein wenig voreilig? Vielleicht sehen die Bauern von selbst ein, daß sie ohne ihre Herren verloren sind?« Hoffnungsvoll blickte er in das Gesicht des einzigen Beraters, der sich noch in der Kanzlei befand.

Der Schatzkanzler, der während des ganzen Morgens noch kein Wort gesprochen hatte, erhob sich umständlich. Bei Ferdinands Worten hätte er am liebsten laut aufgeschrien. Er konnte nicht fassen, daß dieser erneut damit beginnen wollte, seine Entscheidung in Frage zu stellen. Ohne jedoch mit der Wimper zu zucken, antwortete er: »Vielleicht ... doch eher lernt ein Ochs das Schalmeienspiel. Sicher, die Kosten sind erheblich. Ich wäre der letzte, der dies nicht zugeben würde.« Beim Hinausgehen drehte er sich noch einmal um.

»Doch sei es, wie es ist, verehrter Erzherzog. Ich bin mir nicht sicher, was Euch teurer zu stehen käme: diesen Krieg zu führen oder ihn bleibenzulassen ...«

10.

Jerg war mürrisch und schlecht aufgelegt. Die halbe Nacht hatte er mit Marga gestritten, was im Flüsterton kein leichtes Unterfangen war. Lenes hämische Blicke während des Morgenmahls verrieten jedoch, daß sie trotz Leiseredens genug mitbekommen hatte. Ausziehen wollte Marga, eine eigene Hütte bauen. Warum mußte sein Weib immer wieder damit anfangen? Es stimmte – was viele Dinge anging, war er auch nicht gut auf Cornelius zu sprechen, aber deshalb mußte man doch nicht gleich mit Sack und Pack dessen Hütte verlassen! Immer noch verärgert trat er hinters Haus, um dort seine Notdurft zu verrichten, als er Georg um die Ecke kommen sah. Was konnte dieser so früh schon wollen? Nicht einmal ein friedsamer Morgen war ihm nach dieser Nacht vergönnt! Sein Blick deutete Georg an, daß seine Nachrichten hoffentlich wichtig genug waren, um ihn in aller Herrgottsfrüh' zu stören.

»Herzog Ulrich ist zurückgekommen!«

Jerg war wie vom Schlag getroffen.

»Genaues weiß ich auch nicht. Nur, daß er mit eigenen Soldaten aus der Schweiz gekommen sein soll. Direkt nach Stuttgart sei er marschiert, erzählen sich die Leut'. Aber das ist noch nicht alles.«

»Welche Leut'? Erzählt wird viel, wenn der Tag lang ist.«

So fassungslos er auch auf Georgs Nachricht reagiert hatte, nun begann er schon wieder das Interesse daran zu verlieren. In den letzten Wochen hatte ein Gerücht das nächste gejagt, Reisende brachten Tag für Tag ganze Bündel neuer Nachrichten mit, aus den Dörfern selbst kamen unentwegt Boten angelaufen, um über neueste Entwicklungen zu berichten. Am Anfang hatte Jerg jede Nachricht gierig aufgesaugt und versucht, sie mit Taben in Verbindung zu bringen. War es für Taben gut, daß nun endlich auch die Dettinger gegen ihren Freiherren aufgestanden waren? Was bedeutete es, daß nun auch aus dem Norden des Landes Aufstände gemeldet wurden? Und stimmte es wirklich, daß im Remstal der erste Bauernrat gegründet worden war, mit eigenen Gesetzen und Regeln? Im Laufe der Wochen stellte sich jedoch heraus, daß viele Nachrichten falsch oder übertrieben waren oder als Folge zu vieler Erzählstationen nur noch einen Bruchteil von Wahrheit in sich hatten. Dennoch konnte man es sich nicht erlauben, solche Botschaften einfach zu ignorieren. Es konnte ja schließlich doch sein, daß sie stimmten ...

»Fahrende waren's. Waren auch auf dem Weg nach Stuttgart, und als sie gesehen hatten, was dort vor den Stadttoren los war, sind sie gleich wieder in Richtung Süden abgereist. Aber jetzt paß auf, es kommt noch toller: Mit seinen Soldaten wollt' der Herzog sein geliebtes Stuttgart zurückerobern. Bauern seien auch dabei gewesen, und gemeinsam seien sie mit Speer und Spieß auf die Stadtmauern zumarschiert, der Ulrich vorneweg.«

»Ja und? Jetzt mach schon! Was war dann? Hat er die Österreicher davongejagt oder was?« Mit einem flauen Gefühl im Magen wartete Jerg auf Georgs Antwort. Sein Haß auf Ulrich glühte in ihm wie das ewige Feuer der Hölle. Dennoch: Wäre Ulrich vielleicht nicht doch das kleinere von zwei Übeln?

Georg verzog den Mund. »Leider war's umgekehrt. Über tausend Soldaten sollen aus den Toren der Stadt gequollen sein, alle bestens bewaffnet und auf feinen Rössern. In nur wenigen Stunden sollen sie Ulrich und seinen Männern den Garaus gemacht haben. In höchster Not soll dieser dann geflohen sein und mit ihm die paar Hansel, die noch am Leben waren.«

»Ein Heer von über tausend Soldaten? Wo kommen die her? So viele Landsknechte gibt es in Stuttgart doch gar nicht!« Auf einmal fühlte Jerg eine Beklemmung, gerade so, als ob jemand seinen Brustkorb mit beiden Händen fest umklammerte und zudrückte. Unwillkürlich blickte er in Richtung Norden, als erwarte er, das tausend Mann starke Heer im nächsten Augenblick vor den Grenzen Tabens zu sehen.

»Nun ja, vielleicht war das auch nur eine Übertreibung. Ehrlich gesagt habe ich mich auch gefragt, ob sich die Leut' nicht nur ein bißchen wichtig gemacht haben mit diesen Nachrichten. Herzog Ulrich zurück! Wer weiß, ob der überhaupt noch lebt?«

Georg schüttelte den Kopf. »Aber eines hat mich dann doch stutzig gemacht.« Sein von Wind und Wetter zerfurchtes Gesicht war nun in tiefe Falten gelegt. »Sie haben einen Namen genannt. Und zwar den des Anführers. Ein gewisser Truchseß von Waldburg. Der *Bauernjörg*, wie er im Land auch genannt wird – der soll Ferdinands Soldaten angeführt haben. Ganz angsterfüllt haben sie von ihm gesprochen. So, als sprächen sie vom Teufel höchstpersönlich.«

Nachdenklich schluckte Jerg dieses Stückchen Nachricht. »Der *Bauernjörg*? Wer soll das sein? Diesen Namen habe ich noch nie gehört ...«

»Wenn ihr mit dem Dreschen fertig seid, kommt ihr am besten aufs Feld hinaus. Es ist höchste Zeit, mit dem Umpflügen zu beginnen.« Cornelius schaute erst zu Jerg, dann von Lene zu Marga. Dann strafte er seine Buben, die sich unter dem Tisch zu stoßen begannen, mit einem scharfen Blick. Die Kinder waren in letzter Zeit ziemlich übermütig. Das reichliche Essen und das wärmende Feuer des vergangenen Winters hatte den Buben zum ersten Mal seit Jahren den Husten erspart, der in den Jahren zuvor mit schönster Regelmäßigkeit ab Dezember das Leben schwer machte. Alle, selbst der kleine Find, waren kräftig gewachsen, Kittel und Hosen, die im letzten Herbst noch weit an den kleinen Körpern schlotterten, spannten sich nun über ihre Ränzchen. Aus ihren Augen war der trübe Schimmer verschwunden, statt dessen glänzte darin der Übermut.

Cornelius rülpste zufrieden, was ihm seine Buben sofort nachmachten. Genüßlich wischte er mit einem Stück Brot den letzten Rest der dicken Hühnersuppe auf, der sich noch im Kessel befand. »Das war gut!«

»Es ist ja auch keine Kunst, eine anständige Speis' auf den Tisch zu kriegen, wenn genügend Viehzeug und Gemüse im Haus ist. Beten wir zu Gott, daß dieser Überfluß noch viele Winter lang anhalten wird«, erwiderte Lene brummig, doch ihr war anzusehen, daß sie sich über Cornelius' Lob freute.

»Ich finde Hühner viel schöner, wenn sie am Leben sind. Immer haben sie was zu gackern und legen Eier. Wenn die Tante Lene sie schlachtet, sind sie auf einmal so still.«

»Sohn, was redest du da für einen Unsinn?« Verärgert schaute Jerg auf Find, der mit angezogenen Beinen neben ihm auf der Bank saß. »Dir haben die Hühner doch auch geschmeckt. Oder willst du wieder Hunger leiden müssen?«

Find duckte sich, als erwartete er einen Schlag.

»So laß ihn doch. Er ist doch nur ein Kind und weiß nicht, was er redet«, zischte Marga und strich Find tröstend über den Kopf.

»Dann soll er den Mund halten«, entgegnete Jerg, dem es gegen den Strich ging, daß Marga sich regelmäßig auf Finds Seite stellte.

»So reden Kinder halt«, entgegnete Cornelius arglos. »Kannst du dich nicht mehr erinnern? Als wir Buben waren, habe ich solche Reden geschwungen, und der Vater hat dies gar nicht gemocht. Sogar Namen hab' ich den Hühnern gegeben.« So tief war er in der Erinnerung versunken, daß er nicht bemerkte, wie es auf einmal ganz still um ihn herum wurde.

»Das scheint mir nicht die einzige Gemeinsamkeit zu sein, die der kleine Find mit dir hat.« Wie die schärfste Sense durchschnitt Lenes Stimme das Schweigen.

Marga hielt die Luft an. Der Augenblick, vor dem sie sich die letzten sieben Jahre gefürchtet hatte, war gekommen.

Die Kinder saßen wie zu kleinen Salzsäulen erstarrt da. Sprach ihre Mutter in einem solchen Tonfall, war es am besten, sich ganz klein zu machen. Sonst konnte man schnell selbst eine Ohrfeige einfangen, das hatte die Erfahrung ihnen zur Genüge gelehrt.

»Wie – meinst – du das?« Jergs Stimme klang so dumpf, als hielte er sich einen Trinknapf vor den Mund. Mit unbeweglicher Miene wartete er auf Lenes Antwort.

Diese zögerte. »Nun ... so schaut euch den kleinen Find doch nur an ...«, kam es schließlich gedehnt. Für einen kurzen Augenblick war sie unsicher, ob sie weiter in dem Hummelnest herumstochern sollte, das sie unachtsamerweise und ohne darüber nachzudenken geöffnet hatte, oder ob es nicht besser wäre, so weit und so schnell davonzurennen, wie die Beine sie tragen mochten. Doch Lene konnte genausowenig aus ihrer Haut wie andere Menschen auch. Sie holte tief Luft. »Was glotzt ihr mich so blöd an«, keifte sie in die Runde. »Ist es nicht wahr, was ich da sage? So schaut doch: hier! Die blonden Haare. Haben sie nicht den gleichen rötlichen Schimmer wie bei Cornelius? Und hier: das Grübchen unter dem Kinn! Genau wie bei Cornelius.«

Grob riß sie Finds Kopf in die Höhe, der aufheulte wie ein junger Hund, den man in die Seite getreten hat.

»Selbst seine Reden sind gleich!« Wie ein in die Enge getriebenes Tier schaute sie sich hilflos um. »Jahr für Jahr, Tag für Tag sehe ich den Bastard und muß mir meine Gedanken machen! Ein feines Märchen hat sie sich ausgedacht, das Luder hier«, sie deutete auf Marga, »von einem Findelkind, das am Wegesrand lag. Und alle haben ihr geglaubt!« Sie lachte schrill. »Der eigene Mann in der Verbannung, Cornelius Tag und Nacht auf dem Feld, und Marga im Schutz von Asas Hütte ... Kein Wunder, daß niemandem aufgefallen ist, wie ihre Brüste immer größer und runder wurden, und daß sich unter ihrem Hemd die Milch feucht abzeichnete. Aber der alten Lene kann man nichts vormachen!«

Völlig entgeistert blickte Cornelius sein Weib an. Doch diese bedachte ihn nur mit einem abfälligen Wink, dann wanderten ihre Augen weiter. Triumph lag in ihnen, als ihr Blick bei Jerg angelangt war.

Dieser erwiderte ihren Blick mit tödlicher Ruhe. »Was, ganz genau, willst du damit sagen?«

Hätte Lene sich die Mühe gemacht, ihre Mitmenschen besser verstehen zu wollen, dann hätte sie in diesem Augenblick gewußt, daß sie mit ihren Worten ein Erdbeben ausgelöst hatte, welches die ganze Familie in seinem tödlichen Strudel mitreißen würde. So beschlich sie lediglich ein dumpfes Gefühl. Unsicher blickte sie in die Runde.

»Frag das doch dein Weib!« Forscher, als ihr zumute war, deutete sie auf Marga. Find blickte hilfesuchend zu seiner Mutter, die vor sich auf den Boden schaute.

Cornelius sah aus, als habe eine böse Macht ihm den Boden unter den Füßen weggerissen und drohte, ihn in den Abgrund zu zerren. Seine Gefühle für Marga und das Erlebnis im Wald hatte er in seinem Kopf so weit nach hinten gedrängt, daß ihm beides mittlerweile unwirklich vorkam. Hatte er wirklich mit seiner Schwägerin gelegen? Oder war dies womöglich nur Wunschdenken? In der dunkelsten Ecke seines Kopfes, wo alles unscharf und verschwommen war, waren solche Erinnerungen gut aufgehoben, weder schmerzten sie dort, noch bereiteten sie ihm ein schlechtes Gewissen. Nur sehr zögerlich begann er zu begreifen, worauf Lene hinauswollte.

Jergs Blick blieb auf Lene gerichtet. Die Hände zu Fäusten geballt, zwang er sich, tief durchzuatmen. Kleine Schweißperlen standen auf seiner Stirn.

»Ich frag aber dich.«

Als ob sein Leben davon abhängen würde, fixierte er Cornelius' Weib. Schon nach Lenes ersten Worten hatte er gewußt, was auf ihn zukommen würde. Ihm war, als hätte sie ihm wie einem Gaul die Scheuklappen abgenommen. Von einem Moment auf den anderen sah er mit tödlicher Klarheit die Wahrheit. Wie ein eisiger Wind wehte sie ihm ins schutzlose Gesicht. Seine Gedanken erstarrten zu eisigen Figuren, seine Regungen wurden gelähmt wie nach stundenlanger Kälte. Nur sein Haß auf Lene flackerte heiß und gefährlich, und nur dieses Gefühl ließ er zu. Hätte er sich auch nur für einen Augenblick ablenken lassen von diesem Haß, hätte er nur einen Blick in Margas schuldbewußtes Gesicht geworfen oder Cornelius' verwirrtes Schweigen bedacht – er wäre zu allem fähig gewesen.

Hilfesuchend blickte Lene zu dem Mann, den sie gerade des Ehebruchs bezichtigt hatte. Doch dieser starrte auf Marga, als würde er sie zum ersten Mal sehen. Sein Gesicht war voll unausgesprochener Fragen, doch deutete sein zärtlicher Blick Lene an, daß er sie sich selbst beantwortet hatte. Sie schluchzte auf wie ein tödlich verletztes Tier und verlor den letzten Rest Zögerlichkeit. Wie von Sinnen schoß sie in die Höhe.

»Du willst wissen, was ich meine? Du, der Held von Taben?« Sie verzog den Mund. »Ihr Männer wollt so klug sein, und dabei hat sie euch beide zum Narren gehalten! Hahaha!« Völlig von Sinnen stieß sie ihr schrilles Lachen aus. »Dein Weib hat's mit deinem Bruder getrieben, Gott weiß wie oft, und du ziehst nun seinen Bastard auf!«

Danach brach das Gewitter in seiner ganzen Stärke los. Wie bei seinen gewalttätigen Vorbildern in der Natur begann auch dieses mit einer schaurig-stillen Ruhe vor dem Sturm. Die Kinder waren die ersten, welche die kommende Gefahr erahnten. Zitternd vor Angst krochen sie unter den Tisch, während die Erwachsenen hilflos abwartend dasaßen. Lene schluchzte leise vor sich hin, ihr Kopf nickte gleichmäßig auf und ab. Weder von Marga noch von Cornelius war etwas zu hören.

Plötzlich krümmte sich Jerg mit schmerzverzerrtem Gesicht zusammen. In seinen Ohren rauschte es heftiger als der lauteste Wasserfall. Er erfuhr körperliche Schmerzen, gewalttätige, plötzliche Schmerzen – so bösartig, als hätte er sich sein Bein gebrochen oder den Ellbogen auf einer harten, spitzen Oberfläche zerschlagen. Mit allem wäre er fertiggeworden, jede andere Prüfung hätte er mit Mut und Stärke bestanden. Hätte sein Weib ihm gestanden, das Kind gewaltsam von einem Wegelagerer empfangen zu haben – er hätte sie getröstet. Hätte Cornelius ihn ohne einen Heller in der Tasche vom Hof gejagt – er hätte es überlebt. Aber Cornelius und Marga? Daß er sich während seiner Verbannung selbst die Zeit mit verschiedenen Weibsbildern vertrieben hatte, verdrängte er heftig. Schließlich tat dies nichts zur Sache.

Er begann, zwischen dem lauten Tosen in seinen Ohren einzelne Worte zu hören. »... verraten ...« und »... belogen ...«, dann wurden die Worte deutlicher. Kleine, giftspuckende Teufel wechselten sich in einem endlosen Singsang ab. Mit einem Sprung war er bei Lene und begann sie wild zu schütteln. Mit beiden Händen packte er sie an den Schultern, ihr Kopf schleuderte hin und her wie der einer Strohpuppe, aus ihrer Kehle kam ein gurgelndes Geräusch.

Mit verzweifelter Kraft versuchte Marga, Jerg von Lene

abzubringen. Heulend hing sie an seinem rechten Arm, flehte ihn an, er möge sie loslassen. Doch Jerg hörte weder ihre Unschuldsbeteuerungen noch ihre flehentlichen Bitten, auch ihr Zerren nahm er nicht wahr. Langsam drehte er sich um, sah sie an, als habe er Marga noch nie in seinem Leben gesehen und schüttelte sie wie eine lästige Fliege von seinem Arm. So groß war seine Kraft, daß sie quer durch den Raum flog. Hilfesuchend blickte Marga zu Cornelius hinüber, der immer noch wie angewurzelt am Tisch saß. Auf einmal packte sie eine unbändige Wut. Warum hatte eigentlich sie das Gefühl, für Jergs Unglück allein verantwortlich zu sein? War Cornelius nicht genauso daran beteiligt? Seit Finds Geburt war nicht ein Tag vergangen, an dem sie sich sicher gefühlt hatte, jeder Blick eines Fremden auf den kleinen Find, jede noch so harmlose Bemerkung über sein Aussehen hatte sie in Angst und Schrecken versetzt.

»Um Himmels willen, Cornelius! So tu doch was!« schleuderte sie Cornelius entgegen. »Willst du, daß er Lene umbringt?«

Bevor der reglos Dasitzende etwas tun oder antworten konnte, ging die Tür auf. Pfarrer Weiland blickte von einem zum anderen und ahnte mit sicherem Instinkt, was sich abgespielt haben mußte. Ohne zu zögern faßte er jedoch einen Entschluß: Mit keiner Silbe würde er darauf eingehen. Jetzt war weder die Zeit noch der Ort, um persönliche Fehden auszutragen.

»Jerg – Cornelius, ich bin gekommen, um euch zu holen. Draußen vor dem Dorf liegen Dutzende von Bauernhaufen von überall her. Sie fordern uns Tabener auf, mitzuziehen in Richtung Stuttgart. Die Zeit sei gekommen, den Habsburger von seinem Thron zu stürzen, sagen sie.«

Hastig, ohne ein weiteres Wort zu verlieren, eilten die Männer durch die Gassen. Schon als sie an Asas Hütte vorbeikamen, war es zu hören: Das einzigartige, brummende Geräusch von Menschenmengen, die auf etwas warten.

Wohin die Tabener auch blickten, überall wimmelte es nur so von Menschen, die Straße, die nach Kirchheim führte, war nahezu überfüllt. Auch auf den Wiesen links und rechts davon hatten sich Bauern versammelt, allesamt mit Speer und Spieß und anderem Gerät bewaffnet. Es wurde gesungen, getrunken und lautstark miteinander geredet. An vielen Ecken hatten sich Prediger auf mitgebrachte Kisten gestellt und verkündeten das Wort Gottes, wie es wohl in keiner Kirche zu hören war. Breitestes Schwäbisch von der oberen Alb vermischte sich mit den weicheren Tönen der Bodenseeschwaben und dem kehligen Klang der Schwarzwälder. Jerg lachte. Durch eine unbeschreibliche Anstrengung gelang es ihm, das, was geschehen war, zu verdrängen, so daß nur noch das existierte, was er mit seinen eigenen Augen sehen konnte. Gegen diese Versammlung hier war das Treffen in Untertürkheim vor vielen Jahren ein Schwätzchen in kleinster Runde gewesen! Dettler gab Jerg einen Stoß in die Rippen. »Es sieht so aus, als ob Müntzers Paradies viele Anhänger findet, was?«

Jerg nickte stumm. Was hatte es zu bedeuten, daß just in dem Moment, in dem für ihn die Welt unterging, sich eine neue Welt auftat? War dies ein Zeichen Gottes? Welche Rolle sollte er dabei spielen?

»Heh, wie lange wollt ihr noch hier stehen und Däumchen drehen? Es wird bald dunkel, und bis zur *Stelle* nach Kirchheim sind's noch gute zwei Meilen.« Ein drahtiger Bursche, wenig älter als Jerg selbst, blickte ungeduldig von einem zum anderen.

Jerg wollte gerade etwas Passendes entgegnen, als ein anderer beschwichtigend die Hand hob. »Mein Name ist Matern Feuerbacher. Bist du der Anführer hier im Ort?«

Jerg schaute sich kurz um, und als keiner der anderen Männer etwas erwiderte, nickte er. »Jerg Braun ist mein Name, und wenn ihr es so wollt, bin ich der Anführer der Tabener Bauern.«

»Gut, Jerg aus Taben. Dann fragen wir dich: Seid ihr Tabener bereit, dem *heiligen, christlichen Haufen* auf seinem Marsch nach Stuttgart zu folgen? Wollt ihr mit uns die Waffen erheben gegen diejenigen, die dem Joch der Armut und Pein schon viel zu lange entkommen sind? Die sich nicht scheuen, mit Soldaten gegen uns vorzugehen?«

Er meint das Heer der tausend Soldaten, schoß es Jerg durch den Kopf.

»Um Himmels willen – ja! Natürlich gehen die Tabener mit! Glaubt ihr etwa, wir seien weniger mutig als der Rest des Landes? So, wie es hier aussieht, gibt es doch nirgendwo ein Dorf, das nicht dabei ist bei eurem *heiligen, christlichen Haufen,* oder?«

Der Mann, der neben Feuerbacher stand, lachte auf. »Die feinen Herren in Stuttgart werden schöne Augen machen, wenn sie merken, wieviel Mut das feige Bauernpack auf einmal hat, wenn's um die heilige Sache geht!« Dann streckte er Jerg eine kräftige Pranke entgegen. »Hans Wunderer ist mein Name. Die da drüben«, er deutete auf einen besonders großen Haufen von Bauern, »gehören zu mir. Aus dem Stocksberger Amt kommen wir!«

»Hans Wunderer ... bist du etwa der Baumeister Wunderer, der die Sakristei in Pfaffenhofen gebaut hat? Und seid ihr nicht für große Teile des Klosters von Maulbronn verantwortlich?« Weilands Augen leuchteten. Einem so begnadeten Künstler gegenüberzustehen! Wenn solche Männer mitmachten, konnte die Sache selbst doch nur eine gute sein!

»Dann kennt ihr sicher auch den Michel aus Beutelsbach? Ich bin sein Schwager«, wollte nun Stefan wissen. Nachdem Wunderer dies bestätigte und außerdem erklärte, daß sie Michel mit seinen Leuten auf der Kirchheimer *Stelle* treffen würden, war das Eis gebrochen. Scheinbar waren viele alte Freunde aus Zeiten des *Armen Konrad* wieder mit von der Partie.

»Und was wollt ihr in Stuttgart, wenn ihr erst dort angekommen seid?« kam es von Cornelius, der bisher stumm daneben gestanden hatte.

»Was ist denn das für eine Frage?« entgegnete Wunderer unfreundlich. »Für Gerechtigkeit sorgen wollen wir, was denn sonst? Wer bist du eigentlich?«

»Mein Name ist Cornelius Braun, und ich bin ebenfalls ein Anführer der hiesigen Bauern, auch wenn mein kleiner Bruder dies Recht so voreilig für sich allein beansprucht hat.«

Jerg machte einen Satz auf Cornelius zu und wollte diesem gerade an die Gurgel gehen, als er von Stefan grob nach hinten gerissen wurde.»Was soll das? Cornelius hat doch recht!«

»Richtig!« Triumphierend baute sich Cornelius vor Jerg auf. »Regelrecht angefleht hat mich der Pfarrer, daß ich mitmache und aufpass', daß mein hitzköpfiger Bruder keinen Unfug macht! Genau das hab' ich jetzt vor!«

Mit einem Ruck hatte Jerg Stefan abgeschüttelt und Cornelius am Kragen gepackt. »Du bildest dir vielleicht ein, daß die Leute dir folgen werden, aber ich weiß es besser! Ein Wort von mir genügt, und sie werden das tun, was ich ihnen sage. Nur zu mir allein, zu Jerg Braun aus Taben, haben sie Vertrauen.« Und leise, so daß es die anderen nicht hören konnten, setzte er hinzu: »Wir haben noch eine Rechnung offen, Bruderherz. Und ich werde dafür sorgen, daß sie beglichen wird.« Ruckartig stieß er Cornelius weg und kehrte ihm den Rücken zu.

Feuerbacher und Wunderer schauten sich an. Sie verstanden zwar nicht, was hier vor sich ging, aber daß dies Ärger bedeuten konnte, war beiden klar.

›Das fängt ja gut an‹, dachte Feuerbacher bei sich, der beobachtete, wie sich Jerg an das eine Ende des Zuges und Cornelius an das andere setzte. Mit einem unguten Gefühl im Bauch setzte er sich ebenfalls an die Spitze des Zuges, der in Richtung Kirchheim marschierte.

11.

Zum dritten Mal legte Marga ihre schwere Last vom einen Arm auf den anderen. Hatte sie früher ein halbes Dutzend Strohgebinde auf einmal getragen, so war ihr im Augenblick schon eines zu schwer. Daß Find unentwegt an ihrem Rock zerrte, erleichterte ihren Marsch von Sophies zu Asas Hütte nicht gerade. Seit dem bösen Streit an dem Tag, wo die Tabener sich den anderen Bauern angeschlossen hatten, wich Find kein Stück mehr von ihrer Seite. Auch benahm er sich von da an nicht mehr wie ein siebenjähriger Bub, sondern wie ein viel jüngeres Kind. Er sprach in stockenden Sätzen, verrichtete seine Notdurft, ohne sich vorher seiner Kleidung zu entledigen, und hing an Marga wie eine Klette. Da sie nicht wußte, was sie ihrem Sohn hätte sagen sollen, schwieg Marga und hoffte, Finds ›Rückfall‹ möge von selbst verschwinden. Neben aller Ungewißheit und Sorge um Jerg und die anderen war Finds Verhalten fast unerträglich anstrengend. Obwohl Margas Hand nicht so locker saß wie bei den anderen Frauen, kam es dieser Tage vermehrt vor, daß sie Finds Jammern mit einer Ohrfeige beantwortete, was jedoch nur weiteres Geheul zur Folge hatte. Wenn sich dies nicht bald ändern sollte, wußte Marga nicht, wie lange Asa sie noch in ihrer Hütte dulden würde. Obwohl sie nichts sagte, spürte Marga, daß sich die Heilerin durch Find gestört fühlte. Schweren Herzens raffte Marga sich wieder auf und legte das letzte Stück Weg zu Asa zurück. Bevor sie eintrat, zwang sie ein Lächeln auf ihre Lippen.

»Dem Himmel sei Dank, daß ich auf dich gehört habe und nicht auf den Märzenmarkt gegangen bin!« Erhitzt ließ sie sich an Asas Tisch nieder. Sie erzählte, was sie von Sophie erfahren hatte.

»Die Kirchheimer Bauern? Einen Aufstand machen? Das kann ich fast nicht glauben.« Ungläubig legte Asa die Stirn in Falten. Zu viele Geschichten machten dieser Tage ihre

Runde, die wenigsten davon hatten auch nur ein Körnchen von Wahrheit in sich.

Beschwörend flüsterte Marga: »Asa, vielleicht sind die Tabener schon auf dem Heimweg?«

Asa zuckte mit den Schultern. »Wer weiß? In diesen Tagen weiß man ja bald nicht mehr, was oben und unten ist, geschweige denn, wo wer was tut! Aber so erzähl doch! Was ist geschehen in Kirchheim?«

Irritiert schüttelte Marga den Kopf. »Kirchheim, ach ja ...«

Seit Jergs Weggehen hatte sie keine Nacht mehr durchgeschlafen. Selbst Asas Schlaftrünke, die normalerweise eine kalbende Kuh zum Einschlafen brachten, versagten bei ihr. Sie zwang sich, ihre Gedanken zu ordnen.

»Die Bauern müssen wohl den Märzenmarkt dazu genutzt haben, noch mehr Männer für ihre Sache anzuheuern. An jeder Ecke sollen sie schließlich gestanden haben und *Bundschuh*-Fahnen geschwenkt haben. Als sie genügend Männer beeinander hatten, haben sie die Fruchtkästen geplündert. Und stell dir vor: Dann sind sie ins Kloster der Dominikanerinnen eingedrungen und haben dort auch mitgenommen, was nicht niet- und nagelfest war.«

»Von mir aus hätten sie die Schwarzgewandeten auch gleich mitnehmen können, um die wär's nicht schade gewesen«, erwiderte Asa trocken. »Besser, sie plündern die Fruchtkästen der Städte, als daß sie ihre Verpflegung aus den Dörfern holen.«

Betroffen biß sich Marga auf die Lippen. »So schlimm es ist, du hast recht! Daran habe ich noch gar nicht gedacht! Du meine Güte, so viele Mäuler sattzukriegen – da bedarf es einer Menge Kraut und Rüben. Aber laß mich zu Ende erzählen: Danach sind sie ins Rathaus marschiert und wollten den Vogt herausholen, um ihm ordentlich die Meinung zu sagen. Aber der Lump hatte sich schon längst aus dem Staub gemacht. Sein Weib und seine Kinder hat er zurückgelassen, so eilig hatte er es mit der Flucht!«

»Das gibt's doch nicht! Dann ist Kirchheim jetzt ohne Regierung?«

Marga zuckte mit den Schultern. »So sieht's wohl aus. Taben hat doch auch keinen Lehnsherren mehr, seit wir den Brabant von der Burg gejagt haben.«

»Wenn sich eine so große Stadt wie Kirchheim den Bauern ergibt, dann bedeutet das etwas Gutes!« Gedankenvoll blickte Asa in die Ferne. »Aber was um alles in der Welt haben so viele Bauern eigentlich in Kirchheim gemacht? Ich dachte, Stuttgart wäre das Ziel gewesen?«

Nur wenige Meilen von Asa und Marga entfernt, auf der Kirchheimer Hahnweide, stellte Jerg sich die gleiche Frage. Enttäuscht über das langsame Vorankommen des Bauernheers und über die ausbleibenden Schlachten, hatte die Moral der Männer binnen kurzer Zeit erheblich nachgelassen. Viele waren einfach in ihre Dörfer zurückgelaufen. Statt auf die zögerlichen und oftmals verwirrenden Befehle ihrer Anführer zu warten, waren andere dazu übergegangen, auf eigene Faust zu plündern und zu brandschatzen. Streit, Neid und tägliche Reibereien waren die Folge. Sowohl Matern Feuerbacher als auch den anderen Hauptleuten war bewußt, daß etwas geschehen mußte, wollten sie ihr Heer zusammenhalten.

»Möchte mal wissen, wie's nun weitergehen soll«, brummte Georg, der neben Jerg im Gras lag und die Wolken beobachtete. »Immer nur warten, warten, warten.«

»Ja, das möcht' ich auch mal wissen. Ich habe das Gefühl, wir drehen uns im Kreis: Erst ging's nach Stuttgart, wunderbar! Nur leider hatte sich der liebe Erzherzog nach Hohentübingen geflüchtet, also war unser Weg umsonst gewesen! Dann nach Bad Cannstatt. Von dort nach Esslingen. Dann nach Waiblingen und dann wieder nach Kirchheim. Bald haben wir jeden Weg im ganzen Land abgelaufen, ohne irgend etwas erreicht zu haben.«

»Ebersbach. Du hast die Plünderung von Schloß Filseck vergessen«, fügte Georg schläfrig hinzu, dann nickte er ein.

Jerg machte sich auf die Suche nach Dettler. Unentwegt mußte er dabei über schlafende Männer steigen oder einen Bogen um sitzende Gruppen machen. Gesungen und getanzt wurde schon lange nicht mehr, dafür um so heftiger gestritten und debattiert.

Dettler, Feuerbacher und Wunderer saßen ein wenig abseits unter einer großen Eiche, deren Stamm vom Blitzschlag in der Mitte fast durchtrennt worden war. Beim Näherkommen hörte er, daß auch in dieser Gruppe heftig palavert wurde. Er verdrehte die Augen und setzte sich dazu. »Was gibt's Neues?«

»Gute Nachrichten, Jerg. Gute Nachrichten. Der Hans Ruß aus Oberlenningen und der Peter Bertsch aus Schlattstall sind mit ihren Männern heute vormittag zu uns gestoßen. Die Göppinger erwarten wir am frühen Abend. Späher haben uns zudem mitgeteilt, die Aichelburg stehe in Flammen.«

»Das nennst du eine gute Nachricht?« fragte Feuerbacher entgeistert nach.

»Was soll's? Ist's den Männern etwa zu verdenken, daß sie ein paar Burgen und Schlösser brennen sehen wollen?« entgegnete Jerg.

»Du meine Güte, hab' ich's denn nur mit Schwachköpfen zu tun? Ihr wollt das Land in Schutt und Asche legen? Ohne mich! Ich hab' mich nicht dazu überreden lassen, euren Hauptmann zu spielen, um zuzusehen, wie ihr schlimmer vorgeht als das übelste Adelspack!«

Die anderen schauten sich verstimmt an. Einigen von ihnen wäre es ganz recht gewesen, Feuerbacher nur noch von hinten zu sehen. Aber in großen Teilen des Heers galt Feuerbacher als der Anführer und Wunderer nur als zweiter Mann, wenngleich dieser das etwas anders sah. Doch auch Wunderer wußte: Würde man es sich mit Feuerbacher verscherzen, konnte man davon ausgehen, daß sich mit ihm Hunderte von Bauern verabschiedeten. Damit nicht genug: Sollten sie wirklich von Angesicht zu Angesicht dem Ferdinand gegenübertreten, so rechnete man auf Feuerbacher, um das Anliegen der Bauern ehrenhaft vorzutragen. Immerhin hatte er in seiner Heimatstadt Großbottwar zur Ortsehrbarkeit gezählt und wußte als angesehener Wirt um die Redensarten der feinen Herren.

Umständlich kramte Dettler in seiner Tasche, bis er eine zerknitterte Papierrolle hervorzog. »Hört euch an, was ich aufgesetzt habe.« Sein Blick bezog auch die anderen Männer mit ein. »Urteilt selbst, ob mein Schreiben als Feldordnung dienen kann:

»Wir, die Bauernhauptleute, fordern unsere
Männer zu folgendem Tun und Lassen auf:
Sie sollen gehorsam sein gegenüber der Obrigkeit
und am Sakrament teilnehmen.
Alte Leute und Kinder sind zu schützen,
ebenso ist im Lager der Frieden zu bewahren.
Verboten sind die Gotteslästerung, das Zutrinken,
das Zusammenrotten wie die Meuterei, ebenso
das Plündern auf eigene Faust.
Wer von der Truppe wegzieht, wird mit dem Strick
bestraft und am nächsten Baum aufgehängt, auf daß
er andere Wankelmütige abschrecke.
Kein Mann soll sein Fähnlein verlassen, sondern
bei seinen Brüdern bleiben, auf daß die einzelnen
Bauernhaufen ihre Stärke bewahren. Mutig und
entschlossen soll ein jeder dem Feind ins Auge
blicken, Feigheit und Wankelmut sind ebenso unsere
Feinde wie die fürstlichen Soldaten!
Diese Artikel gelten von Donnerstag nach
Quasimodogeniti an.
Gezeichnet: Die Bauernhauptleute.«

Er schaute von seiner zerknüllten Papierrolle auf. »Nun, wie findet ihr das?«

Beeindruckt nickten Feuerbacher, Dettler und Weiland mit dem Kopf.

»Gut«, antwortete Jerg, »schreib noch dazu: Wer in der Zwischenzeit an Langeweile stirbt, wird von seinen Kameraden mit allen Ehren unter die Erde gebracht.«

»Dein Humor war auch schon sinniger!« Dettler schüttelte den Kopf. »Da bemühe ich mich redlich, wichtige Regeln in Worte zu fassen, um aus diesem Sauhaufen ein Soldatenheer zu machen – und du redest von Langeweile!«

»Vor lauter Debattieren vergeßt ihr, worum es hier geht! Doch wohl darum, der Obrigkeit endlich heimzuzahlen, was wir jahrzehntelang erlitten haben. Wann habt ihr euch die Nöte der Männer angehört? Ihre Gedanken, ihre Wünsche?« Herausfordernd blickte er in die Runde.

Feuerbacher stand auf und entfernte sich von der Gruppe.

Voller Abscheu blickte Jerg ihm nach. Feigling, schoß es ihm durch den Kopf. »Ich kann euch sagen, was die Männer wollen: kämpfen! Das wollen sie! Einstehen für das, was wir Gottes Gerechtigkeit nennen. Das Paradies auf Erden errichten.«

»Nun, dazu werden sie schneller Gelegenheit haben, als du denkst«, erwiderte Feuerbacher, der mit einer Gruppe Fremder im Schlepptau wieder zurückgekehrt war. »Das hier ist Theus Gerber. Er und sein Stuttgarter Haufen sind hierher geflüchtet, nachdem die Soldaten des Herzogs unter der Führung des *Bauernjörg* ihnen auf der Spur waren.«

»Der *Bauernjörg*? Wo habt ihr ihn und seine Männer das letzte Mal gesehen?« Wunderers Miene hellte sich in dem Maße auf, in dem sich die von Matern Feuerbacher verdunkelte.

»Zwischen Herrenberg und Böblingen sollen sie gerade lagern. Und sich in Richtung Stuttgart bewegen.«

Jerg, der weder wußte, wo Herrenberg noch wo Böblingen lagen und der auch den Truchseß von Waldburg bisher nur vom Hörensagen kannte, wandte sich gelangweilt ab. Ihm war nicht klar, was Wunderer und die anderen an Gerbers Nachrichten so aufregend fanden. Wo immer dieses Herrenberg auch liegen mochte, es mußte sehr weit weg sein.

Theus Gerber, der seine Männer die letzten Tage unerbittlich zum Weitermarschieren angetrieben hatte, setzte sich erschöpft nieder. Er beeilte sich, die vielen Fragen, die auf ihn einprasselten, zu beantworten. Ja, es stimmte wirklich, daß Stuttgart sich sang- und klanglos ergeben hatte. Viele Kaufleute und Handwerker, aber auch Ratspersonen und Adlige waren zu den Aufständischen übergelaufen und hatten die Tore für sie geöffnet. Aber genutzt hatte es ihnen letzlich nicht viel, denn die Regierung traf ihre Entscheidungen nun eben aus der Ferne. Ja, Ferdinand befand sich entweder in Hohentübingen oder auf dem Hohenneuffen. Beide galten als gut befestigt und praktisch uneinnehmbar. Ja, auch er habe von den Greueltaten des Soldatenheers gehört, das tatsächlich gut zweitausend Mann stark war. Trotzdem denke er, daß die württembergischen Soldaten gegen sie, das Bauernheer, keine Aussicht auf Erfolg hatten. Auf wie viele Männer er das Bauernheer schätze? Nun, seiner Ansicht nach dürften es gut und gerne achttausend Köpfe umfassen, wenn man die Schwarzwälder, von denen bisher jede Spur fehlte, nicht mitzählte.

Feuerbacher kratzte sich nachdenklich am Kinn. Er hoffte inbrünstig, Theus Gerber möge mit seiner Einschätzung der Lage recht behalten. Im geheimen befürchtete er jedoch, daß dem nicht so war. Die herzöglichen Soldaten, angeführt vom Truchseß von Waldburg, mochten den Bauern vielleicht zahlenmäßig unterlegen sein. Dafür waren sie um ein Vielfaches besser für einen Kampf ausgerüstet und hatten die Erfahrung einiger Schlachten. Ihre Rüstungen waren in Solingen, Nürnberg oder Augsburg speziell für sie hergestellt worden. Und dann die Waffen selbst! Feuerbacher mochte gar nicht daran denken, was sie im Falle eines Zusammentreffens mit dem herzöglichen Heer alles erwarten würde.

Daher war er, im Gegensatz zu den anderen, alles andere als darauf erpicht, dem Truchseß gegenüberzustehen. Theus Gerber schien zumindest diesbezüglich gleicher Ansicht zu sein. Warum sonst wäre er mit seinen Stuttgarter Bauern hierher geflüchtet?

Während er seinen dunklen Gedanken nachhing, wurde schon wieder heftig über die Pläne für den kommenden Tag gestritten. Jerg und ein paar andere waren dafür, in aller Frühe den Hohenneuffen zu besteigen. Sollte der Erzherzog dort nicht sein, konnten sie immer noch weiter nach Tübingen marschieren. Andere hielten dies für eine wahnwitzige Idee. So hoch, wie der Hohenneuffen gelegen war, konnte er nie und nimmer mit Tausenden von Männern erklommen werden!

Es wurde beratschlagt und gestritten, vorgeschlagen und wieder abgelehnt, bis es dunkel wurde. Als man sich endlich zum Schlafen legte, stand lediglich fest, daß man am nächsten Morgen das Lager abbrechen würde. Wohin es gehen sollte, wußte keiner so recht.

12.

Dem ganzen Hin und Her zum Trotz marschierte am nächsten Morgen niemand irgendwohin. Statt dessen kam Dettlers Feldordung das erste Mal zum Einsatz:

Eine kleine Gruppe von Bauern, angeführt von Hannes Rauner, hatte sich in der Nacht vom Lager entfernt, um auf eigene Faust Beute zu machen. Ganz in der Nähe von Dettingen, wußte Hannes zu berichten, lag das Hofgut eines alten Ritters, der durch Raubzüge in früheren Jahren ein reicher Mann geworden war. Begierig, der endlos erscheinenden Langeweile zu entrinnen, beschlossen die Burschen, dem ritterlichen Besitz einen Besuch abzustatten. Nach einem mit äußerster Rohheit durchgeführten Überfall prahlten die Plünderer lautstark damit, wie sie nicht nur Haus und Hof nach Schätzen durchkämmt, sondern sich auch an den Weibern des Anwesens vergangen hatten. Es dauerte nicht lange, bis ihre Schandtaten Feuerbacher zu Ohr kamen.

Nach kurzen Beratschlagung waren sich die Hauptleute ausnahmsweise einig: Die Schuldigen selbst schliefen noch ihren Rausch aus, als am nächsten Morgen in aller Frühe ein Scharfrichter bestimmt und ein Baum ausgesucht wurde. Danach wurde eine Abordnung von Bauern zu den Plünderern geschickt, um diese Feuerbacher, Wunderer und den anderen Hauptmännern vorzuführen. Jerg, der bei Wunderer und Feuerbacher mit seiner Bitte um Gnade auf taube Ohren gestoßen war, fiel der alte Spruch wieder ein, den sich die Leute in Hannes' Heimatdorf hinter dessen Rücken immer zugeflüstert hatten: »Hat der Hannes zuviel Wein, dann laß ihn besser allein.« Welche Ironie des Schicksals, daß Hannes' Trinkerei ihn letztendlich selbst das Leben kostete, nachdem er in betrunkenem Zustand seinen Mitmenschen jahrelang Angst und Schrecken eingejagt hatte! Obwohl er dem Urteil der anderen Hauptleute insgeheim recht gab, war Jerg bedrückt. So jedenfalls hatte er sich den Feldzug der Bauern nicht vorgestellt.

Eines war den Hauptleuten jedoch gelungen: Hannes Rauners gewaltsamer Tod stellte für die ungeduldig und dadurch unbeherrschbar gewordenen Männer in der Tat eine Abschreckung dar. Es herrschte gedrückte Stille im Lager.

Die Hauptmänner nutzten diese Verschnaufspause für erneute Beratungen. Das dringlichste Problem war ihre ungenügende Ausrüstung: Ein Heer von über sechtausend Mann und lediglich ganze dreizehn Karrenbüchsen, gezogen von ein paar Gäulen, die ihre besten Tage längst hinter sich hatten – wie sollten sie da auch nur *eine* Schlacht gewinnen? Die Handvoll Büchsen, Speere und Spieße, die ihnen zur Verfügung standen, halfen auch nicht weiter. Waffen mußten her, egal von wo und wie! Es war Jerg, der die zündende Idee hatte. Warum nicht einige der umliegenden Burgen stürmen? Dort gäbe es sicherlich Kanonen und Waffen genug! Nachdem man sich mit ein paar ortskundigen Bauern aus nah und fern beratschlagt hatte, stand es fest: Am nächsten Tag würde man nicht nur die nahegelegene Burg Teck, sondern noch drei andere Burgen der Alb stürmen und dabei hoffentlich viele Kanonen ergattern.

Wieder einmal war es Matern Feuerbacher, der zur Mäßigung aufrief. »Von den Herren der Teck sind keine Schandtaten bekannt, weder forderten sie unmäßige Fronen noch übermäßige Abgaben. Daher soll die Burg verschont werden. Lediglich deren Kanonen werden wir uns einverleiben.« Eindringlich sprach er auf seine Mitstreiter ein. Doch erneut wurden seine Worte überhört. Wenige Tage später brannte die Burg Teck lichterloh.

Da brach ein Streit zwischen den Hauptleuten aus, der alle bisherigen an Heftigkeit übertraf. Wieder einmal drohte Feuerbacher – wütend über Wunderers Feuerlust – damit, einfach wegzugehen und die Sache an den Nagel zu hängen. Womöglich hätte er seine Drohung sogar wahrgemacht. Doch dann erreichte sie die Nachricht, daß der *Bauernjörg* sich zielstrebig näherte. Angesichts dieser Tatsache mußten die Pläne, nach Tübingen zu ziehen, um den Erzherzog aufzusuchen, nochmals überdacht werden. Schließlich wollten sie nicht als Feiglinge dastehen, die vor dem württembergischen Heer Reißaus nahmen! Man beschloß, in der Nähe von Stuttgart zu bleiben und die Entwicklung der Dinge erst einmal abzuwarten. So ging es am nächsten Tag nach Nürtingen, wo die Bauernhauptleute es sich im gut bestückten Weinkeller des Stadtvogtes Sebastian Keller schmecken ließen. Auch für den Rest der Bauern war gut gesorgt: Nürtingen war eine reiche Stadt, deren Vorräte ohne weiteres für ein doppelt so großes Heer ausgereicht hätten. Nach ausgiebigem

Zechen und gestärkt von reicher Speise machten sie sich erneut auf den Weg nach Stuttgart. Geduldig trotteten die Männer ihren Anführern nach, ohne einen wirklichen Sinn in ihrem Tun zu erkennen. Für sie war eine Straße wie die andere, eine Stadt wie die nächste. Enttäuscht legten sie sich des Nachts auf ihren kalten und unbequemen Lagern nieder. Die Schlachten, die sie so tapfer kämpfen wollten, blieben aus. Inzwischen schlossen sich bei weitem nicht mehr so viele Bauern ihrem Zug an wie noch vor ein paar Wochen. Heute mußten sie in den Dörfern regelrecht darum betteln, daß sich weitere Männer zu ihnen gesellen mochten. Und trotz der neu eingeführten Feldordnung gab es täglich mehr Bauern, die müde und enttäuscht in ihre Heimatdörfer zurückliefen, ohne daß die Hauptleute etwas dagegen tun konnten.

In Degerloch wurde die Eintönigkeit ihres Zuges endlich einmal unterbrochen, als Jäcklein Rohrbach mit fast eintausendvierhundert Mann zu ihnen stieß. Leidenschaftlich berichteten dessen Männer von der Plünderung des Klosters Maulbronn. Rohrbach, so meinten sie, sei aus dem rechten Holz geschnitzt, nicht wie die Führer der anderen Bauernhaufen, die wie Memmen von einem Ort zum anderen schlichen, ohne wirklich Rache zu üben.

Begeistert stellten die Hauptleute fest, daß ihr Heer mit Rohrbachs Männern nun weit über zehntausend Köpfe betrug. Nun sei man stark genug, dem Truchseß und den Soldaten des Schwäbischen Bundes gegenüberzutreten. Die Stimmung war so aufgeheizt wie ein Ballen vertrocknetes Heu nach einem heißen Sonnentag: Ein Funke hätte genügt, und die erzwungene Ruhe der Männer hätte Feuer gefangen. Die Nachricht von dem bevorstehenden Kampf mit den bündischen Soldaten wirkte wie ein Zaubertrank, der die Männer alle Unbequemlichkeiten der vergangenen Wochen vergessen ließ. Kaum einer konnte es abwarten, endlich dem Feind gegenüberzustehen. Angst hatten sie keine. Denn schließlich kämpften sie für eine heilige Sache, während die

Landsknechte des bündischen Heeres bezahlte Brüder waren, die für ein paar Heller für alles und jeden gekämpft hätten. Wieso sollten sie also vor solchen Soldaten Angst haben? Zumal das Heer des Truchseß nur halb so groß war wie das eigene! Nein, die Zeit war reif, dem Erzherzog endlich einmal zu zeigen, wer die kommende Macht im Lande war. Zuerst würde man seinen Soldaten den Garaus machen und dann den Erzherzog selbst aus seinem Schloß, oder wo immer er weilen mochte, hinaus- und durch die Spieße jagen.

Doch neben der allgemeinen Begeisterung gab es auch diejenigen, die zum Abwarten rieten. Die bei weitem nicht ganz von der eigenen Schlagkraft überzeugt waren. Zu ihnen gehörte Dettler. Es war schon fast dunkel, als er und Pfarrer Weiland sich eines Abends zu Cornelius gesellten, der sich abseits von den anderen zur Ruhe legen wollte.

»Was willst du, Redner?« fragte er kurzangebunden. Er hatte Dettler noch nie leiden mögen, und das hatte sich in den letzten Wochen nicht geändert.

»Ich brauche deine Hilfe, Cornelius.«

»Das wäre ja das Neueste!« Er lachte kurz auf. »Warum wendest du dich nicht an einen der Hitzköpfe, mit denen du sonst soviel zu tun hast?«

»So hör dir doch an, was Dettler zu sagen hat«, mischte sich nun Weiland ein.

Dettler und Weiland tauschten einen sorgenvollen Blick. Cornelius wirkte so müde, daß sie zweifelten, ob es überhaupt einen Sinn machte, ihn für ihre Sache einzuspannen. Doch bei Dettlers nächsten Sätzen verflog Cornelius' Müdigkeit zusehends.

»... wir, die Bauernhauptleute, benennen hiernach die zwölf Artikel, worin es um die Rechte geht, die wir von den geistlichen und weltlichen Obrigkeiten einfordern. Demnach fordern wir:

1. unsere Pfarrer selbst wählen zu dürfen, die uns das lautere Evangelium predigen,
2. daß der Zehnte nur für kirchliche Zwecke verwendet werde, nicht aber in die Taschen der Pfarrer und Priester wandere,
3. die Leibeigenschaft soll abgeschafft werden, denn der wahre Christenmensch ist frei,
4. die Jagd und der Fischfang soll für jedermann frei sein, nicht nur für die Obrigkeit,
5. der Holzschlag in den Wäldern soll Gemeinderecht werden, auf daß im Winter niemand mehr friere,
6. die Frondienste sind einzuschränken, auf daß kein Bauer mehr arbeiten muß auf dem Feld seines Herrn denn auf seinem eigenen Feld ...«

Auch der siebente Artikel bezog sich auf die Frondienste, doch hörte Cornelius hier nicht mehr genau hin. Mißtrauisch starrte er von Dettler zu Weiland.

»Auf wessen Mist ist das gewachsen? Doch nicht auf deinem? Oder wie kommt es, daß gerade du so sanfte Töne von dir gibst? Bisher konnten dir die Männer doch nicht rabiat genug vorgehen.« Herausfordernd blickte er den Redner an.

Dettler zuckte mit den Schultern. »Das war vielleicht einmal so. Heute denke ich, daß uns eine Schlacht mit dem bündischen Heer nicht weiterbringen würde. Ganz im Gegenteil!« Auf Cornelius' fragenden Blick hin begann er weiter auszuholen. »Sicher, unser Heer ist in der Überzahl. Aber die württembergischen Soldaten haben mehr Waffen – und besser ausgebildet sind sie auch! Ich befürchte ein schlimmes Blutvergießen. Deshalb habe ich zusammen mit einem klugen Mann namens Sebastian Lotzer aus Memmingen die zwölf Artikel aufgeschrieben. Diese sollen alle bäuerlichen Forderungen ein- und für allemal unter einen Hut bringen.«

»Und was schlagt ihr vor, statt gegen den Truchseß in den Kampf zu ziehen? Willst du ihm vielleicht dein Geschreibsel ins Gesicht halten und sagen: ›Da, schau, was wir Bauersleut' uns ausgedacht haben: Nun zieh von dannen und gewähr uns alle unsere Wünsche?‹«

Dettler war sichtlich um Fassung bemüht, als er antwortete: »Dieses ›Geschreibsel‹, wie du es so schön nennst und welches du noch nicht einmal zu Ende gehört hast, wollen wir dem Erzherzog selbst übergeben. Ist er einsichtig, könnte so ein Blutvergießen vermieden werden. Er bräuchte lediglich die zwölf Artikel zum Gesetz bestimmen, und der ganze Aufstand hätte ein gutes End'.«

Skeptisch blickte Cornelius von einem zum anderen. Was Johann Dettler da vorschlug, war fast zu schön, um wahr zu sein.

Dettler räusperte sich. »Wir waren beim achten Artikel angelangt. Nun denn:

8. Alle Güter, die mit Schulden belastet sind, sollen neu eingeschätzt werden, auf daß der Bauer nicht von den Abgaben erdrückt werde,
9. Strafen sollen wieder nach alter Gewohnheit zugemessen werden, denn die reine Willkür ist nicht im Sinne von Gottes Gerechtigkeit,
10. Die Allmende soll endlich wieder der Gemeinde und somit allen gehören,
11. Der Todfall soll abgeschafft werden, auf daß in Zeiten der Trauer nicht auch noch die Geldnöte hinzu kommen mögen,
12. Alle diese Artikel sollen am Worte Gottes geprüft werden, denn nur dessen Gerechtigkeit ist es, die wirklich zählt.«

»Es scheint, du und dieser Sebastian Lotzer habt an alles gedacht«, mußte Cornelius wohl oder übel zugeben. »Die heiligen Worte stammen wahrscheinlich aus der Feder von Pfarrer Weiland, wenn ich das richtig sehe. Damit hast du es doch nie gehabt, oder?«

Dettler gab ihm recht. »Pfarrer Weiland konnte uns in der Tat viele Bibelstellen zeigen, die belegen, wie recht wir mit unseren zwölf Artikeln haben.«

»Wie wollt ihr aber vorgehen? Und was soll ich dabei machen?«

Dettler und Weiland wechselten einen kurzen Blick.

»Lotzer kennt einige Drucker, die sich bereit erklärten, die zwölf Artikel für uns zu drucken. Viele, viele Blätter haben wir schon zusammen, wir müssen sie lediglich verteilen, auf daß jeder Bauer hört, was wir zu sagen haben. Du sollst dabei ...«

»Aber ist das nicht gefährlich für die Drucker? Wenn sie erwischt werden, ist doch der Kopf ab«, unterbrach ihn Cornelius.

Dettler zuckte mit den Schultern. »Was ist schon ungefährlich in diesen Zeiten?«

»Außerdem kann ich nicht lesen! Wie soll ich den Leuten dann klarmachen, was in den zwölf Artikeln geschrieben steht?«

»Du müßtest ja nichts vorlesen, sondern mit so vielen Männern wie nur möglich reden! Sie davon überzeugen, daß ein Kampf mit den württembergischen Soldaten sie den Kopf kosten würde!«

Cornelius lachte kurz auf. »Das ist ja alles schön und gut. Die vielen, braven Burschen, die tagein, tagaus nur das tun, was ihre Hauptleute ihnen heißen, die könnten wir vielleicht überzeugen. Aber ist es nicht viel wichtiger, mit Wunderer und Feuerbacher und den anderen zu sprechen? Diese sturen Böcke zu überzeugen – darin liegt doch wohl die Schwierigkeit. Und seit dieser Rohrbach dazugestoßen ist, sind alle doch nur noch toller geworden. Sie sehen sich schon als richtige Helden. Ans Blutvergießen in den eigenen Reihen verschwendet von denen kaum einer einen Gedanken.«

Weiland, dem nicht entgangen war, daß Cornelius zwar alle Hauptmänner beim Namen nannte, nur seinen eigenen Bruder nicht, entgegnete: »Vielleicht bedarf es eines genauso sturen Bockes, um sie von unseren Plänen zu überzeugen?«

Zum ersten Mal seit vielen Tagen lachte Cornelius laut auf. »Nun, denn! Dann laßt uns an die Arbeit gehen, so Gott will!«

13.

»Von wem habt Ihr eine Nachricht erhalten?« Ungläubig starrte Erzherzog Ferdinand seinen Hofmarschall an.

Geduldig wiederholte von Blauen seine Worte. »Von Luther. Martin Luther aus Wittenberg. Heute morgen ist der Bote aus dem Norden angekommen.«

Ferdinand schüttelte mit dem Kopf. »Luther! Was der uns wohl zu sagen hat? Lest vor!«

»Bei Luthers Schreiben geht es um die sogenannten zwölf Artikel. Ihr wißt doch, diese lächerlichen Reden, die unter den Aufrührern die Runde machen, die ...«

»Um Himmels willen, von Blauen! Ihr schweift ab wie ein altes Weib, das seinen Wein nicht vertragen hat.« Ferdinand verdrehte die Augen. »Selbstverständlich weiß ich, worum es sich bei diesen zwölf Artikeln handelt. Ihr selbst habt mir doch letzte Woche eines dieser schlecht gedruckten Exemplare überreicht, welche laut Euren Worten an jeder Straßenecke verteilt werden. Faßt einfach kurz und bündig zusammen, worum es in Luthers Schreiben geht.«

»Wie Ihr wünscht. Luther warnt davor, die zwölf Artikel ernstzunehmen. In seinen Augen würdet Ihr damit Eure Untertanen mit zu vielen Verantwortlichkeiten belasten. Das bestehende Recht sei sehr wohl dazu geeignet, für Gerechtigkeit im Namen Gottes zu sorgen. Zum Punkt der Leibeigenschaft schreibt er wörtlich: ›Die Leibeigenschaft aufgrund des Evangeliums abzulehnen, heißt christliche Freiheit ganz fleischlich zu machen ..., denn ein Leibeigner kann gut Christ sein und christliche Freiheit haben, so wie ein Gefangener oder kranker Christ, der auch nicht frei ist.‹ Weiter unten schreibt er, daß er das Wort Gottes als neue Rechtsgrundlage strikt ablehnen würde, und er empfiehlt Euch, dasselbe zu tun. Zu guter Letzt meint er noch, daß er sich in diesem Sinne auch an die Bauernschaft wenden würde, um sie zu beschwichtigen.«

Sorgfältig rollte von Blauen die Bulle wieder zusammen, dann schaute er auf. »Nun, verehrter Erzherzog, was sagt Ihr dazu?«

Ferdinand kratzte sich am Bart. »Ich würde sagen, wenn die Kunde von diesen zwölf Artikeln schon bis in den Norden des Landes gedrungen ist, dann wäre es ein schlimmer Fehler, diese Anliegen nicht ernstzunehmen! Zeigt es uns doch, daß die Bauern und ihre Helfershelfer immer mehr an Macht gewinnen. Man stelle sich einmal vor: Sie verfassen ein Schreiben, in dem sie die unglaublichsten Dinge von mir fordern, wohlgemerkt, fordern, und nicht bitten oder anrufen! Und dieses Schreiben verbreitet sich in einer solchen Windeseile, daß es wenige Tage später schon dem Wittenberger Wichtigtuer vorliegt.« Er schüttelte den Kopf. »Unglaublich. Zuerst waren es ein paar Kohlköpfe, doch jetzt scheinen auch kluge und bedeutendere Herren in den Aufstand verwickelt zu sein. Und die könnten uns gefährlich werden.« Mit einem Ruck stand er auf und ging zu seinem Schreibtisch. Resolut setzte er sich nieder und griff nach einem Stück Papier. Er fuhr so heftig mit seiner Gänsefeder darüber, daß diese in der Mitte zerknickte.

»Doch so weit lasse ich es nicht kommen! Sie haben sich alle verrechnet, alle! Es wird Zeit, daß sich der Truchseß von Waldburg um die Aufrührer kümmert. Von Blauen!«

Der Hofmarschall eilte zum Schreibtisch.

»Schickt einen Boten los. Er soll schnurstracks zu meinem Heer reiten und dem Truchseß dieses Schreiben übergeben.«

»Und worum geht es darin, wenn ich fragen darf?« antwortete von Blauen gekränkt, der sich in dieser so wichtigen Angelegenheit völlig übergangen fühlte und dieses Gefühl gar nicht schätzte.

Ferdinands Gesicht verzog sich zu einem boshaften Grinsen. »Der *Bauernjörg* soll endlich damit beginnen, seine Aufgabe zu erfüllen. Und wenn er damit fertig ist, will ich keinen der elenden Aufrührer mehr lebend sehen!«

»Sie wollen nicht aufgeben!« Atemlos kam der Bote auf die Bauern zugerannt. Hinter ihm trabte der Rest der Abordnung an, die von Feuerbacher nach Herrenberg geschickt worden war, um die Stadt zum Aufgeben zu bewegen. »Zum Teufel sollen wir uns scheren, haben sie gemeint!« meinte ein anderer Bote. »Ja, und dreckig gelacht haben sie und gesagt, daß wir ihr Herrenberg nie erobern würden«, ergänzte der erste. Wütend starrten die Männer auf die hohen Festungstürme und dicken Mauern der Stadt, die sich nicht unterkriegen lassen wollte.

Wie eine Fürstin thronte Herrenberg am Rande des Schwarzwaldes. Der Stadtgraben, die Schützenscharten und die Festungstürme umhüllten und schützten sie und ihre herrlichen Bauwerke wie ein hoheitliches Gewand. Nichts hatte sich Hans Wunderer mehr gewünscht, als einmal in seinem Leben die Herrenberger Stiftskirche mit eigenen Augen zu sehen, statt immer nur davon zu hören. Daß es allerdings unter solchen Umständen geschehen sollte, damit hatte er nicht gerechnet.

Unter den Bauern, die in der Nähe standen, machte sich Unmut breit. Von Nachrichten wie den eben gehörten hatte man die Nase voll! Der Demütigungen war genug, nun sollte ein für allemal Schluß damit sein. Jetzt, wo nicht nur Jäcklein Rohrbachs Männer, sondern auch die Bauern aus dem Nordschwarzwald zu ihnen gehörten, war es an der Zeit, loszuschlagen!

Wunderer warf Feuerbacher einen schrägen Blick zu. »Hätte ich mich bloß nicht von dir breitschlagen lassen! Wir könnten schon längst in der Stadt sein, aber nein! Der Herr Schankwirt will abwarten bis zum Sankt Nimmerleinstag!«

Neben ihm lachte ein anderer höhnisch. »Wenn wir bei der Sulzburg so vorgegangen wären, hätten wir diese Nuß heute noch nicht geknackt! Ich sage: Es gibt keine noch so dicke Stadtmauer, gegen die ein paar Feuerpfeile nicht erfolgreich wären!« Verächtlich spuckte Thomas Maier auf den Boden. Wenige Tage zuvor hatten er und seine Männer die Sulzburg in Schutt und Asche gelegt und zuvor reiche Beute gemacht. In einem wahren Freudentaumel waren die Schwarzwälder auf die anderen Bauern gestoßen und hatten diese mit ihrem Blutdurst regelrecht angesteckt. Wüste Geschichten, in denen die Bauern jedoch immer heldenhaft, siegreich und mutig vorkamen, machten die Runde im Lager und peitschten die Bauern in einen wahren Rausch.

Nach diesen Erzählungen gab es für Wunderer, Maier und Rohrbach nur eines: zuerst das nahegelegene Herrenberg einzunehmen und zu plündern. Dem Truchseß könnten sie auch danach noch begegnen, meinten sie. Und außerdem: Ein satter und gestärkter Bauch würde besser kämpfen als einer, der seit Tagen nur trocken Brot gesehen hat, fügte Jerg hinzu, der ebenfalls Feuer und Flamme für den Plan war.

In den Augen Feuerbachers und einiger anderer war die Einverleibung Herrenbergs jedoch nichts anderes als eine unnötige Ablenkung vor der größten und wichtigsten Schlacht, die ihnen unweigerlich bevorstehen mußte. Und die mittlerweile unabwendbar geworden war. Eine friedliche Lösung, wie sie von Cornelius, Dettler und Weiland angestrebt worden war, schien angesichts der vielen bösen Einzeltaten nicht mehr möglich. Die so mühselig verfaßten und verbreiteten zwölf Artikel galten zwar weiterhin unter den Bauern wie auch unter der geistlichen und weltlichen Obrigkeit als Ausdruck der bäuerlichen Wünsche – eine Grundlage für gemeinsame Verhandlungen waren sie jedoch nicht geworden. Zuviel Schaden war von den verschiedenen Bauernhaufen angerichtet worden, zuviel Blut war schon geflossen, als daß die Obrigkeit nun noch zum Einlenken bereit gewesen wäre. Was den hellen, christlichen Haufen anging, hatte Feuerbacher zwar schlimmere Schandtaten verhindern können. Doch gegen die Rachegelüste der anderen Bauernhaufen war er ebenso machtlos wie die Überfallenen selbst. Immer öfter fand sich Matern Feuerbacher auf verlorenem Posten. Daß er in Teilen des Heeres immer noch reichlich Anhänger fand, die wie er für ein behutsameres Vorgehen einstanden, war ihm angesichts der täglichen Übergriffe auf unschuldige Menschen nur ein kleiner Trost.

Auch Weiland fühlte sich im Kreis der Aufständischen längst nicht mehr so wohl wie zu Beginn. Wie konnte er, der friedliebende Pfarrer aus Taben, die Erstürmung einer Stadt gutheißen? Sollte er nicht vielmehr mit Händen und Füßen versuchen, die Bauern davon abzuhalten? Gleichzeitig wußte er, daß dies unmöglich war. Schon lange hatte er aufgegeben, auf ein Wunder zu hoffen. Müde, wie er nach dem wochenlangen Herumziehen war, bestand sein Anliegen heute nur noch darin, schlimmere Greueltaten zu vermeiden, wann immer es in seiner Macht lag. Während Wunderer die einzelnen Gruppen für die bevorstehende Erstürmung formierte, schaute Weiland sich um. Wunderer, Rohrbach, Jerg, Maier – was er in ihren Gesichtern las, reichte ihm, um eines zu wissen: Herrenberg war eine verlorene Stadt.

Als Asa am Morgen des 12. Mai 1525 aufstand, war es noch nicht ganz hell. Nur zögerlich hob sich der dunkelblaue Mantel der Nacht, um Platz zu schaffen für einen neuen Tag. Doch Asa hielt es nicht länger auf ihrer Schlafstatt aus. Schon die halbe Nacht hatte sie sich nur noch hin- und hergewälzt, ihr Schlaf war ermüdend und unruhig gewesen. Ihr war, als warte sie auf etwas. Etwas, das Unglück über viele Menschen bringen würde und das unabwendbar war. Ihr Herz fühlte sich an wie ein kalter Felsbrocken, dessen rauhe, ungeschliffene Ecken sich in ihren Leib bohrten und diesen verwundeten. Ihr Blick fiel auf Marga und Find. Beide schliefen noch. Asa hatte schon immer mit den Dämonen der Nacht zu kämpfen gehabt, und das war in den letzten Jahren immer schlimmer geworden. Leise suchte sie sich im Dunkeln Jacke und Schuhe zusammen. Dann ging sie vor die Hütte. Noch immer war ihr schwer ums Herz, nicht einmal die jungfräuliche Frische des neuen Tages konnte sie ablenken, sie auf freudige Gedanken bringen. Sie setzte sich auf die Bank, die neben der Tür an der Mauer stand, und schloß die Augen.

Auf einmal spürte sie, daß sie nicht mehr alleine war. Sie öffnete die Augen und sah Marga neben sich. Und bevor sie etwas sagen konnte, hörten sie ihn:

Den Schrei des Uhus.

Den Todesschrei.

Und Asa wußte, daß er es war, worauf sie gewartet hatte. Sie wurde von einer fast unheimlichen Gleichgültigkeit erfaßt. Was geschehen mußte, würde geschehen. Sie konnte es nicht aufhalten – niemand konnte das! Ihr war, als zerspringe der Fels, der an Stelle ihres Herzen Platz genommen hatte, mit riesigem Getöse in tausend kleine Teile.

14.

Wie schon oft zuvor in seinem Leben, als er lange auf etwas gewartet hatte, es sehnlichst herbeigewünscht hatte, stellte Jerg nun, da dieses Etwas endlich geschah, enttäuscht fest, daß es eigentlich nicht seinen Erwartungen entsprach. Statt Glück zu spüren, fühlte er sich lediglich hohl und leer. Statt befriedigt zu sein, genarrt und zum Besten gehalten.

So und nicht anders erging es Jerg, als er und die anderen am Morgen des 12. Mai endlich ihrem Widersacher gegenüberstanden. Nicht, daß er Angst gehabt hätte. Das nicht. Nur erschien ihm plötzlich die Aussicht auf eine Schlacht bei weitem nicht mehr so erstrebenswert wie noch vor ein paar Tagen. Doch nun war es zum Kneifen zu spät. Neben ihm hatten sich Jäcklein Rohrbach und Hans Wunderer aufgestellt. Grimmig blickten sie sich an, keiner sagte etwas. Irgendwie beschlich Jerg das ungute Gefühl, als wären sich die anderen ihrer Sache auch längst nicht mehr so sicher.

»So, und jetzt? Wie soll's jetzt weitergehen, he? Ihr steht da wie ein paar Deppen, während die Feinde immer näherkommen. Sollen wir uns vielleicht abschlachten lassen wie das Vieh?« Cornelius' Augen funkelten gefährlich, als er sich vor den anderen Anführern aufbaute. »Daß ihr den Feuerbacher abgesetzt habt, war euer erster Fehler. Daß wir Herrenberg verlassen mußten, das war euer zweiter Fehler. Und hier vor Böblingen wird unser aller Untergang sein!« schrie er den anderen wütend ins Gesicht.

»Ich kann's nicht mehr hören!« schrie Rohrbach zurück. »Ich dachte, wir wären uns einig gewesen, Herrenberg zu verlassen und den Truchseß dadurch an der Nase herumzuführen. Sonst hätten wir nie die Zeit gehabt, uns so aufzustellen, wie wir es getan haben.« Er machte eine ausladende Handbewegung nach hinten. »Sieh dich doch um: Fast fünfzehntausend Mann, aufgeteilt in zwölf Fähnlein, dazu dreiunddreißig Geschütze und Berge von anderen Waffen – und alles wartet nur darauf, endlich losschlagen zu können!«

Verächtlich spuckte Cornelius auf den Boden. »Aufgeteilt in zwölf Fähnlein – daß ich nicht lache. Bist du ein Kommandant? Was wissen wir schon vom Kriegeführen? Gar nichts! Wären wir in Herrenberg geblieben, hätten wir uns wenigstens hinter den dicken Mauern verschanzen können. So sind wir dem Truchseß schutzlos ausgeliefert.«

»Dann renn doch heim wie die anderen Feiglinge!« Haßerfüllt trat Jerg vor seinen Bruder. Wie so oft auf dem langen Zug durch das aufgewühlte Land standen sie sich wie zwei Kampfhähne gegenüber, von denen ums Verrecken keiner einen Rückzieher machen wollte.

»Daß ein Mann im Angesicht seines sicheren Todes der Mut verläßt, soll schließlich schon vorgekommen sein, oder?« Cornelius' Stimme triefte vor Ironie. »Nur ein Dummkopf schaut dem Gevatter Tod lächelnd in seine Fratze.«

»Wenn das deine Art ist, den Männern Mut zu machen, dann ist es vielleicht besser, du hältst dein Maul«, gab Jerg verächtlich zurück. »Was ist nun? Warum marschieren wir nicht einfach los und überraschen die Soldaten im Schlaf?« Herausfordernd blickte er zu Bernhard Schenk, Feuerbachers Nachfolger.

Dieser blickte auf die sumpfigen Wiesen vor sich, als könne er darin eine Antwort finden. Irgendwo dort hinten, hinter den Hügeln, lagerten die Württembergischen, die wahrscheinlich noch nicht einmal ahnten, daß ihnen ein Kampf mit dem riesigen Bauernheer unmittelbar bevorstand.

»Den Truchseß im Schlaf überraschen – du hast vielleicht Träume! Der ist im tiefsten Schlaf noch wacher als wir alle zusammen«, feuerte Cornelius zurück.

Und so ging es hin und her, her und hin. Der Morgen verrann.

Ein wenig abseits – schließlich gehörte er nicht zum Kern der Hauptleute – stand Dettler und schüttelte den Kopf. Was war nur aus ihnen geworden, seit sie so hoffnungsvoll von Taben aufgebrochen waren? Wo war die Kameradschaft, die Verbundenheit geblieben? Dettler hatte das Gefühl, daß mit jeder zurückgelegten Meile ein Stück davon verlorengegangen war. Seit Tagen gab es nur noch böse Worte zwischen den Anführern. Die Nachricht, daß der Truchseß aus lauter Wut über die Bauern das Herrenberger Umland gebrandschatzt hatte, war schließlich der Tropfen gewesen, der das Faß zum Überlaufen gebracht hatte. Daß so viele

Unschuldige dran glauben mußten, sei ihre Schuld, hatte Feuerbacher jedem ins Gesicht geschrien. Hätten sie den Truchseß nicht so an der Nase herumgeführt, wären die armen Leute verschont geblieben. Nur durch ihre Dummheit, ihre Hochnäsigkeit, standen unzählige Dörfer in Flammen, hatten Menschen den letzten Rest ihres kärglichen Hab und Gutes verloren, irrten sie heimatlos umher. Sie, die Bauern, müßten sich das auf ihre Kappe schreiben. Cornelius hatte natürlich in das gleiche Horn getönt, bis Jerg zurückbrüllte, daß schließlich nicht sie es gewesen waren, die gebrandschatzt hatten, und sie somit auch nichts dazu könnten. Die Menschen sind schon seltsam, dachte Dettler bei sich. Statt angesichts der gemeinsamen Ziele wieder zusammenzuwachsen, wurde die Kluft zwischen den beiden Brüdern von Tag zu Tag unüberwindbarer. Und die anderen Hauptmänner taten es den Brüdern gleich. Da waren auf der einen Seite Wunderer, Rohrbach, Jerg und Maier, denen es mit dem Kriegeführen und Rachenehmen nicht heftig genug sein konnte. Auf der anderen Seite standen Cornelius, Feuerbacher, Theus Gerber und Dettler, die immer wieder – und zunehmend vergebens – zur Mäßigung und Vorsicht aufriefen. Bisher hatte sich das Gewicht der beiden Gruppen die Waage gehalten, doch mit Feuerbachers Absetzung als Hauptmann war es darum geschehen. Der neue Hauptmann, Bernhard Schenk von Winterstetten, ein Adeliger, drängte ebenso heftig zum Kampf wie Jerg und seine Anhänger.

Ein fremdartiges Grollen riß Dettler aus seinen Gedanken. Irritiert blickte er auf und glaubte, seinen Augen nicht trauen zu können: Wohin er auch schaute, sah er eine große, schwarze Masse auf sich und die anderen zukommen. Wie eine riesige Woge rollte sie auf die Bauern zu, wurde lauter und lauter. Von links, von rechts, selbst von hinten kamen die feindlichen Soldaten auf sie zugerannt und zugeritten. Nicht zögerlich oder gar ängstlich, sondern sehr bestimmt und fest entschlossen. Es waren nicht die Stimmen von unzähligen Männern, welche Dettlers Trommelfell fast zum Platzen brachten. Es war der Schrei des Krieges, der immer gleich klingt und der nur eine Melodie kennt: die der Vernichtung.

Statt des Paradieses erwartete die Männer nun die Hölle auf Erden. Von überall her kamen die Württemberger Landsknechte, deren Geduld in den letzten Wochen ebenfalls erheblich geprüft worden war. Jetzt, da ihr Anführer endlich das Zeichen zum Losschlagen gegeben hatte, gab es für sie kein Halten mehr. Schnell war ein großer Teil der Bauern durch die Berittenen eingekesselt, einzelne Reiter postierten sich in kurzen Abständen zwischen dieser Vorhut und dem nachfolgenden Hauptheer, um jede Bewegung der Bauern zu übermitteln, die unkontrolliert auseinanderzulaufen begannen. Fassungslos starrten Jerg und die anderen auf die Angreifer, die sich in einem nach hinten gebogenen Halbkreis zielstrebig auf sie zubewegten. Als handele es sich um eine alltägliche Verrichtung, hatten sie binnen kürzester Zeit Dutzende von Kanonen aufgestellt, hinter denen sich jeweils eine Bedienungsmannschaft aufbaute. Als die ersten Böller knallten, schrien die Bauern, die solch lautes Grollen nur von unheilbringenden Unwettern kannten, vor Schrecken auf. Bis in die Knochen verängstigt, rannten viele heulend davon. Weit kamen sie jedoch nicht, denn kaum waren die ersten Flüchtenden gesichtet, schickte Truchseß Georg von Waldburg Reiter hinterher, die mit ihnen kurzen Prozeß machten. Wie Schweine wurden die vor Angst gelähmten Bauern unter den entsetzten Augen ihrer Kameraden abgestochen und liegengelassen. Anderen, darunter auch Johann Dettler, schien die Flucht zu gelingen, doch auch dieser Schein trog, denn es war noch nicht Abend, als die in Richtung Stuttgart Geflohenen eingeholt wurden.

Daß die Bauern in der Überzahl waren, schien nicht mehr die geringste Rolle zu spielen, dazu verstanden die bündischen Soldaten ihr Handwerk zu gut. Wie eine Herde in die Enge getriebenes Wild wurden sie niedergestochen, zu Boden getrampelt, zu Tode geschlagen. Unfähig, sich selbst zu verteidigen, war an einen Angriff oder eine Vernichtung des Feindes nicht mehr zu denken: Im Gegensatz zu dem Bauernheer war das der Soldaten bestens von flankierenden Reitertrupps geschützt. Kampferprobt durch frühere Zusammenstöße mit feindlichen Rittern, wehrten diese jeden Angriff in kürzester Zeit ab, um sofort eigene Attacken zu starten. Dutzende von Rohren schmetterten eine Salve nach der anderen ab, Steinkugeln und Schrot zerfetzten die Leiber der Hilflosen.

Hilflos stand auch Jerg daneben, als eine Kanonenladung Georgs Leib in tausend blutende Fetzen zerschmetterte. Dem jungen Burschen blieb nicht einmal die Luft, um sich mit einem lauten Schmerzensschrei vom Leben zu verabschieden – er war sofort tot. Jerg, der nicht mehr wußte, ob er selbst noch lebte oder schon in der Hölle schmorte, beugte sich über die blutige, feuchte Masse, die einmal Georgs kräftigen Oberkörper ausgemacht hatte. Vom Blut seines Kameraden überströmt, richtete er sich auf und schrie besinnungslos vor sich hin, ohne daß sein Mund dabei irgendwelche Worte formte. Er bemerkte nicht, wie einer der Angreifer gezielt seine Büchse auf ihn richtete, um loszufeuern. Erst als er von Weiland grob zu Boden gerissen wurde, spürte er die Kugel, die an ihnen vorüberschoß.

»Warum hast du mich nicht sterben lassen? Warum? Warum?« Immer wieder schrie er dem Pfarrer die gleiche Frage ins Gesicht, rang auf dem Boden liegend mit ihm, bis Weiland selbst die Luft zum Atmen fehlte.

»Um Himmels willen, Jerg! Komm zur Besinnung!« röchelte er schweißüberströmt, während Hufe achtlos über die beiden am Boden liegenden Männer traten und neben ihnen unter scharfen Kommandos erneut ein Kanonenrohr geladen wurde. Keiner schenkte den beiden am Boden liegenden, blutüberströmten Gestalten auch nur einen Blick. In den Augen der Angreifer war ein halbtoter Bauer bereits ein toter Bauer. Um ihn konnte man sich später immer noch kümmern. Jetzt galt es, sich um den Rest der Lebenden zu kümmern. Von Gefangennahmen hielten sie dabei recht wenig.

Von all dem bekam Jerg nichts mit. Er sah nur Georg, wie er in tausend Teile zerschmetterte. Weiland erkannte in Jergs Augen die hämische Fratze des Wahnsinns, der im Begriff war, sich einzunisten. Mit der Bestimmtheit eines Mannes, der nichts mehr zu verlieren hat, startete er seinen letzten Versuch, Jerg ins Leben – oder das, was davon übriggeblieben war – zurückzuholen. Alle Gründe zählte er auf, für die es sich in seinen Augen zu leben und zu kämpfen lohnte.

Doch Jerg war jeder Kampfeswille abhanden gekommen. Mit leerem Blick schien er nichts um sich herum wahrzunehmen. Schweren Herzens wollte Weiland gerade aufgeben, als Jerg plötzlich aufsah.

»Cornelius?«

Weiland hielt die Luft an.

»Cornelius«, wiederholte Jerg und legte die Stirn in Falten. »Was für ein Ochse war ich, daß ich mich gegen ihn, mein eigen Fleisch und Blut, stellte. Hätten wir nur auf ihn und Feuerbacher gehört und wären in Herrenberg geblieben! Und wenn es das letzte ist, was ich auf dieser Welt tue, ich möchte ihn um Verzeihung bitten. Bete dafür, daß ich nicht zu spät komme.«

Er kam zu spät.

15.

Mit dem Wissen um den gewaltvollen Tod seines Bruders hatte Jerg jeder Überlebenswille verlassen. Nachdem sie Cornelius von einer Lanze erstochen aufgefunden hatten, war es

Weiland gewesen, der versuchte, dem Toten zumindest ein notdürftiges Grab zu bereiten. Als er damit fertig war, gönnte er sich keine Rast, sondern grub bis spät in die Nacht mit blutigen Fingern weiter, um auch den armseligen Rest von Georg mit Erde zu bedecken. Während Weiland seinem Herrgott die Seelen der brutal abgemetzelten Männer anvertraute, waren die johlenden Siegesschreie der Soldaten über das Moor hinweg zu hören. Am nächsten Morgen, so lautete der Befehl ihres Anführers, würden sie sich um die Geflüchteten kümmern, für heute jedoch konnten sie mit ihren Erfolgen zufrieden sein. Während der Truchseß im rußigen Schein einer Funzel in sachlichen, nüchternen Worten das Tagesgeschehen aufschrieb, grölten seine Männer aus rotweingeölten Kehlen ihren Triumph in die Nacht. Während er einen Boten ausschickte, um Erzherzog Ferdinand von der erfolgreichen Schlacht zu berichten, kniete Weiland auf dem blutigen Erdreich, um einen letzten Segen für die Gefallenen zu erbitten.

Es war Weiland, der Jerg in den nächsten Wochen unaufhörlich zum Weitergehen antrieb, der die abendlichen Verstecke ausmachte, der etwas zu essen und zu trinken besorgte. Es war Weiland, der Jerg mit einem alten Mantel bedeckte, als sie im strömenden Regen die Orientierung verloren hatten und einen halben Tag lang im gleichen Waldstück herumirrten.Weiland zwang Jerg wieder auf, wenn dieser liegenbleiben wollte. Er drückte ihn zu Boden, wenn ihnen Soldaten auf der Suche nach Flüchtigen beinahe über den Weg liefen.

Nie setzte Jerg sich zur Wehr, wenn Weiland ihn wieder einmal barsch aufforderte: »Wir müssen weiter. Wir müssen heim nach Taben. Dort warten Marga und Find auf dich. Um die mußt du dich kümmern. Das bist du Cornelius schuldig!« Nie baute er sich vor dem Pfarrer auf und widersprach. Dabei wäre Weiland alles recht gewesen, wenn nur Jergs stilles Erdulden ein Ende gehabt hätte.

Es fehlte nicht mehr viel, und Weiland hätte sich genauso

seiner Verzweiflung hingegeben wie Jerg. Cornelius, Dettler, Georg und die anderen fehlten so sehr, daß es körperlich weh tat. Das rauhe Lachen der Männer, ihr rüder Ton, ihre lauten Sprüche – nichts mehr war davon übriggeblieben. Wie ein zu enges Gewand, das einem am Hals die Luft abschnürt, umgab sie die Stille und drohte sie zu ersticken. Anfangs versuchte Weiland, die Stille mit einzelnen Wörtern, ganzen Sätzen oder langen Reden zu füllen. Später schwieg auch er die meiste Zeit.

Während sie an brennenden Dörfern vorübergingen, die aus Rachsucht darüber angezündet worden waren, weil sie Aufständische beherbergt hatten, fühlte auch Weiland, wie er von Tag zu Tag immer mehr ausbrannte. Wieder und wieder betete er zu seinem Gott – dem er zugleich immer weniger Vertrauen schenkte –, er möge das bißchen Glut in ihm so lange flackern lassen, bis sie Taben erreichten.

Nur die wenigsten Gebete wurden in diesen Tagen erhört, doch Weilands Gebet war eines davon. Auf den Tag genau drei Wochen nach der schrecklichen, todbringenden Schlacht vor Böblingen kehrten sie heim nach Taben.

Da Asas Hütte am äußersten Rand des Dorfes lag, war sie die erste, die die beiden Männer erspähte. Den ganzen Morgen war sie von einer unangenehmen Unruhe befallen gewesen, nicht die einfachste Arbeit hatte ihr gelingen wollen.

Nun wußte sie, warum.

Die Männer von Taben kehrten zurück.

Im Gegensatz zur Fassunglosigkeit der anderen angesichts der zwei einsamen dunklen Punkte, die sich mühselig auf sie zubewegten, war Asa nur betrübt. Schon lange hatte sie gewußt, daß die meisten der Bauern den Tod finden würden. Auch, daß Cornelius Braun unter den Toten sein würde. Doch machte dieses Wissen das Ertragen der Tatsachen keinen Deut leichter. Auch hatte sie weder die anderen Frauen warnen noch irgend etwas anderes für sie tun können. Lediglich Marga hatte sie sich anvertraut, und das auch nur deshalb, weil diese nicht mehr lockergelassen hatte, als sie ahnte, daß die Heilerin mehr über das Schicksal der Männer wußte. In den langen Jahren ihrer Freundschaft war dies das einzige Mal gewesen, daß Asas Zweites Gesicht zur Sprache kam. Obwohl Marga wußte, daß Asa diese Fähigkeit besaß, hatte sie nie mehr darüber wissen wollen. Bis zu dem einen Morgen, an dem sie Asa leichenblaß vor der Hütte überrascht hatte. An dem sie beide den Schrei des Uhus gehört hatten. Den Todesschrei.

Während Asa auf die beiden Männer wartete, die sich mit kleinen, müden Schritten dem Dorf näherten, war sie auf eine Art froh darüber, daß Marga nun von den grausamen Neuigkeiten nicht ganz so erschlagen würde wie die anderen Frauen, die immer noch auf die Rückkehr ihrer Männer und Söhne hofften.

Als habe ein Bote die Nachricht im ganzen Dorf verkündet, versammelten sich die Frauen eine nach der anderen vor Asas Hütte:

Sophie, die auf die Rückkehr ihres Vaters und mindestens ebenso fieberhaft auf die ihres Kirchheimer Bräutigams wartete.

Katharina, die auf Oskar und Georg wartete.

Käthchen, die auf die Heimkehr der Söhne ihrer verstorbenen Schwester hoffte.

Marianne, die ihren Mann schon vor Jahren durch herzögliche Soldatengewalt verloren hatte und die solches Leid trotz aller Verbitterung keiner anderen wünschte.

Lene, die sich mit ihren Kindern weitab von Asas Hütte aufgestellt hatte, um auf Cornelius zu warten. Alle, alle waren sie da.

Als eine der letzten kam Marga, die mit Find im Wald gewesen war, um für Asa Grünzeug zu pflücken. Mit versteinerter Miene stellte sie sich neben Asa.

Angestrengt blickten sie alle in Richtung Kirchheim und warteten darauf, hinter den zwei schmalen Schatten weitere zu erkennen. Gleich – im nächsten Augenblick – würden die anderen Männer zum Vorschein kommen ... Wahrscheinlich waren die Burschen auf ein Bier in einer Kirchheimer Schankstube hängengeblieben ... Bald würde man sie sehen ... Lange konnte es nicht mehr dauern ... Gleich würde Jerg ihnen sagen, sie sollten schon eine Suppe für die anderen aufs Feuer stellen ... Und sie würden von den siegreichen Schlachten berichten ...

Als die beiden Männer näherkamen, war es, als ob die Gedanken der Frauen verstummten. Obwohl keine von ihnen gesprochen hatte, kam es Asa vor, als sei das laute Tösen eines Wasserfalls von einem Augenblick auf den anderen wie durch Geisterhand abgestellt worden. Ihr fehlte der Mut, in die hilflosen Gesichter zu schauen, auf denen sich das dämmernde Verstehen abzeichnete. So blickte sie wie alle anderen geradeaus. Auf einmal spürte sie, wie sich etwas gegen ihr Bein drückte. Sie drehte sich um und sah Find, der sich hinter ihrem Rücken versteckte. Mit seinen roten Augenbrauen und den spärlichen, blonden Haaren erinnerte er Asa nicht nur immer mehr an seinen Vater, sondern auch an ein Reh, das verletzt und hilflos durch den Wald irrt. Sie seufzte. Vielleicht hätten sie sich mehr um den Buben kümmern sollen, der an manchen Tagen in seiner Traurigkeit zu ertrinken drohte. Aber irgendwie war nie die Zeit für mehr Worte, mehr Liebkosungen übrig gewesen.

Find versuchte, sich so klein wie nur möglich zu machen. Womöglich würde Jerg bei seinem Anblick sonst gleich wieder losschreien. Er hatte den bösen Streit, an dem Jerg beteiligt gewesen und wobei dauernd sein Name gefallen war, nicht vergessen. Danach waren Jerg und Cornelius mit dem Pfarrer zusammen eilig weggegangen, und Marga hatte ihn am Arm gepackt und war mit ihm zu Asa gezogen. Immer wieder hatte Find sich gefragt, ob er wohl am Verschwinden der Männer schuld war, und da ihm niemand etwas anderes sagte, mußte es wohl so sein. Nun benahmen sich die Erwachsenen wieder so seltsam. Erleichtert atmete Find auf, als Jerg an Asa und ihm vorbeiging, ohne ihnen auch nur einen Blick zu schenken. Er beobachtete, wie Jerg vor Marga stehenblieb. Noch immer sprach keiner auch nur ein Wort. Find fröstelte es.

»Es ist vorbei, Marga.«

Jergs Stimme war ganz anders, als Find sie in Erinnerung hatte. Als ob der Wind sie in kleine Stücke zerrissen hatte, so hohl und leer klang sie.

»Alles ist vorbei. Alle sind tot. Alles ist umsonst gewesen.«

Bei diesen Worten brach das Unglück der Frauen endlich aus ihnen heraus. Der Tod ihrer Männer sollte umsonst gewesen sein?

Heulend gingen sie mit ihren Fäusten auf die beiden Heimkehrer los, als wollten sie ihnen ihr Überleben zum Vorwurf machen. Hilflos standen Asa und Marga daneben, während das Leid der anderen sich seinen Weg bahnte wie ein gewaltiger Strom, der sich weder von Fels noch Gestein aufhalten läßt. Nichts blieb ihnen übrig, als zuzusehen, wie in dem gewaltigen Strudel jedes andere Gefühl unterging: Hoffnungslosigkeit, Verzweiflung, Angst – alles wurde von dem Leid der Frauen weggespült, bis sich dieser Strom in einen anderen ergoß und Wellen der Wut und der Enttäuschung überschwappten. Wie hatten die Männer sie im Stich lassen können? Nachdem sie, die Frauen, Woche um Woche alleine ums Überleben gekämpft hatten? Wie konnten sie ihre Weiber so enttäuschen? Keine wußte, wie es ohne die Männer im Dorf nun weitergehen sollte.

Nichts, aber auch gar nichts konnte Jerg den Frauen zum Trost sagen, und auch Weiland war das erste Mal in seinem Leben um trostreiche Worte verlegen. So standen sie mit den anderen da und weinten, bis die Tränen in ihren ausgemergelten Körpern versiegten.

Es war viele Tage später, als Jerg morgens aufwachte und die wärmenden Strahlen der Morgensonne, die durch die kleinen Luken ins Zimmer fielen, auf seinem Gesicht spürte. Seltsam berührt fuhr er sich mit der Hand über die Wangen. Die Kraft der Sonne durchdrang und erwärmte seine Haut. Nie hätte er in den letzten Wochen geglaubt, jemals wieder Freude über etwas so Alltägliches wie wärmende Sonnenstrahlen verspüren zu können. Wie hatte Cornelius' roter Schopf in der Sonne immer kupfrig geglänzt! Seine Augen fühlten sich heiß an, begannen zu brennen, und es dauerte eine Weile, bis Jerg merkte, wie ihm die Tränen übers ganze Gesicht liefen. Kleine, salzige Rinnsale, die im Sonnenlicht silbrig glitzerten. Tausend Gedankensplitter nisteten sich in seinem Herz ein: Cornelius, wie er alle zum unermüdlichen Arbeiten antrieb. Cornelius und er als Kinder. Wie er mit Weiland und Marga ihn, Jerg, aus dem Turm geholt hatte, ohne zu wissen, warum er dort gelandet war. Und trotz des Tränenflusses hatte Jerg das Gefühl, als könne er endlich wieder durchatmen. Als bekäme er wieder genügend Luft zum Leben. Er fühlte sich auf eine fremde Art erleichtert und hatte sofort ein schlechtes Gewissen deswegen.

Nachdem es zunächst so ausgesehen hatte, als seien er und der Pfarrer die einzigen Überlebenden aus Taben, war in den letzten Tagen doch noch fast ein halbes Dutzend Männer heimgekehrt. Wie Jerg und Weiland hatten auch sie sich vor den Soldaten versteckt gehalten, waren auf einsamen Wegen einzeln oder zu zweit marschiert, bis sie endlich Taben erreichten: Sophies Bräutigam, der Sohn des Müllers, und Oskar, Katharinas Mann, waren die ersten, die ankamen. Ohne viele Worte beschlossen Jerg und Weiland, Oskar keine Einzelheiten vom grauenvollen Tod seines Sohnes zu berichten, von dem er kurz vor der letzten Schlacht im riesigen Menschenfluß getrennt worden war. Trotzdem weinte der Mann hemmunglos wie ein Kind, als er erfuhr, daß Georg nicht mehr lebte. Er wollte sich gar nicht mehr beruhigen, bis Asa gerufen wurde und ihm das weiße Pulver ins Bier schüttete. Noch im Schlaf wimmerte er vor sich hin.

Das Elend umhüllte Taben wie ein Totenhemd, das hämisch am mageren Gerippe eines Verstorbenen schlottert. Zu der Trauer kam die Sorge um die nächste Ernte und vor allem die Angst vor den Soldaten, die ein Dorf nach dem anderen nach aufrührerischen Bauern durchkämmten.

Obwohl Jerg den Gedanken verdrängte, wußte er, daß ihm nicht mehr viel Zeit in Taben blieb: Als einer der Rädelsführer wurde er sicherlich schon im ganzen Land gesucht, und es war lediglich eine Frage der Zeit, bis die Soldaten nach Taben kamen. Wollte er seine Haut retten, blieb ihm nur die Flucht. Die würde um so schwerer sein, da er diesmal doch Marga und Find mitnehmen wollte. Lange konnte er sein Vorhaben nicht mehr aufschieben, doch zuvor wollte er noch gemeinsam mit Oskar einen großen Teil der Felder auflockern, um den angepflanzten Rüben Luft zu verschaffen. Schon am Vorabend hatten sie zwei schlechtgelaunte Bullen von der Weide geholt, denen nach langen Wochen der Rast weniger denn je der Sinn nach Arbeit stand. Danach wollte er bei Lene vorbeischauen, die nun mit ihren Kindern allein in Cornelius' Hütte hauste. Jergs Widerstand war zu schwach gewesen, um sich gegen Margas Willen durchzusetzen, und so waren sie nicht zu Cornelius' Witwe zurückgezogen, sondern letztendlich doch in Sureyas alter Hütte gelandet. Trotzdem sah es Jerg als seine Pflicht an, sich um Lene zu kümmern, mochte sie in der Vergangenheit auch noch soviel Böses gesagt und getan haben. Nach dem, was sie alle erlebt hatten, hatten viele Dinge keine Bedeutung mehr. Es war, als würden sich die Menschen ihre Empfindungen genau einteilen. Keiner hatte Gefühle für schlechte Erinnerungen oder nachtragende Gedanken übrig.

Obwohl es noch früher Morgen war, war weder von Marga noch von Find eine Spur zu sehen. Auf einmal packte Jerg eine fast unbeherrschbare Angst, auch diese beiden Menschen verloren zu haben. Ohne sich ein Hemd überzuziehen, riß er die Tür auf und rannte ins Freie. Als er die beiden am Brunnen stehen sah, ließ er sich zitternd an der Hauswand nieder. Er hätte vor Erleichterung heulen können.

Marga mußte Jergs Blicke im Rücken gespürt haben, denn sie drehte sich um und kam dann sofort zu ihm herüber. Wo er auch ging und stand – Marga bemühte sich, in seiner Nähe zu sein. Wie eine Rehkuh, die ihr schwaches und schutzloses Kitz immer mit einem Auge im Blick behält. Manchmal hatte er das Gefühl, als würde ihn ihre Gegenwart, ihre Zuneigung erdrücken. Doch meist war er froh, sie in der Nähe zu haben. Ihren und Cornelius' Verrat hatte er weit weg in eine dunkle, kalte Ecke seines Bewußtseins geschoben, wo er unbeachtet und ohne weiteren Schaden anzurichten verrottete. Irgendwann würden sie über Find und Cornelius sprechen. Irgendwann einmal, wenn der Gedanke an die, die er verloren hatte, nicht mehr schmerzte wie tausend Messerstiche.

Unter niedergeschlagenen Augenlidern musterte Marga ihn vorsichtig. War heute einer dieser Tage, an denen er in ein tiefes, schwarzes Loch fallen würde? Aus dem weder sie noch ein anderer Mensch ihn herausholen konnte?

»Was ist, Jerg? Du schaust so seltsam.« Beunruhigt folgte sie seinem Blick.

Unwirsch winkte Jerg ab. Er konnte seinen Blick nicht vom Brunnen abwenden, wo sich ein paar Kinder gegenseitig aus den Wassereimern bespritzten, die sie eigentlich nach Hause zu ihren Müttern tragen sollten. Lachend rannte Find einem kleinen, schwarzhaarigen Mädchen nach, dessen Kittel schon ganz dunkel vor Feuchtigkeit war. Einige seiner Haarlocken klebten an seiner verschwitzten Stirn, andere standen erdbeerfarben in die Höhe. Das unbeschwerte Lachen der Kinder, die sich in gestohlenen Augenblicken dem Spiel hingaben, drang zu ihnen herüber.

Auf einmal fühlte Jerg sich um viele Jahre zurückversetzt: Auch Cornelius und er waren wie zwei Wilde um den Brunnen gehüpft und hatten dabei die Mädchen geärgert.

Und nun tat sein Sohn das gleiche. Sein und Margas Sohn. Find.

Cornelius' Sohn ...

Er blickte zu Marga und erschrak, als er ihren fast ängstlichen Gesichtsausdruck sah. Wußte sie denn nicht, daß er ihr längst vergeben hatte? War er in ihren Augen ein Ungeheuer, das sie dafür haßte, daß sie vor vielen Jahren einer menschlichen Schwäche nachgegeben hatte? Haß ... Nach dem, was er vor Böblingen gesehen und erlebt hatte, war er vorsichtig geworden mit diesem Wort. Nie würde er es mit Marga oder Find in Verbindung bringen. Denn diese beiden Menschen waren das, was noch zählte in seinem Leben. Viele Hoffnungen hatte er begraben müssen wie seine besten Freunde. Von vielen hoffnungsfrohen Gedanken hatte er Abschied nehmen müssen, und er hatte die böse Ahnung, als würden von Lebensjahr zu Lebensjahr immer mehr dazukommen. Und trotzdem.

Er tat einen Schritt aus dem Schatten der Hauswand hinaus in die Sonne. Unwillkürlich machte Marga es ihm nach. Den Arm um ihre Schulter gelegt, spürte er, wie sie sich langsam im warmen Sonnenlicht entspannte. Gemeinsam blickten sie zu den Kindern hinüber, die sich in ihrem wilden Spiel völlig unbeobachtet wähnten. Dann atmete Jerg tief durch, als habe er einen wichtigen Entschluß gefaßt. Er drehte sich zu Marga um und zog sie näher, bis ihre Gesichter keine zwei Handbreit voneinander entfernt waren. So vorsichtig, als hielte er ein nestwarmes Küken in seiner Hand, legte er seine beiden Arme um ihre knochig gewordenen Schultern. Seine Augen glänzten müde, trotzdem konnte Marga einen ersten Funken Hoffnung in ihnen entdecken. Seine Stimme klang fest wie seit langem nicht mehr. Nach den vielen Monaten der Angst und Unsicherheit, wo nichts mehr so war, wie die Menschen es von ihren Urahnen gekannt hatten, wo kaum mehr ein Gesetz seine Gültigkeit behalten hatte – hatte Jerg etwas gefunden, worin er sich ganz sicher war.

»So wie Cornelius in Find weiterlebt, leben auch unsere Gedanken weiter. Was wir nicht vermocht haben, woran wir gescheitert sind – vielleicht liegt es einmal in unseren Kindern, dies zu erreichen. Im Namen von Cornelius und allen anderen – ich bete dafür!«

WORTERKLÄRUNGEN:

Abgaben, die geleistet werden mußten:

der Zehnte Ein Zehntel des Einkommens/der Ernte mußte jährlich an die Kirche abgegeben werden.

das Besthaupt Das beste Stück Vieh im Stall mußte an den Leibherrn abgegeben werden.

Fron Arbeitseinsatz, den die Bauern mit eigenem Gerät auf den Höfen und Feldern der Feudalherren leisten mußten.

Begriffe des bäuerlichen Lebens:

Allmende Gemeindeland, das allen Bewohnern eines Dorfes zugänglich ist.

Gewann Bezeichnung für ein Stück Land, meist findet sich im Namen ein charakteristisches Merkmal des Grundstücks wieder, zum Beispiel »Gewann Rot = rote Erde«.

»einen Säugling himmeln« In wirtschaftlich extrem schlechten Zeiten sahen sich verzweifelte Mütter manchmal gezwungen, ein Kind so lange zu vernachlässigen, bis es schließlich starb und ›in den Himmel ging‹, wo es das Kind nach Ansicht seiner Mutter besser als auf der Erde. Dies wurde mit Duldung der Kirche praktiziert, die so gestorbenen Kindern den Segen gab.

Dreckweiber Mittelalterliche Bezeichnung für Küchenhilfen.

Kiepe Hölzernes Gestell zum Tragen von Lasten, welches auf dem Rücken befestigt wurde.

Sackgreiferei Diebstahl, »jemandem in den Sack greifen«.

»ein unehrlicher Beruf« In der strengen Gesellschaftsordnung des Mittelalters gab es etliche Berufe, die als »unehrlich« galten. Dazu gehörten beispielweise der Henker und der Abdecker, aber auch der Müller, Schäfer, Bader und Leinweber. Noch heute ist nicht völlig geklärt, wie die teilweise extrem niedere Wertschätzung einzelner Berufsgruppen zustande kam. Tatsache ist, daß kein ehrlicher Bürger gerne mit Menschen der o. g. Berufsstände in Berührung kam, selbst der Krämer nahm deren Geld nur sehr ungern.

lokale Begriffe

Märzenmarkt	Jährlich stattfindender Markt in der Stadt Kirchheim unter Teck, die seit dem Mittelalter das Marktrecht innehat.
Untertürkheim	Südlich von Stuttgart gelegener Ort.
das Remstal	Ca. 30 km südöstlich von Stuttgart gelegenes Weinanbaugebiet.
Kirbe	Anderes Wort für Kirchweih; süddeutsches, jahrmarktähnliches Fest, welches im Wechsel in den verschiedenen Dörfern stattfindet.
Wasen	Altes, süddeutsches Wort für »Wiese«.
Pfingstküchle und Dötschen	Schwäbisches Gebäck zum Pfingstfest.
Pfingsthock	Kurz für ›Hocketse‹, bedeutet: schwäbisches, gemütliches Beieinander.

historische Begriffe

»das alte Recht«	Fester Begriff für Gesetze, die zu Zeiten Herzogs Eberhards im Bart gegolten hatten und von seinem Nachfolger, Herzog Ulrich, abgeschafft worden waren. Während der ersten Phase des Bauernkriegs ging es um die Wiederherstellung dieser Gesetze (Teil I).

»Der Tübinger Vertrag«	Unterzeichnet am 8. Juli 1514. Dieser war der erste »demokratische« Vertrag Deutschlands.
»der Fugger«	Gemeint ist Jakob Fugger, das damalige Familienoberhaupt. Die Fuggers in Augsburg hatten den Geldverleih beinahe monopolisiert.
Fähnlein	Militärische Einheit.
Bauernhaufen	Zusammenschluß von Bauern eines bestimmten Gebietes.
Huldigung	Untertaneneid, der gegenüber dem Landesvater zur Loyalitätsbekundung geleistet werden mußte.
Bulle	Bezeichnung für ein Schriftstück, das verlesen wurde.
ein Lauf durch die Spieße	Anderer Begriff für Spießrutenlauf: links und rechts bauten sich aufgebrachte Menschen in zwei Reihen auf, Spieße in der Hand, das Opfer ihrer Wut mußte durch das Spalier laufen und wurde von allen Seiten gestochen.
Hochfest	Weihnachten, Ostern, Pfingsten sind die wichtigsten kirchlichen Feiertage = Hochfeste.
mit Fell oder Samt verbrämtes Kleidungsstück	Bedeutet, daß beispielsweise die Ränder der Jacke oder des Hutes einen Pelzbesatz hatten.

Regine Leisner

Die Rabenfrau

Roman

ISBN 978-3-548-26889-7
www.ullstein-buchverlage.de

Vor 11 500 Jahren mitten in Deutschland: Ravan, die junge Vogelfrau der Eschenleute, kämpft gegen den Schamanen Godain, der die Macht der Großen Mutter nicht anerkennt. Sie verstößt ihn aus dem Stamm, obwohl sie ihn liebt. Plötzlich bebt die Erde, eine Katastrophe kündigt sich an. Nur gemeinsam können Ravan und Godain ihr Volk retten. Eine große Liebesgeschichte, packend und historisch genau erzählt.

»Ein Debüt voller Fantasie und atmosphärischer Landschaftsbeschreibungen, das die mystische Verbindung zwischen dem frühen Menschen und der Natur beschwört.« *Woman*

UB462

Helga Hegewisch

Die Totenwäscherin

Roman

ISBN 978-3-548-26869-9
www.ullstein-buchverlage.de

Mecklenburg, Anfang des 19. Jahrhunderts: Sie hat ein besonderes Verhältnis zum Tod – manche nennen es gar eine Liebesbeziehung. Da sie die Kunst beherrscht, die Verstorbenen schöner zu machen, als sie es im Leben je waren, sind die Dienste der Totenwäscherin Magdalena weit über ihr Heimatdorf Gebbin hinaus gefragt. Ihre Nähe zum Tod macht sie einsam, aber auch unabhängig. Ihr gelingt, was zu ihrer Zeit kaum eine Frau schaffte: der Aufstieg aus dem kleinbürgerlichen Elend ins Bürgertum. Doch ihre Liebe zu dem Seiltänzer Seraphino zerbricht …

»Zweihundert Jahre mecklenburgische Familiengeschichte, wunderbar fabulierend und fesselnd erzählt.« *Journal für die Frau*

»Ein leidenschaftlicher und pittoresker Unterhaltungsroman, der ungeachtet seiner letalen Thematik höchst lebendig ist.« *Buchjournal*

UB458

ullstein

Bernard Cornwell

Der Erzfeind

Auf der Suche nach dem Heiligen Gral

Roman

ISBN 978-3-548-26895-8
www.ullstein-buchverlage.de

Frankreich, 1347: Als die Engländer in einer blutigen Schlacht Calais erobern, ist der Hundertjährige Krieg vorüber. Aber für Thomas von Hookton, den furchtlosen Bogenschützen, kann es keinen Frieden geben: Er will Rache für seinen Vater nehmen und den Schwarzen Ritter besiegen. Außerdem wird er all sein Herz und seinen Mut für die Aufgabe seines Lebens brauchen: die Suche nach dem Heiligen Gral.

»Vielleicht der größte Autor historischer Abenteuerromane, den die Gegenwart kennt.« *Washington Post*

UB452

ullstein

Oliver Pötzsch

Die Henkerstochter

Historischer Kriminalroman
Originalausgabe

ISBN 978-3-548-26852-1
www.ullstein-buchverlage.de

Kurz nach dem Dreißigjährigen Krieg wird in der bayerischen Stadt Schongau ein sterbender Junge aus dem Lech gezogen. Eine Tätowierung deutet auf Hexenwerk hin, und sofort beschuldigen die Schongauer die Hebamme des Ortes. Der Henker Jakob Kuisl soll ihr unter Folter ein Geständnis entlocken, doch er ist überzeugt: die alte Frau ist unschuldig. Unterstützt von seiner Tochter Magdalena und dem jungen Stadtmedicus macht er sich auf die Suche nach dem Täter.

UB469

ullstein